刘[illegible]

2017-7/6

山远人远

刘继祥纪实文学选

刘继祥 著

HEUP 哈尔滨工程大学出版社

图书在版编目(CIP)数据

山远人远：刘继祥纪实文学选/刘继祥著.—哈尔滨:哈尔滨工程大学出版社,2017.5

ISBN 978-7-5661-1512-6

Ⅰ.①山…　Ⅱ.①刘…　Ⅲ.①纪实文学-作品集-中国-当代　Ⅳ.①I245

中国版本图书馆CIP数据核字(2017)第096660号

责任编辑　张忠远　李　翔
封面设计　Amber Design 琥珀视觉

出版发行　哈尔滨工程大学出版社
社　　址　哈尔滨市南岗区东大直街124号
邮政编码　150001
发行电话　0451-82519328
传　　真　0451-82519699
经　　销　新华书店
印　　刷　哈尔滨市石桥印务有限公司
开　　本　787 mm×1 092 mm　1/16
印　　张　37.75
字　　数　526千字
版　　次　2017年5月第1版
印　　次　2017年5月第1次印刷
定　　价　65.00元

http://www.hrbeupress.com
E-mail:heupress@hrbeu.edu.cn

序

写心　修心　良心

——我看刘继祥

易存德

（一）对继祥的这种铁一样的坚持，我理解得远远不够

“我们往往是这样的，越放纵越空虚。在一个人的时候，我总是把脸朝向天空，我以为我会看到更多的事物。然而这样做是徒劳的，我只看到了游鱼、黯淡的星辰和纷繁的昨天。”（《刘继祥长篇小说选·情感游戏》）这是一部以感伤为主题的小说，但在他的笔下变得既不像郁达夫式的极端的主观、抒情与淋漓尽致的宣泄，也不似唐诗宋词意境中的缠绵悱恻、婉约凄楚，在这里，一切纯主观的情感都被契诃夫式的冷静客观化了，足以见得继祥的创作走向了一个新的模式。

由此我想，我对继祥创作的了解，除了表面的认知，对他的内心世界和心路历程了解得还是太少，特别是当继祥把他创作的 80 多万字的《刘继祥长篇小说选》和《良心——刘继祥诗文选》《山远人远——刘继祥纪实文学选》《蕙兰——刘继祥小说选》的书稿摆在我面前，我细细品读了一些篇章后，心里不禁为之一振。文字、细节揭示人物性格，描写得非常厚实、生动而又别具风采，总是给人以启发、思考及遐想。“当绿色原野上/有蝴蝶翩翩/如儿时的你/当沉沉黑夜/静静躺在河边/梦

幻般流连/我寻觅好久的小路呵/黎明的田间/有人从明媚的/春光前走过。”（《良心——刘继祥诗文选》）再如：“此时，空寂的山里，孤零零地留下洪国一个人。太阳爬上了山头，正照耀着洪国所处的那狭小而独立的天地。他先是脱掉了裤子，然后又脱掉了短裤，使自然的洪国和精神的洪国裸露在阳光之下，诉说着一种原始的美和纯朴的欢乐。”（《山远人远——刘继祥纪实文学选》）“分手的时候，肖寒非动了感情，他说他要等她回来，他想有个家，他的家不能没有马佳。马佳说，她会考虑。巨大的波音飞机，声音像雷鸣一样地拔地而起，向着无边无际的远方飞去，转眼之间，便消失得无影无踪，而在肖寒非的耳边还残留着飞机震耳的轰鸣声。”（刘继祥《心泣》）在政务缠身的日子里，能有这么丰硕的成果，该是何等的毅力和境界！据他的同志讲，他起得早，基本上是夏天三四点、冬季五六点就来到办公室，先写一会儿，再背诵一些诗文，然后研究他的工作。特别是当了城管局长后，天天这个点到单位。这让我想起他在部队时做事雷厉风行、言谈举止干净利落。他在千人大会上脱稿演讲的场景、他指挥处置突发事件时镇静有序的魄力以及别人对他的应对能力的赞赏使我更觉得继祥是个值得研究的人物。他特别能起早，又特别能贪黑，几十年如一日地坚持，对这种执着，正如他的朋友所说：“让人不佩服都不行。”我想，可不可以这样评价继祥：他是一个视事业如生命的工作狂、拓荒牛，领班子，带队伍，能干事，干成事，绝对忠诚可靠，有思路、有招数、有凝聚力、有感召力，能写能说的一个人。“既然我这么多年的努力、追求和执着/能让我心跳/让我激扬/让我成熟/让我坚定信念/让我战胜险阻/那么，我必须挺起一往无前的脊梁/扛起历史，肩住现实，顶向未来/因为，历史就是历史/规律就是规律/现实就是现实/希望就是希望/因为，我就是我。”（刘继祥《我就是我》）

继祥的体会是读书写作可以开阔视野、吐故纳新，把勤奋学习的成果转化为能力。他感到读书可以指导工作，让人懂得辩证法，掌握客观规律，增强工作的预见性和创造性。他深悟，读书可以修身养性，可以升华品格。正因如此，他能够坚持天天读一点、写一点，几十年来从未误过，已经成为一种习惯、乐趣，这是他的坚持。

继祥 1960 年 3 月生于黑龙江省拜泉县一个知识工人家庭。小学五年级时是红小兵团长，得以每周在全校师生面前朗诵课文，1972 年 6 月 1 日，在万人大会上代表全县青少年发表讲话，从此写作、朗诵一发而不可收。中学时是学生会主席，毕业后下乡插队时是青年队长。1978 年应征入伍，先后任武警基层部队指导员、教导员、处长、政委等职。转业后曾是市委办公厅的副处长，历任松北区党群工作部副部长、群团工作部部长、区直机关工委副书记、纪工委书记、区文明办主任、区总工会副主席、区文化旅游体育局局长、区城管局局长和城市管理和行政综合执法局局长等职。几十年来，不论是在深山老林的帐篷里，还是在灯火摇曳的旅途中，抑或是在窗明几净的办公室中，他总是夜以继日地用潜心耕耘来充实业余生活、丰富创作成果。翻开他的书稿，基本是干什么写什么。中学时写了《新绿向着太阳笑》《热烈的山东屯》，知青时写了《地主的女儿》，在黄金部队时写了《黄金魂》《山野人生》，转业后写了《上善若水》《心泣》《金泣》《水泣》《血泣》等，已先后有一千多万字作品问世，有的成为部队传统教育教材，有的成为开发建设、文化旅游特别是冰雪文化、城市管理的参考书。他从 10 岁起开始学写作、背诵诗文，至今从未间断过，一直在坚持，已成了一种习惯。他说，读书并写作，练就了敏锐的思维能力，对身心、对事业都有益处。“没有任何力量/可以撼动你的坚持/没有任何理由/可以让你忘却/信念的力量、奉献的光荣/也没有任何理由/可以让你忘却/这个城市，这里的每一天/都属于在里呼吸着的、行走着的/朴素的人民和亲人。”（刘继祥《城市的亲人》）

（二）继祥这种用心写心的境界体现在他写的书里，我挖掘得还不够深

如果说读书是一个人有没有求知心的标志，那么写作就是一个人有没有创造力和责任感的标志。读书是吸收，是继承；写作是创造，是超越。“当一个人读懂了世界，吸足了知识，并经过了实践的发展之后才可能写出属于他自己而又对世界有用的东西，这就叫贡献。”（梁衡《书与人的随想》）实际上，学习是他生活的第一需要。继祥中学时代就爱背诵诗词散文，就爱写。下乡后，在农村的茅屋土坑上，他不顾农活的苦累，或雨天，或夜晚，阅读了大量古今中外的名著，同文学结下不解之缘，在报刊上发表了散文《铲穷》、小说《栽富根》《地主的女儿》等，那时便已小有名气。“凌晨，霞光布满东方的天空，他就和社员来到东岗的地头，一铲一步地在垄沟间行进着，那秧苗下松散的黑土松软地在锄头下松动着。”用锄头和黑土说话，铲去的是僵硬，换取的是松软，极有象征性。“他在注视着她的眼睛，虽然平静如水，但隐隐发现似乎有淡淡的忧伤。他想去安抚她，但她的目光躲开了他。有一次她说：‘我会拖累你，我是地主的女儿。’但他很同情她。”（刘继祥《地主的女儿》）入伍之后，他又从连队的凡人小事写起，不断向报社、电台投稿，成为一名深受编辑和部队首长赏识的业余作者。天道酬勤，1979 年底，他被调到团政治处任报道员，从此，便一发而不可收，每个月都有数篇人物特写见诸杂志报端或广播电台。战士艰苦卓绝的吃苦精神和奉献精神为他提供了取之不尽、用之不竭的写作素材，责任心和使命感焕发了他旺盛的创作精神。他的写作水平不断提高，不久，他便先后被借调到《新青年》杂志和哈尔滨人民广播电台，成为一名见习记者。这时，他开始虚心地向记者、编辑学习采访，学习结构、立意、构思，学习布局谋篇、遣词造句。1982 年 9 月，他有幸到黑龙江大学中文系深造，开始系统地学习中外文学史、文学批评史、语言文学和文艺理论，不断强化生命资质中的文学含金量，这为他日后成为一名优秀

的军旅作家奠定了厚实而又坚实的理论基础。散文诗《兵》《向地下“银行”进军》和随笔《兵心不静》《一块纯金》等在《解放军报》发表，在战士中引起强烈反响。

1985年5月，继祥被调到北京，在武警黄金部队指挥部组织处任职。1986年，他给指挥部政委齐锐新写的调研报告《关于两个十万元户家庭的士兵在深山老林里淘金的调查》受到批示好评；为冶金部长、武警政委写的讲话均被采用，给冶金部长等机关干部演讲，感动了他们。在那里，他的视野更开阔了，接触的素材也更丰富多彩了。在短短的三年里，他的足迹在踏遍白山黑水之后，又遍及戈壁荒滩、巴山蜀水、云贵高原、湘江两岸和八百里秦川……他的一本本素材簿里，囊括了指挥部将军们的决心、信念以及3个总队、16个支队中数百名指挥员、工程师和数千名普通战士的动人事迹。可以说，这一摞摞随他辗转的素材簿和剪辑册不啻为一条条品位极高的金矿脉，经作者以火热激情熔化后，终将成为一锭锭价值连城的文学金元宝。继祥1988年3月任连队指导员，曾先后在人烟稀少的大小兴安岭高寒地区勘察金矿，在那里，他们住帐篷、点油灯，爬冰卧雪、风餐露宿，经受着当年抗联战士们“火烤胸前暖，风吹背后寒”的艰苦磨炼。“风雨之夜的原始森林里，这顶帐篷被风雨包围着。脸色铁青的李连长躺在木杆支起的床上默默无语。他担心自己会因心脏病而起不来。卫生队长说必须下山到医院去，否则会出意外。然而，谈何容易，这里离医院一百多里，全是山路，要靠步行。指导员说担架已做好了，出15个人轮班抬，要保住他的命。指导员抱起连长放在担架上，15个人顶着大雨向山外跋涉。”（刘继祥《黄金魂》）就是在这样的环境里，他仍然握着那支冻不僵的笔秉烛疾书，记下了黄金战士的动人业绩、互助故事和不懈追求，记下了黄金战士为当地居民扶贫济困、排忧解难的鱼水深情，记下了自己作为一名基层连队党务工作者的生命轨迹和情感历程……

继祥创作力的爆发期始于1990年。这一年12月，他奉命调任武警黄金总队教导队教导员，在花园式的总队机关大院的后楼之上，他独处一室，利用所有的业余时间和节假日，开始了系统的、有计划的创作。他的第一本书《黄金般的史诗》于1991年出版。一位将军在序言中指出："这是迄今为止第一部系统反映武警黄金部队为祖国的黄金事业艰苦奋斗、无私奉献的动人事迹的报告文学集。它的价值在于集首长、科技人员和武警战士于一体，融思想性、知识性、文学性和资料性为一体，是人民子弟兵中一个特殊兵种的光荣榜，是地质勘探队伍中一支劲旅的丰功碑。"继祥写道："我来自大地，山举着我，山是信念；我贴着山，和山同样坚强。""森林中有一种可怕的声响，像海的浪涛、人的呼喊、兽的嚎叫。战士们羡慕这冰天雪地以及简陋的生活方式。"（刘继祥《黄金般的史诗》）这一年年底，他的散文集《托着灿烂的梦》出版，这是作者在人生旅途中顺手采撷的一朵朵姹紫嫣红的鲜花，一枚枚芳香四溢的红果。"他手扶起的那东西，诉说着一种原始的美和纯朴的欢乐要求，像一支远古流传至今的魅力永存的牧歌。""浩大无边的荒原无边的沉默、无边的胸襟、无边的永恒无边地将他们笼罩着，一个声音、一个呼号，那是天籁地籁，是大山大川之籁。诉说着远古的峥嵘，书写着存在的艰辛。"（刘继祥《托着灿烂的梦》）

（三）对继祥这种军人的风骨，我和局外人一样难以测量

1992年，继祥任武警黄金部队一总队干部处处长。在这个异常敏感的岗位上，他除了显示出了超群脱俗的文字表达能力和口头表达能力之外，更主要的是显示出了独具高格的协调、平衡能力。他对干部考核认真，思维缜密，办事公平、公正。这期间，他写了数百篇随笔，叩问社会、权力、人生等课题。他协调、应酬之余，仍然坚持早晨提前两小时上班，边读书边写作。"只有这样做事才有修养，为人才有境界。这是不出现大的闪失的根源。"（刘继祥《著书的苦乐》）1996年，继祥调任总队医院政委。这一年，他用积累了十余年的素材，潜心撰写并出版了堪称"中国人民武警黄金部队成长纪实"的力作《黄金魂》。全书

5章53节，共23万字，全景式又条分缕析地记述了黄金部队从无到有、从小到大的战斗历程和辉煌业绩。这部书的出版，是作者进入创作成熟期、收获期的突出标志。作为继祥的忘年交笔友，每每翻开这部长卷，我们都会情不自禁地联想到三十年前他肩上挎着黄书包奔波于深山老林间，想起那无数个潜心笔耕的通宵达旦的夜晚。夜，静悄悄地睡熟了；山岭，睡熟了；城市，睡熟了。然而，继祥的心，却醒着；笔，却醒着；文章，却醒着……“第二天上午，砂钻就开动了。吊锤的巨大撞击声在河谷上空回荡。这片大地上，除了雷霆还从未有过这么巨大的声响，连山峦树木都肃然起敬，甚至瑟瑟发抖。”“大兴安岭富有神秘的柔和的曲线，美得令人神往，也令人发颤。”（刘继祥《黄金魂》）

1997年3月，继祥当之无愧地先后加入了哈尔滨市作家协会、省作家协会、中国作家协会。转年，他又出版了一部关于婚恋、家庭的随感录《实话实说》。它记录了作者关于人生、关于男女和关于道德等诸多心理层面的真知灼见。那些俯拾皆是的格言警句不仅表明作者妙笔生花的娴熟，更表明他的知识结构已从军旅生活逐步向社会普遍关注的热点问题拓展，他的思绪已从文学层面跃上了美学层面和哲学层面的崭新高度。“你是站在婚姻的山峰上仰望爱情呢，还是站在爱情的山峰上仰望婚姻？为此，你是若有所得呢，还是若有所失？”“没有声响，没有色彩，没有浪花。难道生活就是平静和谐的吗？”（刘继祥《关于婚恋家庭的随想》）与《实话实说》同时出版的是一部长篇小说《山野人生》。在这部书中，作者以当代社会广阔的生活画面为背景，活灵活现地塑造出了武警黄金部队一批指战员的生动形象。这幅形象长卷无疑是对《黄金般的史诗》和《黄金魂》里展示的众多形象的有力补充和自然升华，是作者对自己心灵中所追求的理想人物和理想境界的展示，是作者对自己所从事的文学创作的一次阶段性的自觉总结。“如果没有荒原、没有高寒、没有险、没有苦甚至没有死，便没有这支黄金部队。”“孤零零的一顶破帐篷默默地扎在这密不透风的山谷里，像是一个灰色的庞然大物。”“城里人把他们当山里人，山里人把他们当城里人。”“他看着前面的三人，个个浑圆的屁股，腿部移动的起伏和那立体分明的身材骨架，真是一种原始的美，原始的快乐。”（刘继祥《山野人生》）同时，他的又一部歌颂武警部队的长篇纪实报告文学《忠诚》也出版发行。这是一部追溯武警部队战斗历程、歌颂武警光荣传统的好书，是一部描绘武警部队群英形象和战斗业绩的英雄谱，竖起了一座武警部队所向披靡、阔步前进的里程碑。这里有出神入化的精雕细刻，情景交融、形象兼备的描写和条分缕析、令人心悦诚服的理性思考。这说明，作者的笔永远是醒着的，心同样永远是醒着的……

1997年12月，刘继祥调任武警哈尔滨指挥学校副政委。在此期间，他除了创作了歌词《太阳·国旗·哨位》《学员之歌》、报告文学《橄榄绿防线》《忠诚铸丰碑》、散文《黄金遥远》、随笔《在学海涵育中培基远行》《在自省慎独中升华境界》《在投身实践中冶炼淬火》以及学术论文《浅论新诗潮的诗美流向》之外，还于2000年出版了反映武警部队基层官兵生活的长篇小说《守望灵魂》，56节计18万字，涉及人性的真、善、美，并深刻地指出，作为军人必须以忠诚为本、安宁为宗，心系祖国和人民，军人不仅是改革开放的守望者，更是灵魂的守望者。2001年2月，继祥出版了三部人生随想录《叩问灵魂》《叩问爱情》《叩问诗人》，这同样是三部文章体载形式不同而直指人的灵魂的力作，再次说明了作者不仅精于美学层面和哲学层面的思索，更进一步开始了对人性、人本的思索。三部随笔共36万字，涉及人生、人道和人格，婚恋、家庭和爱情，深刻地指出，人应该怎样生，路应该怎样行……“谁能用心路历程诠释青春、目标、理想、磨难、修养和真善美呢？”（刘继祥《叩问灵魂》）“美不就是自由的象征吗？诗不就是自由的晶体吗？你是以人格的力量竖起人生的旗杆的吗？”（刘继祥《叩问诗人》）“你以为有了爱就会改变一切，拥有幸福和理解吗？在爱情上过于清醒，反而得不到爱情吗？”（刘继祥《叩问爱情》）

继祥其人首先是军人、警官，其次是位笔耕不辍、硕果累累的军旅作家。他的睿智与成熟，他的操守与气节，无不闪烁在他作品的爱与恨及喜怒哀乐之中。文如其人，继祥其作正如其人一样淳朴而机智，厚实而凝重。

（四）继祥用人格的力量竖起人生的标杆让我肃然起敬

书籍是我们视接千载、心通四海的桥梁，是每个人来到世界上首先要拿到的通行证。历时愈久，文明积累越多，人和书的关系就愈紧密。继祥正以书为伴远行，不停地读、不停地写。写作是检验一个人的学识、才智的最简单方法，读而有作，作而出新，力求高品位，使之“篇篇无空文，句句必尽规”，因为“有书酬岁月，无梦求荣华”。

从部队转业后，继祥总是在寻找平衡。他发现自己和同事比，给市委书记写的讲话、调研报告的水平差十万八千里，要强要脸的他心里很恐慌。他无法平衡自己的心态，他从心里说：“我服了，和他们没法比。”因为在过去的时光里，写讲话、写总结、写调研报告，他从心里不热爱，写起来在构思上、结构上有差距，写文学作品从心里讲，还比不了那些写手。但他从不自卑，对自己的能力没有怀疑。同时，他也在寻求中寻找自己的位置，并给自己一个实实在在的定位。故而有时通宵达旦也很快乐。像在部队一样，他每天都是提前两个多小时到办公室，处理应急工作。如果工作不紧张便习惯性地泡上浓茶，一边吸烟、一边发问，把整个自己都交给了清新而亮丽的早晨，交给了那些诱惑或困惑着他的萦绕在心头的问题，交给了他案头的那摞散页纸。这里有疑问、自问、质问、诘问和借问，但更多的是不问自明、无须回答的设问和反问。这样子一路写来，就累计提出了一些问题。这些问题就内容而言，固然都无一例外地胶着在文学作品上，但却是他积累多年的生命体验，广泛地涉及了对自然、社会、人生、艺术和美等诸多方面的感悟和浅见。应该说，《上善若水》是继《叩问灵魂》《叩问诗人》和《叩问爱情》等随笔著作之后的一部反思性、内省性的人生总结，是他在对人生和美探索方面如何拓展思路和弘扬个性的初步尝试，也是一块抛进文坛静水以期激起微澜的引玉之砖。就社会观和人生观而言，人各有志，因人而异。每个人都有每个人的主张，每个人都有每个人的写法，每个人更有每个人的活法。他不反对以文宣泄，但他更主张以文达情；他不反对潜心入世，但他更主张超然物外、动中求静、静中求谐；他不反对宦场腾达，以智慧、能力和理念做事，并使所为于官位无愧，于时代所需、环境所用无愧，但他更主张在业余时间，安于一张桌、一盏灯、一杯茶、一包烟、一支笔和几页稿纸，循规蹈矩地在方格中拾级而上，数十年如一日地把生活中的所得进行提炼概括，并以写为乐、写中求乐，以致其文也融融、其乐也无穷。

当年，他写的两部书起名叫《盛于久远》和《行于心田》，其实是根据自己性格来起的。人世间最宝贵的就是真、善、美，虽然做人、做事、做文很难尽善尽美，但应有这个追求。他常常想，人应该对得起自己，这个对得起就是不自欺欺人。因此，他说：“我生活着，并且思索着，能没有所感、没有所问吗?”

是的，这里的许多问题，都是他在生活中思索的产物，是有感而发，朝于斯，夕于斯，日积月累的结果。所选的几首诗，的确是用心来诗化的，从而深悟了诗是艺术中的艺术，诗人是文学艺术中的圣人，自称为诗人的人是可笑的。所选的一些散文也是有感而发的，虽然有些直白，与美文还很有大的距离，但的确是一种心情所至。“除了理解，对虚幻与孤独的认识，连着重新存在的时间，遥远的海便是你的沉迷。”（刘继祥《沉迷》）继祥的论文也是力求言之有物，言之有理，言之精彩。“素质修养犹如攀登高峰，这一高峰直插璀璨的云端，是一种美不胜收的境界，然而，攀登这一高峰，既不像观花赏月那样悠闲自在，也不像湖面荡舟那样浪漫轻松，它伴随着艰难困苦的磨炼，渗透着血汗泪水的洗刷。”（刘继祥《更接飞虫打着人》）于人于己都友善、亲善、和善。文应该对得起世界，这个对得起就是美，把美好的东西献给世界而不是污染世界和心灵。当然，这里也有套话文章，也有大拼盘，但他觉得拼凑得好的人也是能人。在机关的日日夜夜里，他领教了这些能人的风采。他们那种敏捷的思维、开阔的眼界、概括提炼的能力，甚至引用、借用拼凑起来是那样严丝合缝，没有任何斧凿的痕迹，洋洋万言，又言之有物，令领导动容，又让读者动心。这种本事也是一种创造，非一日之功，非一般人所能。这种本事并非只是文才，而是一种综合能力的体现，因为这里的哲学思辨、抽象思索和形象展望，于国于民密切相关，有的成了科学决策，有的成了纲领性文件，有的成了牵引人们奋进的华章。不像有人说的："他们就会写点啥。"当然这种不屑一顾的口气也因时、因地、因人而异，在不同时期、不同场合，有时也会赢来赞许的、可望而不可即的目光："这人很能写，特别有才。"其实，他们有此功底和思维，加之不断修养，为干一番大事业提供了一种得天独厚的可能。继祥佩服他们，并还在模仿他们。"奔腾的松花江，用清甜的水滋润着两岸芬芳的土地。'一江居中，两地繁荣'的理想，正在'大气谋事，埋头干事，高质量成事'的松北精神的凝聚下逐步变成现实，一个美丽如画的新松北，在松花江北岸树起了一面旗帜。毫无疑问，松北区的开发建设，为老城哈尔滨延伸了绿色的呼吸通道，注入了年轻的生命活力，拉近了城市与自然的距离。"（刘继祥《大气塑造新松北》）

（五）从继祥的为官有建树、做文有著述的人生价值我体会到了"上善若水，盛于久远"的力量

在较深层次的理解方面，一个人能够深深地体验到自己洒脱的生命力和活泼的创造力，并将其应用在有益的事业和向上追求的过程中，是幸福的。人格的脊梁，能够支撑起行为的准则；精神的脊梁，能够支撑起言行的载体。我们试问继祥，你能以人格的力量首先征服自己的心，再以自己的心去征服别人的心吗？

继祥一直有理想，所以有追求；因为有追求，所以有压力，可谓"黾勉从事，不敢告劳。"（《诗经·十月之交》）这压力，源于角色的转

换。曾是上校，曾是决策者，曾有建树，曾舞文弄墨，也曾出口成章。本是二十五年的老兵，却一下子变成了从零开始的新兵，个中滋味，局外人难以体会。说句不该说的话，他的确想做事，继续独当一面，但“有为才能有位”在这里体现得十分明显，也就是说，你必须有得到上下认可的政绩才行。然而，得到认可何其难？同时，他又想为“文”，过去就有人告诫他当官与为文二者不可兼得，但他却我行我素，一直徘徊在做官与做文之间，为官亦有建树，为文亦有著述。这里，关键是有没有耐得黄卷青灯、孤砚冷墨的固守与勤奋。当然，这里的“文”和他自己多年爱好的“文”又是两码事。

多年的积淀使他在选择这条艰难而充满光明的道路时没有动摇意志，燃烧的依然是理想，不变的依然是追求。说实话，他很幸运，在军旅二十五年之后，能来到口碑载道、鸿儒硕学、政通人和、责任重大的首脑机关工作。他时刻都被这里团结敬业的氛围、厚实学养的精神、学贯天人的功底、精益求精的作风和高洁浩远的风范感动着。他为自己能成为这里的一员而感到荣耀和自豪。同时，也深感肩上担子的沉重和责任的庄严。“‘知之非坚，行之惟坚’，无论是自己的修习素养之经略，还是学海涵育之潜能，可谓即胸无点墨亦胸无城府。”（刘继祥《追求的格调》）压力与信心同在，更有各位领导及同事对他关爱有加、耳提面命、循循善诱、谆谆告诫。他写道：“在人生的漫漫征途上，能有多少人可与之相逢、相识、相处和相知？人与人之间，又能有多少人可与之会心、知心、交心乃至倾心？在这里我感受到了朋友的真诚和师生般的关爱。”（刘继祥《追求的格调》）

然而，不得不承认，每当领导交给他一份工作时，他都感到忐忑不安，这不安主要源于能力的适应和对情况的把握及对重大问题的认识上的差距，三十多年笔耕不辍的他真是汗颜。于是，他感到光有刻苦磨砺的意志是不够的，还要有领会神速的悟性。他又陷入苦恼，又回望过去。但他深知，过去的探求，那是过去的辉煌；而今天的探求，那才是通向未来的桥梁。他必须严肃地审视现实中的自我，并不断地使自己进入新的境界。他曾说：人生在世，不能没有能力。但光有能力而没有潜力也不行，潜力就是能力的后盾和源泉；光有潜力而没有耐力也不行，耐力就是潜力的外化和持久化，就是由能力分解成的感召力、诱惑力和凝聚力。“树木择地而繁荣，名花适土而独秀。”组织安排他在这样庄严而神圣的岗位工作并赋予他这样重大的责任，他热爱并且自信能为这项工作殚精竭虑、锲而不舍。

“写字者，写志也。”“书，如也，如其学，如其人，如其志，总之曰如其人而已。”（刘熙载《艺概》）搞综合、调研，当参谋，写讲话，何尝不如此。它能体现一个人的价值选择、理想取向、人生定位、道德操守。他在《行于心田》一书自序中写道：“我要继续发扬披览忘倦做学问，孜孜以求著文章的精神，刻苦于学海泛舟，辛劳于笔耕墨种，躲避于物质世界的诱惑、浮躁的包围、俗世的干扰，培养甘于寂寞的情怀和淡泊名利的心境。在政治上知恩，在生活上知足，在工作上知责。超越一己私利的狭隘动机，树立坚定理想和科学的修养观；超越直觉驱驶的情感障碍，确立真挚、炽热、高尚的修养情感；超越被动约束的行为习惯，形成高度自觉的修养行为；超越‘洁身自好’的境界取向，坚持在社会性实践中造就发展。从而改变浅尝自封的思维方式，建立深邃广涵的思维方式；改变单向偏执的思维方式，建立多维求变的思维方式；改变钝守自抑的思维方式，建立锐攻自强的思维方式。始终牢记发于点滴，行于心田，融于交流，盛于久远，上善若水，厚德载物的传统美德，在学海涵育中培基远行，在自我激励中超越自我，在‘自省’和‘慎独’中升华境界，在投身实践中冶炼淬火，在扬长效优中完善延伸。这便是我的追求。”

（六）继祥在自我调整、自我完善和自我超越中前行的意志和品质美化着我们的心田

漫长的人生过程是个选择的过程，也是征服的过程。谁能征服世俗

的罗网、名利的羁绊乃至健康的威胁；谁能征服技法的障碍、语言的贫乏以及自己的、编辑的和读者的鉴赏力。生活轻轻地呼唤着人们，也苦苦地折磨着人们。同时，也慷慨地美丽着、劳苦着人们。

《刘继祥长篇小说选》上下册共选出三部长篇，分别是《情感游戏》《熊火烈焰》和《心泣》。这三部长篇是继祥写作的精华，融入了他对人生的完整思考，也倾注了他的大量精力。凌晨三点他便开始写作，越写越有情致。同时，他还结集了六部文学读书笔记《深浅本末》《大小贵贱》《上下左右》《虚实厚薄》《远近高低》《是非曲直》，约120万字；创作了《金泣》《水泣》《地泣》三部90余万字的文学报告。此次由哈尔滨工程大学出版社出版的《良心——刘继祥诗文选》《山远人远——刘继祥纪实文学选》《蕙兰——刘继祥小说选》有他的近作，也有过去所写搁置一旁后重新修改的作品。“当我还是个孩子/手持灯盏/照亮贫寒的路/我看见依稀的灯光/洒满绿色的山河/我看见沉默的父亲/收起木犁/我看见哪些乡亲们/在屋前的水塘/蓄满博爱/储满宽容/这无声的教诲/一直流淌在我的血脉之间。”（刘继祥《冷藏真善美》）

有人说，人的最大差别在业余时间。不是业余的时候，是为了饭碗，故不能有丝毫懈怠。忙忙碌碌中的个中滋味只有自己能体会出其内涵，会从中获得不少乐趣和满足。有时业余时间和工作时间竟然也难以区分。别人回家了，他还要俯案笔耕，查阅资料，直到无疏漏为止，业余便变得更加忙碌。尽管如此，继祥的业余时间有时的确是属于自己的。

每天早晨，当他从梦境中走出并严肃地审视着现实中的自我时，总是自觉不自觉地进入了一个新的梦境。当收听气象台的天气预报时，也在观测自己的风云变幻；在茶杯里泡上诗意浓郁的早晨的同时，便神不守舍地坐在思索中，走在笔尖上了。“望着母亲骑着自行车在风雨中行进的背影，我想，我们能像您那样付出辛劳养您的老吗？无私奉献，是

母亲之于儿女，等到儿女明白了这一真谛的时候便也上了年纪了。”（刘继祥《妈，辛苦了》）

他以为，只有在业余时间里，在属于你自己的时间里，你才能充分暴露你自己，你才能充分放纵你自己，你才能自觉不自觉地体味你自己。所以，他总是观察着并思索着。当一个人正处于生命的正午时，不是光明正多，阴影正短吗？能在这时找回自己，找回并强化自己的自信心吗？这种自信心不是固执的，而是规律的；不是单向的，而是多维的。

最可悲的，是在物欲生猛的社会里失掉你自己。继祥在《业余的内涵》一文里写到：“诚然，我不能选择我的生命，但在我的生命的流程中，有了一种不是刻意的追求——我有爱好，我找到了体味自己的手段，我感到了自己活生生的存在。”

这能否是自我欣赏呢？自我欣赏不正是基于对自己的认识和把握，意在自我肯定、自我否定、自我调整、自我完善和自我超越吗？其中，不是蕴含着自觉、自爱、自重、自尊、自信、自律、自忏、自勉、自慰、自立、自裁、自问、自省和自足等多种心理因素吗？

爱好是一种充实，也是一种解脱。爱好好比脚上的鞋、身上的衣、口中的菜、身边的女人，合不合脚、舒不舒服、香还是不香、可心还是不可心，应该只有你自己知道。所以，写点东西不是为了发表，也不是为了让人知道自己有这方面的爱好，而是为了给自己看（他自己就写了一本10万余字的书《自己写给自己看的书》，虽文字有些拙劣，但总能给自己一些启发，故后来的文字有许多长进），是用来丰富自己、警省自己和充实内心的。写东西，无论是小说、散文，还是诗歌，总是要学着高人的方法，把自己的感受裁成合体的衣裳，炒成可口的菜肴，美化成可心的情人。“我仿佛找到了这种感觉，同时也深深体味到，这看起来洋洋洒洒但却歪歪斜斜的文字，也是捆绑自己的绳索，我的生命在行间流逝，无疑是‘自裁’！于是我顿悟，自裁也是生命延续的需要。”

（刘继祥《业余的内涵》）“我们深知，世界上任何富翁的财产都是可以计数的，而在我们松北形成的这种‘大气谋事，埋头干事和高质量成事’的金光四射、沉甸甸的松北魂，是任何计算机也无法统计的。它因蕴含着史诗的资质和底蕴而弥足珍贵！松北人正靠着它用辛勤的汗水和科学发展的能力谱写着奉献的史诗、创新的史诗和和谐的史诗！”（刘继祥《松北魂》）在《行于心田》一书的后记中，他曾这样表达自己：“每当我恪尽职守完成任务时，每当我喷云吐雾奋笔疾书时，我怎能不确确实实地感受到自己的生命力、创造力和爆发力在奔突呢？怎能不确确实实地感受到我活动着，并且表现着、创造着，甚至生气贯注、激情有加、一发而不可收呢？把每天都视为生命的重新开始，把每天都当作自己的生日来过，人生能不增添许多快乐吗？能不深深地相信每天都有一次日出、每天都有一道亮色吗？能不把每片绿叶都看成是一面昭示着生命、追求和希望的青春的旗帜吗？”

《良心——刘继祥诗文选》主要是他的诗歌、散文和随笔，特别是歌颂最底层、最辛苦的环卫工人的诗《城市的亲人》和《街路的良心》，感人至深。《山远人远——刘继祥纪实文学选》由两部纪实文学构成，一部是《冰雪人间》，专门描写冰雪与人的生活的联系，具有民俗、地域色彩，写得生动而活泼，写出了一个冰雪行者的低声吟唱；《山远人远》则是描写军旅生活，给人们一个崭新的图景，军人如山，军人是意志的钢铁。《蕙兰——刘继祥小说选》是由长篇小说《蕙兰》和中篇小说《指导员》《山里山外》构成，主要是写邻里间、家族间的真、善和朴实，真切而动情，写官场、写军旅与社会和人生和生活，表现军人的另一面。另外，两个短篇《新诗人和老眼镜》《我看仨打一》也别有意味。

“蕙兰跟随爸爸去接蕙欣。蕙兰和蕙欣是堂姐妹。蕙欣的父亲吕德旺早就去世了，蕙欣母亲带着蕙欣到娘家过了不到两年，就抗不住娘家的压力，再嫁了，蕙欣外公家派人给吕家捎信来，说愿意继续养蕙欣。

但如果蕙欣爷爷家希望接孙女过去，他们也不反对，因为毕竟蕙欣是吕家人。吕德名——蕙兰的父亲，蕙欣的伯伯，他很明了蕙欣外公家的意思，而自己和弟弟德旺的感情一直很好，不想让弟弟的孩子在他人屋檐下步履维艰。蕙兰非常喜欢这个妹妹。蕙兰的妈妈说：‘以后咱们要拿蕙欣当自己的孩子一样对待才好。’爸爸说：‘那是自然。蕙兰有什么，蕙欣也要有什么。’”（刘继祥《蕙兰》）这段简短的描述，道出了家族间的亲和与真善。继祥总是能把自己的所见所闻加以思考，从而将家族血脉之间、邻里之间的平凡细节描写刻画出来。他常常朗诵这样的诗句：“我的歌属于我自己，是飞旋的风，属于一切善良的、正直的、大脑和四肢都顽强地属于自己的和我站在一起的人们。”这是心灵的应答，这是人格的标杆。

当继祥把视野向社会、向和谐、向环境进一步拓展的时候，我们看到了他用文学描绘社会、用哲学分析事物、用责任把握时代赋予自己的使命。因此，他靠准确的判断处理问题，用和谐的思维凝聚部下，用人格的力量和处理问题的能力形成了一种知识的力量、修养的力量和永不言败的勇气。“那就是，给你一个人生的沙场，目标是：胜利，或者不再失败。”“他们探寻一块石头的固执，解密一朵野花的低语，向苍穹叩问高远，向心灵追寻宏大。用真诚的而不是矫饰的，精确的而不是偏颇的，睿智的而不是混沌的，大气的而不是局促的文字，为感动做完美的注解。”（刘继祥《盛于久远》）紧张、繁忙的工作之余，潜心坐下来思考点什么，能写点什么，本身就是一种境界。这业余的内涵，局外人难以测量。

目录

第一篇　冰雪人间

冰雪文化行者的低声吟唱

（一）

公元758年，在他乡异国的东瀛，一孤拔的身影于夜色中低歌长吟，“霜天月照夜河明，客子思归别有情。厌坐长宵愁欲死，忽闻邻女捣衣声……”惆怅而歌的诗人并不是什么知名的大诗人，他叫杨泰师。他是现有作品留存下来的黑龙江最早的诗人，这篇诗作有史可寻，是黑龙江最早的一首诗。此时的他身为渤海国的归德将军，被渤海文王任命为出使团的副使，与另一位渤海国出使团正使杨承庆前往日本行国事。诗人人在他乡，思的是万里之外的白山黑水和家中的亲人，诗人此时的家乡正是“晨起开门雪满山，雪晴云淡日光寒”的冰雪季节。

让思绪越过那千年的雪，轻轻放下手中的笔，外面已有雪花在漫天飘舞，这是冰城入冬的第一场雪。初冬的雪落地即融，精灵一般的身躯化作晶莹的水滴，润物无声地渗进了大地的胸怀。雪还在下，可能在明天的早晨，这城市就会披上一件洁白的霓裳。一如纯洁的天使，将大地、山林、城市、乡村银装素裹起来，一个晶莹剔透的冰雪世界徐徐展现在人们的眼前。相对于冬日里来访的冰雪，人类更像是过客。在这片黑土地上还没有人类之前，冰雪就已经年年来此，那本就是傲然的冰雪与人类的相约。直到数十万年前，人类才姗姗来迟，应赴这一个亘古的约请。初到此地的人类起始还有许多不安，凛冽的北风，一望无际的冰河，漫天狂舞的雪花，对他们的生存提出了巨大的考验。面对严寒酷冷的大自然，最初他们只能将自己深深地置于地下，在大地深处寻找一份温暖。他们只有在火的帮助下，才能在冰雪天地之间逐渐站稳自己的脚跟。

冰雪好似这片土地上一位严厉苛刻的导师，磨砺人的意志，强健人的筋骨，塑造了这里的人们坚韧执着、顽强不屈，如松树般的品格；冰雪又好似恩爱有加的慈母，赋予了这片土地无尽的丰饶。“棒打獐子瓢舀鱼，野鸡飞到饭锅里”，取之不竭，用之不尽的自然资源，养成了生活在这片土地上的先民们浑朴豪迈、奔放乐观的性格。人类在与冰雪砥砺相磨的过程中，得以不断地成长与强健。人们也从早期的恐惧冰雪，逐渐地发展为喜欢冰雪，热爱冰雪，并最终与冰雪融为了一体，成就了一种独有的冰雪精神。何意百炼钢，化为绕指柔，冰雪大地上的人类已经与这寒冰冷雪交融成相濡以沫的情感关联，并构成了一种血脉相连、割舍不断的文化因缘。这是人类在与冰雪打交道千万年以来，一个必然的回馈，即冰雪文化。但冰雪文化到底是什么呢？或许这并不是一个不证自明的命题。

（二）

我并无意于求证冰雪文化的准确定义，那是象牙塔内学者们的事情。我只是想在不断地追问中，厘清冰雪文化的脉络，毕竟自身的血液里有着它太多的养分。或许这一点期望，也无法得到实现，但对冰雪世界中人们生活的印迹，有一份追忆也是好的。人类的记忆并非是可靠的，一种具有追溯性的历史探索之路也总是充满了迷离一般的失忆，多义的记忆往往更是回顾往事的无奈之果。但没有记忆却是莫大的悲剧，哪怕就如博尔赫斯《小径分岔的花园》所描述的，在盛开着簇簇鲜花的时光隧道中，到处都是不知去向的小径。但依然希望凭借着寒冰雪地映出的缕缕辉光，去领略人类冰雪文化的神韵与风情。

记得有人向台湾知名学者、台北市首任文化局长龙应台女士提出过“文化是什么”的问题，且要求回答“简单扼要”。她在文章中这样回道：“日子怎么过，就是文化。”我钦佩这种答案。她又写道：“文化，就是一种生活方式，在特定的地理、历史、经济、政治条件中形成。农民不吃牛肉，因为对他而言，牛不是家畜禽兽，而是一个事业合伙人。渔民在餐桌上不准孩子翻鱼，因为人在吃鱼神在看，他不能冒任何即使只是想象的危险。”东北餐桌上盘大如盆的菜码，就是文化，因为如果不这样，主人就会被认为不够真诚实在。东北农村过年包饺子，总要给左邻右舍送上一碗，这不是因为人家吃不起饺子，而是为了图个邻里的和气，这也是文化。过去东北人正月里不理发，都一股脑地赶到二月二去剪发，并不是真的担心会走了舅舅，而是为了求得一个心里落稳，这还是文化。每到冬天，即使在豪华的高档住宅楼里，也能看到大大的、笨笨的酸菜缸，不是吃不起青菜，要的就是这种味道，这同样是文化，是千千万万长期生活在冰雪自然环境中的人们自然而然形成并逐渐衍生的一种冰雪文化。

冰雪文化学者的说法是：“冰雪文化是指在冰雪自然环境中从事日常生活的人们，以冰雪生态环境为基础所采取的或所创造的，具有冰雪符号的生活方式。”专业的东西往往拗口，我所理解的冰雪文化就是借用龙应台女士的那句话，即长期生活在冰雪自然环境中的人们的日子是怎么过的。文化本身的定义就充满了不确定性，也许我们不必过多地、喋喋不休地去考证概念，而是应去不断地挖掘、发现、梳理、展现、创新和塑造人类的冰雪文化。

冰雪文化是有魂的，它的魂不是在洁白的雪中，也不是在晶莹剔透的冰块里。雪堆和冰块本身都无文化可言，但雪雕、冰灯以及冰雪活动却具有丰富的文化意义。雪花飘落无文化意义，但当你歌咏出“雪似鹅毛飞散乱，人披鹤氅立徘徊”，哪怕是“黑狗变白狗，白狗身上肿”，就有了文化。可见，冰雪文化是归属于人的，也只有人才能塑造出冰雪文化的魂。同样，冰雪文化也离不开冰雪，没有冰雪，自然谈不上冰雪文化，但有了冰雪就会有冰雪文化吗？也不尽然。2008 年南方大雪数十天，雪之大已经超过同期的北方，我们能说南方有冰雪文化吗？答案很简单，不能。所以冰雪文化要有限定，学者们将其限定在北纬 40°。也许有人会说那北纬 39°就没有冰雪文化了吗？我想，具体的地理区域分界线可以商榷，关键是要看自然冰雪环境是否给生活在那里的人类价值体系产生影响，这需要从人的生活方式中去寻找和判定。

（三）

我个人的理解，冰雪文化不是、也不应是冰雪旅游文化。冰雪旅游诚然是冰雪文化中的一个重要组成部分，也是现阶段冰雪文化中所被展现最多的部分，但它并没有资格全然代替冰雪文化，因为冰雪文化涉及冰雪环境中人类社会生活的方方面面。冰雪文化是政治的，比如有些城市政府强调的“以雪为令”；冰雪文化是经济的，比如以冰雪为资源所进行的多种类经营开发；冰雪文化是艺术的，比如冰灯雪雕；冰雪文化是生活的，比如东北的酸菜、大炖菜；冰雪文化是社会的，比如人们的习惯交往方式；冰雪文化又是个体的，比如某人对冰雪的喜好……冰雪文化虽然可能不是居住在冰雪自然环境下人们生活方式的全部，但它却容纳了多方面的内容，并给人们带来极其深远的影响。

诚然在技术文明高度发达的今天，有些冰雪符号渐渐地淡去了，甚至已杳无踪迹，不会再回归到今天人们的生活之中。但对其进行历史性的追溯和再现还是必要的，可以质疑历史，但是不能没有历史。没有历史的文化，将不可想象。对历史的回顾，也是对今天的思考，更是对明天的建构。每一个生活在冰雪自然环境中，且富有文化使命感的人，对冰雪文化的成长，都应“筚路蓝缕，以启冰雪。”

（四）

我是在白山黑水之间土生土长的，睡过火炕，打过冰窟窿，拜年磕过头，好吃东北大炖菜，喜欢啃冻梨，更钟情于缤纷多彩的冰雕雪塑，是典型的东北人，对冰雪世界有过长期的生活体验。但这并不能说明对我国东北的冰雪文化，我有多么全面的了解和精深的认知，何况冰雪文化本身是具有国际性的，很多地区的冰雪文化都是我闻所未闻的，更谈不上有什么认知的经历。我只是一个在冰雪自然环境中长大的个体，在黑土地上成长起来的一个文化工作者，冰雪世界所造就的千千万万冰雪之子中的一员，但我对这片土地充满了热爱，浓浓的乡土情感，催发我这个冰雪文化爱好者拿起笔来，去为冰雪文化做点什么。在写这本书的时候，我翻阅了大量的有关资料，发现有无数的身影在冰雪文化芳草地上在默默耕耘，那份感动无以倾诉。今天的冰雪文化事业正如唐代诗人刘禹锡的诗句：“沉舟侧畔千帆过，病树前头万木春。”

（五）

作为一名初习冰雪文化的爱好者，初进冰雪文化这个大花园，桃李共艳，兰蕙齐芳，其丰富的冰雪文化资源，使我如入宝山空手回，用尽全身气力，也未能入得门室。好在我是以一个漫步者的姿态，这边看看，那边瞧瞧，偶尔摘得一二枝叶，便如获至宝欣喜之极。但要以此而著文成书，则不免会有浅陋之嫌，令人贻笑大方，只望各位窃笑之余，能给予指正。

由于冰雪文化涉及内容广泛，包括古今中外的衣食住行、风土人情、文学艺术、休闲旅游等许许多多方面，非笔者一时所能力逮，所以本书谨立足于当前所能掌握的有限资源，从一个冰雪文化爱好者的角度去尽可能展现作者眼中的冰雪文化。本书既非学术论著，故可能会有不少偏颇谬误之处，也不是辞赋散文，故也未能妙笔生花、文韵流长。也许只能算是一个冰雪人在冰雪世界中边走边看、随思随想的随手小记，所记的也无非就是耳闻目睹、日常所思的一些平常事宜，但我依然期望，它能够成为一曲冰雪大地行走者的低声吟唱。

谨为序。

第一章 冰雪·饮馔

第一节 早期的北方人是冰雪饮食

这是一段有关吃的故事，是由生活在冰天雪地的人们讲述的故事。它很遥远，因为自从这片土地有了人类，它就已经开始述说；它也很近，因为在当前的每一刻它都在我们身边低声絮语；有时它又会让人感觉很陌生，因为它所讲述的那一段，已经是逝去的传说；而更多的时候，它又会让我们熟悉得几乎要熟视无睹，因为它本身就是我们的生活。看起来肚子远没有脑袋高尚，但人们偏偏就要说“民以食为天”，谁让人“一顿不吃就饿得慌了”。

人类的老祖宗是从茹毛饮血的阶段走过来的，听上去很粗野、很“野兽”，但“饮血”就是吃那些没有经过“火的洗礼”的食物。没办法，当远古人类在见到火时只是恐惧和逃跑，而不知道火还能有那么多好处，也只能是吃点大自然所赐予的“现成的”食物了。随着火的好处被发现，人类进入了一个熟食的阶段，凡是能弄到的野兽、鱼类等，都来个“火炽石燔”。人类永远是智慧的，善于琢磨是人区别于其他所有动物的主要原因，更何况是为了肚子。于是人类在不断而积极的探索中，学会了畜牧或农耕，或是二者兼而有之，这时的人类活动，才能被冠以文化的字样。随着人类吃的东西逐渐丰富起来，煎、炒、烹、炸、烧、烤、煮、涮等也都开始无所不用，这个时候人类进入了烹饪的阶段，可以说这是一个令人激动的转变，因为饮食文化由此开始了它的伟大行程。有了文化，人类的智慧又愈加活跃，开始改造人的一日三餐，吃从此变得不再那么简单。

我们先跟随着考古学者和历史学者们的脚步，去多少了解一点北方冰雪地带的先民是如何果腹而生的。

追逐食物是人类的天性，随着冰河的后退，野兽群从华北以及其他各地向东北移动。为了寻求更为丰富的食物，大批人类祖先也随之向东北迁徙。在辽宁金牛山文化遗址古人类洞穴内，发现了“肢解动物、围火烧烤、敲骨吸髓的肉食生活场面的遗迹”，看来至少在30万年前，东北人类祖先就已经开始“烧烤”用食了。寒冷的北方气候，千里逐猎、游牧的劳作方式，需要人类摄取更高的能量，具有更多的脂肪，肉食自然便成为东北先民的主要食物了。

陶器文化的肇始，即食物器皿的出现，是早期东北人类饮食方式的一次飞跃，也是东北饮食文化有记录的开端。在新石器文化晚期的小珠山遗址、红山文化遗址、昂昂溪文化遗址等都曾发现钵、盆、瓮、罐、杯、瓶形器等陶制器皿或残片，标志着冰雪饮食进入了一个有实物记录的时期。在黑龙江肇源白金堡文化遗址，还发现了古代房屋、窖穴和窑址等遗迹，可以看出远古先民已经有意识地用窖藏的方式储存食物，以调剂一年四季的余缺。这在冰雪饮食文化史上，具有不可估量的意义。窖藏存储蔬菜的方式被一直流传下来，直到20世纪八九十年代在东北乡间还普遍存在，不知与此是否有渊源。

处于北方寒冷季节，人类面临更多的挑战，天寒地冻的冰雪环境向人们提出各种考验：不仅要有足够的每日三餐以能保证较为充足的体力，又要在经常零下三十摄氏度的寒夜里保持体温，抵御刺骨的严寒，还要增加自身的能量和热量。对于当时的先民来讲，吃野兽的肉，穿野兽的皮，自然是最优的选择。据专家研究，通过摄取大量肉食而获得高能量的饮食方式，比仅以粮蔬为主的饮食方式要高出近乎一个营养级。

不但野兽可作为东北早期人类的食物来源，白山黑水间丰富的水系，也为东北先民提供了大量的渔猎资源。居住在东北寒冷地区的渔猎民族，很早的时候就以鱼为腹中美味了，而且还掌握了在冰冻过尺的河流中打鱼的本事。六千年前，活动在黑龙江、松花江、嫩江流域的满人先民肃慎人就已“凿冰没水中而网取鱼鳖”，或许他们那时就会将吃不了的鱼放在冰雪中进行存储。在生存压力面前，人类智慧往往会被发挥到极致。

即使能够捕食的野兽资源很多，但完全依靠狩猎来填饱肚子，也不是件可靠的事情，于是聪明的先人们想出了把较为温良而又比较有口感的动物，弄回家来饲养的主意。当然这只是一种猜测，但圈养动物在很早的时候就进入先民的家庭，却是不争的事实。据考古发现，在石器时代，居住在镜泊湖畔的肃慎人就已经学会大量养猪，并能“食其肉，衣其皮，绩毛以为布”。养猪的习惯被满人一直保持到现在，即使在今天的东北乡下，养猪依然是乡民蓄养家畜的主流。而随着牛、羊等蓄养动物的出现，先民的餐桌愈加丰富起来。遗憾的是当时还没有文字出现，我们也就看不到先民们的美味菜谱了，但肉类一定是上面的主打“菜品”，否则真的无法想象，先民们怎么抵御得了那动不动零下数十摄氏度的严寒天气。

吃肉不仅强身健体，它更大的好处是推动了人类的发展，恩格斯曾说：“肉类食物几乎是现成地包含着为身体新陈代谢所必需的最重要的材料。它缩短了消化过程以及身体内其他植物性的，即与植物生活相适应的过程的时间，因此赢得了更多的时间、更多的材料和更多的精力来过真正动物的生活。既吃植物也吃肉的习惯，大大地促进了正在形成中的人的体力和独立性。但是最重要的还是肉类食物对于脑髓的影响，脑髓因此得到了比过去多得多的为本身的营养和发展所必需的材料，因此它就能够一代一代更迅速更完善地发展起来。”可见吃肉对于人类是件多么重要的事情，更可见满人祖先的养猪事业是如何的伟大。恩格斯对养猪这类事业的开辟，有着非常高的评价，他说这是人类历史的伟大进步，它“直接成为人的新的解放手段”。

肉食可提高热量，而酒则能驱寒，自从酒和酿酒技术从中原传到塞外，一下子就被北方的先民所接收。大碗喝酒、大口吃肉，从那时起，就成了北方民族豪爽之风的体现。他们利用剩余的谷物酿酒，喝酒则成了在游牧、捕猎之余的最爱，甚至把白酒这种技艺性较强的劳作作为了高级的教育形式，成了部分特权阶层的专有技能。由于先民们饲养着大量的牛、马、羊等哺乳类家畜，他们就用牛、马、羊乳酿造成酒，后来闻名中外的马奶酒就源于此。“有曲酿酒”“有麴酿酒”“嚼米酝酒，饮能至醉”，可见至少在1 500年前，塞外先民酿酒、饮酒之风就已经很普遍了。

《黄帝内经》中有记载：“东方之城，其民食鱼而嗜咸；西方之民华实而脂肥；北方之民乐野处而乳食；南方之民嗜酸而食跗。”冰雪自然环境对当地人的饮食结构、饮食种类、饮食习惯、饮食风俗等具有重要的影响，同时这种影响会延伸到人们的生活方式、交流模式、文化礼仪等诸多方面，并且这种影响弥之久远。从数千年来冰雪饮食文化体系的演变中就可略见一斑。

有学者认为，以冰雪自然环境为特色的东北地区饮食文化于汉朝时期就已经南北有别。瞿宣颖先生就东北饮食文化现象分析道：“自汉以来，南北饮食之宜，判然殊异。盖北人嗜肉酪麦饼，而南人嗜鱼菜稻茗，如此者数百年。隋唐建都于北，饶有胡风，南食终未能夺北食之席。”也正是因为独有的饮食文化风格，具有冰雪特点的东北区域饮食文化才得以绵远流长，且渐趋丰厚。

春秋战国时期东北饮食文化受到了中原饮食文化的影响，也曾影响过中原饮食文化。在今天东北的冬天可常见到居民有储藏大葱的习惯，这种葱曾为北方所独有。古书有记载：“（齐桓公）北伐山戎，出冬葱与戎菽，布之天下”，从中可以得知，春秋霸主之一齐桓公曾到东北这边来打过仗，并将冬葱和大豆作为战利品带回了国，然后开始传播耕种。或许这可算作有历史文字记载的、最早的冰雪饮食文化交流吧。

第二节 渤海国冰雪饮食

在东北的历史中，渤海国是个了不得的阶段。存期为229年的渤海国，最初以旧国（今吉林敦化）为中心，后以上京龙泉府（今黑龙江宁安市渤海镇）、东京龙原府（今吉林珲春八连城）、中京显德府（今吉林和龙县古城）为中心，不断地扩疆掠地，形成了绵延5 000里的渤海国疆域。它不仅与当时的唐朝及邻族有密切的交流，还曾多次出使日本，两国之间在饮食文化方面也有着密切的交流。《新唐书·渤海传》在提到渤海国的特产时，记载道："俗所贵者，曰太白山之菟，南海之昆布，栅城之豉，扶余之鹿，鄚颉之豕，率滨之马，显州之布，沃州之棉，龙州之绵，龙州之绌位城之铁，卢城之稻，湄沱湖之鲫。果有丸都之李，乐游之梨"，而且这只是渤海国强盛时期的一部分而已。其中栅城之豉就是在东北至今仍广泛使用的一种大酱，俗称"高丽大酱"，不过今天大多数人想必已经记不得大酱的来历了。

丰富的渤海国饮食文化，对后世东北饮食文化产生了极其深远的影响。我们从学者们对当时渤海国冬季饮食的描述，就可略见一斑。窖储的蔬菜有白菜、土豆和萝卜，这些种类与直到20世纪80年代，东北一般人家所储藏的过冬蔬菜几乎完全相同。然而让人更为惊奇和更加感兴趣的还不止这些。渤海国满族先民，还腌制酸菜、小咸菜，晾制茄子、豆角、西葫芦等各种蔬菜干。看来这些在现今东北大多地区依然广为流传的饮食方式，在1 200多年前，就已经很普及。在渤海国还有一种小豆腐，其吃法也被满人沿用至今。它是将大豆磨碎，加入适量的干菜，放进锅里煮熟，然后将其成团放在寒冷的室外冷冻。吃的时候，将冻得已经很结实的小豆腐放在锅内加热，最后再拌上满族酿制的东北大酱。这种吃法在现在的东北城市中已不大多见，不知在还保留着满族饮食传统的家中是否能见到。

寒冬腊月，北风呼啸，雪花飘飘，好友四五人环坐在热乎乎的火炕上，炕中有一方桌，桌上则有一热腾腾的火锅。几人推杯换盏，面红耳热，一边朵颐着锅中美味，一边信口着五湖四海。这样的场景，想必大多数北方人都不会陌生，火锅一直就是东北人在冬季最喜爱的美食之一。今人热衷于此，古人又何尝不是？在对渤海古国进行考古挖掘的时候，人们发现了与现在常见的火锅非常类似的三足火锅，它已经距今1 200多年，据相关学者考证这是中国最早的火锅，可谓是火锅的鼻祖。有诗赞道："比邻春酒喜相对，薄肉酸菜火一锅，海菌千茎龙五爪，何家风味比人多！"渤海国人的火锅为三足火锅，以炭火为燃料，火锅底汤往往为著名的山珍野味飞龙汤或鸡汤，有时还用榛菇、元蘑等各种山蘑菇做调汤食用。可涮的野味有野鸡、狍子、鹿肉等，肉品与菜品也都甚为丰富，肉品有猪肉、羊肉、鸡肉、鱼肉片等，最后还会涮上一些酸菜丝、粉丝、冻豆腐等。从上述对火锅吃法的描述中，也许很难会有人想到1 000多年前的火锅宴与我们现在竟然如此相像。

第三节　东北火锅宴史

自渤海国起，满族火锅逐渐丰富，到了清代满人入主中原后，满族火锅更是获得了极大的发展，并得以向全国推广。满族火锅种类繁多，白肉锅、天上锅、地上锅、水中锅、雀火锅、什锦火锅……天上飞的，地上跑的，水里游的，凡在东北能够找到的可食之物几乎全被涮入其中。

在满族民间，尤其是乡下，人们都喜欢在火炕上吃火锅，并因此发明了一种专门吃火锅的套桌，其桌腿短如炕桌，桌面中间有一圆洞，可将铁锅直接放入其中，方便人们在炕上进食。满族火锅不仅在民间大受喜爱，在宫廷、王府豪门也颇受欢迎。金寄水、周沙尘所著的《王府生活实录》中对清代王府火锅有着较为详细的描述。首先吃火锅的日子是有说法的，从冬至起，“凡是数九的头一天，即一九、二九……直到九九，都要吃火锅。”甚至到九九的最后一天也要吃火锅，从数九开始一共要吃十次，而且每次吃的火锅食料都不一样，一九的火锅主要为涮羊肉，之后的火锅有山鸡锅、银鱼锅、紫蟹蛎蝗火锅、狍子肉火锅、鹿肉火锅、野味锅等，“九九末一天，吃的是‘一品锅’。此锅为纯锡所制，大而扁，盖上刻有‘当朝一品’字样。它以鸽蛋、燕菜、鱼翅、海参为主，五颜六色，实际上是一大烩菜。”从上面的记载中，可以看出满族火锅的特点。满人对火锅汤料很在意，常要加一些烤鸭、生鸡片、蘑菇等；调料只有白酱油、酱豆腐、韭菜末等。这是满族火锅与其他火锅的不同之处，也正是满族的饮食文化特点。

富有鲜明冰雪饮食文化特征的满族火锅在大江南北的盛行，是我国冰雪饮食文化交流史上的重大事件之一，它的影响甚或可以与另一东北冰雪饮食文化中的至尊之作——满汉全席相媲美。火锅自此成为华夏大地上最为常见的饮食之一，满汉全席则由此而登堂入室，成为华夏饮食中的王冠。历代清朝皇帝都喜食火锅，常把其作为清朝御膳中的主菜。乾隆皇帝六下江南，每到一处必吃火锅。嘉庆皇帝登基，在宫中举办了一次历史上规模最大的火锅宴——“千叟宴”，共用火锅 1 555 个，就餐宾客达数千人。在清宫众多的火锅当中，以菊花火锅最为知名，也最为高雅，历来为文人雅士所追捧，据说为慈禧太后所发明。菊花火锅用料之讲究，就食过程之繁缛，场景之夸张，亦非平常人家所能体验。只说有关菊花用料一项，便让人望而却步了。慈禧太后身边的女官官德龄，在其所写的《御香缥缈录》中对此所述甚为详细，“先把那一种名唤雪球的白菊花采下一二朵来”，“每次总是随采随吃的，采下之后就把花瓣一起摘下来，拣出那些焦黄的或污垢的几瓣一起丢掉，再将留下的浸在温水里漂洗，末了便把它们捞起，安在竹篮里沥净……”不过这菊花火锅确实十分好吃，即使口味十分挑剔的慈禧太后，也“往往会空口吃下许多去”。至今北京的一些大饭店仍有经营菊花火锅这一传统项目。

随着百姓生活水平的提高，人们也不仅仅在冬天吃火锅了，只要想吃，无论什么季节都可以享用。各个地域的火锅也都涌入了东北，四川火锅、北京火锅、清真火锅、台北火锅、重庆火锅，不同的风味，却是一样的热闹，大家围在一处，依然气氛热烈、天南地北地呼喝着……

第四节　满族饮食文化简述

东北饮食文化由于其历史形成原因，多为少数民族饮食文化，即使在以汉人居多的区域，其饮食习惯也多被同化，尤其是冬季的冰雪饮食习俗，而其中影响最大的就是满族饮食文化。

满族及其先人长期生活在白山黑水之间，是一种以打围捕猎、撒网捕鱼为主，饲养和种植为辅的饮食文化方式。大自然赐予了满人丰富的食物资源，无论是天上飞的，如野鸡、大雁、野鸭、飞龙、鹌鹑等飞禽，还是水里游的，如黑鱼、鲤鱼、草鱼、鲶鱼、鲫鱼等鱼类，或是地上长的，如蕨菜、苦菜、猫耳朵、大叶芹、小叶芹等，都可能成为他们桌上的美味佳肴。满人的先民金代女真人早期的饮食方式在宋人的笔下，显得有些粗糙蛮荒，金人“其饭食则以糜酿酒，以豆为酱，以半生米为饭，渍以生狗血及葱、韭之属，和而食之，芼以芜荑。”对于冬天的饮食方式则说道：“冬亦冷饮，却以木碟盛饭，木盆盛羹。下饭肉味与下粥一等。饮酒无算，只用一木勺子，循环酌之。炙股烹脯，以余肉和菜捣臼中，糜烂而进。”这种清鲜可口，饶有风味的吃法，在当时饮食文化已十分发达的宋朝士人的眼中，却是不能登大雅之堂的。随着女真人与汉人及其他民族接触日多，饮食种类和方式都不同程度地吸收了其他的先进饮食文化，但其最具特色的地方依然被传承下来。

在满人千余年来的冰雪自然环境中，无论是在饮食原料上还是饮食方式上，均形成了具有独特风格的冰雪饮食文化风格，所产生的影响也极为深远和广泛，即使在今天的东北饮食文化体系中，也可以很容易地看到其特有的冰雪饮食文化脉络。针对满族的饮食习俗，清末民初时的一段乡谣概述得较为有趣：“南北大炕，高桌摆上。黄米干饭，大油熬汤。膀蹄肘子，切碎端上。四个盘子，先吃血肠。”又云：“黏面饼子小米粥，酸菜粉条炖猪肉。平常时节小豆腐，咸菜瓜子拌苏油。”

第五节　天下冰雪美味之大成——冰雪宴席

自满清入关以来，具有浓厚冰雪饮食文化风格的满族饮食文化也随之进入华夏大地，不仅将满族火锅推向了全国，也全面地与以汉族为主的华夏饮食文化进行了广泛而深入的融合。这也是至今为止，冰雪饮食文化乃至东北饮食文化，与其他饮食文化最具有深远意义的一次交流和碰撞，也是冰雪饮食文化对华夏饮食文化宝藏的一次巨大的贡献。闻名世界的满汉全席就是此次饮食文化交流的结晶之一。满汉全席源承于白山黑水，滥觞于京，进而推及各地，天津、广东、湖北、东北、四川、扬州等地都有满汉全席。在今天被挖掘出的满汉全席菜谱中，不难发现东北传统饮食文化的影迹。如肉片氽酸菜、白煮猪羊肉、肉炒酸菜、玉米粥、小窝头等，至于以飞龙、猴头菇、野鸡、鹿肉、狍子等东北山珍野味为主的菜肴更是不胜其数。清宫满汉全席的原料多来自满族故乡东北，其烹饪方法也多承继满族传统。出于民族统治的政治考虑，历代清朝皇帝都十分强调保持自己民族在东北时期的传统饮食习俗。可见，处于塞北广漠大地的冰雪饮食文化，即使在深宫皇庭之处仍不绝如缕。

随着满汉全席在全国各地流传，各地的风味也被不断地充实到满汉全席之中，从较近的满汉全席菜谱中，可以看出现在的满汉全席比从前更为丰富。但也正因为其极大的丰富，某些珍贵原料已经难以寻觅到，只能望其兴叹。不过在满人及其他的少数民族中也有一些较为适合一般人家的冰雪宴会，尤其随着冰雪饮食文化的发展，在新中国成立后陆续出现了一系列以满汉全席中冰雪饮食要素为根源的冰雪宴会食谱，为更多的人能享受到美味、丰饶的冰雪宴会，提供了更多品尝的机会。如满族的全猪席、全羊席、鳇鱼席，赫哲族的渔家宴、鳇鱼宴、猴头宴，蒙古族的敬客极品全羊席，鄂伦春族的狍肉宴，以及新中国成立以后被重新挖掘整理的哈尔滨天鹅饭店的东巡宴、哈尔滨国际饭店的飞龙宴、哈尔滨江南春饭店的猴头宴等。

【冰雪第一鱼宴——鳇鱼宴】 在东北各民族中的鱼宴中，以鳇鱼宴最为名贵。鳇鱼为黑龙江著名特产，如今的鳇鱼宴以赫哲族鳇鱼宴为主源头而逐渐发展成熟。它一般是由六道凉菜、八道大菜、四种细点、两种地方名酒组成。以鳇鱼肉、鳇鱼鼻、鳇鱼筋、鳇鱼翅、鳇鱼唇、鳇鱼腹、鳇鱼皮、鳇鱼肚、鳇鱼肠和鳇鱼子等为主料，其中又以鳇鱼鼻、鳇鱼翅、鳇鱼筋和鳇鱼唇最为名贵。烹饪方法集中了红烧、扒、熏、拌、烤、爆、煸、熘、汆、冻等。

在清朝的时候，渔民们捕捞到鳇鱼后，官府要登记备案。为了不使捕捞到的鳇鱼死掉，还在松花江岸边建造了“鳇鱼圈”，这便是哈尔滨“鳇鱼圈”地名的来历。“鳇鱼圈”设有专人看管把守，入冬以后，渔民破冰将鱼打捞上来，先送到关道衙门，然后按照指定的时间、地点押送到京城。运鳇鱼的牛、马车上插一面黄色绣花旗，表示是给皇帝进贡的贡品，沿途官员一路迎送，其他车辆一律给鳇鱼车让道，任何人不得碰掉一块鳞片。在除夕之前送到皇宫，不能误皇帝正月初一的祭祀。如今在有些大城市的大酒店也打出了鳇鱼宴的招牌，但随着野生鳇鱼的迅速减少，其原有的品味想必也逊色不少。大概只有到赫哲人的居住地，或许还能偶有一见。

【猴头蘑、猴头宴】 猴头蘑为黑龙江大兴安岭特产，是中国传统四大名菜（猴头、燕窝、熊掌、鱼翅）之一，素有“山珍猴头，海味燕窝”之称。猴头是一种营养丰富的大型真菌，常常生长在栎树、胡桃的枯枝上，也有的生长在倒木上和活树的伤口外。它呈圆球形，表面覆盖着一层鲜嫩的黄色茸须，毛茸茸的，极像仔猴的脑袋，故得此名。猴头蘑是一种营养价值很高的食用菌类，含有丰富的蛋白质和多种维生素，味道也特别鲜美，氨基酸种类达16种以上，并含有多种维生素和较高的矿物质成分。猴头还含有很多药效成分，它还具有利五脏、助消化、滋补身体及治疗胃溃疡、十二指肠溃疡、神经衰弱等病的功效。同时，猴头还含有多种糖类物质，对癌细胞有明显的抑制作用。

山区人民流传着一种有趣的说法：猴头是对着脸儿长的，如果在这棵树上发现一个，就能在对面的树上找到另一个；若是找不到，那就是没有用心找，或者是那个已经被别人采去了。其实不完全如此，猴头蘑是一种菌类，成熟的菌种随风飘落，遇到适合它生长的条件，它便迅速地发育起来。在光、湿度和气温十分适宜的地方，每逢大年，有的一棵树上可长三四个，多者竟达七八个，而对脸长的极少。

随着经济的发展，赫哲人在传统食法的基础上，创新推出了猴头宴。猴头宴主要分为冷盘和热炒两类，冷盘包括麻辣猴头与卤猴头，热菜则以片、条、粒、丝方式烹饪，有三色猴头片、松仁猴头米、异香猴头丝、白扒猴头、百花酿猴头及翡翠猴头条。20世纪80年代，哈尔滨市十大饭店之一的江南春饭店也推出过猴头宴，在当时轰动一时。当时的猴头宴食单是：大花拼为梅花金鹿，十个小菜有拌鸡丝洋粉、白斩鸡、风味香肠、炝鸡丝蕨蕨菜、糖醋鱼卷、水晶虾、渍香瓜、松花鸽蛋等，十大热菜有金丝鸡茸喉头、炸三样、玉米羹、双色马哈鱼、佛手摘桃、乌龙戏珠、生菜大虾、植物四宝等，两道点心是三鲜锅烙、四季烧麦，甜点心，一道两样，三明治蛋糕、双色菊花酥。从其所蕴含的猴头分量来看，与赫哲猴头宴相比似乎要逊色一些。

【全猪宴与白肉血肠】 满人自其祖先肃慎人起就有了养猪的习俗，关于猪的烹饪方式比较多，而具有代表性的就是他们的全猪席。全猪席源于满族的“阿木孙肉”（祭肉）。在何刚德著的《春明梦余录·

客座偶谈》中有所记载：“满人祭神——未明而祭，祭以全豕去皮而蒸，黎明时，客集于堂，以方桌面列炕上，客皆登炕坐。席面排糖蒜韭菜末，中置白片肉一盘，连递而上，不计盘数以食饱为度，旁有肺、肠数种，皆白煮，不下豆豉，未后有白肉末一盘，白汤一碗，即可下老米饭。”这种整猪的吃法为后来满族全猪席的雏形。后来流传于东北农村的杀年猪，除了不是以全猪来蒸，其他食法都与其颇为相近，算是全猪宴的乡村普及版吧。现在很多有在东北农村生活经历的人，想必对此都会有深刻的记忆，毕竟那是当时一年中难得的几个能够痛快吃肉的日子。烀肉、蒸白肉、各种下水（猪的内脏）等，均是管够吃，一连几日，脸上都一扫平常菜色而油面发光。笔者甚至还见过，在猪刚被开膛时，有人生吃板油的场景，现在想来都不禁胆寒。东北乡下杀年猪时，必有一道菜需要主人家呈上，那就是白肉血肠。

白肉血肠源自满族祭祀，后滥觞于东北整个大地，乃至北京城。血肠做法很简单，将新鲜猪血加调料后灌入洗净的猪肠内，然后扎好放在锅中煮熟，切成薄片即可食用。血肠可单独佐以蒜泥、韭菜花、辣椒油等食用，入口绵远，香溢四放；也可将其与白肉、酸菜丝、粉条放在肉汤中同炖，红白相间，不仅好看，而且好吃。清人姚元之在其《竹叶亭杂记》中曾记载道：“主家仆片肉于锡盘飨客，亦设白酒。是日则谓吃肉，吃片肉也。次日则谓吃小肉饭，肉丝冒以汤也。”清人吴桭臣所著的《宁古塔纪略》中对清人吃血肠的描述较为详细，“大肠以血灌满，一锅煮熟。请亲友列炕上，炕上不用桌，铺设简单，一人一盘，自用小刀食。”可见白肉血肠于数百年前就已十分普遍，并一直流传到今天，依然兴盛不衰。血肠的吃法不独为满族所有，鄂伦春、鄂温克、达斡尔等少数民族，也都有吃血肠的习俗，而且血肠的种类还有鹿血肠、羊血肠、犴血肠等。

【全羊席】 满人全羊席不同于蒙古族及其他一些民族烤全羊的吃法，清末学者徐柯在《满汉通吃·第十二章·宴会》写道：“清江瓟人善制羊，如设盛宴，可以羊之全体为之。蒸之、烹之、炮之、炒之、爆之、灼之、嫖之、炸之。汤也、羹也、膏也、甜也、咸也、辣也、椒盐也。所盛之器，或以碗、或以盘、或以碟、无往而不见为羊也。多至70～80品，品各异味，谓之曰全羊席。”满族地区的全羊席常用108种菜品，分成为3组，每组36个菜。36道菜又由6冷菜、6大件、24个熘炒菜组成，也有8道、12道、24道的形式。但无论哪种形式，第一道菜必须是扒羊头，最后一道菜必须是烧羊尾。而且每道菜都有一好听的名字，如羊鼻——采闻灵芝，羊眼——凤眼珍珠，羊肺——彩云子箭……每个名字都透出一种山野的风味。

【千古一香飞龙宴】 说起冰雪宴会不能不提飞龙宴。飞龙宴以其第一道热菜是宫廷酒锅飞龙而命名。飞龙是由满语“斐耶楞石”转音而来，学名榛鸡，又称松鸡。飞龙产于大小兴安岭，形似鸽子，重不足斤，前胸肌脯硕大丰满，颈骨长而弯曲，犹如龙骨；腿短有羽毛，爪面有鳞，就像龙爪一般，故取名“飞龙鸟”。雌雄成双成对，形影不离，如丧偶，另一只就会终身独守，矢志不移，故有“林中鸳鸯”的美称。飞龙鸟被人们誉为“禽中珍品”。飞龙鸟具有肉用价值，数百年前就为人们所知，明代于诠有诗道：“莽苍苍染山林，百啭千声鸣贵禽。千古一香飞龙鸟，宴上玉馐飨嘉宾。”清代学者西清在《黑龙江外记》中写道：“（飞龙）肉味与雉同，汤尤鲜美。”

边瑾在《鄂伦春竹枝词》中描写了鄂伦春少女打飞龙的情景：“山南山北绿重重，家住凌霄第一峰。十五女儿能试马，柳荫深处打飞龙。”飞龙肉含有丰富的蛋白质及微量元素，肉质细嫩，适于氽、烤、蒸、烧等，而最佳食用则为吊汤。飞龙汤自具一格，汤清味浓，不须作料，就满室飘香。色味俱佳的飞龙肉还有一个奇异的特性，若把它和别的肉掺在一起烹调，别的肉竟也成了飞龙肉味，堪称一绝。飞龙汤为清代黑龙江向皇帝进贡的贡品。20世纪80年代，哈尔滨国际饭店创出飞龙宴，引起了国内外餐饮界的轰动，其烹饪的鲜飞龙汤曾获“玉液琼浆不如飞龙汤”的赞誉。哈尔滨飞龙宴，以林海孔雀等6盘冷菜为宴会前奏曲，三元宫廷飞龙、御膳百花熊掌、聚宝麒麟犴鼻、人参高汤水鱼、银耳冰糖雪蛤、吉祥如意猴蘑等八道热菜是飞龙宴的主菜。最后还有灯秋叶、原笼饺、桃酥、冰城三丝炒面、冰城小吃和冰点等，使人们对飞龙宴回味无穷。

【鄂伦春人的狍肉宴】 过着“食肉寝皮”游猎生活的鄂伦春族，其食用最多的就是狍肉。狍肉号称“瘦肉之王”，具有滋阴补阳双重保健功能。鄂伦春人的狍肉宴有家庭狍肉宴和婚礼狍肉宴两种。家庭狍肉宴一般为节日和迎送宾客而举行，其中必不可少生狍肝、煮狍肉、烤狍肉、狍血肠、杂花菜以及韭菜花等。第一道菜为生狍肝，生狍肝是主人从狍子的内脏中现取出来的，颜色鲜红，还冒着体内的热气。直接用刀将生狍肝切成小块，不放任何作料趁热吃下去，其场面颇有些生猛，但生狍肝的味道却极为鲜嫩、柔和，有一股独特的腥香味，不过依然为一般汉人所不敢食，只能等接下来享受后面的煮狍肉、烤狍肉、狍血肠等，狍子肉煮到八分熟就可以蘸佐料吃了。鄂伦春人婚礼狍肉宴所用狍子必须是生擒的一对，在新郎新娘拜完“山神”后，由一名德高望重的长者主刀将狍子杀掉，剥下的狍子皮要放在火上烤焦，据说这是为了让烟雾带着狍皮被烤焦的特殊香味弥漫整个猎乡，让所有的人都能分享婚礼的欢乐与幸福。

【发展中的冰雪宴】 为了弘扬东北冰雪饮食文化，从1985年起，在哈尔滨冰雪节陆续举办了冰雪菜点大赛，推出了系列冰雪宴。来自哈埠的名厨先后开发了“雪山鸳鸯飞龙”“金凤卧雪莲”“冰城八景”“狗拉雪橇”“雪地梅花鱼”“雪中菊花”“雪花羊肉”“雪花绣球梅”“雪莲花”“冰雪金丝面”等众多冰雪菜点，并陆续出现在哈市各大饭店的餐桌上。近年来，冰雪宴的制作表现出从平面图案向立体形象过渡的发展趋势，新颖美观，玲珑精巧，宛若雕琢的艺术品，充分展现了冰城名厨精湛的技艺。宾客从具有新奇感、神秘感和强烈的地域文化气息的冰雪饮食中，领略与品味着冰雪饮食文化的特色。

第六节　寻常人家东北炖

冰雪饮食大餐大多为迎宾送客、庆典喜宴所设，一般百姓人家自是不能时常就食，而在冬季平常人家饭桌上最为常见的就是东北大炖菜了。东北炖菜起源何时何地，众说纷纭，以满族发明之说为多，曾有记载满族先民“以肉和菜捣臼中糜烂而进”，但其他民族早期也有这种烹饪方式，其源头已不易断定。千余年来，炖菜的饮食方式在东北各地少数民族的生活中很常见，过去的游牧民族常迁徙而居，四处游走，过于复杂的烹饪方式自然不能适应。简单、方便，且具有高热量的饮食，则备受游牧民族所推崇，于是在这种情况下，炖菜这一锅烩的烹饪方式，逐渐被推广和流传下来，并被勤劳、智慧的劳动人民不断进行花样翻新，日益多样。最早的炖菜已不可查，但或许可以想象一下。劳作了一日的人们或在林中，或在河畔，用树枝支起三脚架，在上面挂上一陶罐或铁锅，底下燃起篝火，将锅中放上清水，然后将捕猎而来的肉或鱼，及采摘来的青菜等一股脑放在锅中煮食，随着升腾的热气，人们就着随身携带的干粮，大快朵颐起来，虽不是什么珍馐美味，但也能使人饱腹而安。

东北各少数民族多有以炖为食的方式。朝鲜族的炖牛尾巴汤、炖排骨汤、炖骨头汤及炖狗肉汤等都很知名；满族的猪肉炖粉条、酸菜白肉则是东北炖菜的典范之作；鄂温克族的猴头炖乌鸡、清炖雪兔野味盎然、鲜美无比；鄂伦春族的野菜炖肉、什锦炖肉、豆角炖肉、白菜炖肉等，听上去与今天的东北炖菜已多有相近之处……可见各民族都有着十分悠远的炖菜史。也许从各民族的炖菜饮食方式中不难看出，现今的东北炖菜有着它们太多的影子，是对各民族炖菜的沿袭、汲取、创新和发展，使其更加平民化、大众化。东北菜或许因其不够精细、雅致而不能登入饮食之庙堂，但以其质朴、自然、经济的风格，和高热量、营养丰富的饮食特性，成为东北民间最受欢迎的菜肴，也是东北人抵御寒冬冷雪的好伴侣。或如人所评述：“东北炖菜，看上去乱作一团，大大咧咧，其实有荤有素，刚柔相济，集天地精华于一体，香味暗藏其中，很有内涵。”东北菜做法大都很简单，多是两两搭配，一起下锅，大火狂炖，在滚烫中消弭界限，你中有我，我中有你，最后达到营养的零距离。

东北炖菜既为热菜，又为汤菜，早期就有八大炖之说，主流的说法包括：猪肉炖粉条、羊肉汆酸菜、牛肉炖土豆、肉骨炖豆腐、小鸡炖蘑菇、得莫利炖鱼、胡萝卜炖排骨、牛肉萝卜炖粉丝八大炖菜。其中以猪肉炖粉条和小鸡炖蘑菇最广为人们喜爱。猪肉炖粉条做法简单，吃起来，香腻解馋，余味不绝，即使好清淡的南方人来到东北也都要第一个点上它，满足一下口腹之欲。小鸡炖蘑菇在八大炖里算是高档菜了，自很早就有“姑爷菜”之称，有着“姑爷进了门，小鸡吓掉魂”的趣谈。过去东北的习俗，正月初三，姑娘同女婿回娘家省亲拜年，娘家为表示对姑爷尊重，往往要杀鸡做上一道小鸡炖蘑菇摆宴款待，寓意着婚姻美满，父母深恩，姻亲情重。足可见东北炖菜的深入人心。

第七节　油炸冰溜子

今天来过黑龙江的人，可能会有吃过拔丝冰激凌或拔丝冰棍这道菜的，很多的客人都会奇怪，这冰与火怎么能相容啊？其实这并不算复杂，只是在冰激凌外面挂上一层鸡蛋与面和成的烀，然后放在油锅里炸，之后再挂浆就成了。但这道菜要求的技艺却是很高，需要大师傅不仅掌握好火候，还要眼疾手快。据说得一级以上的厨师才能做好这道菜。端上来后，也要求食客快吃，否则就不好吃了。相传这拔丝冰激凌是来于东北民间的“油炸冰溜子”，关于它还有一段故事呢。

从前，东北的饭馆挂幌是有说道的，一般是一到四个幌子。挂一个幌表示只能做民间日常饭食；挂两个幌是能做地方上的各道炒菜；挂三个幌是南北大菜都会做，至于挂四个幌可就了不得了，客人点啥就能做啥。传说有个老汉开了一个饭店，他侄子在饭店做跑堂。可是老汉的侄子对饭店挂幌的门道毫不知情，有一天趁老汉不在家，把四个幌都一股脑地挂了出去。不一会儿，一个穿得又破又烂的老人走了进来，跑堂的看老人那副穷样子，就根本没有上前理会老人。老人没计较跑堂的冷淡，说道："你们卖不卖饭了？"跑堂的骄横地说："卖，你能吃得起吗？"话音刚落，从外面走进来一个富贵人家模样的公子哥。跑堂的赶紧迎了上去，连连谄媚地问："大爷，您吃啥？喝啥？"公子哥不屑地说："你挂几个幌？""四个。""那就是要啥有啥啰？""当然。""好，给我来个'油——炸——冰——溜——子——！'"

跑堂的一下子就傻了眼，他连听都没听过这道菜，更甭提怎么做了。公子哥一见跑堂的被吓唬住了，手一挥，几个随从跑了过来，公子哥蛮横地说道："把幌子和这店堂都给我砸了！"这些爪牙刚要动手，就听有人大喝了一声："慢！"大伙回头一看，原来是那位身穿破长衫的老汉。公子哥问："你为啥不让砸，难道你会做油炸冰溜子？""没有金刚钻就不会揽瓷器活，不会做就不敢挂四个幌子。""这么说，你是这饭店的后台老掌柜的啦？""正是。""好！那就上这道菜！"

老汉对愣在一旁的小跑堂的喝道："还站着干什么？去，给我拿一个盆来！"跑堂的这时才如梦初醒，急忙取来一个铜盆递给老汉，老汉接过盆推门走了出去。这时，外面冰天雪地，饭店的房檐下，一排排的冰溜子，长短不一地挂在那里，这就是北方常见的"冰溜子"。老人把冰溜子掰下放到盆里后，端到后厨调味、裹面，放入滚热的油锅一炸，就端到了公子哥面前。公子哥一看，哑口无言，只能灰溜溜地带着随从走了。

这时，饭店老掌柜回来了，跑堂的把刚才发生的事情经过学了一遍，老掌柜心里对那位老者很是感激，说："赶快去找那老者！"跑堂的跑出去，茫茫的风雪中，已不见老者的身影。老掌柜说：“孩子啊，以后记住这个教训吧！今后一是不能以貌取人；二是不会的事不要装会，要讲究诚心。这老汉可能是神仙啊，是特意来点化咱们的！”

跑堂的听到这里，马上到外面摘下了二个幌。“油炸冰溜子”这道菜也在东北民间流传了下来。其实这道菜的原理是主灶者利用冰冷和火热之间的时差，找准火候，迅速放在滚油中即刻就捞出，这样里面的冰不会融化，外边的面也熟了。前面所说的拔丝冰激凌，是在此基础上还要挂浆、拔丝，比油炸冰溜子尚要难上几分，是对油炸冰溜子的传承与创新。可见这种来自于东北民间的智慧创造，在今天得到了光大发扬。

除了这道菜，在东北还有“空心疙瘩汤”，也有人称为珍珠空心疙瘩汤，其原理和油炸冰溜子类似，也是过去流传下来的。

北方的冬天，人们都愿意吃热乎乎的疙瘩汤，但知道如何做空心疙瘩汤的却不多。好多事情都是难者不会，会者不难，说了出来，往往会让人恍然大悟。先在冰箱里冻上一些玻璃球大小的冰球，或者直接将冻好的冰块敲成碎冰也可以，但就没有冰球那样匀称好看了。把冰球放在一个大盘子里，将面粉洒在上面，然后像滚元宵一样滚动冰球，再一层一层地往上洒面，等滚成了大小适宜的小面球就可以了。最后将滚好的小面球放入滚开的汤锅中，一个个圆形的小面球，像一个个小珍珠在汤里打着滚儿，特别好看。汤开了几分钟，像珍珠一样的疙瘩汤就熟了。吃的时候，需要先将疙瘩用筷子夹开，否则会有一股热气喷出来，容易烫着嘴。疙瘩是空的，吃起来会很筋道。尤其是在伤风感冒的时候，来上这一碗珍珠空心疙瘩汤，出一身热汗，病很快就会好的。在东北民间就有句这样的俗语：“三分病，七分装，一心想吃疙瘩汤。”

第八节 酸菜传奇

在过去寒冷的东北地区，一年中大约有半年吃不上时令新鲜的蔬菜，勤劳、智慧的人们便创造了腌渍酸菜的饮食方式，来度过冬春两季。据考证，满人的先民在1 400多年前的渤海国时期们就已经创造了腌渍酸菜的吃法。满人称酸菜为布缩结，在北方的志书中都多有记载。

《奉天通志》中有这样的记载："及至秋末，车载秋菘（即白菜）渍之瓮中，名曰酸菜。"

《吉林通志》中记载："多蓄白菜，煮以沸水中，置之缸中，以石压之，日久则味酸质脆，爽若哀梨，为御冬之用。"

《黑龙江述略》记载得较为详细："至秋末则惟黄芽白一种，土人以盐浸之，贮瓮中留供冬春之需谓之酸菜，调羹颇佳。"

《呼兰县志》中写道："香瓜消暑果，酸菜御冬羹。"

《双城县志》也有记载："家家更腌藏各种蔬菜……菘（白菜）则渍会酸，谓之酸菜，均系冬时之副食品。"

酸菜不仅在正史之中有大量的记载，在民间也有着美妙的传说。据说渍酸菜的发明者是一位名不见经传的满人村妇。其实在生活当中，很多美味食品都是由平凡的人所创造的，如很有名气的麻婆豆腐等。人类的历史不仅仅是由那些大人物所书写，小人物也往往会在无意间抹上浓重的一笔。再回到这个故事上，说她在准备做饭，从大水缸里舀水时，不小心将手指上的顶针掉进了水缸里，由于当时缸里水还很多，便没有将顶针捞出来。过了一个多月，她淘洗水缸时，才取出了顶针，发现顶针竟然没有生锈，而平时遗忘在其他角落里的顶针却常常锈迹斑斑。当时，正是她为储菜发愁的秋末冬初时节。她忽然灵机一动：如果把白菜浸泡在水缸里也许不会腐烂吧。于是她刷好一口大缸，又把白菜洗干净，一棵棵地码放在缸里并填满了清水，为了防止白菜漂浮，她让丈夫搬来一块大石头压上。到了冬天，她从缸里捞出一棵白菜，一看，白菜果然没烂，只是颜色发黄。她揪下一点菜心放进嘴里一嚼，甜酸甜酸的，味道好极了。过年炖猪肉时，她切上一棵渍好的酸菜，口感要比新鲜的白菜还别有风味。从此，一传十，十传百，渍酸菜就在东北传开了。这位满人村妇发明酸菜的过程倒是与牛顿通过苹果发现地球引力的过程有异曲同工之妙。

酸菜如今在东北人的饮食习惯中，已经具有了不可或缺的重要地位。在过去的东北人家里，有两样东西不可缺少，一是酸菜缸，二是腌酸菜用的大石头。由此可见，酸菜在东北百姓人家的普及和深入人心。满人腌渍酸菜的办法一直流传到今天，其工艺别致、烦冗，使得曾有地方拿腌酸菜作为衡量主妇是否能干的乡俗。

首先在对白菜的选择上就有讲究，白菜不能太大，但是心儿要饱满；叶子不能太多，多余的菜叶要用刀削下去一些。因为棵大不容易腌透，叶子多的腌出的酸菜色泽暗淡，而且不脆。选好白菜后，要把白菜根儿削掉，然后将白菜一棵一棵洗净，再把菜上的水滴控净。或许不少小时候在东北生活过的人，都有过帮助父母完成上面选菜和洗菜的经历。但刷洗酸菜缸则是一道需要很细心的程序，大人一般都不会让孩子去做，而是自己亲自刷那酸菜缸，因为如果盛放酸菜的缸刷不干净，白菜不等腌好就会烂掉。当谁家酸菜还没腌制好就烂掉的时候，那家的主妇总会遭到人们暗里讥讽，嘲笑她的懒惰和笨拙。接下来的程序是码缸，就是将白菜码放在缸中。先在缸底撒一层大颗粒的咸盐，接着把白菜根部朝外叶子朝里整齐地码一圈，然后再撒一层盐，再码一层白菜，如此下去，白菜码到半缸时，将一块新白布铺到白菜上，或者用手使劲地按压，或者找来孩子，也用新白布将脚裹好，然后将孩子抱到缸里用力去踩，为的是把白菜压实成一些。码完白菜后，就在白菜上面压一块百十来斤重，已经清洗得很干净的石头。别小看这石头，它多是男主人在外面千挑万选找回来的，有的石头一下子能用上几十年，见证着一个家庭的喜怒哀乐，兴旺荣衰，几乎有家庭图腾的意义了。压上石头后用削下来的白菜叶子在酸菜上面一层一层地盖好，在缸上形成一个绿绿的白菜包儿。白菜包上面有时要苫上一层塑料布，但不能苫严实，否则酸菜不透气也会烂掉的。但不要认为这样“酸菜工程”就会完成了，还要不时地坚持换水，看见酸菜有白醭了就换水，等到腌好后，还要及时倒缸，就是把底下的酸菜倒到上面来，这样酸菜才能好吃可口。虽然人们吃东西越来越精细、越讲究，好多精致的南方饮食也都流入到了东北，但即使在很洋气的哈尔滨这样的大城市里，腌渍酸菜依然十分的普遍。在豪华的居民楼里时常能见到偌大的酸菜缸，满楼道里也飘溢着那并不怎么好闻的酸菜味，但每当人们吃起它的时候，也就从心底原谅了。

经过一个月漫长的等待，酸菜就可以捞出来尽情食用了。在东北，酸菜一般有炖、炒、包饺子和生吃四种。酸菜喜油，所以人们将其多与肉放在一起，将肉放进酸菜中。大多数人对于油腻的白肉往往难以下口，只吃一两口肥肉，就再也吃不下去了。但将肉与酸菜弄在一起，就犹如花哨女子洗却铅华，顿时减了肥，去了腻，增了香，爽润可口，肥而不腻。

酸菜最经典的表现形式，是与肉一起炖，火锅、砂锅、铁锅均可，俗称酸菜白肉、酸菜火锅，雅称汆锅、汆白肉。汆白肉用的酸菜，主要是菜帮。在切的时候要顺茬用刀，片出三两个层次，薄近透明。然后，横切成丝，极细的丝，与白肉和花椒、八角、海米等合炖，炖好了以后，再佐以韭花、腐乳、蒜末等小料。趁热吃下，顿觉通体舒泰。还可以将血肠加入白肉和酸菜之中，通常叫作酸菜血肠白肉，是满族传统食品，当然到了今天，无论在东北的城里或乡村，也早已是全民通吃了。在乡下，吃酸菜血肠白肉最为地道，血肠往往是农民自家杀猪时自己灌注的，白肉也是自家养的猪。当一碗一碗的酸菜血肠白肉放在你面前的时候，内心的想法也只剩下一句东北土话了“可劲造吧。”

相比于炖酸菜、炒酸菜，还有一种吃法则再简单不过，就是生吃酸菜心。小小的酸菜心，颜色嫩黄，娇柔滴滴，生吃特别爽脆，那是许多东北人儿时最为温馨的味道。每当妈妈切酸菜的时候，小孩子们总会挤在一旁，等候着分享这白白的、脆脆的、酸酸的美味。酸菜心可以蘸酱或直接生吃，尤其是生吃，酸得让人耳目清新，还可以醒酒提神，甚至有人称生吃酸菜心有“钻舌感”。其实无论酸菜的哪一种吃法，都会让你一饱口福，那酸酸的味道，浓浓的风情，也许这时你想说的只是那一句曾风靡全国的歌词了——“翠花，上酸菜！”

东北酸菜的来历已经不好考据，可能是满人先民自己创造的，抑或是从中原传过来，然后经过创新而成为今天人人喜爱的冰雪饮食，但酸菜不独为东北所有却是事实。酸菜，古称菹，在孔子完成的一部中国礼教之大成的书籍《周礼》中就载有其大名，如“醢人掌五齐七菹”。《诗经·小雅》：“田中有庐，疆场有瓜；是剥是菹，献之皇祖。”这里的菹指的就是3 000年前的酸菜，只不过酸菜的原料可能有不同。在《吕氏春秋》中，有“文王嗜菖蒲菹酸菜，孔子闻而服之。缩额而食之三年，然后胜之。”说的是曾写出千古奇书《周易》的大圣人周文王爱吃用菖蒲腌渍成的酸菜，孔子听说了，也开始学着吃，皱着眉头苦吃了三年菖蒲菹，终于习惯了。可见酸菜在我国不同地域和历史阶段，所用的原料也是不同的。想必周文王那时吃的要是东北酸菜，孔子老人家也就不必要“缩额”三年了。在北魏的《齐民要术》中有专门介绍菹的一个章节，更是详细介绍了我们的祖先用白菜（古称菘）等原料腌渍酸菜的多种方法。

据传，在秦朝修筑万里长城的时候，数以万计的役工就是靠着酸菜补充营养和维持体力的。除了冰雪世界的东北酸菜天下闻名，在河北、河南、山西、陕西、甘肃、宁夏、内蒙古等地都有香飘千家，恩泽万户的酸菜。有人将其形容为沿着古老长城的中国“酸菜带”。在南方湖南、云南、贵州等地也有酸菜，但原料、工艺及吃法都大不为同，有的东北人到了南方，听说有酸菜可吃，往往惊讶不已且要吃上一吃，品尝过后，才知那是风味完全不同的两种菜肴。正如一首打油诗句所讲：“一方水土一方人，酸菜同源不同宗；处处酸菜皆养人，养了古人养今人。”

能把中国各地的酸菜吃遍已是不太容易，在国外也有各种各样的酸菜。几千年前，酸菜就被埃及人所青睐，据说被收录进菜谱的酸菜种类多达16种。传统上，埃及一到每年的秋末冬初，蔬菜就要断季的时节，农家便开始腌制酸菜。埃及人腌酸菜有很多讲究，用的原料也相对要繁杂一些，主要有黄瓜、萝卜、辣椒、橄榄、圆白菜、洋葱等。配料和底料更是让人眼花缭乱，如胡椒、大蒜、大料、柠檬、姜、茴香、各种酱类，以及其他叫不出名字的调料。看上去，倒更接近我们的腌制咸菜，不过据说埃及的酸菜能让人酸倒牙。

在欧洲，德国也有酸菜，而且德国人以吃酸菜闻名于世，德国人甚至被西方各国贬义称其外号为“酸菜”，可见德国酸菜名气之大，有人说在德国能大于希特勒名气的也就只有酸菜了。莱茵河畔的酸菜与东北酸菜，无论是在色泽还是味道方面都非常相像。只是德国酸菜由甘蓝腌制，不如东北酸菜口感脆生，经不起炖，沸汤里滚上几开，就有些软塌塌了。喜欢酸味美食的德国人做酸菜的方法也是不少，炖、凉拌或是煮汤，吃德国猪脚、德国香肠时，配上酸菜也会增添风味。比较常见的吃法有烤猪肉配酸菜芥末酱：几片红白相间的猪肉整齐地摆在盘子里，上面堆满了德国酸菜，洒上芥末酱。这道菜里德国酸菜脆香可口，白肉肥而不腻。酸菜也常被用来制作鲁宾三明治，还有酸菜炖排骨，只是不晓得与我们东北的酸菜炖排骨有什么样的不同，不过可以看出德国人与中国东北人英雄所见略同，深谙酸菜喜油的本性。美食不能独占，与中国美食文化齐名，以法国大餐享誉世界的法国人自然也不甘落后于他人。在法国民间也有一种在腌渍风格上很近似的酸菜，原料与德国一样同为甘蓝，将甘蓝切丝后，一层菜一层盐，交替平铺于专用陶器，另加一种杜松子调味，缓缓发酵而成。配以熏肉猪蹄，银刀银叉，堂而皇之充任法式大菜。虽然法、德的酸菜，在口感上不能完全代替我们的东北酸菜，但对于飘落在异乡的东北人，也可以解馋虫，化乡愁，暂把他乡作故乡了。

据说，自从 13 世纪蒙古铁骑闯入欧洲，就把中国的酸菜也带到了欧洲（或许酸菜也可以强壮一个民族），并在东欧率先盛行。随着传奇蒙古帝国的破灭，酸菜依然上演着自己的传奇，随着犹太人的迁徙，酸菜进入了西欧北部及更多的欧洲国家。在德国、俄罗斯、荷兰、波兰，酸菜成了冬天必备的食物，在俄罗斯还有着“一入秋，万户腌菜声”的景象。各国各地的酸菜种类万千，但从这些喜爱酸菜的国家，如德国、法国、荷兰、波兰、俄罗斯等所处的地理位置不难看出，这几个国家与我国黑龙江的纬度都很接近，也许这不仅仅是巧合。或许就是这同样的冰天雪地的气候环境，使不同的国家与民族养成了因季节性蔬菜匮乏而腌渍酸菜、食用酸菜的冰雪饮食习俗，当然这只是笔者多少有些不够严谨的猜测。

第九节　正月里的“哎吉格饽”
——冻饺子

冷冻食品是东北最具冰雪特色的饮食种类之一，冻饺子就是其一。“好吃不过饺子”，可饺子又不便存放，于是满人的先民在冬天的时候就创造出把饺子放在外面，让其自然结冻的储存方式，满族称冻饺子为“哎吉格饽”，这种习俗一致沿传至今。农历春节是满族一年中最为喜庆和重要的节日。一年的辛勤劳作下来，人们总是要在过年的这几天彻底放松一下，痛痛快快地玩上一阵，所以在过年的几天里，流传着过年不做家务的习俗。在年前的一段日子里，人们忙活着准备各种各样的年货，其中就包括包冻饺子。在乡间包冻饺子是一件很喜庆的事情，每逢哪一家要包饺子的时候，总会有乡里乡亲的大姑娘、小媳妇前来助阵帮忙，大家都是今天在这家包几天，明天到那家包几天。一堆人围在一起，东说说，西笑笑，好一派其乐融融的热闹景象。

北方传统的饺子馅种类多样，而且还各有说法附在其中，如芹菜馅饺子，取芹——勤，菜——财的谐音，故名勤财饺，有勤财之意。大概是有勤奋创造财富的含义，或是对能够有源源不断的财富到来的祈福，彰显出朴实、善良的劳动人民对对勤劳与务实精神的祝福。酸菜馅饺子，取酸——算的谐音，故为算财饺，即算财之意，想必是有清算和谋算的含义。算计与总结一下今年的收获，对来年做一下规划与展望，期盼与祝福，都被蕴含其中了。其他还有诸如白菜馅——百财之意，即对百样之财的祈福或对夫妻白头偕老的美好祝愿；韭菜馅——久财之意，祈福长久的物质财富，祈愿天长地久；以及香菇馅——鼓财饺，鱼肉馅——余财饺……饺子之美好寓意发展到今天，还有了用短信的形式来传播，内容风趣、活泼、吉祥、喜庆：“饺子祝您为人勤财，夫妻百财，家有余财，投资鼓财，出门财到（菜馅），进门添财（甜馅），偶遇野财（野菜馅），天天招财（大枣馅），身体牛财（牛肉馅），事业洋财（羊肉馅），家庭久财，万事算财，一生有财（肉馅）。”

包冻饺子前，每家都要准备充足的白面和饺子馅儿。在制馅的过程中，剁馅这道工序最为热闹。每到年前家家包冻饺子的日子里，四邻八居总会传来铿铿有力、刀与案板撞击的“嘭嘭”声。据说，剁馅声要响且时间要长，剁菜的时间越长，说明包的饺子就多，美其意曰“长久有余财”。随着富有韵律感的强弱节奏变化，如优美的过年序曲，昭示着一年中最为喜庆的节日即将到来。过年的饺子馅不仅有讲究，连饺子的形状也很有说法，尤其是年三十包的饺子。弯月形的饺子，是把面皮对折后，用右手的拇指和食指沿半圆形边缘捏制而成，要捏细捏匀，谓之“捏福”。“元宝”形的饺子，是把捏成弯月形的饺子两角对拉捏在一起，摆在盖帘上，象征着财富遍地，金银满屋。还有的人家，将饺子捏上麦穗形花纹，如一棵棵颗粒饱满、硕大无比的麦穗，象征着新的一年会五谷丰登。大多人家把饺子包成多种形状，预示着来年福气多多、财富多多、粮食多多，期盼生活能够蒸蒸日上。

包好的饺子要放在盖帘上，在有的人家中，年三十包的饺子是不能随意摆放的，正如俗话所说："千忙万忙，不让饺子乱行。"闯关东过来的山东人家，放饺子的盖帘要用圆形的，在中间先摆放几只元宝形饺子，其他的饺子则一圈一圈地向外逐层摆放整齐，民间俗云"圈福"。还有的东北人家，甚至规定无论盖帘大小，每只盖帘上都只能摆放 99 个，且要布满盖帘。因此，只能靠调节饺子的间距和行距来实现，谓之"久久福不尽"。关于这个习俗，民间传说中还有一段有趣的故事：很久以前，在一个贫困的山村，有一户人家很穷，常常是吃了上顿没有下顿。到了年三十这一天，家里没有白面，也没有菜，听着四邻的剁菜声，心急如焚。无奈，只好向亲友借来米面，和好面后，又胡乱弄了点杂菜凑合成馅，就包起了饺子。因为面是借来的，所以包的饺子就格外珍贵，摆放时，就一圈一圈由里到外，非常整齐，也很美观。刚刚从天庭回来的灶王爷看了很高兴。同村有个财主，家有万贯家产，平日山珍海味都吃惯了，根本不把饺子放在眼里。大年三十这天用肉、蛋等料调馅，包成了饺子，乱放在盖帘上。不料饺子下锅煮熟后，一吃味道全变了样，猪肉馅变成了萝卜菜，而那户穷人的饺子却变成了肉蛋馅的。原来，是灶王爷对财主家包饺子的态度很不满意，为了惩罚他，就把两家的饺子给暗中调了包。第二天，这事便在村里传扬开来。从此，人们再忙，年三十的饺子也要摆放得整整齐齐，以讨个"圈福"的口彩。不过不同的地方有着不同的习俗，在黑龙江部分地区的农家，饺子却不能摆成圆圈，据说把饺子摆成圆圈，会使日子越过越死。必须横着排成行，这样方能使财源四通八达地涌来。

饺子包好了，放在盖帘上后，拿到外面去开始冷冻，寒冷的天气下不用个把小时，就会被冻硬，掉在地上都不会摔破。饺子冻透了，姑娘媳妇们左手擎盖帘，右手拍打着盖帘，乒乒乓乓，一盖帘一盖帘的饺子敲进缸里。有的人家冻饺子会包上一两麻袋，多的则有包四五麻袋的，吃上一个正月毫无问题。等吃的时候，将冻饺子放到锅里煮，煮出来的饺子既不会破皮，味道也依然鲜美。冻饺子的饮食风俗在东北流传甚广，在《龙城旧闻》里，曾记载道："饺子，南人曰古子。岁除时，先期包好，风前冻干，新年随时煮食，曰冻饺子。"即使在现在的大都市里，也依然如此。虽然旧时的许多讲究已经不再有了，但经常吃上一些冻饺子还是必要的，尤其是在春节和过年期间。有的人家将包好的饺子放在凉台上，冻好之后装在袋子中，然后放进冰箱，随时都可拿出来煮食，俨然有方便食品的意味了。当然在如今的商店、卖场里，机械化或手工的冻饺子比比皆是，饺子的味道或许不差，但其中所蕴含旧时的种种乐趣和韵味，却渐渐的杳然逝去了。

第十节　别拿豆包不当干粮

腊月里，东北人是一定要吃黏豆包的。

雪落飘飘，茫茫大地，迎着风雪推开家门，一股热气顿时扑面而来，满屋飘溢着甜腻的豆香味道，一眼看去，刚刚揭开的锅中是金黄色的黏豆包。母亲将黏豆包盛放在碗中，撒上白糖，送在手中，迫不及待地一口咬下去，虽有些烫嘴，却仍是一口一口地吞了下去。也许这样的场景在许多东北人的记忆里都会依稀存在，那是绵远而温暖的回忆。黏豆包是起源于满族的一种食品，满人称其为"黏米饽饽"。由于它携带方便，吃了以后又经饿，是满族人出门在外常带的食品。满洲的八旗兵打仗，也常用它做军粮。在东北至今还流传着俗语，"别拿豆包不当干粮"。

吃的时候在碗里要放上些许的白糖，蘸着白糖吃又香又甜，也有的人喜欢就咸菜吃。还有的人认为纯粹的素吃最正宗，认为吃黏豆包如果要是像吃馒头那样，就着菜或肉吃，就像咬一口鲜草莓再咬一口红烧肉一样混乱得不可思议了。黏豆包还可用油来煎着吃，或者滚上炒熟的黄豆面吃，又增添了一种糊香豆味，叫作“驴打滚儿”。旧时有一种传统的吃法，令很多人咂舌，就是蘸着大油（荤油）吃黏豆包。过去人们肚子里急缺油水，这样的吃法还说得过去，现在这样吃，恐怕没人能吃得下去了。

黏豆包大多不是现蒸现吃的，许多人家更多的是一次蒸好多锅，然后把蒸熟的黏豆包放在外面或仓房中的大缸里冻起来，等到想吃的时候就拿起来再熘一下就可以了。有的淘气孩子在冬季里偷着啃冻豆包，不过味道比起热黏豆包自然要差了好多，就当是练其牙齿，吃着玩了。恰如一打油诗所道：“大黄米犹掺玉米，红豆稍加绵白糖。冻硬凭君拿脚踹，热来最是好干粮。”黏豆包虽为满人的特色食品，但渐渐地也被广大居住在北方的汉人所青睐，成为东北地区尤其是黑龙江、吉林等地所广见的冷冻食品。过年的时候在每个东北人的家里，不独是冻饺子、冻黏豆包，还有冻馒头、冻花卷、冻包子等。每年都会冷冻上一两大水缸各种各样的冷冻食品，以致有的人家到春暖花开的时候还没有吃完。

包黏豆包是东北民间冬天里的一件大事。时序一进入腊月，当老北风在大地上吹刮的时候，农家就开始筹备黏豆包了。由于东北黑土地盛产黄米，所以多用黄米做黏豆包。传统的做法十分复杂。在曹保明先生《长白山下的民俗与旅游》一书中是这样描述的：做黏豆包先把黄米淘好，用温水浸泡一天半日，然后碾压成粉，过筛后调合成面，用盆装好放在炕上醒一醒，然后抠出一小团捏成小圆饼。把赤小豆捣成豆馅，掺上冰糖、白糖，包成鸡蛋大小的包子，这就是豆包。蒸的时候，有的还在豆包下垫上一片苏子叶，防止粘在屉布上。

豆包其实应该叫“包豆”，因是黄米面包上一包豆子，包豆包是东北乡下常见的一种活动，颇有民间文化的意味。在腊月里，当两个熟人一见面，往往问：“淘米啦？”“淘了，你家呢？”“淘了。”“淘几斗？”

……你来我往的问答中，透着亲切、满足，甚至有一种善意的炫耀在里面。淘米的多少，常常标志着一家生活的富裕或贫穷。日子过得宽绰的人家，人口多的，每每发一两缸黄米面，包豆包往往从腊月头一直包到腊月二十三。不富裕的人家，日子再穷，也要淘上几斤黄米，哪怕发一盆面，也算让孩子过过年。孩子们盼年，往往是杀年猪和包豆包。乡下包豆包与包冻饺子一样，淘米多的大户人家，都要请上一些帮手。帮手要选家庭人口齐全，老人健在，手脚麻利、长相水灵的大姑娘、小媳妇，一包就是一宿。谁家的俏姑娘要被大户人请去当过帮手，包过豆包，是很荣耀的经历。

有了大姑娘、小媳妇的扎堆，这包豆包的活动内容也就丰富了起来，一些小伙子绞尽脑汁地寻找各种理由，到包豆包的那家去串门，自然是意在那些大姑娘们了。当哪个小伙子进来时，正在叽叽喳喳的姑娘中，如果谁突然脸红了，就会有小媳妇略为夸张地逗上几句，那被说中心思的姑娘脸就更红了，小伙子看到此场景，就略有些腼腆地走开，但心里别说多美了。说话的小媳妇看到此场景，嘴上念叨得更勤，但心里也有点酸酸的，这样好的时光毕竟不再有了。

包豆包要边包边蒸，蒸好了豆包要放在仓房里保存着，等冻结实了，再放进缸里。黏豆包包得多人家往往能装上一两缸，大多是自家吃，小部分则送给城里的亲戚吃个鲜儿。有时腊月里包的豆包一吃能吃到第二年的开春。

包豆包是个累活，一个个用手捏，动作机械重复，不免让这些心思活跃的大姑娘、小媳妇感觉枯燥，也易使人发困。有的时候，大家会张家长、李家短地说上一阵，但总有说完的时候。为了打发包豆包的漫漫长夜，这时会讲故事的老奶奶就会上场助阵，专门给包豆包的大姑娘、小媳妇们讲“瞎话”，防止大伙“困”。老掉牙的“故事篓子”老奶奶，也是从年轻时候走过来的，攒了一肚子的故事，也知道年轻的丫头们喜欢听什么，就尽挑那些解乏的，姑娘、媳妇儿愿意听的一个个讲来。大伙儿听着、说着、笑着，一会儿红了脸，一会儿你拥我一下子，一会儿你打我一下子……却不耽误手中的活计。

窗外边，腊月里的大风大雪，一个劲儿地呼呼刮着，风雪打在老窗纸上，发出一阵阵“沙沙”“哗哗”的响声。在外屋地烧灶坑蒸豆包的人，时而跑到屋里凑下热闹，插上两句，时而往灶里加一把柴，时而还要到外面院子里去轰赶野狗，以防在外面正在结冻的黏豆包被野狗偷吃掉。烧火的他或她手拎烧火棍，时不时地站在门口喊：“噢什！噢什！”狗不肯远走，于不远处徘徊着，等待着下口的机会。雪花顺着半开的门缝飘了进来，还没到灶坑前，就化无影踪了。锅上的热气裹着一团团豆香，飘到里屋，飘到外面的院子。黏豆包熟了，人们的心也热了……

第十一节　寒天雪地冻食品

【冻鲜肉、冻鲜鱼】　寒冷的北疆就像个大冰柜，除了冻饺子、冻黏豆包等，冻鲜肉、冻鲜鱼的方式也颇为常见。冻肉的方式是将各种肉类的表面淋上清水，等冻有一层冰壳后，再将其埋在大雪堆里冻起来或者放入置放在外面的大缸里。这样不仅可防止风化、杀菌防腐，又能保持肉味鲜美如初，能够一直保存到来年的春天。清朝时期，满人采取冰封法保鲜活鱼，将鳇鱼、哲罗等名贵鱼封在冰中保鲜。曾有人在诗中描述道：“江岸河边人足鱼，千家庚癸不须呼。天寒入贡冰鲜好，朗朗游鳞彻玉壶。”诗人朱履中注释道：“浇水成冰，如在玉壶，谓之冰鲜。”在现在东北乡下有些人家，是把刚打上来的鱼，用水浇上厚厚的一层冰，然后放入外面或冷屋子的大缸里，或者是像储藏冻肉一样，也都埋入雪堆中。或许这种办法也是从满人先民那里流传下来的。大多少数民族冻鱼、冻肉，都是为储存过冬之用，但赫哲族却有着直接食用冻鱼的饮食习俗，这就是赫哲族独有的刨花餐。刨花餐属原始吃法，主要盛行于冬季，其做法是将冻好的新鲜狗鱼、鲟鳇鱼、黑鱼、哲罗、雅罗、亚布沙等扒皮后，用木工刨子刨成薄薄的鱼片，成塔状摆在盘子，晶莹剔透，十分好看。然后将醋、韭菜花、辣椒油、盐面等制成酸辣蘸料，就可夹取刨花鱼片蘸料汁食用了。也有的渔民在江上直接就吃冻鱼。刚从冰冻的江里打上来的鱼，在冰面上不消一会儿，就会冻成冰鱼。渔民用刀在鱼身上直接削下一片鱼肉放进口中，就着一口白酒吃下，虽然入口有些冻舌头，但吃下去，心里却是凉得爽快。这种吃法有醒酒清脑、明目提神的功效，算是冰雪饮食中的典范吃法了。

【最爱冻豆腐】 在白山黑水之间诸多的冷冻食品里，或许最为知名的可能要算是冻豆腐了。旧时，人们只要将鲜豆腐直接放在寒冷的室外即可。如今切成块放在放在冰箱里冷冻即成冻豆腐，又称海绵豆腐。现在冷冻豆腐的目的已经不光是为了好储存，而是人们更加喜欢它的风味。以冻豆腐入菜，味道极好，尤其是北大荒的冻豆腐，味道更佳，也更胜于鲜豆腐。冻豆腐不同于鲜豆腐，内部呈蜂窝状且富有弹性，口味独特，与肉、鸡或各种蔬菜一起烧制，易于吸收汤的味道和营养，吃起来松软有滋味，越嚼越香。

在明朝大文人袁枚的《随园食单》中，对冻豆腐的吃法也有上佳的记录，“将豆腐冻一夜，切方块，滚去豆味，加鸡汤汁、火腿汁、肉汁煨之。上桌时，撤去鸡、火腿之类，单留香蕈、冬笋。豆腐煨久则松，面起蜂窝，如冻腐矣。故炒腐宜嫩，煨者宜老。”冻豆腐如今不仅被人们所广泛喜食，而且还有了更为时尚的用途，成为现代时尚女性所追捧的美肤佳品。据美容专家讲，冻豆腐对增加“具有美肤效果的女性荷尔蒙”颇有效果，它含有与女性荷尔蒙作用相似的大豆异黄酮，同时还富有给予肌肤张力的弹性蛋白。甚至有某厂商大声呼吁：“冻豆腐是女性的朋友。”可见对于冻豆腐真的是“不可貌相”。

此时想起一段关于冻豆腐的绕口令，不知是否对世人能有启示，“你会炖炖冻豆腐，你来炖我的炖冻豆腐；你不会炖炖冻豆腐，别胡炖乱炖炖坏了我的炖冻豆腐。”

【蔬菜冻着吃】 在人类成长的历程中，生存智慧无处不在，在人类面临大自然所赋予的环境压力时，尤其如此。丰厚的冬储，就是东北人家冰雪饮食文化的聪明创造。由于东北地区无霜期短，只有在夏秋两季能吃上新鲜的地产时鲜蔬菜，而为了能让在寒冷的冬天里能吃上蔬菜、水果，早在一千多年前，长期居住在东北的先民们就采取了冷冻蔬菜、冷冻水果的冰雪饮食方式，并流传至今。

满人早期的冻菜以白菜和大葱为多，初始的时候人们并没有刻意去冻白菜。冻白菜最初能走到人们的饭桌上，大多是由于有些白菜没有被存放好，被寒风一吹就成了冻白菜。冻白菜不能做酸菜，也不能为炖、炒菜所用，但扔掉了可惜。于是人们将冻白菜拿到暖和地方化冻，并将外面风干的菜帮去掉，把里面的一层一层剥出来，洗好、切块，下到开水锅里焯一下。煮到用手能掐透的时候，捞出来过凉水，攥成团，把水分挤干净，就可以蘸酱吃了。蘸酱属东北大酱炸成的鸡蛋酱为最好，如再撒点辣椒油就更好了。冻白菜蘸上这新炸的酱，往嘴里那么一放，越嚼越香，再就着东北的苞米面大饼子吃起来，套用一句东北土话，那就是“没治了”（最好、顶好、没办法再好的意思）。人们发现冻白菜的这种吃法的妙处之后，就有意在雪堆里埋上几棵白菜，以备做冻白菜食用。用来冷冻的白菜要属大白菜地里农民扔掉不要的“扒拉棵”（不成型的白菜次品）最好，既经济又好吃。在当时的大多东北乡村人家的饭桌上，经常能够看到这冻白菜的吃法。有趣的是，随着百姓生活水平的迅速提升，在百姓家里已经不大看得到这种冻白菜的吃法了，可在有的餐饮酒店里，却能够吃到，而且还被作为一种特色被鼓吹。

冬天将大葱放在外面寒冷的雪堆中，在东北是更常见的习俗。人们用手将几棵大葱的葱叶缠在一起，然后放在低温的室外，可以一直储存到来年的春天。在吃的时候，扒掉葱茎外面干枯的葱皮和枯萎的葱叶，晶莹的冰霜在洁白的葱茎上透着一种湿润的光亮，比新鲜大葱看上去更垂涎欲滴。20 世纪 80 年代后期，一些经过超低温速冻加工的冻菜，如辣椒、豆角、黄瓜、柿子等，走进了千万东北人家的厨房。这种小包装蔬菜，食用时简单、便捷，味道、色泽和营养与鲜菜相差无几，一时之间颇受欢迎，但随着东北城市冬季鲜菜市场的逐渐丰富，在今天也不大能看得到这种冻菜了。

【冻起来吃的水果】 很久以前，东北气候寒冷，水果易冻，人们很难吃得到水果。宋朝时期居住在东北的契丹人则顺其自然，创造了冻梨的吃法。宋朝使者庞元善在《文昌杂录》中曾这样写道："余奉使北辽，至松子岭，旧例互置酒三行，时方穷腊（腊月将尽），坐上有上京压沙梨，冰冻不可食。接伴使耶戒律筠取冷水浸良久，冰皆外结，已而敲去，梨已融释，自而凡所携柑橘之类均用此法，味即如故。"《黑龙江述略》中也有记载："奉天产梨，经冬则冻如枯木，以盆贮冷水浸之，历日乃转润可食。"上面的记载中所介绍的这种吃法，如今的东北人也毫不陌生。冻梨一般是由花盖梨、秋白梨、白梨、尖巴梨冰冻而成。梨经过冻了以后，会变成乌黑色，硬邦邦的，砸到地上也不会有丝毫损伤。吃冻梨有两种方式，一是不用缓冻直接吃，但需要有一副好的牙口和几分不怕冰牙的勇气。如冰坨一样的冻梨，让人吃的时候颇需要一些毅力和耐性，要小口小口地咬，细细地品，慢慢地咽。一口咬下去，咬在嘴里的那块梨便像是块冰一样，在嘴里含也不是，咽也不是，嚼也不是，吐也不是。但只消过一小会，就会逐渐感觉到那冻梨的脆，冻梨的鲜。继续坚持着一口一口地啃下去，伴着不时的冷战，会有冷爽到心窝的感觉，而啃到后面，随着梨慢慢解冻，则会越吃越暖和，让人有种无法形容的迷恋。

另一种吃法，是需先将冻梨置入盛有凉水的盆中化冻，东北人把"化冻"称为缓。浸泡时，在冻梨的周围会结有一圈薄冰，将盆中的梨都冰冻到了一起，成为一个整体。缓冻梨一定要缓透，否则会不好吃。吃的时候先捏碎冻梨外面的冰壳，此时冻梨已经变得很软，化透的冻梨，甜软多汁，清凉爽口。轻轻咬上去一口，冰凉清甜的汁顺着口腔流入，然后顺着第一口的痕迹，吸吮里面的汁，每一口都那么甜丝丝、冰冰凉的。吸干了冻梨的精华，整个干瘪了的梨肉没了水分，就不怎么好吃了。对于喜好饮酒的人来说，酒后能吃上个冻梨，既解酒，又助消化。饭余酒后，吃上几只，颇为惬意，是过去东北人上好的消闲食品。

在东北常见的还有冻柿子。冻柿子产于河北，个头特别大，不似南方柿子那么瘦弱，运到东北后，为了便于储存多被冻起来吃。橘黄的冻柿子十分诱人，缓透了，拔掉把儿，从中掰开来，吸里面丝丝软软的柿子肉，嫩嫩的，凉凉的，甚是好吃。除了冻梨、冻柿子，还有冻苹果、冻海棠……

第十二节　过冬的晾制食品

【少数民族的晾肉、晾鱼干】　在一些少数民族中流传着晾制肉干、鱼干，作过冬食品的饮食习俗。以渔猎为生，也以兽肉、鱼为主要食物的赫哲人，就经常将鹿、狍、野猪、黑熊等兽肉，马哈鱼、狗鱼、鲤鱼、鳊花、白鱼、怀头等进行晒制。

晒肉干被赫哲人称为胡列克特，其做法是将野兽剥掉皮后，将四肢和脊肉用刀片下来，再切成小块，晒干后储存起来，吃的时候用开水浸泡后炖、煮均可，或者直接当干粮吃。还有一种方法就是将肉晒成乌切克特，即肉条子，就是将狍子、野猪等脊肉和四肢切成苞米棒子粗细的条子，放在木头架子上生着晒干，吃的时候加盐煮熟即可食用。也可以直接嚼着吃，越嚼越香，类似于现在超市里卖的牛肉干。这种肉干存放一两年也不会变质，随吃随用，很是方便。据赫哲老人讲，晒肉干是赫哲人的救命食品。其他的少数民族，如鄂温克和鄂伦春民族也长期有着晒制肉干的饮食习俗，其晒制工艺和吃法大同小异，在今天也仍然保留其特有的冰雪饮食习俗。有“鱼皮部”之称的赫哲人，晾晒鱼干自然也会是他们储存食物的主要方式。赫哲人将鱼干称为敖尔奇克，在以前没有咸盐的时候，只能选择无油较瘦的狗鱼和怀头鱼脊部，如今有了盐，晒鱼干就不再分类了。一般是在网滩上，就把鱼剖膛，去掉内脏，冲洗干净，再在鱼身体上划上几刀，放入木桶里，然后撒上盐浸泡一天一夜后捞出，最后晾晒在架子上，咸鱼干就做成了。

也许是因为生活环境和饮食方式等问题，肉干和鱼干的冰雪饮食方式大多仍只保留在一些少数民族的生活习俗中，并没有在东北地区广泛地流传开来。

【家家晾干菜】 在过去的东北，一般百姓人家中晾制干菜非常普及，晾制品种大约能有一二十种之多。平原地区的东北人晒制土豆干、豆角干（丝）、茄子干、西葫芦干、倭瓜干、地瓜干、萝卜干、小辣椒……还有野菜类的，如蕨、薇、刺五加芽、苦菜、蕾蒿等。大葱和大蒜也需要晾，但并非要晾到全干失水的地步。

每当秋天晾晒干菜的时节，家家的院落中都会呈现出五彩斑斓的景象，墙上挂的是一串串红红的小辣椒，一辫辫饱满丰硕的大蒜；院落中搭起的木架子上、地面上，则是色彩缤纷、形状各异的蔬菜干、山珍及野菜等，显现出这户人家的勤劳与丰足。干菜的晾制方法多有不同，即使同样的蔬菜也会有不同的晾制工艺，如有的人家是将土豆、豆角等先煮完之后，再进行晾晒，而有的人家则是将其切片、切丝后直接晾晒，或许与各自的生活习俗不同有关吧。

干菜一直要吃到来年农历六月的第一茬韭菜上市之前，所以在东北流传着这样一顺口溜：“吃水用麻袋（冰块），开门用脚踹，男女同穿戴，五方六月吃干菜。”干菜的吃法是用水泡软后，炖、炒等皆可，与肉相结合更成美味菜肴。常见的有土豆干烧五花肉、干豆角炖鸡肉、干豆角炖五花肉、黄瓜干炒肉丝。也有的干菜，可直接泡制成咸菜食用，如萝卜干。还有的干菜能直接做小食品食用，如地瓜干。东北干菜在味道上干香浓郁，口感上筋脆有嚼头，是东北人家冬春两季饭桌上必不可少的美味菜品，是千百年来深受人们喜爱的冰雪食品。即使在今天鲜菜十分丰富的大城市里，也常被人们所乐于食用。

【满族果脯】 满族先人不仅晾制干菜，也晾制果脯。现在著名的北京果脯、蜜饯，就是源于长期流传于东北满人及契丹等民族之中的“渍山果”习俗，想必是满人入主北京后，将其带入了宫廷，然后渐渐传到了民间。北方的大多水果，均可“入脯”，如苹果、梨、杏、沙果、海棠、枣等、胡萝卜都可作为果脯的原料。时值秋季，挑选出新鲜的水果，将其一一削皮去籽，切成条、块状。然后将白糖炒成糖色，再加适量的水、白糖、蜂蜜，熬至稠状后，再将水果条、块浸入糖蜜中，使之黏附均匀，之后放在通风处风干，过了些许时日果脯就做成了。

第十三节 咸菜的故事

咸菜与酸菜一样，在缺少新鲜蔬菜的季节里，是东北人家不可缺少的菜品。早期有史书记载，冬季穷人家的菜肴只有“野蒜、长瓜皆盐渍者。”即便是在几十年前，当你随意走进任何一家东北乡下人家，都会发现各种大小不一的缸、坛子，那里面放的不是别的，就是陪伴着东北人不知度过了多少个冬季的咸菜。咸菜的选料比较广泛，大头菜、茄子、辣椒、黄瓜、萝卜、芥菜疙瘩、胡萝卜、大蒜等蔬菜均可入选。腌制咸菜的方法大多并不复杂，将要腌制的蔬菜洗干净后，根据不同的蔬菜，加工成形状整齐、大小 薄厚基本匀称的丝、条、块、片，然后依据腌制蔬菜的数量，将其放入缸或坛子里，接着在上面撒上大粒的咸盐，等过上二十多天，就可以食用了。咸菜一直是满族渔猎时期就饭的主要菜食，后逐渐与迁徙到东北地区汉人的饮食相融合，以致“人人皆食之”。

如今在东北的酒店、饭店等场所餐饮，可常见到在上菜之前，服务员会先摆放四个小菜碟，碟内多为萝卜、腌黄豆等小咸菜，名为压桌碟。这种饮食礼仪就是从满人先民那里传承下来的。现在在官地、额穆等乡镇的满族农家，也依然还存有这种饮食风俗。在饭桌上的四个桌角常摆有4个小菜碟，碟中多是韭菜花、黄瓜、芥菜、卜留根等咸菜。据说这风俗是清世祖、老罕王努尔哈赤留下的，这其中还有一段老罕王威风八面的传奇故事。

话说的是在老罕王没起事造反之前，常上长白山打猎挖参，由于老罕王勇敢果断，大家都非常信任他，依靠他，无论发生什么事都靠老罕王做主。有一次，他和一帮放山的一起到长白山上去挖“棒槌”（人参），大家在山里转悠了大半天，也没有遇到一棵“棒槌”。大家走得又累又饿，埋怨着今天的运气不佳。老罕王见状，一边安慰大家不要泄气，一边叫大家休息做饭。当时，放山的人上山时都带一张兽皮，这张兽皮的作用可大啦，坐在地上可以隔潮，顶在头上可以防雨，天凉了可以御寒，吃饭的时候，大伙还把兽皮铺在地上，上面放东西，几个人围过来一起吃饭，这样既干净又热闹，体现了赶山人“有福共享，有难同当”的侠义。谁知那日吃饭时却不顺当。饭做好后，老罕王放下兽皮，把它铺平，刚转身招呼大家把吃的东西拿来，突然，平地里刮来一阵旋风，一下子就把老罕王铺的那张兽皮掀翻了。老罕王只好重新铺兽皮。可是，他刚铺好，又刮来一阵旋风再次将兽皮掀翻。如此铺了翻，翻了铺，倒腾了三四次。大家都感到奇怪，胆小的人有些害怕了。其中有一个年龄大的人说：“怪不得今天挖不到‘棒槌’，大概是咱们得罪山神了，山神怪罪下来是不让我们吃饭哪”。有的人赶忙说：“大家快点给山神磕头吧，要不然我们就下不了山了”。大家正在慌恐忙乱之时，只见老罕王虎眼圆睁，怒发冲冠，手握腰刀大喝一声：“你们怕什么！咱们放山人上山挖‘棒槌’，打野兽，养家糊口，靠的是这把力气和这把刀。他山神算是什么东西敢和我们做对，他若再敢掀翻我的皮子，我就拆了山神庙，砸了他的香火案。”大家听了老罕王的话都吓呆了。只见老罕王拔出腰刀，指着跟前的一块石头大声说道：“山神老儿，我既然看不见你，这块石头就当作你的替身，看我怎样对付你。”说罢，举起腰刀，猛地照石头砍去只听见“咔嚓”一声，好端端的一块大石头被砍成两块，另外还掉下一些小碎石。老罕王把腰刀插在地上，拿起兽皮再次铺平，同时拣起四小块石头压在兽皮的四角儿上，说：“大伙儿把吃的拿来，看山神能把我怎样。”说来也奇怪，老罕王这么一折腾，再没起什么旋风。大伙儿稳稳当当吃了顿饱饭，精神头也足了，下半晌倒挖着不少“棒槌”，最后大伙儿是兴高采烈满载而归。打那以后，放山的人在山上铺皮吃饭都学老罕王的样子，在兽皮四角放上四块石头，说是镇山神、保太平。后来，老罕王努尔哈赤打下江山，做了皇帝，满族人传诵老罕王的故事，敬仰老罕王的神威，逐渐将放山人吃饭时用石头压兽皮的做法，用到日常生活中去了。每到吃饭时，就用四个小碟儿放在桌子的四角，碟里放上各种小咸菜，天长日久，这一做法就变成了满族人待客的一种习俗。

如今大城市里，自己腌咸菜的人家不如以前那样普遍了，但每家的饭桌上还经常看得到各式各样的小咸菜。就如我们的生活，咸菜也越来越精致了，越来越好吃了……

第十四节　菜窖里的春天

在东北很早就有了窖藏蔬菜的方式，满人先民女真族就有“芜菁、萝白两种入窖，随时取食”和“掘窖以藏，渐次出食”存储蔬菜的记载。窖藏蔬菜的过冬储存方式，曾在我国东北地区非常普及，以致挖菜窖成为当时居家过日子必不可少的作业。近在二三十年前，凡住在平房的人家都建有菜窖，即使在城市住楼房的人家，往往也会在楼前楼后，统一挖有菜窖。远远望去，一个一个的窖盖彼此毗邻而连，颇有城市地道战的气势。难怪在当时曾流行这样的趣闻，说一外国记者曾到东北城市，发现一家一家的菜窖，心底暗中嘀咕。回国后，竟然传扬说中国北方城市到处在挖地道，忙于备战。这段故事固然为笑谈，不足为信，但也很能说明当时地窖的普及程度。

住平房的人家往往还会有室内、屋外两个地窖，室内的窖主要储存土豆、萝卜以及其他一些蔬菜和食品，也有人称其为“土豆窖”。室内菜窖一般较小，大多为宽1米见方，深1.5米~2米。室外地窖一般用于储存白菜，所以人们多习惯叫作“菜窖”，面积要比室内的大许多，由于户外温度较低，都是选在向阳背风处，菜窖深度能达到2米~2.5米。城市的菜窖大多是修建的，菜窖四面都用砖砌上，菜窖的出入口较小，基本上仅能容一人上下。农村的菜窖则多为土窖，菜窖内四面无砖砌的墙，顶部多用木头和木板做搭架，上面再铺上一捆捆干柴或杨树的落叶，供保暖用，留有一人出入的窖口。城市菜窖可多年使用，不必年年重新修建。农村居家的室外菜窖，则大多要一年重新挖一次。首先是在天变暖和的时节，把去年的菜窖拆掉，并用土填死。等到秋季再另选一处地方，重新挖一个菜窖。

每当秋菜上市季节，家家户户都大车小车地将秋菜拉回家，白天将白菜的根部向外，一排一排地摆在院子里晾晒，目的是为了晒去一些白菜的水分；晚上则将白菜根部朝内，一圈一圈地垒起来，然后用旧棉被一类的东西盖上。那时几乎每个人家都有这种小山包状的东西。等白菜的水分晾晒得差不多了，人们就将它们搬进地窖，等吃的时候随时拿取。菜窖对孩子们是一处充满神秘感的禁地，大人们是不允许孩子们私自下菜窖的。由于菜窖储存大量蔬菜，而促使氧气稀薄，很容易导致贸然下去的人窒息。一般都是在下去之前，将菜窖盖打开放新鲜空气流入，然后点燃火柴或蜡烛，如果燃烧正常，才能安然地下去。孩子们哪里懂得这么多，但在大人的明令禁止下，虽然不敢贸然闯入禁区，但却对其充满了更多的想象和向往。东北人家的菜窖酝酿着人们心中的春天，存储着生活的期望，藏匿着孩童的幻想。

第十五节　东北少数民族的奶制品

东北少数民族多为游猎民族，蓄养了大量哺乳动物，其奶制食品种类相当繁多，几乎每个民族都有独具特色的奶制品，为各民族抵御寒冷的严寒气候，做了不可磨灭的贡献。

满族有一种被称为水乌他的软奶子饽饽，很受满人欢迎。在清人富察敦崇《燕京岁时记》中曾记载道："水乌他，以奶酪合糖为之，于天气极寒时，乘夜造出，洁白如霜食之口中如嚼雪，真北方奇物也，其制有梅花，方胜诸式，以匣盛之。"可惜很长时间没有人做这种小吃了。

蒙古奶食品世界有名，自古就有白食之称，其奶茶、奶酒、奶点等更是世人皆知。有人将蒙古族奶食品编成一顺口溜，颇能体现蒙古人的奶食品饮食风俗，"奶中珍品是黄油，待客要数奶皮子，食用方便奶豆腐，清凉解渴酸奶子，敬客祛病马奶酒，奶茶飘香蒙古包。"

鄂温克人有着悠久的饲养驯鹿的历史，其驯鹿奶茶、驯鹿乳酪等为其在严寒的冬季不知添增了多少温暖。卡拉其即奶糖馃子是鄂温克人春季时家家必备的一种奶制面食，主要是以新鲜牛奶、白糖、面粉作为主要原料，外加鸡蛋、羊油或豆油。鄂温克人在奶糖馃子上还做出不少花样，炸出的馃子有的像花草，有的像草木的叶子，还有的则像小鸟。不仅外观赏心悦目，吃起来也颇具奶味，香甜可口。

第十六节　舶来的冰雪饮食

东北冰雪饮食文化不独由区域内各少数民族文化所融合共生而成，也受到了国内外其他饮食文化的影响。尤其在20世纪初，在闯关东的移民热潮下，鲁菜也在东北菜中留下了深刻的烙印。曾在全国热播的电视剧《闯关东》中，主人公朱开山的山东菜馆就是对这一历史的写照。

而在有着浓郁欧陆风情的哈尔滨，至今还可清晰感觉到20世纪初俄罗斯饮食文化给这座美丽城市带来的异域风情。俄式大餐、里道斯（俄语：红肠）、列巴（俄语：面包）等，在哈尔滨均可常见，尤其是红肠和面包，早已进入寻常百姓家，也成了哈尔滨的特产食品。

哈尔滨人喜吃冰激凌，大概也是从俄罗斯流传进来，冰激凌本为消暑食品，但在哈尔滨的冬天，吃冰激凌的人数也一样大有人在，丝毫不逊于炎炎夏日。每到冬天，在哈尔滨街头巷尾处，总能看到有人在地上摆上十几个装满冰激凌的纸箱，向行人兜售冰激凌，购买的人群络绎不绝，一买就是一方便袋。更有人在零下二三十度的大街上大口地吃着冰激凌，即便是文弱的女孩也当仁不让。凛冽的寒风中，手举着冰激凌的女孩，俏丽的脸庞红润润的，两三分钟的工夫那一个蛋筒就被她吃掉了。在南方人眼里，这成了一件不可思议的景象，在他们的眼里这需要一种莫大的勇气，但对于哈尔滨人则早就习以为常。这也是充满着奇异色彩的冰雪饮食文化的魅力一瞥。

第十七节　小议东北冰雪饮食文化

从茹毛饮血，到今天的南北大餐、中西盛筵，东北冰雪饮食文化走过了一个绚丽多彩的历程，成为世界冰雪饮食文化中一朵瑰丽的奇葩。如今东北冰雪饮食文化更为缤纷多样，呈现出多元化的态势，但其深深植入白山黑水之间的饮食文化之魂，那种“朴实中透析出灵气，粗犷中蕴蓄着精华”的饮食风格，依然恒久不绝、生机盎然。自然地理环境是饮食文化的主要影响因素，尤其是在一个世纪之前的冰雪世界里，寒冷的气候环境，恶劣的交通状况，在一定程度上限制了冰雪饮食文化与外部其他饮食文化的交流，在相当长的一段时间里，东北冰雪饮食文化处在一个较为缓慢的发展阶段，但在一定程度上也使东北冰雪饮食文化更加具有浓郁的地方特色。

在过去的一百年里，关东大地风云波荡，闯关东移民大潮；中东铁路，大量的俄罗斯人及欧洲人来到东北；满洲国，日本人入侵东北并进而长期占领；东北解放，新中国成立；计划经济，大跃进，三年灾害；“文化大革命”，国民经济几乎处于停滞；改革开放，市场经济，百姓逐渐富裕起来；全球化，信息化、网络化时代……一系列重大的历史事件此起彼伏，在数千年来的东北大地上，从没有过风云变幻、浪潮汹涌如此集中的历史阶段。东北区域文化受到了前所未有的大潮冲击，冰雪饮食文化自然也不会例外。无论是有着深厚华夏文化积淀的中原饮食文化、南方各地的饮食文化，还是来自欧美、韩国、日本等地的饮食文化，对一直处于相对封闭的东北冰雪饮食文化产生了不同程度的冲击，以致形成了一个丰富多彩、百花齐放的冰雪饮食文化氛围。在多元饮食文化的碰撞下，东北饮食文化并没有甘于退守、故步自封，而是以积极进取的开放和开拓的态势，迎来了东北饮食文化历史上的最高峰，这不能不说是有赖于东北文化中先天富有的博大胸怀。

一望无际的东北大平原，群峰叠翠、漫坡白雪的巍巍高山，奔腾千里、波浪澎湃的大江大河，风吹草低的辽阔草原，孕育了豪爽、慷慨、仗义的东北人性格，也塑造了一种开拓进取，胸怀博大的冰雪饮食文化。

有人将东北饮食文化对东北人的性格形成归纳为三个动因：

游牧渔猎为主的生活方式，入山擒兽，刨冰捕鱼的饮食生产方式，“大碗喝酒，大块吃肉，往往带有一种野性”的就食方式，催发了东北人顽强进取，乐观豪迈的精神品格。

在东北大地的黑山白水之间，地广人稀，资源丰富，天然生态，物产丰饶。“棒打狍子瓢舀鱼，野鸡飞到饭锅里”，食物资源的自然环境，养成了东北人慷慨大方、豪爽仗义的做事风格。

天地有大美的大自然气象，放逐于山林江河的自在生活方式，选择丰富的食物乐园，各民族不同的饮食风俗并存等，塑造了东北饮食文化的包容性，而这种海纳百川的胸怀成就了东北人思想的开放性。

反之，这种东北人的人格文化也促成了相应的饮食文化风格的形成。在今天东北大大小小的城镇、乡村中，随处可见全国各地乃至国外饮食文化风格的餐饮酒店、风味小吃，并且在全国乃至世界各处也常能体验到我国东北的冰雪饮食文化，这无疑正是开放包容、锐意进取的东北冰雪饮食文化精神的体现。我们有理由相信，徜徉于东北大地白山黑水之间的冰雪饮食文化，不仅会继续深深扎根于这肥沃的黑土地上，也会一往直前地在华夏大地，在所有有人类栖居的地方，引领着世界冰雪饮食文化，在人类饮食文化的大花园中怒放出更为芬芳娇艳的饮食奇葩。

第二章　冰雪·霓裳

第一节　“被薜荔兮带女罗”——服饰的起源

正如郭沫若所说，从古代及地域的服饰中可以“考见民族文化发展的轨迹和各兄弟民族间的相互影响”，“历代生产关系、阶级关系、风俗习惯、文物制度，大可一目了然”。可以从中感受到劳动人民的“创造精神，他们的改造自然、改造社会的毅力，具有强烈的生命脉搏，纵隔千万年，都能使人直接感受。”即使以避寒取暖为主要功能的冰雪服饰，想必也不能例外。

人类从猿到人，自是经历了无数次的磨砺与蜕变，也许我们只能根据极为零星、琐碎的考古片段去驰骋想象，再现大地的部分历史记忆。原始人类或腰扎草裙，或身披兽皮，或颈戴石骨等饰物，于其本身而言想必不会有什么所谓文化方面的“宏大教义”，但已经隐隐地蕴含着服饰的文化内涵与意义，此时距“文化”这一语言和文字概念的诞生尚有很长时间，不过这也并不奇怪。人类是地球上所有生物中，无论是出于避寒取暖，还是遮羞挡怯，或是美观好看等目的，是第一个也是唯一的有着主动身着衣装、佩戴服饰的生物，这也是人类区别于其他生物的标志之一。也许是取暖、求生的本能，也许是羞怯、好美的本性所然，或者是兼而有之，但自此却催发了人之所以为人的表征文化之一——服饰文化。

对中国原始社会的服饰，屈原的《楚辞》中曾有着这样的描述，扮演少司命的男巫，“荷衣兮蕙带”，以荷叶为衣裳，以蕙草为腰带；扮演湘君的女巫，“被薜荔兮蕙绸，荪桡兮点旌”，以别名木馒头的蔓生植物——薜荔为披肩，以状叶子细而长的蕙兰为束身衣带；山鬼即山林女神，“被薜荔兮带女罗”“被石兰兮带杜衡”，披着薜荔草做的衣衫，头戴松萝编织的花冠、腰系松萝捆系的腰带，或身披石斛兰编就的衣裳，以杜衡为带。这些对当时楚地巫师及巫术参与者的描述，实际上也是对早期植物服饰的一种再现，对当时已经消失的中国原始社会人类服饰的一段生动记述。在《淮南子·汜论训》中曾说到我们的祖先，“緂麻索缕，手经指挂，其成犹网罗”，即是以草、麻等为原料，手工编织衣服，手指可谓是人类最为原始的编织机了。服饰作为人类的生存条件之一，起源基于人类的原始思维，在其民族与国家尚未形成的时期，虽无民族与国家之分，但因自然环境、地理环境及温度气候的不同，而有着区域之分，至少在服饰的成型、质料及习惯等方面有着不同的特征，比如冬季气候寒冷的北方地区。

第二节　东北远古服饰文化

在地处寒冷北方地区的远古人类，比南方及中部地区的人类要承受更为漫长的冬季带来的寒冷、冰冻和风雪，以及其所导致的季节性自然资源的匮乏。可以想象一下，在大雪纷飞、严寒冻地的环境下，位于地球北方寒地区域的原始人类，比气候温宜的南方更需要能够避寒取暖的衣服，而如《楚辞》中所描述的植物服饰显然是不能满足这一需求的。

人类之所以能够在地球上任何一个气候环境下生存，就是来自于与大自然的相磨相砺。野兽在作为原始人类威胁的同时，也给人类带来了可以保暖的服饰。狩猎不仅可以让北方的人类祖先填饱肚子，还能够有可以避寒保暖的衣装服饰。“衣其羽毛”“而衣皮革”，动物的毛皮、鸟类的羽毛，就成了北方原始人理想的冬装了。数十万年以前，寒冷地带的人类为了保护脚部不受伤害，学会了用动植物的皮或茎裹脚。皮革之类的东西是狩猎以后得来的剩余产品，因为它的质地坚韧耐磨，防寒保暖，所以被用来当作服饰和“鞋袜”穿，这就是人类最初的鞋。但被割下来的野兽皮毛与人身躯毕竟不能身型适合、体裁相宜，或许是人类的灵光一现，也可能是一段漫长的摸索，在旧石器时期，具有人类服饰文化发展史上划时代意义的缝制工具——骨针诞生了，这不啻是北方寒天雪地人类服饰文化里程碑式的开端，也标志着人类从直接采集外衣的自在状态，进入到缝制衣服的自为状态，这伟大的一步自然也远胜于直接取自于植物的“绿色”服饰。

追溯人类的远古文明，总是有着太多的不可思议。在交通极为不发达的当时，相距十分遥远，不同区域的交流几乎是难以想象的，但人类很多具有重大意义的工具发明与创造，却往往有着不约而同的相似。基本相通的形制，对于造型的构想和使用方法十分接近，神奇地表现出人类思维和创造力惊人的一致性。北京山顶洞人遗址曾出土一枚骨针，骨针长 82 毫米，直径 3. 1 ~3. 3 毫米，针身微弯，一头有锋利的尖，一头则有针孔，在当时绝对算得上是一件精致的缝制工具了。无独有偶，在欧洲旧石器时期晚期，位于法国西南部梭鲁特（北纬 43 度到北纬 51 度）的克鲁马努人遗址中，也发现了工艺特点与造型均相同的骨针。在一部美国学者夫妇撰写的《世界文明史》中这样写道：“克鲁马努人制作骨角扣子和套环，发明了针。他们不会织布，但缝在一起的兽皮就是一种很好的代用品。”骨针作为人类将两块以上的兽皮拼缝起来的重要工具，创造了人类服饰工艺的开端。

在法国梭鲁特文化遗存和北京山顶洞，以及其他同时代遗址周围，考古学家发现了赤鹿、斑鹿、野牛、羚羊、兔、野猪、狐狸、獾、熊、虎、豹和鸵鸟的残骨，甚至有大象和犀牛的遗骸。也许人们可以推断和设想一下当时的这一场景。成群的男人追捕、围杀或大或小的野兽，用石刀、石斧等锐器将其杀死，并用石刀精心地将兽皮剥下来，再把里面的肉一块一块地切割下来，然后或分给每人生吃，或交给女人，升起火来用火烤着吃。剥下来的皮由妇女们拿到河边用水冲洗干净和浸泡，她们用口咬嚼及木棒捶打等方法来鞣制和半鞣制兽皮，使之柔软，便于穿戴和折叠。缝线则多用动物的肠衣或韧带纤维来制造，将几块兽皮直接缝制，或者用石刀裁剪成适当大小的兽皮，然后用骨针穿着兽筋等将其缝制起来。现在位于北极的因纽特人就是以动物的筋腱为线来缝制皮衣、皮靴的。

这种兽皮服饰工艺，在距今不久的时期，在仍处于原始生活状态的我国东北少数游牧民族区域依然流传。在东北鄂伦春、鄂温克等少数民族聚居的地区，就发现了类似的缝制工艺，只是在皮子表面，根据不同的民族风俗习惯增加了绣、熏、刻等方式的不同图案，具有较高的艺术审美价值。想必无可置疑的是在棉花还没有被引入到这些地区以前，以兽皮为基本材料的原始服饰，应该是北方寒冷地区原始游牧部落冬季的主要过冬衣物。

我国著名古代服饰文化学者沈从文曾在他的著作《中国古代服饰研究》中这样写道："历史发展到能够生产出专供做服装的材料——纺织品时，以兽皮为基本材料的原始服饰可能早已自成规模，有的甚至定型化。"这种可以抵御北方寒地风寒，并具有北方游猎民族文化特点的服饰，在人类服装史上的重要性不可小视。也正如沈从文先生所讲："证实我国于旧石器时代晚期的开初，北方先民们已创造出利用缝纫加工为特征的服饰文化，表明人们的衣着大不同于以往，不再是简单地利用自然材料，而是初步改造了自然物，使其变成较合于人类生活需要的新构造形式。"尤其要提到的是，后世服饰中的抿裆、蔽膝、胫衣、射鞲等，很可能是这些远古北方民族服装的遗制。在20世纪七八十年代，我国东北部分乡下地区，抿裆裤仍随处可见；而当时的绑腿，则很可能是穿时套在胫上（膝盖以下的小腿部分）的"胫衣"的演变；射箭用的皮制臂套——射鞲，与20世纪八九十年代在全国都颇为常见的套袖也似乎有些渊源。

服，指身上穿的衣服；饰，指身上佩戴的装饰品。北方远古人类捕杀野兽，食其肉，衣其皮后，男人将野兽的牙齿作为纪念品，炫耀自己的勇猛，并逐渐演化成具有勤劳、勇敢与胜利象征的饰品，也是有考古证据的。而天生爱美的女性，自然更不会落后于男性。虽然只是在比较细小的石头上钻个孔，做工非常原始、粗糙，但却表现了远古妇女们的才能智巧，充满了劳动、创造的美感。而在辽宁西部的新石器时代中期文化遗址——红山文化中发现的玉冠、玉佩、玉镯等饰品，则反映了当时北方饰品文化的发展高度。

在大多数人惯常的印象中，以及在人们所看到的反映原始部落生活题材的影视作品中，原始人类几乎都是赤脚大仙。但在距今 5500 年的辽宁凌源牛河梁红山文化挖掘中，却有着让人吃惊的发现。在一件已经残缺不全的少女红陶塑像的左足上竟赫然有着短勒靴，其造型和现代橡胶雨鞋几乎完全一样。在《说文》中记载道："鞮，革履也。胡人履连胫，谓之络鞮。"是皮革所制之屦；《隋书礼仪志》中也说："靴，胡履也。"清楚地表明了这种皮鞋源于北方先民。这一令人惊奇的发现，赋予了我们种种联想。在冰雪覆盖的茫茫北方大地上，那造型颇为现代的皮靴宛如红舞鞋一般，绽放着耀眼的光芒，舞动着优美的韵律。

第三节　北方曰狄，衣羽毛
——东北早期服饰文化

在我国有关历史典籍的记载中，不时可以发现有关早期北方服饰风俗的记录，如《礼记王制》书中写道："北方曰狄，衣羽毛穴居，有不粒食者矣。""和味，宜服，利用，备器，五方之民，语言不通，嗜欲不同"。《后汉书》中针对居住在黑龙江的邑搂人时则说道："好养豕，食其肉，衣其皮，冬以豕膏涂身，以御寒风"。《礼记》中说的大概意思是北方的人被称为狄，住在洞里，穿动物毛皮，不食五谷，以狩猎畜牧为生。在风俗、语言、饮食、服饰等方面自成特点而与其他区域多有不同。从中可以得知，自古以来北方就是以游猎生活为主，由狩猎而来的动物毛皮则是北方人类的主要衣装，尤其是在冰天雪地的冬季。《后汉书》中提到挹楼人惯于养猪，以猪肉为食，以猪皮为衣。冬天的时候，则用猪油来涂在身上，抵御寒冷、刺骨的风雪。

挹楼人就是后来长期居住在中国北方寒地的满族，看来满族自其祖先起就是骁勇能战，而且善于养猪的民族。外能安邦、内可持家，想来挹楼人的后人能入主中原、霸业天下，也不是偶然的事情。而另一诞生了一代天骄成吉思汗的族系契丹的祖先，与挹楼也有着类似的衣兽皮的传统，在《辽史》中《仪卫志》就曾记载：“上古之人，网罟禽兽，食肉衣皮，以俪韦掩前后，……契丹转居荐草之间，去邃古之风犹远也。”

第四节　胡服骑射——马背上的服饰文化

北方游猎民族的服饰不仅受到过中原文化的影响，而且也曾十分强势地影响了中原服饰文化，这就是历史上有名的赵武灵王的“胡服骑射”。“胡服骑射”不仅被誉为是中国古代军事史上的一次革命，也是“中国历史上第一次服饰飞跃”。

“胡服骑射”前的华夏民族服饰，主要为上衣下裳制和衣裳连属制。上衣下裳制：上衣的形状多为交领右衽，多为青、赤、黄、白、黑等五种原色；下裳类似围裙的形状，腰系带，下系芾，多用以正色相调配而成的混合色。服饰以小袖为多，衣长通常在膝盖部位，腰间则用条带系束。“深衣”为衣裳连属制，即连体的服饰，它同现在的连衣裙比较接近，上衣下裳在腰处缝合为一体。这两种服制，都为长裙长袍，拖拖沓沓，行动不便，很不利于军队战斗力的发挥。

当时北方游牧民族的军人，都是穿着宽大的、两旁开口、长到下腿的袍子，腰带两端垂在前面。因为天冷，袖口紧紧地密封在手腕上。在肩上还披着一条毛皮的短围巾，头上戴着皮帽子，鞋是皮制的，宽大的裤子用一条皮带紧紧地系住。弓袋系在腰带上，垂在腿的前面。箭筒也系在腰带上横在胸前，箭尾朝右边。这种装束不仅保暖功能好，且轻便灵捷，来去如风，十分便于作战。

赵武灵王是战国时期赵国一位很有作为的国君，由于赵国地处中原的北边，经常与林胡、楼烦、东胡等北方游牧民族接触。他看到胡人“来如飞鸟，去如绝弦”，在军事服饰方面颇有一些特别的长处，于是下定决心改变赵国的服饰。在顶住重重压力下，赵武灵王“将胡服骑射以教百姓”，他汲取了林胡、楼烦、东胡、山戎等北方游猎民族的服饰特点，来改革国家服饰风俗。穿胡人的服装，即“上褶下袴，有貂蝉为饰的冠，金钩为饰的具带，足穿靴，便于骑射。”

自“胡服骑射”服制改革之后，“习胡服，求便利”就成了我国服饰变化的总体倾向。两千多年来，细节虽不断变化，但总体倾向大体依旧。就是我们今日的“上衫下裤”的典型服饰装束也接近于“胡服”，而远于“胡服骑射”前“上衣下裳”的华夏族服饰。

第五节　中世纪东北各民族服饰文化

不知是北方“朔风劲且哀”“水声冰下咽”的冰雪季节，还是“彪悍纵千骑，虎狼皆入围”的游牧狩猎、风格硬朗的生活方式，让长裤革靴、披挂利落的北方武士富有强悍的作战能力，所向披靡，战无不胜。在黑龙江区域内的古代民族就先后有鲜卑、契丹、女真、蒙古、满族等在进入国家阶段后入主中原，建立了北魏、辽、金、元、清等王朝。数千年来，“逐水草而居”的北方民族在相互之间的频繁征战中，也是“旋兴旋灭”。虽然各民族之间的服饰多有相通之处，但一定程度上也都有着自己独特的服饰风格。

“衣皮革，被旃裘。”匈奴人穿的衣服，多为蓄养动物如羊、马、牛等，及猎取的动物的兽皮和兽毛制成的衣服，更偏重于御寒、狩猎、骑马征战等方面的功能性。汉朝期间，虽有中原包括丝织品及成衣的纺织品被引进匈奴，但却因“得汉缯絮，以驰草棘中，衣袴皆裂敝，以示不如旃裘之完善也。”只能在上层贵族中有所穿着。也难怪，娇贵的丝质服装哪里禁得起作风彪悍的草原骑士在大草原上的纵横驰骋。匈奴人喜带头饰、腰带饰及便于携带的饰品，这或许与他们四处征战的游牧风习有关。公元3世纪，这个马背上的民族一路骠骑，开始了漫长的西迁，竟然兵临欧洲的腹地罗马城下。或许强弩终有力尽时，最后这个曾令当时的欧洲闻风丧胆的游牧民族，却如盐入水，消失得再难以寻觅其踪迹，到现在也很难确定融入了哪个欧洲民族。

鲜卑族源属东胡部落，兴起于大兴安岭山脉。据说鲜卑是瑞兽皮带之名，也许皮带在鲜卑人的服饰中占有重要的位置。鲜卑人主要穿着与匈奴相同也是皮毛服装，但相比于匈奴，除了制衣原料基本相同外，鲜卑的服饰则更具视觉审美。“衣毛毳为衣”，鲜卑妇女能在皮革上刺绣，善织毡毾。大兴安岭地带盛产的貂、豽、鼲子等动物，皮毛柔软，为天下名裘，大多只有鲜卑人上层贵族才能拥有。有人说，汉族的“衣”“裳”，鲜卑人的“袍子”，简明扼要，说得倒也不差。

在《三朝北盟会编》曾记载：“冬极寒，多皮衣，皆以厚毛为衣，非入室不撤。好白色，短而左衽。”契丹族服装一般为长袍左衽，圆领窄袖，下穿裤，裤子放在各种皮革制作的靴筒之内。契丹妇女服饰为直领左衽的团衫，前拂地，后长而曳地尺余。袍内则还穿着裙子，袍料大多为貂、羊、狐等兽皮，其中以银貂裘皮最贵，而一般百姓则多以羊、沙狐裘皮以御寒。系腰带，头戴皮帽，手戴手套，穿靴。契丹妇女喜爱饰物，如项串、耳坠之类。为防寒，在肩背处围以“贾哈”，“贾哈”用毛皮裁制，形制如箕，两端作尖锐状，围于肩背处，颇似现代的围巾与围脖，抗寒效果好。契丹人的服装颜色也很有意思，白色下衣，蓝色中身，红色圆领，足踏黑靴，女人则着浅绿色长衫，系红腰带，左侧佩黄色葫芦状荷包及黑色小皮囊，头戴绿顶黑皮小帽。有意味的是，素有敬天尚黑习俗的契丹人，世俗社会以黑色为上服，但在宗教世界里却恰恰相反，崇尚白色。契丹萨满教巫师的法衣，就是白色。手衣，也就是手套。契丹人的手套，与现代的手套式样完全相同，大体分为两种：一种为拇指单分式，另一种为五指单分式。

生活在黑龙江、松花江流域和长白山一带的女真族，是我国东北地区历史最为悠久的少数民族之一，古称靺鞨。“金俗好衣白”，金人喜欢白色，认为白色洁净，同时与地处冰清雪白的自然环境有关。有钱和有地位的人，冬天大多以穿貂皮、青鼠、狐和羔皮为主；一般百姓和穷人则是穿牛、马、猪、羊、猫、犬、鱼、蛇的皮，或为獐鹿麋皮等。金代服饰还有一重要特征，就是多用与身边自然环境相近的颜色。这与女真族的游牧狩猎生活习惯有关，服装颜色与环境接近，可以起到保护的作用。冬天多喜用白色，春天则在上衣上锈以“鹘捕鹅”“杂花卉”及“熊鹿山林”等动物纹样，同样有麻痹猎物、保护自己的作用。另外鹿的图案往往会被大量采用，除其起到优美的装饰作用外还有一个原因，就是鹿与汉字的“禄”同音，富有吉祥的含意。有一幅金人《文姬归汉图》的画，形象地再现了女真族妇女的服饰风格：头戴貂帽，耳戴环，耳旁各垂一长辫，上身着半袖，内着直领，足登高筒靴，颈项围着云肩，画的是蔡文姬，整套服饰质地厚实，结构严密，制作精巧，但活脱的是金人妇女装扮。另一幅《骑士猎归图》中以穿胡服的骑士头戴翻毛皮帽，身穿窄袖胡服，腰间佩有箭囊，下穿套裤革靴，领、袖等处还露出一寸长短的皮毛，即后世所谓得“出风”，这是较为典型的贵族骑士服饰风格。

第六节　冰雪服饰文化的集大成者
——满族服饰文化

女真族在白山黑水之间沉寂了数百年后，在17世纪中叶，迎来一个更为辉煌的时期，这就是一统华夏三百年的满清王朝。满族人长期生活在北方冰天雪地的寒冷环境里，作为马背上的民族，与其他的北方游牧民族一样，有着类似的北方服饰风俗。随着后来满族入主中原，成统天下，尤其是发出“衣冠悉遵本朝制度”“留头不留发，留发不留头”的强制性政令后，清代中国男性服饰基本以满服为模式。而在清初“男从女不从”的约定下，满汉两族女子则基本保持这各自的服饰形制，但在后来满汉杂居的长期接触当中，经过不断演变，形成了清代女子服饰特色。

【满族袍服、旗袍】　满人从祖先起，男女老少一年四季就皆穿袍服，初期分为光皮和毛皮两种，后来又增添了布料的袍服。清初的时候，居住在北方的满族人受中原华夏文化的影响，颇为青睐以麻、布为质料的服饰。曾有记载，在宁古塔地方：“满洲富者绩麻为寒衣，捣麻为絮；贫者衣狍皮，不知有布帛。”而到了康熙年间，随着中原纺织品在北方的普及，皮毛服饰则又成了贵族的喜爱，恰如时人所述：“今居宁古塔者，衣食粗足，则皆服绸缎，天寒披重羊裘，或猞猁狲、狼皮大呼。惟贫者乃服布。”可见随时代变换，服饰时尚之风流转之快，在古代也是难以让人预料。

旗袍是满人的袍服，也许可以说旗袍是满族对世界服饰文化的最大贡献，现代人对这种能尽情展现女性曲线、性感、优雅之美的服饰毫不陌生，堪称是经典而又永远时尚的女性服饰。经过美学演化的现代旗袍，更具有礼仪性质，更加适合出现在诸如晚宴、庆典等一类社交情景中，然而最初的满人旗袍与今天却有着相当的不同。

旗袍，满语称布介。满人冬季所穿的旗袍有皮、棉两种，又可外套马褂，可抵御寒冷的北方风雪。为适应寒冷气候下的狩猎与便于狩猎、劳作，它往往又肥又大。春夏秋冬样式基本一样，“衣皆连裳”的款式同汉族的“上衣下裳”有明显不同。它裁剪简单，无领（后习惯加一假领，亦出现圆领），前后襟宽大，而袖子较窄，束腰，有扣绊，四片裁制，衣衩较长，便于上马下马；窄窄的袖子，便于射箭。箭袖满语称“哇哈”，形似马蹄，又称“马蹄袖”，平日挽起，放下又可保护手背御寒，后来演变为清朝官员偈见皇上或上司的一种礼节——放哇哈。

也许是满族长期生活在白山黑水、冰天雪地之间的缘故，满族有尚白的传统习俗，以白色为洁、为贵，认为其象征着吉祥如意。在服饰色彩方面，满族则多以淡雅的白色、蓝紫色为主，红、粉、淡黄、黑色也是其服饰的常用色。男子的长袍多是蓝、灰、青色，女子的旗装多为白色。清初的男士袍多为天青色且多镶有花边，后来流行玫瑰紫色，谓之“福色”。有身份者所用的布料大多为绸缎，一般男士则多用蓝、灰色的棉麻布料。长袍外腰上则系扎腰带，腰带上配有腰配和可挂装物品的小袋子，以及解食刀、烟荷包、眼镜盒袋等。在袍服外都会套穿马褂，有长袍马褂之称谓。马褂多为对襟、圆领、平袖、两旁两衩，褂长仅及于脐。马褂分为大襟、对襟、琵琶襟等多种形式。马褂是满族骑射时穿着的一种褂子，后成为日常罩于袍子外面的服装。高领对襟，四面开禊，长及腰部，袖子稍短，袍袖可露出三四寸，将袍袖卷于褂袖上面，即所谓大小袖。现在许多人所穿的对襟小棉袄，就是从马褂演变过来的。

有一种长至膝盖的马褂，被称为“额隆袋”，是长袖对襟、缝制简单、穿着方便的防寒服装。额穆张广才岭林中做山利禄的人爱穿这种额隆袋，有的直接用兽皮缝制，不挂面。早春或晚秋毛朝外反穿着。还有一种翻毛皮马褂，是将皮毛翻露于外，清代达官贵人冬季罩在衫袍外，以炫其富贵。与马褂功能相似，坎肩也是套在旗袍外面，但在清初时，则是多穿在里面。坎肩又称马甲，有对襟、捻襟、琵琶襟、一字襟等款式。冬天穿上棉或皮制的坎肩，可抵御风寒，骑马驰骋在冰雪大地上显得十分精干利落。

满族妇女穿着的旗袍领口、袖头、衣襟都绣有不同颜色的花边。还有将花绣在袖里，挽出来的“大挽袖”女式旗袍，美观考究。随着时代的发展，男士旗袍渐变为长袍且在逐渐消失。女性旗袍则不断演变、发展，由宽腰直筒式演变为紧身合体的曲线型式样，使这种曾极为适合北方骑射民族生活习俗的服装，在人类审美的驱动下，成为最为能够彰显女性曲线魅力的服饰之一，也是当今东方女性最具有传统经典意义的女装典范。在电影《花样年华》所演绎的老上海时期，张曼玉身着旗袍，将东方美女展现得淋漓尽致，不知艳羡了多少爱美的女性。

【满族皮大哈】 满族皮袍俗称皮大哈，多以貂皮、狐狸皮、羊皮为主，以貂皮为最贵，依次而下。初期的时候满族的皮大哈非常简单，只是将几张大块毛皮稍加裁剪，缝成袍褂护体，一般不褂面。后来皮衣的制作逐渐精巧美观。在满人尚未入主中原之际，虽然经过不断南迁，已经很接近汉族地区，但依然强调“国语、骑射”，穿衣打扮不离旧俗。曾有人给清太祖努尔哈赤的服饰做过一素描，“头戴貂皮帽，着貂皮护项，身穿五彩龙文天盖，上长至膝，下长至足，皆裁貂皮为缘饰。诸将亦有穿龙纹衣者，只其缘饰或以豹皮，或以水獭，或以山鼠皮。”“足登纳鹿皮乌拉鞋，或黄色或绿色。”从其至少可以看出当时清朝贵族男性的服饰概貌。满人喜欢把鹿皮染成红色或绿色制作衣服或皮鞋，并能利用大块鹿皮拼成对出花纹，做成皮朝外的皮袍，或以鹿皮为面，挖云镶嵌，领袖用染成红、绿色的皮镶沿做成女袍。还有一种缺襟皮袍，袍右前襟缺一块，用纽扣扣上，便于骑马，后来成为皇家亲王的行袍。

【带痰桶的袄】 古时的套袖主要是镶在袖口的里子上，这样在严寒的冬季，手不易冻着。而套袖的另一个作用，便是“皇帝的痰桶”。

据曹保明先生在他的《神秘的关东奇俗》中描述。

以前的皇上都很好面子，但在冬天的季节里，即使是贵为皇帝也得有痰啊，但在大殿之上，众臣在宫中议政的时候，皇上又不好意思当着大家的面吐痰（随地更不行了，死要面子活受罪，皇上更是），那来痰了，怎么办呢？皇上就是有智慧，想了个绝妙的法子，把痰吐在自己貂袖里。而貂皮袖呢？不粘水，不粘泥，等到了没人处或看别人不注意，轻轻一甩，痰就飞出去了。貂皮袄袖不正是皇帝的痰桶吗？而皇服不正成了带痰桶的袄吗？

不过这个办法也只有皇上能玩得起，一般人家是舍不得把痰吐在珍贵的貂皮套袖里的，也没这个必要。这种只属于皇帝的特殊“服饰文化”，充斥着关东帝王权力的意味，在现在自然也就不会再能看到这种带痰桶的袄了。

【白皮子套裤】 满族男女早年流行的“白皮子”“套裤”，满语称“渥季阿力”，是用兽皮制作的。这种服饰，仅有两条单腿裤筒，不连接一起。没有裤裆，裤管下口平，上口尖，膝部常加饰彩绣。套裤的腰后系一块长2尺、宽1尺多的野猪皮或獾子皮坐垫，以备山野劳动时随处坐着休息，偶遇严寒天气，可转到前面遮挡抽裆风，起到御寒的作用。穿时将两裤管用带子系于腰间，露大腿的后上部和臀部，在皮裤的上面再套罩一个夹棉裤。这种皮裤男女都能够穿用，是满人秋冬季狩猎用的主要防寒服饰。满族人还多扎腿带，有皮革、麻布和棉布的，男人和老人一般都是青色等深颜色的，年轻女子多扎红、粉、绿等鲜艳颜色的腿带。穿坎肩、套裤，扎腿带，着白袜钻窝是满族秋冬常用的御寒服饰。

【满族高跟鞋——满族女旗鞋】 雪落之后，满族民间有一项女子传统体育活动，参赛者身着满人旗袍，脚穿高底旗鞋（“寸子鞋”）在雪地上竞走，以先到达终点者为胜。因其穿高底鞋走路如踏雪行而得名为“雪地走”，用现在的话来讲，这是一项集冰雪服饰、冰雪体育与冰雪娱乐于一体，且颇具民族特色的冰雪活动。

满族素有“女履旗鞋男穿靴”的说法。满族妇女的旗鞋极具特色，满族妇女均为天足，无缠足风习，因喜穿长袍而行走不便，便在鞋底中间脚心的部位加上木制高底，其高度从 5 厘米 ~ 15 厘米不等。因跟底形状不同而又分为“高底鞋”和“花盆底”鞋或“马蹄底”鞋，鞋面则多为刺绣与花饰。穿上这种旗鞋，走路的时候会发出有节奏的响声，倒真的是可以未见其人而远远就能闻其声了。满族自古就有“削木为履”的习俗，传说满族妇女穿上这种鞋，上山采集野果、蘑菇等，可以驱蛇虫，蛇虫听到声音，就会远远地避开。另外，这种旗鞋或许与现在女性常穿的高跟鞋有着同样的功效，即让女性身材更显修长，走起路来袅袅婷婷、轻盈娴雅。不过让现代人略感困惑的是，在以游牧狩猎为主的生活方式中，穿这样的鞋到底能走多远？想必这应该是那些贵族女子或盛大庆典仪式的专有服饰吧。

【满族皮帽子“玛哈”】 满语称帽子为“玛哈”，满族帽子样式颇为丰富，冬天戴的帽子就有多种。清代冬季男人戴的大耳扇皮帽子或称耳朵帽，又名暖帽。该帽子有约 2 寸宽的帽檐，檐上镶以毛皮。贵者多用貂、水獭皮，贫者多镶青鼠、狍皮，帽顶缀红缨，为北方满人冬季常戴的毛皮毡帽。在毡帽上缝有各种毛皮，高档者有狐狸毛皮及次之的羊、兔等毛皮。耳帽色为黑色和褐色，左右有帽耳以御风寒。还有一种冬天戴的帽子叫四块瓦帽，俗称“四喜帽”，亦为暖帽，无檐，以缎子做面，帽上有四扇毛皮耳，皮耳缝有貂、狐、灰鼠等毛皮。在房间内将帽耳卷起或折在里面，外出则可放下来防冻。在清朝至民国年间，大多为富家子弟冠带。

秋冬满族幼儿多戴猫头、虎头帽子，俗称吉祥帽。帽面多用不同颜色绸缎或布料，帽子上面刺绣猫、虎等动物脸谱，左右两侧上端钉有两个“动物耳朵”。帽分为夹、棉两种。清朝末期，满族妇女在秋冬季盛行皮冠，叫作“秋帽”（又称困秋帽）。无论贫富老少，几乎每人一顶，其样式略同于男帽，只是形制稍有收束。但在冬季大多数妇女则是戴耳包，耳包用缎与棉花制成，样如耳朵型，绣有各色花样，缀有毛皮御寒。现代东北人冬天常带的耳包就是由此而来，已经是老少皆宜，而不独为女性所有。清代满族老年人冬天大多戴大风帽，俗称“风兜”，其帽扇很长，可护住脖颈，方便暖和。还有一种当时老年妇女戴的中间宽两头窄的长条带子，人称“脑包”，上镶素边，中间绣素花，围在额上挡冬季的寒风，又使头发整齐。满族人的帽子绝对忌用狗皮，满族无论是谁，不准吃狗肉，不准戴狗皮帽子，不准铺狗皮褥子，不准以狗皮缝制衣服。满族人对犬（狗）的特别敬畏，是缘于满族人对狗的“恩物崇拜”，传说是有一黄犬曾救努尔哈赤于大火之中。

第七节　关东三宝之一——貂皮

貂皮是“东北”三宝之一。貂皮又分为紫貂和水貂两种，其中以紫貂皮较为名贵，紫貂皮产量极少，价格昂贵，素有“裘中之王”的美称，因此又成为人们富贵的象征，在国外，被称为“软黄金”。貂皮具有“风吹皮毛毛更暖，雪落皮毛雪自消，雨落皮毛毛不湿”的三大特点。皮板优良，轻柔结实，毛绒丰厚，色泽光润，用它制成的皮草服装，雍容华贵，是理想的裘皮制品。貂是暖的，而其暖度高于一般动物的皮张暖度，再加上貂很不容易猎取，因而更珍贵。从前猎貂叫“撵大皮”。猎人往往从下头场雪就出发，在出现貂踪迹的地方挖好陷阱，埋上樟栏，然后开撵，往往要撵一冬天，直到第二年春季，山上雪化了，山路泥泞了，貂才一步一步回到地老方，结果一下子掉进陷阱里，于是被猎人捕住。所以即使是最好的猎手一年也才能捕一只貂。

貂皮是贡品。据《打牲乌拉典志》记载，每年东北的“打牲丁”要固定向朝廷进贡一定数量的貂皮。进贡了上佳的貂皮，朝廷会有重赏；数量不够或成色不好，那进贡人就倒霉了。不用说，这些进贡来的上好貂皮，只有宫廷里的皇帝、妃子及朝廷官员们才能享用，一般都是用来做马夹、背心、坎肩、套袖等。关于捕猎貂皮在东北民间还流传着一个《黑老头》的故事。

据著名的故事篓子，民间文艺家张栋材搜集的《黑老头》记载，从前东山里有个打猎的，叫赵成，一年冬天在街上溜达，遇见一个着一身黑衣的小老头。叫人奇怪的是大雪天，所有行人身上都落了厚厚一层雪，唯独他身上滴雪不粘，还直朝上冒热气。赵成想，这老头穿的啥衣裳呢？他想看个究竟。于是就追这个老头，好不容易在一家馆子追上了，就和老头攀谈了起来。老头说他是柳毛河人。赵成奇怪，他常去那里，也没见过这个人。正说着话，外面进来一个收山货的老客。老汉一见这人，连忙起来便走，忙中忘了交饭钱，饭店掌柜的揪住他不放。赵成是个心软的人，再说，谁还没个为难遭灾的时候，兴许这老汉身上就没带钱。好说歹说，赵成给老汉付了饭钱才算是完事，而且还得罪了一些人。

这个冬天，关东山特别冷。赵成一个人来到柳毛河，蹲地仓子，半个月连个野鸡毛也没摸着，更别提山牲口了。一天夜里他醒来，觉得身上热乎乎的，一看，原来是黑老头来了，二人一块唠嗑，做饭，也是个伴。黑老头让他上南山打，南山有收获；黑老头让他上北山打，北山有收获，而且不管北风多硬，黑老头把一件黑皮袄脱下来盖在他身上，他总是睡得一身的汗。这一天，黑老头说："我要走了，你和谁也别说这事。临走，我没别的送你，你那天在馆子里救了我一命，我送你一件衣裳吧。你到当铺把它卖了，回关里家吧。"赵成一听正准备道谢，眨眼间，黑老头没了。猎人赵成一算，打猎也到一年了，是该下山了，于是就把所猎的猎物拉了满满一爬犁，下了山。晚上住在店里想起黑老头送他的那件衣裳，打开包一看，哪里是什么衣裳，原来是一张上好的貂皮。老猎人赵成把它拿到铺里，一下子换了个大价钱。回关里家去了。

第八节　“绳子绑上它就跑”

【乌拉鞋】　在关东民间，有一条谜语：“老头老头你别笑，破个闷你不知道；什么解下它不走？绳子绑上它就跑？”这条民间谜语的谜底就是鞋，而且专指靰鞡鞋。因为“靰鞡”二字太繁杂，不好写，所以常常写成“乌拉”，音相同。《通化县志》上记载：“通化县俗尚醇质，虽巨绅、高户亦御布衣。乡间必履乌拉，为山沟环绕，便于行走故也。”又：“暑或蓑笠赤足，寒时头戴毡帽，脚着乌拉。”可见关东人脚穿乌拉，是与当地的生活环境、文化传统相关联的。

《柳边纪略》：“护腊，革履也。絮草毛子草于中，可御寒。”《奉天通志》按：“乌拉，满语革履也，通作乌拉。向日沈阳皇寺贮有太祖所御乌拉。今人皆着之。”可见乌拉鞋于清朝入主中原之前就已经很普及了。

乌拉鞋是一种颇具寒地特色的满族矮筒皮靴，也是大多数东北人在秋冬季常穿的一种鞋，多为男子穿用。满族“乌拉鞋”分两种，一种是无靿的，一种是带靿的。最初，“乌拉”多为软底，以鹿、野猪皮缝制，后来发展为用牛、马皮等材料，鞋底渐渐变为硬底，厚度也增加了。若鞋帮上面接布靿或皮靿，则为“乌拉靴”，满语称为“踏踏玛儿”，以区别于“乌拉”。“乌拉”鞋由一尺多见方的皮子纳褶抽脸屈曲而成，鞋底与帮相连而无接缝。两个帮上钉着窄皮条状的乌拉耳子，用来穿绳，以便绑在腿上。“乌拉”鞋的前脸经常被手工做出二十多道小皱褶，样式很是独特。毡子或厚布为质料的乌拉靿子和乌拉带是乌拉不可缺少的配套，可以用来裹住小腿防御寒冷。

对乌拉的制作十分讲究，一张牛皮只能出 4 ~ 5 双乌拉鞋，而一到四五排乌拉之间最好的是二排乌拉，因头排取皮在尾巴根儿那，称为“糟门”皮；二排取皮在屁股蛋和脊骨处，是最好的位置，所以二排乌拉价格最贵，往往比头排和三四排贵三四倍，也抗穿抗造；三排是腰骨处，皮质打横，不是优质乌拉。只有二排乌拉叫“十字花骨”，是优等货。

穿乌拉时，要先把乌拉靰子围垫好，用木棒把草捶软，抖开横斜交错地放在鞋口，用手絮成趾掌、脚跟处略厚的草窝。脚伸进去后，把露出的多余长草拽出，围靰子盖住脚背掖好，然后按交叉顺序缠系带子绑紧。脱下乌拉时，要把草掏出放在锅台上或炕上烘干，以便下次穿用。这种比一般“棉皮鞋”保暖性还好的御寒之物，既不冻脚，又养脚吸汗，轻便暖和，结实耐穿，非常适用于冬季狩猎跑冰。

乌拉是皇封的鞋，这在关东民间有许多有趣的传说。

传说有一年，乾隆皇帝东巡来到一个地方，一看这里的百姓脚上穿一种东西，是用一块动物皮裹在脚上用皮绳一绑。乾隆帝问：“这是什么?”百姓答：“鞋。”乾隆是位聪慧有常识的帝王，他灵机一动，说：“此鞋独到奇特，边民喜爱，现又没有名字，干脆就叫它‘乌拉鞋’吧!”这一下，这种鞋子可就出名了，但因“乌拉”是地名，而这种鞋又用皮革所制，所以就以“乌拉”二字来代替。传说终归是传说，但东北民间称乌拉是皇封的这种说法很普遍。范家屯鞋铺的王皮匠在卖鞋时这样吆喝：“买吧！买吧！皇上封的鞋穿上暖和!”

东北人喜爱乌拉，就好像喜爱自己的儿女。民间俗话说，出门在外脚不冷，人身就不易作病。由于乌拉的鞋底软乎，所以冬天走在雪地上，不起“丁脚”。“丁脚”，是指鞋后跟上冻起的冰土疙瘩。北方气候的关系，冬天在外作业的人，最怕鞋子下边打“丁脚”，一长了“丁脚”，走路发滑，抓不住路。而穿乌拉就不打丁脚，并且不累脚脖子，不勒脚趾头，又由于有足够的乌拉草，使脚在里边非常舒服，又宽松，不劳累，不长脚气。比起现在的“军勾”丝毫不差啊。

清诗中对温暖了无数人双脚的乌拉多有吟诵。《柳边纪略·宁古塔杂诗》：“天寒曳护腊（即乌拉），地冻著麻衣。”《龙江杂咏》：“踏踏马儿革制坚，新装乌拉草如棉。何必更绣白云朵，始见腾空上碧天。”诗人对乌拉之青睐，已俨然凌于上绣白云，达贵官绅所穿用的皂靴了。满人旗兵行军打仗或狩猎远行都穿着“乌拉”鞋，穿“乌拉”的习俗一直延续到解放初期。抗日期间，东北抗日联军就普遍穿自制的“乌拉”鞋，抗联第二军第二师师长陈翰章还曾率军用倒穿“乌拉”的方法在雪地上行军，以迷惑日军。直到三十年前在东北的寒冷季节，还能经常看到在冰天雪地出行在野外的人，穿这种保温耐寒的“乌拉”鞋。但鞋中大多已经不是乌拉草了，而是被更为舒适暖和的毡子取代了。现在，“乌拉”鞋虽已然绝迹，但对上了年纪的老人们，想必会依然记忆犹新。那咯吱咯吱的踏雪声，似乎总是能从耳边响起，直直地让心绪回到那白雪覆盖、炊烟缭绕的东北老家。贫困而艰难的生活或许更能激发人类的生存智慧与顽强精神，那一段回忆，也许会多少有些酸楚，但那与冰雪大地的无限贴近，将会在每个人的记忆之中，永远存留一份浓浓的诗意……

【关东三宝之一——乌拉草】 乌拉鞋内絮的乌拉草，貌似平凡，却曾为东北百姓心中的至宝。乌拉草为莎草科，苔草属的一种，多在近水处或于沼泽中生长，为多年生草本植物。草叶呈三棱状，有微刺，长2尺余，细长柔软，纤维坚韧，不易折断。据《长白汇征录》载：“乌拉草，蓬勃丛生，高二三尺，有筋无节，异常绵软，凡穿乌拉草者，将草锤熟垫籍其内，冬夏温凉得当。其功用与棉絮同，土人珍重之，辽东一带率产此草，出自白山左近者尤佳。”

乌拉草与人参、貂皮并称为东北三宝，其虽无另外两宝名贵与尊显，但却因其与北方平民百姓生活之密切与重要，而显列三宝其间。曾有诗颂道：“参以寿富人，贫者不获餐。貂以荣贵人，贱者不敢冠。惟此草一束，贫贱得御寒。”有关乌拉草被列为三宝还有一段与皇上有关的传说。

相传在清朝年间，有位皇上带领贝勒、大臣和旗兵，来到塞北打猎。这天打了不少獐狍野鹿，收获颇丰，皇上十分高兴。天色已晚，皇上带领众人往回走的时候，发现从密林中窜出一只野兔子。皇上有兴，提弓就射，连射数箭，也没射上。野兔在前边跑，皇上带领人马在后面追。追来追去，追到一座庙前，野兔不知跑到何处不见了。这时天也黑了，又处于前不着村、后不着店的山野，实属无奈，只好在这庙里住下。由于庙太小，皇上和贝勒、大臣们睡在正殿里，众多旗兵只能在庙院里，拢起几堆火，从草甸里割些乌拉草，铺在地上打小宿。因为是冬天，天气寒冷，皇上睡到半夜被冻醒了。虽然皇上穿着一双“踏踏玛”（满语毡靴子），但仍很冷。他在大殿里来回踩脚时，听到院里有“砰”“砰”的声音。皇上便顺着声音慢慢走过来，一看满院子旗兵，都安然睡在乌拉草上。皇上觉得奇怪：我穿这毡靴子冻得都受不了，这些兵就穿一双薄牛皮乌拉，睡在草地上，睡得还那么香，怪！怪呀！皇上一边寻思，一边又顺着“砰”“砰”声音继续向前找。拐过墙角，看到原来是喂马夫，正在石头上捶乌拉草。他定神细看，马夫把捶完的草，揉巴揉巴絮进乌拉里又穿上，躺在铺草的地上睡觉了。此时皇上才明白：这乌拉草是宝贝呀！于是，皇上悄悄从旗兵身下拽出两把草，拿回去捶完也揉巴揉巴，絮进毡靴子里，穿上不一会儿，就觉得脚底下热乎乎的。第二天天亮以后，皇上问贝勒和大臣：“关东山有几宝啊？”贝勒和大臣回话皇上：“关东山，三宗宝，人参、貂皮、鹿茸角。”皇上说：“不对，关东山，三宗宝是人参、貂皮、乌拉草。”因为皇上是金口玉牙，于是乌拉草就受封为关东山三宗宝之一。从此以后，乌拉草一直被关东山人视为宝草。

乌拉草多生长于湿润的湿地中，恰如哲人所说：“万物的营养物都是‘湿’的，并由于湿而保持生命力。”不错，湿润的确有着一种坚硬的力量，在艰难困苦的生活中，这种不起眼的小草，给这里的人们带来了生命的温暖和成长的希望。难怪性格直爽、情感厚烈的东北人一直视乌拉草为“宝”。

千千万万平凡的百姓与同样平凡的乌拉草有着太多扯不断的情感，所以人们总是赋予它动人的故事，以示对它的爱。

相传，很早以前，有一户穷人家，两口子四十岁才生了一个儿子，取名小憨。因家里穷养不起他，小憨十岁那年被爹爹送到一个姓吴的大官人家去当“小使唤”。

有一天，小憨给吴大人洗脚。吴大人突然说：“小憨，你看我这脚心有三个痦子，一个痦子上长一撮毛。我这是贵人的脚相啊。”小憨一听，撇撇嘴说：“大人哪，我脚心上长了七个痦子，也各带一撮毛，还得侍奉您呢。”吴大人捧过小憨的脚一看，不禁吃了一惊，小憨脚心上真有七个痦子，各带一撮毛。原来不久前，观星台的人说，不久将有一位真龙天子登基坐殿，这要登基坐殿的皇帝的脚心上有七个痦子 ，各带一撮毛。当下，这位吴大人就要谋杀小憨。

当时，吴大人的妻子非常同情小憨，就把这个信儿传给了他，并给了他两匹马，说：“小憨，你快跑吧……”小憨骑着马，和年老的爹爹一块儿逃了出来。爷俩来到了人迹罕至的长白山的老林子里，遇见一位年迈的老汉，告诉他们一直往山里走。他们走到了长白山的深处，爷俩靠挖参、采药、打猎来维持生活。冬天的关东山，风雪呼啸，爷俩的手脚都冻烂了，这时有人出主意：“干脆出山去吧。”“去自首吧，免得冻死，饿死……”可小憨父子却决不向官府低头，一定要顽强地住下去，活下去。

一天，小憨要出去打猎。临走，年迈的老爹见他的鞋子又破又烂，就追到门口喊：“小憨，你可要穿好鞋啊！”“哦！”可也巧，一阵风吹来，小憨把父亲的“穿好鞋”听成了“穿草鞋”。可上哪找草呢？小憨是一个聪明刚强的孩子，又孝顺又听话。他想爹让他穿草鞋就一定有草。于是，到了山上，他就扒开厚厚的雪找草。见下面真有一片一片又干又黄的小草，软乎乎的，捏一把，又绵又暖，小憨就把草割下来，给自己和爹个打了一双草鞋。又采了一些垫在鞋里，一穿上暖和多了。当时他们穿的鞋，都是把兽皮在水里泡过后，做成小船样的人脚大小的东西，叫乌拉。这种小草没有名字，小憨的父亲就给小草起了名，叫乌拉草。

从那起，关东人就开始打乌拉草，垫乌拉鞋了。

过去的人们，晚上回到家里，都要脱下鞋子，把乌拉草抖开，晾晒，放一天的潮气出去；第二天早上，第一件事，就是“续”（垫）乌拉草。一只乌拉，往往能垫一大抱乌拉草。垫得好的人，一下子就都垫进去，垫的不好的人，连一半也垫不进去，还慢，这就要有“技巧”。垫乌拉鞋的技巧是前三绺，后四绺，中间一绺。这是因为前边是脚尖，三把草正好护住脚指头；后四把草把脚跟四四方方一边两绺，又紧又严，不晃不滚，又实又靠。中间一绺要连接前后，不断捻，走时不滚球，不穿串起套。这些都是垫乌拉草的技巧。

乌拉草又可用来打坯，盖房子。由于这种草绵软有筋力，合在泥里拧成辫，做成“拉哈”，修建住房。拉哈，满语是柱子，其实是“拉合”就是草滚稀泥拧成辫，搭在立柱上。用这种拉合修成的房子，十分坚固，风一吹很硬，能抵挡北方的严寒，也是关东先民们居住的房子。所以乌拉草虽看上去平凡，但它是千万劳动者最亲密的伙伴，是关东人们心上的草，是关东的“神草”，是英雄的草。人们忘不了神秘的关东，也忘不了这种小草——乌拉草。

第九节　“鱼皮部”的服饰
——赫哲族服饰

以兽皮为衣，是中国北方寒地大多数民族的服饰习惯，但在三江河畔，却有一个以“鱼皮部落”著称的民族，这就是在历史上曾被称为“鱼皮部”，我国北方唯一以捕鱼为主要生产方式的民族——赫哲族。赫哲族，又名“赫真”“黑斤”等，与鄂伦春族一样都属于人口“特少民族”。赫哲人多以鱼皮制作衣、裤、袍、鞋、靴等服饰，于史书中多有记载。《皇清职贡图》：“衣服多用鱼皮，而缘以色布，边缀铜铃，亦与铠甲相似。”《西伯利东偏纪要》：“足着鱼兽皮乌喇（即乌拉鞋），自膝至踝或翦色布或翦鱼皮为花，下连乌喇如靴。”

从以上史料可以看出，赫哲族的服饰与它的渔猎生活密切相关，而鱼皮乌拉是其中最具鲜明特征的冬季服饰之一，与位于北极的爱斯基摩人用海豹皮做鞋有着异曲同工之妙。赫哲人的鱼皮乌拉（赫哲人称温特），多用经过熟化的怀头鱼、哲罗鱼、细鳞鱼、狗鱼、鲑鱼和鳇鱼等鱼皮做鞋帮、鞋底，鞋靿则必须用狗鱼皮或鲶鱼皮。鱼皮的加工技术大概可分为剥皮、揉皮、切线等流程，工艺颇为繁复，很需要制作者心思的精巧与手工的细致。鱼皮乌拉分身、脸、靿三部分，前端和脸抽褶缝成凌半圆形，再用较薄的鱼皮沿着乌拉上口缝上高约 30 厘米的靿子，然后在乌拉耳子上串上细绳或兽皮条做带。穿时先絮上乌拉草或猪鬃草，穿上狍皮袜子，然后穿上乌拉，把带扎好，轻便、暖和，又不透霜。据传，有的还用植物煮水将鱼皮染色，并装饰上云纹、花草、蝴蝶等灵动鲜活的图案，被誉为游动的美丽赫哲鱼皮艺术。鱼皮乌拉在冰道上和雪地上都不打滑，也不会往里灌雪，是东北地区最佳防寒用鞋。正如一首赫哲族歌谣所唱：“当你穿上这鱼皮做的鞋子趟过溪流或踏雪时，就像走在平地上一样，它挡住了寒气和潮湿。”鱼皮乌拉什么都不怕，但就是怕牛粪。关于这个还有一段有趣的故事。

《赫哲风俗志》中记载了这样一个传说。从前有一个小伙子到巴彦家去做工。巴彦说：“小伙子，这双鱼皮靰鞡送给你穿。你要是能在两个月内穿破了，我就会给你工钱，要是穿不破，你就白干。”小伙子想，就是铁做的鞋也能让我这双大脚磨破了，何况是双鱼皮靰鞡，于是就痛快地答应了。

从此，这小伙子天天干活都穿着这双鱼皮靰鞡，可是说来也怪，眼看两个月要到了，这双鱼皮靰鞡依旧好好的，而且一点儿破皮的地方都没有。小伙子很犯愁。这可怎么办呢，如果穿不破，就没有了工钱，没了钱养活不了年老的爹娘，于是他就偷偷地掉泪。这时，一个叫达露莎的好心姑娘找到他，告诉他一个靰鞡的秘密，说："鱼皮靰鞡不怕硬，不怕磨，就怕碰牛粪。""牛粪?""对呀。牛粪又软又热，又湿又潮，是鱼皮靰鞡的克星。""真的?""试试看吧。"

第二天，小伙子就故意在牛粪上踩了几下。晚上干活回来，他低头一看，靰鞡的底上果然露出了两个大窟窿。这一下，小伙子笑了。巴彦都气得吹胡子瞪眼睛。

赫哲族的鱼皮衣和鱼皮裤也都颇具特色。赫哲女性多喜穿的鱼皮袍与旗袍式样十分接近，领边、衣边、袖口、前后襟等处都饰有颇具民族风格的图案，并用野花汗染成红、蓝、黑等颜色，风格淳朴浑厚、粗犷遒劲。早期的时候，在衣下边往往还缝缀海贝壳、铜铃和缨珞珠琉绣穗之类的装饰品，走起路来，别致美观。鱼皮衣服用料多取自胖头、赶条、草根、鲩鱼、鲟、大马哈、鲤鱼等三江特产的鱼类鱼皮，并经熟化制成。具有轻便、保暖、耐磨、防水、抗湿、易染色等特点。特别是在严寒的冬季不硬化、不会蒙上冰。

赫哲人除鱼皮服饰外，还用鱼皮盖房、造船，鱼皮文化是北纬45度以上区域内存在的特色文化，俄罗斯远东沿海地区的那乃人、乌尔其人、基立亚克人及欧洲北部的沿海居民、日本的阿依努人等也曾有过穿鱼皮服饰的历史。但赫哲族的鱼皮服饰文化不仅更为丰富、典型，而且鱼皮服饰工艺在今天依然被流传了下来。虽然鱼皮服饰已经远离了赫哲人的生活，但作为传统民族技艺，被一些年轻的赫哲人给予了传承和创新。他们利用传统的鱼皮剪贴技术创制了现代的鱼皮技艺品及鱼皮画，使古老的鱼皮文化延伸到旅游、艺术等领域。黑龙江省同江市街津口乡女青年尤雪琴，为日本民俗博物馆和我国自然博物馆等精心加工制作的五套哲罗鱼、狗鱼、鲤鱼、大马哈鱼皮衣裤，受到了国内外有关人士的好评。赫哲人的鱼皮艺术之花正在世界的文化艺术长廊中冉冉盛开。

有人说，在黑山白水的千年脉搏之间，有多少美丽的花朵，就会有多少风格趣异的民族服饰，但那些充满了神奇魅力的故事，不是数万言能说得尽的。在漫长的岁月中，在与寒冰白雪相磨砺的历程中，他们形成了自己的冰雪服饰风格。在冰天雪地的寒冬环境里，北方寒地的各族儿女，以自己的勤劳与智慧，坚定与执着，以其各具特色的服饰艺术风格，为世界服饰文化浓浓地勾勒了一抹亮丽的色彩。随着工业文明的到来，人类冰雪服饰风格也正在趋向全球化，一部分冰雪服饰正远离人们的生活，而走向艺术化。但有理由相信，对于世界服饰舞台来讲，这些富有各民族特色魅力的冰雪服饰文化，将作为人类的瑰宝而永远绽放光芒。

第十节　“使鹿部”的服饰
——鄂伦春服饰

在华夏北疆这片广阔的黑山白水之间，除了有着悠久历史的满族人之外，还游徙和居住着一些同样古老、具有各自服饰特色的民族，鄂伦春就是其中的一个。鄂伦春族自称“奥老浅博耶”，一说为山岭上人，一说为沿河居住的人，或是养驯鹿的人，主要分布在黑龙江的逊克、爱辉及大兴安岭地区呼玛县等地，属于人口“特少民族”。由于处在大半年为寒冷冬季的地区，鄂伦春男女均衣着大多为不挂面的皮筒子制成的皮袍，冬天穿用皮厚毛长的狍皮（或鹿、犴皮等）制作的皮袍，名为“苏思”；夏季用皮薄毛短的狍皮制作的衣服，被称为“古拉密”。男皮袍叫“皮罗苏恩”，分长短皮袍两种，均带大襟，袍边、下摆和袖口均镶有简洁单纯、黑褐色或黄色的猞猁和狐狸皮子花边，具有美观和耐磨的作用。为了骑马方便，除左右开衩外，前后也开衩。青年人穿的皮袍还着上黄色。女皮袍叫“阿西苏恩”，式样与男皮袍基本相似，但前后襟不开衩。在领口、袖口、大襟处缝有华丽的花纹，而在左右两侧开衩处普遍绣有云纹装饰，再以黄、红、绿等色线风之城色彩鲜艳的图案。鄂伦春人所采用的服饰图案多为几何纹、植物纹、动物纹，其中南绰罗花纹样尤为突出，意为“最美的花”，象征纯洁的爱情，多用于姑娘嫁妆，以示爱情纯真幸福。纽扣早先用鹿、犴骨或硬木等制成。腰间男子扎皮带，妇女则扎各种不同颜色的布带。

鄂伦春人冬天狩猎时所戴的一种狐皮大帽，则很有特点。这种可抵御零下40摄氏度寒冷天气的皮帽子，能遮住人的半个身体。制作时需要用四张狐皮，2～3米长的色布，及半斤的棉花，还要加上各种颜色的绾带和装饰绦带约七八条。还有一种用完整的狍子头皮缝制而成的帽子，狍耳、狍眼、和鼻子一如原样，栩栩如生，名叫“天它哈”。制作这种帽子是鄂伦春妇女的绝活，初期是用于猎人伪装成狍子，引诱猎物所用，后普遍传开，成人与儿童都喜欢戴这种帽子，是鄂温克民族最具特色的首服。妇女们喜欢戴猞猁皮帽或镶着皮毛的毡帽。

据说北美的曼丹人有用熊掌皮做鞋的习俗，在我国东北大小兴安岭地区的少数民族也都多有用兽皮做鞋的风俗，鄂伦春人就是比较典型的一个。鄂伦春人冬季所穿的鞋主要是“奇哈密”和“翁得”。“奇哈密”是用十几条狍腿皮做靴帮，用狍脖皮做底，形似满族“乌拉”鞋的皮靴。男女均可穿用，冬季穿着时需穿上狍皮袜子，既保暖，又使行走轻松舒适，特别是在雪地上行走时与积雪摩擦的声音很小，适于在林海雪原上狩猎。“翁得”是专供冬季穿的单层软底靴子，是用鹿腿皮做帮，用鹿皮、犴皮或野猪皮作底，靴帮高达膝盖，厚厚的积雪也难以灌进去，非常适于上山狩猎。鄂伦春的靴子往往在鞋面上装饰有小鹿、小熊及花卉图案，纹样简洁明朗。革靴不仅陪伴他们一生，人死后，穿过的革靴还要放入棺材陪葬。对于处在高寒地区狩猎的民族来讲，手套同样不可或缺。鄂伦春族手套为狍皮缝制的五指手套，做工精细，在开口处镶有鼠皮花边，手套背部绣有精巧的花纹，常常是男女之间的定情物。适合狩猎使用的手套是“考胡落”，大拇指同四指分开，手掌留口。平时手在里面，射击时从掌心口直接把手伸出来，非常方便。

第十一节　新中国成立前的东北服饰

进入20世纪，清末至新中国成立前的一段时间内，中国经历了迅速而巨大的变化。而随着“闯关东”热潮的兴起，山东、河北等地大批人群陆续拥进东北，对北方冰雪服饰文化也产生了一定的影响。一方面清代冰雪服饰被一定程度的沿袭下来，另一方面也悄然地在发生着变化。有钱人头戴貉壳或狐狸皮帽子，脚穿高筒皮靴，身着貂皮、狐狸皮等名贵皮草招摇过市，一般百姓中家境好点的则会有羊皮大衣可穿，而穷人只能穿棉袄了，甚至有的连棉袄都穿不上。在东北曾有着“羊皮大衣反着穿”的有趣说法，将里面羊毛翻在外面，据说是在狩猎的时候利于伪装。当时的人们穿的棉袄为对襟和左搭襟两种，棉袍则均为左搭襟。棉裤仍是流传下来的、那种肥肥大大的抿裆裤，棉制、狗或羊皮坎肩也为人们过冬的主要服饰。高领、紧身、窄袖的清代上衣款式，依然被广为采用。女式旗袍则向更加曲线、更为性感的样式发展，成为上海、广州等大城市最为时尚的女性服饰，而其原有的保暖功能却渐渐变得若有若无。乌拉鞋已不独为少数民族所穿，在汉族人中也广泛流传。被老百姓称为毡疙瘩的矮帮毡鞋和毡靴，也是老百姓过冬的必要服饰。

第十二节　大话狗皮帽子

今天在40岁以上的东北男人中，十个里面能有九个在小的时候戴过那种没反正的狗皮帽子。20世纪80年代前，在东北，无论是城里还是乡下，养狗的人特别的多，就近取材十分方便。狗毛细长，柔软舒服，温暖压风，黑黄灰白各种颜色杂陈各异，缺点就是有点沉，而且掉毛快，没过多长时间，狗皮帽子上的毛就掉得稀稀拉拉的了，戴在头上像长了头疮。

狗皮帽子在东北历史并不长，东北的土著民族并不戴它，无论是满族，还是鄂温克、鄂伦春以及赫哲族等，都从不杀狗，尤其是满族人。在满族人和赫哲族中都流传着义犬救主的传说，所以都视狗为恩人，也就自然不会杀狗谋皮，戴狗皮帽子了。狗皮帽子是闯关东来到东北的关里人的发明创造，由于汉人不擅长捕猎，为了取暖，大多也就只能从狗身上打主意了。虽然不大雅观，但如那句东北的歇后语："戴狗皮帽子进城——自个儿暖和就行。"据说这段话，在20世纪末，还被一个县委书记创意成狗皮帽子理论，用来减少政绩工程和面子工程。

制作狗皮帽子，熟皮子是最重要的工序，如果没有熟好，会有一股腥味，被人闻到，会被掩鼻而嘲笑之。狗皮帽子的里子是用布缝制的，帽圈有方形和尖形之分，小的时候我看到哪个大人戴尖形的狗皮帽子，总认为他是坏蛋，现在也不知道具体是什么原因，可能与看了当时的某部电影有关。狗皮帽子分帽耳和"小耳"，冷的时候，就扎紧帽耳，把下巴和脸蛋都护住。如果不太冷，就把"小耳"撩起或把帽耳往上翻，扎在帽顶上，也有的人任其支棱着，远远看去，到有几分像八戒的耳朵。俗话说："狗皮帽子没反正。"是因为在帽耳扎在帽顶上时，帽子的前后都被长长的狗毛给遮住了，反戴正戴别人也都看不出来，有的人还会在帽遮或者是帽耳处放点烟卷、火柴等小物件，记得有部电影里，还有人在那里放上纸条情报一类的东西，当时就感觉导演特没生活，藏在那样的地方谁都会找到的。

铁人王进喜有一张家喻户晓的照片，头上戴的就是狗皮帽子。他握着钻机的手柄眺望着远方，身后是高大的石油井架。这副形象几乎是20世纪50年代石油工人的经典形象，也是千千万万东北男人的形象。

在解放北满的时候，"狗皮帽子"可是名扬于白山黑水之间。林彪的百万雄师，被民间爱称为"戴狗皮帽子的军队"。国民党军队情报人员，不用看别的，只要是远远地看见了戴狗皮帽子的军队，就知道这是林彪大军。当时一些被捉到的国民党军队俘虏都对解放军士兵说，最怕的就是你们这些戴狗皮帽子的。一些战士也够淘气，常常老远就把狗皮帽子挑在枪尖上摇晃，吓唬敌人，到天津城下还摇晃。老百姓看到了狗皮帽子的军队，个个都伸大拇指佩服，不用问就知道是东北野战军。东北野战军几年间三大战役参加了两个，从东北打到海南，以至有人开玩笑说，没有狗皮帽子东北野战军也就打不了那么多胜仗了。

立下汗马功劳的狗皮帽子，过了20世纪80年代，就慢慢淡出了人们的生活，不仅是在城市里，就是在农村也很少见到了。据说大庆铁人纪念馆2003年迁建成立的时候，纪念馆工作人员到处征集王进喜戴过的那种狗皮帽子，结果在当地和附近的县市一无所获，最后在辽宁省才找到一顶。也许狗皮帽子不一定就真的是这样消踪匿迹了，可能有些懂得珍惜记忆的人，不愿意把它翻出来，而更希望那段时光能够永久地藏在心里。

第十三节　新中国成立后的东北服饰

20世纪50年代的城市里，中山装和颇显男士帅气的马裤逐渐成为常见的棉服。马裤最初来源于英国的贵族骑士服饰，腰部两侧凸起，裤脚紧腿系扣。在乡镇和农村依旧多为抿裆裤。之后，一种裤腿为紧口，且类似西裤样式的棉裤逐渐在城市和农村流行起来，一直到今天。20世纪六七十年代在东北有一种棉袄也曾经很普遍，这种棉袄多为年轻男子所穿。对襟样式，但没有扣子。穿的时候，用布绳乃至草绳拦腰扎系住，使其不能敞开，甚至有的人干脆就不用绳子，而是直接将棉衣对面抿上，然后双臂端起做抱膀状，紧紧将棉衣围住。还有些年轻人，则赤裸着上身穿棉袄，颇显得有男人血气，但也多是生活困窘所致。

曾在数十年前的东北乡村或小镇生活过的人，也许都会有着一些终生难忘的记忆。叶落的季节，是东北人家储藏秋菜和预备棉衣、棉裤等过冬衣物的时候。躺在暖暖的火炕上，看着母亲忙碌着在做新棉衣，新买回的棉花透着一种难以言表的温暖，蓬蓬松松的新棉花如女主人的笑脸，让人心里热乎乎的。做新棉衣俨然是当时一般百姓人家的一宗大事，那时，每人每年 1 公斤棉花票，往往不够一家人的棉衣、棉被所用，所以能有一身新棉花做的棉衣，也是一件值得高兴的事情。在当时，人口多、经济条件差的家庭，只能将往年的棉衣裤拆开，在旧棉絮中仅添加一点新棉花，或根本就是将旧棉花重新絮一下，就算作过冬的新衣了。儿童的棉裤为背带式，在胸前有一能遮覆前胸和腹部的棉帘，想必是担心孩子肚子着凉，这种棉裤在现在的东北也依然常见。

东北人多习惯将肥大臃肿的棉衣、棉裤和棉鞋叫作“老棉袄、老棉裤、老棉鞋”，在这样一种戏谑的语气中，也透着一种亲切、温暖和舒适。将服饰的特征转化成一种具意指性的语言，不仅让人感觉非常风趣，也能显现出一个区域文化的特点。不知是谁的发明，也不知是从何时开始，在有些地区的东北人口头语言中，时常会听到这样的话，某某人的嘴“象棉裤腰似的”，某某人“就是个老棉裤”。前者在不同的语境下有两种含义：一是形容某人性格憨厚，言语木讷、笨拙；二是形容人口风不紧，善于传话而不注意保密，如：“你这嘴咋像棉裤腰似的——咋就那么松啊？”东北人爽直、质朴的性格由此可见一斑。

新中国成立后，传统的乌拉鞋随着人们生活水平的不断提升而开始逐渐减少，而且已经不是兽皮、乌拉草，而是胶皮乌拉或棉乌拉了。虽然这种鞋的保暖性能不能让人恭维，但却仍受有着强烈爱美之心的青年人追捧，大有一鞋难求的态势。后来被蓝与黑色的大绒面毡底棉鞋和皮棉鞋所逐渐取代。无独求偶，军用的冬装也是当时年轻人时尚的冰雪服饰，尤其是军大衣和军帽。有谁要是头戴一顶军用棉帽，身穿一件军大衣，脚下再穿上一双翻毛的军用大头鞋走在大街上，定会招来许多垂涎的目光。因此抢军帽、军大衣的案件，在当时屡见不鲜，在城市和乡镇皆为如此。

在冰冷的北方冬季，除了衣、帽、鞋、裤和大衣等冰雪服饰之外，还有一些冰雪服饰也很具区域特色。如被称作棉手闷子的棉手套，棉手闷子与一般五只手套颇为不同，拇指独立，其余四指则一起插入在与拇指相连的棉袋里，它的长度往往能达到小臂之间，有的还用棉布绳将两只手套连在一起挂在脖子上，以便于携带和防止丢失。过去的东北冬天零下 30 多摄氏度十分常见，五指手套干活虽然灵便，但手指也很快就会冻僵。所以人们发明了棉手闷子，拇指独立，四指在一起互相依靠可最大限度保存热量，不仅保暖，还不耽误做一般的活计。也有的手闷子将食指也独立出来，虽不如四指手闷子暖和，但灵活性却加强了许多。除棉手闷子，羊皮和狗皮手闷子也较为常见，毛朝里，光皮向外，比棉手闷子更加保暖，但由于其造价相对较高，不是一般百姓所都能用上的。手闷子不知道陪伴北方的人们度过了多少个酷寒的冬天，现在于农村还时而能够见到。

由于手相对于其他身体部位经常露在外面而容易冻伤，寒冷地区的人们对手的取暖十分重视，过去的人们除了戴手套，也经常将双手插在被叫作袖筒子的筒状套袖里。袖筒子两头开口，有用棉花和布做成的，也有狗皮和羊皮制作的袖筒子。它主要是用于人们在休息的时候，将双手插在其中端放在胸前，不过在现在的东北已经很少见这种冰雪服饰了。

第十四节　改革开放后的东北服饰

直到各种貂、狐、水獭等动物皮的皮帽大量出现，棉军帽才渐渐退出人们的视野。或许军人的形象永远是年轻人心中的崇拜，在近些年，翻毛、皮质、挂带、有肩饰、多个装饰口袋的军式猎装，又受到了新新人类和白领一族的喜爱，而且其中不乏“巾帼花木兰”。珍贵兽皮皮帽的再次盛行，虽然离不开人们生活水平的提高，但更直接的原因也许是黑龙江边境贸易火热的开展。转眼之间，来自俄罗斯或冠着俄罗斯名号，各种样式的皮帽随处可见。直到今天，这种时尚之风，方稍稍落定。由俄罗斯而来，随同皮帽的流行之风一起进入东北大中小城市的，还有带毛领的俄罗斯毛料和呢子大衣，其风靡一时，令人叹为观止。

时尚就是潮流，潮流之下也许暗涌着许多文化的因由。随着物质文明的发展和诸多社会文化的推动，服饰仿佛就是人类文明的一个风向标，有心人或许会从中领悟到什么，但那就是仁者见仁、智者见智了。这几年高档皮草服饰开始陆续披在东北人的身上，来自丹麦、美国的优质原料，由意大利、法国等世界著名设计师根据国人身材特点量身定制的时尚款式，城市中的皮草店雨后春笋般地出现在繁华闹市区，紫貂、银鼠、狐皮、猞猁等，这些过去只有少数人才能穿得起的贵族服饰，今日则为大众所俱能享有，也算是“旧时王谢堂前燕，飞入寻常百姓家”吧。就连在公交车上，也能看到身穿高档皮草，脚踏毡底棉鞋的女士，足可见时下人们生活水平的提升速度之快、幅度之大，不过似乎在这新鲜的时尚之下，也有着一点尴尬与遗憾。生活品位不仅需要充足的经济收入来做基础，很多时候更需一些文化底蕴予以充实。在物质文明发达的今天，人类理当学会敬畏自然、尊重自然，与环境友好，爱护我们的动物朋友，有节制地穿用珍贵动物皮草，这也是冰雪服饰文化更为高远的价值内涵。或许也是当下部分先知先觉之士，更多地转向其他冰雪服饰的缘故。

20 世纪 80 年代后，羽绒服以其暖和舒适、价廉物美的特点，很快就成了人们冬季日常的冰雪服饰，也由最初的运动型羽绒服，逐渐发展为休闲式、唐装、牛仔装、绣花中式等缤纷多样的款式，并一改过往的色调单一、臃肿厚重，而变得更加轻薄、简洁、色彩丰富和趋于时装化，绿色、健康、环保与时尚成为近几年羽绒服饰的基调。

在今天久居寒地的人们在冰雪服饰方面有着十分丰富的选择，皮夹克、登山服、羊绒服饰、毛呢服饰、保暖内衣……皮、棉、毛、绒、线及层出不穷的高科技保暖产品，让人眼花缭乱。

围脖、围巾、脖套及耳包也是东北地区常见的冰雪服饰。围脖有呢子、毛料、毛线及狐狸皮等多种质料。围脖不仅可以保暖，而且颇具美观功能。围脖长短不一，系法也十分繁多，男的潇洒、飘逸，女的端庄、妩媚。例如，短围脖对折后从颈项绕过1周，然后从领口塞入前胸，显得干净利落，此种装扮多为男士。长围脖则是从脖颈绕2～3周护住耳、鼻、嘴后，让下端飘在身前胸下部，十分地具有飘逸感。如果心存好奇，观看走在街上的男女，只是这缤纷多彩的围脖，就是一道风景。围巾多为女士佩戴，或扎系在头部，或缠绕颈部一周后放在大衣领内。围巾图案十分丰富，尤其在过去，为略显单调的冬季服饰增添了不少迷人的色彩。

在东北冬天的城市里，“口罩美女”也是一道风景。被捂得严严实实的脸上，唯有一双明眸善睐的大眼睛露在外面，长长的睫毛上微微地冻了一层洁白的雪霜，有着一种让人充满遐想的美丽。“冬至不端饺子碗，冻掉耳朵没人管。”人们在说东北天气寒冷的时候，往往说会把耳朵冻掉。至少在数百年前，居住在东北的满人就有了戴耳包的风俗，现在耳包的样式与过去还很接近。不过，从前多为满族老年人常戴耳包，而现在更多的是孩子们，市面上各式各样的卡通耳包很受孩子们的喜欢。

冰雪服饰随着时代的发展，日益变幻着独特的风韵，我们仅仅是撷取了一点点历史的浪花，展现在世人面前。也许没有人能将它的风貌全揽于眼前，而一睹它无尽的风采。但即使如此，也已经让我们领略到了冰雪世界中人类服饰文化的独有魅力。或许我们在追溯冰雪服饰的更迭变化之际，会隐隐地感受到冰雪服饰背后的文化积蕴。没有文化内涵的服饰体系，几乎是不能存在的。服饰文化首先是一种形象、直观的物质文化，在其中却又必然包含着深刻的精神文化和制度文化的内容。冰雪服饰作为寒地人类文化的显性特征，自然会对区域文化有着深刻而现实的反映。的确，文化与服饰互为里表，相融相生。恰如郭沫若所说："衣裳是文化的表征，衣裳是思想的形象。"因此，我们相信根植于北方大地的冰雪服饰文化，一定会永远成为世界服饰文化与人类文明花园中一朵无比绚丽娇艳的奇葩。

第三章 冰雪·人居

第一节 大地深处的居住时代

【穴居时期】 人之初所居为母体，人类之初所居为洞穴，遍寻世界各地早期原始人类所居莫不如此。在底格里斯河和幼发拉底河之间的美索不达米亚地区，考古学家发现了目前世界上最早的原始人类居住地，它是在泥土地下挖开的一个空洞，其产生的时代要早于任何形式的陶器制造。居住是人类的一种本性，原始人类就好比人的婴儿时期，寻找一处温暖且安全的所在，是天性使然。有人类学家将原始人类最初的以穴为居，揭示为人对母体子宫即“玄牝之门”之伟大的崇拜所致。洞穴是人与动物获得生机的充足源泉，地表上神秘温润的开口带给人的是极强的吸引力，洞穴被认为是地下世界的出入口，象征着雌性生殖力与黑暗，人类学家如是说。

无独有偶，在所发现的我国东北早期的人类居住场所也是洞穴，人们曾在东北地区的一些天然洞穴里，发现内有兽骨堆积的围合体、原始人类头骨等旧石器时期的建筑遗址。《山海经·大荒西经》曾记载：“西王母，虎齿豹尾，穴居。”这很可能是我国对北方穴居习俗的最早记录。在《易·系辞》也曾说道：“上古穴居而野处。”

秦汉时期，居住在东北地区的满人祖先——挹娄人（肃慎人）就“夏则巢居，冬则穴处”（《后汉书·肃慎传》），居住在洞穴里自然要比巢居有着更多的隐秘、安全和温暖，避寒自然是最首要的，晋人张华曾经说过这样一句话：“南越巢居，北朔穴居，避寒暑也。”在《后汉书

·挹娄传》中有着这样的描述："处于山林之间、土气极寒，常为穴居，以深为贵，大家至接九梯。"穴居的形式多种多样，在非常寒冷的北方，洞穴要挖得很深，不特别寒冷的北方地区则要挖得浅一些，洞穴的形状与竖井很相似，洞穴口是平的，在洞穴口处有木头为横梁，上以干草树枝等覆盖。有的挹娄人还在"穴室"的地面出口，用石板、树木筑起一个平顶的、类似"凉亭"式的遮盖物，用来遮挡雨雪。要想在寒冷的气候下，有着更多的温暖，在那个人类尚未有更多保暖措施的情况下，将洞穴挖掘得更深，自然是最优途径，有的洞穴最深的地方要用九节梯子才能下到底部。洞底居住的面积视人口数量而不一，但都是整个一个氏族大家庭住在一起，面积大的能达到200平方米。洞内墙壁一般用细沙黄泥涂抹、熔烧，不仅相当坚固，还有防潮、美观的作用。也有的洞穴四壁是用岩石堆砌的，不仅防寒隔潮的效果更胜于泥墙，又轻易不会坍塌。洞外北风呼啸，大雪飘飘，在身上涂抹着厚厚猪油（"豚膏涂身，厚数分，以御风寒"）的满人先民们，围坐在篝火四周，盘点着一天的收获，筹划着来日的劳作，更企盼着大雪的过去，期望着温暖的春天早早来临。

在黑龙江省阿城小岭镇有一座山峰叫勿吉山，当地人称其为"东城墙砬子"，在山上则有一处被称为勿吉人城堡的遗址，据说是2 000多年前的满人先民的穴居遗址。在勿吉山峰场地上东西横列着上百个坑穴，中间有一道明显的间隔将其分成南北两个部分，每排有4～8个不等的坑穴。最南端的坑穴最大最深，直径超过3米，其他的大都在2米左右，坑穴深基本在2米左右。勿吉山山体内层为疏松的砂岩，比较易于挖掘。由于坑穴处在地层深处的不冻层，所以温度并不低，在寒冷的季节，砂岩不断吸潮也会使室内温暖如春。令人惊奇的是从这些坑穴的表面看不出丝毫的挖掘痕迹，但从整齐的排列、规范的分布来看，又应是人工所为，让来此观看的人迷惑不解，这些谜底还是让考古学家们去揭示吧。所有坑穴的开口都趋向东南方向，据说这是朝向东南的长白山脉。长白山是勿吉人的哈苏里哈拉（根基），他们的祖神撮哈占爷就在那里的瑞彩祥云之间。

【半穴居时期】 相对于中原的华夏建筑文化，东北地区先民的居住建筑发展要缓慢得多，经历了近千年的漫长穴居阶段。至少在公元5世纪前，满族先民还处于穴居阶段，这自然与寒冷的冰雪气候相关。而大概在南北朝及隋、唐时期，满族先民勿吉人开始向半穴居时代过渡。

《魏书·勿吉传》中记载："其地下湿，筑城穴居，屋形似冢，开口于上，以梯出入。"《通典》记载道："筑堤凿穴以居，室形似冢。"

在《新唐书》《旧唐书》中，对满人先民这种半穴居的居住模式都有记载："靺鞨无屋宇，并依山水掘地，架木于上，以土覆之，夏则出随水草。"靺鞨是唐朝人对满人的称谓。

这是满族先人从全地下向地面居住的一个过渡。在我国东北区域内的一些半穴居遗址的考古挖掘中可获佐证。考古学家们在位于吉林省农安县的左家山遗址中，就曾发现这种半地穴式房屋遗址。这座半地穴房址坐落在临河的台地上，方形，边长大约为3米，其中一边的中部有斜坡门道。在房址中部略偏一侧设一瓢形灶坑，可见火炕已经被当时满人先民开始应用。洞穴内有八个置放木立柱的柱坑，立柱直径为20厘米左右，想必是支撑露出地面的房屋房顶所用。当地土人将这像坟包似的住所称为地窨子或"地窝棚"。

这种半穴居的地窨子一般选在背风向阳、离水源较近的山坡，大概是出于气候温暖、水源方便的考虑。首先用工具向地下挖三四尺深的长方形坑，空间大小由居住人口数量多少确定，然后在坑内立起中间高、两边矮的几排房柱，柱上再加檀椽，椽子的外或下端搭在坑沿地面上或插进坑壁的土里，顶上则要绑上草把，再盖上半尺多厚的土，南面或东南角留出房门和小窗，其余房顶和地面间的部分用土墙封堵。这种房子地下和地上部分约各占一半，屋内高两米左右，搭板铺在地中央生火取暖，有的居室中还出现了专门的取暖设备——火墙。房顶四周再围以一定高度的土墙或木障，以防牲畜、野兽踩踏。这种“半穴房”在地面上已出现框架式结构的建筑，无疑是地面建筑屋发展道路上的一个进步，在其出口处，往往用石板、木板搭起一个屏障，这是满族居室中“影壁”的雏形。有趣的是，勿吉、靺鞨人是筑城（堤）穴居，即在一个穴居群外，有一道几百米的酷似土堤的墙，在这椭圆形的山城内，排列着井然有序的“半穴屋”。这是满族先民最早的城堡、村寨，是初级的人类聚居形式和城市的雏形。这种聚居形式的出现标志着勿吉、靺鞨人出现了比较稳定的一夫一妻的家庭形式，财产也由部落共有转变为个人和家庭私有财产。在氏族、部落里也都有了明确的军事性质，各部争雄的英雄时代已经到来，周长几十华里的大都市、富丽堂皇的宫殿，也巍然出现在了公元7世纪的渤海王国。

在历史上有一著名的事件，就是南宋徽、钦二帝的“坐井观天”。公元1130年，金朝大兵入侵中原，并将南宋徽宗、钦宗二帝及其嫔妃臣子百余人俘虏到五国城（现黑龙江省依兰县），当时已经是秋末冬初的阴历十月，现盖房子已经来不及了，便临时给安排进地窨子。辛弃疾在《南烬纪闻》中，留下了这样的记载：“天寒乃掘地窟……作坑深五六尺，命帝后昼夜伏处其中，其护卫人员亦如是。”这里提到的就应该是当时东北很常见的地窨子。南方人多没有见过地窨子，以为与南方的“井”是一回事，其实这是错误的。真要是在枯井中，不用说没有那么大的井，就是有，寒冬腊月时只要住上几天，也早被冻死了。地窨子在当时的东北是很常见的建筑，两皇帝住的多半就是这种半地穴式的地窨子。现在在依兰县建的徽、钦二帝坐井观天园中，就有“二帝穴居宅院”，并建有当时金人的地窨子，板夹泥的墙体，屋顶苫的是草，屋内有火炕。当然地窨子虽能避风避寒、冬暖夏凉，但比起皇宫后院的舒适与奢华自然是要相差万里。也就难怪过惯了舒服日子的宋徽宗感慨赋诗道：“彻夜西风撼破扉，萧条孤馆一灯微，家国回首三千里，目断天南无雁飞。”。

地窨子不独满人所有，赫哲、鄂伦春等民族冬季住宅都曾有这种形式，赫哲语称“胡日布”，与满人地窨子基本相似。首先挖出长方形土坑，再立起柱脚，在地面上有一尖顶支架，最后覆盖兽皮、土或草而成半穴式房屋。虽然后来满人先民走出了地下，进入了地面居住时代，但这种地窨子的住居方式在某些地区，仍一直延续到民国以后，甚至在20世纪80年代东北的某些偏远乡村，还能够时而看到这种古老的冰雪建筑。

第二节　阳光照耀下的人居

【走向地面居住的时期】　满人先民在地窨子里大概又生活了几百年，直到辽金时期，才完全走出地下，结束了穴居、半穴居的原始时代，开始迎纳阳光的全面照耀。久居在冰雪世界的人类先民逐步结束了穴居、半穴居居住时期，开始了结庐而居、联木为栅的真正意义上的定居。这不仅是满人定居文明的开端，也是冰雪建筑文化历史上的重大事件，更是寒地人民面对严寒挑战的又一次胜利。在《周易・系辞下》中有曰：“上古穴居而野处，后世圣人易之以宫室，上栋下宇，以待风雨。”这是对北方从原始住居的穴居形式到宫室住居的一段文字记录，文中刻意提到这是圣人的功绩，即圣人之教化，万民乃明道。在我国传统文化中，往往有将一些重大的、具有创造性的历史事件，依托圣人之名的习惯。这种做法或许也不错，但改变人类文明进程的人们，虽然可能只是个普通的劳动人民，可其所创造的功绩不也是圣人之功吗！第一个从地下搬到地面居住的满人先民，即使其已无从可考，他们或许只是一个很普通的平民百姓，但在冰雪居住文明历史中，他们就是后世人们心目中的圣人。

从“一梁三室，其制与唐人居室相似”等有关记载中，可以得知此时的女真人的住所与中原的居住建筑形式已经很接近。女真人引以为豪的心情记载了他们的进步："献祖乃徙居海古水，耕垦树艺，始筑室，有栋宇之制，人呼其地为纳葛里。纳葛里，汉语居室也。"献祖是完颜阿骨打上溯五代的祖先，因为他创制、推广"纳葛里"而彪炳史册、荣垂千古，对后世满族的住宅奠定了基础。女真人的房屋多为依山而筑，用木头搭墙和盖，用草拌泥抹在墙和棚上，冬天将窗户堵严。屋门都背阴面阳，以利于取暖、采光，也寓意了当时人们崇拜太阳和光明的宗教心理。这种住房最显著的特点是"穿土为床，温火其下，而寝室起居其上。"

【桦皮房】 白桦树有林中少女之美誉，是东北大小兴安岭地区常见的树种，桦树皮坚韧，剥之可长达数尺。在东北少数民族中，以桦树皮为原料加工的生活用品十分常见，大到房屋、舟船，小到衣帽、饰件、桦树皮画等，用途非常广泛。在金代女真人就建造了桦树皮房子，有一首诗曾描述道："野处穴居传易传，桦皮为室鲜前闻。风何而入雨何漏，梅异其梁兰异棼。占吉檐头鹊常报，防寒墙角鼠还薰。称名则古惟淳朴，却匪斐然周尚文。"

从诗中对桦树皮房子的咏颂，可以看出满族先民对这种房子十分喜爱，其欢喜之情跃然行间。周斐，满语"桦皮房"。在清朝大学士阿桂、于敏中等奉旨编撰的《满洲源流考》写道："桦皮厚盈寸，取以为室，覆可代瓦，旁作墙壁户牖，即以山中所产之木用之，费不劳而工省，仍我满洲旧风，无殊周室之陶复陶穴也。"这种桦树皮房子目前在大兴安岭地区少数民族聚居地还能看到。

【三间草房四铺炕】 随着满族先民经济文化的发展，以及与各民族的相互交流学习，满族人逐渐形成了自己的居住习俗。满族房屋大多坐北朝南。本地满族的旧式房屋，多为土木结构，草顶、泥墙。梁柁柱角都十分粗大，房顶用小叶章草盖。泥墙大多用草把子裹泥垒成，这种泥草把满语叫"拉哈"。满族垒墙，称之"挂拉哈"。待拉哈干透后，再从里外两面用黄泥抹平即可。

土坯房是满族民间常见的一种，它的初始可能就是从地窨子的地面建筑而来。在民间流传一句俗语："土坯草房篱笆寨，关东百姓人人爱。"土坯房的选址基本都为坐北朝南向，利于阳光照射进房间。土坯房风格质朴自然，其用料多取自大自然资源的特色。土坯是乡下建房常用的一种"土砖"，多为砌墙和盘炕（搭炕）所用，是土坯房不可或缺的物料。土坯大小一般为长约 35 厘米，宽约 20 厘米，厚约 12 厘米，一块土坯大约能有 20 多斤重。土坯制作的工艺并不复杂，但由于建一幢房子用坯大约都在千块以上，而且因草泥黏性很大，和泥、运泥时臂、腰、腿都要使劲，很需要用一番气力，所以过去东北农村把"和大泥、打大坯"列为"四大累"中的活儿。

也有的土坯房墙壁不用土坯，而是采取干打垒的方式。干打垒，首先要在墙两侧的两端各立一个木桩，横向依次绑上数层原木，如同做了两排模具，然后在两排原木中间填上一层湿土，其上铺一层薄草，用木榔头夯实。如此再填、再铺、再夯，循序渐进，层层加高，直到所需要的高度。在这种土房的墙壁外面，还要抹上一层草泥，使表现显得平整光滑一些。土坯房和干打垒的房子墙壁都很厚，少则 1 米，多则 1.5 米，冬暖夏凉，具有很好的保温效果。

满族的住房从金代比较简陋的"纳葛里"发展为清代的泥坯草房，及后来的青砖瓦房和夹用石料的房屋，人们多把这种宽敞高大的房子，称为满族老屋。满族老屋建筑结构、用料与格局依人家生活富裕水平而不同。前文所说的泥坯草房多为穷人所有。有句俗语很形象、集中地反映了满族民居独特的建筑风格："口袋房，万字炕，烟囱出在地面上。"口袋房又叫斗室，因其形如口袋和斗形而得名。"三间草房四铺炕"是对满人百姓住房的描述，满城老屋一般是 3 间或 5 间，富庶人家还有门房（三间，中间为过道）、影壁墙等。坐北朝南，房顶用草苫，周围墙多用土垒成。门大多开在东边，也有的中间开门，称对面屋。进门便是厨房，又称外屋；厨房两侧开门则为卧室，又称里屋。里屋由南、北、西构成的火炕，称“转圈炕”“万字炕”等。满族尚右，西墙供祖宗牌位。西炕是窄炕，不睡人，下通烟道。长辈为尊睡南炕，晚辈为下则睡北炕。西侧或东西两侧为里屋，即卧室。卧室筑有南、北、西三面构成的火炕，这是满族卧室的最大特点。从中也可以看出火炕在满族老屋中的显耀地位来。

东北土坯房的梁架是由梁、檩、椽组成的木构架，而房顶则要以草覆盖。所用的草以草茎长、枝杈少、不宜腐败和经济易得为选用原则，因地区不同而有章茅、黄茅等野草（俗称房草）和谷草、稻草等。土坯房房顶侧面呈人字形的硬山起脊式，屋顶从正脊向前后两面下倾，分别称为“前坡”和“后坡”，这主要是利于积雪或雨水能沿着斜坡落下，以避免承担过重。房顶盖草俗称“苫房”，在农村也是一种技术要求很高的手艺。苫草的方法，各地区有所不同，通常是在木构架顶部，先铺上用秫秸（高粱秆）或树条子编扎的“房芭”，再抹泥填堵缝隙。其上将草梢部向下，层层铺盖，为防止滑脱和被风刮散，还要用草绳依次交叉拉栏加固。苫一次房一般都能保持三年以上。土坯草房外表十分简朴，连其窗棂也多是横直相交的简单样式，还盖有“糊在外”的灰蒙蒙的窗户纸，几无艺术装饰，样子很不美观，但在那艰苦的生活环境下，生存更为重要。它在东北乡村之所以能够长期存在，就是由于其就地取材、盖造方便的特点和厚墙厚顶、冬暖夏凉的实用性，使普通的农民能有一处保证基本居住条件的“家”。这种泥草房，在现在东北部分偏远贫困的地区偶尔还能够看到，往往坐落在村子偏僻之处，略显几分孤独和苦涩，但有的房顶竟立有电视天线杆，让人觉得多少有些不够协调，历史的交错有时会构出一种戏剧的效果来，使人百感交集。

清代满族住宅建筑，普遍使用木材。建筑材料与汉族和其他民族逐渐一致。清代满族住房的木结构，大体上有两种形式：一种是梁柱式结构；一种是穿斗式结构。在这两种结构中，官署和贵族住宅建筑通常采用梁柱式结构，一般平民通常采用穿斗式结构。所谓梁柱式结构，就是在地面上立柱，柱子上面架梁，以此组成房舍骨架。它的全部重量，都通过椽、檩、梁、枋压在立柱上，墙壁不用承载房屋上的重量，只起隔挡和围护的作用。这种构造形式，有许多特点，拿门窗的安排来说，就比较灵活，多开一些门窗、少开一些门窗都可以，这对满足人们的不同要求，有很大的好处。这种房屋室内空间较大，耗用的木材也很多，一般平民是盖不起的。所谓穿斗式结构，就是在房舍四周立起木支柱，多为四柱，也有九柱的，然后再用横“穿柱”与立柱连接起来．形成类似木排的格局。木排内外用草泥堆实，这就是房架的支柱和墙壁。房架起脊，上铺草或盖泥。满族盖房，先立房架，后砌墙安门窗，亲朋好友闻讯而来为之祝贺，所赠送的红布、红绸，披挂在房梁上。上最后一根大梁时，鞭炮齐放，房主往大梁上浇醴酒，祭天祭神，唱《上梁歌》：“浇梁头，浇梁头，祖祖辈辈出王侯；浇梁腰，浇梁腰，祖祖辈辈吃犒劳。”今天《上梁歌》的内容更改了，但置房喜庆的风俗仍保留着。

【“呼兰”烟囱】 有火炕就要有烟囱，满语称烟囱为“呼兰”。东北城乡的满族传统民宅，无论青砖瓦房还是土坯草房，都有一个显著的特征，即烟筒不是建在山墙上方的屋顶，也不是从房顶中间伸出来，而是像一座小塔一样立在房山之侧或南窗之前，民间称之为“跨海烟筒”“落地烟筒”。由于早期泥坯草房、桦皮房、木房子等房屋的屋顶多为茅草、桦树皮等易燃物料覆盖，有的墙壁也是用树干加工后排列“砌”成，如果烟筒附在墙壁上或设在房顶上，很容易引起火灾，所以就把烟筒设在距房三四尺远的地面上，再通过一道矮墙内的烟道连通室内炕洞，达到排烟效果。早期做这种烟筒的材料，既不是砖石也不是土坯，而是利用森林中被虫蛀空的树干，截成适当长度直接埋在房侧，为防裂缝漏烟，用藤条上下捆缚，外面再抹以泥巴，成为就地取材、废物利用的杰作。

随着建房材料的变化，逐渐改为用土坯和青砖砌筑，但高逾房檐、下粗上细的风格依然如故。土坯草房的烟筒就好像是一只大酒瓶，砖砌的烟筒多为方形，逐级上敛，似一座小塔。由于这种烟筒距房体有一段间隔，其间有内留烟道的短墙相连接，俗称为“烟筒脖子”或“烟筒桥子”。为防止冬季严寒时受冻影响排烟烧炕，有的地方还在此短墙下留出类似桥洞的空间，以便用柴火加热以利烟道畅通。此外，在烟筒的底部烟道平面以下留出一个浅炕，俗称“狗窝”，以防逆风冷气倒灌。一些人家的烟筒顶端还往往要套上一只荆条筐避免灌入雨雪，从远处看好像戴了一只奇形怪状的帽子，别具关东民宅韵味。在民间，这种烟筒还有一些特殊的用途。比如有的地区冬天把鸡窝搭在常有热气通过的“烟筒桥子”上，使鸡也能住在“炕”上，冬季仍可产蛋。民间还认为烟筒根是死人灵魂寄身之处，年节时在此处烧纸祭奠。家中老人病重咽气之初，儿女要到烟筒根下喊“朝西南光明大道走”，谓之“指路”。因为“呼兰”式的烟筒是关东的一大独特景观，在一些文人墨客题咏东北风俗的诗篇中也常提到它。

【窗户纸糊在外】 满族传统住房的门窗也有特点，房门分两层，外层为风门，是独扇的木板门，向外开，有木制的插销；内门是双扇木板门，内层是寸板做成的板门，有牢固的门闩。外屋靠门侧有一个小窗，俗称“马窗”。每窗分上下两层，上层糊纸，可向内吊起；下层为竖着的二三格，装在窗框的榫槽，平时不开，但可随时摘下。窗棂格一般有方格形、梅花形、菱形等多种几何图案。糊窗所用的窗纸是一种叫“豁山”的纸，满语称为“摊他哈花上”，汉语叫麻布纸或窗户纸，是用破衣败絮经水沤成毳绒，再在致密的芦帘上过滤摊匀，经日晒而成的。这种纸坚韧如革，可用作写牍，但最主要的是用于糊窗户。这种纸应糊在窗户的外边，一方面可以避免窗棂中积沙，另一方面可避免窗纸因冷热不均而脱落。窗纸糊上后，还要用豆油和麻油油过，这样，既可增加室内的亮度，又可以使窗纸经久耐用。这种“窗户纸糊在外”的习俗被称为“关东三大怪”中的第一怪。

【篱笆寨】 篱笆寨是指用树枝或秸秆围成的院子。修篱笆（夹障子）在东北十分普遍，其作用与院墙相同，只是材料不同而已，在旧时民间有“穷夹障子富打墙”之说。平原地带篱笆墙往往以柳条、秫秸等为材料。山里人家则干脆以圆木为障子。夹障子、修篱笆不仅可以防止野兽进入，也有取暖的功效。有的篱笆寨子修得离窗子很近，这样就起到了遮挡风雪的作用。北方的风大雪猛，篱笆寨可以使大风雪减速，不直接扑打在窗子上，保住了屋子里的热气。

第三节　成长梦想的火炕

近年有关火炕的起源众说纷纭，以致涉及民族情感，中日韩专家对此也正在进一步探讨之中。据考古发现，在两千年前火炕就已被居住在北方寒地的沃沮族所使用。考古学家在黑龙江省东宁县团结村的沃沮族遗址中，就挖掘出被称作“低火墙”或“烟道大墙式”的早期的火炕。现俄罗斯沿海洲的克拉斯基诺地区，同为两千多年前的沃沮族古屋遗址中也曾发现了 9 座火炕，可以说当时活动在我国北方的沃沮族，至少是早期使用火炕的民族之一。在吉林省通化市万发拨子遗址发掘出三座魏晋时期的火炕遗迹，隋唐之际，渤海人和高丽人也已开始陆续普遍使用“长坑（炕）”，如《新唐书·高丽传》记载：“冬月皆作长坑，下燃煴火以取暖。”可见火炕在早期的时候就已经被逐渐流传，这与我国北方古代民族随着不断的迁徙，各民族之间的文化交往有着一定的关联。但火炕在我国北方真正的发扬光大，女真人则是功不可没。

辽金时期女真人从穴居走到地面，火炕的普遍使用是关键，它解决了困扰东北先民数千年以来取暖驱寒的大问题，对后世满族的住宅奠定了基础，是东北冰雪居住文明的推进器。对寒冷地区的居住和生活方式的改变，其意义之重大不可估量，甚至对满族先人完颜部的崛起都产生了深远的影响。

女真人称火炕为“纳罕”，苏联学者沙弗库诺夫对女真人的居住曾描述道："火炕是12世纪后半期所有女真房址的特征，一般都设有三条炕洞，炕洞上面铺砌大块平板石。烟囱设在室外，正对后墙中部。"据史书记载，女真人的房屋多为依山而筑，用木头作房墙和房盖，用草拌泥抹在墙和棚上，冬天将窗户堵严。当时的屋门都背阴面阳，是为了取暖、采光，也寓意了当时人们崇拜太阳和光明的宗教心理。而这种住房最显著的特点就是火炕，在《三朝北盟会编》卷三记载道："环屋为土床，炽火其下，相与寝食起居其上，谓之火炕，又取其暖。"人们不仅在火炕上睡眠、休息，而且还吃饭、聊天，甚至会友也都在炕上进行。

金代时期，贵族与平民所住的房子虽然已经有明显的差异，但火炕却都同为使用。《大金国志》有记："其殿宇绕壁尽置火炕，平居无事则锁之，或时开钥，则与臣下杂坐于炕。君臣晏然之际，携手握臂，咬头扭耳，至于同歌共舞，莫分尊卑而无间。"这炕头上的君臣无间、水乳交融的情景，会引发人的许多感动。相比于君主殿堂高坐，臣子殿角拘谨而立，更有一种让人感觉震撼的凝聚力。安邦治国的韬略大计或许也就是在这火炕上运谋而成，可见女真族的强大并非是偶然。

史书中对金人在火炕上的活动多有记载，如"金主聚诸将共食，则于炕上用矮台子或木盘相接。""环屋为土床，炽火其下，相与寝食起居其上，谓之火炕，又取其暖。"在火炕上摆上一短腿饭桌，家人围坐一处，桌上是猪肉炖粉条、小鸡炖蘑菇等美味东北炖菜，在火炕上吃饭、会友的习俗至今仍在东北农村所普遍流传。客人请炕头坐，也还是东北乡下人家迎宾待客的重要礼仪。女真诗人完颜寿曾吟"炕暖窗明有书册"，这种惬意的感受须有切身的经历，才能体会到那暖炕读书的妙处。由此可知，火炕在女真人时期，在人们生活中，有着现今城市居家里客厅、饭厅乃至书房的多重作用。当然对于寒冷的北方来讲，火炕最大的功效还是取暖驱寒，当时曾有人赋诗道："御冬貂裘弊，一炕且蔼伏。"说的是冬天大雪，貂皮衣服也不行，一伏在火炕上，全身都觉得暖洋洋的，这位被金人强留做官的宋人朱弁本来是南方人，一口气写下了《炕寝三十韵》。到 16 世纪明朝期间，女真人房内的火炕从四壁之下皆设长炕，变为南西北相连的环炕，锅灶通内炕，已接近今日满洲族火炕了。

在满族火炕中，万字炕最为常见，在朱履中《龙江杂咏》中描述道："两家僦共一家房，日日烟薰隔矮墙。况是一庐三面炕，客来就暖也无妨。"（作者自注：屋内三面皆炕，两家僦居一屋，且常留客借宿，城乡类然）清代顾炎武《日知录》中对此也有所描述："北人以土为床而空其下以发火，谓火炕……"

万字炕为"丌"字形大土坯炕，民间俗称为"弯子炕"，或"蔓枝炕"。室内的南北炕与屋的长度相等，俗称"连二炕"或"连三炕"，又叫"南北大炕"或"对面炕"，炕面宽五尺多。早期的火炕是由土坯（现改为红砖）砌成，由炕面、炕席、炕洞、炕墙及木质的炕沿组成。砌炕是技术性比较强的工作，最难的是烟道的设计要合理，否则会发生串烟或不热的问题。其次是炕面要平整、结实，以免坐时间长了，会出现坑陷，或被在上面蹦着玩的孩子把炕蹦塌了。那时的孩子，最经常挨大人说的话就是"别蹦了，把炕都蹦塌了。"有的人家来串门的人多，炕就比别人家坑陷得快，但也有修换的办法，就是把坑陷的地方换上新的土坯或砖。但现在在农村住火炕的人已很少了，搭炕的技艺估计也要失传了。

炕里的一面为房屋外墙，炕外的一面则砌有一道 80 厘米高的炕墙。外墙与炕墙之间是横向可通烟火的炕洞，炕洞上由土坯挨排横铺而成炕面。炕面由层薄泥抹成，平坦光滑，在上面铺就由苇子编成的炕席，近些年则多被刷油的牛皮纸或炕革所代替。炕面与炕墙交接处砌有一个 20 厘米左右宽的木方，叫炕沿。有的人家在炕沿下还会开设一个小洞，赶上特别寒冷的冬夜，在下面点柴火由火道通入炕下。平日则用与土炕、火墙相连的灶台，做饭的同时也就烧热了炕。夏天的时候，土炕自然不生火，一般都会在院内或仓房临时搭建锅灶，而弃用与炕相连的灶台。烧炕是很有说法的，烧不好会倒烟，而且浪费干柴。要先用易燃的软柴，如苞米秸、麦秸、豆秸等。将干柴点燃后，续以木桦子。木桦子都是事先用干木头劈好的，早期的时候还有个别人家用干牛粪来压火，是为了让灶火的温度能保持长久一些，但味道却实在让人不好忍受，后来有煤了，就加上煤。深夜压火需要非常注意，压得太实，容易压灭，压得太软，又容易很快就燃尽，甚至会发生煤烟中毒的事情。每年冬天都有煤烟中毒的事情发生，因此丧命的也不很少见。

南北大炕的东端接厨房炉灶，满人的起居坐卧等日常室内活动均在这两铺炕上进行。由于南炕在冬季可接受充沛的阳光，比较暖和，在过去老少同居一室的家庭中，是长辈居住之处。靠近连炕锅灶一侧的炕头是火炕最热乎的位置，是家中辈分最高或尊贵的客人寝卧所在。在《呼兰县志》中对在火炕上睡觉的位置有着清晰的记载："夜寝老者之席距火洞近（炕头儿），次为稚幼，以热度强弱之差为尊敬之别。"在南炕梢一般放一件长卧柜，俗称"炕琴"或"炕柜"，在其上面人多搁放被褥。柜长可容纳一个半大孩子，自然就会成为孩子淘气的地方。北炕梢陈设一只与炕同宽的长木箱，俗称櫃箱，内放衣物、被褥等。在北炕上也会常放一张小炕桌，冬天冷的时候，会常放一只泥制或铁制的火盆用来取暖。在处于正面的西炕虽然较窄，但对于满人家庭却最为重要，因为在西炕墙上端供着神圣的"窝萨库"——祖宗板，所以不用说一般人，就是连贵宾挚友也不能坐，更不许在上面随意放置杂物，否则便是对祖宗不敬和亵渎神灵。祖宗匣子是被视为神圣，一般不准人看，匣中藏有本族祖先和民族英雄像，还有 18 位尊神，其中 13 位是索罗条子，5 位是高丽纸，就是宗谱和记载本家族兴衰及先人功绩的史册。

不过后来大多东北乡下人家，每个屋子里就只有一铺炕了，全家大小全都睡在一铺炕上。聂绀弩先生在东北农场的时候就写过这种情景："此夜四窗皆白昼，全家一炕共奇温"（《嘲王子夫妇怕冷》）。在民间还有着"媳妇穿错公公鞋"的趣闻，不过这趣闻的背后隐藏着很多辛酸的故事。而在炕上睡觉位置顺序的排列就很有讲究了，往往是家中地位最低的睡在炕梢。看来睡火炕也能体现华夏文化固有的尊卑秩序，即使是满人也不例外。

清代诗人对火炕多有咏诵，如清代方观承的《卜魁竹枝词》中有“门闭饮烟暖御风，家家灶火炕头红。客来更拨泥盆焰，羊狎餐食炙马通”（马通即马粪）。清代刘凤诰的“炕诗”则描述得较为详细，在其《炕五十韵》中道：“炕弗称于古，名初著甓床。谁传增灶令，遍习避寒方……土门先凿窍，木格半阑匡。叠墼 宁厚，融沙研必光，四周通火巷，三面界泥墙……得气春回早，攻心策擅长。曲而伸直体，外岂测中藏……欢颜同厦庇，促膝宛箕张……燔肉邀神降，熬茶劝客尝。礼犹知尚右，位本协迎阳 ……簇簇炭欢喜，轰轰爆吉祥。欲齐蕃汉俗，一例祀黄羊。”诗的前边写炕的制作规制，中间描写炕对居住者的感受，最后抒发自己的情感。

在东北民间有一民谣则生动了记载了火炕在东北人生活中的场景。“大大来了，请上炕。姥姥来了，请上炕。小姨来了，请上炕。外甥来了，请上炕。吃饭了，请上炕。玩麻将，推牌九，小孩玩扑克请上炕。妇女老人唠嗑都上炕。”无论屋里多么寒酸，多么简陋，只要有铺火炕，那就是一户人家，就是热腾腾的生活。它帮助千万人家阻挡了年年岁岁的风欺雪虐，它给人们带来了无数的欢乐与和美的生活。正是“风雪飘摇何畏惧，有铺火炕就是家。”

在过去寒冷的东北地区，除了火炕，还有火墙子、地炕等采暖建筑设施。火墙子位于火炕与厨房炉灶之间，墙内有火道，人坐在炕头，背靠火墙子，通体都暖洋洋的。为了冬季御寒，有的人家把室内地面下也修成烟道，称之为“火地”或“地炕”，在特别冷的季节加烧地炕可以提高室内的温度。尽管室外天寒地冻、滴水成冰，屋里炕面、地面、火墙一起散发热量，仍然是温暖如春。

每到北风飘飘、大雪纷飞的寒冬，东北大炕就更像是一个小舞台，无论是自家的一家人，还是外来的客人冬天来串门，都在炕上进行一切的沟通与交流。但一般的客人只能坐在炕沿上，只有尊贵的客人才会在主人的盛情邀请下脱鞋上炕。在炕上会摆上炕桌，男人喝酒、打牌、看书、写信；女人一边做针线活，一边和来串门的客人张家长、李家短地聊天。饭盆大的旱烟箩也是好多人家不可缺少的，给客人装上一个烟炮，或卷上一棵旱烟，是对客人尊重的表示。有的大姑娘也会叼上烟袋锅，吸上几口，东北三大怪，“十八岁姑娘叼着大烟袋”嘛，说得一点也不假。但这种现象在如今的东北几乎绝迹，毕竟实在有些不雅。

睡过土炕的人，无论走到哪里，火炕那硬挺而温暖的记忆，总会不时在寂静的夜里涌上来。往昔的岁月中，有很多已经模糊得无法辨认，但这火炕却总会愈发的清晰。记得自己第一次睡上绵软的席梦思时，说不出有多么激动，而且认为将永远不会去想念那硬邦邦的火炕，认为那是一种从农村到城市的身份转变。当我和与我一样从乡下走到城市里的人聊到，把还在乡下的老父亲、老母亲接进城的事情时，我们总会共同遇到一个问题，老人嫌弃我们城里的家没有火炕，睡得不安稳。即使提出给老人准备目前很流行的韩国电火炕，他们也会说，那不是一回事。面对老人这样的要求，我们不仅找不出办法去满足，也一时很质疑。但随着年岁的增长，也渐渐理解了老人的想法，因为儿时的岁月在我们的内心里正有着一种回归，或许我们已经无法再适应那即使很温暖的火炕了，可还是无法割舍。那割舍不断的东西在内心中无声的成长，那到底是什么呢？是乡思？还是对过往时光的留恋……

第四节　鄂伦春人雪屋

生活在北方寒冷地带，以狩猎为生的少数民族在冬季外出打猎的时候，有建造雪屋的习俗，我国东北鄂伦春族人在冬季外出狩猎时，就挖雪屋过夜休息。猎人们先是挖一深雪坑，四角插上木杆，上覆熊皮，雪屋内燃一堆篝火，下铺野猪皮作卧榻。它虽然密封性差，屋内温度低，主要靠篝火取暖，但也能抵御得住一夜的冰雪。无独有偶，居住于北极的因纽特人往往也会在狩猎外出的时候，建造这种雪屋。首先，他们取结实的陈雪、压实的雪切成大雪砖，然后用雪砖垒成半球形的雪屋，用雪封住砖间缝隙，在室内燃一把火，把表层略略融化，房屋就密封住了。再在四壁挂起毛皮，甚至在屋顶覆以海豹皮保暖。雪屋有一半在地面下部，门有一半在地下，门前还有雪砖造的挡风墙。也有的雪屋有小小的窗户，用晒干的各种海兽肠子作窗户纸，可以透光。

第五节　黑龙江的俄罗斯民居

【木刻楞】　在 20 世纪初，随着中东铁路的建成，大批俄罗斯人来到中国的东北，他们在那里筑铁路、建工厂、修剧院、盖商场、办学校……把他乡作故乡的俄罗斯人，在黑山白水间留下了数不清的充满异域风情的欧式建筑。具有浓郁冰雪特色的俄罗斯民居建筑——木刻楞就是其中极为常见的一种，至今在满洲里、海拉尔、哈尔滨、绥芬河等大小城市里仍不难寻觅。

木刻楞属于典型的俄罗斯族民居，因其色彩明艳多样，风格浪漫自然，而被人称为彩色立体雕塑，并以其冬暖夏凉、结实耐用等特点广被东北人家所喜爱。木刻楞建筑方法的最大特点是主要用木头和手斧刻出来的，棱角分明，规范整齐，这也是之所以被称为木刻楞房的缘由。修建木刻楞房的第一步是要打地基，地基都是石头的，而且要灌上水泥，比较结实。第二步就是盖，把粗一点的木头放在最低层。一层一层地叠垒，第二层压第一层。修建木刻楞房一般情况下不用铁钉，通常都用木楔，先把木头钻个窟窿，再用木楔加固。传统建木刻楞的方法还要将苔藓垫在中间，好处是使房子不透风。冬天零下 30 多摄氏度，有了苔藓压在底下，等于是水泥夹在隔缝里一样，不透风，冬天非常暖和，而夏天又非常凉快。第三步就是要吊柁，吊柁上面拖板，板上面和泥，泥上铺马粪。马粪铺在屋顶上，一到冬天，整个屋子非常的暖和，一点不透风。现在的木刻楞房又有改进。过去是一个大滦柁，露着，现在要进行吊棚，挂上吊棚以后再搭一层屋顶，吊棚抹上泥，屋顶就成为双层的了，房子就更暖和了。第四步，房顶整完以后，过去用灯笼板来盖房顶，现在为保护生态环境，大部分人家都改用了铁皮，并可刷上红、绿色的油漆。铁皮的好处是一点不漏雨，而且美观大方，非常漂亮。木刻楞房子的墙裙用大理石作基础，中间的墙壁用木板或圆木叠摞而成，饰以各种木板花纹，墙堤一般都漆成艳丽的色彩，显得格外醒目大方，充满着童话美。那些石头建筑做工精细，显得深沉庄重。比较讲究的俄罗斯乡民在修建木刻楞时总爱在房屋前面修一间像走廊一样的房屋。当地人称这个小房屋为门斗，起着防风的作用。木刻楞房盖好以后，可以在外面刷清漆，保持原木本色；也可以根据各家各户不同的爱好涂上自己喜欢的颜色，一般以蓝、绿色居多。每当冬季雪飘时分，大地洁白无际，树木银装素裹，座座红顶、黄墙、绿窗棂的木刻楞，如童话王国，三四分纯净，二三分妖娆，更多的是道不出的遥远梦幻……

【板夹泥】 除了木刻楞，还有一种同是俄罗斯风格，被当地人称为板夹泥的房子。在东北的许多地方随处可见这种板夹泥木质结构的俄罗斯木板房。板夹泥房子的房屋墙体为双层木板，中间是煤渣、石灰等，主要起保温作用，房墙外部多粉刷蓝或黄色，透着一股清爽。屋檐上有流苏般的修饰，虽历经岁月打磨，但依然见出其精细与雅致。屋顶为三角坡顶，用铁皮铺就，漆上红色或绿色，掩映在树荫之间，很是好看。顶层为阁楼，做储藏杂物之用。考究一些的房子，在细节上还可看出融合了中式精雕细琢的建筑风格。窗棂的颜色则多有不同，淡雅的杏黄、静穆的紫红、清新的嫩绿，想必是随着主人的喜好所定。圆拱形的窗户，高高地直顶到天棚，很利于阳光照射进房间。阳光充足的时候，光芒水泼一般倾泻到房间的每个角落，屋内的景致显得亮堂堂的生动与温情。有的窗户尚保留着当时的花玻璃，那朦胧的感觉仿佛把人拉回到过去的年代。还有那纯正俄罗斯风格的壁炉里，似乎有热烈的火焰在冉冉升起，投放出悠远而柔和的温暖。

第六节　西方的“火炕”—— 壁炉

壁炉是流传于欧美国家寒冷地区的传统取暖方式，在我国东北部分城市的欧陆风格的建筑中常可见到。根据不同国家的文化习俗，壁炉大体被分为美式壁炉、英式壁炉和法式壁炉，因此造型多有不同，但壁炉的基本结构则大同小异。壁炉基本结构包括壁炉架和壁炉芯。壁炉架起到装饰作用，壁炉芯起到实用作用。壁炉架，根据材质不同分类为大理石壁炉架、木制壁炉架、仿大理石壁炉架（树脂）、堆砌壁炉架。壁炉芯，根据燃料不同分类为真火壁炉（燃木）、电壁炉、燃气壁炉（天然气），后两者自然是现代文明的新产物了。真火壁炉要有建筑设计的支持，需要烟囱、炉膛。炉膛可以是铸铁壁炉芯，也可以是耐火砖堆砌。如果没有烟囱，也可以用铸铁管道代替，铸铁管直径不小于 12 厘米。

正如我们东北的“有铺火炕就是家”的说法，在法语里，“火炉”有着“家”的含义，这一个美好的字眼，也寓意着“有火炉的家才是真正的家。”不同的文化和语境，并不能阻拦人类在灵魂和情感方面的诸多相通之处。就像那首来自爱尔兰的意绵长的老诗，无论是在暖和的火炕上还是温暖的壁炉旁，都会让我们的内心悄然燃起同样的爱之温情，“炉火旁打盹，请取下这部诗歌，慢慢读，回想你过去眼神的柔和，回想它们昔日浓重的阴影……垂下头来，在红光闪耀的炉子旁，凄然地轻轻诉说那爱情的消逝……”

建筑史同时又是一部经济史、文化史和交流史，我们沿着古老建筑或深或浅的踪迹，或许可以寻觅出一段民族的发展历程。也许我们只能远远地做一个看客，已经不能切身地感受到这片土地上曾有的成长与失落，荣耀与困窘。所有的记忆已经断如残片，随手的捡拾，也不再有历史的沉重，而只是充满了轻飘飘的无关痛痒。其实我们又何尝真的能够做一个旁观者，如今的我们高居楼宇之上，缓行于冰冷的水泥柏油之路，大地就在我们脚下，但又让人感觉它何其遥远，大地所蕴含的那种天籁精气，我们已经久违，陌生甚至连梦里已经无处偷窥。我们的生活太过光滑，以至已经没有可以诗意栖居的把手。席梦思上没有梦，太多的舒适已经让人孤独的只剩下空洞与无聊。回归自然、复返山林，住土房、睡火炕，我们的心肝脾胃已完全不能适应，我们有的只能是残篇断简般地追溯前人的生活印迹，在追忆他们的过程中，让魂灵接受一次也许并不淋漓的洗礼，在我们所谓现代文明的生活中，注入一丝大地的芬芳活力。就把对东北大地上先民栖居方式的一次散碎的梳理，一次短暂的纸上行走，权当作我们后人对先民的祭礼。

第四章 冰雪·旅馆

第一节 梦幻中的水晶宫殿
——世界第一家冰旅馆瑞典冰旅馆

童话故事里的水晶宫殿，人人都听过，仿佛只有长着翅膀的天使才能够住在水晶宫殿里。不过现在你也可以做一次天使，先飞到瑞典首都斯德哥尔摩，然后从那里再坐一程飞机或火车，前往地处北极圈以北200千米的拉普兰省基鲁纳市，或者直接从国内乘坐从上海直飞基鲁纳的航班。基鲁纳是依靠铁矿发展为北极圈内最大的城市之一，一百多年来在这里开采出的铁矿石已有十几亿吨之多。在基鲁纳可以乘坐巴士或出租车，还可以事先联系好，乘坐狗拉雪橇走上17千米前往传说中的“水晶宫殿”，位于托尔内河畔小村庄“朱卡斯加维”的世界第一家冰旅馆——瑞典冰旅馆，这可是个非常精彩的开场节目。

拉普兰包括挪威、瑞典、芬兰和俄罗斯的科拉半岛在北极圈内的地区，被称为“欧洲最后一块原始保留区”。这里的大部分地区属于极地气候，全年平均气温在0摄氏度以下。冬季寒冷而漫长，夏季短暂，每年9月就开始降雪，到第二年的6月还经常有暴风雪。拉普兰一年中有一百天能在午夜看到太阳，春天时白昼越来越长，越来越亮，六月下旬达到极点。此时北部地区太阳终日不落，在南部，夜晚也仅仅持续几个小时，而且与其说这是夜晚，不如说是一种神秘的黄昏。从每年的下旬到八月，这种白夜会出现在瑞典全境。

拉普人是拉普兰地区的土著人，自称萨米人，长得很像亚洲人。他们身材矮小，皮肤棕黄，颧骨高，黑发浓密。据说，早在一万年以前，拉普兰就有了人类的足迹。有人认为拉普人的祖先是从亚洲迁移来的。瑞典的拉普族现在约有1.5万人，其中约有1/5的拉普人仍然保留着拉普族原来的生活习惯。拉普人的生活自成一体，有自己的语言。他们喜欢穿红绿相间的民族服装，头戴大帽子，世世代代以放鹿为生。驯鹿也是拉普兰最具有代表性的动物，并常见有桦木、鹿角和鹿皮等工艺品。不知道他们与同样处在我国东北兴安岭寒地地带的鄂温克族是否有渊源，也许是鄂温克人的祖先曾横跨欧亚大陆桥，万里跋涉来到拉普兰地区这个与他们那里一样寒冷的地方，因为拉普人与鄂温克人有着太多的相似之处。

巍峨的山峦，湍急的河流，星罗棋布的湖泊和一望无际的森林，有永远的黑暗和白昼，还有奇异的北极光。在拉普兰，夏天的白夜是那样的静穆、深邃而伟大；秋天到处呈现鲜艳斑斓的色彩；冬天则是一望无际的白色世界，厚厚的积雪，是滑雪爱好者的天堂。尽管拉普兰有着罕见的优美风光和奇特的天籁景色，但在冰旅馆建立之前，冬季来到这里的旅游者仍然很少。

“朱卡斯AB”公司（“冰旅馆ICEHOTEL AB”公司的前身）自20世纪70年代中期以来，一直从事旅游业，专门提供野外活动项目，比如筏运、钓鱼、露营、驯鹿、狗拉雪橇等。朱卡斯公司的创始人伯格维斯特曾是一个工程师，朱卡斯加维本就是一个由矿山发展起来的小村庄，当时只有五六百人，多为矿工及他们的家属。起初伯格维斯特就是来这里评估铁矿的，但来到这里后，却被美丽的冰雪风景所深深吸引。于是他辞掉了工作，在这里买了房子，开起了旅店，做起了接待的旅游生意，但是冬季朱卡斯加维的旅游业绩惨淡，很少游客会到这个黑夜漫长、白昼极短的地方旅游。在冰旅馆创建以前，朱卡斯公司也曾想方设法地利用冬季开发其他的旅游项目，但一直没有取得令他满意的突破，直到冰旅馆的建立。

1989年冬天里的一天，几个日本冰雕艺术家自发组织来到朱卡斯加维观光，并在那里自行制作了一些冰雕，引起了旅游者的兴趣，纷纷前来观赏，掀起了一轮冰雕艺术展览的热潮。又过了几个月后，也就是在1990年春天，法国艺术家Jannot · Derid在河上的冰块堆里举办了一个冰雕艺术展，同样产生了不错的反响。有天晚上，有几个来看冰雕艺术展的参观者睡在鹿皮睡袋里，在展厅里过夜。第二天，他们对这种特殊体验异常兴奋，向人们大讲起其中的乐趣来。富有着敏锐经营头脑的伯格维斯特从中看到了商机，马上注册了“IceHotel”的商标，建起了“冰旅馆”。开始了一段颇为传奇的“极地”大反攻，创造了小镇的经济奇迹。

起初伯格维斯特并没有建造冰旅馆，而是于1989年在雪地上建造了一个圆顶的60平方米的雪屋，主要是用来展览自己的艺术品，可是没有想到，这一不大的雪屋竟然吸引来了许多参观者，由此他动起了建造冰旅馆的念头。第二年，他找来工人用木材搭起框架，在框架外缘砌筑坚硬的雪块，然后用水将雪墙的表面进行浇冻，房体冻好之后再撤掉木框架，冰房子就这样建好了。他又想到将旅馆内的家具、装饰品等也都用冰来制作，因此又从托尔内河内采凿来冰块，做好了这些冰家具等。

十几年来，“冰旅馆”从一个100平方米的小冰室起，规模逐渐扩大，功能也渐渐完善，变成了现在面积有5 000平方米的世界上最大的冰旅馆，旅馆建筑共使用了3万吨雪、4 000吨冰，旅馆设施有大堂、酒吧、客房、餐厅、教堂、电影院和桑拿房等，或许可以用一个“极地圈里的童话世界”，来形容这一片占地6 000平方米的世外仙境。整个“冰旅馆”建筑均为一层，主要包括两个部分：一部分是有热水有暖气的正常的度假小木屋，以照顾那些耐不住冰雪煎熬的房客；另一部分就是完全以冰块打造、紧邻河川的冰旅馆，也是最大的一幢，客房大门上挂贴着鹿角和驯鹿皮。

即使你事前看过很多有关的照片，打开大门那一刻心里还是会不由自主地发出赞叹，眼前的景象确有一股震撼力，仿佛千里迢迢跑来就是为了这几秒钟毛骨悚然的震撼。水晶殿堂一般的豪华大厅，有巨型的座椅甚至火炉，全用厚厚的冰块制成。头顶的大吊灯将冰墙和冰柱子映射得晶莹剔透。大吊灯是用细细的丝线将一颗颗晶莹剔透的冰粒串成，再配以微弱的光纤灯光，比真正的水晶灯还要亮丽。据说冰酒店每年的设计都不一样，唯一不变的就是这盏冰粒制的仿水晶灯，它已经成为冰旅馆永久的标志。

穿过冰大堂就进入了长长的冰走廊，长廊两旁是 6 排冰房间，共有 45 间双人房和 15 套套房，可同时容纳 100 人住宿。双人房不大，约 7～8 平方米，主要就是一张大冰床，上面盖着驯鹿皮，夜里睡觉时就往放在上面的特殊睡袋里一钻。套房宽敞漂亮，除了大冰床外还有盖着驯鹿皮的冰沙发、冰茶几、冰桌子，地上和桌子上摆着各种冰雕，冰墙上则装饰有冰浮雕，衬着各色灯光真是精致如梦。每个套房的主题和装饰都不一样。朱卡斯加维的冰雕很出名，曾在法国举行的世界冰雕赛上夺得过团体和个人的第一名。雕刻家们把冰块切割打磨成室内的家具、装饰品，例如窗户、门、横梁、灯或者其他的冰雕作品，让人们在房与房之间参观串门时，往往都有惊喜。旅馆每年都特地从瑞典或其他国家专门请来客串设计师，设计一些特别主题的房间，形形色色、风格各异的艺术家们聚集在一起，用冰创造出光怪陆离、五彩缤纷的气氛。这里不仅像一个博物馆，更像一个充满魔幻、神秘、惊奇的世界。

夜宿冰旅馆不仅是种新奇的尝试，更是对人们勇气的考验。如果认为身穿保暖内衣钻进睡袋乃是一种莫大的享受，那不妨尝试一下。虽然温度很低，但你不必产生“被冻僵”的担忧。在登记入住冰旅馆之时，工作人员会为你提供包括防寒服、毡皮靴、皮帽以及手套在内的全套冬装。当然了，保留一丝寒意还是非常值得的，因为这毕竟是一个冰屋，否则就失去了情调。很多人甚至会在睡前祷告，希望自己在第二天醒来时可以安然无恙。每张冰床都是经过知名设计师设计的，在宽大的冰床上，有厚厚的海绵垫，上面铺着驯鹿皮，让国人总会想起金庸小说《神雕侠侣》中小龙女和杨过练功的寒玉床，据小说里所讲，冰床可是睡一年抵得上平常修炼十年，练身体的好东西呢。

旅馆提供的睡袋据说可以抵御零下35摄氏度的低温，再加上睡帽，就是在这里过夜的全部装备了。另外店家会建议住客把脱下的衣服垫在驯鹿皮和睡袋之间。尽管旅馆内比室外“暖和”些，但也只有零下5摄氏度左右，所以就寝时应尽可能将衣服脱到最少，并把身体包裹得严严实实，只露出眼鼻部分留在袋外用来透气，因为湿汽经过一夜冷却就会在袋里结冻，让人难以忍受。睡前千万不要喝太多的饮料，因为冰客房里没有盥洗设备，否则得钻出好不容易暖好的被窝，穿过小院到更衣处才有卫生设备，如果睡眼惺忪地从热乎乎的睡袋里爬出来，那会是一次令你“颤抖”的冷酷考验。睡眠时，冰床映出幽蓝色的光芒，有一种让人如痴如醉的梦幻境界。套房内还有一台激光发射器，以便让客人在24小时都是黑夜的北极看到模拟的清晨曙光。有的房间天窗上开了小孔，偶或会有美丽洁白的雪花轻轻飘进冰房间，飘进静静的梦。

第二天清晨，服务员会到房间将正在酣睡的人唤醒，并呈上一杯热热的柠檬汁，会得到冰旅馆颁发的“存活证书”，告知当天旅馆内部和外部的温度，证书上还写着“在朱卡斯加维冰旅店度过一夜幸存下来”的字样。虽然寒夜难挨，但人们在得到写着如此字样的证书时，那种得意与自豪的神情顿时溢于言表。

更有意思的是，很多房间只挂个门帘。据说，经常会有好奇的人在晚上进来，“欣赏”人们的睡姿，尤其是新婚夫妇的房间，更成为人们光顾的热点。或许是好奇的人们想看看，冰冷世界中的爱情火焰是否还会那样的炽热吧。据说还真有那浪漫的新人，无所顾忌地在这“冻房”之中鱼水交欢，好一派冰天雪地中的春光旖旎，好一对金庸笔下西洋版的“虚竹和尚与宁夏国公主”。

在每天的晚上 6 点之前，住客和参观者可以参观各个房间，每个房间都有不同的主题，多样的装饰图案设计，仔细品品，回味无穷。

一间命名为“Still Water 冰客房”的雪壁上雕刻着大小不一的涟漪图案，是保加利亚设计师 Liliya Pobornikova 创造的作品。Liliya 这么诠释着她的作品。

“雨珠轻轻坠入沉静的山湖，最终回到冰晶的旅程，就如同旅人潜入 Still Water 客房时所感受到的静谧。”想象一下，躺在冰床上，望着眼前大小深浅不一的涟漪，是否会觉得世间的俗务纷扰都得到沉淀……水、雪、冰，本质都一样，只是以不同面貌存在于世间。夫天地者，万物之逆旅。我们平常生活的些许不顺心，是否在大自然循环的极致中，显得太渺小了呢？

“Dream’s Room”是 Liliya 在之后第二年的作品，同样让人为之惊艳。

“在你进入一个如魔幻般着迷的梦境前，让流动的折叠与匀称的曲线轻轻地拥抱着你的身躯吧。”如果说 Liliya 第一幅作品带着一份禅意，那这份作品就透着一份旖旎。想象着和亲密恋人或伴侣，在光雪冰的交织下，相拥在暖袋里呢喃地谈情说爱。如梦如幻的这一夜，应会一辈子刻骨难忘吧。

几乎每个冰客房的作品，都会让人过目为之神往。法国设计家 Patrik Dallard 的作品“Seduction 诱惑”的雕塑图像，是否像一张人的脸？窥探的是什么呢？非洲设计家 Mwenya Chanda 的作品“Insaka”是否会让你感受到极地冰雪与非洲草原，酷寒与热情的奇妙结合。澳大利亚设计家 Daniel Rosenbaum“Change of state”与前几个作品的不同之处是引入了水的元素。水的柔美，雪的洁净，冰的平滑，在这样的空间里，可会换来灵魂的宁静？

冰旅馆还设置礼堂、冰雕艺术展厅、“完全冰”酒吧、电影院、冰教堂。其实很多来冰旅馆的游客，放下行李后的第一件事就是到“完全冰”酒吧去体验一下。酒吧的名字 ABSOLUT 源于瑞典 ABSOLUT 伏特加酒。据说，“冰旅馆”能够吸引全球数万人前往窥探与体验，但真正让它声名大噪的，则要归功于全球知名的瑞典 ABSOLUT 伏特加。1996 年，ABSOLUT 有个前所未有的创意，与知名时尚设计师 Versace 合作拍摄一组服装。他们邀来知名时尚摄影大师 Herb Ritts，网罗世界知名女模特儿凯特摩斯、诺米坎贝尔、超级男模 Marcus Schenkenberg 等人。在零下 30 摄氏度的冰河上，模特儿们有的穿着单薄的礼服，有的身着性感的泳装，或坐或站，在冰旅馆摆出曼妙多姿的姿势，最后出场的世界超级名模坎贝尔全裸走进冰雕模型里，灯光从巨大的冰雕里折射出坎贝尔完美的剪影。此时此刻，天地之间都仿佛凝止，人体之美与冰雪之美成就了天人相映的视觉之大美。这组服装让 ABSOLUT 及 ICEHOTEL 在全世界受到广泛关注，尤其是美国，在 2001 年和 2002 年冬季，就有超过 14 000 名宾客在冰旅馆里过夜，有 37 000 名宾客穿过冰旅馆的鹿皮，让冰旅店老板实实在在地大赚了一笔。

在冰酒吧里，门窗及吧台、吧椅也都是冰制的，加上多彩灯光的掩映，意境非同寻常。据说，冰酒吧的创意来自北极光：以透明的冰代表清澈的夜空，以五彩的灯代表绚丽的极光。所以，也有人把冰酒吧称作“地面的极光”。它曾两度被《Newsweek》周刊评为“世界上最绝妙的酒吧”。许多名人要员都曾经被吸引而来，如世界名模 Naomi Campell、Kate Moss、摇滚乐队 Van Helen、爱尔兰总统、捷克总统及一些欧洲王室。酒吧的音乐多是当地的传统音乐。据酒吧老板介绍，有很多世界著名的乐队来此演出，但对来自世界各地的游客来讲，他们更喜欢当地的乡村音乐。酒吧里出售很多种色彩缤纷的鸡尾酒，像这里最受欢迎的“冰中之火”“北极之光”等，第一杯 8.5 美元，接下来就是 6 美元一杯了。价格虽然有些贵，但想想这是在地球最北端的冰雪旅店，也就释然了。正因为如此，用冰杯盛上高度的伏特加，经纯净的冰块稀释，喝的时候嘴唇凉丝丝，很是刺激，不知不觉中也就饮尽了杯中物。但随后，酒精的作用又使人热血沸腾。这种奇妙的感觉，使很多不擅饮酒的人，也会禁不住多喝两杯。手捧着冰酒杯，时间长了，酒杯会渐渐融化凹下去一块，看到如此，往往会不禁宛然一笑。如果在晚上钻进睡袋进入梦乡之前，在“ABSOLUT”酒吧，拿着用“托尔内”河冰做成的冰雕酒杯喝上一杯伏特加，暖暖有些发冷的身子，想必会有一个好梦不断之夜。据说旅游公司还用这里纯净的水制作成各种冰块和冰制品，专运到世界各地，这占他们每年百分之四十的销量，甚至非洲和澳大利亚都有人来订制。如今，冰酒吧在北欧其他城市纷纷开出了连锁店，全年营业，即使是盛夏，大家也可以穿上皮衣在冰屋内畅饮，并成了当地的时尚。

第二天早上，人们可到壮观的冰教堂祈祷，享受难得的安静祥和。每年冬天，都会有很多年轻人在这里的冰教堂举行婚礼，据说预定在冰教堂中举行婚礼的年轻人已经排满了冰教堂开放的全部四个月时间，是啊，有谁不向往一个冰清玉洁的婚礼呢?！牧师站在冰雕讲坛上主持仪式，宾客都坐在用冰块做成的冰凳上，当地人还为他们献上极富北极萨米风格的祝福歌曲。一对新人在冰雕十字架下交换婚戒，吻下那一生一世的情爱，在这最为冰洁玉清的世界里，许下最为圣洁的承诺，然后手牵着手坐上狗拉的雪橇，前往冰旅馆的“新婚冻房”，开始他们的“热辣辣”的冰冻爱情之夜。新婚冰套房是特殊装饰的，整个冰套房被灯光照成蓝宝石色，一个胖胖的娃娃镶嵌在床前的冰雕内……有人讲，在冰教堂举行婚礼有三个特殊的意义：一是这里冰清玉洁，代表着爱情的纯真；二是新人将共同面对严寒，体现着对爱的坚贞；三是教堂作为冰建筑，每年都要重建，样貌自然也有所不同。所以，每年举办婚礼的地方都是唯一的，也代表了爱情的专一和不可替代。正是这些原因，才吸引着人们在冰教堂发表他们浪漫的新婚誓言。

教堂里还备有婴儿用的冰雕洗礼盆，只是不知道有哪家的父母能舍得让初生的婴儿在这冰盆里接受洗礼。冰雪电影院的银幕是一座搭砌的冰墙，座席自然不用说，是由大冰块做成的，不过上面都铺着驯鹿皮，这里要是上演《纳尼亚传奇》或《白雪公主》等以冰雪为背景的电影再合适不过了。冰旅店的桑拿房不是冰的，在这里可以享受到地道的芬兰浴，有趣的是桑拿房顶有玻璃天窗，可以不时地把头伸到外面，去看那“一道绚烂飘摇的绿色光带”北极光，那里的广告就是“看着极光，洗桑拿！”总有一些年轻人更为大胆，做出令人瞠目的行为，有一次一群瑞典青年洗完桑拿浴后，竟然赤身裸体的从冰吧跑过，一位恰逢在场的日本妇女，险些被吓得晕倒。

到这里来的客人有的仅是参观，不仅因为是畏惧冰冷，其不菲的价格，也真的需要认真斟酌一下。参观费用是每人100瑞典克朗，大概120元人民币左右。房间分几种规格，最便宜的是4人的大通铺，价格大约800人民币/天/人，洗漱、上厕所只有公用的了。好一些的房间，五六千元到1万元人民币不等，每间木房子价格1 500~2 000元。虽然这里的房价着实有些贵，但即使这样，每年的预订都十分紧俏。这座当初被戏称为“傻瓜盖给傻瓜住的旅店”每年吸引6 000人入住，国内外参观者近6万人次。另外这里的食品比较单一，而且价格不菲，解决的办法就是自带可口的食物。

当然这里除了住冰旅馆，还有很多游玩的乐趣。如驾驶雪地摩托车疾驰在一望无际的雪原；乘坐十几只狗拉的雪橇，飞驰在冰河上，穿梭在森林中，到附近的雅斯兰吉航天中心进行实地考察，这里是科学家研究北极光的地方；参观驯鹿场，像圣诞老人一样乘坐驯鹿拉雪橇；还可在萨米人的帐篷中享用一餐现做的传统食品，有鲜嫩、没肥肉的烟熏驯鹿肉，雪水煮的咖啡和特色面饼；还有滑雪、攀冰岩、冰钓、乘坐雪上直升机以及多种长途野外生存探险活动。

每年10月底，从三十多个地方而来的艺术家、建筑家们聚集于此，开始进行建店工作。冰旅店的建设工作大体上分这样几个步骤：先用钢架做底，然后搭砌、浇筑雪块，数天固定后，移去钢架，最后对冰旅馆内部进行装饰。冰旅馆的主体建筑在 12 月初的时候完成，然后立即进行内部装饰工作，到 12 月中旬开始迎接第一位客人，而部分的冰雕切割创作工作还在继续，一直到第二年的 1 月底才完全竣工。

雕刻家们把冰块切割打磨成室内的家具、装饰品，例如窗户、门、横梁、灯或者其他冰雕作品，让人们在房与房之间参观串门时，年年都有惊喜。旅馆每年都特地从瑞典或其他国家专门请来客串设计师，设计一些特别主题的房间，形形色色、风格各异的艺术家们聚集在一起，用冰创造出光怪陆离、五彩缤纷的气氛。这里不仅像一个博物馆，更像一个充满魔幻、神秘、惊奇的世界。

虽然最后一位宾客在四月底的时候才离开，但后续工作还要延续到 6 月份（那时，冰旅馆已变成了一座水旅馆了）。工作人员把数千吨的冰运到一个有着 1 500 平方米冷藏室的“冰旅馆艺术中心”储存下来，为下一次新旅馆的重建作准备。雕刻家们会把本届的少数冰雕作品保留在“冰旅馆艺术中心”，以供游客参观。

短短几个月的夏天一过，秋天已经有了寒意，雕刻家又开始设计冰旅馆，从外墙到结构主体，从艺术雕刻到走道切割，当然还有各式主题的房间；艺术在冬季成形，在夏天化为清澈的水，这是 ICE HOTEL 最大的艺术特质，也是他总能吸引很多人到访的原因之一：每年都有新的惊喜，每年旅馆都换一个新的面貌迎接你的到来。

建筑是凝固的艺术，但这些冰建筑的寿命却是短暂的。每年 4 月底的时候，太阳的光线开始融化新落成的冰旅馆，冰旅馆本年度的营业也即将结束。偌大的冰旅馆携着所有的心血结晶随着渐暖的天气，全部消融为水，奔向挪威海。任这座由冰雪建成的皇宫有多美，它都只能在每年的严冬存留五个月，天气回暖它就逐渐融化，然后付诸流水。正如冰酒店的简介上所写：“从河水里来，终究又流向河水，一切能留住的只有回忆……”在里面睡过一夜，冰寒透心却是一生不能缺少的一段回忆。凝聚着艺术家们的创造力和想象力，虽然年年会随着水流而逝，但对到此游览的人们，却将是永恒的记忆。它仿佛冬季中一朵洁白晶莹的冰花，春天谢了，年底的冬天还会更加璀璨地盛开，凋落的只是它一时的形态，盛开的却是它那永远的美丽。虽然有些人、事、物逝去了无法追回，但那些充满了人类智慧与艺术的意念却是永恒。如同这些醉心于冰雪雕刻的设计家所说：永存的变动正是我们的感觉、悟性和行动的灵感来源，因为变动即永恒。

第二节　童话王国——芬兰凯米雪城堡

随着瑞典冰旅馆的开张和火热的爆满，其他处于寒带地区的国家和城市，也陆续搞起了冰雪旅馆。与瑞典冰旅馆同样位于拉普兰地区的芬兰凯米市的雪城堡就是世界上第二家冰雪旅馆。凯米位于芬兰的中心地带，一个仅仅 3 万多常住人口的小镇，每年却能够吸引 150 万人到此参观游览。凯米是座典型的北极城市，距离北极圈仅一个多小时的车程。冬季的漫漫黑夜、刺骨的严寒、瑰丽无比的极光和天空闪烁着的星星，构成了一幅荒蛮而美丽的极地风光。这里有一年一度的冰雪堡垒节，还有地球上唯一的破冰船探险旅游项目。

每年 1 月至 4 月，雪城堡对外营业，每一年雪城堡都有不同于往年的新设计和新创意，已经有数百万人次参观了雪城堡。每年的 12 月，凯米人都会将波斯尼亚湾冰冷湛蓝的海水抽上来，让它们凝结成巨大的冰块然后切割成冰砖，用来搭建城堡。虽然 12 月的凯米到处是一片雪白，然而冰雪城堡的白色之中却有着波斯尼亚湾海水的湛蓝，在刚刚落下的白雪之下，晶莹剔透的蓝色砖墙，仿佛宝石一般夺目。

这里的一切都是冰雪砌成。冰墙、冰桌、冰椅、冰床、冰雕、冰酒吧、冰酒杯、冰厕所、冰花瓶等，甚至连在冰酒杯里盛满的也是加了冰块的瑞典名酒——伏特加。

雪城堡内有冰雕室，在音乐和灯光的作用下，造型各异的作品带着梦幻的色彩呈现在人们眼前，这里都是来自于芬兰及世界各地冰雕师的艺术杰作，仿真大小的驯鹿、北极熊、企鹅、西伯利亚狼犬，彰显着浓郁的北极风情。在冰雪教堂里，一排排由冰块雕成的椅子上覆盖着厚厚的驯鹿皮和狼狗皮，正前方，是冰雕的耶稣和十字架，旁边点缀着冰雕的小天使和爱神丘比特。这里每天对外开放，举行各种肃穆的礼拜仪式，可以说是活泼热闹的雪堡生活中较为严肃的一角。转过去，专供新人用的洞房出现在人们眼前，洞房大约有 3 米高，四周纯白的雪墙上装饰着粉色的天使、旗帜和各种形状的小挂件，增添了一份浪漫气息。中间 6 尺宽的大床完全用整块冰雕成，上面铺着雪白厚实的毛皮垫子，顶上垂吊着雪白的帐子为整个布局更增添了一份朦胧的美。据说仅 2004 年就已有 80 多对新人在雪堡举行结婚仪式，宴请宾客并在冰雪洞房开始真正的两人世界的生活。

雪城堡冰雪酒店设有 15 间双人房，8 间单人房和 1 间套房，每个房间都有鲜明的主题，每张冰床上都铺上了厚厚的驯鹿毛皮，再加上从挪威运来的专为雪地保暖而设计的 Ajungllak 睡袋，睡袋看上去很薄，但却十分暖和。睡袋内并不是什么鸭绒、棉絮一类的材料，而是密封的气体，虽然它们本身并不产生热气，但却是绝好的保暖体。睡在上面，没有想象中的冰冷刺骨，可以睡个暖和舒适的好觉。睡觉前，到酒吧里喝点伏特加，就会让身体储存一些热量，然后再带着睡袋去房间睡觉，保证会暖暖和和地睡到天亮，经常有客人早上睡过钟点，误了行程。

在冰酒吧内，冰砌的桌椅上，就算连小摆设亦用冰制成，然而奉上的美食却是热烘烘的，由锡纸包着的芬兰的土豆烧鹿肉。把酒言欢之际，极地短短的白天已经结束，时间仿佛凝结了一般，一天的寒冷都在伏特加的酒意中融化。令人惊讶的还不仅于此，热爱桑拿的芬兰人，甚至在冰雪酒店中搭建有可容纳 10 人的传统芬兰烟熏式桑拿屋，再寒冷的天气也一样热气蒸腾，完全有着一种冰火两重天的刺激。

整个雪堡占地 8 900 平方米，其中有 1 040 平方米是供住宿使用的酒店，但每年的规模都在扩大。凯米雪堡旅馆标准间每人每晚 100 欧元（1 000 多元人民币）左右，参观费为 5 欧元（50 多元人民币）。一旦进入冬季，这里的游客络绎不绝，川流不息，争相感受凯米独特的冬日氛围。

第三节　北美第一家冰雪旅馆——冰晶酒店

2001 年初，在加拿大魁北克圣罗伦斯河北岸边的蒙特伦西瀑布公园，世界第三家、北美第一家冰雪旅馆——冰晶酒店正式开张营业。它的建造灵感来自于瑞典冰旅馆，但它每年的营业时间要少于瑞典的冰旅馆，只有 3 个月，为每年的 1 月 7 日开业到 4 月 1 日愚人节前停业。冬季建成，翌年气温回升至 8 ~ 9 摄氏度就彻底融化。

首次开幕时冰晶旅馆占地 1 000 平方米，开幕至今，不但越建越大，每年还有匠心独具的创新。现在的冰晶旅馆由蒙特伦西瀑布公园迁移到魁北克道奇斯奈生态观光园区，占地达 3 000 平方米。旅馆建在 Lac Saint - Joseph（圣・约瑟夫）湖畔向阳的台地上，每幢白雪屋子活像一颗颗大寿桃结在雪地里，远远地看去与白雪野地融为一体，要不是有一些漂亮的标识，想把找出来还真不大容易。

带着遮耳大帽的接待女孩，微笑着向远来的行人表示欢迎。旅馆拥有 36 间普通客房和主题套房、巨大的大厅、两间展览室、电影院、教堂和北欧风格的休闲中心和著名的 Absolut Ice Bar。参观费每人 15 加元。

门口过道有几个等待导游的游客，一个个把自己裹得严严实实，没有人检票，只是自觉地把参观票贴在身上。进入被称作 N'ICE CLUB 的大厅，出乎意料，里面的温度比外面高得多。除了温度，大厅的宏大也着实令人吃惊，两颗“寿桃”连接而成的大厅据说可以塞进 400 来人，冰柱十分高大，足有 5 米多高，很有些宫殿的味道，过道屋顶上还垂下来一盏巨大的冰晶吊灯，灯光放置其中，绿色的光线柔柔地“渗漏”出来，仿佛梦境一般。

冰晶酒店内的各个客房和主题套间，白天都对外开放参观，过夜的客人晚 8 点以后才能进入预订的房间。带遮耳大帽的女孩说，旅馆新近推出 4 个套餐，分别是一夜的“冰雪旅馆情”“冬季罗曼夜”“冬季惊险”和两夜的“水晶冰心”，价格从 299 加元到 649 加元不等（1 加元约为 6.7 元人民币），周末上调，核算为人民币大概 2 000 多到 4 400 元。“冰雪旅馆情”是基本消费，包括一杯热饮和鸡尾酒。桑拿和据说雪地里星空下的芬兰浴，普通房是 299 加元，加 51 加元可升级为主题套房，要是怕冷，再加 49 加元就可以得到一个烤炉。在此基础上，一朵蜡质玫瑰、巧克力、蜡烛和魁北克当地产的一瓶苹果酒的组合就是冬季罗曼夜。“水晶冰心”的客人可以参加旅馆举办的诸如狗拉雪橇、摩托雪橇、越野滑雪、冰上钓鱼等所有活动；第一晚住在冰雪旅馆的主题套房，第二晚住在附近的 Auberge Duchesnay 酒店，这家酒店以每间客房都邻 Lac Saint – Joseph 而著称，只是这样的季节里，水光潋滟的万般波色换成了山色空蒙的千堆冰雪。

普通客房都是两人一间，因此除非想和陌生人合住，一般都得俩人同来。冰床上是一块厚厚的垫子，垫子之上是整块保温极好的鹿皮。各个主题套间则是各式冰雕的家具，嵌在墙里的电视，主题也都各具特色。

在旅馆化为清水的夏天，旅馆的工作依然不会停下来，只是转移了战场。旅馆经营者会组织旅馆工作人员与市民互动，开展冰雕主题征集大赛，中选者则可以享受在来年免费和家人入住一晚的奖励。因为冰雕材料的限制，主题思路需要简单易行，比方床头、房间四角雕刻些棋子就表示国际象棋的主题。据说曾有过中国主题，是龙和长城。

用作教堂的那颗“寿桃”仿佛加长处理了，四根冰柱撑出祭坛上的穹隆，灯光从冰块雕刻的圣坛中发散出来，四周雪花凝成的墙壁和白雪阑干，代表着纯洁、神秘和力量。教堂专门用来举办婚礼，在这最令人难忘之地，让彼此拥有永恒的爱情！

冰吧酒是抵挡刺骨严寒的伏特加，所有的鸡尾酒都用伏特加调制，尤其特别的是酒杯也用纯净湖水冻成的冰块雕刻而成，独一无二的冰杯上刻着“WELCOME DRINK”的字样。Absolut IceBar（绝对酒吧）连酒带杯一起销售，由于酒的温度，酒杯也渐渐融化。看黄的、绿的、红的酒在冰块中流动，仿佛地球引力失去了作用，一大滴酒悬在半空，流在手中，让人不忍仓促饮下。

凉凉的酒让人有些小醉，晕晕地从酒店出来，可以看见天上有直升机向东飞去，那是冰晶酒店提供的瞰游魁北克景色的直升机。时间还不到下午 4 点，太阳就已经快要落山，从西飘来一长云，零星地撒些雪花，雪花映着夕阳，仿佛是金色的精灵，落在手上，不见了……

第四节　“第 66 平行面”——俄罗斯冰旅馆

随着冰雪旅馆被旅游者的追捧，世界各地又不断出现或大或小的冰雪旅馆，其风格虽然都是以冰雪建筑为主，但各具特色。

“第 66 平行面”是位于俄罗斯的冰旅馆，处于俄罗斯北部的萨列哈尔德市。萨列哈尔德市旧名“奥布多尔斯克”（1933 年前），同样处于北极圈内，一年中有 7 个月的最高气温在 0 ℃以下，曾是沙俄流放人犯的地方。“第 66 平行面”冰旅馆，想必应有什么含义，但现在无从得知。旅游内所有的设施都是用冰块雕刻而成，包括桌子、椅子和吧台。来此的游客自然都要“全副武装”，因为即使在旅馆内，最高温度也只有 -10 摄氏度。坐在冰椅上瑟瑟发抖的旅客只能饮酒取暖。一次，一名客人大醉之下，不知因为是想与冰亲热一下，还是借着酒劲涌上一股勇气，竟然伸出舌头去舔冰墙，结果自然可知，柔嫩的舌头立刻被粘在了墙上，服务员不得不用热水猛浇他的舌头。

奇冷的冰旅馆“热度”非凡，不少旅客从四面八方过来体验这极冷的居住环境，就连普京在春天视察此地时候，也为没能住上冰旅馆而抱憾不已。

第五节　尼加和他的冰酒店

罗马尼亚中南部喀尔巴阡山脉弗格拉什山冰冷沉寂，37 岁的高山拯救员尼加，却希望从这宁静中创造出一点热闹。他用了四年的时间在锡比乌县海拔 2 000 多米的伯莱亚湖地区，设计和兴建了被他命名为“梦想成真”的冰雪酒店。这也是东南欧地区第一家全部用冰砖建成的旅馆，尼加和他的伙伴一共投入了 1 万美元左右，尼加希望冰旅馆能让他和伙伴梦想成真。

游客们可以从罗马尼亚布拉索夫和锡比乌两个城市坐缆车经过公路，直达巴利莱克滑雪圣地的梦想成真酒店和小屋。“梦想成真”冰雪酒店呈圆形，直径为 20 米，形状酷似爱斯基摩人的圆顶冰屋。整座酒店全以冰雪为材料，冰造酒店设备应有尽有。旅馆共有 8 套双人间，每晚单人房租金为美金 23 元，双人房租金为美金 45 元。冰床上铺着厚厚的羊皮褥子和羊绒被，床边还摆放着晶莹剔透的冰雕，是模仿在罗马尼亚出生的现代雕塑家康斯坦丁・布兰库希的作品。酒店每个房间内都设有酒吧，可让客人浅尝一杯传统的罗马尼亚梅子白兰地。但旅馆里没有室内厨房，饭菜只好从附近饭店做好后送来。

尼加回忆当时建酒店的难处时说道：“我们在 -24 摄氏度环境下工作，当时风级最高达每小时 150 千米。”也是拜西伯利亚持续了一段时间的冷锋所赐，让他们建起了这座冰雪旅馆。他也尝试在海拔较低的地方兴建酒店，可是由于气温过暖而未能竣工。

旅馆的入住须知上写着：鉴于房间内的低温，建议游客量力而住，以免发生意外，客人如因不适低温出现问题，后果自负。

尼加在寒风中微笑着，热情款待每一位莅临的来宾，在他的心里一定认为，这是强者的居住，弱者请绕行。

第六节　世界上最小的冰酒店

在日本有一处可能是世界上最小的冰酒店，它于2008年2月6日开门纳客，但一次只能接待一对旅客入住。入住酒店的费用约为每天140美元，包括一顿在冰桌上享用的晚餐。服务员调制好了鸡尾酒，端送给一对情侣，然后离开。二人在这冰清玉洁的世界里，可以随心畅想永恒的爱情。

第五章 冰雪·艺术

第一节 漫话千年冰灯

【童年的冰灯】 小时候，我的老家是在乡下，一座院子，三间砖土房，毫不起眼，不仔细辨认都找不到自己的家，但 30 多年后的我却依然有着清晰的记忆，一幕一幕的，比昨天的事记得还清楚。

东北的冬天，雪后房顶会积上厚厚的雪，有时会有长短不一的冰溜子从屋檐垂下，短的像匕首，长的似长剑，这自然会成为我们这般孩子喜爱的玩具，虽然易折，但能常换，舞动起来，银光如蛇，颇有《星球大战》卢克手中激光剑的气度。有时也会偷偷地拿到屋中的火炉前，看那冰剑被毫无目的的一点点融化，由长剑变成匕首，直至消失。玩冰在我们孩子的游戏当中占有重要的位置，花样很多，有一种较为孩子们所喜欢，那就是做冰灯。说是冰灯，其实粗陋得很，首先用水桶、油漆桶、脸盆、罐头盒子等冻冰块，然后在冰块上凿一凹形坑，放上蜡烛头，点燃就是冰灯了。有的大孩子心思深，主意多，会在水桶里放上两个大红萝卜或胡萝卜，在外面冻上一夜。第二天早上，倒出来一看，一个透明的大冰坨里面有两个红红的萝卜，摆在窗前倒也是蛮好看的，以致几天下来那小伙伴都洋洋自得的。儿时的游戏毕竟是游戏，拿不上台面的，就像古代先人最初的冰灯，与今天绚丽多彩的冰灯、冰雕相比，也一样是粗陋不堪的。

【明清以前的冰雕】 我一直很私己地认为，冰灯最初一定是来自于民间百姓的日常生活与劳作之中。在古代封建社会，文字记载大都是为上层建筑服务的，等到有文字记载的时候，想必冰灯在民间那里早已不是什么稀罕的事情了。其实这也很正常，在先前的古代，文字的阶级性更强，大多为帝王和贵族所专用，而有关民间的很多事迹，绝大多数也就随着口口相传而渐渐灰飞烟灭了。不过现在我们在追溯冰雕雪塑历史的时候，还是得凭写在纸上的这些记载，毕竟它们不能像砖石木制等建筑，或陶瓷、青铜等工艺品一样能够长期留存于世。

有冰的历史要比人类历史长久得太多，但冰进入人类的生活之中，却不是很遥远的事情。在美索不达米亚，考古学家发现了 4 000 年前天然冰储存井遗迹，这是当前人们发现的最早的“人与冰交往史”。初期的时候，古人采冰储存，想必不是为了做什么冰雕、冰灯之类的艺术品，而应该是为了防暑降温、冷藏食品、制作冷饮等。据记载，在周朝就有了掌管冰的官吏，《周礼》有载：“凌人掌冰，正岁，十有二月，令斩冰，三其凌。”是说凌人掌管冰政，在冬季十二月大寒之时，主持斩冰之事。而要窖藏夏天冰块，需要量的三倍才够用，因为其中的三分之二会在凌阴中融化。《诗经·七月》中说：“二之日凿冰冲冲，三之日纳于凌阴。”“二之日”“三之日”即周历的二月和三月，“凌阴”是指山阴处的藏冰地窖。冬天去冰冻的江河采凿大量的冰块，然后放在阴冷的地方或冰井中储藏起来，等到夏季天热的时候再取出来，或用于降低室内的温度，或用来保存美味珍馐，或用其冰镇饮品等。当然这等储冰用冰的工程非一般百姓所能为，只有那些帝王才能做。这种冰政管理机制自周代起，一直延伸到之后的各个王朝。“六月夏季，正当伏日炎暑之时，内殿朝参之际，命翰林司供给冰雪。”（宋·吴自牧《梦粱录》）“立夏日启冰，赐文武大臣。”（《帝京景物略》）可看出皇帝赐冰给大臣，是表示皇帝对大臣一种特别的宠信，也间或可知，一般的大臣自家也是弄不起这“冰事”的。

汉武大帝是中国历史上有名的皇帝，建章宫就是他在位时为显示大汉的国威和富足，重新在城外修建的朝宫，其“度比未央”，即比未央宫还大，史书上记载有前殿、太液池、神明台、双凤雀等。不仅如此，他还在建章宫的北面用冰修筑了一个楼，这件事在《三辅黄图》中有记载，即“汉建章宫北积冰为楼”。由于只有这么简单的一句话，现在的人们已经无从确定汉武帝弄这样一个冰楼是做什么用了，是储藏天下美味还是供其观赏、游览，也就都不得而知了。

皇亲贵族的生活一向是穷奢极欲的，用冰来降温防暑还不够，还得将冰雕刻成美观的造型，以达到既能降温又可供观赏的目的，可能应了那句话“艺术往往也会产生于奢侈，甚至糜烂的贵族生活之中。”唐朝杨贵妃的堂兄、右相杨国忠，仗着自己是皇上的舅哥，权倾朝野，在生活方面很是腐败。他为了笼络人心，想出了一个自认为不错的主意。夏季三伏天的时候，他让人把储存在冰井里的冰（也没准是从皇上那里弄出来的）取出，然后找来匠人雕镂出凤凰、瑞兽等各种美观的造型的冰雕，并配之系以彩带，放在精致的雕花盘中送与王公大臣，不仅能降低室温，还能美化环境。不要认为这冰雕算不得什么，这可是在没有冰箱的唐朝，天然藏冰，在唐代属于稀有之物。《云仙杂记》就说：“长安冰雪，至夏日则价等金璧。”可知冰在唐朝的夏天与金子一样。再说，这炎暑赠冰有着雪中送炭一般的情意，受礼者怎么不会感激。看来这杨国忠真的是很会送礼，也更会做官。这段故事来自五代王仁裕所著《开元天宝遗事》的记载：“杨国忠子弟以奸媚结识朝上，每至伏日，取坚冰令工人镂为凤兽之形，或饰以金环绶带，置之雕盘中，送与王公大臣。”不过这还没完，“杨氏子弟，每至伏中，取大冰使匠琢为山，周围于宴席间，座客虽酒酣各有寒色。亦有挟纩者。其娇贵如此也。”每到夏天，他还让匠人用大冰琢成山状，摆在宴会厅四周。这样，来赴宴的宾客，即使饮了很多酒也不会有燥热之感，甚至脸上还会有寒色，身上感觉到冷，为此竟然有人带着丝绵衣服前来赴宴，如此铺张的宴请场面，即使在今天也不能不说是一种奢华。这是我国有文字记载的最早的宴会冰雕，也是有文字记载的最早的冰雕。

可是能将冬天的冰储藏到夏天，古人是如何做到的呢？北魏郦道元《水经注·河水五》中记载道：“朝廷又置冰室于斯阜，室内有冰井。《春秋左传》曰：‘日在北陆而藏冰。’”这“冰井”就是古代藏冰的地窖，就是在冬天的时候，采凿冰块置放在阴冷的地下洞窟中，等到夏天炎热天，就拿出来使用。建安十八年，曹操在邺城的西北面专门建造了“冰井台”，“有屋140间，上有冰室，室有数井，井深十五丈，藏冰及石墨……石季龙于冰井中藏冰，三伏之月，以冰赐大臣。”这样的“冰井”可谓成规模了。曹操可谓是与冰很结缘的人，不仅造有大冰井，还曾在战争中将冰作为“防城利器”使用过。曹操曾为了抵御马超的进攻，在潼关指挥士兵在寒夜垒沙浇冻，一夜间立起冰城，光滑的冰城墙使马超的士兵无法攻城。无独有偶，公元10世纪北宋知名的杨家将六郎杨延昭也曾用过这个办法，在遂城（今河北省徐水县遂城镇）和霸城（今河北省霸州市）两次冒着严寒汲水浇城冻冰，用冰城抵御了契丹的攻击。

【明清时期的冰灯】 冰灯何时出现，现在已不易可查，可见到的最早的文字记载是在明嘉靖年间唐顺之的《元夕咏冰灯》“正怜火树斗春妍，忽见清辉映夜阑。出海鲛珠犹带水，满堂罗袖欲生寒。烛花不碍空中影，晕气疑从月里看……”诗词大意描述的是在一个元宵灯会上，树枝上挂满了各种各样的灯笼，如火树银花一般的绚丽多彩、争奇斗艳，很是引人瞩目。忽然看到泛着清莹辉光的冰灯于沉静的夜色中闪耀。仿佛刚刚破水而出的美人鱼晶莹如玉的泪珠，整个大堂里翩然起舞的舞女都感觉到一种清冷的寒意。蜡烛的火焰并不能影响冰灯在空中的光影，朦胧的光芒仿佛从月亮里发出的……这里写的是500年前的冰灯，但完全可以推测，冰灯的出现要远在此之前。冰灯的起源应与人的生产、生活实践活动密切相关，居住在寒冷地区的人们往往需要在夜晚出去做活，为了弥补照明用具的不足，偶尔用水桶盛水冻成冰罩，将油灯或蜡烛放入其间，以防被风吹灭。后来，有的穷苦人在新春佳节或上元之夜，不甘寂寞又买不起灯笼，也做点冰灯摆在门前凑趣。故此冰灯又称穷棒子灯，后来随着渐渐发展，冰灯从首要的照明功能，转变成了为人们所喜爱的观赏灯景。

在古代，无论是从塞北到江南，还是从黑龙江到遥远的新疆，都曾有冰灯出现在史志记载中。崇祯十六年正月，湖北蕲州城大地一片银白，凤凰山和麒麟山银装素裹。此时在城中的许多院落中，已经燃起了美丽的冰灯。由于蕲州城不同于北方的天寒地冻，故蕲州人冰灯的做法有别于北方，是用结冰的竹筷制成灯形，外面用雪涂饰，内中燃以蜡烛，置于院内，供人欣赏。生在蕲州城的清代文学家顾景星在《白茅堂集》的《排冰箸雪中作灯》一诗中，记载了当时在庭院砌冰堆雪，于其中燃点蜡烛的这一情景："排冰聚雪在庭中，绛蜡光涵影不红。丹鼎乍烘云母粉，明珠烂挂水晶宫。五枝作炬音何羡，四照名花可略同。羌国颇黎他自贵，敢将璀灿敌天工。"

"夜堂流影倍生妍，刻挂谁秉冻未阑。烛晕只疑杯水抱，火齐应落数珠寒。薄轮逼焰清难觅，满魄生花洞可看。复道余光能照胆，却令游女怯追欢。""玉枝丛里总称妍，径尺能消几夜阑。对日水晶谁取火，生花银烛自禁寒。共燃始觉琉璃避，但持还将雨雹看。无奈阳和消作日，何人筵上解悲欢。"这是明代另一位大文学家、书画家徐渭《徐文长逸稿》的两首名为《咏冰灯》的七律诗，虽然有人认为徐渭久居南方江浙一带，怎能见到冰灯，但即使是耳听传闻，也足以证明冰灯在明代就已多见。

到了清代，有关冰灯的诗文记载就更加多了，冰灯的普及分布之广也前所未见。作为天子脚下的北京城，自然更是如此了。清朝乾隆皇帝素以诗才自负，一生作诗 41 863 首，虽可供流传的精品不多，但涉猎之广却也是古今罕见。也真难为乾隆皇上了，既作诗又治国，好是一顿忙活，而且似乎还忙乎得不错。他在御制《冰灯联句》诗序中写道："片片鲛冰，吐清辉而交璧月；行行龙烛，腾宝焰而灿珠杓。"传神地概括出了清代冰灯的面貌。在另一位清朝文人方履所作的冰灯词《瑶华词》中，我们可看到清代的人们对冰灯的审美观念已经趋于成熟："瑶轮破浴，泾映铜华，怎飞来蛾绿。兰膏皑皑，浑来信，短梦琼楼生粟。罗帏对影，又斜逗，寒芝如玉。试问他内热三分，谁咏挂帘银竹。青蛾镂雪归时，纵逼近黄昏，犹照心曲。明波助怨，应重见，并蒂芙蓉凝馥。东风旧信，漫催得，试灯期促。是碧为借头衔，剪护花轻。"乾隆、嘉庆之际，四川诗人张问陶有一首诗，题名就叫《冰灯》，诗云："黑夜有炎凉，冰灯吐焰长。照来消热念，凿处漏寒光。影湿星沉水，神清月里霜。三冬足文史，底用探萤囊。"不过以蜀地之气候，未必能有冰灯，也可能是他在北京做官时所作。清代不止有"冰灯诗"，还出现了"冰灯文"。康熙六年正月十五日夜，陈五班在京师月下观灯，"见有以冰为灯者，大如斗，方圆异体，空其中，置烛，光莹莹然。"一时吸引得他"顾而乐之"，继而即兴写下了《冰灯记》一文。其后，遂安毛会侯又有《冰灯赋》，对于冰灯的特点、制法以及燃灯效果等等进行了曲尽其妙的描写。

在清人夏仁虎《旧京琐记》中对北京冰灯盛会有更为详尽的记载。每当正月，京城里总要举办各种灯会，六部衙门里也张灯结彩，热闹非凡，名为"六部灯"。六部灯中以工部的最好，"有冰灯，镂冰为之，飞走百态，穷工极巧"。以后每逢正月十五，什刹海冰窖的工人还用什刹海天然冰制成中空的比酒坛稍大的立体椭圆冰造型，内点蜡烛，摆在什刹海东沿义溜胡同西口的街头上，供人观赏。清富察敦崇所著的《燕京岁时记》是一部关于北京节庆民俗的笔记，其中曾提到："市人之巧者，又复结冰为器，栽麦苗为人物，华而不侈，朴而不俗，殊可观也。"当时的北京有些酒家还用冰灯来作"招牌"，在震钧《天咫偶闻》这样记道："以冰为酒瓮、瓶罂、鼎彝之属，然灯于内，高悬四座，观者叹其绝肖。"近人让廉在其《京都风俗志》中对北京冰灯的造型则有记述："最奇巧者为冰灯，以冰琢成人物、花鸟、虫兽等相。冰以药固之，日久不消，雕刻玲珑，观者嘉赏。”

一直致力于反清复明的大学者傅山，即梁羽生武侠小说和电影《七剑下天山》中傅青主的原型，对冰灯情有独钟。在《冷云斋冰灯诗序》序中曾述及傅山“生有寒骨，于世热闹事无问”，却对寒冬之季的冰灯情有痴迷。在杨复吉为之所作《冷云斋冰灯诗跋》中，藉冰灯对傅山的人格做有极贴切的阐述。跋云：“青主先生冷韵孤情，与冰独契。录中诗赋，类皆清寒入骨。洵非不食烟火人不能道只字也。秋暑郁蒸，快读一过，如挂北风图，不觉炎氛尽涤”。傅青主人在山西太原，每到寒冬，他亲自带人去家乡的汾河中，指挥民工凿开出达千亩面积的冰块，“深夜归来，莹涵窗纸，森森送碎音，清净疑雪。披衣问之，正月与晋冰斗光耳。静对霜更赠答万状，竟不能为之剖胜负也，赋得冰灯月下看。”足见他对冰雪艺术的热爱。傅山将冰雪那种高洁的风格作为自己人格的参照，也使他写下不少冰雪诗赋，他可能是历史上作冰灯诗最多的一位诗人，如“银海迷离天水光，广寒宫殿斗明妆。玉壶一点琅环泪，滴断人间烟火肠。凿得青光照古人，蠹编床上白磷霖。遗忘对次频能记，不愧前贤雪月贫。”他还曾创制了一种“根雕盆景冰灯”，这种冰灯与北方通体皆为冰制的冰灯有着大不同。例如一诗注中写道，“藉思得古怪树根，凿为盆盂搭之。村中友人言家藏柳根几块，槐杌无用，正欲烧火，许牵车取之，乃有柬友求枯树根作冰灯座”。遒劲、曲折的树根和晶莹、高洁的冰雪，多为古人志节高蹈、情操坚贞的象征，傅山以树根与冰灯为一体，做根雕冰灯，内心想必也是有所托的。或许傅青主认为所作冰灯诗未能把冰灯的诸多变化淋漓尽致地表现出来，就又作了一首与其冰灯诗相映成趣的《冰赋》：“飞蜿蜒之低虬，宜陈之曲之堂兮。照吸露之仙流，沃以白凤之膏兮。”“怜凄精之高洁，学匠石之运斤。凿兮积雪，列亭亭之玉人”。

乾嘉年间，金陵诗人金德荣被谪戍新疆东北部的巴里坤（今新疆巴里坤镇）三年，看见住在那儿的山西商人郑某“每于岁之季冬，垒雪为冰灯”，在宽长各约十余丈的地方，举凡山峰平原、亭台楼阁、玉屏、石壁、几案、人物造型，全都是“搏冰为之”。他在冰灯里点燃巨烛，烛光映冰，晶莹剔透，光彩四射。每当元夕灯会期间，“城乡士女全集，观者如堵”。金德荣流放到这里三年，三次观看到这种奇观，认为自己“平生足迹几半天下，从未见此奇制”，甚至感叹即或是流放在此地也“不枉只身行万里”，有感于此，写下一首古风长诗《巴里坤冰灯歌》：“雪山高与天山接，上有万古不化雪。朔风一夜结作冰，裁雪妙手搏为冰。以矾入冰冰不化，以烛照冰光四射。五里之内尽通明，半月能教天不夜。元夕月轮照碧空，大千人入水精宫……”另外从诗中，还可知道当时为使冰灯造型保持持久，采用了加矾工艺。

虽然直到清代我们才见到有关东北冰灯的文字记载，但我们有理由认为东北的冰灯历史相对要更为久远一些。清代数次大兴文字狱，将众多南方的文人学者贬谪到寒天雪地的东北各地，他们虽然饱受精神与身体的煎熬与折磨，但无疑也推动了他们所被流放地区文化成长的步伐。今天在寻觅这片土地的历史文字时，更多的是来于这些清朝流人的诗词曲赋、文章笔记。对于这些曾经痛不欲生的南方文人来讲，或许也算是一个慰藉。

说起东北地区最早的冰灯诗，可能要属出自于廖腾煃写于康熙五十年的《元宵有进冰灯者》。这首描绘当时沈阳灯会的诗中写道，“野人献春色，巧制上元灯。金骋光炯炯，玉简青棱棱”。在辽宁，一直到民国末年，冰灯在民间都得以一直流传，并得到了很好的发展，这在现代著名作家、红学家端木蕻良先生的《向冰灯致敬》一文中可以看出，“用铅丝织成网状，嵌在灯胎上，浇成冰溜，就像琉璃镶嵌的。透过这层薄冰，看着里面的烛光灯影，有一种异韵在流动。有的人，各逞巧思，把灯做成宝塔、金桥、亭台、楼阁等形状，争奇争妍……有的则在竹篦上指导彩纸条，然后再使它结成冰凌，就成彩色的冰花，把当中的蜡烛点燃，烛光照在冰花上面，这一盏一盏的冰灯，便显现出五彩光辉。”

建城300多年的卜奎，即今天的齐齐哈尔，是清代时期的黑龙江省政治和经济中心。多有文人学者被清廷贬谪到此，许多有关卜奎老事的记载多出于他们的笔下，与冰灯相关的记载也是如此。嘉庆十一年（1806年）流寓齐齐哈尔的学者西清，镶蓝旗满人，“娴雅博学，工诗古文辞”，他“官黑龙江数载，公余必检署中书，摭拾旧闻”。在他所著《黑龙江外记》中对冰灯记载道：“上元，城中张灯五夜，车声彻夜不绝。有镂五六尺冰为寿星灯者。中燃双炬，望之如水晶人。此为难得！”这可能是我省最早见诸文字记载的冰灯。清代中叶，在民间，每逢正月十五，大人常常为孩子们制作各种小冰灯。它成为孩子们游街串巷，互相媲美的节日礼物。有的城镇还举办了小型的冰灯游园活动。

嘉庆十四年被流放到齐齐哈尔的前礼部侍郎刘凤诰，在《龙江杂诗》中有“冰镂春灯彻四围”之句，这是咏黑龙江冰灯最早的诗句。寿星冰灯可能是当时最受人们欢迎的冰灯种类之一，专咏齐齐哈尔寿星冰灯的专题诗作，甚是多见。嘉庆二十二年流放来这里的浙江海盐人朱履中在其所写的《龙江百五钞》中，有一首专咏寿星冰灯的诗：“元夜观灯走不停，村车磊磊也来经。要童嫁女哗声脆，争看玻璃老寿星。”同治九年，因受天津教案牵累流放至此的天津知府张光藻也有一首吟咏寿星冰灯的绝句：“元宵佳节兴堪乘，吹到江风冷不胜。明月渐高人未散，街前争看寿星灯。”直至民国初年，时任《黑龙江报》主笔的魏毓兰，也有同题诗作面世：“元宵佳节试新灯，姐妹街头笑语应。却是谁家翻样巧？老人星挂一条冰。”从上述流人关于齐齐哈尔冰灯的描述，足见当年本地元夕冰雪灯会之盛，规模之大，影响之广，并不亚于当今的“冰灯之城”哈尔滨。不仅有写卜奎人看冰灯的诗，还有对冰灯工艺进行记载的文字。写过“秋草枯时塞眼长，天低野寺暮云荒；戍笳声里沙和雪，一片寒阴淡夕阳”的卜奎夕阳景色的桐城方观承，在雍正元年，从齐齐哈尔省亲归来流寓京师之际，在其诗集《竖步吟》中《冰灯》诗小序中，就有一段冰灯制作工艺的简介：“缚细篾为灯形，以水淋之凝结，透明可观。”

今天，位处黑龙江东南部牡丹江的宁古塔，当时隶属于吉林。据大约成书于光绪中叶的《吉林通志》记载当时的灯会盛况“十五日为元宵节……于街市张灯三日，金鼓喧阗，燃冰灯，放花炮……是日男女出游，填塞衢巷。”《吉林纪事诗》亦载：吉林的沈钧平曾言及士大夫之家冬天“善作冰灯”，“镂八仙、观音等象于薄片，裁以作灯，夜燃烛放光，几如刻楮（刻纸）之乱真，其巧诚为不可思议，至二三月方解。”这些造好的冰灯先要罩上秘不外宣，要待农历腊月三十晚，才能露其峥嵘真面目。《吉林纪事诗》中并载有一咏冰灯诗：“玲珑剔透放光明，一片心同彻底清。仙佛镂空谁得似，美人狮象雪雕成。”如吉林这种镂冰为灯的制作工艺，在嘉庆、道光之际北方长城沿口之外也有所见，如“凿冰为灯者”，某些“豪侩（富商）且以巨冰，饰为灯屏，峰峦楼阁，望之逼真，尤为奇观”等记载。

现代著名作家、红学家端木蕻良先生在《向冰灯致敬》一文中，对民国末年的辽宁冰灯，那里有的人“用铅丝织成网状，嵌在灯胎上，浇成冰溜，就像琉璃镶嵌的一般。透过这层薄冰，看着里面的烛光灯影，有一种异韵在流动。有的人，各逞巧思，把灯做成宝塔、金桥、亭台、楼阁等形状，争奇争妍。有的则在竹篦上指导彩纸条，然后再使它结成冰凌，就成彩色的冰花，把当中的蜡烛点燃，烛光照在冰花上面，这一盏一盏的冰灯，便显现出五彩光辉，形成色彩斑斓的灯群”。

第二节　话说哈尔滨冰灯雪雕

【早期的哈尔滨冰灯】　如今冰雪艺术最为发达的冰城哈尔滨，在100多年前的建城初期就有了冰灯，而且十分普及，在张永滨《哈市冰灯兴起之点滴》一文中写道：“自建城以来，一些商号、客栈门前，夜间常用简单的模制冰灯照明。”

哈尔滨的冰灯有一百年多年历史。早在20世纪初，居住在太阳岛的俄侨和华人就有制作冰雕、冻冰灯的活动，并且持续了30年之久。听老辈人讲，太阳岛雕冰活动开始于民国初的1913年。当时，岛上有一个东正教传教点，每年为迎接圣诞节，传教点都组织专业人员在操场上用松花江天然冰和斧、刨、锯、铲等工具做冰雕。主景冰雕是3米高、1．5米宽的十字架，上有鸽子和耶稣像，此外还有2米高的圣诞老人、牧羊人和三四米高的教堂冰建筑及用薄冰板冻结、中间燃蜡烛的冰灯。俄侨在太阳岛的雕冰活动在1928年岛上的圣·尼古拉教堂建成后，传教点停止活动时结束，只是每年1月19日在松花江冰面上举行东正教洗礼时还雕制冰十字架以祭祀之用。岛内华人在春节、灯节期间依旧冻制冰灯，这种冰灯的冻制是将清水倒进盆、桶等容器中放在露天冷冻，待水冻出三四厘米冰壳时拿到屋内，略微加热使冰坨与容器分离，凿开坨顶，倒出其中未冻的清水，去掉冰碴，便成了中空的防风冰罩，置于大门旁或庭院里，在冰罩内点燃蜡烛，给佳节增添了喜庆、祥和的气氛。

当时华人捕鱼有时也做冰灯，就是在泡沼冰面上开出一个2米见方的冰槽，槽底保留约20厘米的冰层，在其中间凿透一个五六十厘米的冰眼，江水便由此窜出，灌满冰槽。经一天冷冻，槽内的江水表面结成五六厘米的薄冰，傍晚将此薄冰取出，裁成大小相同的一块块小冰板，用这些冰板冻结成数盏四角形的冰罩，点上蜡烛，浮于冰槽的水面上。鱼在冰封的泡沼中氧气不足，加之喜欢趋光，因此便纷纷游出冰眼进入灯光明亮的冰槽水中尽情吸氧，待冰槽中的鱼聚多时，移走冰灯，用网堵住冰眼，截断鱼的退路，渔人便可用渔网将其一网捕到冰面，据说两小时就能捕捞30多斤。1943年，伪满政府为挽救败局，下令春节期间禁悬灯结彩、禁燃放爆竹，冰灯活动也被迫停止。直到1963年哈尔滨市第一届冰灯游园会，才结束了长达20年的冰雪艺术会展的空白。

【哈尔滨第一届冰灯游园会】 1963年2月7日是一个值得人们在心底记忆的日子，因为它开辟了我国冰雪艺术的一个新纪元，对于我国冰雪文化的复兴与发展有着不可估量的意义。而它的缘起，却让人感到是那样的妙不可言，却又是如此的在情理之中。1963年年初，为了缓解我国三年自然灾害造成的市场农副产品紧缺的状况，哈尔滨市香坊区试办了一处自由市场。时任中共哈尔滨市委第一书记任仲夷和市长吕其恩前去检查工作。他们在那里看到了在国营商店难得一见的鲜蛋和冻鱼，心中甚是高兴，而一户居民门前两个用“喂大罗儿”（俄语音译，上粗下细的水桶）冻制的冰灯更使任仲夷眼前一亮，惊喜异常。任仲夷仔细观看冰灯，久久方才离开。回到家后他找来水桶和脸盆亲手冻制冰灯，不仅用清水冻白色的冰罩，还加入红、蓝墨水冻彩色冰罩，然后摆放在庭院里。摆放时也下了一番功夫，有一个单摆的，有两个扣在一起呈磨盘形的，还有四五个互相颠倒着摞在一块成葫芦状的。市长吕其恩和市委书记处书记林肖硖也亲手做了数盏冰灯，放在自家的阳台上。

入夜，烛光熠熠生辉，冰罩晶莹剔透，给白雪覆盖的庭际平添了许多姿色，增加了不少生机。望着眼前的美景，任仲夷的心头豁然一亮。他在1962年初冬进羊城广州时，见那里的公园依旧姹紫嫣红，回来后一直寻找改变哈尔滨的公园冬季半年闲的局面的办法，至于在经济困难的形势下如何活跃物质生活紧张的市民的精神文化生活，更是他梦牵魂绕之事。如今，眼前这庭院里的冰灯，使他找到了答案：在兆麟公园组织冰灯展览，把“猫冬”的人们吸引出来！任仲夷的想法得到了吕其恩、林肖硖的完全赞同和大力支持。可是有关同志却因不知冰灯为何物而感到茫然。于是，任仲夷又找主管副市长张屏和市建设局副局长刘作田等有关领导到自己家来参观他做的冰灯，讲解冰灯冻制的方法和组织冰灯游园会的意义……

非正式的“小型现场会”后，刘作田及园林处的领导立即组织起数百名园林职工进驻兆麟公园，开始自行冻制冰灯。大家找来水桶、脸盆等装上自来水，放到室外冷冻。工人还用马口铁做成五星、飞机、蘑菇、和平鸽等各种各样的模具，也在其中装上自来水，放到室外去冻。大概过了3个多小时后，等到冻成了冰壳之后，工人们凿开顶心，倒出中间未冻的清水，就会形成一个冰罩，再把冰罩从模具中取出。连续经过三昼夜的苦战，冻制出上千盏冰灯。美工对其中的一部分又进行了“深加工”，用油彩画上山水、花卉等图案，或贴上福字。全部制作完成后，大家把这些冰灯或倒扣在山坡上，或摆在墙垛上，或挂在树枝上，有的安上电灯泡，有的在冰灯中点燃蜡烛，还有的用柳枝芽加以点缀。冰灯会组织者还找人冻制了菊花、金鱼等30多个冰花，并请来哈尔滨艺术学院美术系雕塑专业二年级学生吴乃光、曲维葆、穆方起、谢治民在公园里用天然雪塑了大象，这也是哈尔滨的一个雪雕。四名学生将雪拌上少量的水一点一点往上拍，经两天努力，塑成了半雪半冰、颜色不甚洁白的大象。雪象长4米，高2米，腰身粗大，四肢壮实，两耳如扇，长鼻垂地后卷，尖细的长牙无法用雪做，就以冰代替。象身两侧各搭一块红色方布，其上分别写着“万象更新”和“五谷丰登”白字。人们还将一座两米多高的7层木塔置于象背，并用水喷冻之，使其周身覆冰壳，檐角挂冰凌。这个雪象尽管是用原始的堆雪人的方法制作，并加了某些替代材料，艺术水准不高，但已经有了一定的艺术性。

我国第一个有组织、有领导的冰灯游园会就这样在紧锣密鼓中，于2月7日（农历正月十四）夜开园展出。1963年第一届冰灯游园会，整个城市万人空巷。今年72岁的张永滨老人，1963年是兆麟公园的工作人员。他说：“第一届冰灯游园会没有专用票，当时公园门票是5分钱。冰灯游园会当天，公园在门票上印了票务专用章后作为冰灯游园会门票，售价为一角钱。”张永滨老人还清晰地记得，1963年2月7日（农历正月十四）冰灯游园会开园第一天，一向安于在家“猫冬”的男女老少从四面八方涌向兆麟公园。当时，公园开设了30个售票口，公园大门仍险些被游人挤破，无奈，公园干脆敞开大门，任人涌入。当天的游人量高达 15 万之众。游人的热情让公园不得不把原定的 3 天展期又延 3 天，在这 6 天中，游人总计 25 万人次，约占哈尔滨全市人口的十分之一。第一届冰灯游园会的举办，彻底改变了哈尔滨人冬天枯燥、单调的生活。时至今日，首届冰灯游园会的盛况仍让当时的经历者津津乐道。

1963 年 2 月 10 日，也就是哈尔滨市第一届冰灯游园会开园的第四天，《哈尔滨晚报》（即今《哈尔滨日报》）文艺副刊在头题位置刊登了由任仲夷夫人黄萱和哈尔滨市委财贸部部长王玄写就的《调寄蝶恋花·观冰灯》，“花鳞光景色美，男女老幼奔相告。如玉晶莹光四照，闪闪光花，对着星星笑。心旷神怡人不冷，乾坤锦绣新面貌。”这是第一首歌颂哈尔滨冰灯的词，也是反映我国现代冰灯的第一首词。当时还有人即兴作词，来形容这“万人空巷，盛极一时”的今古奇观：“灯节，灯节，玉树冰灯明月。人山人海兴浓，园北园南烛红。红烛，红烛，普照万民同乐。”

看上去第一次冰灯游园会初起的过程是个巧合，但设想一下，如果哈尔滨市民没有过年冻冰灯的习俗，而把冰灯放在门前；如果任仲夷书记没有把百姓的物质生活与精神生活时时刻刻放在心上，也许哈尔滨的冰灯艺术游园会还要推迟上一段时间。这是历史的积淀、时代的契机与城市的进取精神融合在一起的力量，它不仅是哈尔滨城市发展史上的一次重大跨越，也徐徐拉开了现代冰灯艺术的大幕，为哈尔滨能够被称为世界著名的冰雪艺术圣地构建了一个卓越的开端，更为绵亘久远的中国冰雪文化史掀开的诗篇，在白山黑水之间树立起了一座冰雪艺术的里程碑。自此之后，以哈尔滨冰雪艺术为代表的中国冰雪艺术开始走上了一个新的征途。

【哈尔滨冰雪节历史小记】　自 1963 年哈尔滨第一届冰灯游园会起，冰雕雪塑便以其特有的冷艳神韵成为这座城市的标志之一，在寒冷的冬天，哈尔滨比其他的城市又多了一个盛大的节日。也许对哈尔滨的冰雪艺术盛会做一个概览式的回顾，是对这片土地和冰雪艺术的一种无上的尊重。

一、1963 年 2 月 7 日，哈尔滨第一届冰灯游园会。前文已有介绍。

二、1964 年 1 月 15 日，哈尔滨第二届冰灯游园会在兆麟、儿童、道外和太平 4 家公园同时开幕，中心会场设在兆麟公园。2 月 9 日闭幕，游人总数达 46 万余人次。在这届冰灯游园会上，在冰雕用料、技术及工具应用方面均有了突破性的改进。城市建设研究所相关人员对松花江冰进行了抗压、抗拉、抗剪等各种物理性能实验，认定采用松花江冰在低温条件下完全可以盖楼的结论。冰雕刻形体在本次冰灯会上也得到了实质性突破，从哈尔滨艺术学院分配到园林处园林雕塑创作室工作的教师吴顺平、叶清心及其学生杨世昌、金在坤、吴喜林和侯金邦六位雕塑工作者攻破了这一技术难关，用冰雕刻出了栩栩如生的冰雕镂人物。大铲、扁铲、尖刀、圆刀等木工工具也被作为雕制工具而广泛运用。

本届冰灯会用松花江天然冰 500 多立方米，全部采用了电光源。用天然冰造冰灯、以电灯为光源，掀开了中国现代冰灯艺术的新篇章。第一件冰雕——四米高的工农兵冰雕问世，眉目清楚、肌肉突出，成为当届游园会的一大亮点；在本届游园会上还诞生了第一座塔冰——8 米高的红旗塔，第一座冰桥——12 米长的碧虹桥，第一个冰瀑布——20 米高的珠穆朗玛峰，以及冰晶宫、炼钢炉等冰建筑，俩姊妹、金马驹等冰雕，老寿星、小孩骑象等雪塑。在其他几个分会场也多有题材新颖、制作精美的冰雪作品出现，如儿童公园的三少年救火车、小孩拔萝卜等十几件冰雕塑，道外公园的北海公园白塔、哈尔滨防洪胜利纪念塔、玉桥等冰建筑，太平公园的青年学雷锋冰雕及虎、豹、狮、象等动物冰雕和雪雕鲤鱼等。

三、1965 年 1 月 1 日，哈尔滨第三届冰灯游园会正式对外开放。本届冰灯会布局比起前两届更具有了系统性，除南门、东山外，分了两园一区。游园会展示了精心雕制的各种冰制建筑物、模型和冰灯、冰雕、冰花等。冰灯会用冰900立方米，出现了地方工业产品的彩色浮雕冰屏，在工业区内展出了冰制的石油井、石油罐。20多米长的冰砌展览台上，摆放着地方生产的缝纫机、球鞋、钢笔、大勺、斧头、药品等实物及地方轻化工产品，还有一只冰制的大熊抱着哈尔滨锹厂生产的出口名牌熊牌铁锹，以及用冰板包起来哈尔滨著名的牛角画、麦秸画和通草画等作品。冰河上还用冰砌了座10米长、3米宽，象征农业水利化冰筑的水电站，它既是游人过往的桥梁，也是农业水利化的象征。农业区以冰雕麦穗、鲤鱼组成的丰收塔为主景，其四周是猪、鸡、羊和苞米、白菜、辣椒等动植物冰雕，以及拖拉机、丰收灯冰雕等，象征着农村喜获丰收的景象。儿童乐园里是儿童读书、浇水等冰雕，还有用冰板包起来哈尔滨著名的牛角画、麦秸画和通草画等作品。每个区或馆大体都有工业、农业、商业服务等方面的主题。同时本届冰灯会在很大程度上体现出了那个时代所特有的风格，即对政治思想性的特别强调，如根据草原英雄小姐妹龙梅和玉荣创作的冰雕。

四、1965年12月27日，哈尔滨第四届冰灯游园会在兆麟公园隆重开幕，这也是“文化大革命”之前哈尔滨最后一次冰雪展会。在这届冰灯会的工业馆里，出现了哈尔滨电机厂、汽轮机厂和锅炉厂这三大动力厂生产的电机、汽轮机和锅炉的冰造型，以及能够展现城市建筑技术发展的冰建筑造型，如运用新技术修建的大板楼和三棵树跨线桥，还有以“一分钱的作用”和“节约木材”等具有公益属性为主题的冰制宣传广告。本届冰灯会规模超过往届，灯会用冰达1 200立方米，在制造之前，还派专人去了哈尔滨话剧院学习了灯光技术，并首次实现了舞台灯光的运用，使灯光有动有静，动静结合，更加富于动感的变化。除用彩色玻璃纸遮挡白炽灯泡以增加冰灯的色彩外，还使用了少量的彩色白炽灯和日光灯，灯光的色彩更加绚丽。

在本届冰灯会的展出内容中，正如其冰灯游园会总结中写的那样，冰灯游园会要“突出政治”，“就是要紧密地配合形势，大力宣传毛泽东思想，宣传党的方针政策，宣传革命精神，宣传各条战线上取得的辉煌成绩。”越南的大炮、步枪打美国飞机的冰雕、美国大使馆挨炸的雪雕，在写着“越南必胜，美帝必败”口号的冰画廊上展现了越南人民抗美斗争事迹。这是为了支持越南人民的抗美救国斗争，特设的人民战争胜利万岁馆。

小门票，大历史。在一张第四届哈尔滨冰灯游园会门券上，我们可以看到哈尔滨早期冰雪文化的历史记录。这张入门券长18厘米，宽10厘米，整体为对开4部分。第一部分是票面，右边有“1966兆麟公园”字样和防洪纪念塔的美术图案，左边是本届冰灯游园会的一个场景，即园内的一个石拱桥，桥栏由晶莹剔透的冰灯组成，桥上的游人有的在凭栏远眺，有的在低头赏灯；第二部分是题为“致观众”的短文，介绍了本届冰灯会的主题，后又介绍它是以展览馆的形式布置的，同时展出单项大型冰建筑和各式冰灯、冰盆景等2 000余件；第三部分是“小知识——怎样做冰灯”，有冰灯、冰雕和冰建筑制法介绍，每项配有简图；第四部分左边是本届冰灯会的导游平面图，右边是1966年的年历套色图。票面内容丰富，所具功能也让人颇为喜欢。

历史往往会被时间浓缩到一个微小的记忆点上，从这一张小小的门票上，就可以感受到当时哈尔滨冰雪艺术工作者对冰雪艺术的拳拳之爱，也可以身临其境地体会到当时市民对冰雕雪塑这一冰雪艺术形式的青睐与热爱。随着哈尔滨冰灯活动的展开，也带动了其他城市和地区冰灯活动的发展，如当时黑河的瑷珲镇就开展了有28个单位参加的冰雕比赛。看上去冰雪艺术将要在黑土地上如火如荼地开展起来，但这一切被一巨大的力量无情的终止了。

在第三届和第四届冰灯会上充溢着当时的政治氛围，一股股充满着阶级斗争的火药味迎面而来，“冰灯游园会是封、资、修的大杂烩”“搞金马驹冰雕是财迷脑袋”“做松鹤延年冰盆景是活命哲学”“做冰灯劳民伤财，得不偿失”……艺术在此也只能被迫沉默，冰雪之花才初绽放，便被碾落成泥。小门票也有它承受不了的历史之重，而这冰雪艺术奇葩的再次盛开则要等到12年后的1979年。

五、1979年1月1日，哈尔滨第五届冰灯游园会在兆麟公园开园，3月5日闭园。或如有人所说，1963年，冰灯会是兴奋剂，将习惯于“猫冬”的哈尔滨人从局促的生活空间中拉了出来，将还没完全脱离三年自然灾害的人们，从饥饿的痛苦中带到了一个神奇的艺术感官世界。而1979年就像一张返程票，像一个曾经被荒谬倒开的列车，重新走向了正轨。冰雪艺术回归了它的艺术审美行程。这届冰灯会，无论在取材范围还是在技术应用，以及艺术效果等方面都有所创新发展。冰灯的艺术水准自此逐渐走向成熟。第五届冰灯游园会用冰1 000立方米，题材选择逐渐从“突出政治”“突出思想性”向艺术性、审美性和趣味性拓宽，本届出现了“天鹅展翅”“嫦娥奔月”“天女散花”“三打白骨精”等冰雕及晶莹纤巧、栩栩如生的孔雀开屏冰花坛。中国第一个冰滑梯——两米多高的大象滑梯也于1979年诞生，从此，冰滑梯便成了冰灯会的保留项目。

六、1980年1月1日，哈尔滨第六届冰灯游园会在兆麟公园开幕，3月3日闭园。这一届冰灯游园会进一步注重了整体的布局和突出主题及景区协调性的建设，并将中国古典园林造园艺术应用到冰灯景效中。本届灯光效果被进一步加强，如“向四化进军”的冰塔尖端，由三个交叉圆环组成的原子核符号模型里，分别有红、黄、蓝三色灯泡依次明灭，如同三色明珠在不停滚动。值得关注的是在这一年的2月，冰城的三位艺术工作者代表我国首次出席在加拿大魁北克举行的世界雪雕邀请赛，并以活灵活现的雪雕作品“哪吒闹海”，荣获了赛事的第二名，标志着我国冰雪艺术开始走向世界。同时在这一年，地处长白山系支脉张广财岭的余脉，大锅盔山、二锅盔山和三锅盔山所环绕的广阔腹地的我国最大的滑雪场——亚布力滑雪场建成，预示着我国冰雪事业即将全面开花结果。

七、1981 年 1 月 1 日，哈尔滨市在兆麟公园举办了第七届冰灯游园会，在儿童公园举办了冰城灯展。随着冰雪创作技术的发展，在本届冰灯会上出现了雄伟壮观的大型建筑群，600 多件冰雕雪塑作品，引起广大市民的兴趣，雕制细腻、玲珑别致的小型冰雕，形象逼真、栩栩如生的冰雪人物造型，千姿百态的花卉，惟妙惟肖的动物造型，有山水风光的冰峰玉洞，缤纷异彩的冰灯雪盏……

八、1982 年 1 月 1 日哈尔滨第八届冰灯游园会开园，同时哈尔滨市首届群众冰雕比赛也在兆麟公园举行。本届用冰量达到 2 800 立方米，在艺术造型、灯光设置和声音等冰雪创作技术方面进一步得到了发展。本届冰灯会冰雪佳品甚多。由哈尔滨市建委副总工程师王丽生设计的哈尔滨市最早的冰屋，面积达 50 平方米，共有三个房间，门脸为三个圆拱相连，间壁墙上开的门楣均呈拱形，牢牢地支撑着冰屋顶。冰台阶、冰地面、冰墙壁、冰天棚，浑然皆冰，虽无一砖、一瓦、一根钢筋、一道木梁，却依然巍峨坚固，令人惊叹称奇。置身其间，宛若进了水晶宫，在那水晶一般的冰桌一旁安然坐下，别有一番情趣。由哈尔滨市房地局住宅工程师吴乃耀设计的九层玲珑宝塔，是哈尔滨第一个仿古塔的冰建筑。塔高 13 米，雕梁画栋，飞檐高翘，彩灯层层环绕，灯光忽明忽灭，钟声抑扬顿挫，让人看了顿生久远、幽密之感。

在冰雕比赛中，也屡有上等冰雪佳作出现，与前面提到的冰宝塔的巍峨、壮观不同，黑龙江省电力建设机械厂钳工岳毅现场雕成的玲珑宝塔，则更显其细腻之功。此塔虽也为九层，但塔高却只有 1.8 米，塔身上有五十多个小佛像均清晰可见，真可谓玲珑宝塔塔玲珑，该件作品获得了比赛的一等奖。另一获得一等奖的冰雪作品是由哈尔滨市港务局工人马越雕刻的一只下山梅花鹿，造型生动逼真，色彩晶莹剔透。比赛要求参赛选手在两天之内完成参赛作品，白天、黑夜吸引了几万名游园的观众。在这一年哈尔滨冰灯突破了兆麟公园的围栏，出现在城市街巷、广场之间，给冰城更增添了一道道亮丽的风景线。

自1982年起，哈尔滨的冰雪文化活动愈加趋于成熟。在1983年，时任哈尔滨市委宣传部对外宣传处长的邹得鲤向有关领导提出了举办冰雪节的建议，其建议后来几经辗转终被采纳，邹得鲤老人也被誉为哈尔滨冰雪节创意第一人。中共哈尔滨市委宣传部决定，在哈尔滨市传统冰灯游园会的基础上举办一年一度的冰雪节，并将冰雪节的举办日期定于每年1月5日至2月5日，首届冰雪节从1985年开始。从此哈尔滨冰雪节被定为一年一度的特殊节日，也是我国历史上第一个以冰雪活动为内容的区域性节日，预示着哈尔滨冰雪文化即将迎来飞跃的发展。

被人们称为“永不重复的童话”的冰灯艺术，从1982年到1990年经历一个成熟阶段，冰雕雪塑艺术愈加缤纷多彩，更多具有创意性的冰雪文化内容被不断地引入到冰雪盛事之中，可以说是年年有美景，处处见新意。

九、1983年12月10日下午1时，在哈尔滨第一个人工冬泳浴场的冬泳表演开始了，首次冬泳表演有45名冬泳者参加，观者近千人。第九届哈尔滨冰灯游园会如期举行，并在儿童公园设了分会场，同时在位于25千米外的平房区东北轻合金加工厂用320立方米冰造了“东轻冰景”，在市城建局在门前建起由孔雀开屏、冰廊等冰雕、冰建筑组成的小游园。

十、1984年1月1日，第十届冰灯游园会开园，2月29日闭园，展出期间，共接待游人180多万人次。在本届开始举办第一届冰上婚礼。

十一、1985年1月5日，哈尔滨第一届冰雪节开幕。江南春饭店举办了第一届冰雪菜点技术大赛，揭开冰雪饮食文化的序幕。哈尔滨、牡丹江、佳木斯和开封四城市举办首届北国冬泳比赛、首届冰雪运动会、首届冰雪节科技成果、产品交易会等。部分省、市新闻单位还举行了冰雪笔会、冰雪摄影比赛、冰雪散文大奖赛。

十二、在1986年哈尔滨第二届冰雪节中，第十二届冰灯游园会长城观雪景区的冰长城，是哈尔滨最早造的冰长城。冰长城建在兆麟公园西山，墙高2米，宽2米，城台高4米，宽3．6米，从“嘉峪关”到“山海关”长百米，依山就势，蜿蜒起伏。这届冰灯游园会是当时规模最大的冰灯会，共用12 000立方米松花江天然冰，雕凿冰制品1 000余件，用冰量比第六届和第七届的用冰总和还要多。哈尔滨市于第一届冰雪节后成立了哈尔滨冰雪节组织委员会。在瑞士的第四届世界冰雪节国际雪雕比赛中，哈尔滨的大型雪雕“白雪少女”获得冠军。

十三、1987年，第三届冰雪节增加了玉泉狩猎场旅游景点，举行了首届国际冰雕比赛。在日本札幌的国际雪雕比赛中，哈尔滨参赛作品“阿福”以满票夺得A组第一名。哈尔滨冰灯办公室组织38人冰展团远赴北京延庆，自此之后哈尔滨多次向这个中国第二个以冰为载体举办地方性节日的冰雪展出活动提供大量的帮助。

十四、1988年第四届冰雪节增加了冰雪节老年迪斯科表演赛。此项赛事后来发展成为老年舞蹈百花赛。太阳岛第一座雪雕作品“北极熊”诞生于1988年12月26日，由太阳岛园林处职工集体创作，荣获哈尔滨冰雪节首届雪雕比赛特别奖。冰灯游园会建造了最早、最大的建筑群——占地6 000平方米的冰雪大观园。

十五、1989年，第五届冰雪节举办了雪雕游园会、首届彩灯游园会和首届哈尔滨冰雪电影艺术节。同年10月成立了冰雪节的智囊团——哈尔滨冰雪活动研究会。第十五届冰灯游园会建造了立体连环画式的冰雕，用“断桥借伞”“洞房花烛”“峨眉斗法”“水漫金山”等冰雕及断桥、保俶塔、金山寺、雷峰塔等冰建筑组成“白蛇传说”景区，大大提升了冰灯的文化内涵。同年1月在太阳湖（水阁云天）上举行了由120多人参加的哈尔滨市首届群众雪雕比赛，这一活动后来被定为哈尔滨第一届雪雕游园会，在我国首开雪雕游园的先河。

十六、1990年，第六届冰雪节期间，道里区政府在松花江上建造首届江上冰雪游乐中心。七十三对新人参加的第六届“冰上集体婚礼”中，有一对台湾同胞，这对恋人中的小伙子是台湾电视公司《就在今夜》节目的编导，女友是节目主持人，他们拍了一部《冰雕瑞雪庆华年》的宣传片，带回台湾并在春节的节目中播放。

十七、1991 年的第七届冰雪节，哈尔滨冰灯进入了繁荣期，第十七届哈尔滨冰灯游园会的用冰量突破了 2 万立方米，此后冰灯游园会的用冰量一直保持在 2 万 ~3 万立方米之间，冰灯的文化含量和科技含量大大增加。冰雪节办公室在 9 月开展了“我为冰雪节献计”的全民征文活动，共收到社会各界建议 700 余条，其中许多条建议在第七届冰雪节付诸实施，冰雪活动逐渐走入千家万户。

十八、1992 年，第八届冰雪节首次举行冰雪节狂欢游行（即后来的狂欢巡游），办起灯光夜市，部分街道、广场造了冰景，部分城市区域呈现出不夜冰城的气象。本届冰雪节与国家旅游局组织的“92 中国友好观光年冰雪风光游”相结合，国家旅游局首次将“冰雪风光游”列为中国 14 个专项旅游产品之一。由铁道部组织的“中国东方快车冰雪线旅游团”的 400 余名游客来到哈尔滨，10 个国家的大使也来到了哈尔滨参加冰雪活动，这是冰雪灯会有史以来，国外来宾人数最多的一次。

十九、1993 年第九届冰雪节提出了“冰雪搭台，经济唱戏，繁荣经济”的办节指导思想。举办了首届中国哈尔滨冰雪节国际展览会、首次中国高等院校专利高新技术新产品信息发布暨洽谈会等，以冰雪活动为平台的经济交流活动逐渐成为冰雪盛事的另一道风景。

二十、1994 年，第十届冰雪节提出“主题经济化，目标国际化，经营商业化，活动群众化”的办节原则。自本届始，每年 1 月 5 日哈市放假 1 天。冰雪节期间举办了“老巴夺杯”全国冬泳邀请赛和中俄冬泳联谊表演。哈尔滨市政府和中央电视台在哈尔滨冰球馆联合举办了《冰·雪·火冰雪节文艺晚会》，晚会时长 100 分钟，采用内外景相结合的形式。节目将文艺表演与冰上体育进行了有机结合，其录像通过卫星向全国以及部分海外地区进行了播放。

为了迎接第十届哈尔滨冰雪节，国家邮电部为冰雪节发行了一套六张“哈尔滨冰雪风光”特种邮资明信片，明信片的画面除冬泳、冰帆、雪橇、滑雪各一张外，另两张是由著名冰雪山水画家于志学用他创造的冰雪山水画技法创作的索菲亚教堂和天鹅展翅，均取材于哈尔滨冰灯。这是我国第一枚以哈尔滨冰雪节为主题的冰雪特种邮资明信片，发行量只有 11 万套。

冰灯索菲亚教堂邮票票面上有长短不一的乳白色悬垂冰挂，远处是银白色的索菲亚教堂，与冰挂互相映衬。幽密的夜色与亮丽的冰景构成强烈的色彩对比，远处红、黄、蓝冰灯如夜幕点缀的星光。冰雕天鹅展翅画的是三只天鹅，呈不规则的三个角形构图，三只天鹅皆向着北斗星仰脖颈、鼓双翼。

二十一、1995 年的第十一届冰雪节为迎接将在哈尔滨召开的第三届亚洲冬季运动会，街头冰灯冰景大量增加，举办了中俄冬泳联谊赛和全国冰雪摄影作品展，开辟了哈尔滨至玉泉狩猎场、二龙山、亚布力滑雪场的旅游专线。

二十二、1996 年，第十二届冰雪节适逢亚洲冬季运动会在哈召开，举办了首届国际雪雕比赛。本届冰雪节的主题是“和平、进步、繁荣”。冰雪节期间开展了“百万青少年上冰雪”等群众性活动。

二十三、1997 第十三届冰雪节，“97 中国旅游观光年”首游式在哈尔滨开幕，举行了国际女子冰球邀请赛和雪地足球赛。1 月 7 日哈尔滨冰雪节举行了“加拿大一日”活动，第十九届渥太华冬乐节则以“通往中国之路”为主题，并把开幕式定在 2 月 7 日中国传统的春节这一天，将冬乐节和春节一起庆祝。

二十四、1998 年第十四届冰雪节，第二十四届冰灯游园会由“中华腾飞”“异域采风”等 9 个景区、1 500 余件冰雕艺术作品组成。其中圣·索菲亚教堂高达26.25米，万里长城长达958米，分别是当时世界最高、最长的冰灯建筑。万里长城从兆麟公园的西山一直到东山，依山坡、河床高低地势，曲折回环，连绵不断。巨龙上有18座城台，及雄伟壮观的山海关、嘉峪关等造型。雪雕游园会由“盛世欢歌”等6个景区180多件雪雕作品和4座大型雪建筑组成，总用雪量达1万立方米，是雪雕游园会举办以来规模最大的一次。由于恰逢“国际北方城市会议”在哈召开，以及中央大街100周年大庆，中央大街首次办成冰雪艺术一条街。儿童公园建成儿童冰雪大世界，设有冬天里的童话、卡通区等10个景区、百余个微型景点。马家沟河建起冰雪风景线和文化体育活动中心。

二十五、1999年第十五届冰雪节首次拍卖了节庆活动冠名权，冰雪节开始走向市场。第一届哈尔滨全国冰雕比赛在1999年1月1日至2日举行。本届冰雪节为庆祝建国50周年、战胜松花江特大洪水和迎接澳门回归，举办了大型焰火晚会和大型巡游表演。

1998年12月27日冰灯艺术博览会开幕，1999年2月28日闭园，历时64天，比上一届多展出20天，成为展出时间最长的冰灯会。冰灯会以“相约在冬季，拥抱新世纪”为主题，设抗洪凯歌、人与自然、情系中华、游乐天地、塔楼飞虹、精雕展艺、迎澳之声、江南艺苑、世纪欢歌、黑土风情十大景区，用冰2万立方米，冰景1 500件。

1999年6月18日，首届哈尔滨夏季冰灯艺术精品展在兆麟公园揭幕，内设七个景点，共有冰景100余件，有云南曼飞龙白塔、西藏贝根塔、四川大足石刻卧佛、洛阳龙门石窟造像、秦陵兵马俑等造型姿态各异的名胜古迹，以及《三国演义》《水浒传》《红楼梦》等中国古典名著的人物故事造型……夏季冰灯展览的举办，打破了哈尔滨只有冬天能看冰雪造型的局限，使冰灯雪塑成为一项全季节的造型艺术。

二十六、2000年第十六届冰雪节期间，松花江上建起当时世界最大的人工冰雪迪士尼游乐园——松花江冰雪大世界，第一届冰雪大世界占地面积近20万平方米，总用冰量60 000立方米，用雪量13万立方米。单体建筑“世纪钟楼”高达36.9米，创下了当时的世界最高纪录。在冰雪工程中首次推出了彩色冰、低温喷泉、人工造雪、光导纤维等新技术、新材料、新工艺。

1999年12月25日16时30分，我国20世纪规模最大的一次冰雪艺术盛会——第二十六届哈尔滨冰灯艺术博览会在哈尔滨市兆麟公园开幕。本届冰灯博览会以“中国风、五洲情”为主题，共规划了“盛世之歌”“中华庆典”“五洲漫游”等八大景区，荟萃冰灯精品2 000余件，总用冰量26 800立方米。在冰博会“中华庆典”景区内建造了一座，长416.5米、高31.29米的天安门城楼。

在这一年，哈尔滨成为与国家旅游局联办神州世纪游首游式的唯一城市。1999年12月31日举行了盛大的迎接新世纪庆典仪式，中央电视台通过卫星向全世界转播了庆典盛况。在松花江冰雪大世界、冰灯艺术博览会、雪雕艺术博览会及狂欢巡游等举办了缤纷多彩多样的庆祝活动。兆麟公园以“中国风·五洲情”为主题举办了第26届冰灯艺术博览会，并举行了“万人狂欢贺新岁、世纪钟声迎千年”大型游园活动。白雪公主首次在节日活动中亮相。

经过二十届冰雪盛会的洗礼，哈尔滨冰雪文化在各个方面均得到了长足的发展，也带动了全国各地冰雪旅游和冰雪文化的步伐，以哈尔滨为代表的华夏冰雪文化，以一种更为成熟的姿态迎来了21世纪。

二十七、2001年，第十七届冰雪节升格为“中国·哈尔滨国际冰雪节”。由国家旅游局、黑龙江省人民政府主办，哈尔滨市人民政府承办，黑龙江省旅游局协办。在2000年底，哈尔滨提出建成“世界冰雪旅游名城”的奋斗目标，举办了“多国大使聚冰城”活动，25个国家的驻华使节及其夫人、子女和随员等67人参加了冰雪节，其中有24位驻华使节还参加了大使论坛会，并派出了白雪公主旅游促销团远赴南国卖冰雪。本次冰雪节，举行了多台文艺晚会和庆典活动，如冰雪节开幕式大型文艺晚会、大型焰火晚会、大型“世纪狂欢”巡游表演、黑龙江省第三届国际滑雪节暨第17届中国·哈尔滨国际冰雪节亚布力滑雪开幕式、二龙山滑雪首游式、哈尔滨国际女子冰球邀请赛和国际冰壶邀请赛等，在全省掀起了一场前所未有的冰雪盛事。在哈尔滨的大街小巷，多处可见规模大小不一、风格迥异、色彩缤纷的冰雪景观造型。

2000年12月25日至2001年2月28日，第二届哈尔滨冰雪大世界园址，位于哈尔滨市美丽的松花江畔斯大林公司及江心沙滩，占地29万平方米，分4大区域、23个主题景区，总用冰量7万立方米，总用雪量15万立方米，是当时世界上最大的人工冰雪游乐园。冰雪大世界首次引进“人造小太阳”、激光组合等高科技手段，园区夜晚成为奇幻多姿、绚丽夺目的人间仙境。

2000年12月21日，以“新世纪冰之梦”为主题的第27届哈尔滨冰灯艺术博览会开幕，共设奔向明天、苏州园林、冰之桂冠、世纪舞台、群星展艺、文化天地、科幻太空、北疆冬趣、南亚风采九大景区，总用冰量3万立方米，荟萃了2 001件冰灯艺术精品。在这次跨世纪的冰博会中，新技术、新科技、新材料被广泛应用：“十二星座”空中走廊采用了光导纤维，不仅能够变幻五六种颜色，还不散发热量，利于冰景的保护；“世纪舞台”景区的低温喷泉，在零下20 ℃依然喷涌不息。第十三届雪雕艺术博览会以“新世纪·雪之韵”为主题；欧亚之窗以“新世纪·雪之趣”为主题，也分别推出规模盛大、各具特色的冰雪精品。

二十八、2002年，第十八届冰雪节加大了市场化运作力度，开展了中国冰雪汽车挑战赛和青少年冰壶比赛。

第三届冰雪大世界园址位于哈尔滨市美丽的松花江畔斯大林公园及江心沙滩，占地29万平方米，分4大区域、23个主题景区。首次采用了过江煤气架设圆形圣火坛，使白雪与红火辉映；当时世界最高冰建筑——40米高的欧式梦幻城堡建筑“亮相”，整个冰雪大世界由3 000根灯柱围合而成，在部分景区采取程控手段，用飞机灯、频闪灯、霓虹灯、激光灯等有机组合，还有两组6瓦风铃式激光灯，进行空中灯光图案演绎，更添梦幻之感。本届冰雪大世界改变了以往单一的单体景观模式，将单体景观纳入大背景中，使游人有身临其境之感。

2001 年 12 月 20 日，第 28 届哈尔滨冰灯艺术博览会在兆麟公园开幕。本届博览会以“丝路奇苑、塞外冰雪”为主题，用冰雪展示大西北美丽的风土人情画卷。博览会共修建了“古京长安”“通津要邑”“大漠风情”“天山明珠”“戈壁绿洲”“古塞西域”“国际赛场”“群星竞技”8 大景区，汇集了 2 002 件冰灯艺术精品。通过古丝绸之路，专题展示了大西北美丽的风土人情和世界各族人民悠久的历史文化。

二十九、2003 年，第十九届哈尔滨冰雪节正逢十冬会在哈召开，二者开幕式合二为一，在哈尔滨冰球馆隆重举行。本届冰雪节承办了国际华裔小姐冰雪景点拍摄活动，组织了中国著名作家哈尔滨冰雪笔会，以及由众多国外友人参加的“2003 哈尔滨国际冰雪之约”活动。

第四届冰雪大世界总占地面积 40 万平方米，总用冰量 15 万立方米、用雪量 12 万立方米。由“国际广场、龙江风貌、中国园林、南亚掠影、欧美风情、俄罗斯之旅、冰雪长城、极限世界”8 大主题景区组成。

2002 年 12 月 18 日开幕的哈尔滨第 29 届冰灯艺术博览会，以“四十庆典——冰雪艺术欢乐天地”为主题，分“欢乐颂歌、如梦似幻、冬夜浪漫、飞旋童年、缤纷世界、海底探秘、童话大观、历史回顾、国际大赛、群星展技”十大景区。

三十、2004 年，第二十届哈尔滨冰雪节以“冰雪二十年，今朝更看好”为主题，由“冰雪艺术、冰雪旅游、冰雪文化、冰雪经贸、冰雪体育”五大板块组成。

第五届哈尔滨冰雪大世界占地面积 40 万平方米，总用冰量 9 万立方米，用雪量 13 万立方米，彩色冰 2 000 立方米。整体以“盛世中华，腾飞龙江”为主题，分为“腾飞龙江、西部略影、盛世中华、春绿南江、龙腾虎跃、欢乐之夜”六大景区。代表景观作品有长40米、高10米的“三大动力”和长20米、高8米的“哈飞汽车”，高35米的“宝塔山”“三峡大坝”“花果山”……在主题立意上采取戏剧创作方式，景观是内容，幕间是活动，游人是演员，将观赏景观与活动项目紧密结合起来。本届哈尔滨冰雪大世界的“自由雪雕吧”、“冰雪模特”评选、“滑桶”等三十余项活动属国内首创。

哈尔滨第30届冰灯艺术博览会以“展冰灯魅力，塑华夏景观”为主题，分为“三星高照、火树银花、人与自然、冰灯岁月、民俗风情、神舟飞天、彩燕云飞、文化古迹、国际大赛、群星展艺”十个景区，总用冰量3万立方米，共制作冰雪作品2 000余件。在园内不仅可以观赏到流水潺潺的彩色人工喷泉，还能欣赏到大屏幕雪幕上播放的电影。本届“冰上婚礼”庆典改在晚间进行，星光与灯光共烂漫，夜色下中西合璧的婚庆风格，更显爱情是人类共同而永恒的主题。

除此之外，在国际会展体育中心举办了10万平方米的中俄风情文化灯饰冬季博览会，在沿江斯大林公园建起了极地冰雪乐园。

三十一、2005年第21届中国·哈尔滨国际冰雪节的形象主题是“欧陆风、冰雪情”。本届冰雪节推出了10大冰雪广场，20大特色街区，30大亮点景区，百余项大型活动。在以“欧陆风·冰雪情”为主题的冰雪节开幕式上，举行了颇具新意的“雪韵”“冰情”文艺表演。展现欧陆风情的洋马车，童话故事里的白雪公主，手拿冰糖葫芦、小冰灯和烟花可爱的孩子，体现不畏严寒的冬泳表演，驾着驯鹿雪橇、手持火把的鄂伦春老人和鄂伦春少女……最后以“冰上走火”的形式，将人们带入了一个冰与火的梦幻境界。

第六届哈尔滨冰雪大世界以“缤纷冰雪大世界”为主题，景区总占地面积为60万平方米，分为“和平广场、繁荣龙江、中华锦绣、娱乐天地、欧陆风、民族风”六个景区。在白雪公主的引领下，游客可从

"中华锦绣"景区进入，经"玉带桥"登"佛香阁"，过"山门"经"冰舫"下山，绕"冰塔"西侧前行，途经"金字塔"，远眺"卢浮宫"……在冰雕玉砌的"凯旋门""圣彼得堡教堂""雅典卫城""巴黎歌剧院"等冰建筑中，领略一下这些世界著名建筑的"水晶版"，在占地5 600平方米，直径84米，总高46米的"冰岛大教堂"中静品一下"冰塔"的幽密神韵。冰雪建筑的魅力也许就是在于那瞬间中的一种永恒。

第31届冰灯游园会以"百花齐放"为主题，分为"雄鸡唱晓、三塔映月、大唐风韵、红楼观雪、神州雄风、汴河回梦、江南艺苑、冰艺新星、芳邻竞艺、竞技舞台"十大景区，第24届大学生冰雕比赛、国际冰雕比赛、第22届中小学生冰雕比赛等冰雪赛事活动也同时举行。

三十二、2006年第22届中国·哈尔滨国际冰雪节适逢中国俄罗斯年，将主题定位为"中国俄罗斯友好年在哈尔滨"，在冰雪艺术、冰雪旅游、冰雪经贸、冰雪文化和冰雪体育等五个方面共举办了100多项活动，产生了深远的国际性影响力。哈尔滨冰雪节从一个区域性的旅游节庆，转变成为一个国际性的冰雪盛事，从一个单纯意义上的旅游项目上升为具有国家公关意义的文化活动。本届冰雪节通过系列活动突出了俄罗斯年活动主题，如以俄罗斯文化为主要题材的冰雪景观，中俄合作成果展，"今日俄罗斯"摄影展，俄罗斯电影展映周，中俄青年鹊桥联欢会等。50多个国家的大使，几十家世界500百强企业经理和俄罗斯国家以及俄罗斯各州的代表参加了本届冰雪节。

第七届哈尔滨冰雪大世界的主题为"中俄友好、冰雪情深"，从冰雪景观到各种表演及有关的商业活动内容，全部取材于友邦俄罗斯的建筑文化、民俗文化和历史文化。在冰雪大世界的冰雪景观里一路走下来，宛若置身于俄罗斯大地，不过这是一种"水晶版"的再现，让这个民族洋溢着一种晶莹剔透的诗意。全园总占地面积28万平方米，用冰量12万立方米，用雪量8万立方米，由"冬宫、红场、十月广场、风情小镇、列宁广场、欢乐城堡、彼得广场、尼古拉广场”8个主题景区组成，具有代表性的冰雪景观有：莫斯科红场塔楼、中苏友好纪念塔、冬宫广场、亚历山大纪念碑、夏宫、圣母报喜教堂、大天使教堂、十二门徒教堂、凯旋门、钟楼教堂、圣母教堂、雪堡、列宁广场、阿芙乐尔号巡洋舰……俄罗斯国家级冰上魔术团每晚轮流演出冰上杂技、冰上魔术，还有俄罗斯名人模仿秀卡通巡游、俄罗斯商品展、俄罗斯歌舞广场万人迪斯科表演……整个冰雪大世界洋溢着浓浓郁郁的俄罗斯风情。“首届冰雪围棋争霸赛”吸引了众多游人的关注，在全世界最大的冰棋盘上，选手们以前所未有的形式展开了冰雪世界的逐鹿之战。

第32届冰灯游园会恰逢兆麟公园建园百年，在“增进中俄人民友谊，展现四大名著魅力”的基础上，确定了“冰释华夏文化看古今，灯结中俄友好话未来”的主题，规划、设计、策划和建造了“梦回红楼、梁山好汉、大话西游、三国鏖兵、俄罗斯风情”五大景区、四大赛事和三大景观，荟萃冰雪艺术作品2 000余件，总用冰量3万立方米。首届冰雕艺术大师邀请赛、首届冰版画创作、首届冰雪书画展览、第25届哈尔滨冰雕比赛、第20届国际冰雕比赛、第22届哈尔滨冰上婚礼等活动也相继展开。在特设冰雕表演区，游客还可自己动手制作冰灯。在本届冰灯游园会上有几项之最，让人赞叹称奇。如创造了施工时间最短的纪录，自12月6日正式采冰后，仅历时13天就完成了全部冰景制作任务。“三国鏖兵”景区中以“赤壁之战”为背景的“三国主帅船”冰雕船身高达25米，船体宽49米，耗冰3 000吨，由300名能工巧匠历时12天制作完成，是有史以来中外冰建筑中最大的“古战船”。“梦回红楼”景区内的彩色宫灯长16米，占地120平方米，使用灯泡1.5万余个，仅铺设的电线就有3 000多米，是当时国内外最大的冰宫灯。

冰雪体育一直就是冰雪节的一项重要的活动内容，在本届冰雪节更显如此，中俄铁人三项赛、中俄冬泳对抗赛、国际冰球邀请赛、大学生滑雪赛、中韩篮球赛、第五届国际冰雪节汽车拉力赛、亚洲冰球联赛、全国青少年花样滑冰赛、哈尔滨台球公开赛，冬泳展示月以及百万青少年上冰雪活动，都为冰雪节注入了激情四射的冰雪活力。同时，异彩纷呈的冰雪文化，给本届冰雪节更增添了浓淡相宜的神韵风情，冰雪节东北三省儿童少年才艺邀请赛，第 9 届图书博览会，人民文学作家采风、摄影、书法绘画笔会，第 2 届文化艺术之冬，理查德·克莱德曼演奏会，钢琴教育活动，各区的群众演出以及冰雪节开幕式大型文艺演出，如道道彩虹，在冰清雪洁的城市天地交相辉映。

三十三、2007 年第 23 届中国·哈尔滨国际冰雪节，由中国、加拿大、韩国三国共同参与打造。由于这一年不仅是俄罗斯中国年，也是国家确定的中韩交流年，还是中国和加拿大冰雪合作的第一年。因此，组委会将本届冰雪节的主题定为“冰情雪韵、和谐世界”。

第八届冰雪大世界与韩国合作，主题为“中韩友好冰世界”，总占地面积 40 万平方米，用冰量 12 万立方米，用雪量 8 万立方米。主要包括“中韩友谊广场、韩国风情园、中华风情园、未来世界、冒险乐园”五个主题景区。历届以来最长、最大的雪雕作品——百米长的雪龙，以及 10 000 平方米的滑冰场，16 米高的雪佛，230 米长的冰滑梯，100 平方米的雪幕电影均为历届之最，还邀请了韩国影星李英爱担任冰雪大世界的首位形象大使。园内体现韩国文化风情的冰雪景观有很多，韩国风情园中的许多冰雪建筑，如按实物比例建设的佛国寺、敬天寺石塔、九层木塔、多宝塔、释迦塔等景观，以及庆会楼、勤政门、勤政殿等韩国著名历史建筑，这些建筑的风格对于国人来讲既熟悉也有着些许的陌生，即使是同源宗的文化经几千年的更迭变化，也会有不同的风韵在其间流露出来。韩国的舞蹈、韩国的餐饮及其他韩国特有的风情，要比那些冰雪建筑更让我们感觉到不同文化的特有韵味。

2006 年 12 月 21 日，第 33 届哈尔滨冰灯游园会在哈尔滨兆麟公园开幕。本届冰灯游园会以世界著名童话故事为创作蓝本，分为“哈利·波特、格林童话、一千零一夜、童话天地、动物童话、中国童话、安徒生童话、韩国风情园”八大景区，一个个古老的童话故事，在冰晶雪莹的世界里又再次被演绎。开幕式上，大型“源”字冰雕绽放出美丽的焰火，寓意已走过百年春秋的兆麟公园，作为冰灯艺术的发源地，对哈尔滨冰雪文化、华夏冰雪文化，乃至当代世界冰雪文化，更具有着不可估量的价值与意义。本届冰灯游园会推出了一件采用高科技材料制作的第33届冰灯游园会仿真立体展示模型，模型以1∶100的比例标准将本届冰灯游园会八大景区和兆麟公园景观建筑、2 000余件冰景作品以及所有树木、山体按总体规划布局全部微缩到一个只有12平方米的立体空间里，利用电脑程控等高科技手段，配以彩色LED新光源、仿真火光、动感风车，逼真再现，活灵活现，给人以更直观、更形象、更立体的艺术展示效果。它不仅可作为冰灯游园会的立体导游图，也将代表不会被融化的冰雪之美而被人们永远的存留。本届游园会建设了国内首座冰穹顶雪屋，跨度10米，高5米的雪屋里没有一个支撑物，堪称奇妙。

三十四、2008年第24届中国·哈尔滨国际冰雪节以“冰雪奥运”为主题，围绕“冰雪艺术、冰雪体育、冰雪文化、冰雪旅游、冰雪经贸”等五大板块，举办了系列冰雪活动。在精彩绝伦的开幕式上，以“激情欢动，奥运同行”为主题的开幕式文艺晚会与中央电视台二套节目开展了“倾国倾城——最值得向世界介绍的中国名城大型电视活动”合作，向世界展示了冰雪节开幕盛况。

第九届冰雪大世界以“冰雪世界、奥运梦想”为主题，通过运用冰雪语言书写了奥林匹克的起源和发展进程，从奥林匹亚山到2008北京奥运，以梦幻般的冰雪景观呈现出“同一个世界，同一个奥运”，从不同的角度诠释了奥林匹克的人文精神。整个冰雪大世界用冰12万立方米，用雪10万立方米，分为五个冰雪景区，主景区奥运圣火景区，2009大运会景区、奥林匹亚圣山景区、欢乐天地景区、奥运情怀景区。本届冰雪大世界在总体布局上打破了以往的规划布局，以体育赛场的形象直接地体现了奥运主题，并采取了冰跑道与游览路线相结合的方式，将主题景区紧密联系起来，并对中心景区进行了更为突出的表现。以2008年奥运会承办地北京代表性建筑前门、天安门、世纪坛寰球宇以及奥运标志物为冰景，主景“奥运圣塔”高40米，保持了单体冰建筑最高的世界纪录。在保留传统的冰雪游戏项目基础上，增加了马戏表演、冰球射门、雪地彩色高尔夫练习等新项目，雪地彩色高尔夫则为世界首创。在灯光运用方面，也有了更新的突破，将LED、大型探照灯、梅花灯、礼花灯、霓虹灯等表现力较强的大型灯具与冰景照明和舞台灯光进行了有机结合，运用程控手段对灯光进行调节，通过光色的合理搭配组合，形成了动静结合、五彩缤纷的灯光效果。

2007年12月20日，第34届哈尔滨冰灯艺术游园会开园纳客。本届冰灯会的主题是“中国冰雪游·冰雪家园之旅”，以“欢乐冰雪大家庭·和谐奥运中国年”为主要内容，分为“奥运到我家、邻里情深、逐本溯源、欢乐大舞台、世外桃源、冰雪人家、缤纷异域、国际冰雕大赛”八大景区。首次在公园的湖中开辟800平方米的冬季垂钓场，游人可以亲身体会冬钓虹鳟鱼的乐趣。

长达两个月的冰雪节中，冰雪活动缤纷多彩，覆盖了政治、经济、文化、娱乐等各个方面。除了冰雪节开幕式、第九届冰雪大世界、第二十届太阳岛雪博会、第三十四届冰灯游园会之外，在冰雪节期间还举办了第十届黑龙江国际滑雪节、第二十四届冰雪节冰上婚礼、第三届冬钓节、冰上龙舟大赛、第二十届老年舞蹈百花赛、冬季铁人三项赛、第二十四届冰雪节经济贸易洽谈会、第八届中国·亚布力企业家年会，东北四市振兴老工业基地高层论坛等100多项具有参与性的活动。

白山黑水，寒冬之季，冰城的冰雪盛事已然走过了将近半个世纪，分外妖娆的冰天地、雪世界，给冰城人带来了充满着诗意行走的愉悦。冬季的大地在这里不再沉寂，曾经被人类畏惧的冰雪，被冰城人的智慧与勤劳浇灌成冰雪艺术奇葩，这是一朵充满人类之爱的花朵，它盛开在寒冷的天地之间，也怒放在每个冰城人的心底。

第三节 雪 王 国

哈尔滨·太阳岛国际雪雕艺术博览会

雪是冰城的灵魂，太阳岛是雪的王国，而雪雕艺术无疑是其中最为耀眼的光芒。

雪雕又称雪塑，在我国有着源远流长的历史。从北宋就有所记载，当时塑造的形象多为雪人、狮子、老虎等，但这都只是民间的一种游戏之作，真正大放光彩是在北国冰雪胜地哈尔滨。哈尔滨素以冰雪闻名于世，一年一度的哈尔滨国际冰雪节，早已蜚声中外、名扬天下，是世界四大冰雪节之一。但要探询哈尔滨冰雪艺术的渊源，或许太阳岛是其最初的发源地。

据说，早在20世纪初，居住在太阳岛的俄侨和华人就有雕冰塑雪冻冰灯的活动，并且持续了30年之久。大概是在1913年，岛上有一个东正教传教点，每年圣诞节的时候，传教点都组织人员在操场上制作冰雕雪塑。据老辈人相传，有带有鸽子和耶稣像的十字架、2米高的圣诞老人、牧羊人冰雕，以及三四米高的教堂冰建筑等。后来在1928年圣·尼古拉教堂建成，传教点活动停止后，每年1月19日在松花江冰面上举行东正教洗礼时，雕制冰十字架就成了惯例。受传教士们的影响，岛上的中俄青少年纷纷利用充足的雪源做雪雕，其形式有三种：浮雕、圆雕、空心雕。曾有几件雪雕给太阳岛上的老居民留下深刻印象。一个是“圣诞老人”，雕工细腻，连皮帽尖的缨穗和皮袄下摆露出的绒毛都清晰可见。还有一个是“骏马奔腾”，前蹄着地，后蹄腾空，尾巴飘飞，形态逼真，活灵活现，富有动感。再有就是中国人雕刻的2米高的“弥勒佛”，大耳垂肩，慈眉善目，大腹凸起，外涂颜色，尤显逼真。这些雪雕的表现虽显现着不同的文化背景，但都同样吸引了岛上中俄居民颇有兴致地来观赏，也给人留下了很深刻的印象。1943 年，由于伪满政府的禁止，冰灯雪雕活动也被迫停止了。

之后的几十年里，北方大地虽然年年瑞雪飘溢，但雪雕艺术一直处于萌芽状态，直到 1989 年第一届哈尔滨市雪雕游园会在有着“都市雪乡”之称的太阳岛举办，才宣告了中国雪雕艺术新纪元的开始。2000 年，哈尔滨雪雕游园会更名为“哈尔滨·太阳岛国际雪雕艺术博览会”，自此太阳岛雪博会成为世界雪雕艺术最重要的盛会之一。

大多艺术的起源往往来于人类最初的游戏和娱乐，雪雕艺术就经历了堆雪人—小型雪雕—大型冰雪雕—雪雕文化的发展路径。从 1963 年哈尔滨第一个供多数人观赏的雪造型——雪象开始，1989 年由太阳岛风景区管理处职工雕塑的“北极熊”，那些尚显粗糙的造型，到世界上最长的雪雕作品“穿越白令海峡”和“尼亚加拉大瀑布”，以及“东君出巡”“悠悠牧羊女”等经典雪雕作品，雪雕艺术由简单的“堆”到浩大的制作工程，其艺术品质和审美内涵得到了本质的升华。

一座雪雕作品的完成，要经过的程序为：确定主题—规划布局—选择题材—设计制图—拟订名称—施工制作。一座大型雪雕的工程已相当于建筑一栋中小型楼房了。随着雪雕制作工艺的发展，雪雕的种类也多了起来，除了传统的雪雕塑，更有了雪建筑、雪文字、雪广告、雪滑梯等，愈加丰富了雪雕艺术王国的纷纭多彩。

雪雕制作要经过造雪、制坯、切割、雕塑等步骤。雪雕与冰雕虽为姊妹艺术，却也多有不同。冰雕为冰雕刻，是一门减的艺术，即只能消减与刻琢，而无法做添补之工。雪雕则为雪雕塑，能雕能琢，削减任意，增补自如，演绎空间十分充足，给创作者们备足了施展的天地。

过去制作雪雕大多采用天然雪，由于天然雪含水量低、松软、黏合力差，不大容易制成比较结实的雪坯，以便于切割与雕塑，况且有雪、无雪、多雪、少雪都还得看老天爷的脸色行事。从 1992 年第五届雪雕游园会起，太阳岛开始采用专门的造雪机来造雪。人工造的雪，色泽更为洁白，颗粒小、密度大，抗风化、耐日晒，给雪雕创作者和制作者们提供了更大的创意和发挥空间，也为四面八方来的游人丰富了雪雕的视觉享受。第一个用人造雪制作的雪雕是这年的群众比赛一等奖作品“遥远的松花江”。

自从1999年太阳岛雪雕游园会首次配置灯光，并陆续应用了大量的声、光、电等现代化科技手段后，雪雕的艺术表现更为丰富，无论是白天和夜晚都可观赏到这一美景。夜晚观雪雕与白天看雪雕各有千秋，如果说白天的雪雕世界是晶莹剔透、纯洁浪漫的，那夜里的雪雕世界则有着梦幻般的绚烂。七彩光芒斑驳地映在雪雕上，琉璃般洋溢着奇异的色彩，似乎有种神秘的气氛在雪王国里隐隐地张扬，仿佛到了童话中的雪王国，似乎不经意就会遇到七个小矮人和美丽的白雪公主。

人们印象中的雪雕作品想必只有白色，但太阳岛的雪雕却也有着绚烂的色彩，弄的不少游人直直地感到惊奇。彩色雪雕制作是在突出雪雕艺术表现的基础上，将彩冰与雪巧妙地进行了结合，从而赋予了一种大自然中从没有过的雪景观。这超越了自然本色的创意，充满了太阳岛人的智慧。雪地彩绘是另一项逾越自然局限、突破人类视觉的创造。说来也许不算复杂，雪地彩绘是制作者将五颜六色的人造彩色雪依照创意和设计的图案精心地喷涂在雪地上，但这种简单的智慧却给人们带来了无尽的视觉愉悦。

技术的改进无疑推动了雪雕的艺术想象和创意的实现，这是人类的福。拜大自然所赐予，凭着人类的勤劳与智慧，或许这就是太阳岛雪雕成为璀璨艺术奇葩的原因吧。现在的太阳岛雪雕已不拘泥为一种简单的造型艺术，其所蕴涵的艺术气质与文化风格，已上升到自然文明与人类文明和谐共生的艺术境界。

走进太阳岛的雪雕世界，仿佛是踏上了一段剔透晶莹、饱含人文深度的诗意旅程。或是一段古老神话传说的恢宏展现——“东君出巡”，东方古老的太阳女神驾驭六条螭龙宝车，携爱子出游东方，给人间带来光明的故事场景；或是一段史诗般情景的宏大再现，如“穿越白令海峡”，一个有关2万年前印第安人穿越亚美大陆桥迁徙到美洲的故事；或是长发飘逸、横笛在唇、仙乐飘飘的“悠悠牧羊女”，奔跑、坐卧的数只可爱的绵羊围绕着牧羊女，在草原上奔跑着，昭示着太阳岛的美好未来；或是一座具有异域人文地理象征意义的建筑，如“日本广岛城堡”；或有着地域风情的艺术再现，如“欢乐的泼水节”圣·丹尼斯街“俄罗斯浴室”；或是灵动传神、栩栩如生的人与动物生肖的造型，如“万马奔腾”“雄鸡报晓”“十二生肖”。再多的文字也无法把太阳岛的雪雕世界一一再现，一个景区乃至一座雪雕，就有一个故事，一个传说，一段历史，一处他乡的情色风貌，甚至一个有关文明的传奇。不妨说太阳岛的雪雕世界就是世界的雪雕，那一雕一琢之间具已显出哈尔滨这座城市的精神风格——和谐与包容。

太阳岛的雪世界不仅是美丽的，也是欢乐的，不仅有着绚丽多姿的雪雕雪塑，还有着丰富多彩的雪上娱乐。你看，来自南极的企鹅使者憨态可掬、旁若无人地在雪地上散步。在“泼雪节”的场地里，总有大片大片的笑声一波一波地激扬起来，人们用柳条手工编制的小簸箕相互泼雪，据说这可以驱除邪恶与病魔，并为人们带来幸福。游人在雪地上纵情泼雪、滚雪、堆雪、搓雪、打雪仗，尽情享受大自然赐予的无穷乐趣。

在雪上疾驰，有着很快意的感觉，至于在雪上奔行的方式，则有着不少的选择。要是论知名和影响，雪上运动要首推滑雪，体会从山坡上急速滑降时那如飞翔般的感觉，是一种享受速度的乐趣。学滑雪虽然说不是很难，但摔上几个不轻不重的跟头，一般也是必要的，也许滑雪的快乐就蕴涵其中吧。乘坐雪地爬犁是饶有兴趣的一种，狗拉爬犁、马拉爬犁、羊拉爬犁，体会一下人类驾驭动物这个很原始的本领，算是一种回归吧。驾驶雪地摩托则需要几分胆量，那风驰电掣的体验，与在城市中的开车是不同的。卡丁车高手们也可以亲自体验一下雪地驾驶的乐趣，与陆地卡丁相比，或许会有别样的感受。骑自行车几乎人人都会，但若能自如地驾驭雪地自行车则真的需要有那么点技巧，光滑的雪地对你来说多少是个考验，不信的话，你可以来尝试一下。攀冰岩是一项智慧加勇敢的运动，比山岩更为光滑的冰面对每个人都是一个挑战。

其实，冰雪游戏大多是有惊无险，更多的在于一种游戏性的参与。不过要真的有些矜持，也没关系，弄上一个汽车轮胎，坐在里面从雪坡上滑下，也自有一番让你大喊大笑的乐趣。还有那既好看又好玩的雪滑梯，胆大的人能够站着从很高处一直滑下来，坐着滑下来的人则会沾染一身洁净的雪和快意的笑声。不用说，雪滑梯自然是孩子们最喜欢的雪上游戏，不过，也有很多成年人不甘寂寞地赤膊上阵。

想必你不会有过“骑”着火车在林海雪原中疾驰的体验吧，太阳岛雪博会上推出的我国首列雪地仿真小火车，也是世界上最小的“雪地小火车”，就能够让你“骑”着火车从“哈尔滨”站鸣笛出发，前往日本北海道中部城市“旭川”。“雪地小火车”造型惟妙惟肖，生动逼真，是地道的高科技产品。“小火车”高 50 厘米，宽 40 厘米，可乘坐 12 个成人或 16 个孩子。150 米长的轨道两侧，是只有 80 厘米高的世界各地著名城市景观微缩雪雕群，这可堪称是世界上最小的雪雕。尽管整个路程不过 2 分 30 秒，但这种奇特而有童趣的体验，一定会让你欢乐开怀。

传统的冰雪游戏多种多样，大多来自于民间，原汁原味，妙趣横生。抽冰尜便是北方冬天最有童年味道的一种游戏。传统的抽冰尜，是在冰面上用鞭子抽打一个底下有一个滚珠，而类似木制陀螺的东西。而现在则还有能转出哨声的响声尜、三环七彩幻影尜、夜晚能发光的电光冰尜、雕刻得玲珑剔透的镂空尜……小的如鸽蛋，大的像小水缸。南方来的游客看到这种游戏总会觉得惊奇，一时之间不得玩的要领，弄得反倒如冰尜般团团转。不过他们看到冰上保龄球，便会比较从容自如一些了。足球这个全球第一运动，也被搬到太阳岛上，五人雪地足球赛是很多球迷的热爱，虽然到了后来场上的球员都成了白色的雪人，但场面依然热烈火爆。

模特表演算不得稀奇，但0摄氏度以下冰天雪地中的模特表演，想必就不会常看到了，而连续50天100场，身材婀娜、容貌靓丽的百名模特身穿由太阳岛雪博会特邀著名服装设计师设计的“冰雪霓裳”系列服饰，在可能是世界最大的冰雪舞台上进行表演，这应是绝无仅有的吧。或者更出乎你的意外，在这寒冷、洁白的冰雪世界里，你竟可以享受到更多的歌舞艺术。来自东瀛的，有着浓郁日本民族风情的太和鼓，节奏均匀、气势磅礴的鼓音，温雅、优美的歌唱，在纯白无瑕的雪世界里，营造出悠远、含蓄、神秘的气息。与日本的太和鼓风格迥异的，将力量、技术、修养和乐感四者完美结合的冰上芭蕾，既有着冰上运动所特有的优美流畅，也有着芭蕾艺术的高贵典雅，显现出激情、浪漫和力量的艺术之美。东西方艺术在这同一晶莹浪漫的雪世界里，以一种和而不同的交融姿态，展示着太阳岛海纳百川的博大气质。太阳岛的雪世界中，绚丽多彩的艺术之美与洁白纯净的天籁冰雪之美，以一种近乎完美的方式结合，为人们带来感官和心灵上极致的愉悦体验。

有为数不少的新人选择在雪的世界里演绎自己的爱情，或许认为雪的洁白更能显现爱情的冰清玉洁，是男女新人对爱情的最好表白。男女新人同在雪地上共画一颗心，写上自己的名字；身着鲜艳的红嫁衣新娘，于晶莹的世界里十分耀眼，仿若雪中燃烧的火焰，象征着爱情的浪漫与永恒。于此情此景中，四方的游人想必已经感受到另一种风格和魅力了吧。

虽身处寒冷的雪世界，但温暖和热闹也能处处体会到。有着西洋风格店招的咖啡店是别处不容易见到的，因为那是用雪建成的雪房子。“屋外滴水成冰，屋内暖意融融”的雪屋，让许多外地游客不可思议。这些被称为“温暖驿站”的雪屋里有着热热的咖啡、纯正的本地糖葫芦以及各式各样的小吃。不过进来的游客，好像对这雪房子的兴趣要更浓厚一些。

太阳岛的冬丝毫不寂寞，雪博会如一道欢乐的盛宴，让八方的客人愉悦地分享。踏入雪国之中，行走在美与欢乐的梦幻之途，在晶莹的雪世界中放松一下自己的心灵，对每一个人也许都是一种幸运和福分吧。

大自然的艺术遐思——松花江畔上的冬天

有人说，大自然是最具有魔力的艺术大师，它的创造往往超越人类的想象，它很随意的一笔，就是令人炫目的巧夺天工，在冰雪世界中的诸多天然造化，更是如此。长期生活在松花江畔的人们，对此或许会有更为深切的感悟。

每年的11月下旬松花江开始封江时，哈尔滨的冬天就算来了。松花江的封冻期一般在四五个月左右。江水封冻是从流冰开始的，满江面的冰块大小不一，大冰过亩，小冰如盆，沿着江流漂移而下。封江有文封江和武封江两种，文封江过程相对缓慢、气势和缓，冻成的江面也多如镜面般光滑平整，少凸起。武封江则气势凶猛，大大小小的冰排愤怒地在寒风中互相碰撞，遇突然下降的气温而霎时冻结，冰封的江面上到处都是冰楞、冰包和兀立的冰排。开江的场面也颇具风格，同样分为文开江和武开江。清明前后，冰层开始逐渐解体，无数大小不一的冰块，如群羊涌动，白云飘浮，一个挨着一个，自在地随波逐流，一泻千里，这是文开江跑的冰排。武开江跑的冰排则八面威风，陡然上升的气温使得钢铁般的江冰伴随雷鸣般的响声，瞬间分崩离析。大如巨屋、小如累卵的冰块拥拥挤挤、冲冲撞撞，其势如千军厮杀，排山倒海，锐不可当，很富有观赏价值。有人说天上的流云与跑冰排风格相近，不过比起跑冰排万马齐奔的场面，流云则要显得温和多了。跑冰排——这松花江的一道壮观的风景，总是吸引了两岸无数人来观看。

若想看到雪凇和树挂，则需要一点小小的运气，雪凇和树挂是松花江畔冬天极具观赏价值的两个景致。由于雪花飘落时气温较高，在降雪过程中遇到寒流，雪花被树枝上的水珠粘住、冻结，越积越厚，就形成了雪凇。当雪凇盈树的时候，岛上的树木像穿了洁白剔透的绒衣，雪凇偎依在枝头，全然一片冰花澄爽的明晶，单一纯美的风范。整个江边仿佛成了“琉璃世界”，纯洁、幽静、神秘。

树挂也称雾凇，是雾气遇冷大面积凝结在枝叶上的冰晶。雾凇多在凌晨出现，短则几小时，多则十几小时，更长的则会持续数天。“苍松结玉蕊，衰柳挂银花”，一夜之间，“千树万树梨花开”，树木的枝丫缀满了蓬蓬松松、毛茸茸的水晶花，树木之间的街巷也仿佛成了通往仙境的道路。忽而有风吹过，千万水晶砾状的冰晶簌簌地抖落，如玉碎花落一般颇具诗意。正如《树挂》一诗所道：“江上严冬江下寒，树树枝干均挂银。秋菊盛开腊梅放，此景唯见松江滨。”

关于雾凇还有这样一个美丽的传说：在九重天外，有一个性格暴虐的天皇，一次他巡视人间回来后，病得很重，便发毒誓说，如果人间万物没有了生机，出现了衰老，那巨大的洪流就要淹没所有的村庄。在九重天里住着一位美丽善良的天使，她为了帮助人间渡过苦难而费尽思量。于是她把春天的花瓣珍藏，让夏日的花香飘溢四方，等秋天来了，天使把珍藏的花瓣扬向大地。终于冬天来了，万物枯零，大地生机黯然，眼看着天皇的咒语即将成为现实。这时天使张开了洁白的羽翼冲向太阳，翅膀在炙热中溶化、滴落，罩住了丑陋的枯枝，像眼泪流淌。大地在一片晶莹的生机中，迎来了天皇的巡视，他被树上的冰花所倾倒，感叹人间竟有如此胜过天堂的美景。天使失去了翅膀，再也不能自由飞翔。那个咒语也被解除，人间又成了快乐的地方，而那树挂儿从此便有了一个新的名字——“天使的翅膀”。

雪落之后的江畔宛若童话王国，大地、房顶、冰面上白茫茫一片。走在积雪上，咯吱、咯吱的脚步声，提示我们这是一个雪的世界。厚厚的积雪上有行人刚走过的足迹，或深或浅地印在雪上，尽可猜测那脚印的主人是男、是女、是高、是矮，这种行走之间的小心思，是不少人都在做的。江边的雪是少污染的，极为蓬松、柔软和洁白剔透。用手抓一把握紧，就会聚成结实的雪球，向玩伴掷去，便会有片片欢乐的声音扬起。缓慢走在雪的天地之间，可以驱除内心羁留的污垢，荡尽世间俗尘与躁动的欲望，让灵魂归于沉静，让情性趋于童真。松花江畔的冬季总是如此滋润人的身心。

第五节　冰雪天籁之音

【挪威冰雪音乐节】　在欧洲北部挪威有一个叫耶卢的小城，那是一座位于哈灵山区海拔一千多米的冰雪小城，在它的周围分布着10多处滑雪景区，挪威第二届冰雪音乐节正在这里举办，而一场别开生面的音乐会则引起众多游人的关注。在冰天雪地的环境下举办音乐会，在各个冰雪胜地并不少见，不算什么稀罕的事情。但在耶卢小城的这次音乐节上，推出的用冰制琴演奏音乐，让人颇是耳目一新。或许是洁白而幽密的冰雪催发了挪威人的想象力，这一创意的确有巧夺天工之意。

挪威人用冰来制成乐器演奏，这并不是首次，在上届挪威冰雪音乐节上，组委会就曾邀请来了巴西音乐家来演奏冰制成的鼓，两次都是来自南美热带地区的音乐家，估计这不是巧合。让终年都见不到冰雪的艺术家来到这纯粹的冰雪世界中，在冰制成的乐器上演奏音乐，应是冰雪节组织者精心巧妙的安排。冰音乐的开端与兴起都离不开一个挪威艺术家，他就是曾经把冰音乐带到中国哈尔滨的挪威著名音乐家、作曲家、冰乐演奏家泰尔耶。

【世界第一冰雪音乐人泰尔耶】　有世界首位冰雪音乐家之称的泰尔耶早在2000年，就对冰乐器产生了极大的兴趣。有一次，在挪威一个冰瀑布前，他感觉到水冲击冰发出极其美妙的声音，从此产生了以冰为乐器进行演奏的想法并进行了深入的研究。林娜和康爱乐分别是他的调音师和演唱家，他的冰音乐组合曾经去过日本、加拿大、瑞士和芬兰等5个国家50余座城市进行表演。

其实早在2002年，泰尔耶就出版了第一张冰乐器音乐唱片专辑《冰人之岛》，这张唱片诞生的时间是2001年2月1日，地点则是人类世界的极北之地——北极圈以北200千米的瑞典Jukkas－jarui地方的冰旅馆中。这家每年冬季出现在冰封的Torne河面上，天气转暖便融化消失的冰旅馆，这一年迎来了挪威的两位艺术家——声音爱好者Bengt和打击乐手泰尔耶。在Bengt搭建的冰旅馆内，他们用在另一条同样冰冻的河流中采掘来的没有半点气泡和杂质的冰块，制作成了冰小号、冰圆号、冰竖琴和冰打击乐器。两个大顽童一样的艺术家，并用冰搭了一间录音棚，这是世界上第一间冰录音室。泰尔耶和Bengt在录制这张作品时，对冰录音室的温度十分在意，整张唱片是在一直保持零下8摄氏度的冰工作室中录制的。泰尔耶完成了专辑大部分的音乐并担任打击乐部分的演奏，他们通过对温度的调控以及在各个低温阶段冰乐器的音色差异，制造出高低长短各不同的声音效果，而演奏者在演奏时完全以即兴的方式进入，正是这样的演奏方式，给予了专辑里的音乐以最多的想象空间，让冰冷的音质被完美地凸显了出来。唱片后来由有着“新概念爵士”大本营之称的JAZZLAND公司出版，其超凡脱俗的“全冰”创意，引起了世人的关注，被认为是该公司出品的最具实验色彩的作品。所有冰乐器和录音室现在正流淌在北海某处，以其曾具有的冰音乐创作的参与者身份，在大海里传扬着冷而酷的天籁音乐。录音室和那些冰乐器，在专辑录完后，就被丢在了北海里，融化得无影无踪。

有人赞赏他们，说他们是先锋音乐的实践者，是最“冷酷”音乐的缔造者，也有人对此不以为然，认为他们的举动不过是披着音乐之名的行为艺术。《冰人之岛》创作者之一Bengt说：“冰就是我的平常生活。”这位雕塑家每年都会独自站在河岸，默默注视着自己的作品化为细流消失在Torne河里，没有遗憾，短暂似乎催生着新的力量。12年前，他来到Jukkasjarvi，第一次用冰来做艺术品。之后就在这里长久定居，成为冰旅馆的艺术总监。Bengt为冰所呈现的各种即兴效果而着迷，他尽量使用原始的工具，为了倾听“冰的呻吟”，那呻吟来自裂缝碎屑，随着雕琢的速度和形式变化。他享受着冰所包含的动和静、冷与热。他把他热爱的冰带到巴黎、圣保罗，甚至撒哈拉沙漠，希望北极圈以外的人能经由不同感官体验冰的艺术。

2005年，泰尔耶在芬兰首都赫尔辛基冰雪音乐节举办了冰乐器露天音乐会。音乐会的大幕是另一位艺术家的冰雪之作，法国视觉艺术家兼摄影师埃里克·米泰尔在由24块2米高的雪墙上展现了自创的冰面印刷术，在展示现场，每面墙上都有一幅照片。这可不是简单地将照片嵌进去，而是把照片直接印在冰面上。据埃里克介绍说，用这种方式展示图片，每当周围空气的湿度、温度，或者阳光发生变化，图片也会跟着显示出不同的效果。在雪墙围成的圆圈中间，还有一个用雪砌成的舞台，泰尔耶就是在这里用冰做的乐器为观众现场演奏。乐器是由切割出的大小、形状不同的冰快铲磨而成，可发出不同音阶。夜晚，一束束蓝光映射在舞台，演奏者对这些看上去易碎、简单的冰乐器或敲击或弹奏，一曲曲超尘脱俗的天籁之乐顿时流淌在整个的大自然空间。

【冰爵士音乐人林哈特】 相对于泰尔耶，另一位瑞典冰音乐人则显得不那么幸运。2005年3月，在瑞典的皮特欧，本应上演一场特殊的冰雕乐器音乐会。但是在表演开始前的最后一分钟，音乐会被策划人兼所有冰雕乐器的制作者蒂姆·林哈特“残忍”地取消了。原因是音乐家们在预演时驾驭这些“冰乐器”的能力始终不能让林哈特满意。

林哈特是瑞典一位知名的冰雕制作人，1997年，在进行了近10年的冰雕创作后，林哈特突发奇想：一把冰造的小提琴能发出怎样的乐音呢？他的朋友，吉他制作家托尼·萨瑟兰也想不通怎样才能使冰小提琴发出声音，而它又能发出怎样的声音。这个念头成为林哈特生活中的又一次激情迸发。他在冰低音小提琴上装备了三角钢琴弦，第一声确是乐声！可惜，第二声时绷得太紧的弦把整把小提琴震碎的声音。但就是这样的声音，依然让林哈特沉迷其中不能自拔。隐居在比弗克里克滑雪场森林的一座冰屋里，在3 500米的海拔高度，林哈特有着取之不尽的创作材料——冰和雪。整个2000年的冬天，林哈特不断进行研究和试验。0 ℃以下的严寒，纯粹而天然的原材料加上无法抑制的天才，5件新式乐器诞生了——3把贝斯和2把大提琴。当年3月，林哈特请科罗拉多交响乐团在一座圆形冰造剧场进行了第一次“冰乐”短表演。演出造成轰动，上了第二天《丹佛邮报》的头版。

其实，林哈特创造的不仅是冰雕乐器，他创造出了一种新的音乐类型，或许可以将所谓“冰爵士乐”带上一个新台阶。这种新新音乐与其说得名于其演奏技巧或曲风，还不如说是乐器的质地。“冰乐”超越了所有已知的音乐界限和目录。

【冰音乐在哈尔滨】 在哈尔滨2008年冰雪节的哈尔滨冰雪大世界和哈尔滨冰灯游园会上，挪威著名音乐家、作曲家、冰乐演奏家泰尔耶、琳娜、康爱乐“冰音乐三人组合”，将冰乐器这一绝妙的创意展现给了世人。在冰乐器制作现场，挪威的冰演奏家们在冰块上勾勒出乐器模型，制冰工人则将精湛的雕冰技艺与演奏家的想法“合而为一”。据泰耶介绍，哈尔滨的冰质特别好，很适合做冰乐器，这次演出包括鼓、大号等所有乐器都是冰做的。他们的冰乐器由精心筛选和制作的50余块大小不等、冰质和音质不同的冰块做成，用渔线吊在冰架上组成打击乐器，演奏时用冰制作的打击工具进行敲打。这些乐器以打击乐器为主，不同形状、大小的冰乐器会发出不同的声音，每片冰上都有小麦克风拾音，可以让游客们享受到天然的乐声。这组乐器中还有两个能吹响的冰号，吹起来，似西藏喇嘛的佛号，低沉雄壮。他们的演奏没有固定的曲目，而是根据冰质模拟大自然的天籁之音。挪威歌手琳娜还在这明净、清脆的音乐伴奏下，为人们送上了一首首同样有着天籁意境的歌曲。

在哈尔滨冰灯游园会上，泰尔耶、琳娜、康爱乐“冰音乐三人组合”推出了以华夏古老的编钟乐器为创意的冰制音乐编钟。他们以四块大冰块为物料，在制冰工人的协助下，一组与中国古老乐器——编钟极其类似的冰乐器，晶莹夺目地展现在人们眼前。人们看着明澈、剔透的乐器，不禁有几分惊疑，纷纷猜测着那古老的编钟之乐，将被如何奏响。傍晚时分，夜色初现，园内的冰灯也已璀璨映射，只见这位冰乐大师，走到冰乐器前，用冰棒在“冰鼓”“冰片”“冰钗”上，开始有节奏地敲打起来，一曲曲清脆、明净的悦耳之声，直透人的心脾。古老的华夏编钟以这样的一种方式，为人们奏起天籁之音，还是第一次。三千年前编钟之乐为贵族独享，以一种极致的高雅而久处庙宇之上，继而又被尘封了千余年。如今走下那高高的殿堂，与自然浑然为一。剔透如玉的水之精灵——冰，一洗编钟千载的尘土。冰乐之编钟，虽少了青铜那斑驳沧桑的厚重，却多了水之晶莹的那种天籁清澈；虽不见了昔日古代乐者的缙绅冠带，宫廷舞者的衣裙飞扬，却满目都是人与自然相融相契的愉悦之情。西方的乐者，古老而又被大自然予以新生的东方乐器，在这雪花飘起的时刻，竟被糅合得如此和谐，让人不禁想起圣人孔子那一句高声地咏颂：“有朋自远方来，不亦乐乎。”

【冰雪之歌】 冰雪音乐不独为以冰雪为乐器奏出天籁一般的乐章，以冰雪入乐曲、歌曲之中，也是冰雪音乐盛宴中一道优美动听的大餐。以冰之晶莹剔透、雪之洁白轻盈、冬之寒冷等诸多冰雪意象，谱入流畅的音乐旋律，动之以情，抒之以怀，是人类热爱冰雪世界情感的自然流露。古今中外音乐大家以冰雪为题材，创作了无数广为人知的音乐作品，为人们所谛听，为人们所广为传唱。

能歌善舞的满族人，生活中自然少不了音乐和歌舞的陪伴。满族音乐，旋律简约朴实、明快大方，音程跳动棱角分明，节奏短促有力，呈现出热烈欢快、质朴豪爽的风格。长年生活在冰雪天地的满人，自然也少不了这方面题材的歌曲，《轱辘冰》就是比较有代表性的一首。轱辘冰本是满族人的一种民间习俗，每年正月十五元宵节夜晚，成群结队的满族妇女、小孩到河湖冰或井台冰上来回翻滚。这时他们往往会唱道：

“轱辘冰轱辘冰，腰不痛腿不疼；轱辘轱辘冰，身上轻又轻；轱辘轱辘冰，心儿放了松；轱辘轱辘，一觉到天明……”

以《乌苏里船歌》享誉全国的赫哲族民歌，婉转动听、优美流畅，赫哲族人长期生活在严寒地区，像他们歌中所唱的冰凌花一样，“春节里克莫得力、克莫得力，冰凌花儿水灵灵，风和日丽好季节，赫哲人打猎上山岗……”冰凌花，金黄色的小花，嫩绿色的叶子，主要分布在我国东北阔叶林区，以其不畏春寒，第一个为寒地的人们迎来春天，而受人喜爱。由国内年轻歌手所翻唱的一首《冰凌花》就唱出了冰凌花那种不畏严寒风雪的品格：我爱冰凌花/花开在山崖/迎风冒雪都不怕/寒冷中发芽/……/外婆说要像那冰凌花/以后的路就什么都不怕/我愿做那小小冰凌花/柔弱中有傲骨在挣扎/有一天满山冰雪都融化/冰凌花也就开遍了山崖/我爱冰凌花/花开在山崖/迎风冒雪都不怕/寒冷中发芽/……

塞北边疆，雪花烂漫，人们多以雪为主题，来歌唱自己美丽的东北老家，曾被多位知名歌唱家传唱，并传遍祖国大江南北的《我爱你塞北的雪》就是其中最为享有盛名的一首：“我爱你塞北的雪/飘飘洒在漫天遍野/你的舞姿是那样的轻盈……你用白玉般的身躯装扮银光闪闪的世界……”在这优美的曲调里，人们将对家乡的热爱，融入洁白的雪花之中，纯洁而热烈的情感，让人久久吟唱。

“长白山的雪/黑龙江的浪/白山黑水全都不顾/你独自远走到他乡/雪满山浪满江/抵不过相思绕心房……”这是由有着情歌王子之称的费玉清演唱的一首歌曲《雪满山浪满江》，曲调轻快、明澈，将对一位姑娘的思念与对白山黑水的眷恋之情缠绵地融在一起。雪的纯洁，总是让人想起爱情的无暇，于是很多词作者将雪作为歌曲的背景，写下了无数有关爱情的故事，如《一剪梅》《认真的雪》《飘雪》《二〇〇二年的第一场雪》《发如雪》《再见北极雪》……

看似轻盈的雪花，荒冷的冬季，却总是被蕴意了许多爱情，中文歌曲如此，外国歌曲亦是如此。或忧伤，或欢乐，或缠绵，或悱恻，人间男女的那份情感，在雪花的飞舞中被演绎到极致。如小野丽莎的《冬之歌》、Fiona Joy Hawkins 的《冬晨 A Winter Morning》、班得瑞的《冬梦 Winter Dreams》、莎拉·布莱曼《冬之光 Winter Light》、恩雅的《冬 Winter》……

【冰雪世界里的音乐盛会】 每逢冰雪季节，寒地北方城市里，往往会举办各种风格的冰雪歌舞音乐会，或在户外的露天场地，或在大大小小的场馆。举办者们总是极富创意地将冰雪元素注入丰富多彩的文艺演出中。如 1994 年第十届哈尔滨冰雪节期间，由中央电视台、哈尔滨市政府联合主办的《冰·雪·火——中国哈尔滨冰雪节晚会》，将文艺表演与冰上体育表演紧密结合；传统的舞龙、舞狮、跑驴、跑旱船，都穿上了冰鞋在冰的舞台上表演；冰雕、冬泳、冰上捕鱼等冰雪画面与舞台表演的巧妙穿插，将悠远且富有着浓郁寒地风情的冰雪文化再现得淋漓尽致。随着各地冰雪节的开展，冰雪文艺晚会和冰雪音乐会，也都成了冰雪盛会的重头戏，如一年一度的中国哈尔滨国际冰雪节开幕式晚会，中国吉林国际雾凇冰雪节开幕式晚会……

相对于室内的冰雪文艺演出，露天的冰雪文艺盛会则更具“冰”与“雪”的原汁原味。2008 年 1 月 25 日，在奥地利西部福拉尔贝格州的滑雪胜地莱希，艺术家在冰雪舞台上表演。每年 1 月的最后一周这里都会举办露天冰雪音乐会，艺术家们在冰雪搭建的舞台上表演。

2008 年 3 月 29 日在瑞士伯尔尼高地艾格峰、门希峰和少女峰（Jungfrau）脚下举行的少女峰冰雪室外音乐节已经举办了十一届。音乐节的地点在 Kleine Scheidegg 火车站附近，超过 10 000 间客房、各色小吃店和酒吧迎来了四面八方的乐迷。音乐会在一个超大的舞台上举行，一流的灯光和音响设备，给音乐会的超级 DJ 和乐迷们带来超级的摇滚享受。每届少女峰冰雪音乐会，都会有来自世界摇滚乐坛顶尖的巨星和乐队组合，如意大利国宝级艺术家 Zucchero、加拿大巨星布莱恩·亚当斯、美国著名摇滚组合TOTO、英国的MelanieC以及瑞士的Scream、Ivo乐队、George，Maurice和Züri West等。这个小村庄也会一改平日的宁静景象，成为摇滚巨星和乐迷云集之处，人们在此可以尽享冬日的浪漫和疯狂。

4年一度的冬季奥运会开幕式，无疑是冰雪文艺表演的盛会，每个主办国都会采取不同的文艺形式，对冰雪文化和奥运精神进行具有民族特色的诠释。2006年2月11日第二十届冬季奥运会开幕式，在意大利北部城市都灵的奥林匹克体育场举行。本届冬奥会的口号是“激情在这里燃烧”，大型表演完美地实现了节奏、激情、速度和时尚的和谐统一。激情的火焰、热烈的红心、滑雪动作表演、灿烂的五环以及阿尔卑斯山的白雪和奶牛都先后出现在开幕式上。最具创意的杰作是6名身着红色衣服的速滑选手各戴一顶会喷射出2米长“火舌”的头盔从舞台上疾飞而过，时速高达70千米/小时，将观众们带入激情澎湃的传奇世界。表演的最后，出现了五个直径达7米的圆环，最后拼凑在一起，组成奥运五环，将开幕式推向高潮。

第六节　冰雪精灵——冰上芭蕾

俄罗斯冰上芭蕾是独具冰雪特色的冰上舞蹈艺术，被世界芭蕾界誉为“世界上唯一一个能在冰上演绎古典芭蕾”的舞团——俄罗斯圣彼得堡国家冰上芭蕾舞团，创建于1967年。它的创建者康斯坦丁·伯亚尔斯基（1915—1974），是彼得堡马利亚剧院（即基洛夫剧院）芭蕾舞团的主要演员和编导。现任总编导俄罗斯功勋演员唐斯坦丁·拉萨金毕业于瓦岗诺娃芭蕾舞学院，是世界芭蕾大师努里耶夫的同学。三十年来俄罗斯圣彼得堡国家冰上芭蕾舞团，孜孜不倦地刻意创新于如何将古典芭蕾与花样滑冰的技巧有机结合、优势互补，先后排出柴可夫斯基的三大舞剧《天鹅湖》《胡桃夹子》《睡美人》以及《浪漫诗篇》等作品。

这些作品继承和发展了古典芭蕾俄罗斯学派的优秀传统，同时又体现出花样滑冰动作的流畅、高雅和优美，给观众带来更高的审美享受。

如何欣赏冰上芭蕾是有“门道”的。冰上芭蕾不仅是一种优雅的舞蹈，而且是一种充满力与美的运动，是力量、技术、修养和乐感四者的完美结合。以往欣赏传统芭蕾时，观众关注的是“开”“绷”“直”“立”。所谓“开”，就是舞者的手臂、脚、腿直至胯部外开；“绷”指的是舞者脚尖、膝盖等部位绷紧；而“直”“立”则是指在跳舞时，舞者脚尖、躯体乃至整个肢体挺直。但当冰刀代替脚尖完成舞蹈过程时，欣赏的侧重点发生了变化。整个舞蹈成一种流线型，视线的焦点不再只集中在舞者修长、笔直的肢体线条和各种幅度的击腿技巧，而是表现为一种对纯粹力量和速度的欣赏。借助冰鞋，冰上芭蕾所表演的完美足尖速旋舞和双人舞，对传统芭蕾演员而言，只能是一种幻想。在第十九届太阳岛国际雪雕艺术博览会上，俄罗斯“冰上芭蕾”在大型雪雕作品尼亚加拉大雪瀑前进行了为期50天的演出，15名演员每天演出2场，每场演出40分钟，是目前世界上冰上芭蕾表演室外演出场次最多、演出时间最长的活动。

第七节　冰雪魔法师

歌剧代表高贵，魔术显示繁荣。俄罗斯不仅是享誉世界的冰上运动和冰上艺术的王国，又是独树一帜的杂技和魔术大国。同样是在俄罗斯的圣彼得堡，还有一支活跃在世界杂技和魔术舞台的冰上魔术团体，这就是俄罗斯圣彼得堡冰上魔术剧院。俄罗斯圣彼得堡马戏、魔术剧院创建于20世纪20年代，是享誉世界的顶级魔术剧团。20世纪末，凭借艺术家们丰富的想象力，剧院首先尝试把表演舞台移植到冰场上，尤其是把杂技魔术移植到冰上，产生了突出的视觉效果，使得单个的节目更具看点、更加经典，独具惊险、刺激、幽默和新颖风趣的演出风格。在此基础上，俄罗斯圣彼得堡马戏、魔术剧院逐渐形成专门成套的冰上节目，并且在圣彼得堡建立了专用的冰上剧场，受此影响，十年前俄罗斯出现大量冰上节目，这些节目不但在俄罗斯各地流行起来，而且受到世界各地的关注。

俄罗斯著名功勋艺术家廖申科是俄罗斯圣彼得堡冰上魔术剧院的中心，他的表演是“魔法师的冰火乐园”整台演出的核心。这位享誉俄罗斯的魔术大师，曾荣获功勋演员的称号，是当今世界上少数几个可以进行冰上魔术表演的魔术大师，其表演的节目以各种形式的人体表演为特色，尤其以人体拆解游戏、大锯活人和动物表演而著称。由于冰上魔术的表演环境具有冰上反光的特殊性，以及穿着冰鞋带来表演失误的不确定性，使得这样的节目更加惊险和扣人心弦。“魔法师的冰火乐园”还有一个突出亮色，就是在冰上可以展开火的表演。杰出杂技艺术家萨沙在精彩的花样速滑表演时，在冰上依次播撒火种，晶莹剔透的冰面上瞬间便燃起熊熊火焰，将演出一下子推向高潮。此时在寒光闪闪的冰面上，人与火交融一起，产生强烈的视觉冲击效果，宛若充满魔幻世界的冰火岛。30 多位冰上明星在冰与火的世界里，以经典舞姿、优美技巧把观众带到梦幻神奇的魔幻世界。廖申科的另一表演绝技是逃遁术，在光影四散的冰面上，这一表演似乎并无可能，而廖申科的名言却是——“给我足够的钱，我就可以随便变掉火车飞机。”

曾获 1998 年世界青年冰上运动会双人花样赛第一名的花样滑冰世界冠军曼努基安是剧院人才战略的意外收获，有冰上黑天鹅之称。这位俄罗斯美女所表演的高跷冰舞堪称一绝，难得一见。曼努基安的冰上芭蕾并不使用普通的花样滑冰刀，取而代之的是一副高达 35 厘米的高跷冰刀，她就是使用这样一副非常规冰刀，完成诸如跳转、旋转等高难度的冰上芭蕾动作。美女魔术师阿克西尼诺娃与她的十二仙女共同出场，这十三名美女不用表演就构成一幅美丽的图画。这些美女身披五彩缤纷的羽毛，踏上冰刀如蝶穿花般穿梭往来，在一连串高难度冰上技巧的眼花缭乱中，女魔法师的魔法绝技一一得到呈现，不仅刺激而且养眼。晶莹剔透的冰晶，五彩缤纷的色彩光簇，迅如闪电的滑冰速度和优美神秘的舞台艺术和谐地统一在一起，产生了强烈的艺术感染力。

第八节　动物世界的冰雪艺术——冰雪马戏

冰雪舞台不独为人类所拥有，动物也能在冰雪舞台上，展现出众的表演才华，这就是来自俄罗斯冰上马戏团独一无二的冰上马戏表演。俄罗斯冰上马戏团成立于20世纪90年代，是目前世界上唯一的一支专业冰上马戏团，俄罗斯人在马戏艺术方面的天赋不断地给世人带来新的狂喜，“冰上马戏”则是他们的创新杰作。那晶莹剔透的冰台犹如一只巨大的碧玉盘，玉盘上身姿优美的金童玉女演绎着一段段精美绝伦的人间“神话”，每一个节目都会令人激动，令人匪夷所思，令人拍案叫绝。溜冰对人来说并不是一件难事，可对动物来讲则不是一朝一夕能练就的功夫；而最难得的是他们在冰上表演高难度的杂技动作，如行云流水，潇洒自如；如金刚烈火，豪气冲天。全新的创意，巧妙的构思，高难的动作，构成了冰上马戏艺术创作的灵魂，如《呼啦圈》《冰上耍魔方》《立绳》等节目，无不透出那智慧的灵光。

如果你认为冰刀鞋和光洁的冰场只属于滑冰运动员，那就错了，因为人们印象中笨拙的大棕熊如今也一展“灵巧”身姿，还成了冰上运动的成员———冰球一族。其实欧洲在几百年前就开始训练棕熊踩着音乐节拍跳舞，这一度成为当时狂欢节的压轴戏，难怪外国卡通片里熊儿们都是载歌载舞。洁白的冰台上6位冰球运动健将分成红、黄两队，头戴盔帽，身着队服，“掌”握球棒。等裁判一声哨响，它们便自由穿梭在球场上，时而冲锋陷阵，左突右闪，时而用肥大的身躯作掩护，发动快攻。争抢来进攻权后，拼命向对方球门攻去。求胜心切，冲撞激烈，一个跟头倒下去让观众都替它心疼。“犯规!”裁判出示了黄牌，受罚者二话不说，自觉离场2分钟。过后又继续投入战斗，眼看对方的进攻要得逞，只见守门熊在恰如其分的时机奋力鱼跃出击，将一个必进之球死死地挡在球门线外。又是几个精彩的攻防转换后，对方球门终于被攻破，队员们兴奋地高举球棒，相互拥抱庆贺。绝对一流的溜冰技巧，快速的攻防转换等，比起真人的业余冰球比赛更有特色，更能吸引人。

尽管海狮的四肢部分已经退化，可在大师的指挥下，它竟能在冰上仅靠一只鳍，稳稳顶起肥硕的身躯，连尾巴也高高翘到了“天”上去了，海狮还能完成如顶球、倒立行走、跳舞等复杂的高难度动作。世界上绝无仅有的“冰上马戏”，寓幽默与惊险于一体，过硬的杂技功夫，出众的表演才华，在惊险之中令人捧腹大笑，在捧腹大笑之中令人钦佩，这都依赖于独特完整的科学驯兽方法和程序，在人与动物相互理解信任的基础上，使动物“心悦诚服”地接受命令。

第九节　冰雪丹青天地

【中国古代冰雪画】　以山水入画，取自然作景，是中国画的千年传统。春夏秋冬、山水江河、梅兰竹菊……是一代又一代，一派又一派的国画家们永不厌倦的主题。在中国的传统山水画中，冬季似乎对艺术家更具有着独特的吸引力，这或许也是雪景画能够独立分支的一个原因。我国古代文人多受道家思想影响，尤其是唐代以后的画家多以魏晋文人风度为标榜，追求自然淡泊的心境，有着孤芳自赏、逃遁的人生态度，而雪之高洁、纯净、灵透正合了古代画家心意的表现。如明文征明所云“古之高人逸士，往往喜弄笔，作山水以自娱，然多写雪景者，盖与假此以寄其孤高拔俗之意耳……”

中国山水画祖师爷顾恺之，这位被誉为“苍生以来所无”的大画家，以画人物最为擅长，曾自说“哪可点睛，点睛便语。”他的山水画也极为了得，《雪霁望五峰图》便是开创了中国山水画先声的作品，有“画绝”的美誉。或许是因雪景有着格调不俗、孤清高绝的意境而自成一格。自顾恺之之后，中国古代不少大师级的画家将雪作为主题，唐朝的大诗人、大画家王维便是其一。王维善画雪景、雪滩，有《雪溪图》存于后世，虽其原作不可见，但从图录之中仍可领略王右丞的丹青风韵。一小桥，一孤舟，一船夫撑篙而行，两岸白雪，四五茅屋，冷冷清清，萧萧瑟瑟，隐蕴着一种情操高洁、心境清远的不俗气质。《雪溪图》完美地运用了王右丞首创的“破墨法”，就是趁墨色尚未干时，用浓墨破淡、用淡墨破浓，相互渗透掩映，以达到滋润鲜活的效果。北宋著名山水画家范宽被誉为“画山画骨更画魂”“得山之骨”“与山传神”。范宽善画雪山，代表作有《雪山萧寺图》和《雪景寒林图》流传后世。2004 年，美国《生活》杂志将范宽评为上一千年对人类最有影响的百大人物第 59 位。

自古以来，雪景画并不占少数，《中国绘画史图录》一书统计中，山水画占总数的 51%，雪景画就占据了 10%。除上述所提及的画家，还出现了五代时期的赵干，五代南唐画家巨然，以及宋代之后的李成、郭熙、王诜、王蒙、黄公望、吴伟等 100 多位画家，并给后人留下了《雪山红树图》《雪图》《九峰雪霁图》《江行初雪图》《岱宗密雪图》《溪山雪竹》《灞桥风雪图》《雪竹图》等 200 多幅雪景画珍品。但在这两千年来以冰雪为主题的绘画作品中，却没有见到一幅以塞北边疆为题材的冰雪绘画，这对冰雪资源最为丰富的白山黑水地区来说，无疑是一种遗憾，直到冰雪画派的出现才打破了这一尴尬的状况。

【北方冰雪画派小记】 在 20 世纪前半叶的大部分时间，黑龙江美术一方面是列强殖民文化，另一方面则是相对散碎的各少数民族民间美术形式。就拿冰雪资源最为丰富的黑龙江来说，在同一时期内的区域艺术史要比文学史显得贫乏得多，即使翻遍所有相关的史书，也难以找到可圈点的记载。面对这种尴尬的局面，东北画人立志图强，力图振兴东北画坛，并为此做出了不懈的努力。有学者将20个世纪东北画坛的起兴活动分为三个觉醒阶段：

一、20世纪40年代，以王味根、郭维芬、李俊白、吴振东、高莽等为代表的塞外较有影响的画家，立志创建能够深度表现东北特色风光的绘画风格，这是塞外艺术家区域意识的第一次觉醒，但他们并没有找到能够深切表现东北独有色彩的艺术语汇。

二、20世纪50年代，随着南北文化的交流活跃和众多美术人才及知识分子的北上，催发了北方艺术家区域意识的第二次觉醒。他们渴望冲破区域内旧有传统文化和外来文化的束缚，期望在东北特有的白山黑水之间开拓出一片具有创造性的艺术天地。在王仙圃等画家的努力下，东北美术的发展虽有所推进，但并没有形成历史性的突破。

三、20世纪60年代，东三省联合邀请江苏画院著名国画家傅抱石、吴林生等八人来东北写生，希望借底蕴深厚的南方传统绘画为创建北方绘画找到新的生机，这是东北画家区域意识的第三次觉醒。但这些饱受南方画风艺术熏陶的艺术大师们，面对着苍茫无际、几乎毫无起伏的地平线、笔直的树林，大多也只能望而兴叹，发出“东北平原不入画”的感慨。用传统绘画来创建北方绘画的雄心又一次挫败。

绝处之境本就是对勇士意志的考验，或许是一种来自于生命本底的文化自觉，与白山黑水有着骨血相连之情的于志学，从20世纪60年代开始以一己之力，厮守在北方家园。地域风情的影响与中外艺术的启蒙，使他由地域意识引发出一种文化自觉，坚定了他要冲破因袭守旧观念的桎梏与束缚，打破人们长久以来对塞外的审美认知，建立起具有独立北方文化个性的艺术风格。在各种打击和重重压力面前，于志学从20世纪60年代开始坚持不懈地执着和探求，取得了初步成果。在经过“文革”漫长的苦闷和等待之后，在“文革”刚一“解冻”时，这股火热的激情便不可阻挡地爆发出来。

这种尴尬的局面，直到20世纪80年代才被彻底打破。这就是在地处祖国高纬度北疆边陲的黑龙江崛起的以于志学为代表的冰雪画派。冰雪画派作为唯一以季节做背景取材的画派，在中国传统关于春夏秋冬的绘画题材中脱颖而出，成为中国绘画艺术宝库中的一颗明珠，这都有赖于冰雪画派的创始者于志学对寒地冰雪世界的极度热爱和对艺术执着的追求。

于志学经过近40年的探索、实验和积累，终于在传统山水画的基础上，创造出了既有传统笔墨底蕴，又具时代审美特征的新山水画样式，他也由此成为开宗立派式的代表性画家，初步完成了为北国冰雪立言的誓愿。于志学自己将这40年分为两个里程和三个阶段的探索与创造过程。

第一阶段：创造出一系列冰雪山水画新技法，形成中国画的新样式。

第二阶段：表现冰雪的微观世界，继续完善冰雪山水画技法。

第三阶段：表现冰雪的宏观世界，反映世界性题材，进行“三极绘画”和“南方雪景”等。

于志学所开创的冰雪派，表现了传统雪景画不能表现的内容，将雪原、冰川、树挂、冰凌等呈现在中国画的素宣之上，描绘了一个崭新、浩瀚、迤逦而神奇的冰雪山水世界。在形式上突破了传统雪景画千年单一画雪“留白”和“敷粉”的模式，在笔墨上改变了中国画的调剂，创造了新的语言符号，在美学上表现了以“冷逸之美”为审美核心的“冷文化”内涵。

经过漫长的探索，于志学从复杂的冰雪物像形体中找出带有规律性的结构，创造出冰雪山水画一系列技法。使冰雪画在传统雪景画的基础上有了多方面的拓展：如突破了雪景画的藩篱，创造了“泼白法”“雪皴法”“滴白法”“重叠法”“排笔法”等新技法；改造了雪景画用笔，产生了“用墨画白”“白分五色”等新笔墨；通过对轮廓光、透射光、结构光、映射光用光方式的引入，丰富了雪景画用光，增添了中国画新的审美内涵；改变了中国画材质，实现了中国画革命；拓宽了雪景画领域，表现了世界性题材；完善了雪景画理论，创建了冰雪绘画美学体系。

我们可以从于志学的冰雪山水画中看出，他是以对大自然冰雪的深邃体悟和对中国千年以来山水画的深刻把握，在众多的美术流派中以开宗立派的方式从传统和现代艺术中突围而出。他创造出了既有传统笔墨底蕴，又具时代审美特征的新山水画样式，也由此成为开宗立派式的代表性画家。于志学对冰雪山水画曾进行过高度概括，他说："冰雪山水不仅带来新的语言样式，而且还带来了传统山水所没有的全新境界。如果用一个词语来概括冰雪山水至境的话，那么，我以为这个词就是孤寂。孤是傲然不群，自在自为；寂是天地默然，万籁俱寂。其他境界如雄浑、朴茂、博大、纯净无不在孤寂中峥嵘凸显。唯如此，才能表现出北国冰雪伟大的生命意识。"我们从他发表的一系列文章中可以看出，于志学是一位爱思考的学理型画家，他以一个哲学家的目光纵观宇宙人生，以缜密的思维、深刻的逻辑性来论述自己对绘画理论的深入思考、美学内涵和价值，从而显出一位不断超越自我、具有创造性思维的艺术家的成熟思辨。也就为此，甚至可以讲，他的出现对 21 世纪之后的中国画进一步变革的可能性，具有不可估量的启示性价值。

塞外边疆的白山黑水是于志学用笔描摹，用心体悟，并一生为之探索的神秘土地。千里无垠的雪野上印着他的足迹，北国风光深深地印在他的心上。他用自己的才华再现和重塑了冰雪之大美，也引得了世人对他无数的赞叹，引起了国内外美术界的高度关注。于志学的作品多次在国内和国际获奖。1979 年的作品《塞外曲》获第五届全国美展三等奖，1990 年的作品《杳古清魂》获美国首届国际艺术大赛绘画类一等奖，1992 年的作品《雪月送粮图》获中国美协金质奖章，1997 年的作品《牧鹿女》获"全国中国画人物画家画展"铜奖。为此，他也获得了国内和国际画学的承认，1983 年他被英国伦敦国际出版中心收入《世界名人录》，1987 年获美国国际传记研究院授予的金钥匙奖牌和终生荣誉勋章，1995 年获得“中国画学术精诚奖”。他的作品还被中国美术馆、钓鱼台国宾馆、人民大会堂、北京大学等权威机构收藏。1999 年作品《北国风光》被中国历史博物馆征集作为“世纪收藏”。美国维多利亚美术馆、英国枢密院院长、瑞士联邦委员会前主席科蒂、意大利前总理普罗迪也先后收藏了他的画作。

冰雪山水画一出现，它那耳目一新的独特绘画风格和雄浑博大的北国气息立即引起了社会的注意，并自发涌现了一批学习冰雪山水画的美术工作者和追随者，由此产生了以创作冰雪山水画为中心的画家集群。以黑龙江为主的东三省和全国各地涌现出百余名冰雪山水画的创作者，掀起了一股学画冰雪的热潮。在各地有关组织和部门的关怀下，冰雪热运动得到了健康的发展，并相继在黑龙江省成立了四个冰雪山水画研究分会，北方冰雪画派初具规模，仅自 1983 年至 1986 年短短的几年间，就有 1 259 幅美术作品参加了国内外的美术展览；有 402 幅作品在国内外报纸杂志上发表，引起了社会极大的关注和反响，在美术界刮起了一阵冰雪热旋风。时至今日，冰雪画派已先后在广东画院和黑龙江美术馆举办了“塞北雪海、岭南水乡风情巡回展”在黑龙江美术馆举办了“冰雪画派一届展”在黑龙江省会展中心举办了“冰雪画派二届展”，在哈尔滨太阳岛于志学美术馆举办了“冰雪画派三届展”，并在安徽合肥亚明艺术馆举办了“冰雪画派三届展合肥展”，召开了四次理论研讨会。2006 年 9 月 21 日，在白俄罗斯国家历史文化博物馆，由中华人民共和国文化部和白俄罗斯共和国文化部主办的“中国冰雪画展”，是对冰雪画派二十余年发展变化的一次集体展示，也是对新生代冰雪派优秀画家多年艺术探索足迹的一次小结。

周尊城 1950 年出生于黑龙江省林口县，师承于志学，1986 年 1 月被推选为中国冰雪画研究会副会长，是冰雪画派的主将和领军人。他擎于志学冰雪山水画旗帜，摹而不守，形成自我风格。1983 年，他率先在家乡林口成立了黑龙江林口冰雪画会，积极推广冰雪画技法，并在拓展冰雪画题材上做出了表率。他以画厚冰凌而自显特色，在学习冰雪山水的同时，又在冰雪花鸟、人物、动物等方面进行大胆尝试。他对冰雪水墨的发展体现在他对冰雪人物的表现上，采用“勾矾填色法”“矾骨拓印法”相结合的方法，其耀眼的线条和冰清玉洁的效果，给人以清新、明快之感，达到了与传统水墨人物截然不同的全新画法和全新面貌，也使他的作品获得了鲜明的艺术风格和个性，开创了以冰雪水墨表现人物造型的新语言。

与于志学同为出生在黑龙江这片神奇而丰饶的土地上的周尊城，如其恩师所讲，是兴安岭的冰藉、长白山的瑞雪铸造了这个刚强的北方汉子。他爱雪、画雪、恋雪、醉雪、足迹遍及大江南北。是冰雪净化了他的灵魂使他的艺术之花更加清纯。冰雪使他从雪乡走向全国迈向世界。”他的许多作品，如《月是故乡明》《玉骨冰凌》《雪乡情》《月是帮乡明》《桦林深处》《暴风雪》《多情的土地》《三月雪》《雪》，被众多国家及地方博物馆、艺术陈列馆所收藏与陈列。周尊城还是第一个徒步深入大峡谷的冰雪画派专业画家。他虽已年近花甲，为了亲密接触神秘的雪山，仍毅然挺进雪域高原，亲身攀登人迹罕至的雪山，如他自己所说，作为一个画家，还有什么比在艺术上有了新的发现更令人高兴呢?!人们有理由相信周尊城会在冰雪画的艺术之路上，为古老的中国画艺术增添了新的光彩。他也深感责任之重，“我立志要在老师创始的冰雪画基础上继承和发展，独辟蹊径、寻求属于自己的艺术领域和表现形式，形成自己的艺术风格，给冰雪画派带来生机与活力。”

冰雪画大多都以自然景物为题材，以城市风情入画的则少之又少，而姜恩莉独辟蹊径，成为“城市风光冰雪画”的代表人物。姜恩莉出生于1958年，也是于志学早期入室弟子之一，是中国冰雪画研究会秘书长。在经过一段研习冰雪山水画之后，按照于志学对画派成员的分工，她将冰雪题材转向着重表现城市风光题材。这一方面是由于她自幼生长在哈尔滨，对哈尔滨这座美丽的城市有着十分亲近的情感；另一方面在她身上仍存有的俄罗斯血统，与这座富有浓厚俄罗斯风格的城市文脉，有一种潜在的相接和相对于常人更为深切的文化归属。这种对她来讲具有不可估量意义的转身，不仅为她能够自成一格提供良好的契机，也大大丰富了冰雪画派的表现领域，让这座冰雪画花园更为缤纷绚丽。

雪后的晨曦，冰河下涌动的水流，一抹晚霞下的老教堂，积雪覆盖下的俄式木屋……都是脚步、目光与心灵的流连之地。美丽大方的姜恩莉画起画来总是十分痴迷和忘我。姜恩莉与其老师一样，取法自然，敢于创新，在原有冰雪语言基础上，大量汲取吸收版画和水彩画等多种绘画语言，尝试采用彩破墨、墨溶色和西洋风景画的表现形式，把西洋画中的色彩结合中国画的笔墨有机地融入冰雪之中，以中西融汇的表现手段再现了冰雪城市风光，找到了属于自己的绘画语境，形成了冰雪画派都市绘画的独特样式。

在美术技法上，姜恩莉不断打破禁锢、超越局限，如以“借地为雪、留白为雪”，对“以白为黑、以黑即白”传统国画技法表现的突破，继而又以“白水、白纸画白雪”的特殊技法，开拓了冰雪画的新境界。传承与扬弃，汲取与创新，这是姜恩莉一直在坚定遵循的理念，如她自己所说：“任何一种新艺术形式的出现都是在尽量区别一种旧有的文化或者说一种旧有的艺术样式，这样才有它的存在价值。”也正因为此，她找到了自己的绘画语境，脱离开冰雪山水画的母体制约，创造出一种闹中求静的“城市风光冰雪画”，并获得了美术界的广泛认同。《中国当代书画家散记》对她有着这样的评述：“打破了城市风光不入画的禁区，从此建立了城市风光冰雪画的新体系。”

娴熟的笔墨，淡雅清丽的色彩，自然流露的神韵，飘洒超脱的灵性，她的画仿佛是喧杂都市中一处心灵瑜伽之地，让每个观者都能进入一个愉悦安详、明净澄然的世界。《瑞雪丰年》那湛蓝的碧空下，房舍、树木、河流、小溪、大地，一切都被厚厚的白雪笼罩着，是那么纯洁、宁静。《江畔初雪》画面上那被清雪覆盖的江畔小屋，使人沉浸在画面的抒情与梦幻之中，《初雪无声》那被白雪覆盖的俄式小屋带给人无限的遐想，长椅、木桌都静静地躺在路边，只有那长长的小路引人走向梦幻的童年。

自 1988 年起，姜恩莉就陆续在美国、马来西亚等地多次参加和举办了各种形式的画展，以其鲜明的个性和令人耳目一新的表现形式，获得了各界人士和广大美术爱好者的认同与追捧。荣誉和奖项也随着她作品的不断成熟，而屡获国内外美展大奖：《雪林初醒》获全国神剑艺术学会第二届美术书法大赛一等奖（1984 年）、《仲夏之梦》获日本《国际现代水墨画美术展》优秀作品大奖（1987 年）、《梦绕小木屋》获日本《中国名家作品精粹大展》纪念奖（1990 年）、《雪恋》获第二届“世界华人艺术大展”国际荣誉金奖……大地之冰雪滋养了她的创作灵性，冰城的百年风韵启迪了她艺术之灵感，执着之精神与创新之理念，会催发她为世人奉献出更多、更美的画卷！

冰雪派中的每一位画家在追随导师于志学的过程中，都渐渐意识到艺术要不断进行创新，才更具有生命力。他们在不断的上下探索中，开始有意识地寻找更为深化、更具有个性的艺术风格，上面所述的画家不过是其中较为典型的两位。对于这些在各自绘画领域均具有独到建树的冰雪派画家们，在这里无法逐一阐述，只能让我们记住他们的名字和主体风格。无论他们来自何处，都将因为与塞外冰雪的结缘，而让白山黑水之间的人们给予他们格外的尊重，并期望这些冰雪画家们让这本已分外妖娆的冰雪世界，更添几分璀璨的艺术之光。

中国冰雪画研究会副会长吴国言，善于在创作中融入哲学理念，擅长表现黑龙江开江、封江的绘画符号，作品内涵深邃、震撼，代表作有《飞起千堆雪》《冰浪激天》《远东秋色》《龙江五月旌旗帆》。

王维华，吉林冰雪画会会长，艺术修养深厚，重意、气、趣、格。多以长白山为母题，对冰雪画语言的突破，主要表现在他对低矮杂树的处理，有刚直、桀骜不驯的超拔之美。其代表作品有《月上长白雪林间》《冰凌花系列》《寒林吟晓》等。

军旅画家吕鸿图，在传统冰雪山水画基础上，创造了“背面矾水积墨、正面清水淡墨、皱纸雪皴”的中国雪景画新技法，风格晶莹明丽，宁静厚重，笔墨冷艳，气韵生动。其代表作有百米冰雪长卷《雪浴长白图》《雪原人家》等。

画家王玉岩擅长从民俗学和民间谚语中取材。残雪，是他喜画的主题。近年来，他广泛吸收西方绘画和现代水墨的某些因素，注重将传统水墨、版画、其他画种、现代观念和冰雪水墨结合。其代表作品有《又是一年寒风尽》《大雪小雪又一年》《七九河开、八九雁来》《8848，我的珠穆朗玛》等。

张家纯是冰雪画派中最擅长反映东北民俗风情的画家，他的作品乡土气息浓郁，具有浓烈鲜活的冰雪黑土风格。其代表作有《老伙伴》《家在东北》《回娘家》《抽冰尜》等。

丁富华是皇城根下的冰雪画家，追求意境、内涵和形式融汇一体的抽象语言，体现自身学术追求的艺术形式，建立了冰雪语言和抽象形式之间新的联系，属冰雪画派的前卫画家。其代表作有《俯瞰贝加尔湖》《沙漠和绿洲》《如此地球》和《美丽的贝加尔湖》。

王钧兵，新疆中国画艺委会秘书长，以表现天山和阿尔泰山而闻名。他从皴、描、擦、点、染中推出起伏跌宕的节奏，从墨法运筹中谱出焦、浓、重谈、清的韵律。把本属常见的山山水水，造化为一件件有诗、有情、有理、有趣的艺术佳作。其代表作有《冰山探险》《瑞雪兆丰年》《月是故乡明》等。

杨东平，南国冰雪画家、福建省画院画家，他的冰雪山水多由静态的山和动态的水组成，没有固定的视点，但仿佛有无数亮点在画面中跳跃，意境深远，有超时空的梦幻感，开拓了江南冰雪的新图式。其代表作有《一江春水》《晓色初动》《庄严寺瑞雪》等。

广东职业画家李庆忠，他总结出“构图形式规律、色彩形式规律和黑白形式规律”的“三原则”，解决了表现异国风情的技术问题。代表作有《雪霄白马寺》《乐山大佛》《晴雪》等。

汤宽义，辽宁画家，被称为有个性的北方冰雪画画家，擅长表现低矮平缓的短崖长坡、关东丘陵的溪雪和残雪支离的草坡、被行人踏破积雪的小路、山径等。其代表作有《雪的舞动》《咆哮的夜》《冬韵的温情》等。

在这里仅仅介绍了部分冰雪派画家，从对这些来自不同地域、不同题材、不同风格的部分冰雪画家的简单了解中，可以看出冰雪画派正向一个题材更为广泛、地域更为宽广、视野更为高远、境界更为开阔的冰雪世界前行。如果说他们是一支以冰雪为基本题材的画家队伍，还不如说他们中的每一个人都是分布在祖国各地的冰雪画急先锋，正以不断开拓进取的精神，师承传统，宗法自然，天道磨砺，独辟蹊径而自成一格，正所谓“天行健，君子以自强不息”，未来的冰雪画派定会呈现出九州生气、万马齐喑的繁荣场面。

第十节　冰雪艺术小语

在人类文明史上很长时间的一个阶段，在大自然的冰雪面前，人类多以抵御冰雪，抗争冰雪为常态，往往是一种对抗的态势。20 世纪的后半个世纪，在人类文明获得了极大发展的同时，开始与大自然形成了丰富多样、和谐共处的交流局面。人类开始以一种更为亲近、更为和睦的心态与大自然中的冰雪相融相生，或者说与大自然中的寒冰冷雪，开始了一种具有艺术化，也更为充满人类文明意味的多方位“合作”。无论是冰雕雪塑，还是其他将冰雪的自然状态深深植入丰富多彩的艺术形式中，都是人类对自身与大自然关系的一种重新思考，化干戈为合作，化对峙为融合，人类离不开赖以生存的大自然，大自然也因人类的智慧而变得更加多姿多彩。音乐、舞蹈、美术、杂技、马戏等纷繁多样的艺术形式，都不再将冰雪作为可畏惧的对象，而是将大自然冰雪所蕴含的美与情趣，通过人类的艺术智慧给予充分的挖掘和表现。在众多的艺术形式里，冰雪已不再显现那种对人类生活的威迫和与人类之间的那种紧张的关系，而是呈现一种有着内在审美情感的交流，这或许更接近人类理想生活的旨趣。

第六章 冰雪·文学

第一节 冰与雪的说文解字

自从人类诞生以来，就开始了与冰雪相抵磨砺的历程。在这个过程中，人类逐渐认识它、熟悉它，并一直在力求掌握它、驾驭它。在文字语言形成之前，人类对冰雪的认识大概还停留在较为感性的阶段，等到文字出现以后，人类对冰雪进行了认知与把握，并逐渐丰富了冰与雪的文字语言符号表现体系。我们先看看有关冰的“说文解字”。

冰，唐代的冰写作氷。会意，从仌，从水。金文作“仌”，字形和甲骨文相同。金文字形表示水凝成冰后，体积增大，表面上涨（上拱）形。《说文》：“冻也，象水凝之形”。冰的本义是水冻结而成的固体。

我国古代不少经书典籍中都对冰有阐释。

冰，水坚也。——《说文》。水凝固而坚硬即成冰。

履霜坚冰至。——《易·坤》。踩着霜，想到结冰的日子就要到来。比喻看到事物的苗头，就对它的发展有所警戒。

迨冰未泮。——在《诗·邶风·匏有苦叶》中前接“士如归妻”，大意为男子入赘到女家，要趁着冰未解冻之前。古代男女结婚一般在冰解冻之前。

冰者，阴之盛而水滞者也。——《汉书·五行志》。天气冷到一定程度，水就凝固了，而成为冰。

冰，水为之。——《荀子·劝学》。冰是水生成的。

冰解而冻释。——《管子·五行》。冰融化了，天气就变暖了。

有趣的是，古代将媒人称作冰人，或冰媒、冰斧、冰台，又有将嫁娶之事称作冰议，将媒人的话称作冰语等。古代人为什么将媒人称作冰人呢？这里有故事可说。在《晋书·索统》有这样一段话，："孝廉令狐策梦立冰上，与冰下人语，紞曰：'冰上为阳，冰下为阴，阴阳事也；士如归妻，迨冰未泮，婚姻事也。君在冰上，与冰下人语，为阳语阴，媒介事也。君当为人做媒，冰泮而婚成。"意为，孝廉令狐策有一天梦见自己站在冰上，和冰下人说话，索圆梦解释说，冰上为阳，冰下为阴，主阴阳之事，你在冰上和冰下人说话，人阳语阴，主为人说媒，因而你当为人做媒，冰河开了，婚姻也就成了。由此后人称媒人为冰人。

说完冰的有关释义，再看看有关雪的"说文解字"。

雪，字源为上雨下彗。甲骨文的雪字，上部为"雨"，其下为雪片状。会意，从雨，从彗。彗，古代指扫帚。大概是下雪了，要用扫帚来清扫的意思吧。《说文解字》中"雪"解作凝雨讲。曾师从大学者郑玄的汉代刘熙有一部著作，叫《释名》，其中也写道："雪，绥也。水下遇寒气而凝，绥绥然下也。"将雪舒缓飘落的形态和雪的形成也都说了出来，看来古人早就知道，雪是由空气中的水汽冷却以后凝结成冰晶，由空中而降的原理。有关雪的形状，古人也有阐释，宋代陆佃（陆游的祖父）《埤雅》："雪六出而成华，言凡草木华五出，雪华独六出，阴之成数也。"说出了雪的形状是不同于树叶、花草等五角形的。在我国最早的诗集《诗经》中还有对大雪飘落情景的记载，如"北风其凉，雨雪其雱。"

雪有多义，古人常将雪字转义运用。如《庄子·知北游》中的"汝齐戒，疏沦而心，澡雪而精神。"依据陈鼓应先生的解释，"澡雪"是以雪洗身的意思，"精神"是清净神志的意思。大意是通过洗涤来清净神志，喻为清除意念中庸俗不堪的东西，使神志和思想保持纯正，这里的雪字有清洗、清除之意。我们常用的"雪耻"中的"雪"就是这个含义。

为什么我们要在这里不厌其烦地对“冰”和“雪”进行说文解字呢？因为语言的形成、使用与所生活的自然环境是有着密切关联的，不同的自然环境有时会产生不同的语言使用习惯。长期生活在冰雪环境下的因纽特人对雪就有着更多的用法，因纽特人拥有着大量形容雪（或下雪）的词语（单词）。语言学家、人类学家美国人弗朗茨·博厄斯于1911年出版的《北美洲印第安手册》序中第一次提及因纽特人拥有数个形容雪的字眼，该四个词语分别是“aput”（地上的雪）、“qana”（正飘下的雪）、“piqsirpoq”（堆积的雪）及“qimuqsuq”（雪堆），而英语只有一个“snow”。另一位语言学说的学者沃夫，在1940年的一篇文章中，指出因纽特语拥有7个不同有关雪的词语。其后，不断有作家将这个数字增加，在1978年，数字已达50个；到了1984年2月9日，《纽约时报》的一篇评论更将数字加至100个。

关于因纽特“雪”的词语说法，一直存在着很大的争论，对于这些争论我们不去理会，但从中可以看出因纽特人在看雪的时候跟其他文化的人会有所不同。因纽特人会觉得把一个有关雪的词限制在一个单一的、无所不包的词里是几乎不可能的。雪在他们的生活中占有了太多的比重，以致因纽特人在看到下雪的场景时，就会生出更多的词语去描述雪在不同状态时的情景。无独有偶，在阿拉伯人那里有着大约6 000个关于“骆驼”的词。可见，自然环境与语言形成有着密切的关联。

第二节　古代诗文曲赋中的冰雪

冰、雪的自然形态比人类要早得多，人类有了文字，就有了冰、雪二字，从河南殷墟挖出的那些十万片之多的龟甲和兽骨上就有这两个字了。甲骨文之后，人们会用文字造句子了，就有了诗一类的文字形式，这些诗文字最初来于民间，后经官府派人收集、整理、删减、编订，就成了册子，我国最早的诗歌总集《诗经》大概就是这样来的。据说原有古诗三千篇，都是来于周朝民间。《诗经》里的诗歌既然是来自于民间，冰雪的这种自然状态也就应被民间诗人们有所关注。

《诗·大雅·生民》中有“诞置之寒冰，鸟覆翼之。鸟乃去矣，后稷呱矣。”这段说的是古代周族的始祖，有华夏农神之称的后稷诞生的事。后稷刚一出生就在冰上，可谓尽遭磨难，而有鸟来给他取暖，这可是上天的呵护了。《诗经·七月》中还告诉了我们在四千年前的时候，他们就会采冰、藏冰，供贵族们冰食之用，“二之日凿冰冲冲，三之日纳于凌阴。”很多时候我们会用如履薄冰的成语，来比喻行事要极为谨慎，要存有戒心，像在薄冰上一样。这个成语就是出自《诗经·小雅·小旻》：“战战兢兢，如临深渊，如履薄冰。”在《尚书》中还有一句“心之忧危，若蹈虎尾，涉于春冰。”无论是踩着老虎尾巴，还是走在春天的薄冰上，这可都是很玩命的事情。除了前面提到的，在《诗经》中还有“蜉蝣掘阅，麻衣如雪。”大意是蜉蝣穿洞向外飞，双膀洁白似麻衣。这里的雪做洁白讲。诗经里雨雪联用的方式较多，如，雨雪其雱、雨雪其霏、雨雪霏霏、雨雪雰雰、如彼雨雪、雨雪瀌瀌、雨雪浮浮……雨在这里多做动词用，而不是雨夹雪的意思。

老子《道德经》中也有用到冰字，“涣兮若冰之将释”意思是融合可亲，像冰柱一样消融，如今我们常用到的“涣然冰释”就是出自此处。庄子不但是个大思想家、哲学家，也是具有浪漫主义风格的大文学家，庄子曾曰：“藐姑射之山，有神人居焉，肌肤若雪，绰约若处子，不食五谷，吸风饮露。”好一个天姿玉质、袅娜轻盈、高洁无瑕的神仙气韵。庄子文风不仅浪漫，更富哲理。“夏虫不可以语于冰者，笃于时也！”便是一例。说的是你和它对夏天里的虫子讲冰什么样子，讲不通，因为它没经历过，时令不同。

与庄子几近同一时期，远在楚国，充满了浪漫主义和神秘风格的楚辞横空出世，屈原和宋玉是代表人物。屈原的《九歌·湘君》有“桂棹兮兰枻，斫冰兮积雪”的诗句。有学者说，这里的冰雪是借喻，因为诗中所描绘的是秋天的景象。“斫冰”，是说船桨落下去，“积雪”是指船桨拨起了浪花，就像堆起来的雪一样，如苏东坡《赤壁怀古》中所写“乱石穿空，惊涛拍岸，卷起千堆雪”的浪花堆起如雪堆景象。其实李白更有“万堆雪”，如其所作“十丈悬流万堆雪，惊天如看广陵涛。”。宋玉《招魂》（一说屈原）中也有“魂兮归来！北方不可以止些。增冰峨峨，飞雪千里些”的冰雪诗句，大意是，魂啊回来吧！北方不可以停留。那里层层冰封高如山峰，大雪飘飞千里密密稠稠。这里所写的冰雪是实实在在的冰雪。

汉赋是在先秦散文与楚辞之后于汉代盛行的辞赋文体，汉赋中多有冰雪诗句，如西汉枚乘所作《七发》中的“其根半死半生，冬则烈风漂霰、飞雪之所激也，夏则雷霆、霹雳之所感也……”意思是它（龙门山上的桐树）的根一半已死，一半还活着，冬天寒风、雪珠、飞雪侵凌它，夏天闪电霹雳触击它……喻为能够经受起恶劣而艰苦的冰雪考验，才能成才。前面曾说过庄子的“肌肤若雪”，三国曹植的《洛神赋》对美女的描写，却不是从雪的洁白角度来说的，而是借助了雪在风中回旋的姿态，描写美女的仪态万千，“仿佛兮若轻云之蔽月，飘飘兮若流风之回雪……”翻译过来就是，行止若有若无，像薄云轻轻掩住了明月，形象飘荡不定如流风吹起了回旋的雪花……

东汉以后，抒情咏物的小赋逐渐兴起，并出现了一篇以雪为主题的汉赋，这就是南朝文学家谢惠连的《雪赋》，它是历代写雪的诗、词、曲、赋及散文中最有名的篇章。该赋从酝酿降雪写到雪霁天晴，展现了素净而奇丽的画面。从写雪的时义、雪的形成、雪的飘落、雪的堆积，一直写到雪后天晴，人于雪夜中的情思，集中写了雪的形美与神美。这篇小赋值得我们摘录几句认真欣赏一下。

“盈尺则呈瑞於丰年，袤丈则表沴於阴德。雪之时义远矣哉！”一尺来厚的大雪为瑞雪，预示着好灶兆头，但雪要是下到一丈来厚，那就是灾害了。雪因时而生的意义和价值可谓深远。雪的形成是怎样的呢？

“若乃玄律穷，严气升。焦溪涸，汤谷凝。火井灭，温泉冰。……霰淅沥而先集，雪粉糅而遂多。”写了雪是因为热和冷的反差，云气弥漫凝聚，雪先是淅沥而下，接着纷纷扬扬，越下越大。

写雪飘落的景象是“散漫交错，氛氲萧索。蔼蔼浮浮，瀌瀌弈弈。”散落错杂，滚滚飘动，浓密纷杂，弥漫天地，飘洒飞舞。

写雪的堆积是“联翩飞洒，徘徊委积。始缘甍而冒栋，终开帘而入隙。初便娟於墀庑，末萦盈於帷席。既因方而为珪，亦遇圆而成璧。眄隰则万顷同缟，瞻山则千岩俱白。於是台如重璧，逵似连璐。庭列瑶阶，林挺琼树。”用大地、高山、楼台、广路、庭阶、林木的雪后的景象来描写雪堆积的形态。

“皓鹤夺鲜，白鹇失素。纨袖惭冶，玉颜掩姱。”白鹤失去了神圣的鲜洁，白鹇消褪了高贵的素雅。美女自惭艳丽不如，佳人掩面自愧无法媲美。用白色的禽鸟，玉颜美人衬托，刻画出雪世界的开阔奇伟和雪的洁白艳丽、随物赋物的品格。

接着又写了雪后天晴，用一系列的比喻和联想，写出了雪的晶莹夺目和变幻多姿，“若乃积素未亏，白日朝鲜，烂兮若烛龙，衔耀照昆山。尔其流滴垂冰，缘霤承隅。粲兮若冯夷，剖蚌列明珠。至夫缤纷繁鹜之貌，皓旰干曒洁之仪。回散萦积之势，飞聚凝曜之奇。固展转而无穷，嗟难得而备知。”积雪未融之际，清晨的阳光照耀之下，灿烂如火龙衔着火光照耀着昆仑山峰；凝成的冰柱，于屋檐屋角垂挂而下，晶莹剔透如蚌壳里排列的串串明珠。至于雪的缤纷繁密之景、明亮洁白之态、盘旋飘落之势，飞聚光耀之奇，可谓变幻无穷，让人叹为观止，难以尽知。

但司马相如并没有止步于此，又由雪及人，描绘了人的情思与雪的融合，以雪月交辉构成了一个凄清、寂冷的意境。“夜幽静而多怀。风触楹而转响，月承幌而通晖。”寂寥而幽静的长夜啊，让人感怀，风儿吹着屋子里的柱子呜呜作响，月儿照着窗帘，整个房间溢满着银色的辉光。“对庭鹍之双舞，瞻云雁之孤飞。西京践霜雪之交积，怜枝叶之相违。驰遥思於千里，原接手而同归。”院子里那成双对的鸟儿，云间那要远飞千里的孤鸿，脚踩着厚厚的积雪，轻轻的咯吱声，更显得身影的孤零，怜惜树上枝叶的分离，思绪飞到千里之外，真的想与思念的人携手同归。

在赋的最后又引出了作者的抒怀，“白羽虽白，质以轻兮。白玉虽白，空守贞兮。未若兹雪，因时兴灭。玄阴凝不昧其洁，太阳曜不固其节。”白色羽毛虽然白，分量却很轻。白色玉石虽然白，空守贞洁性。不如这积雪，随时节兴灭。月光凝聚不能掩盖它的皎洁；太阳照射，也不固守志洁。大意是追求什么名节，渴望什么名誉，还是顺其自然，乐其所为吧。多少显得有些无奈的老庄人生思想中的消极取向，流露了出来。我们不评论作者最后的这种无为而为的对错，文人愿意发牢骚是千古中的常事，也不必大惊小怪。但就本文对雪的全景描写来讲，于中国文学史上，能出其右的恐怕没有几篇。在其后的唐代有一篇《后雪赋》，为罗隐所写。但这篇赋文，虽文笔犀利，意深隽永，却多少让人感觉有失厚道，更少了雪的那种孤清高洁、卓然超俗的境界。

汉赋之后的唐诗宋词中更多有冰雪之作，以冰雪为名的就有不少，而以冰雪入诗词的，则是无以计数。唐代韩愈弟子刘叉有《冰柱》《雪车》二诗，不仅是他的代表作，也因其敢于大胆运用险韵，所以历来被评为险怪之中的代表作，诗风如奇山怪石，峥嵘嶙峋。如“檐间冰柱若削出交加。或低或昂，小大莹洁，随势无等差。始疑玉龙下界来人世，齐向茅檐布爪牙。又疑汉高帝，西方未斩蛇。人不识，谁为当风杖莫邪。铿镗冰有韵，的皪玉无瑕……森然气结一千里，滴沥声沈十万家……”风格真是够怪，也真就如那屋檐下的冰溜子，奇形怪状，不受拘束。想必这也是刘叉对自己的性格写照，也难怪他最后拿着老师写墓志铭赚来的金子，不辞而别地走了。不过他的《雪车》虽无关冰雪太多，但倒是一篇忧民之作。

唐诗是华夏诗歌的高峰，有关冰雪的名句，在这里只能列举一二。天才诗人李白就有多首诗作，或以雪为题，或以雪入诗。如《淮海对雪赠傅靄》中“朔雪落吴天。”《鸣皋歌送岑徵君时梁园三尺雪》中“阻积雪兮心烦劳”“冰龙鳞兮难容舠。”《塞下曲》“五月天山雪，无花只有寒。”而其《北风行》中的“燕山雪花大如席”这是诗人天才级的想象力诗作。唐诗诗圣老杜写冰雪的诗句也不逊于太白，如其“楼雪融城湿”，很是有一种令人惊诧的节奏；而“履穿四明雪”，将人困苦的境遇写的穿透心肺；“暂时花戴雪，几处叶沉波”与“青云羞叶密，白雪避花繁。”将雪与花的关系写得拟人生动，只能称绝。另有一句“细葛含风软，香罗叠雪轻”，雪怎么能叠？叠的又如何是雪？好一个令人遐思万千。

浩瀚如海的华夏古代诗词有太多的冰雪诗句，从雪的形状、颜色、光亮、大小，到雪的飘落之势，甚至雪落之声……都有佳句迭出。无论是皇帝、文人墨客，还是武将、贩夫走卒，也都有吟咏冰雪之作。不管是“黄狗身上白，白狗身上肿”这样的打油之作，还是“待花将对酒，留雪拟弹琴”这样的文雅之诗，冰雪都是人们诗意灵感的源泉。而在旧体诗词中，人们将雪与花一同吟咏进诗中，则更是一道亮丽的风景。

第三节　梅花雪
——古代诗词中的花与雪

清者乐雪，雅者乐花。人们常以花喻雪，谈到下雪，总说是雪花飘舞。也会以雪喻花，如那句“昨来风起花如雪。”特别是梅花，“五瓣梅花六出雪”，雪素有“六出梅花”的美名。梅花与雪，宛若一对姊妹花，若即若离，相映争辉，在历代文人墨客的笔下，也是多姿多彩。

“砌下落梅如雪乱，拂了一身还满。”将梅花比作雪，李煜的这首《清平乐》得算上一个，这个一流的诗人，“日夕只以眼泪洗面”的三流皇帝，有时是真的让人恨不得，也爱不得，只能怜他生错了人家，做错了位置。梅花与雪是孪生姐妹，都出生在寒冬腊月，也都高洁无瑕、天姿超俗，所以不少古代的诗人将梅花与雪并放一处来吟咏。如南宋诗人卢梅坡的两首《雪梅》，“梅雪争春未肯降，骚人搁笔费评章。梅须逊雪三分白，雪却输梅一段香。”“有梅无雪不精神，有雪无诗俗了人。日暮诗成天又雪，与梅并作十分春。”卢梅坡在南宋只能算个很小的诗人，以致连名字、生卒年代，都已不可查。“梅坡”应该是他的号，可看出他喜爱梅花到了极点。

有人认为前一首诗是对梅与雪的比较，是各自不想让的争春。我倒是认为这两首诗应该放在一起来品，也许更有趣味。前面说到梅雪各有所长，一个更香，一个更白，其实梅与雪在一起，则境界会更高。梅花与雪天生就有着缘分，梅因雪更显出高尚的品格，即所谓“梅花香自苦寒来”，所以最好还是雪“与梅并作十分春。”人们常把其称为“梅花雪”，所以将梅花看作了雪，把雪误作梅花，这样的事情在诗句中也多有体现。如唐代天宝年间的诗人张谓的一首《早梅》，“一树寒梅白玉条，迥临村路傍溪桥。不知近水花先发，疑是经冬雪未销。”说的是诗人远处走来，以为那白玉条一般的树枝上落的是雪，走进一看才知是迎春早发的寒梅。另一位唐代诗人许浑也有一首《早梅》：“涧梅寒正发，莫信笛中吹。素艳雪凝树，清香风满枝。”张谓的诗句是疑梅为雪，许浑的诗句则是形容梅花似雪。同为唐代诗人的东方虬有一首《春雪》，直接道出雪、梅莫辨的情景，“春雪满空来，触处似花开。不知园里树，若个是真梅。”南宋诗人吕本中在其《踏莎行》中也写道：“雪似梅花，梅花似雪，似与不似都奇绝。”则更是将梅花与雪的天作之合一言道了个清楚。北宋大文人王安石则有着暗香识梅的巧妙心意，“墙角数枝梅，寒独自开。遥知不是雪，为有暗香来。”但雪与梅花若在一处，恐怕也难分得清哪是梅花，何处是雪，正所谓“雪借梅花香满径，腊梅映雪更清白”。古往今来将梅花与雪同时入诗的，数不胜数。文人雅客多风雅，喜欢追求意境与格调，即便“无酒无诗情绪”也要“欲梅欲雪天时。”可见梅花雪在古代诗人中心目的地位。现代诗人也不乏写“梅花雪”的经典词句，毛泽东的《咏梅》便是最为人喜爱的一首，“风雨送春归，飞雪迎春到。已是悬崖百丈冰，犹有花枝俏。”在这一冰、一雪、一梅花中，却尽显伟人的大气象、大境界。

古人诗词中不独有梅花与雪，还有杏花与雪，如范成大《秦楼月》中“东厢月，一天风露，杏花如雪。”这里的情调却是与梅花雪的意境大不同，是以杏花雪来写闺中密情。最为人熟知的“忽如一夜春风来，千树万树梨花开”则是以梨花喻雪花。不独这句，清代诗人赵蜚声也有“千树梨花千树雪，一溪杨柳一溪烟”的佳句，雪花如梨花一般，一团团、一簇簇，千树万树皆压枝欲低，意境壮美，极富浪漫梦幻色彩。古人佳句中，也有杨花雪的诗句，如韩愈的《晚春》中，“杨花榆荚无才思，唯谢满天做雪飞。”以及南宋周紫芝的“雪似杨花飞不定”，都是吟咏杨花雪的佳句。在古代还有诗人将雪比作天庭中的琼花，如“落进琼花天不惜，封他梅蕊玉无香。”清末民国初年的国学大师王国维别作丁香雪，似前无古人，“醒后楼台，与梦俱明灭。西窗白，纷纷凉月，一院丁香雪。”这首收入《人间词乙稿》的《点绛唇》，为其悼亡先妻之作，情感动处，令人心碎。后来，有人借大师这一丁香雪之喻写了冰城的春雪景色，但意境则嫌逊色太远：“琼英融玉蕊，傲霜独枝梅；满园丁香雪，一城春水流。”

太多的雪的诗词歌赋，只取沧海一粟，也不是万千言语所能道尽。有首元曲小令容纳了七个比喻，两个典故，就权当是对雪描绘的一个集大成，即使不能，也暂时让它做个终曲吧，因为本就没有什么语言能将雪的千姿多彩一网打尽。“冷无香柳絮扑将来，冻成片梨花拂不开，大灰泥漫了三千界，银棱了东大海，控梅的心禁难挨。面瓮儿里袁安舍，盐罐儿党尉宅，粉缸儿舞榭歌台。”

第四节 白山黑水间的古代冰雪诗词

这是静止千年的雪，有三位诗人几乎在同一个时段，都吟咏出雪的诗歌。当时大唐王朝正逢安史之乱，一直颠沛流离的大诗人杜甫，在写出“国破山河在，城春草木深”的同时，也低吟出“战哭多新鬼，愁吟独老翁。乱云低薄暮，急雪舞回风。瓢弃樽无绿，炉存火似红。数州消息断，愁坐正书空。”从乱云欲雪一直到急雪回风，愁绪满怀。此时，在隔海之处的日本有一位“万叶歌人”山上忆良。他年轻时曾做过遣唐大使的随员到过中国，汉文修养极深。他写的著名长歌《贫穷问答歌》是唯一直接反映古代律令制国家统治下，人民遭受横征暴敛之苦的一首绝唱。诗中写道：“风雨交加夜，冷雨夹雪天。瑟瑟冬日晚，难御此夜寒……”诗中所感与杜草堂当时的心境很是相近。

相比较起来，另一位当时出使在日本的中国诗人的心情明显要好于这两位，虽然也有一份乡思之苦。这位诗人就是渤海国归德将军杨泰师，此时的他作为副使正出使日本。他的《奉和纪朝臣公咏雪诗》和《夜听捣衣诗》可能是目前黑龙江留存下来最早的诗歌。

曾做过女真皇帝的完颜亮是土生土长的黑土地人，雄才大略的他不仅善于作诗，也长于填词，曾填有《昭君怨·雪》。“昨日樵村渔浦。今日琼川银渚。山色卷帘看。老峰峦。锦帐美人贪睡。不觉天孙剪水。惊问是杨花。是芦花。”笔调轻松、闲适，体现出作者对雪和山水的热爱。被强迫迁往上京城的高士谈也曾写有“谁打玉川门，白娟斜封团月。晴日小窗活火，响一壶春雪。”以清新脱俗的想象写出了塞外的雪景和雪后的寂静、恬淡。

有“北宋以来，一人而已”（王国维评）之称的纳兰性德，是清代著名诗人。康熙二十一年（1682 年），他被授命前赴黑龙江侦察敌情。正值黑龙江冰雪季节，写下了《采桑子·塞上咏雪花》：“非关癖爱轻模样，冷处偏佳。别有根芽，不是人间富贵花。谢娘别后有谁惜，漂泊天涯。寒月悲笳，万里西风瀚海沙。”飘零的雪花，轻轻盈盈的样子，却不是他的最爱。他钟情于雪花的是那独显的孤高。纳兰性德的身世更应该是个富贵的牡丹花，可他更希望自己“别有根芽”，就像雪花，哪怕是在群芳尽绝的寒冷之地，独守自己的高洁无暇。孤独的清冷，纯粹的洁白，是雪花也是纳兰性德的写照。他 31 岁的生命“山一程，水一程”，“风一更，雪一更”（纳兰性德《长相思》），就真的仿佛天堂飘下的雪花，来去匆匆，只一瞬，便化去了踪影。真是让后人不免叹其“枕畔红冰薄”（纳兰性德《菩萨蛮》），可却也只能“争教清泪不成冰”（纳兰性德《好事近》）。

清代是黑龙江冰雪诗赋的高峰，在安徽桐城方拱乾方氏诸杰、吴兆骞、英和等进入黑龙江的清代流人推动下，黑龙江冰雪诗篇掀开了新的一页。黑龙江现存的第一部诗集就是方拱乾的《何陋居集》。方拱乾在出关至赦归不足三年的时间里，“虽流离播迁，却无一日辍吟咏”，共得诗 951 首。自方拱乾起方氏家族祖孙五代，十数位才子，被先后两批流放到宁古塔及卜奎地区。为江左文章世家的方氏一族多为知书明理，诗文超群之人，留下了大量的诗词著述。方拱乾的《绝域纪略》、方式济的《龙沙纪略》被称作“黑龙江文化之祖”。沈德潜在《述本堂诗集》中曾写道：“其人之著述，自仕宦、羁旅、山林、闺阁，无不能。诗者人自为家，皆足以传后而不朽。”

刚到北疆的方拱乾一家人对突如其来的第一场雪，还毫无准备，也只有愕然对之了，“八月廿四雪大落，旧客平常新客愕”。大雪突至，御寒措施还没弄好，也只能在这“骤寒偏侮破茅屋，土床湿压生山木”（《何陋居集·八月廿四日大雪》）的艰苦环境里暂且安生了。“寒燠无期多曲折”（《何陋居集·八月廿四日大雪》），漫漫无期的寒冷冬季中怎会少得了波折，但又能怎样？还是要守着坚定的信念，相信“皇天四序定有时，冬早春温当亦随。”（《何陋居集·八月廿四日大雪》）。“久暄安客冷，转爱雪情深。苦寒还望雪，乃见极边情。”《何陋居集·雪》，住久了，也就习惯了寒冷的天气，皑皑的白雪高洁无暇，是这寂寥而漫长的冬天中最有诗意的景色，诗人喜爱上雪是自然而然的事情。“不为客来频扫径，雪消径静白无尘。穷边听惯祁寒语，暂拂曦光已是春。”（《雪晴扫径》）雪落之后，不管有没有客人来，还是要清扫出一条干净的雪中小径，但诗人何尝不希望这是归乡的春之路呢。“冰声破屐响，又见塞河春。”河冰已碎，春天还会远吗？塞北春寒料峭时，也正是诗人家乡春意正浓之际，一地春雪，总会牵起诗人的思乡之情。“夜雪闭门深，佛火通窗白。殷殷屋梁声，诗歌杂梵策。”（《夜酌》）雪夜中读经礼佛，也算是苦中作乐吧，生活就是这样，在极度的艰难之中，寻找心灵的愉悦。

方拱乾的儿子和孙子也都有冰雪诗句流传于世，如其长子方玄成的“空肃山容立，风回雪片悬。”（《雪归》）。其孙方观承则有“戍笳声里沙和雪，一片寒阴淡夕阳”（《夕阳》）、“冻月半轮衔雪出，寒沙数里傍车来”（《夜归》）、“夫役官围儿苦饥，连朝大雪雉初肥”（《卜奎竹枝词》等。其孙方登峄有“飞雪大如掌，风吹衰草路”（《塞春归》）

被流戍到卜奎（齐齐哈尔旧称）的英和，原名石桐，他的塞外诗赋以写卜奎山川风情为主。在他的《卜奎城赋》有一段写卜奎城气候的文字，令人读来如身临其境，不寒而栗。说气候是“其气候也，暖薄寒重，少雨多风”“凛凛冽冽，可畏三冬”“阴则积素盈尺，晴亦舞霰长空”“冻合地而缝裂，雾罩树而林封。”说房屋是“屋藉草以覆顶，虞焚轮之掀冲；窗涂油而护纸，虑惊沙之击撞。”写到人家的取暖是“煨马矢以寒却，烧败叶而烟笼。”人们在寒冷的状态下则是“手在袖而指堕，口嘘气而冰重。”在家要“居则拉核之是蔽”，出门则要“出则爬犁之能通。洵苦寒之所届，为冱阴之所钟。”英和还有一首描述深秋密雪打窗之声的诗作，观察得十分细致，《龙沙秋日十二声诗》：“露才凝作霜，霜即变为雪。飞絮继飞花，玉粒间玉屑。著纸何窸窣，映油益皎洁。光讶水晶盘，团比丁香结。入夜亦惊人，搴帷又误月。行行送屐齿，轧轧腻车辙。鸦阒无闻，荒草偃且没。不道深沆寥天，笔尖冻欲折。”他还写过一篇雪中放风筝的场景，“入得青云耐得寒，临风不惜湿飞翰。为凫为雁都成幻，徒博儿童举首看。”（《雪中见纸鸢》）春雪虽然牵动了诗人的乡思，但诗人知道北疆春天的第一场雪更是百姓生活的希望，诗人以一种雀跃的心情，写下了《春雪》一诗，“所望春泽普，南亩翻锄犁。人心固如此，天意安得知？不料须臾间，有以慰群黎。连朝快晴旭，和风潜相催。春色将平分，彻夜玉屑霏。初则盐可拟，继乃絮随之。形容各尽妙，何必独矜奇。深看脚没屐，暖异粟起肌。饥鸟集矮檐，小鸟奔前墀。隔墙看嫩江，应易名玻璃。”从诗中可以看出诗人对卜奎边城风调雨顺、五谷丰登的祈愿，据说英和还让他的两个儿子吟唱自己的春雪诗。

康熙年间被流放到宁古塔的著名诗人吴兆骞，在《寒食大雪》中述说当时感受：“寒食边庭雪，严阴郁未开。遥怜战场柳，春色几时来。客泪沾笳吹，乡心托酒杯。莺花何处好，万里梦吴台”。诗中描述到遥远的北疆，清明时节仍然飘洒着大雪，气候十分寒冷。被流戍到北方的诸多文士，思念家乡，牵挂故土上的亲人。清明到了，可是却没钱祭典先祖，只得用一飘风雪，一掬浊泪，一支乡曲来遥寄哀思。其意境与杜牧的“清明时节雨（雪）纷纷，路上行人欲断魂”颇为呼应，个中悲凉，可想而知。吴兆骞有《秋笳集》，凡四卷，二十三年的流戍岁月，吴兆骞写下了近千篇反映边疆生活的诗词歌赋，他多借吟咏塞北风光抒发对江南故里的思乡之情。他的散文诗《秋雪赋》中写道：“边风起兮朔雪飞，雁违寒兮度欲稀。关山远兮谁与归，心怀乡兮空自知。龙沙雪色秋如此，肠断高楼寄旧衣。”秋天的雪更让诗人忧思、惆怅，那种哀婉跃然于纸上。吴兆骞的诗作风格意境高远，哀婉苍凉，雄浑冷峻，《秋笳集·雨雪》：“际海塞沙平，连峰朔雪惊。三秋龙碛度，万里雁山营。甲冷朝逾响，笳寒夜不鸣。兼裘犹恐薄，愁杀寄衣情。”哀而不怨，悲而不伤，将雪景的冷峻与凄美表现得淋漓尽致。

在清初的1669年冬，吴兆骞与他的朋友，另一个流戍文人张缙彦，有一次骑马走过宁安的大石桥，他们看见桥下的泉水翻腾涌动，状如泼雪。张缙彦突来灵感，即兴命名为“泼雪泉”，并题“流清味甘，不让于江南诸大名泉”之词，请石匠帅奋把“泼雪泉”三个大字刻在西阁大崖之上。1923年，宁安县知事王世选筹资维修大石桥，在碑亭一碑上铭曰“泼雪接近石梁，清澄可鉴，甘润诗肠，凝冬不冻，千古流长”。

虽斗转星移，物事已非，但这些被流戍到边疆的诗人，他们笔下的冰雪诗句，就像这“泼雪泉”的泉水，凝冬不冻，千古流长。面对困苦的处境，他们感慨苍凉、悲壮幽怨，或低吟沉唱，或长歌当哭，但白山黑水间那晶莹的冰、洁白的雪，给他们的如诗人生留下了浓重的一笔。

第五节　与雪有关的故事之最

古人留下了众多与雪有关的故事，这故事或在民间，或在文人中，辗转地流传着，或悲壮，或冤屈，或勉学，或悠闲……同样的雪，却总会有不同的人生与故事。

【最悲壮的雪故事——苏武牧羊】　苏武牧羊的故事广为流传，他出使匈奴，因遇变而被扣押。匈奴劝降不成，先将他关入地窖，并断绝了苏武的食品和水。苏武渴了，就吃一把雪；饿了，就嚼身上穿的羊皮袄。匈奴见此，无策，又不忍杀之。只好将他流放到西伯利亚的贝加尔湖一带去放牧公羊，什么时候公羊生产了小羊，才放他回去。最后，饥啮毡衣渴饮雪，十九年不改冰雪一般高洁气节的苏武，终于回到了祖国。或许这是与雪有关最为悲壮的故事。有诗为赞：

子卿远使匈奴国，持节堂堂不肯屈。

置之深窖死为神，饥啮毡衣渴饮雪。

但怀忠赤自通神，未必长伴羝为群。

西风吹堕上林雁，白发归来有麒麟。

【最冤屈的雪故事——六月飞雪】 窦娥因贪官陷害，而在六月被杀害，临死前发下三桩誓愿，那第二桩便是："你道是暑气暄，不是那下雪天；可曾听说过飞霜六月因邹衍？如果有一腔怨气喷如火，一定会感动得六月冰花滚似锦，以免我的尸骸显现。"六月飞雪的窦娥冤或可算是有雪有关的最冤屈的故事了。

【最洒脱的雪故事——踏雪寻梅】 踏雪寻梅是很洒脱的一宗"雪故事"。传说唐朝诗人孟浩然（一说唐代郑綮）有一次骑驴在江边的沙滩上闲的无事，走来走去。有人问他："浩然公，天气如此寒冷，您一个人在沙洲上走来走去，是在寻找什么东西吧？"孟浩然抬头乐呵呵答道："我在这里寻梅。"人们再看雪地上踩出的一个个蹄印，倒真像是一朵朵"梅花"散落在沙滩上。有人送了孟浩然一首打油诗："数九寒天雪花飘，大雪纷飞似鹅毛。浩然不辞风霜苦，踏雪寻梅乐逍遥。"《韵府群玉》中则有记载孟浩然自曰："吾诗思在灞桥风雪中驴背上。"后来这段踏雪寻梅的佳话被流传下来，在古时瓷器、地毯上常有这一图案出现。

【最潇洒的雪故事——雪夜访戴】 在我国古代，魏晋时期的文人飘逸、洒脱，好清谈、多怪举，是古往今来最为潇洒的一群文人。在王羲之的儿子王徽之身上，就有一段令后人叫绝的"雪夜访戴"的佳话。这位被后人戏称为"中国历史作秀"第一文人的王子猷，一次夜里从睡眠中醒来，打开窗户，发现外面雪花纷飞，一片洁白银亮，于是起身，边在屋里踱着步，边低吟着左思的《招隐诗》，"非必丝与竹，山水有清音。何事待啸歌，灌木自悲吟……"他忽然想到了当时的大画家戴逵，即刻连夜乘小船前往戴逵住的地方，走了一夜的路程才到了戴逵家。可是这位老哥却“经宿方至，造门不前而返”，转身又返回家中。有人问他为何这样，王子猷说：“吾本乘兴而行，兴尽而返，何必见戴?”哈，原来是兴致没了，想玩就玩，不想玩就不玩，真个是率性而为、潇洒自如的“顽主”。这段故事想必应算作雪故事中最为潇洒的一宗了。不过话说过来，这等文人风度，也不是谁都能做得来的，现在的文人与其相比，总觉得不免多了几分堂皇的做作，而少了些许如此这般的洒脱与率性。

【最超俗的雪故事——嚼梅咽雪】 赏雪鉴梅本已是一桩十分脱俗的雅事，但若是有人一边赤足行于雪中，一边嘴里念叨着“曲士不可以语于道者，束于教也……”然后从梅树上摘下几朵梅花放进口中一顿嚼之，再抓起一把雪搁在嘴里往下顺，继而说道：“吾欲寒香沁人心骨。”你对这举止会怎么看？反正大多古人都认为“嚼梅花满口，和雪咽之”是最超俗的事。只是不知道如果这样做了，会不会胃肠不好。

【最拽的雪故事——雪中仙】 若说口咽梅花拌雪，是特超俗的事儿，那做神仙可就是彻底的超凡不俗了！元代大画家王冕，擅画梅花，写过“冰花个个团如玉，羌笛吹它不下来”以冰花喻梅花的诗句。有一天下大雪，他赤脚登上炉峰，四顾大呼曰：“天地皆白玉合成，使人心胆澄澈，便欲仙去!”王冕可谓是“雪中仙了”。不过史上还有另一被人称为神仙的记载，也是与雪有关。这个故事来自《世说新语·企羡》，说的是晋代的王恭，曾经“被鹤氅裘”，穿着鸟的羽毛制成的大衣，在雪地里行走，有人见到说：“此真神仙中人也。”看来做神仙还得要有雪来做背景啊。

【最爱学习的雪故事—孙康映雪】 雪与好学之间也大有故事，有刻苦读书、勉励上进的，也有诚心专志、尊师重道的，这些故事都由来已久，但在今天却依然鲜活如初。“映雪夜读”说的是晋代一个学者孙康小的时候，因家贫无灯油而不能读书，他为此痛惜时间的流逝。冬天的一个晚上，外面下过大雪，满世界都银亮银亮的，他突然被触动心思，从家拿出书来，对着雪地的反光一看，果然字迹清楚，比一盏昏黄的小油灯还要亮堂。于是，他每逢有雪之夜，就在外面映雪读书，即使难耐寒冷，也只是跑回家暖和一下，再继续出来读书。后来终于学有所成，做了学者，也当了大官。当然如映雪、囊萤读书这类故事，更多的是对学习精神的一种勉励。其实，孙康的出生地洛阳一年中能有多少雪下，可供他映雪读书。同理，师门立雪的故事也是对尊师重道、诚心求学精神的鼓励。

【最尊师道的雪故事——师门立雪】 古人很重师道，自古就有师门立雪的典故。师门立雪的故事有二，一是立雪断臂，二是程门立雪。立雪断臂说的是北魏时期的慧可和尚，一名僧可，本名神光。慧可禅师前往少室山，欲求达摩大师收列于门下，可是无论怎样朝夕承伺，达摩老和尚就是不睬他。一年的腊月初九，大雪纷飞，寒风刺骨，慧可站到天亮，积雪已经过膝。这个时候，达摩祖师心生怜悯，才问上一句："汝久立雪中，当求何事？"慧可禅师流着眼泪，期望达摩祖师能收他做学生，达摩祖师闻此说了一番话，大意是，若想得无上妙道，那可不是简单的，必须得行常人所不能行，忍常人所不能忍，想凭借一点小聪明、小修为去求什么大法，那简直就是痴人说梦，白受苦挨累，不会修得正果的。慧可禅师听达摩祖师如此一讲，为表自己求佛法的虔敬之心与决心，便挥刀砍掉了自己的左臂，放在祖师的面前，血雪相融，分外触目。达摩祖师被慧可禅师这一虔诚的举动所感动，就收了他做徒弟。后来慧可精研佛法，成为禅宗二祖。

《宋史·杨时传》有记载："至是，杨时见程颐于洛，时盖年四十矣。一日见颐，颐偶瞑坐，时与游酢侍立不去。颐既觉，则门外雪深一尺矣。"程颐，人称伊川先生，北宋名儒，理学大师，"洛学"的创始人之一，与其兄被合称为"二程"。此等名望，自然会引天下好学之人纷纷上门求学。杨时，人称龟山先生，也是非同小可的一个大学者。这段故事说的是杨时和另一学友游酢到程老师那里，赶得不好，老师正坐在那里打瞌睡，杨时二人就站在门外一直等着。适逢天空下大雪，二人却不为所动。程老师这一瞌睡也够长的了，等他发现二人一直站在门外的雪中等他醒来，外面的积雪已经有尺余厚了。后来，杨时把二程理学传入了福建，开创了理学的“道南系”，称为一代儒学宗师，被尊为“闽学鼻祖”。立雪一词后来则成为对列于师门的一种尊称。

【最贤德的雪故事——袁安卧雪】 有人赏雪，有人踏雪，还有人烹雪、饮雪，多为有闲情逸致的人所为。后汉人袁安卧于雪中，可不是来了什么雅兴所致。《汝南先贤传》有记载，有一年冬天，洛阳连续十多天下大雪，好雪“宜瑞不宜多”，降雪过多也是灾，积雪丈余厚，封路堵门，忙得洛阳令四处巡视灾情。每家每户都在除雪开路，可是到了袁安家门口，却是毫无动静，洛阳令以为袁安可能已经死了，便忙命人除雪打开一条路，进入他家中，看见袁安奄奄一息地躺在床上。洛阳令问袁安为什么不出去，袁安说：“大雪人皆饿，不宜干人。”意思是大雪天人人皆又饿又冻，我不应该再去干扰别人。洛阳令嘉许他的品德，举他为孝廉。后来袁安又因廉正清明、政尚慈爱做了更大的官。陶渊明在《咏贫士七首》之五中曾赞道：“袁安困积雪，貌然不可干。”赞他虽生活清贫但有高洁的操守。袁安卧雪的故事流传极广，影响也颇大，不仅为文学中经常引用的典故，也广泛成为绘画题材，如古人画家中如王维、董源、范宽、赵孟頫、倪瓒、沈周、盛懋、文徵明等都有《袁安卧雪图》画作。现代画家中，以此为题材的也大有人在，如傅抱石、刘峨士、胡世华等。其中最为著名的要数王维的《袁安卧雪图》，而画中的“雪中芭蕉”，则是我国绘画史上最大的一桩艺术公案，千余年来一直争论不休，但这并不妨碍“雪中芭蕉”成为华夏美术史上的千古绝唱，更不妨碍袁安卧雪的故事成为与雪有关的最具操守、德行的典故。

【最闲情的雪故事——藏雪烹茶】 雪水烹茶算是最雅致与最闲情的事情了，《红楼梦》里的妙玉就擅雪水烹茶，“五年前我在玄墓蟠香寺住着，收的梅花上的雪，共得了那一鬼脸青的花瓮一瓮，总舍不得吃，埋在地下，今年夏天才开了。”五年前的梅花雪，存了下来为烹茶所有，算是罕见的讲究了。不过这雪水烹茶可不是小说中才有，古代文人墨客多有此好。白居易就曾用雪水煎茶，并赋诗：“冷咏霜毛句，闲尝雪水茶。”大诗人陆游也有一首《雪后煎茶》：“雪液清甘涨井泉，自携茶灶就烹煎。一毫无复关心事，不枉人间住百年。”后来效仿此道者更多。元朝谢宗可《雪煎茶》曰：“夜扫寒英煮绿尘，松风入鼎更清新。月圆影落银河水，云脚香融玉树春。”曾任清代提督陕甘学政的官献瑶也有诗：“雨前茶向雪中烹，雪碧茶香澈底清。疑有春风生兽炭，胜邀明月倒银瓶。黑甜迟入梅花梦，白战交霏玉屑声。猛省年华真逝水，地炉夜夜煮三更。”明代大文学家张岱每到冬天的时候将雪藏在坛子中，等第二年用这雪水烹茶。也许这“雪水烹茶”是文人眼中最为闲情雅兴之事了。张岱不仅爱雪，在其名著《夜航船》中更记录了不少有关雪的故事，上面所讲到的雪的典故大部分就都是出自这位蝶庵居士的笔下。

中国古代有关雪的典故，还有很多，难以述及完备。这些故事大都是以雪的品格来映照或彰显自身的人格。人们期盼雪，因为它是天公抛下的一件鹤氅，供人间一时遮掩一下俗世的尘泥污垢，哪怕是暂时的安慰；人们喜爱雪，因为瑞雪兆丰年，自古以来，更多的农民还是要靠天吃饭；人们钟情于雪，因为它是天堂雪，因为它能给人以希望，能以雪的品格照耀自己的人格；人们礼拜雪，因为人们渴望拥有雪那高洁无瑕的品格。

第六节　冰与雪的传说

在冰与雪的世界里，流传着许许多多动人的传说，这些传说有的是来于各民族的口口相传，有的是文学家的想象创作，但无论是哪一种方式，都体现着人们对冰与雪的认识，寄托了人们对冰雪世界深深的爱。

洁白无暇的冰雪世界赋予了人们丰富的想象力，每一个传说都充满了神奇的幻想，每一个传说都是民族风物、习俗的表现。

【雪的传说】 雪，白皑皑的，冰晶玉透一般。可是你知道吗？很早很早以前，雪可不是这番样子。那时候，人们穿用有余，吃的呢，是天上玉帝赐予的白面大雪。一遇阴天，白面雪就下来了，飘飘洒洒的，筛锣一样的。直到仓满屯实，人们吃穿有余，过着幸福美满的生活。

渐渐地，这种不劳而获的生活，使人们变得懒惰无情、贪婪自私了。人们把天赐的白面烙成饼，当褥子垫，扔的扔，毁的毁，一点也不吝惜，连小孩擦腚也用面饼了。天地间升腾着一片恶气，变成混混沌沌的了。

这天，天堂金殿之上，玉帝闲来无事，猛然想起地上人间的人来，便掷单发令，派太白金星下凡打探。太百仙翁奉旨接诏，驾了五彩祥云，直奔人间。到了一个庄落，太白金星摇身一变，成了个要饭叫花子，趺趺撞撞敲开了一户人家的院门，可怜巴巴地说："老哥子，给点吃的吧。"主人正吃了饱饭，铺了褥饼，在梦乡哩，一听有人来叫，便怨惊了他的好觉，怒道："死老头儿，茅厕里还有几个扔掉的馍馍，快拾了滚吧。"说着将老儿推出了门外。

玉帝听了太白金星的讲述，勃然大怒："快传管雪的天将。"随后挥动玉笔降了一道圣旨。这一年，人们粮囤空了，将盆儿、罐儿、口袋儿露天放在野外，待白面大雪下来。可是，左等右等，春天过去了，夏天过去了，一直等到冬天人们都饿成皮包骨了，天上才降了鹅毛大雪，人们欣喜若狂，纷纷舀了面，点了火，可是一煮，面变成水了。这才发现天上下的不是面了，而成了现在的雪。原来玉帝把下白面变成了见热就化的雪，把白面分成一丁点儿一丁点儿的，分散到人间最多的植物种子里，让人们通过辛勤的劳动才能得到它，后来便有了耕种和收获。

【雪原的传说】 在很久很久以前，在天地初开之时。天上就只有风雷雨，没有雪。就因为冬天没有雪，所以很多虫子都不会被冻死，每当开春时节，虫子的卵就会慢慢地长大，到秋天的时候危害庄稼。

人们每年都要向上天乞求天降大雪，可是年复一年，老天爷还是没有给人们答复。一天有个农夫下田种地，无意间救了一只蚂蚁，到了晚上，蚂蚁给他托了个梦："好心的老伯，谢谢你救了我的命。我不是蚂蚁，是一个受戒的仙子，因为你救了我的命，所以我要报答你，我看您这么多年都没有孩子，所以决定送你一个女儿，你在她16岁那年，让她到离山去找雨仙子，要她履行曾经答应办的事情。"

梦醒后，老农觉得不可思议，因为他的妻子，已经年过五旬了，怎么可能再生孩子呢？后来，他的妻子果然生下了一个女娃，女孩子长得非常美丽，就向天上的云朵一样美丽，他给她取名叫雪原。雪原在父母的呵护下慢慢成长，她有一双大大的眼睛，像夜空中明亮的星星，头发又长又黑，比那名贵的黑珍珠还要深，皮肤雪白雪白的，可与那皎洁的月光所比拟。

雪原慢慢长大了，村里的小伙子们为了能得到她的一个微笑，费尽心思地寻找珍奇的野味，以引起她的注意，她都婉言谢绝了。到了她16岁生日那天，她的父亲把16年前的那个梦告诉了她，她听后决定去寻找雨仙子，并对她的父亲说："假如我真是神仙下凡，我就一定可以找到雨神。"村里的人都不太想让她去，他们花费了许多心血让她留下来，但是，她坚持了自己的决定，所以她就出发了。她走出村外经过不知几年的跋涉，不知爬了几百座山，趟了几百条河，终于她的行为感动了上苍，玉星公主让苍鹰为她带路，找到了雨神栖身的宫殿。她说了自己的目的后，苍鹰返身飞走了。她被带入了宫殿休息。

第二天，她被带到了雨神的面前，说出了自己的来意和自己的疑惑。雨神为她解释了疑惑，并且感谢她的父亲救了自己的弟弟。后来雨神告诉她的身世：原来雪原也是一位仙子，是雪仙子，因为触犯了天条，而被迫降入了凡间，受九世轮回之苦，这次如果没有玉星公主的帮助，她也无法脱离九世。而现在雨神说："上苍认为你已经受够了苦难，你可以带回你自己的仙术，实现你的愿望为人间做些事情。这就是你临下凡前我所许下的诺言。”

顿时，雪原恢复了自己所有的记忆，她施展了自己的法术，把手中的雪花抛向人间，可是那些雪花仍不能覆盖整个地面，这是因为她的仙级，还属于最低的一层。这可怎么办呢？忽然，一个小小地念头闪过脑海，她纵身跳下了法台，口中喃喃地念着一个咒语，渐渐地，自己的灵魂与雪花相结合在了一起，成为雪的精灵，从此可以尽情地抛洒雪花，再没有什么东西可以限制她了。她为了别人，牺牲了自己。

当白宫玉星公主赶到时，一切已经晚了，她伸手只抓住了几朵小小的洁白透明的小雪花。冥冥中，雪原的魂魄与玉星相约，如若以后玉星要是投胎，那么满 18 年的那天，将是她们相会的时候，那时玉星要与自己一样，与自己命属的东西相结合；如果玉星反悔，便天降大雪，连续四天，以纪念雪原。

【冰灯的传说】 住在松花江边的不少人家，在除夕之夜或者元宵佳节，都愿在自个儿门前点冰灯。那冰的灯罩像一块玉抠出来似的，锃明瓦亮，中间再放上油灯或蜡烛，点着了后直晃眼睛。说起点冰灯的习惯，这里还有段故事。

传说很久很久以前，松花江边上有个屯子，里头住了男女老少几百号满族人。他们打鱼种地，吃不愁，穿也不愁。忽然有一年不知从哪飞来一只九头鸟，这怪物一扇翅膀就刮风，那风刮得天昏地暗，砂飞石走，江水出槽，几搂粗的大树连根拔起。趁这机会，它把人、牲口，摄进洞去，留着慢慢吃掉，弄得屯里人提心吊胆的过日子。

屯子有个叫巴图鲁的年轻人，对九头鸟恨得牙根直。一天，他带上剑，约了几个小伙子去除妖。可是，这伙人没等找着洞口，九头鸟就知道了，它猛劲拍打两翅，扇起妖风，把小伙子们滴溜溜吸进洞去。巴图鲁有些本事，起风时幸好抓住了一根藤条，被藤条带出去老远，没有落入魔窟。

这藤条是条雌蟒。雌蟒的妈妈、姐姐都被九头鸟吃了，它今天救了巴图鲁，还向他传授制服九头鸟的办法。它说："九头鸟转圈的八个头只能吃食，不能看物，不打紧；只有当中的那个大脑袋有眼睛，那眼睛黑暗处也能看清方圆几里内的东西。但最怕亮光，有了亮光，就没咒念了。"

"上哪找亮光去呢?"巴图鲁着急地问。"上星星山，山上有天落石，你爬上去取回两颗，用一百个人的体温温红，比什么都亮。"雌蟒还说，"我再变成藤条，你带在身边，就不愁进不去妖洞。"说完，真的变成了藤条。巴图鲁把藤条缠在腰间，大步流星去找天落石。他起早贪黑，忍饥挨饿，走啊爬啊，总算到了星星山下。哎呀，那山立陡石崖，白云缠绕，怎么上啊?

"拣根白鹰翎就能上山!"藤条说。按藤条的主意，巴图鲁当真飘飘悠悠上了山。山上乱石成堆，天高风急。巴图鲁四处寻觅天落石。突然，西北天边有两个带火光的东西落到山上。啊，是天落石。巴图鲁拣起这块热乎乎的宝贝疙瘩，揣进贴身的怀里，就兴冲冲地往山下爬。巴图鲁爬下山，历尽千难万险，终于找到了九头鸟的洞穴。

洞口用石头堵着，缝隙很小，不是九头鸟往里摄人，谁也进不去。巴图鲁拿下腰间的藤条，藤条便将石头钻了一个洞。巴图鲁挺顺利地爬进去了。洞里伸手不见五指。巴图鲁边摸边爬，边爬边摸，摸到了一些人，是九头鸟摄进洞留着吃的。巴图鲁把天落石掏出来，让那些人轮着用手捂。他们一传俩，俩传仨……天落石由热变红，由红变亮，传到一百人已光芒四射，把妖洞照得雪亮。

九头鸟正咯崩咯崩嚼人骨头，猛见亮光，大吃一惊，想要看看亮光来自何处，却又睁不开眼睛，急得嘎嘎怪叫。说时迟，那时快，巴图列一手举宝石，一手握宝剑，已窜到九头鸟近前，手起剑落，砍中了它的中间脖子，虽然还差一点筋肉没砍断，脑袋没有掉下来，但已经耷拉地了。巴图鲁又刷刷刷几剑，把那八个脑袋统统砍掉了。九头鸟扑通一声跌倒了。

巴图鲁长出一口气，转身想和众乡亲出洞回屯，没想到九头鸟没断气，它趔趔趄趄站起来，从脖腔里忽地喷出污血，污血不偏不正，都射到了巴图鲁身上。趁这工夫，九头鸟连飞带走，撞开洞口石头，跑了。

九头鸟的血，黑乎乎，黏稠稠，又腥又臭，人和牲口溅上这血，眨眼就烂。乡亲们得救了。勇敢的巴图鲁却死了。打那以后，松花江边的这个屯子又太平了。可有一宗，逢过大年或正月十五，九头鸟在天擦黑以后还悄悄出来往院子里滴污血，谁不留神踩上就没好。

上年纪的人想到了巴图鲁降服九头鸟的招儿，可是没有雌蟒的帮助，上不去星星山，找不着天落石，于是，就在门前点上灯笼吓唬九头鸟。灯笼的纸罩不结实，风大时还会被里边的灯火烧着，有人就开始把水放到桶里冻成空心的冰罩，将灯或蜡放在中间，罩不化，灯不灭。冰灯明光光，亮堂堂，很像巴图鲁千辛万苦找来的天落石。看了它，九头鸟躲得远远的；看了它，人们就想起了救命恩人巴图鲁。

为了驱邪消灾，为了纪念恩人，这个屯的多数人家过年都点起了冰灯。一来二去，冰灯又传到别的屯，传到城里……

【元宵节滚冰的传说】 正月是农历的元月，古人称夜为“宵”，所以称正月十五为“元宵节”。正月十五日是一年中第一个月圆之夜，也是一元复始，大地回春的夜晚，人们对此加以庆祝，也是庆贺新春的延续。每年农历的正月十五，迎来的就是中国的传统节日——元宵节。

元宵节除传统的观花灯、吃元宵之外，在我国的北方还有滚冰的习俗。据传这个习俗来源于一个古老的传说，很久以前，松花江的江神独角龙的女儿爱上了一位英俊勇敢的年轻捕鱼人，两个人偷偷地相爱，并结为夫妻。此事被独角龙发现了，大怒，在大年初一的这一天，抢走了龙女，用他的独角豁开了厚厚的冰面，阻断了年轻人搭救龙女的道路。余怒未消的独角龙还在悄悄地酝酿着一场大的瘟疫，惩罚小伙子和善良的村民。龙女得知消息，急忙托梦给心上人，告诉小伙子在月圆之夜叫上全村的男女老少到江面上打滚，左打九个滚，右打九个滚，就可以躲过这场瘟疫。于是，在正月十五的晚上全村的男女老少就到江面上打滚，果然躲过了这场瘟疫。村民们怕独角龙以后再来报复，每年春节都要到江面上打滚，久而久之，形成了这种独特的习俗，延续至今。

【泼雪节的传说】 关于泼雪的最早记载是黑土地上女真族部落的一个动人传说。松花江像温柔秀丽的少女，款款地流过富饶的黑土地。她的身边居住着勤劳勇敢的游牧民族———女真族，他们追逐光明，崇尚白色。相传很久以前，松花江两岸每到秋末冬初之际，大地干裂、瘟疫盛行，染上瘟疫的人畜非死即残，部族人深受其害。部族里有六个叫依尔哈（女真语花朵的意思）的姑娘，她们美丽、善良、智慧、勇敢。在一个夜晚同时梦到了天神的指点："这种瘟疫，只有长白山上的六角雪花能镇住。"

为了解除族人的痛苦，六姐妹不畏艰险，经历了千辛万苦到了长白山天池，在这里见到了部族的神祖撮哈占爷。撮哈占爷说："六角雪花乃亘古奇宝，在天池最深处，要想得到它必须牺牲生命。"部族人痛苦的表情萦绕在六姐妹的眼前，痛苦的声音回荡在她们耳畔，她们挽起手臂，毅然地跃进了长白山天池。六条美丽的身躯绽放出六朵绚丽的浪花，化作天池碧水，水面上浮现出六个灵光闪闪的水泡，汇成了一个色彩斑斓的大气泡，久久不散，气泡里六张俏丽的面庞，六双乞求的眼睛让撮哈占爷心痛。他长叹一声说："我可怜的依尔哈，这里根本没有什么六角雪花，你们就是六角雪花。"于是神祖吹了一口仙气，那色彩斑斓的气泡登时飞起来化作无数六角雪花，纷纷扬扬落在松花江两岸。

雪花使干裂的土地得以滋润，肆虐的瘟疫灭绝了，人们承接着、拥抱着、亲吻着六角雪花，人们都说雪花就是六个依尔哈。六瓣雪花分别象征着吉祥、安康、幸福、欢乐、富裕、纯洁。从此，每逢瑞雪降落，人们就捧着、扬着、洒着、泼着，互相祝福吉祥如意、幸福安康，这种泼雪活动也就传了下来。

【日本雪女的故事】 相传在日本民初，因为民智未开，人们都特别相信一些神仙妖怪的传说，甚至认为神仙鬼怪掌控人们所生活的大自然，而那些灾难和厄运也是由这些鬼怪带来的，所以才有雪地里的雪女怪谈。

那时的人们认为，只要在冰天雪地的恶劣环境中迷路，一定会遇到善恶莫测的妖怪雪女。雪女有一个法则，就是必须要见到她的男人承诺不能将与她相遇的事情告诉给别人，否则她会杀死这个男人，以惩戒男人善变不忠的劣根性。

遇到雪女的男性为了想活命，求取雪女的信任，总会信誓旦旦地信守承诺，承诺回去之后，不会告诉他人有关雪女的事情。可是雪女为了考验男人的誓言，会伪装成平凡贤淑的人类女子，并找上这位与她定下承诺的男子，博得男子的好感，与他结为连理，生下孩子，一辈子跟随在身旁，监视着男子是否能信守承诺，和她平安无事相守一辈子到老。可是男人们总是不会信守自己的诺言。在经过多次的犹疑之后，终于将与雪女相遇的真相告诉了他身边最亲的太太。可是男子万万没想到枕边人却是他曾经相遇的雪女，原来他长久以来一直在与雪女共枕。男人破坏了承诺，雪女只好含泪杀死与她共生小孩的男子，并伤心地带着孩子重回冰天雪地之中。

雪女，传统的日式妖怪，皆为绝世美女，身穿白色和服，一头淡蓝色的长发，生性冷酷，多出现在深山中，是山神的属下，掌管冬季的雪。

关于日本的雪女传说，因地方之不同，而有所差异。例如在新潟县小千谷有这样一个传说：有一天，一个单身的男子把结在屋檐的冰柱打掉之后，到了夜里，忽然来了一个姑娘想求宿，并要求嫁给他。由于天寒，为讨姑娘的欢心，男子特地烧了一桶水，好让她浸浴。姑娘虽百般拒绝，仍拗不过，只好跳入热水中，结果在热水中消失，只剩下细长的冰柱碎片浮上来。

在山形县上山地方则传说着：在一个风雪的夜晚，有位姑娘来到一对老夫妇的家中问路，老夫妇让她在地炉边取暖。到了夜半时，姑娘又想出门继续赶路，老阿公担心她的安危，便抓住她的手想留住她，姑娘的手却冰冷得令老阿公毛骨悚然，瞬间姑娘化成了雪烟，从放烟的天窗飞升出去了。

在岩手县远野地方则传说着：雪女会在农历正月十五日，满月的冬夜里，带着许多童子在雪原上漫游。

除了以上之外，在其他地方，尚有雪女抱着婴儿来托付之传说；也有雪夜姑娘求宿，翌朝只剩下一缕白衣，衣中有中黄金等种种传说，丰富有趣。由于雪是白色的，使得传说中的雪女形象多是穿白衣，或者是肌肤雪白的。这与庄子中“肌肤若雪”的神仙形象倒有几分相似。

【南极冰的传说】 关于南极的冰，有个传说。住在南半球新西兰岛上的原住民是毛利人。据说以前毛利人分成几个部落，部落之间征战不休。其中有个部落的王子，跟另一个敌对部落的公主相恋，当然他们的恋情是不被允许的，也不受祝福。后来，千方百计想迎娶公主的王子，被公主的父亲用计杀死。公主伤心欲绝，想殉情，却被父亲全身绑住，动都不能动。她死不成，只能不停地哭。到了寒冷的冬天，她脸上的泪水都让风雪给冻成了冰。公主的痴情感动了巫女，巫女于是收集了公主的泪冰，顺着洋流飘到南极。

相传只要男人亲自到南极采下这冰，将冰块融了，送给他最心爱的女人喝，那么那个女人就能够得到一辈子的幸福。

第七章 冰雪·民俗

第一节 东北大过年——满族的正月

春节不仅是汉族最为隆重的节日，满族及先人自金代起，就已经将其当作大节。满语称春节为“阿涅业能业”。春节是一个集合的节日，它并非伴随“一夜连双岁，五更分两年”的除夕始才翩翩降临人间。对于白山黑水间的关东人家来说，秋收一过，稼穑大熟，便昭示着今岁有年。等到进入农历最后一个月“腊月”，伴随着随处可见的红灯白雪，城乡便开始陷入热热闹闹的忙年氛围。蒸黏豆包，包冻饺子、冻干粮，做豆腐、杀年猪……只见得家家热热闹闹的忙乎着，人人脸上透着欢欢乐乐的喜气。随着满族与汉族的杂居和文化交流的频繁，东北春节风俗内容也变得更为丰富起来，以致很难分得清那个是满族的习俗，哪个是汉族的传统了，过年便随之而成为满族与汉族共同的传统节日。从一进腊月，一直到农历“二月二”，都被视为过大年。这两个月左右的时间内，分为“备年”“过年”“贺年”三个阶段。节日虽然长，但绝不会因冗长而变得腻味，因为这是一个由一组不同节日所组合的系列节日。从腊月起到除夕是“备年”，在外的人要赶回家，在家的人要置办年货，做好过年的各项准备；从除夕夜到正月初五是“过年”，家人团聚，祭祀祖神，迎新纳福；从正月初六到十五是“贺年”，花市灯彩，全民共欢，普天同庆，整个关东大地都充满了喜气洋洋的气氛。

满族乃至整个东北的春节说法十分多，不同的地区也有不同的习俗。

【腊月初八】 “一进腊月门，便有过年味”，人们都一趟一趟地去赶年集，旧时称“打年纸”。这是当时最简单的购货形式，即把香蜡、纸码、鞭炮、年画、红纸、白糖、烟茶、糖果、佐料等物用一张大红纸打包在一起。如今东北“打年纸”的内容和形式发生了深刻变化，铺子上再大的红纸也包裹不住今日年货的种类了，除副食鲜菜、鱼肉、佐料、烟酒、糖果、糕点、红纸、年画、门神、挂签、挂历、台历、画册外，又有香蜡、鞭炮、电视机、电唱机、收录机、影碟、VCD 等，体现了民俗文化深刻的人民性的内涵。进了腊月，就要杀年猪，还有一种说法是在腊月二十七杀年猪。杀完年猪，接着就忙着摊煎饼、灌血肠、做豆腐、糊棚裱墙、做新衣……

到了腊月初八，就已经感觉到过年的气氛，腊月初八虽为纪念佛祖释迦牟尼得食干果杂粮熬就的“什锦粥”，从而得道成佛的“成道节”，却也早已被以满族为主的关东人家所“洋为中用”。每逢腊月初八，满族人家都要做“腊八粥”、泡“腊八醋”、吃“腊八蒜”和煮“腊八肉”。此时正逢“三九四九打骂不走”，为冬季最冷的时候，在东北民间有着“腊七、腊八，冻掉下巴，腊九、腊十，冻死小人儿”的说法，于是人们戏称吃腊八粥可粘住数九严寒冻掉的下巴颏。腊八粥在民间还有巫术的作用。假如院子里种着花卉和果树，也要在枝干上涂抹一些腊八粥，相信来年多结果实。围绕着“腊八粥”，又有“谁家烟囱先冒烟，谁家高粱先红尖”的勤勉故事，亦有“一年省一把，三年买匹马”的节俭传说，还有着“腊八粥，吃不完，吃了腊八粥便丰收”的丰收祈愿等。正是这些奋发上进的趣闻，熬成了一碗腊八粥，让人岁岁年年去品去尝，饱享一年丰收果，在又香又甜的滋味里，祈祝来年五谷丰登。满族人家腊月初八还要泡“腊八醋”和煮“腊八肉”，除全家人吃外还要分送亲友。除了上述的这些，满族人还有自己的习俗，就是在喝完腊八粥后，要在门后供奉喜兰妈妈。据传说，喜兰是明边将李成梁的妾，与罕王（努尔哈赤）有染，在罕王蒙难时曾救过罕王。罕王成事自是不忘喜兰的搭救之恩，因此满族人要供奉她。

【满族小年】 “小孩小孩你别馋，过了腊八就是年。”满族称腊月二十三为“小年”，算是正式拉开了春节的序幕，从这天起就算是过年了，小年的主要民俗事项是送灶王上天，是春节辞旧迎新的开端。据说灶王爷姓张，名单，字子郭，在东北民间有“灶王爷，本姓张，一杯清茶三支香”的民俗谚语。这位张姓灶王，虽在民间口碑中有嫌贫爱富，遗弃糟糠的不雅之名，但善良的人们碍于他是被玉帝指派来的“人间司命主，天上耳目神”，有着专事监督人间善恶的特殊身份，对其并不敢得罪。民间多用高粱秸扒出细蔑儿，扎两匹灶君升天时所乘的灶马，随身带的鸡、犬、羊等，灶马备有“草料”，并敬上麦芽糖。麦芽糖又称关东糖，灶王糖，满族用高粱米和大萝卜来熬糖，其味美香甜。熬成的糖块，除祭灶王爷外，当初一来客人时，也要请他们品尝。用这种糖祭灶，意在用灶糖粘住灶神的嘴巴，免得他信口胡说，使其“吃甜甜，说好话”，“好话传上天，坏话丢一边”。

在祭灶君之时，摆齐供品，祭灶人多跪于灶前，焚香祭拜，接着第一次进酒，此时要向灶君诚心祷告，口中念念有词：“灶王爷，本姓张，骑着马，挎着枪，上了天，见玉皇，人间好事要多说，明年下界见吉祥。”完毕后再进行第二次进酒，进第三次酒之后，将旧有的灶君像撕下，再焚烧一个用篾扎纸糊的马，是作为灶神上天的坐骑，还要准备一点黄豆和干草，作为灶神和马长途跋涉所需的干粮、草料，还要焚烧一些财帛。此外还要焚香、叩首，并在灶坑里抓几把稻草灰，平撒在灶前地面上，并喃喃叮咛“上天言好事，回宫降平安”之类的话，目的是祈祷灶王向玉皇上帝奏报这家一年来的种种善事，不要讲坏话。送走神明后，可别忘了正月初四（一说除夕夜）把众神接回来，此之谓“接灶”或“接神”。接灶神的仪式很简单，只要在灶台上重新贴一张新的神。

有的满族人家还要“二十四写大字”和“二十九贴道有”。大字是指贴影壁墙上的“戬谷”二字，是尽善的意思，通俗的解释为吉祥如意。满族家庭非常讲究“二十九贴道有”，道有是一种互相借笔而套合而成的连体字，属民俗书法。如买卖人家写的“招财进宝”“黄金万两”或一般人家写的“百福图”等，当然也包括贴对子、春条、挂笺。满族的挂笺是以五色纸手工剪成，或用刀子刻成镂花纹图案，花纹中有文字可用汉字，也可刻满文，都是“福”“寿”等吉祥文字。

人们对与其一年的生活、生计密切相关的灶君神像充满了遐想。随着祭灶习俗礼仪的精细与复杂化，当年流传在关东的灶神图像也丰富和多样化起来。灶神形象有坐、立；有的灶神一人独坐，有的是灶王爷和灶王奶奶并坐；有的灶神坐于中间，左右二位灶王奶奶分坐，俗称“三头灶”。还有一种“赵军官”，刻印三国名将赵云持枪骑马，下有文武财神，福禄星官等像，据说这是怕灶神上天言事，才祀“赵军官”，以祈平安。借赵云能保护阿斗，又赵军与“灶君”同音，因此，历史小说中的人物遂被捧上“一家之主”的高位。在一幅题为“大清光绪二十九年灶君之神位”的灶君图中，上部画灶王拜见玉皇大帝，相互拱手，若有问答；下方画有灶君夫妇坐于桌案前，左边有妇女烧火作炊，右边有妇人抚婴，圉人在后槽喂马，极富人间生活气息。可以说，这幅灶君神像，让过去的关东人对其充满了寄托，因为只有灶君，才是沟通人间与天上的使者。

过小年之夜，大人孩子们仰望天空。此时此刻，在冥冥之中，灶王一家已驾马车，乘长风越过迢迢万里银河，回到天宫。一岁吉祥善恶，只有等待听过灶王的汇报，由玉帝来裁定。所以在腊月二十五，还有一个迎接玉皇下界日，玉皇为了核对灶王爷所说是否属实，便于腊月二十五日来到人间，经核实后定下罪状，有罪者罚以减寿，所以人们是害怕的，故用灶糖封住灶君的嘴，这是民间对自己塑造的神的行贿。热热闹闹的祭灶习俗及灶神崇拜，最初源于先民的火崇拜和太阳崇拜，而古籍中关于太阳神和火神炎黄二帝、祝融等化身为灶神的传说，表明华夏先民的这种崇拜意识在漫长的史前时期就已经形成。“民以食为天”，关东灶神崇拜意识源于人们渴望战胜冰雪严寒和对饮食文化的依赖，从中也可以体现出东北人的神怪观念。神仙不仅是可以沟通和控制的，甚至是可以戏弄的。人们的娱神行为同时也是自娱，神仙在年节当前的时候不再是高高在上不食人间烟火的一个影子，而是与人们一同欢庆佳节的血脉相通的家人。祭祀活动在敬神行为的背后，更多的是一种以强化家族观及民族观为目的的仪式活动。

【过大年】 春节，满人和东北人习惯称大年。过了小年，大年转眼就要到，家家户户都紧锣密鼓地忙乎起来。在东北，家家都有一张约定俗成的“忙年日程表”在当家人的心里，“二十三过小年，二十四，写大字（即写春联），二十五，扫尘土（民俗洒扫庭室）；二十六，烀猪肉（农家从冰雪堆中起出冻肉，一说做豆腐），二十七，杀公鸡（一说杀鸡猪）；二十八，把面发（用于蒸上供馒头等），二十九，贴倒有（即贴春联，倒贴‘福’或‘有’字，意为‘福’‘有’到了。一说糊锡斗，为置放在“索伦杆”杆上的锡斗，放粮食、碎肉供乌鸦和喜鹊食用，是祭天祭神的器物）；三十晚上守一宿（除夕夜篝火迎神守岁。一说走油，即油炸小食品），初一磕头拜大年……”除夕之前，每个人都要把头和脚洗干净。因为据说正月里不能洗头和脚，洗头死舅舅，洗脚臭大酱。但这风习实在是不够卫生，后来就改成除夕之前要理发，否则正月理发死舅舅。这种习俗现已被斥为陋习，城市已经杜绝，但在偏远乡村仍有流传。

大年三十儿这天，大人小孩都换上新衣，新媳妇要梳京头，穿上旗袍；姑娘和老太太开始剪窗花，男人在院内埋灯笼杆、植松树；小男孩则糊灯笼、堆雪人。除夕下午，满族人家还要摆供桌，在中午的时候，将不常打开的祖宗龛打开，将祖宗龛灰尘排净。桌上有疏，疏上挂一串元宝，正中横放一串铜大钱，表示神踩着元宝上天梯。在把擦得铮亮的锡供器摆上五件，主食摆上两摞馒头，一摞五个，猪头摆在正中间，猪鼻孔插上大葱，还有干饭五碗。供菜更有特点：第一碗是煮熟的“猪肉方子”，第二碗是过油鲤鱼，第三碗是炸粉花，第四碗是素菜大葱，第五碗是豆腐方块。满族人祭祖用的祭品，祭祀之后由家人分吃。供方子肉为四时吉庆；供鱼为吉庆有余；供粉花是保佑后辈发家；供大葱要剪去葱根，扎成一把，标志着本家后辈聪明伶俐，光宗耀祖。祭祀的时候，家主净手脱帽，请下香碟，烧上香，全家行往返叩头礼，然后再将香碟请上。新年清晨，照样将香碟请下、请上。

下午三点左右开饭，按习俗这顿饭称为“年夜饭”，是一年中最丰盛的一顿饭。年夜饭的特点是家人要齐，即无论男女老幼都要参加，这是全家大团圆的宴会，为了这个团圆，外出的家人或子女都要赶在除夕前返回家来。如届时未归，对全家来说是一件憾事，对父母来说是一件心事，餐桌上要给未归人留一个空位，摆一双筷，表示全家团聚。年夜饭必有葱、芹菜，意为来年全家人聪明，勤俭过日子。此晚宴必有鱼，取“富贵有余”“年年有余”“吉庆有余”之意。年夜饭又称“团年”或“合家欢”，因为这顿饭以后就要告别旧岁迎来新岁了，所以又称“分岁”。据说这顿饭还有逐疫、驱邪、健身的作用，“吃了年饭旺，神鬼不敢撞”，正因年夜饭如此重要，所以才有“说一千，道一万，三十晚上吃顿饭”的说法。

除夕午夜前，家家要包“接神饺子”，挂灯笼，放爆竹。满族人也把其叫作“煮饽饽”，据说是“勃勃升起”之意。把红灯笼挂在院内二米高的灯笼杆上，红光映着白雪，透着十足的喜气。宫廷中则从腊月廿四就开始挂“天灯”，午夜前要在下“接神饺子”之时，才能鸣放鞭炮接神。接神后，在大门口横一木杆，半夜时分认为神降临了，将高桌始至院中，高桌上能焚化的尽行焚化。俗称烧纸钱。不过许多人家不等到午夜就提前接，据说提前能接个富神。还有的孩子跑到院子里，用大鞭子在空中抡几下。据说，如果恰逢财神经过，可以打下几枚大钱来。“接神饺子”颇有讲究，饺子里要包有硬币、葱心等物，谁要吃饺子吃到硬币，则一年财运亨通；若吃到葱心，则一年聪明顺意。除夕吃过年夜饭，全家人点灯熬夜，辞旧迎新，彻夜不眠。据说这样守岁是为了驱除赖在家里不走的百鬼，也有人认为，谁在除夕夜守岁不眠，谁就会在一年里万事如意，身体健康。

吃完饺子，接完神，就要去拜年。若天亮后你再见到他们拜年，那一准是去拜汉人。本族晚辈男子要先到本族各家拜年。祖宗牌位前铺一领席子，来人在上面磕头，长辈人在场就冲长辈磕，不在场就冲祖先磕头。拜年后一起说笑。旧时小辈媳妇还要给长辈装烟。年三十晚上拜一次，为辞旧岁，年初一再拜一次，叫迎新春。所以初一早晨得继续拜年，见面先请安，行打千礼。打手的形式男女有别，男人哈腰，右手下伸左手扶膝，似拾物状。女人双手扶膝下蹲，行跪拜抚鬓礼。如是平辈，关系又很密切，行打于礼时，肩膀与肩膀要相撞。拜年的时候，家家都准备了花生、瓜子、冻秋梨之类招待客人。关系好的或近亲属一律脱鞋上炕，围着火盆伸出手来，一边烤火一边连吃带唠。大年三十这天大人们还要“观天象”，谈论“预测收成”的话题，三十儿晚上哪里天色最亮，哪里就能丰收。

关东有长辈给孩子压岁钱的习俗，孩子给长辈跪地叩拜，会得到压岁钱，或带在身上，或用绳串起来置于床脚处。此俗于宋洪迈的《泉志》和宋王黼的《宣和博古图案》中均有记载。传说，压岁钱又称“厌胜钱”，可以用来驱邪辟鬼。现在压岁钱则给的越来越多，有的甚至不是长辈在给压岁钱了，而是孩子要钱了，“恭喜发财，红包拿来。”而且胃口越来越大，已有陋习之嫌。男孩子成群结队鸣放烟花、鞭炮，玩耍木爬犁，或兴高采烈地溜冰；姑娘和少妇们则身着盛装，玩耍嘎拉哈（用猪或牛膝关节骨制成的玩具）。

满族在正月里由初一到初十均有特定的称谓和相沿成习的娱乐、祭祀、饮食、禁忌的内容，具有极强的人情味。每天的节庆内容都很丰富，人人的脸上洋溢着大把大把的喜气，有些老人在回忆起的时候，总会均会眉飞色舞地说："那叫个热闹！"

初一饺子初二面，初三烙饼摊鸡蛋。

初四在家吃折箩，初五开张听喜歌。

初六上街把穷扔，初七街头看后生，

初八顺星初九蚕，初十祭石保平安。

初一到初三为什么要吃面食呢？在《中国禁忌》一书中说："古代新年头三天是不能煮饭的吃的，否则冒犯神灵，全年都不顺。特别是初三，相传是谷子的生日，更严禁吃米饭。"

大年初一事事求吉利。正月初一占鸡，谐音为吉日。鸡是"五德之禽"：头上有冠为文德，足后有距是武德，逢敌敢斗是勇德，遇食相呼是仁德，天明报晓是信德。初一禁止杀鸡，清晨要往索伦杆子上放谷物或骨末喂鸟，放鸟，以求吉星高照。这一天忌做蒸（争）、炒（吵）、炸、烙（落）的炊事活动，这一天不动刀，不倒土，因为这一天动刀、倒土是不吉利的，是要破财的。忌吵闹、打架、骂人，即使不小心把盘碗打碎了也要说"岁岁平安"，消灾化吉。街坊邻里，同事之间不管上一年有什么不愉快的事发生，只要初一见面互道新禧，就应消除一切矛盾重新开始。因为"当官不打送'礼'的"。"人到是'理'"，如果人家登门拜年，有意冰释前嫌，结果你不给面子，大家就会说你是"见了煮饽饽都不乐"的人，会受到鄙视。因为门前待客叫接福，登门拜年叫贺喜，初一拜年不在物而在情，要送物在年前，要送情在当天。以"五德"之情，弥龃龉之憾，"一切都在不言中"，相逢一笑泯恩仇，这是以极其高雅而又含蓄的方式解决人际关系办法的中华和合文化。

初二最念是旧情。初二占鸭，也有说占狗的。主占鸭者说："鸡一，鸭二，猫三，狗四，猪五，羊六，牛七，马八。"满人这一天要看望的人是亲密的世交或长辈的家属。初一拜年大多是礼仪性的，初二看望是实质性的。《那桐日记》有记载，光绪十六年（1890 年）正月初二："早祀财神，饭后拜年三十余家，酉正归。"初二拜年，需要以财物相赠。初一送礼是以情代物，初二看望是以物示情，表达自己不忘故交的情感，但初二送礼忌单数。初二留客要吃一顿炸酱面，表示不忘先辈当年游猎或行军途中以酱为菜的生活。女儿若初二回家，表明亲家之间“金兰契友”，或者说明女儿在夫家已当家，双方如同一家人，非常吉祥。有的关东地区民俗，初二还要让所有的狗都得到一次饱餐，让狗也过上个大年，这是源于满族有“黄狗救主”的美话。

初三又叫“小年朝”。初三占猪，传说猪是北海银山菩萨提月金刚窟中的神兽，是满族最主要的家畜。满族人以北为上，又认为一生二，二生三，三生万物，所以对初三很重视，称为小年朝，许多初一未办之事，这一天可以补办，给事务多的人一个“拜年”机会。有的地方初三忌婿往妇家，也有妇女拜年须过初六的说法，可是这些“讲究”对于“非亲即友”在八旗营房中稳定居住旗人群来说是不受约束的，反而把初三叫作“三姑三”，出门的姑娘这一天把女婿带回家，吃张鸡蛋饼。猪日，不能吃猪肉，饼是圆形的，象征团圆，蛋饼相连，象征骨肉相连。初三接财神，家中贴上肥猪背上驮个聚宝盆的剪纸，名曰“肥猪拱门”，由于猪是黑色，既可冲淡一些自腊月以来家中色彩的火爆环境，又符合“猪入门，百福臻”的吉祥话。文人之间以猪为内容的剪纸，名曰“朱笔题名”，以祝当年高考得中，因为“猪”与“朱”、“蹄”与“题”同音。

初四整理内务忙。初四占羊，“三羊（阳）开泰”本应吉祥，可是偏偏有人编了一个“红羊劫”的浑话来骗人，让大家不要出门。还有个传说，初四灶王爷要查户口，因此也不宜离家。这些说法虽是无稽之谈，但符合人们连续过节中需要有一天在家调整一下的要求，同一家族之间走动，均叫没离家。八旗之内，非亲即友，这个家的概念，非常之泛，因此有些地方有初四忌串门的习俗，但是侄子可以去看姑姑，“姑舅亲，辈辈亲，打断骨头连着筋，不分彼此一家人。”姑奶奶在家有地位，是满族民俗特色。一般旗人没有多少钱，所以来拜年的人若赶上饭口，主人不必特别做饭，来客在这一天全家在一起吃折箩，所谓折箩，就是把几天剩下的饭菜合在一起的大杂烩，更显得一家人，不分彼此，俗话说：一家人吃一锅饭，赶上什么吃什么。

初五占牛，名曰破五。“破五、破五”，不吉利，为了不“破”，初五早晨家家都要包饺子，叫捏破，把破的地方捏住，以图吉利。传说这一天是财神爷赵公明的生日，店铺营业，开门大吉。当天拂晓，掌柜的要率全店同仁向店内财神像行三叩礼，然后走到街头放鞭炮，在鞭炮声中把幌子挂出来。幌子是店铺门外表明经营商品的标志，每年应该见见新，幌子挂出后，色彩艳丽，给人一种喜气洋洋的感觉。幌子挂好后，各商店纷纷把护窗板取下，店门大开，欢迎顾客进门。这时，所有的伙计有的摇算盘，有的敲秤盘表示欢迎，响声一片。除夕之前放鞭炮要叫爆竹，因为是崩野鬼用的。而正月初五则叫炮仗，是迎神用的。别人睡觉了再放鞭炮，叫炮瘴，是不得人心的，一个鞭炮有三种说法。初五那天家家还要捏“小人”嘴（包饺子）。

初六求顺扔穷鬼。初六占马，送穷鬼。传说穷神是姜子牙的妻子，人们为了防止春节期间穷鬼进家，门上挂红挂笺可以防她。不知什么时候，穷神变成了男性，而且成了杠夫供奉之神。这一天，家中主妇要把节日积存的垃圾扔出去，谓之送穷鬼，门上的挂笺也可摘下来同时扔出去，叫作送穷神。

初七街头看少年。初七占人，人胜节。初七是人的生日，要尊敬每一个人，连官府也不能在这一天处决罪犯，家长也不能在这一天教训孩子。年满 16 岁以上的男女青年均可自由上街玩耍，在街头出现“鸡不啼，狗不咬，十八岁的大姑娘满街跑”的景观。各处庙会也在这一天掀起客流高潮。游人明显比初一到初五多。少男这一天要着意打扮，充分展示自己的青春朝气，少女要自制人胜、花胜等饰物，自己佩戴或相互馈赠，显示自己手工技巧。这是一个展示青春美的日子，也是家庭主妇在家忙活几天节日后可以上街游玩的日子，更多的人是为自己的儿子、女儿挑选配偶，以便正月十五后托媒人去提亲。

初八顺星散灯花。初八占谷，顺星节。传说这一天是诸星下界的日子，天空星斗出得最全，是长辈教儿孙认星星的时候。长辈要向儿孙讲“一寸光阴一寸金”的道理，保持“慎独”的重要性，因为“流年照命星宿”时刻在监视着每个人的一举一动，“要想人不知，除非己莫为”。

初九脱下盛装换常服。这一天，人们要把过春节时穿的衣服脱下来，换上平日穿的衣服。初九以后，一般人家不再穿绸缎等节日衣服，而是布衣了。万事“一”为先，“一”与“衣”同音，从数字来讲，“九”是阳数的极数，因此过了初九就等于春节过完了，该从头开始了。“好过的年节，难过的日子”，过了初九之后应“书归正传”，初九之后若还穿着节日盛装上街，人们会认为这个人家不懂过日子。

初十祭石头。正月初十祭石头。传说这一天是石神石敢当的节日，大概是“十”与“石”谐音吧。满人初十祭石头估计也是受汉文化的影响。满人也有自己的石神，满族神话中，有一位叫多阔霍的女神。相传，在天地未分的时候，就有这位古老的女神，她是住在石头里的，孕育着光与热的宇宙大神。天母阿布卡赫赫被恶魔耶鲁里骗进了大雪山，巨大的雪堆压得她冻饿难忍，于是吞下了雪山底下的石头和石头里的多阔霍女神。多阔霍的热火烧得阿布卡赫赫坐卧不安，一下子撞出了大雪山。热火烧得阿布卡赫赫肢体融化，眼睛变成了日月，头发变成森林，汗水变成了溪河。满族有的族姓把石头作为祖先神偶，以石头代表神位，或说石头是神灵的藏身之处。富育光、王宏刚在《萨满教女神》中介绍，满族徐姓在其祖先神匣内恭放三枚白卵石，传言该石为远世萨满南迁时从石洞带来，世代恭祀不已，已逾三百年。祭时，族人向白卵石叩礼，萨满颂道：“妈妈的祖石，母亲的祖石，光明的祖石，生命的祖石，万代开基的母石神祖。”在民间传说中，石头也是萨满寄魂的借体，萨满借助石头的生力滋养灵魂，增强魂力。萨满服饰上也有装饰神石之俗，或以此滋养萨满魂力，或以此代表神灵，或以神石护身。但满族祭祀自己的石神却不是在初十，初十的时候他们祭祀的是石敢当。

旧时侯人们把每年正月上旬的十天定为“观天测物相”的日子。从初一到初十，每一天都有一定的象征意义。哪一天晴朗，风和日丽，被象征的事物，本年里就吉利、兴旺。与每一日具体的对应事物是：一鸡、二鸭、猫三、狗四、猪五、羊六、人七、马八、九果、十菜。东北满族过年如果初一的天气好，那么全年鸡就好养，就可大力养鸡；如果天气不好，鸡就招灾，会得病，就不能养鸡；如初七天气若好，因为是人日子，就预示着今年人旺兴，天若不好，可能今年人不太平。家家都要做面条吃。取“拴住”之意，可以逢凶化吉。

在这普天同庆的日子里，自然也少不了各种形式的娱乐活动。整个正月里，民间都会举行各种充满民族和地域特色的活动，如男孩有“冰嬉”，女孩有“打油千”“欻嘎拉哈”，大人有“踩高跷”“花棍”“摔跤”等等，处处充满祥和、喜庆、欢乐的节日气氛。

【正月十五元宵节】 就这样一直到了正月十五。正月十五与冰雪文化有着更为密切的关系。

正月十五是灯节。吃元宵，挂红灯，不过完十五，家家的灯笼杆是不会撤的。元宵节又叫“上元节”，清代从正月十三开始，至正月十七止，历时五天。正月十三日为“上灯”，正月十四日为“试灯”，正月十五日为“正灯”，正月十七日为“罢灯”。

满族元宵节第一特色是重内亲。这五天是孩子到姥姥家找舅舅的时候，到了姥姥家，名叫“娇哥儿”，舅舅要给外甥糊灯笼。有句歇后语：“外甥打灯笼照（舅）旧”。灯节时除了商家要买灯外，儿童们手提灯笼满街转是一盛景，而从灯笼上显示的是舅舅的手艺，这是孩子引以为自豪的。

满族元宵节第二个特色就是在元宵节晚上，农村有“蒸面灯”之俗。蒸面灯也叫“蒸十二月灯”或“验月份”。就是用豆面或荞麦面做12个直径约3厘米的小灯碗，分别在碗口捏出1～12个花牙，各代表一个月，然后下锅蒸，熟后看灯碗内的干湿来“预测”年内的旱涝、冷暖。也有的在面灯中放黄豆粒，通过蒸熟后豆粒膨胀的大小来“预测”。还有的地区“蒸面灯”方法略有不同，用荞麦面制成十二盏灯碗，标上月份记号，每灯碗置一粒豆，放入馅内蒸煮，碗内豆涨者为涝，不涨或小涨者为旱。

满族元宵节第三个特色是正月十五、十六在夜里，妇女们可以成群结伙走百病（冰）。俗云“十五十六走百病，终年精神不腰疼”。走百病又称，“游百病”“散百病”“走桥”等。妇女们到井堰或冰上卧之翻滚，边滚边念：“轱辘轱辘冰，不腰疼不腿疼；轱辘轱辘冰，身上轻一轻”。谓之“轱辘冰”，也称“滚病”，据说可脱晦气。姑娘都往井中看一看，还可以让自己变漂亮。据《柳边纪略》记载：“正月十六日，满洲妇女群步平沙，曰‘走百病’，或打滚，曰‘脱晦气’，入夜尤多”。《奉天通志》记述了松辽南部满洲族妇女“走百病”的习俗：“十六日，妇女于日暮结伴至空地，步行一周，或至邻家小坐而回。”满族妇女是大脚，穿花盆底鞋（又称“寸子鞋”），为的是踩在雪地上不会把鞋面上的绣花弄脏，因此又叫“雪地走”。至今辽宁仍保持穿花盆底鞋赛跑的游戏，名曰“雪地走”。如今的雪地走已经是在田径场地进行了，但参加的队员仍然要穿 15 厘米的花盆底鞋，距离 100 米、200 米、400 米、4×100 米接力走（用鸡尾翎传递接力）。城内妇女讲究走到城门，摸到门钉，谁能在黑暗中摸到门钉，就认为是可生贵子。“走百病”本是满洲族特有的岁时节俗，但至近代，与满洲族杂居的汉族妇女也沾染了此俗，尽管没有形成一个节日，但每至正月十六日，这些汉族妇女与满洲族妇女一起，“率往河冰上卧起，如祓禊戏”。方拱乾《何陋居集·冰河行》诗即形象地描绘了这一节俗：“满风春望拔河戏，燕支影落冰痕睡。女子联翩男子观，倾营穿灯摇鞭至。”

满族元宵节第四个特色是旧时满族农村还有请笊篱姑娘的习俗。《风城县志》记载：“茅姑，即是紫姑，俗称笊篱姑姑。正月十五晚间。

小儿女截双柳枝为足，缚横木为臂，续以笊篱为头面，头簪彩花，身披红袄，扶令骑扫。一女童持香三柱，拽扫重于前，为茅姑来，既抱立床间，把持两足，前没香儿，令向磕头。如问年有几分，既以磕数为算。或是日，为绣小鞋，置墙隙，如后失去，为茅姑领受，可有精巧云。”二十世纪八十年代辽宁新宾有满族歌舞团会表演“笊篱姑娘”舞蹈。舞者手举柳条编笊篱，蒙一张画有女人脸的彩纸，且歌且舞，忽而以笊篱当面，忽而以笊篱为舞具，伴以拍弹笊篱之声，很有民族特色。

满族元宵节第五个特色是给过去的先人送灯。农村的满族屯户或给王爷贵族守坟的坟户，不能进城观灯，于是每逢灯节要在室外、厂房、马棚、井台等处燃起灯火，以豆面或荞麦面制灯碗，黄昏时陈送到祖坟墓地，给祖先神灵照明，俗称送灯。满族人这种给过世的人送灯的习俗也流传到了后来。十五的晚上，皓月当空。家家户户挂上灯笼，孩子们提着小灯笼跑来跑去。祖坟上也要送灯，在坟前积雪中踏个雪窝，顶风处高些，背风处低些，像个小佛龛。然后，把蜡插进雪里点着，一片亮光便照亮坟头儿。家住河边的要把灯一直送到河里，叫送淹死鬼儿。蜡是点不起的，就用柴油拌灰。从院里开始，走几步点上一堆儿，一直点到河里。这时，再看红山河两岸，到处是灯火，就像天上的星星落在人间。

在十五这几天，吃东西也有说法，不管城内城外，十五当天要吃元宵，十七要吃面，以应“张灯元宵落灯面”之谚。满洲族人于正月十六日还有“照贼”之节俗。正月十六日夜，满洲族家家燃起灯火，主人提着灯笼照遍屋内各阴暗角落及庭院僻静之处，名曰“照贼”。有人研究后认为这是满洲族祖先女真人纵偷习俗的一种异化。

在众多的满族灯节的习俗中，最为热闹也流传最广的自然是元宵观灯和满族秧歌了。据说，古代满族元宵节没有灯笼，只是点燃松树明子，举火把庆祝。传说女真人有一女子，听说长安城有宫灯，非常向往，便女扮男装，驱马赶赴长安。到了长安城不料被卫兵抓进宫里当了宫女。三年后，她也学会了做宫灯，便请求还乡。临走时，皇上送一个宫灯给她带回长白山。从此以后，满族过元宵节便有了各式各样的灯笼。

在正月十五那一天，家家户户张灯结彩，各种纸灯、冰灯争奇斗艳。老大爷、老大妈、大姑娘、小伙子、小丫头、小小子……纷纷走上街头广场，燃放爆竹、赏月观灯、猜谜语、放焰火、看秧歌……总之是有着数不清的快乐。元宵观灯自古就是满人节日风俗的重要内容，在史书中可多见到对元宵观灯场景的记载。当时在宁古塔的杨宾有诗云："剪纸为灯号牡丹，西关爆竹似长安。谁家年少黄金勒，醉里垂鞭处处看。"这首诗描绘了宁古塔等地元宵观灯的热闹景象。齐齐哈尔、黑龙江城等地在元宵节还选派专人扮作灯官，主持灯节活动。据《龙沙纪略》记载："上元赛神，比户悬灯。岁前，立灯官，阄屠侩名于神前，拈之。锁印后，一方之事皆所主。文书可达将军。揭示，有官假法真之语。细事朴罚唯意。出必鸣金，市声肃然，官亦避道。开印之前，乃自匿去。"关于齐齐哈尔等地的灯官，流人方登峄（方式济之父）也作有《灯官曲》："官马来，吏拥烛，马来不许行人触。昨日街头驵侩儿（牲畜交易的经纪人），今朝马上威仪肃。灯政司门字大书，放衙人迹奔如鹿。夜火南门三里红，行行虎倡声征逐。官何除目吏何司，将军令酿边关俗。月落灯残元夜过，不知官吏谁家宿。"诗人描述了一个牲畜交易的经纪人被推选为元宵节灯官后的活动情况。杨锡恒作有《艾河（即瑷珲）元夕（即元宵夜）词》四首，有"儿童踏臂欢呼处，争看灯官上任来。""迎虎迎猫载圣经，祈年赛社岂无灵。由来戏事关农事，前队先迎五谷瓶。"描述了雍正初年瑷珲等地人们过元宵节时灯官上任、闹秧歌、看花灯等热闹场面，以及喜庆活动中祈祷丰年等与农事相关的内容，这也是中原汉族重农习俗在边疆各族中的具体体现。这一天可以尽情欢乐，可以打语谜，还有抹黑。就是人人都用手摸一下锅底灰，然后背着手上街，趁人不注意，往别人脸上抹黑。古代时，元宵节这一天父母才允许女孩子结伴出门玩乐，因此，元宵节也是古代中国的情人节，很多古代的戏剧小说中都有描写元宵节情人相会的故事。

逢上这样热闹的日子，载歌载舞自然会是节日活动的重要内容。据《渤海国记》记载："官民岁时聚会作乐，先命善歌舞者，数辈前行，士女相随，更相唱和，回旋婉转，号曰'踏追'。"踏追即踩高跷。至今，此俗仍沿袭不衰。初一至初五，人们都相聚一处，唱歌、跳舞、踩高跷、尽情娱乐，有的地方，年轻人还自发组织演出队，走村串屯进行表演，祝贺新年，节日气氛更加浓郁。

过大年，扭大秧歌，是关东人家数百年来的习俗。过年的这段时间里，街头巷尾，房前村后，总能看到大红大绿的秧歌队，男女老少齐上阵。秧歌有很多种，陕北秧歌、东北秧歌、山东秧歌、地秧歌……只山东秧歌就分鼓子秧歌、胶州秧歌、海阳秧歌等。满族秧歌属东北秧歌，民间俗称"鞑子秧歌"，它是满族民间舞蹈中最通俗、最普及、最具生命力，同时也是最受满族人民喜爱的舞蹈形式之一。

根据史书的记载，满族秧歌大致形成于康熙年间，是满族人民在吸收汉族文化过程中，学习、借鉴过来，并且加入了自身文化元素的民间舞蹈艺术形式。满族秧歌与汉族秧歌的最大不同在于——人物的不同。例如满族秧歌中的"鞑子官"实际上是秧歌队的头，而"克里吐"则是另一个人神兼备的神物。"克里吐"又称"二老爷"，其形象是反穿皮袄，身挎串铃，手持"马鞭"。他呈丑相，动作是在舞队中前后乱窜，时而挥鞭场。有人考证"克里吐"满语怪兽的意思。此外，在满族秧歌队中还有一个丑角，用老满族的话说就叫作"以丑为美，以丑见长"，也有的说"扭秧歌，丑来逗，没有丑就没有逗"，"扭秧歌，没有丑，不如调头回家走"。从这些民间艺人的口头禅中可得知丑角在满族秧歌里所具有的重要性。也就是说，丑角的作用在于活泼秧歌队伍，并且在其中起着穿针引线的作用。除了这个丑角以外，满族秧歌还有如下几个鲜明的民族特点：

一是以礼见长。通常秧歌队伍必须边扭边走，每到一户都要拜茶桌，如果两支秧歌队在一地相遇时，必须要相互见礼，由“大老爷”出面致礼。双方“大老爷”出队前，三次互相碰肩。碰肩礼，这是典型的满族礼节。其中的礼节多达30余种，因此说这和满族人民日常生活中讲礼貌、重礼节的民间习俗是分不开的。

二是动作火爆。由于满族人生性豁达、开朗，因此舞蹈的动作幅度也相对较大。再有，由于满族秧歌深受萨满舞中诸如跳腰铃等遗风的影响，因而其舞蹈中腰部的扭动幅度就比较大，其他一些舞姿的动作也比别人粗犷。在旧时，满族人信奉萨满教，在萨满教的祭天、祭祖等宗教仪式中，萨满手抓单鼓，身系腰铃，以舞祭天。在这些宗教祭祀舞蹈当中，不少都是被吸收过来并改造了的满族民间舞蹈，再加上萨满本身又多是专业的民间舞蹈艺人，他们又常常将宗教仪式上的舞蹈带回到民间，与民间舞蹈相互融合，相互推动，所以萨满在舞蹈的风格、技巧等方面对满族民间舞蹈艺术做出了很大贡献。再有，满族妇女均为“天足”，所以她们扭起来的时候也是很火爆的。满族秧歌下装（男）的步法多为“弓箭步”“大别步”和“蹲裆步”，以矮为美，这反映了满族喜骑射的生活特点。满族秧歌动作中特有的动律——扬、蹲、盘、跺、摆、颤，都具有浓郁的满族人民生产、生活和社会活动方式的特色。舞蹈中男子所用的道具扇子及其姿势也能给人一种强健、刚毅的感觉。

三是赋予舞蹈浓郁的历史属性。在满族秧歌（“鞑子秧歌”）中常常能看到舞者模仿骏马奔驰、雄鹰盘旋，或战争排兵布阵（俗称“走阵”）等的内容，这些内容使得满族秧歌与汉族秧歌呈现出了迥然不同的民族个性与特征，加之满族秧歌中所保留的对满族先民早期渔猎生活、风土人情、神话传说等的模仿内容，使得满族秧歌同时还被赋予了记录历史，再现民族风情的等的独特作用与使命。

满族秧歌在历史上曾非常盛行，据《柳边纪略》记载：“上元夜，好事者辄扮秧歌。秧歌者，以童子扮三四妇女，又三四人扮参军，各持尺许两圆木，戛击相对舞，而扮一持伞灯卖膏药者前导，傍以锣鼓和之，舞毕乃歌，歌毕更舞，达旦乃已。”这是康熙年间宁古塔等地元宵节夜扭秧歌的情景。随后满族秧歌在很长一段时间里不为人们所知，在浩如烟海的历史典籍中，关于满族秧歌的记载也少之又少。直到1986年，在一些有心人认真考查和挖掘下，才在一些地区找到被民间流传下来的这种数百年前起源的秧歌，并正式定名为满族秧歌。满族秧歌现在的代表有抚顺秧歌、铁岭白旗寨秧歌、黑龙江富锦秧歌等。于冬日冷风中热烈起舞的满族秧歌，舞起了一年的收获和祝福，褪去了人们365天中的所有疲惫与不快，那喜庆的旋律和着人们欢快的笑声，那红红绿绿的服装映着缤纷绚烂的焰火和家家门前的大红灯笼，那老人、那少女、那年轻的小伙，那四处奔跑不停的孩子们……满族的秧歌，满族的年。

想必许多三四十岁以上的中年人对儿时的元宵节都有美好的回忆。买红纸亲手扎灯笼，哥哥、姐姐、弟弟、妹妹……总之是一家人齐上阵。哥哥用木头、高粱秸秆、竹篾等扎灯笼框架，姐姐们就给灯笼粘贴红纸，弟弟妹妹在旁边眼巴巴地看着，偶尔伸上一手，也不过就是递个工具什么的，心里急得了不得，却也只能隐忍地等待哥哥、姐姐的完工。灯笼有大灯笼和小灯笼，大灯笼要放在大门口或者放在村内的空场地上，小灯笼则是给弟弟妹妹的。天黑后，把灯笼点上，挨家挨户串门，孩子们互相比谁的灯笼好看，十分热闹。各家各户的大人们则用锯末子拌上煤油，一把一把地从自家大门口往村外摆堆，一直连接到村外，然后逐堆点燃，整个村子的人们都出门观看。民间有“八月十五云遮月，正月十五雪打灯”之说，白白的雪花漫天飘落，红灯在寒风中飘逸，地上星星的火堆，也给水墨冰雪画般的冬季山村平添了几许的色彩和生气。现在不论在大都市还是在农家院，灯笼样式更精美，技术也更先进，而孩子们都不再自己制作灯笼了，省事是省事了，但却总是感觉缺少点什么。

【满族填仓节】 过了十五，节日的气氛就渐渐地淡了下去，但在满族以及大多关东人家，整个正月都算过年，所以春节的余味依然还浓浓的弥漫在每一处。从正月二十三到正月二十五还是满族的填仓节，在填仓节，满族人要放“仓官爷”灯。正月二十五添仓节时，这一天满族人家要用谷面或软米面捏成仓官爷、谷囤、粮仓及牛、马、鸡、狗、猫等各种家禽家畜形状的灯若干盏，并将牛、鸡、狗、猫灯分别放在窗台、炕头、门、墙角处一一点燃，

将仓官爷灯放置碗内，漂浮在水瓮内，放时要念：“仓官爷骑马来，银钱粮食（或麻子、黑豆）驮着来；麻子轧了油，黑豆喂了牛。”以此乞求风调雨顺，五谷丰登。在这一天满族农民讲究吃“小米干饭杂面汤”，表示五谷丰登。有的地方风俗略有不同，正月二十五填仓这一天，各家要制作三样水捞饭，即高粱米、小米、苞米茬子，蒸煮八成熟，其意是确保庄稼收八成。男人们动手制作小犁杖、小车、小锄头、小镰刀等。将灶坑塘里的草木灰扒出一些来，用铁锹在当院里，撒几个大圈。拂晓进哈什（满语仓房），在囤子尖上放上一碗饭和三炷香，然后念丰收歌：人畜两旺粮满仓，风调雨顺多得力，鸡鸭鹅狗家禽旺，吾们老少谢上仓。二月初一是满族的吃肉节，与汉族的中和节为同一天。吃肉节在历史上的满人中曾是极为盛大的节日，但在今天已经沦落到无人问津的地步。

从腊月初一到过了年关的二月二，都是东北一年当中最为寒冷的时段，是人们所俗称“猫冬”的季节。在这冰天雪地的日子里，满族与东北地区的其他少数民族及后来的汉族，逐渐形成了具有冰雪特色的节日民俗。这些节日有的是对外来节日文化，如中原汉族节日文化的汲取，有的完全是本民族始创而传承下来的节日，但无论其起源在何处，在北方寒地这片冰封雪盖的大地上，都盛开出有着浓郁冰雪特征的节日民俗之花。即使在东北大地的同一天空下，不同的区域、不同的民族的冰雪节日民俗也都有着或大或小的不同之处。

第二节　其他少数民族春节

【鄂伦春族春节】　春节也是鄂伦春族最隆重的岁时节日，每年农历正月初一日举行，一般要进行四至五日。主要流行于内蒙古自治区和东北鄂伦春族地区。鄂伦春族的春节虽源于汉族习俗，但也有着不同之处。经常在山林中狩猎的鄂伦春人，在山林中辨别方向十分重要，他们在山里的时候，北斗星就成了他们回家的“灯塔”，所以鄂伦春人家家户户在除夕，不仅要祭祀祖先，还祭祀北斗星。在初一清晨，人们忙着煮新包的“谢纳温”（饺子），他们还可以用向天空鸣枪的方式，以示迎来了新的一年，这也与他们的狩猎生有着一定的关联。全家人走出屋外，面向东或南，燃起九炷香，叩头祭拜天神和山神，祈求神灵恩赐猎物，保佑全家免灾免祸、吉祥如意。祭祀之后，按辈分次序入座就餐。席间，晚辈要向长辈斟酒、叩头拜年，先拜爷爷、奶奶，再拜父亲、母亲。弟弟、妹妹也要向哥哥、姐姐拜年，行屈膝请安礼。晚辈向长辈拜年时，长辈要用手指蘸酒，向上、下、左、右弹三下，以示敬天敬地敬祖，然后向来拜的人嘱咐几句吉利的话。太阳出来以后，人们穿上新衣服，携儿带女，带着酒肉互相拜年，先到氏族或家族中最年长者家里行拜，然后再到其他家。进门先烧香祭火神，向篝火里扔一块肉，洒一杯酒，主人陪同客人祭拜。祭祀毕，客人向主人敬酒、敬烟、叩头，并祝愿老人健康长寿。受拜的长辈同样向来拜者说几句祝福的话，有的还要给压岁钱或几块糖。这一天，老人一般都在家里等候晚辈来拜年。

初二开始，老年人互相拜年，或聚集在一起饮酒娱乐，青年人则自动组织起来进行文体活动，或者唱歌跳舞；或者赛马射击、摔跤比赛；或者下棋玩牌。歌舞尤为人们所喜爱。他们的舞蹈有反映飞禽走兽的生活怀貌的，有表现猎人捕捉野兽情景的，也有描绘妇女采集劳动场面的，动作古朴纯真，具有深厚的狩猎生活气息。娱乐活动一直延续到初四。初五，人们认为是“鬼日”，忌讳出门，也不许娱乐和吵闹。这一天，人们都各自在家里休息。初六开始，猎民可以上山打猎，恢复正常的生产活动

【达斡尔族春节】 达斡尔族称春节为“阿涅”，是一年之中最盛大的节日。一般过了腊八就开始忙，家家都要杀年猪，打年糕，母亲日夜不停地给子女赶制过年的新鞋新衣，男人进城办年货。大年三十，达斡尔人称“布图”。布图有两个含义，一是封闭的意思，即全年过完了，老天爷要在这一天的夜里把这一年封闭掉了；另一是完成的意思，即这一年的事情到这最后一天就全完成了。在下午的时候，达斡尔人要在门口正前方堆起大垛干牛粪，傍晚点燃，各家长者把大块的肉食、饽饽、饺子等美味佳肴扔进火堆，祈祝一年人畜安康、五谷丰登。俗谓烟火越旺越吉利，火堆一直要燃到初五。入夜，家户悬灯挂彩，高树天灯。长辈设供拜祭诸神，并到房屋两侧雪地上插香，朝西叩拜祖先，一直延续到初五。入夜，家户悬灯挂彩，然后全家向家长敬酒辞岁，老辈向晚辈祝福，其他人按辈拜年。接着全族男子集合，依次给族内人家辞岁，一直延续到子夜，拜年的人一进门就要打开主人家的锅，抢吃年糕，表示亲密无间，然后吃猪肘子、手把肉，妇女之间要互相赠礼，礼物有烟叶、奶皮、糕点和冻肉。年三十吃饺子有的要在一个饺子里放上白线，意味着吃到这只饺子的人可长寿两百岁；有的在一个饺子里放上铜钱，吃到的人意味着今后不缺钱花。拜完年后人们要回家后团坐守岁。达斡尔初五前以拜年为重，其后则以游玩为主，主要活动有打贝阔（曲棍球）、化妆游戏（阿巴嘎日岱）、跳舞、玩牌。过年期间，不倒灰土扬水，不动用米面，以免把新年福分倒掉和消耗掉；妇女不动针凿，俗谓动了则一年受累；不准哭闹、呵斥、免招不吉。春节一直过到正月十六，正月十六为“黑灰日”，亦称“抹黑节”，达斡尔语为“浩吾多日”。在黑灰日这一天，人们之间，特别是青年人之间为了预祝一年中的丰收，象征吉祥，少年男女手持锅底黑灰，互相追逐给对方脸上抹

黑，认为抹得越黑，新一年越吉利。对于早上睡懒觉的人，也以抹黑催他起床。以此为一种娱乐。要互相往对方的脸上抹黑，抹黑节不仅为达斡尔族所有，满族、锡伯族等也都拥有这种有趣的习俗，虽然有相异之处，但大体一致。

第三节　冰雪圣诞节

【西方圣诞节】　羽毛一般的白雪漫天飘着，小镇的街巷里，有一身穿厚厚红袄，脚踏黑靴的白须老人，肩上背负一个大大的布袋，他的脚步轻轻，脸上透着温暖而神秘的笑容……第二天阳光初起，每一家孩子的床前都多出了一件一直梦寐以求的礼物。想必大多数国人都会熟悉这个亲切可爱的形象，西方圣诞节中的圣诞老人。每年 12 月 25 日的圣诞节，与我国的春节类似，是西方一年当中最为盛大的节日，现在已有席卷全球之势。

圣诞节源于基督教。教会开始并无圣诞节，约在耶稣升天后百余年内才有。据说，第一个圣诞节是在公元 138 年，由罗马主教圣克里门倡议举行。而教会史载第一个圣诞节则在公元 336 年。由于圣经未明记耶稣生于何时，故各地圣诞节日期各异。直到公元 440 年，才由罗马教廷定 12 月 25 日为圣诞节。公元 1607 年，世界各地教会领袖在伯利恒聚会，进一步予以确定，从此世界大多数的基督徒均以 12 月 25 日为圣诞节。其实哪一天并不要紧，重要的是应该知道它是为纪念救主耶稣降生。由于圣经记载耶稣生于夜间，故传统称 12 月 24 日夜为“圣诞夜”或“平安夜”。

耶稣的出生是有一段故事的，耶稣是因着圣灵成孕，由童女马利亚所生的。神更派遣使者加伯列在梦中晓谕约瑟，叫他不要因为马利亚未婚怀孕而不要她，反而要与她成亲，把那孩子起名为“耶稣”，意思是要他把百姓从罪恶中救出来。当马利亚快要临盘的时候，罗马政府下了命令，全部人民到伯利恒务必申报户籍。约瑟和马利亚只好遵命。他们到达伯利恒时，天色已昏，无奈两人未能找到旅馆渡宿，只有一个马棚可以暂住。就在这时，耶稣要出生了！于是马利亚唯有在马槽上，生下耶稣。后人为纪念耶稣的诞生，便定十二月二十五为圣诞节，年年望弥撒，纪念耶稣的出世。十九世纪，圣诞卡流行，圣诞老人的出现，圣诞节亦开始流行起来。

西方人以红、绿、白三色为圣诞色，圣诞节来临时家家户户都要用圣诞色来装饰。红色的有圣诞花和圣诞蜡烛。绿色的是圣诞树，它是圣诞节的主要装饰品，用砍伐来的杉、柏一类呈塔形的常青树装饰而成。白色是冬季节里自然的颜色，人们就把洁白的雪花、雪球放大，做成装饰品挂在圣诞树上，或是干脆弄点人造假雪放在圣诞树的下面，营造出雪地绿松的景致。圣诞树上还悬挂着五颜六色的彩灯、礼物和纸花，还点燃着圣诞蜡烛。红色与白色相映成趣的是圣诞老人，他是圣诞节活动中最受欢迎的人物。西方儿童在圣诞夜临睡之前，要在壁炉前或枕头旁放上一只袜子，等候圣诞老人在他们入睡后把礼物放在袜子内。在西方，扮演圣诞老人也是一种习俗。

圣诞老人的来历有着不同的说法。

第一种说法：

身穿厚厚红白大袍的圣诞老公公，其实并不是出生在冰冷的北极圈，而是地中海岸的登雷镇，所以他如果穿着这身打扮出现在老家，肯定是热得直呼受不了。

据报道，圣诞老人故事源自圣尼古拉这名宗教人物。他在公元四世纪时担任土耳其登雷镇这个长时艳阳高照的小镇的主教，为人乐善好施，后来人们在他的生平事迹里加进了一些神话故事，最后就演变成大家今日熟悉的带礼物、笑容满面的圣诞老人。

传说，镇上有一户贫困潦倒的人家，没钱替三个女儿置办嫁妆，圣尼古拉知道后，在某个晚上把一袋黄金从窗户丢进了这户人家，隔天他又丢了一袋。但第三天，窗户关了起来，圣尼古拉只好爬上屋顶，从烟囱丢下金袋，结果正好落在女孩入在壁炉里烘干的袜子里面，最后就演变成在圣诞前夕挂袜子、等圣诞老人送上礼物的传统。

第二种说法：

圣诞老人原来的名字叫尼古拉，在四世纪的时候，出生在小亚细亚巴大拉城，家庭富有，父母亲是非常热心的天主教友，不幸他的父母早逝。尼古拉长大以后，便把丰富的财产，全部捐送给贫苦可怜的人，自己则出家修道，献身教会，终生为社会服务。尼古拉后来作了神父，而且还升为主教。他一生当中，做了很多慈善的工作，他最喜欢在暗中帮助穷人，圣诞老人是他后来的别号，这个名字是出自他暗中送钱，帮助三个女孩子的故事。

据说在尼古拉不远的地方，住着三个美丽的少女，他们分别是二十、十八、十六岁。父亲是一位清寒的学者，经常靠借贷来过日子。有一次，因为没有能力还债，只好狠心把美丽健康的三女儿，卖给债主带到非洲去做女仆人。三个女儿知道了这件事情，便拥抱在一起伤心地痛哭着，家中悲伤的情形，是可以想象得到的。尼古拉知道了这件事，跑到她们家中，安慰了一番。到了夜里，尼古拉就装了三长袜子的金子，偷偷地挂在三个少女的窗前。他们有了金子，还了父亲的债，三女儿也就避免了当女仆的命运。第二天正是圣诞节，她们知道是尼古拉做的好事，便请他来一面庆祝一面感谢。以后每到圣诞节，这三个少女就讲这个故事。孩子们听了，非常羡慕，也希望圣诞老人来送给他们一袜子礼物。

后来不知道那一家聪明的父母，开始用圣诞老人的名义，给孩子送了一袜子礼物。结果这个习惯，便在欧美各地流行起来。尼古拉后来做了米拉城的主教，因为他小时候也是孤儿，所以成了孤儿的保护人。他去世以后，教会册封他为圣人。他的爱护孤儿，及帮助穷人的精神，也因此跟着圣诞节而流传下来。后来世界上有很多善心人士，便效仿尼古拉的仁爱精神，捐出大量的物品，用圣诞老人的名义，把爱心带给贫苦的人，带给可怜的老人和孤儿。每年圣诞节到了，圣诞老人总是在世界各地出现，给千千万万的孩子、孤苦的老人、被抛弃的苦儿、带来温暖跟快乐。我们希望世界上生活富裕的朋友，都是圣诞老人，不只是在圣诞节，甚至在平时，在能力范围内，把爱的光辉散播在世界每个角落。

美国版本的圣诞老人：

美国版本的圣诞老人的形象和名字来自于荷兰传说，17 世纪由移民者带入纽约。

1773 年早期在美国新闻报纸上出现了“圣诞老人”，这是美国畅销作家华盛顿·欧文第一次作为美国人介绍关于荷兰版本的尼古拉斯（圣诞老人）的信息。据纽约历史记载，欧文用笔名 Diedrich 在 1809 年的报纸上，描述了骑在马背上（没有黑匹特的伴随）的尼古拉斯的到来。

北半球不同关于圣诞老人的传说：

圣诞老人的来源要追溯到 20 世纪，正如我们所知，他是不同传说和神秘人型的结合体。

圣诞老人的前身是土耳其西部港口城市伊兹密尔的主教尼古拉斯，他生活在公元 4 世纪，是位善良、慷慨、对孩子们非常好的有钱人。东正教尊重尼古拉斯，视其为创造奇迹的人。

在德国中部和北部地区，尼古拉斯被称为“圣诞老人”，在英国被称为“圣诞父亲”，被美国的荷兰移民称为后来的“Santa Claus”。

孩子们都想知道圣诞老人住在何处，他们何时会收到礼物？答案通常是圣诞老人住在北极，他的作坊生产圣诞礼物。1927 年被孩子们称作“Markus 叔叔”的儿童节目主持人 Markus Rautio 第一次透露：圣诞老人生活在拉普兰的 Korvatunturi。

位于芬兰东部边境地区的 Korvatunturi 发现了一只类似于野兔的耳朵，事实是圣诞老人的耳朵，它用来聆听孩子们的愿望。斯堪的纳维亚的传说中讲述了圣诞老人和助手小精灵门的历史。

20世纪结束时，北半球不同关于圣诞老人的传说汇总成同一版本——白胡子老人为孩子们发放礼物，之后返回芬兰拉普兰的Kornatunturi。

1950年开始，圣诞老人快乐地逗留在napapiiri，除了圣诞节还要和孩子们及年轻人进行沟通。越来越多的人定期拜访圣诞老人，1985年，他建立了自己的工作室，每天圣诞老人都来办公室倾听孩子们的圣诞祝愿并和他们沟通交流。圣诞老人村是圣诞老人的主要邮局，它接收全世界孩子们发给圣诞老人的信件。

每年圣诞节，圣诞老人骑在驯鹿上，圣童手持圣诞树降临人间，随着世事变迁，作家和艺术家开始把圣诞老人描述成我们今日熟悉的着红装、留白胡子的形象。同时，不同的国度和文化对圣诞老人也有了不同的解释。在德国，传说他扮成圣童把坚果和苹果放在孩子们的鞋里。他乘双轮马车四处漫游，观察人们的行为，尤其是小孩，如果表现好，将会得到苹果、坚果、糖等诸多奖品。坏孩子则得一鞭子。家长们灵机一动，纷纷采用此传说来鼓励孩子们听话。圣诞节大大超过了新年，成为一个全民的节日。圣诞老人已经成为圣诞节最受喜爱的象征和传统。他赶着驯鹿，拉着装满玩具和礼物的雪橇，挨家挨户给每个孩子送礼物的快乐老精灵的形象，已深深地留在人们的记忆中。

圣诞老人是驾着雪爬犁从遥远的北极来到每一个地方的，圣诞老人总共拥有十二只驯鹿，一边六只。第一只叫Dasher，猛冲者的意思；第二只叫Comet，彗星的意思；第三只叫Cupid，丘比特；第四只叫Dancer，跳舞家；第六只叫Prancer，跳跃；第七只叫Vixen，雌狐；第八只叫Donner，是荷兰语中的雷；第九只叫Blitzen，也是荷兰语，闪电；第十只叫Fireball，火球；第十一只叫Olive，橄榄；第十二只叫Rudolph，鲁道夫。

圣诞树是圣诞节庆祝中最有名的传统之一。有关圣诞树还有一段故事。据说有一位农民在一个风雪交加的圣诞夜里接待了一个饥寒交迫的小孩，让他吃了一顿丰盛的圣诞晚餐，这个孩子告别时折了一根杉树枝插在地上并祝福说：“年年此日，礼物满枝，留此美丽的杉村，报答你的好意。”小孩走后，农民发现那树枝竟变成了一棵小树，他才明白自己接待的原来是一位上帝的使者。这个故事就成为圣诞树的来源。在西方，不论是否为基督徒，过圣诞节时都要准备一棵圣诞树，以增加节日的欢乐气氛。通常人们在圣诞前后把一棵常绿植物如松树弄进屋里，并用圣诞灯和彩色的装饰物装饰，并把一个天使或星星放在树的顶上。圣诞树多是用冷杉、赤松之类的常绿树做成，象征生命长存。树上装饰着各种灯烛、彩花、红黄彩球、玩具、圣诞钟、星星，挂上各种圣诞礼物。圣诞之夜，人们围着圣诞树唱歌跳舞，尽情欢乐。除了圣诞树还有圣诞花，传统的圣诞花是猩猩木（别名一品红、圣诞红，花色有猩红、粉红、乳白等）。圣诞植物还包括冬青、红孤挺花、圣诞仙人掌。

圣诞贺卡表达自己对别人的良好祝愿。圣诞卡的诞生也有很多种说法，1864 年，英国的阿尔巴特亲王特别推广这件事，就印制了一千张圣诞图画的圣诞卡，开始发售。到 1865 年，印刷的圣诞卡，开始大量销售了。首先是由德国绘画彩色的石版工厂印制以后，运送到英国去，正式发售，再从英国传到世界的各地。于是，寄送圣诞卡的风俗，渐渐流行起来。当初圣诞卡的寄送，只通行在基督徒之间，到了 20 世纪初，普遍风行，不论是不是基督信徒，都以圣诞卡向亲友祝福和恭贺新年。另一种说法：圣诞卡始于 1844 年。当时，英国维多利亚女皇和 Albert 太子在伦敦的温莎堡里庆祝圣诞节，邀请王族儿童入宫参加宴会，请柬上印有祝贺的词句。欧洲人从此纷纷仿效，用这种写上祝贺词的卡片来互相祝贺圣诞和新年。

每到大雪纷飞的圣诞之夜，世界各地基督教和天主教教堂唱诗班的孩子们，都要用那纯真而虔敬之心，在烛光闪烁里唱起同一支歌：平安夜，至善夜。万暗中，光华射。照着圣母也照着圣婴，多少慈爱也多少纯真。静享天赐安眠，享天赐安眠。除了这首举世皆知的圣诞之歌《平安夜》以外，还有《听，天使报佳音》和《铃铛儿响叮当》，长期以来也一直在流行。

圣诞节前夕也就是俗话说的平安夜，当晚，全家人会团聚在客厅中，围绕在圣诞树旁唱圣诞歌曲，互相交换礼物，彼此分享一年来生活中的喜怒哀乐，表达内心的祝福及爱。在这天晚上都会看到一群可爱的小男生或小女生，手拿诗歌弹着吉他，一家一家地唱着诗歌报佳音。到底佳音队这种节日活动是怎么来的呢？耶稣诞生的那一晚，一在旷野看守羊群的牧羊人，突然听见有声音自天上传来，向他们报耶稣降生的好消息。根据圣经记载，耶稣来是要做世人的王，因此天使便透过这些牧羊人把消息传给更多的人知道。后来人们就效仿天使，在平安夜的晚上到处报人传讲耶稣降生的消息，直到今日，报佳音已经变成圣诞节不可缺少的一个节目。通常佳音队是由大约二十名青年人，加上一个装扮成天使的小女孩和一位圣诞老人组成。在平安夜晚上大约是九点过后，开始一家一家地去报佳音。每当佳音队到一个家庭时，先会唱几首大家都熟悉的圣诞歌曲，然后再由小女孩念出圣经的话语让该户人家知道今夜是耶稣降生的日子，过后大家一起祷告再唱一两首诗歌，再由慷慨大方的圣诞老人派送圣诞礼物给那个家庭中的小厅子，整个报佳音的过程就完成了！

世界大多国家的圣诞节都是每年的 12 月 25 日，但也有不同，在俄罗斯、科普特、耶路撒冷、塞尔维亚及格鲁吉亚等东正教地区，圣诞节则是 1 月 7 日。这是因为他们既没有接受格里高利历改革，也没有接受修正后的儒略历，因此他们原来在 12 月 25 日的圣诞节在 1900 年到 2099 年的这一段时间内延迟到 1 月 7 日。2007 年 1 月 7 日，俄罗斯国家杜马（下院）议员做出一个惊人的决定：“遣返”西方圣诞老人。现在传遍世界的“身着红色外套、头戴尖顶红帽”的圣诞老人形象是可口可乐公司在 20 世纪 30 年代的创意。而俄罗斯民间传说中的圣诞老人“冰雪老人”则是乘三套车、穿长袍，长袍的颜色可以是红色也可以是蓝色。这一次“遣返”西方圣诞老人事件的缘起，便是俄罗斯议会前的圣诞树以穿红色短棉袄的西方圣诞老人玩偶为装饰。在此之前，很多人就对西方圣诞老人的“入侵”表现出一定的抵制。他们力主保护民族传统习俗，也就是保护“冰雪老人”和他的外孙女“雪姑娘”的形象。

俄罗斯的“遣返”西方圣诞老人，也许更多是基于“政治正确”的因素，在世界其他国家和民族由于文化、传统习俗的不同，圣诞节也有着大大小小的差异，或许就是因为这差异，圣诞节也才更有了生机活力。

英国认为圣诞节必须吃得痛快。所以圣诞大餐极为丰富，包括猪肉、烤火鸡、圣诞布丁、圣诞碎肉饼……家里每一个人都有一份礼物，连仆人也有，礼物都在圣诞节的早晨分赠。有时逢唱诗班逐门逐户唱圣诞歌时，他们也会被主人请进屋里，招待茶点或赠予小礼物。

法国在圣诞节前夕都要到教堂参加午夜弥撒。弥撒后家人同往年长兄姐家中团聚共享圣诞餐，并分享一年来家中要事。偶有家人不和之事，亦常因圣诞欢聚而尽释前嫌，言归于好。故圣诞节在法国人眼中，视为仁慈和睦的日子。

在意大利，每逢圣诞节，大家都喜欢在家中安置一些关于耶稣诞生故事的模型。圣诞的前夕，家人团聚吃大餐，到午夜参加圣诞弥撒，然后大家去访问亲戚朋友，但只有小孩和老人得到礼物。在圣诞节意大利有一种好风俗，孩儿为感谢父母一年来的教养，会在未吃圣诞大餐前将他们的作文或诗歌，暗藏在餐巾、桌布或碟子里。吃完大餐后便将它取出朗读。

西班牙的孩童常将鞋子放在窗口或门外，以接受圣诞礼物。在许多城市中，男孩子也常备有许多高级礼物，要送给美丽女子。“牛”在圣诞节也受到最好的待遇。因当地有一传说：“耶稣降生时，曾有一只牛向他吐气，使他得到温暖。”

在圣诞佳期中，瑞典人非常好客，每一个家庭不论贫富都欢迎朋友来访，甚至连陌生人都可以进来吃东西。他们将各样的食品都摆在桌上，任人自由选择。

瑞士的圣诞老人穿白色长袍，戴假面具。它们往往由贫苦人装扮，成群结队向富人讨取食物和礼物，散队时才平分所得物。

丹麦是最先出版圣诞邮票的国家。这种圣诞邮票的发行是为筹措防痨经费。丹麦人寄圣诞贺卡、邮件，都喜欢贴这种邮票。

智利在庆祝圣诞节时，必备一种“猴子尾巴”的冷饮。这种饮料是用咖啡、牛奶、鸡蛋、酒及已经发酵的葡萄制成。此饮品为何叫“猴子尾巴”已无人知晓。

挪威在圣诞节前夕，家中每个人就寝前需将鞋子由大到小排成一列。挪威人认为家人如此做可以在未来的一年里得到和睦与安宁。次日早晨，家人见面就互唱最喜爱的圣诞歌曲。

爱尔兰的家庭在圣诞前夕，会将一支蜡烛或灯放在窗门架上，表示欢迎圣婴降生。

苏格兰人在圣诞节前需将家中借来的物品一一归还原主。礼物是在新年的头一星期赠给小孩及仆人。

荷兰赠送圣诞礼物往往出人意料，礼物甚至会藏在布丁、羊肠里。

德国是圣诞树的发源国。基督徒的家里定会放置一颗美丽的圣诞树，圣诞饼亦多款且讲究。

美国是一个自由且多彩的国家，圣诞节是他们快乐狂欢的日子。美国的民族复杂，所以其庆祝方式常因移民的不同而有所差异。大部分室内都有别致的布置，门外悬挂着美艳的花环及绮丽的饰物。

在梵蒂冈，如果你想在世界最大的圣彼得教堂参加由教皇亲自主持的圣诞弥撒，虽然那里可容纳三万五千人，但仍需预先定位。其圣诞弥撒大多在十二月二十五日零时举行，教皇坐在八个侍从抬着的轿子上穿过群众，一边向信徒们祝福一边走上祭坛。教皇着白袍外罩金黄色祭服，登上圣彼得大教堂的祭坛，以拉丁语念出祷告词。零时整，号角手吹响的喇叭，安放于大祭坛上的摇篮本被覆盖着。这时，圣婴耶稣身上的白布被徐徐除下了。教堂内的各国信徒眼眶里含着热泪，以各自的语言唱出悠扬的“平安夜”。世界各地的天主教徒均视前往圣彼得大教堂，亲谒教皇，受其祝福，为一生中最大的荣幸。

日本是非基督教国家，但战后日本过圣诞节的风气十分风靡。原因之一与各大商家的促销有关。有的百货公司以圣诞树作装潢，在店内布置雪景，增加银色圣诞的气氛。各色茶店、夜总会、酒吧也都安置一株圣诞树以应景。十二月中旬各商店人山人海，大家为准备圣诞礼物赠送亲友而忙碌。善心人士亦趁机致赠礼品予东京室内五十二所肢体及心智障碍的儿童。

新西兰的圣诞节有两周的假期。圣诞节前夕，家人朋友共聚一堂开“派对”庆祝。新西兰的法律明文规定，庆祝圣诞需在家中举行，故酒楼、茶馆在下午六时一律打烊。普通商店营业时间最迟也只能到晚上九时为止。街上可见到穿着苏格兰短裙的乐队巡回演奏。

在摩洛哥，平时不与平民见面的王族，在圣诞节当天，公主会在数千儿童的同乐大会上给贫苦儿童发礼物。

波兰人分为两派。在圣诞前夕，一派吃圣诞大餐；另一派整日斋戒虔诚祈祷。

菲律宾过圣诞节从十二月十六日就开始。做九天的祈求，虔诚的教徒每天早晨四时就起床祈祷。他们相信如此可得圣婴耶稣及圣母马利亚的特别恩泽，直到二十二日为止，在三天来朝日才结束圣诞庆典。

哥伦比亚人们以化装舞会来庆祝圣诞。各人戴着假面具尽量不被人认出，凡能认出最多的人就可得到奖品。

澳大利亚处于适婚年龄的女子，在圣诞节时将溶锡倾入冷水中，看它的形状，来预测未来夫婿的外貌，高矮胖瘦。

圣诞节未婚的捷克少女，把削好的苹果皮，抛在背后。她们以为这样做可以看出未来夫婿的姓氏的第一个字母。

无论是中国的春节，还是西方的圣诞节，人们都希望在那寒冷的冰雪世界里，一颗颗的火热的心在温暖的靠近，让真诚的祝福永远在你我之间流淌，如圣诞卡上的那句祝福："我要把一切喜讯变成奶油，所有祝福变成巧克力，所有快乐做成蛋糕答谢你，然后说声圣诞快乐！"让人类中每一颗心灵在另一首圣诞歌《铃铛儿响叮当》中悄然相融。

"我心里会一直有你的
未来的路很长大家都要微笑面对
骋飞驰在星空
圣诞的夜多安静
数着一片片雪花
痴痴地
一直沉默的门铃
一直懒惰的挂钟
每次心跳都见你笑容
我已独自地埋怨
最后小时你出现
最好的圣诞礼物就是
你温柔笑颜
浪漫香槟久别重封时
快乐的是
不愿让你看见我流泪的脸
Merry Christmas
叮叮咚叮叮咚铃儿响叮叮咚
相爱的人在一起
每一秒都快乐
叮叮咚叮叮咚融化你怀中

每一对相拥的人

是夜晚最美的风景。”

中国版本的“圣诞老人”也许有人会强烈质疑，圣诞节为西方洋节，中国怎么会有圣诞老人？在中国不但有圣诞老人，而且他比西方的圣诞老人更鲜活，更和蔼可亲。在我国东北的长白山就有这样的一些“圣诞老人”，只是当地的人们称呼他们的名称不怎么文雅，人们叫他们“老冬狗子”，或称“老把头”“洞狗子”。

他们到底是谁呢？《桦甸县志》中记载：“老冬狗子是常年住山里狩猎，挖参淘金拣蘑菇的以山为生活者，穴居野外以山洞为家，寒尽不知年，自忘年岁。”

其实人们称他们为“老冬狗子”，是一种尊称，“冬”是指其专门在寒冷的冰雪中出没，“狗”是指人们对其顽强生存毅力和性格的赞美，再者东北很多少数民族都视狗为“恩人”，十分尊敬狗。由于“老冬狗子”久居山林，与世隔绝，说话很风趣，偶尔碰见山外人，常会问一些啼笑皆非的话，如“秦始皇那万里长城修没修完呢?”少说他不也得两千多岁啊。所以没有人知道老冬狗子的岁数。这些“冬狗子”嗅觉灵敏、灵活善走，且清心寡欲，一身的精力，健壮的身体，所以在寒天雪地的大自然里能够自在遨游。

据说“老冬狗子”十分好客，只要在长白山里遇见老冬狗子住的地方，不管来者是土匪、马贼、罪犯、迷路的，还是过路的，都可以随意进屋，尽管自己动手，丰衣足食。但离开时，得把烧火棍立在门扇旁，还得把乌拉鞋解开，重新絮一下里面的乌拉草。这样自然会有一些乌拉草末落在地下，这叫“留个话”。或者在屋地上画个“十”字，箭头指着去的方向。也可以抓把灶坑里的柴灰，撒在屋外，指示出走的地方。做完这些事，吃饱喝足了尽管走人。如果主人老冬狗子回来了，一看这景象，就会高兴地自言自语道：“家里来客了!”

当然“老冬狗子”不会真的活二千多岁，但由于他们经常在山里居住、活动，身体多高大，健壮，所以一般都比较高寿，是北方的寒冷气候造就出的关东奇人。在东北的民俗中，如梦到白胡子老头，就为有福有财之意。同时，在山里放山、狩猎、挖参、淘金之人又视他们为“老把头”，相信他们能保佑自己，在危难的时候，出面解救和帮助自己。关东民间非常尊重老人，每到老人节或年节，各处都要把年岁大的老人请来，让老人坐在高处，亲朋好友都会来祝贺，让儿女们敬孝。

这里说的“老冬狗子”不就是活脱脱的“圣诞老人”嘛，所以这里的人们将他们称为“中国北方的圣诞老人”。不过今天已见不到有人做“老冬狗子了”，但当地有不少人倡导让“老冬狗子”做中国的“圣诞老人”。

第四节　冰雪狩猎习俗

【达斡尔狩猎习俗】　达斡尔族的过年之猎，主要猎取狍子、野兔、貂及灰鼠、香鼠、艾虎、元鼠等珍贵细毛兽类，其肉供年节食用，皮毛出售，以办年货。达斡尔族多采取被称为“花日克”（下套子）的狩猎方法，不仅能捕猎到地上跑的，甚至连天上飞的也能“疏而不漏”。冬季，用细细的皮绳（现在多用铁丝）做成绳套，一头系在树上，另一头系成一个活扣（大小视要捕捉的猎物而定），将套子一排一排地下好，形成阵地状，放在兔子、狍子出没的地方伪装好，等猎物钻进去。猎物一旦被套住，就拼命地挣扎，可越挣越紧，最后不得不就范。狍子被套住后，就会向前蹿，不会向后捎，傻袍子就是这么来的。

套大雁有两种办法：一种是连接几十个或上百个套子，横排插在收割后的田里，成群大雁落下觅食时被套住脖子或爪子；另一种是用柳条做圆圈连在一起，随便散放于收割后的地里，大雁落下觅食吞下粮食以后，连接的圈套摇摆在嘴下，大雁若用爪子扒掉，将一支腿伸进圈套内，因不能起飞而被捕。下夹子，主要是猎取黄鼠狼、元鼠以及貂等小动物，将夹子埋在黄鼠狼、貂等洞口，猎物一出来，就会被夹住，达斡尔族猎人在长期狩猎中，创造了一套捕貂又不伤皮毛的方法。清代流人方登峰在《打貂行》诗中记载：“打貂需打生，用网不用箭。用箭伤皮毛，用网绳如线。犬逐貂，貂上树，打貂人立树边路。摇树莫惊貂，貂落可生捕，皮完脯肉供匕著。索伦打貂三百户，白狼芩鹿赆同赴。九天阊阖上方裘，垂裳治仰堆虫助。”其孙方观承也在《卜魁竹枝词》中描写到：“犬侦貂穴在深蒿，伺穴噙来更不劳。貂惜毛氄甘受齿，犬防齿重不伤毛。”这些诗歌形象地反映了狩猎的聪明智慧。

达斡尔猎人还常采取鹰猎的方式，达斡尔人将其驯养的猎鹰称为海东青，一般用来捕猎禽类和小型动物，捕猎效果非常有效，多在雪后的清晨进行。下了一夜的雪后，一大早，禽类和小动物都出来觅食了，这时猎人脚跨骏马，左臂托举猎鹰，背弓持枪，寻游于雪野山林之中。发现野鸡、沙半鸡、飞龙或野兔貂等小型禽鸟动物后，便令猎鹰迅速出击，准确而有效。鹰猎的收获量虽然不大，但它既是一种生产劳动，又是一项饶有风趣的体育娱乐活动，因而深受达斡尔人的喜爱。拥有一只聪明伶俐、敏捷强悍的猎鹰也成为猎人的骄傲与自豪。

达斡尔族对冬季冰上捕鱼情有独钟。每当严冬来邻，在冰封的江面上进行“步日阔”，即冬季冰上叉鱼。溜冰叉鱼，即在刚结冰不久的冰层上进行，捕鱼者边溜边将看到的大鱼迅速用鱼叉叉出冰层。凿冰叉鱼，在江水冰冻后，在鱼群出没的深水处凿开一个大小适当的冰眼，然后在其上盖个小窝棚，遮住阳光或月光。晚上到小窝棚里面叉鱼时，点燃火炬或油灯之类，当大鱼见光游入凿开的冰眼时，便迅速用叉对准鱼头，这样鱼叉下去才能叉中鱼身中部，将鱼叉出。达斡尔人把这种冬季叉鱼法叫作“步日阔坐贝”。孟定恭在《布特哈乡志略》中记述：“穿作（凿）冰眼兮，下冬网；持备钩插（叉）兮，捕鱼尾”，正是“凿冰取鱼”的最好写照。此外，还有用渔网在冰下捕鱼，即“拉大网”。拉网捕鱼是冰上捕鱼中场面最大也最为壮观的冬捕方式。要将上百米长的大鱼网下到水里，第一道工序是凿开厚达1米有余的坚冰，并且要每隔三五米就得凿一个冰眼，其难度可想而知。一排排的冰眼凿开以后，把一根一头拴着长绳的木杆从第一个冰眼送入水中，再用一端带有弯钩的杆子将漂浮在水中的带绳子的杆子一下下的向另一个冰眼串动。绳的另一端连着网端，这样大网在冰下水中张开，再裹上鱼，拉网的人没有十几个或几十个是拉不动的。这种捕鱼活动是一个热闹的集体场面，加上出网时那活蹦乱跳的金黄、碧青、墨晶各色大小鱼儿拍冰声、捕鱼人的欢笑声，在冰面映衬下呈现出一幅北方特有的迷人画面。

【赫哲族狩猎习俗】 赫哲族的冬季捕鱼别具一番情趣。在赫哲老人口中，至今还流传着一则关于冬捕的传说。说的是在很早以前，每到大江一封就没有鱼。有个叉鱼能手叫苏布格，为了部落的生存，不畏艰难，去寻找鱼群。一天他抓了一条金翅罗锅鲤鱼。他问："天一冷，你们都躲到哪里去了?"金鲤鱼说："每年冬天霜降后，黑龙要到东海龙王那里拜年，叫我们去给他守宫，直到来年开江。"苏布格于是去找黑龙，在海口战胜了黑龙和他手下的白熊。黑龙终于放还了鱼群。从此，天气一冷，人们仍然能捕到鱼，就是冰冻三尺，也只要穿个冰眼，鱼就会从冰眼里冒出来、蹦出来。

在赫哲渔村，渔民使用的工具大都是冰穿、竹竿、捞网、鱼钩和鱼叉等。冬捕的主要方式有四种。一是冬钓。渔民在冰面上用冰穿打完冰眼后，捞出冰块就可以下钩了。一般是用一种被赫哲语称为"撅达钩"的鱼钩，这种钩有两个或四个倒须，钩尖向上对称的放在小鱼形模子里浇铸熔铅或锡而制成。一般一只手可以同时拿三把钩，两手可拿六把钩，在六个并排的冰眼中钓鱼，钓到的鱼多数是狗鱼、细鳞、哲罗等冷水鱼类。捕不同的鱼用不同的钩。有种被称为"快钩"的渔具，是在40至50米的钓绳上拴有300来个鱼钩，每钩一次，就可获得一串活鱼。二是叉冬鱼，赫哲族人叫"同库"，这是一种古老的捕鱼方法。渔民先在鱼经常活动的稳水流的冰面上搭盖一个草棚或木板房，在屋中凿一个直径1米的冰窟窿，人可坐在房里烤着火，蹲在冰眼边，手握鱼叉等候。由于屋暗而冰下清亮，鱼游到冰眼处很容易看到和叉中。过去鱼多的时候，渔人就坐在冰洞旁用笊篱向外舀鱼，半日功夫就可捕获上吨鲜鱼。三是拉大网。需要人手较多，先在冰上搭两个长宽各二尺的冰眼，一个用于撒网，一个用于拉网。另外打两排冰眼，每个冰眼相距3米远，然后将网穿在水线上，从冰眼中一个个穿过，在水里就成了一道网障。网的后部有一个网兜，网拉到最后鱼都装在里面被拖出冰面。四是档亮子。夏日涨水，鱼群进入河道觅食，等到水一停止上涨，渔民立即用柳条、草绳把河口堵上，如今用木桩拉铁网挡上。等到河水上冻以后，就在拦网处凿个大冰眼捞鱼。这种办法在现在的东北乡下还常能见到。

长期生活以渔猎卫生的赫哲族不仅善于捕鱼，也擅长狩猎，每到白雪覆盖大地的时候，赫哲族的猎人们就会带上滑雪板进入林海雪原中，去捕猎鹿、狍子、野鸡等兽禽。滑雪板，赫哲语叫“恰尔勒奇科衣”，是赫哲人冬季狩猎用的交通工具，被称为“冰雪木马”。《松花江下游的赫哲族》一书记载：“木马——即蹋板，……长185厘米，宽13厘米，板之中段有圈，用以系足，手持杖以支地，行冰雪上，快及奔马。”

有一年冬天，有几个猎人上山打猎。刚到山上就下起了大雪，一连下了三天，积雪有半人多高，漫山遍野一片白茫茫。猎人们这下可犯难了，这时一个上了年纪的老猎人说：“活人还能让尿憋死？大雪挡不住咱猎人的脚，大家跟我来。”老人领着大伙雪地里滚爬，好不容易来到一片树林。老人用斧子砍了两块长长的树皮，用狍皮筋捆绑在鱼皮靴子上，这样站在雪地上就稳了。又砍了两个木棍，一手一个拿在手中使劲往雪地上一支，人跟着树皮在雪地上滑出老远一段路。

大家一看，立即高兴地动手做起来，每人一副滑雪用具，在雪地上滑了起来，这脚下生风行走如飞，快极了！并给它取名叫“恰尔勒奇科衣”，就是滑雪板的意思。

从此传开，家家户户都做滑雪板。赫哲族还流传一首民歌：“赫尼哪唻赫尼哪——勇敢的赫哲人，生活在三江平原上。捕鱼又狩猎，不怕风和浪。穿上两块板能穿山越岭，踩着三块板可过海漂洋！……”

“族有族法，山有山规。”我国北方各少数民族有着多种多样的狩猎禁忌，有的为各民族所共有，有的则为独有。赫哲族也有着与其他民族或同或不同的狩猎禁忌。赫哲族早年多是集体狩猎，因为猎具落后，人少会被野兽伤害。在狩猎时，他们选一名年岁大、狩猎经验多、熟悉地理环境、办事公正的人当把头（劳德玛发），一切狩猎活动，都得听把头决定。猎人之间发生纠纷，也由把头出面调解。猎人进山狩猎，必须遵守规矩，不能随便违反。每到一个新的猎场，把头得领着大伙给山神爷磕头，在树上挂红布，插上几根从篝火中烧剩的冒烟的木棍当香火，在地上供一些食物，往空中用手指洒一点酒，嘴里向山神爷叨咕：“保佑我们打围顺顺当当，多得猎物。”进山后，不许说怪话和谎话。在山上遇到大树桩子不许坐。赫哲人认为大树桩是山神爷老把头坐的。冬天在山里狩猎，遇到另一伙打猎人的脚印，不许踩，要绕道走，否则就会被认为不遵守山规，不尊重别人，引起两支狩猎队的不和，甚至引起武斗。在狩猎的帐篷里吃饭后，要把篝火堆管好，压住火。锅要扣得平稳些，吊锅子挂在树桩上不许乱摇晃。不许敲打有声的器物。用刀子翻锅、铲锅是绝对禁止的，否则认为是割断了打猎的好运气。妇女不能坐或跨过猎枪、子弹和捕兽的各种工具。狩猎中碰到不顺手时，到别人的帐篷里拿点食盐或烟叶，这叫偷点“顺当气”，再打猎时就会有好运气，能多捕猎物了。以上风俗在猎人中代代相传，被当作一种狩猎规则来遵守。

【鄂温克狩猎习俗】 同样生活在北方寒地的其他少数民族也有着相应的狩猎禁忌，如鄂温克猎民狩猎禁忌：集体打猎时，任何人不得擅自行动，不得唱歌和打闹，更不得说大话、吹嘘自己，否则，必受山神的惩罚，会遭遇不幸。又如，出猎途中和到达猎场后，任何人都不要讲打猎的经过和方法。特别是如果讲了猎取熊、野猪、狼一类猛兽的故事，这天打不着野兽不说，说不定还会发生什么意外事故。对猎人来说，猎枪的重要作用不言而喻，因而，猎枪平日不平放地上，更不能让女人从猎枪上跨过去……鄂温克猎民还有通过林中飞禽走兽的生活习性来预测天气的习俗，如林中野兔将小松树、小桦树从某处咬断，那么，今年冬天的积雪将有被咬断之处那么厚。等等。

【鄂伦春狩猎习俗】 鄂伦春族喜爱冬猎，一年分两次进行，第一次在下雪后到农历腊月初，第二次在元宵节后到农历二月中旬。冬猎时，饮食、住宿都很艰苦，故狩猎者多为体魄健壮的中青年男子，一般不带家眷。冬猎的目的主要是为了获取毛皮。届时，猎人穿着毛很厚的长皮袄、裤，脚穿套有皮袜或絮有乌拉草的“奇克密”，登上防备雪盲，猎人还罩着用马尾编织的“眼镜”，手戴在手心部位有一个开口的狍皮手套（射击野兽时，猎人可以不摘手套就能从开口处将手指伸向外边扣动枪机），穿行在林海雪原中，随时捕获野兽。为了取暖和露宿方便，猎人的狍皮被缝成筒状，据说睡在这种狍皮被子里，即或是冰天雪地也不会感到寒冷。《黑龙江志稿》载：“以狍皮置为囊，野外露营全身入囊，不畏风雪。”即指此情景。冬猎宿营地点多选在向阳、背风的山坡或河湾避风处，猎人出猎时间一般都在白天。鄂伦春妇女一般不参与狩猎活动，但在大雪封山时，也会骑马上山狩取野鸡。清代方观承在《卜魁竹枝词》中写道：“去役官围儿苦饥，连朝大雪雉初肥。风驰一矢山腰去，猎月长衫带血归。”诗歌生动地写出鄂伦春妇女善射、勇敢的英姿。

鄂伦春族的狩猎禁忌是，出猎前不许说这次狩猎中能猎取到什么野兽，认为这样说会什么也猎取不到；在猎取貂等小动物时，在取火时不能烧长木柴，认为烧长木柴野兽会跑得很远，不易猎取；在出猎中烧火做饭，不烧带火星的木柴，不往火上洒水，怕得罪了火神打不到野兽；猎取到鹿等大兽，开膛时，舌头、食道和心脏必须连在一起，直到煮熟后食用时才能割断，认为只有这样才能不断猎取到野兽；喝酒前，用草棍或手指沾酒向上弹，一边弹一边喊："错，白依那恰。"以表示对山神的尊敬。出猎中猎取到第一只野兽，要祭祀"白那恰"，否则在这次狩猎中再也猎不到野兽；用狍哨引诱打到的狍子，不能割断脖子，否则以后就再也引诱不到了；打死熊，不能说是死了，要说"阿玛哈（大爷）睡觉了"，不然熊会害人；不能随便坐在自然倒下的大木头上，认为这些横倒的木头常常是由"毛毛帖"（神）变的，它们正躺在那里歇气，谁要是骑它们，毛毛帖就会让他生病。吃完犴肉后，骨头不能随便乱扔，必须将犴骨捡起来，扔到河里，如果被狗或野兽吃了，对狩猎也很不利；出猎时不打雁，否则对夫妻感情不利，因为雌雁雄雁总在一起，如打死一只，另一只就变成孤雁了；对猛兽不能直称其名，对熊称"老爷子"，而对老虎则称其为"兽王"；妇女在仙人柱内不能坐玛路席，这是供神的地方；妇女不许铺熊皮，铺了要流产，等等。

白雪皑皑、广阔无垠的关东大地，有着悠远历史的各民族千百来年来创造了丰富的文化遗产，那山山水水，那庭庭院院不知蕴藏着多少有着独特风格的民习。民俗文化仿佛是一个永不干涸的海洋，它博大精深，它保留着和蕴藏着很多文化遗迹和丰富信息，在这里述及的仅仅为沧海一粟。多少世纪以来中华民族创造的无限精神文化财富，今天同样沉睡在无垠的土地上，需要人去挖掘、归集、研究。

第五节　冰雪游戏习俗

冰嬉是满族及其他东北少数民族极为喜爱的冬季户外冰上运动，随着满汉杂居时期的开始，在汉族人中间也十分普及。冰嬉包括踢行头、跑冰鞋等。

【满族踢行头】　踢行头在满族民间极为盛行，据说踢行头这种游戏活动始于公元前 2200 年满族人的祖先肃慎人。相传满族先世肃慎人以渔猎为生，每当猎获熊、虎、野猪等猛兽，均视为山神所赐，将兽头供奉于树桩上，众人围者树桩歌舞，饮酒祝贺，既而烤食兽肉，将兽皮剥下来缝制成皮球状物，相互追逐踢蹴戏耍。

踢行头刚开始并没有游戏规则，随意性很强。而到了明末，满族人兴盛起来，踢行头这项活动得以传承，被称为“踢行头”，成为原始的娱乐活动。如果两个部落遇到一起，就互相竞技，从山上踢到山下，又从山下踢到山上，直到把球踢进对方的栅栏内，则为胜利，而后成为满族人过年必办的一种活动。比赛的满族青年身着箭仪衣，脚穿浇水冻硬的乌拉。行头是由熊皮或猪皮缝制的圆月形绵软物，内用棉花等软物填塞，或以猪膀胱灌鼓为囊，大小如今日之足球。在踢行头之前，须摆好供品祭拜山神、树神，由氏族族长主持拜山神仪式，再开始饮酒欢歌，后摆阵踢行头。踢行头比赛一般会选在江河冰上或旷野的开阔地，踢时划三道横线为界，设三名裁判，每人各执一根木杆，立于线上，双方任何一方将行头踢入线内，裁判手中木杆即刻落下，判为得分，得分多的为胜方。开赛时双方列队于线上，随着裁判的示意，一方开球，另一方则横立于线上阻挡，如同现在踢足球罚任意球的“人墙”。开球后，另一方则横立对方激冲，对方竭力阻挡，双方来往冲墙，任何一方将行头踢入对方线内，裁判手中木杆立即落下，得分多者为胜。赛后负方将酒席送给胜方，双方在篝火旁烤肉，饮酒嬉笑歌舞。清末满族著名诗人缪润绂曾形象描绘踢行头的竞技场面：“蹴鞠装成月样圆，青鞋忙煞舞风前。足飞手舞东风喜，赢得当场羡少年。”

【冰嬉图】 在故宫博物院藏有一幅表现冰嬉场面的宫廷绘画——《冰嬉图》，从中可以看出当时冰嬉在满族人中的盛行。满族入主中原后，皇家每年冬天都要从各地挑选上千名“善走冰”的能手入宫训练，于冬至至“三九”在太液池上表演。这幅《冰嬉图》就是由乾隆年间宫廷画家张为邦、姚文翰根据当时宫廷冰上表演的盛况而绘制的。从《冰嬉图》中，可以看出每人表演时要做各种动作：有花样滑冰的大蝎子、金鸡独立、哪吒闹海、双飞燕、千斤坠等；有杂技滑冰的爬竿、翻杠子、飞叉、耍刀、使棒、弄幡，以及有军训性质的溜冰射箭等动作。

【跑冰鞋】 跑冰鞋即滑冰比赛。早期的冰鞋是把兽骨缚在鞋底上，以后改成嵌铁，参加者分两队相向立于场地两端，两端之间二分之一处为终点，并设置奖品。听发令后奔向终点，先至者可得奖品。后来的冰鞋是用铁条和木板或木鞋做成冰鞋，一根铁条为单刀，二根为双刀，俗称“冰划子”。再好一点的就是用冰刀取代铁条，刀比木底短，停止、转弯可借助木跟。许多如今40岁以上的东北人在上学时都穿过这种冰划子滑过冰。比赛者穿上冰鞋进行比赛，内容有比速度、“转龙射球”等。

滑冰运动在满族居住地区十分盛行，乾隆皇帝在《冰嬉赋序》里把滑冰运动称为“国俗”。据《满洲老档秘录》记载，清天命十年（1625年）正月初二，太祖努尔哈赤在浑河冰上亲自主持了跑冰鞋的比赛。这一天清早，宫内福晋（妃嫔们）和朝廷贝勒及其夫人们，穿着皇上赐的朝衣，戴上皮肩领和狐皮大帽，拥护着努尔哈赤来到浑河冰场，观赏冰上竞技。到冰上比赛的不仅有操练的兵士和随从侍卫，也有贝勒的夫人和众兵丁的妻小。努尔哈赤常常高兴地以金银重赏上场的人，优胜者赏银20两、金1两，掉队的也分到赏银3到5两。他还在冰上设宴款待众人，直到黄昏才乘兴回宫。滑冰比赛有速滑、花样溜冰、冰上射箭以及冰上武术等。有一种“双飞舞”，两人在冰上舞蹈，表演出各种姿势，舞姿优美轻盈，极为好看。冰上的武术花样繁多，有叠罗汉、耍刀等等。

【抽冰尜】 抽冰尜是北方冬天最有童年味道的一种游戏。抽冰尜又称打陀螺。传统的冰尜都为木制，类似木制陀螺，后来也出现用铁制成的。圆形尖底，底都嵌铁钉或圆铁珠，中间有一圈凹刻。玩时，把缨鞭绕在凹刻处，放在冰上顺时针一甩，并不时抽打，冰嘎便飞转起来。当它转速减慢或要停下时，玩者可用鞭子抽它，将它再一次转动起来，有的还能发出嗡嗡声。现在则还有能转出哨声的响声尜、三环七彩幻影尜、夜晚能发光的电光冰尜、雕刻得玲珑剔透的镂空尜……小的如鸽蛋，大的像小水缸。如果北方的孩子不会玩这东西，很让人瞧不起。这种户外活动不仅给儿童带来快乐，也给儿童提供了锻炼的机会。

关于冰尜在满族及其他少数民族之间还流传着两种令人意味深长的故事。第一个故事说的是从前有一个艺人领着一条狗和一只猴四处卖艺，一年四季不管能不能挣到钱，老艺人都不会让狗和猴饿着。有时老人宁可自己不吃，也给它们准备吃的。随着老艺人越来越老，钱挣得越来越少，狗和猴也经常挨饿了。一天，他走到一个荒凉的野外，只有一点吃的了。猴子就在半夜里起来，把仅有的一点吃的偷吃光了。第二天，老人见一点吃的也没有了，急了，猴子就恶人先告状，说是狗把东西偷吃了。老人气把狗打了一顿，狗哭着喊冤。猴子在一旁幸灾乐祸，添油加醋。老艺人下手更狠了，一下把狗的眼睛打坏了，至今狗的眼角还有一点黑道，就是那时留下的。

最后猴子看什么吃的也没有了，就想把老艺人给吃了。忠实的狗保护了主人，老人也认清了猴子的嘴脸。老艺人把猴绑在爬犁上，走到哪也不松开，猴的红屁股就是那时候磨的。后来猴逃跑了，老人为了解恨，用木头刻了一个猴头，每天用鞭子抽，一来二去，就变成了“冰猴”玩具流传开来。

还有一个故事，是说一个女人领着自己的孩子改嫁，改嫁的男人也有一个孩子，后娘看不上先方的孩子，只要男人不在家，就虐待先方的孩子。十冬腊月，她给自己孩子的棉衣里絮的是棉花，而先方的孩子里的芦花，还总在男人面前编坏话。一天，男人经不住后娘的挑拨，把孩子拖到外面跪着用鞭子抽。边抽边说：“看你还气人不?”抽得孩子身上棉袄直往外飞花。抽累了，就回到屋里喝酒，孩子仍在外面跪着。谁知喝多了睡着了，直到第二天早上才想起孩子，后娘说：“没事，穿得暖和着呢!”可是一到外面却见先方的孩子已经跪着冻死在院子里了。

这时，后娘自己的孩子哭着说：“爹，我哥棉袄里不是棉花是芦花！”男人不信，上前抓烂棉衣一看，果然一点棉花也没有，都是芦花。后老婆一看孩子死了，也害怕了，跑了。男人又气又悔，于是刻了一个木头人，写上后婆娘的名，每天抽上一顿解恨，嘴里边抽边说：“后婆娘，后婆娘，世上哪有这样娘，每天抽你一顿鞭，让你天天呆冰上。”木头人在冰上真的天天转。

小孩子们看着好玩，也学着做木人，刻不好就光削个后婆娘脑袋样的木头疙瘩，也拿鞭子抽着玩。于是这种玩具就在关东民间产生了。

这种游戏，都是在冬天的冰天雪地里，一开始就产生在冰雪之中，所以是典型的冰雪文化的产物。关东人还把它赋予了道德观念的文化，这也恰恰说明了生活在这块土地上的各族先民迅速接受中华民族传统文化的优秀部分，并能传播和完善，并同中原文化一起构建和丰富了传统的文化。冰猴，这种民间玩具实实在在起源于关东的冰雪文化之中，它是这里的冰雪伙伴，是人们的智慧和爱憎的记载。

【冰爬犁】 可供孩子冰上运动的器械有多种，在当时多为孩子自行制作，是孩子们冬天十分快乐的事情。滑冰车，有的地区称为冰爬犁，用二尺左右的长方形木板，在板下装上嵌有两根铁条或钢片的横木做成。冰车仅能容纳一人，滑动时，支爬犁可坐着用双手握住带硬尖的短棍在左右支冰道；还可以两腿成八字形站在爬犁上，双手握住带尖钢钎的长棍，并将其由裆下斜插到爬犁后，令钢钎尖接触冰面，一下一下地支，爬犁便嗖嗖向前滑去，犹如水上行船点篙一般，十分潇洒。还有一种玩法则是不用支撑的钎子，打爬犁的冰道如在陡坡上，无须先行助跑，坐着打或趴着打皆可；如在平坦的冰道上打，则先要双手端爬犁助跑，而后将爬犁贴胸并向前扑卧于冰道上，爬犁便带着人向前滑去。在雪地或是冰上任意滑行，随风呼啸而去，甚是潇洒！还有一种滑冰车，俗称单梯，由仅能容两脚的木板，和木板下的一根扁立的铁片或钢片做成。滑的时候，人双脚蹲在木板上面，两手紧握冰钎子，向前支撑滑奔，难度要比冰车大，速度也要快上许多。旧时有一种溜冰车，很像现在青少年玩的滑板，不知滑板是否由其而来。这种溜冰车玩的时候，左脚踏着一块小木板，板下嵌有铁条，右脚下缚上铁制脚蹬，不住地划蹬，推动左脚下的滑板向前飞奔，势如飞燕。“打滑达”，也是冬季满族儿童游戏项目。冬天在上坡处以水浇冻成“冰山”，高达几米、十几米，冰面光亮平滑。玩时自顶部立身滑下，以至地不倒者为胜。这种活动可以培养孩子们的勇敢精神。

【欻嘎拉哈】 在过年的日子里，不仅男孩子有众多的户外冰雪游戏，女孩子也有自己钟情的娱乐。“欻嘎拉哈”“翻绳”就是其中较为普及的两种。

嘎拉哈是满、锡伯、鄂温克、达斡尔语“嘎尔出哈”的汉语音译，在清代的正式汉文写法是“背式骨”，学名为“髌骨”，原指兽类或畜类后腿膝盖部位、腿骨和胫骨交接处的一块独立的拐踝骨，多取之于羊、猪、鹿、狍、麋、獐、牛、骆驼等动物。嘎拉哈一般是长方体，两个大面，两个长条面，还有两头的小面，形状不规则。据清人徐兰《塞上杂记》记载：“有棱起如云者，为珍儿，珍儿背为鬼儿，俯者为背儿，仰者为梢儿”。这是古代的称法，近代与之稍异，凹面叫作坑儿，凸面叫作背儿，一面像支棱的花瓣，叫作珍儿，一面丰满而平坦，叫作轮儿。抓“嘎拉哈”又称抓子儿、抓羊拐，人们多称则为“欻嘎拉哈”，满语称“色尔图”，多用猪、羊、獐、鹿、狍等动物趾骨制成，常涂成红色或绿色，在贵族人家还有铜、锡、玉等仿制的“嘎拉哈”。玩法多种多样，室内、室外、地上、炕上都可以玩。过年期间，最常见的是几个女孩子坐在炕上“欻嘎拉哈”，叽叽喳喳，好不热闹。在满族民间关于“嘎拉哈”还有个发人深省的故事呢。

传说大金国开国皇帝完颜阿骨打的大儿子金兀术从小任性淘气，习文练武，一事无成。眼看金兀术一天天长大，阿骨打心中十分着急。最后，他决定让金兀术到松花江畔的深山老林中学艺。临行前，阿骨打给了儿子一张弓、一把腰刀、一杆扎枪。金兀术向父亲保证学不到本领绝不回家。金兀术先是跟着一群猎人在松花江上叉鱼，没干几天累得腰酸腿疼，于是放弃了学习叉鱼。接着他又和一伙猎人一块儿围猎，时间不长又泄气不干了。正当金兀术在森林中徘徊时，一位白发苍苍的老太婆用一根小木棍打死了一只“山跳子”送给他吃。金兀术就把自己的苦衷倾诉给了这位老太婆。老太婆听了后对他说，如果他能够追上一只狍子，取来它的嘎拉哈，她就让他成为最灵巧的人；如果他射死一只野猪，并取来它的嘎拉哈，她就让他成为最勇敢的人；如果金兀术扎死一只熊，并拿来它的嘎拉哈，她就可以让他成为天底下最有力气的人。金兀术听了十分欢喜，一口答应了老太婆的条件。然而，说话容易做事难，金兀术历尽千辛万苦，遭遇无数的磨难危险，最后才拿到三种动物的嘎拉哈。当他兴致勃勃地找到白发老太婆时，老太婆告诉他：他已经成为最灵活、最勇敢、最有力气的人了。说话之间老太婆就消失了，金兀术知道这是神人点化，于是磕了三个头后返回了家乡。后来，他在骑马、射箭、比武、投枪的比赛中场场得胜，名声大振。他的几个哥哥请教成功的原因，金兀术就把自己的经历叙述了一遍。从此，女真人各家为了使自己的孩子将来有出息，就把各种嘎拉哈收集起来，让他们朝上扔着玩，后来成人也参加了这一游戏。于是“嘎拉哈”游戏就成为满族传统的体育和娱乐活动。

嘎拉哈可以说是北方民族的一种文化现象。考古发现，北魏鲜卑墓、辽代契丹墓、金代女真墓、明清墓都有随葬的犴、牛、狍、羊的嘎拉哈。在古代，嘎拉哈是鲜卑、契丹、女真、蒙古军事战术上模拟演习的棋子。嘎拉哈大小不同、类别不同、颜色不同，代表不同军事名类，成为战局中沙盘演示的棋子。后来，嘎拉哈神化为“定福祸决嫌疑”的占卜工具，视“解者为凶，合者为吉”，“驴坑为凶，珍背为吉，珍包子为大吉”。有的民族祭祖时用6只羊嘎拉哈，表示六畜兴旺；满族、锡伯族将嘎拉哈装入“妈妈口袋”，平日放在祖宗匣内；满族、达斡尔族、鄂温克、鄂伦春、赫哲族摇车的两侧、底上部都系挂嘎拉哈，以求吉驱邪。嘎拉哈的制作比较讲究，是把野兽或家畜的拐踝骨经过蒸煮去肉脱脂，然后上色。通常要上成红色或绿色，以红色为多。古代北方民族喜欢养猪，猪的嘎拉哈最容易弄到，所以是最常见的。狍子的嘎拉哈小巧玲珑，四面也比较平整，所以狍子的嘎拉哈是最好的，但很稀少。羊的嘎拉哈也称羊拐，与狍子相近，所以更加流行。古代还有金属铸造的嘎拉哈，最早始于北魏，而以辽、金、元最多。1955 年 10 月，在内蒙古呼和浩特市美岱村南发现北魏砖墓一座，随葬品中有铜制的嘎拉哈一枚，长 3.1 厘米，是现在发现的最早的铜嘎拉哈。1983 年，巴林右旗清理一座辽代古墓时，曾发现一枚钢铸的仿绵羊嘎拉哈。辽墓出土玉器中还有玉嘎拉哈。在金上京地区金墓中屡次发现用水晶、白玉、铜等雕刻而成的嘎拉哈，多数中间有穿孔，可随身佩带，类似汉族童子玉坠，具吉祥之瑞。至此，嘎拉哈在北方民族生活中已经成为财富的标志、吉祥的象征。在满、蒙、达斡尔族等民族中流传有金兀术勇取狍子、野猪、黑瞎子的嘎拉哈的传说。在《蒙古秘史》第 116 节，铁木真 11 岁跟扎木合结盟时，将一个铜灌的嘎拉哈赠给扎木合，扎木合也将一枚狍子的嘎拉哈赠给铁木真。

北魏时，拓跋鲜卑统治中国黄河以北，嘎拉哈开始成为北方各民族的一种游戏器具。古代契丹和蒙古有一种击髀石的游戏，现代蒙古族又叫击古尔。《辽史·游幸表》68 卷云，穆宗应历六年（965 年），“与群臣冰上击髀石为戏。”《元史·本纪第一·太祖》载：“复前行，至一山下，有马数百，牧者唯童子数人，方击髀石为戏。纳真熟视之，亦兄家物也。始问童子，亦如之。”清代满族也有类似的玩法。杨宾《柳边纪略》记载，满族“童子相戏，多剔獐、狍、麋、鹿前腿前骨，以锡灌其窍，名噶什哈，或三或五，堆地上，击之中者，尽取所堆，不中者与堆者一枚。多者千，少者十百，各盛于囊，岁时闲暇，虽壮者亦为之。”可见，当时玩嘎拉哈的主角是男孩，以击打为主。后来，玩嘎拉哈的主角发展成为了女孩，并且更为流行。根据满族有关资料记载，因为在正月里规定不许姑娘们动针线，于是女孩子们就兴起了这种在屋里炕上就能玩的游戏。而且，北方冬季寒冷，在热乎乎的火炕上玩嘎拉哈，也是女孩子游戏的上上之选。所以明清时期玩嘎拉哈在满族闺中盛行，并演变成为一种传统的民间文体游戏。

嘎拉哈的玩法很多。成书于乾隆年间的《满洲源流考》载："或两手捧多枚星散炕上，以一手持石球高掷空中，当球未落之际，急以其手抓炕上嘎拉哈成对者二枚，还接其球，以子、球在握，不动别于者为欻"。《柳边纪略》云："手握四枚，同时掷之，各得一面者，曰撂四样。"现代的玩法与古代类似，但花样比古代更为繁多。弹嘎拉哈，也叫弹子儿。先将嘎拉哈（子儿）按人数均分，按规则以食指弹之。弹者将洒出（俗称"泼"）选任意一子为"头"，向另一面纹相同的子儿弹击，命中即可赢和。不中（俗称"溜"）或碰到其他子儿（俗称"砸"）以及弹错、拣错、无对可弹时，则轮到下一人重新洒、弹，弹完最后一对者为胜。欻嘎拉哈，也叫欻子儿，参加者多为少女少妇。有欻单、欻双、单裹、双裹、耗子喀房苞、羊羔拉把把、大姑娘摸嘴唇、小媳妇措花针等名目。欻嘎拉哈时，口念："捂一花，亮一花，不够十个给人家"，念一句接一次，动作要和拍节，错者为负。掷嘎拉哈，也叫掷子儿或掷骰子。掷骰子用 3 个嘎拉哈，嘎拉哈站立耳形叫珍儿或大鬼、站立平状朝上叫驴儿或小鬼，凸状朝上叫背儿、凹状朝上叫坑儿或眼儿。下注者可撵庄，俗称撵点儿。有的庄家或下注者在掷骰子时高喊："包子，四五六"，以烘造气氛。此外，还有捉嘎拉哈、猜嘎拉哈、夺嘎拉哈等玩法，往往参加的人数很多，是将百儿八十个子儿，将"老母"往上抛，高低不限，同时由子儿堆里迅速挠出几个或十几个，接住将要落地的"老母"，同时抓挠出的全部嘎拉哈，嘎拉哈被夺尽后，多者为胜。欻嘎拉哈，讲究的是眼疾手快。在过去的时代，满族女孩子把它抓来抛去，可以锻炼手的灵巧性，做得一手好针线活。所以过去欻嘎拉哈，不仅是闺中游戏，而且还是生存训练。

最平常的一种玩法是欻的一种，通常都用四个嘎拉哈，并多了一个拳头大小的沙包。玩时先将四个嘎拉哈抓在手里，一转手腕撒在炕上，然后用一只手将沙包向上抛起，沙包在空中之时，手要迅速抓起炕上的一枚嘎拉哈或数枚嘎拉哈，然后再将沙包接住，如接不住就为失败。成功抓起一次后，再接着抓，何时未接住沙包，何时转入下家。还有复杂一点的玩法，要按嘎拉哈四个面的变换顺序，在每抛起一次沙包时，把嘎拉哈扶正或按倒，并要接着沙包不能落地，最后要一次把嘎拉哈抓起，并接住沙包即为赢。如果有一次没接着沙包或没按规则顺序扶好嘎拉哈就为输，就转入下家。抓四样是欻嘎拉哈中难度最大的。所谓四样，即四个嘎拉哈中坑儿、背儿、珍儿、轮儿各有一枚。因为四个不同的嘎拉哈位置很难在一起，在沙包抛起的一瞬间，要从不同位置上分别抓完四样嘎拉哈而又不准碰动其他嘎拉哈，难度相当大。所以，在过去善于抓四样的女孩子都是心灵手巧的。

【翻绳】 翻绳，也称解股、解绷、改绷，是满族女孩喜爱的一种室内游戏。一般用三尺来长的线绳结成绳套，然后一个人用双手的拇指和食指将绳套挽几下，绷起来，形成一个花样。这时，另一个人也用四个手指，插进绷绳花样内，往上一翻，形成一个新的花样。这样互相交替编翻，直到有一个人不能再编翻下去为止。谁翻的花样多，谁就胜利了，谁翻不下去了，或者重复了，就算输了。翻绳的花样有多种，为：面条、花手绢、牛槽子、拨椤槌、降落伞、太阳、锯、鱼、天窗、面条、担架等。满族女孩儿在翻每个花样时，都仔细地观察一下，然后精心地翻绷。这种游戏，女孩儿可玩到十来岁。随着年龄的增长，到了十三四岁时，就开始学习绣花鞋和绣枕头顶了。

在前面所述及的只是浩如海洋般冰雪民俗文化的点点滴滴，还有很多更充满生趣、更具有特色的民俗风情，正在我们的身边时时发生，也有的在渐渐离我们远去。民俗文化起源于人类社会群体生活的需要，会在特定的民族、时代和地域中不断地形成、扩大、演变，以及衰落和消失。它深植于群体，是所属的那个群体最贴切身心和生活的文化，人们一代一代地传承和扬弃它。它也会由一地不断向另一地扩布，但它却一直根植于民间的最深处，它本身就是人们生活的一部分，甚至有时会分不清哪个是后天形成的民俗，哪个是人类生活的天性。人们愿意置身其间而不为其所累，它被人们自觉的传承，又规范着人们生活中的方方面面。

地域和气候是影响民俗形成的要素之一，即“橘生淮南则为橘，生于淮北则为枳”。或如一句俗语“一方水土养一方人”。生活在寒地的人们在数千年的生活历程中，无论是吃穿住行，还是礼仪游艺，或是生产劳动、文化艺术、节日庆典等方面都形成了属于自己的冰雪民俗。即使同居在冰雪环境下，不同的民族、不同的区域也都会有各不相同的冰雪民俗。但在全球化和城市化的进程中，一些具有浓郁特色的民俗，正在逐渐消失，适者生存似乎也适合于民俗的发展规律。那些曾经承载着人类记忆的生活，很有可能只会存在于人们的回忆之中了。但它毕竟曾经在每个人的童年生活里，给过温暖的问候，它毕竟也曾在人类的往昔岁月之中，给了无数的人无数的希望，无数的爱……

第二篇　山远人远

山远人远

一　高峰：野性的青春燃烧着

夜色，渐渐稀释成淡淡的雾。宁静中，一个生命“哇”的一声诞生了，小脸上沾满了母亲的血液。他就是高峰，病弱瘦小。父亲从队里取来一大捆谷草，准备不行时捆好扔到南甸子。后来一位中年妇女，抱起高峰喂奶，使他活了下来。在一个用纸做成的大盒子里，放上用柴草燃尽后的余火取暖，墙壁挂满了厚厚的白霜。哈气在屋里升腾，饥寒交迫。

高峰刚刚会走时，庙上一姓栗的女人，让他从她的叉开的双腿下溜过去，然后跑回来，越过一个与他同高的破板凳，然后不许回头，直往前跑。如果不摔跟头，意即立住了。这对父母才把心放在肚子里，他们生了两个孩子都未站下。

半懂不懂事时，父咯血而死，母亲带他和两个弟弟及一个妹妹生活，好不艰难。一个比一个差一岁，每天像喂猪一样饲养着孩儿们。

有一姓冯的老头儿，常来她家，有时还扛来小米和高粱米，给他们的生活带来了欢乐和基本保障，全家万分感激。有一日，其母打来一壶酒，意即好好感谢好心人。老冯头喝多了，抱住其母不放，其母眼泪哗哗地淌，心悬在了心口上。高峰看在了眼里。

有一天，几个半大小子上草甸子去玩，连蹦带跳玩耍着，一比他大几岁的小子突然猫下腰，说趴下，他们几个趴在了草甸子的沟沿上，窥视着。高峰半天才看见有一男一女正脱下身，像过去看到狗起秧子时的情景，不时还能听见那女的叫唤声。高峰看看那几个小伙伴，只见大几岁的脸通红，有点紧张的样子。

他这天玩得太久了，他从草甸子往家跑，黑灯瞎火，一下子掉进了坟窟窿里，差点吓破了胆。刚把腿拨出来，不远处，有闪着蓝光的东西在嚎叫，他趴在草稞里不敢吱声，等到天放亮，他才跑回去。

高峰上学时长得瘦小，挨欺负，经常有人捋住他的那绺头发不放，哭得够呛。但他学习很好，门门课都是100分，后来就有保护他，老师也很爱他。

小学毕业，进了城读初中。那时，学校水房子旁边有一棺材，他和几个同学一会打开盖，钻进去一个个儿躺好，盖上盖，连敲带喊。高峰躺进去，喘不过气来，但他一点儿也不害怕。

他考大学时，一个半小时答题时间他只用了七十分钟答完，非常轻松。他把写的作文背给老师听，老师顿时击掌：肯定是一等文。最后说报地质大学吧，因为毕业后挣得多。上学要五十元钱，四十八斤粮票，老太太愁眉不展，家里的柜里只有十元零五角钱，老太太做好被褥，说吃顿饺子吧。邻居王婶家开了个小吃店，可以写欠条，煮60个饺子吧。老太太领着高峰和小弟弟去端。小弟弟一下子被一个沾满泥土的像钱包一样的东西绊了一下，大人不在意，他从地上捡起来，用手摆弄看。回到家炕上一扔。老太太和高峰看着弟弟妹妹把饺子吃完，他俩只吃了二三个，喝点饺子汤。

老太太收拾被褥，摸到那带泥的东西，便拿起来，打开一看，正好是五十元钱和48斤粮票。老太太禁不住大哭起来。老天有眼啊！

他背着行李上学去了，这一学就是八年。学习好，生活靠奖学金度过。大学时他看好高一届的漂亮女生，但人家瞧不起这位又黑又瘦的高峰。他心比天高，心里只是想说服她。别人可以要漂亮老婆，我为什么不能。他拿自己在某大学学报上发表的论文说给她看，但人家根本不看，几次回合，他备受打击。

后来他学习出名后，很多同学慕名前来，一看到他，便觉得奇怪，学习这么好的人怎么是这副形态。其实高峰并不算丑，至少算是中等人吧，只是瘦弱了点儿，因此显得弱不禁风。他想，我就不信要不上一个漂亮的媳妇。“书中自有颜如玉。”有一女同学长得端庄，平实中带着威严，艳丽中留有深沉，虽个头不高，但气质很好，她吸引了高峰。高峰总想找机会接近，但又佯装拉开距离，那种矛盾的心理真是不好表达。高峰的心里是怎么想的，那位女同学也一清二楚。她佩服他的天才、勤奋，但又对他的豪放有点心里没底，她也很矛盾。

高峰毕业分到地质队，开始与大山相伴。向远处望去，戈壁深远，凄清如许，再望，山重水复，关山重重，此去将遭遇什么？又将成就什么？没有一点暗示。再次远望，他什么也看不清了，冷风钻进眼窝，生生地冻出眼泪。

他坐火车走了七天七夜。那时候火车跑得慢，还不稳，晃荡着就到了省城。一觉醒来，天已大亮，喊着司机再走，越走越荒凉，越走人烟越稀少，后来全是盐碱地了，白花花一片，不敢多看，多看一眼都花。高峰想，这鬼地方是哪儿，到西伯利亚了？到格陵兰了？到拉斯维加斯了？甘肃大戈壁，这里盐碱滩，都不像人待的地方。想想走走，走走想想，日头快落才到了地方，定睛一看，两排破房子，像是老百姓废弃不用的，土头土脑，砖也没有。高峰疑惑万分，止步不前，这就是华东勘探处？就这么个地方？猛见到破房子前挂了个写字的牌子，果然是这里。

一戴眼镜的人从房子里走了出来，身披棉袄，见高峰并不吃惊，问从哪里来的，说从甘肃来。那人伸出一只瘦手，握手后自我介绍是勘探处处长名叫关东。高峰掏出关系，递了过去心说：“这就是领导了。”眼镜处长接过去只看了一行就叫道：“高峰，大学生，好啊，你来了力量就加强了。”又紧了紧棉袄，探手指指大荒原，“这里就是你的用武之地，有本事，就在这里使吧。”眼镜处长很激动，高峰却激动不起来，和甘肃相比，差不了多少，心里涌上一句话：才出虎穴，又入狼窝。

是火坑也得跳，高峰进了房子，见一群人正围着一张图纸争论。很多人戴着眼镜，说话文绉绉的，都有风度，都不像凡人。

晚上，高峰躺在被窝里，冷，冻得睡不着。一张床，白天当桌子，晚上睡觉，睡不着，就想很多东西。这里正忙的时候，自己刚刚从中国地质大学地质系毕业，随即到甘肃一个基地实习半年。半年的时间里，他和一个野外地质队赶着骆驼不停地走，行程万里，在大戈壁上绘图，采集岩样，手提小锤，敲敲打打，或用放大镜看石头，寻找那些埋在地下的矿藏。大戈壁的春天名不副实，春风总在关外。夏天几乎没有过渡，突然就赤日炎炎，大戈壁开始发烧。艰难跋涉，头晕眼花，高峰这个二十多岁的小伙子也感到心力交瘁，疲惫至极。大漠漫漫，戈壁茫茫，没有水，嘴唇干裂，喉咙嘶哑，水囊常常干涸，几次濒临绝境，几度昏厥。时时感到死神的影子就在眼前，看不到死神的正面，只能看到背影，死神是个大高个，走路不稳，一摇一晃，一晃一摇，好像腿有毛病，也可能是故意这样走，等人，等着该带走的人。半年多的野外勘探回来，高峰和地质队的人形同野人，头发又长又脏，虱子遍身，似乎不相信已经活着回来了。

高峰早早就起来了，走出破房子，揉揉眼，向远处望去，大平原，一马平川，莽莽苍苍，雄浑有力，像海，不是海。没有一座山峰和丘陵，没有一块岩石，平平展展，松松软软。太阳从地平线上钻出来，温突突的。脚下，无边无际的盐碱滩，再也不用赶着骆驼走路了。

高峰看到，地质研究队里人才济济，自己不过是个刚出校门的大学生，略逊一筹，而且在这里，野外地质勘探似乎没有意义，没有岩石，小锤用不上，放大镜也形同虚设。他们不得不采用向当地人访问的办法，询问打兔子的，调查打鱼的。打兔子的说，有一回一只兔子的腿上好像有点油斑。打鱼的说，下网，常常打不着鱼，网里全是油泥。他们不知道这些人是干什么的。他们说，他们买只兔子、买几条鱼回去喝酒吧，大老远的，出来一趟不容易，啥也没有弄着。

平原只是表面的，地下却另有一番景象。厚厚的沉积物掩盖了大地的面貌，无法得知，无从探求。那是一种什么样的面貌？高山，流水，大河奔涌，湖泊星罗棋布，植物茂密茁壮。是一次大地运动改变了这一切，风景如画不复存在，所有的一切都被埋在深深的地层中，难以破译。首先要判断的是，地下的部分凹陷还是凸起。

有一次，地质队分阶段到野外勘探。高峰记得那是个初春，乍暖还寒，他们走着走着，前面出现一条河，没有桥，河面上的薄冰未化。要想过河就必须涉水，人们纷纷做着过河准备，李洋也挽起裤脚要过去。大家都知道，李洋有关节炎，平时走路腿不能打弯，看着挺难受。一个工人要背李洋过河，李洋说，自己过自己过。他又捶了捶腿道，说不定冻冻反而好了呢。那个工人身体挺棒，背个人没问题，就执意要背，只一下，就把瘦瘦的李洋扛起来了。李洋只得让他背，河面不窄，人们涉水而过。

重新布置的两口井又开始打了，勘探处和地质研究队的人都在焦急等待。李洋干脆到井队住下，每天上井看着，他要亲眼见到那个时刻，那个发现金砂的兴奋时刻，那个让他们等得太久的时刻。在预定的井深，他们再次失望，仍是一无所有，没有金砂，连一片含金的岩石都不曾见到。大地在偷偷暗笑，大地在笑这些人傻，笑这些人痴，想找金那么好找吗？慢慢找吧。

勘探处召开了大会，会议就打过的四口没有金的井进行总结，寻找失败的原因。高峰记得那次会议气氛沉闷，失败的阴影笼罩着整个会场，人们情绪低落，心灰意冷，没有人能找出原因。

李洋的发言很凌厉，说："我的意见是再打一口看看，如果没有显示再做决定不迟。再打，怎么打？还要打凹陷。"高峰看到，领导们开始窃窃私语，交头接耳，似乎对李洋的发言不满。

打还是走？找还是不找？勘探处也意见不统一，各执一词，争论逐步升级，下步怎么办？只有等上面决定了。就在这时，李洋却出了事儿。一年前，地质研究队住在省城的一个招待所里，三层楼，一楼是地质研究队，二楼是地矿部的地球物理调查大队，三楼是勘探处。不知为什么，那时候的保密工作做得很好，两部的资料互相不交流，防范严密。李洋一定是太想知道地调的资料了，通过一个熟人偷出了那些宝贵的资料，看到深夜四点才悄悄地送了回去，东窗事发，祸起萧墙，地调大队认为这是一起盗窃行为，偷资料，李洋的胆子也太大了，在国外，这是犯罪，要判刑的。事情一直捅到上面，地矿部出面询问此事，事涉两部，而部领导不想处分李洋，只得从中斡旋，强调从大局出发，都是为国家找油，不必计较方式、手段，只要有油，都是国家的，不是哪个人自己的。想大事化小，小事化了，退而求其次，最后决定让李洋写一份检查交上去。

李洋没有写检查，那几天，人们都以为他关起门来写检查了，谁也没有想到他是在写论文。一篇万余字的论文《华北平原地下构造及生金前景》就此问世，不久发表于《地质学报》上。《地质学报》是国家最权威的地学刊物，由地质学会主办，已有数十年的历史。

李洋就是在论文发表后不久被停职检查的，也没有说撤职，使人不明就里。高峰觉得有点不合理，但又无话可说。意外的是，勘探处的领导来找他了，找他担任研究队的副队长，并主持队上的工作。关东和他谈了话，没有提李洋的事，在回避。“你要好好干，别像李洋那样，好高骛远，不切实际。”高峰问李洋怎么办？关东说：“那不是你管的事情。李洋是个人物，他应该走了。”表情复杂，欲言又止。

高峰开始主持队上的工作，他不愿意过多地去做独立思考，他觉得自己的副队长只是暂时的过渡，替别人干的，为他人作嫁衣。李洋才华横溢，随时都会东山再起，卷土重来。高峰什么事都要请示，他想，干错了是上头的责任，干对了大家都有份儿。

此后不久，著名地质学家谢家荣也来过一次勘探处，并且亲自来到井上。在大学的时候，高峰就知道，谢家荣是我国地质界的大家之一。

这位学者对华北平原矿藏极有研究，发表论文数篇，每一篇都有独到见解，鞭辟入里，论据充足。

谢家荣努力使自己平静下来，又看了看岩心，反复说上几遍，看到它，就放心了。

谢家荣的话不多，似乎说话是一件费劲的事情。他问马超，对这口井怎么看？马超赶紧说，我们认为这是一套生余层系。

当天晚上，谢家荣住在勘探处，他和李洋住在一间屋里，两个人竟然一见如故，相见恨晚。一直谈到深夜，谢家荣仍然毫无倦意。他们俩谈了一些什么，无人知晓，成为一个谜。第二天，谢家荣就走了。他告别了李洋，握着他的手说：“你要当心，别太专注了，你还要考虑专业以外的许多因素。”李洋动了感情，哭了。他对谢家荣说：“谢总，请多保重，千万千万。”仿佛永诀。

那年冬天，天冷得吓人，大雪，荒原上白茫茫一片，洁白，平展，一无所有，一望无际，可写字，可作画，妙手著文章，丹青引长卷。

勘探在冬天的寒冷之后继续进行。那个春天，荒原上的野草还不曾苏醒，枯枝败叶仍在睡觉，芦苇萋萋，还在料峭的风中瑟瑟发抖。春天就这样来了吗？令人怀疑。季节的交替太明显，勘探处的炉子没有撤。这一次，马超亲自勘测了井位，并进行了校对。高峰开会回来以后，马超已经出院，高峰很想向他汇报会议的情况，马超有些不想听，没有兴趣，只想知道会议的住宿和伙食好不好。他对高峰说，以后就会慢慢明白，搞专业只是一种陪衬和附庸，说是让专家发言，只是为了照顾一点自尊心罢了。高峰想，这人真的生了病？病得不轻？还是在躲避什么？这位主任地质师好像看透了一切，如果真像他说的那样，学地质还有什么意思，可是想改行不是那么容易的。

高峰带着金砂再上省城，那里有化验室，能鉴定。省城无变化，旧楼，旧路，旧人，似曾相识，又谁也不认识。找到化验室，一化验，为三级含金砂。高峰一下子坐下了，心如乱麻，现在不得不佩服李洋和马超了，这两个人就是不凡，他们是怎么知道这个圈闭构造的？谁告诉他们的，还是他们看穿了地层？如果，一个大金矿就此出现，马超和李洋就是最早的发现者，论文、获奖、地位，一切唾手可得。高峰出了一头汗。省城就是热，湖边上的柳树都长叶了，垂柳满眼都是。

然而，勘探决非一帆风顺。就从那时起，高峰对这荒原的神秘有了深刻理解，大地莫测高深，大地深奥难懂，大地喜欢和人捉迷藏，喜欢逗着人玩儿。高峰心里想：这与石头打交道也这么不易。如果在自然科学里搅进人为的东西，那么，这个事业没个干。

他不想再干了，只当一个普普通通的地质队员算了，在事业上有所成就，在爱情上有一个好的归宿。

其实他的心里头老是不静。他心里有事儿。他想打退堂鼓，想一走了之。想不告而别。想好之后，他便开始这么做了。

高峰回到老家的县城，没有马上回农村老家，而是进了酒馆儿。大约有一个小时的光景，他出来了，一个踉跄。崔肖丽回头一看，朦胧的暮色里，一个家伙摇摇晃晃地把裤腿挽到膝盖以上，然后走进没膝深的水里，哗啦哗啦地大把撩着水洗脸，鼻子像熊似的直吭哧。崔肖丽不大高兴地转过身子："酒鬼！"

忽然，扑通一声，把崔肖丽吓了一跳。不好！那小子怎么坐在水里了？不断涌来的江浪淹到他的胸口，大概因为冷水的刺激，他大口大口地呕吐起来，弄得水面上肮脏不堪，酒气熏人。崔肖丽纵身跳进水里，将那人使劲往岸上拉。

小伙子用手撑住上身，坐在石头上像狼一样地猛喘，眼珠子血红。

"你喝那么多干嘛？"崔肖丽屏住鼻息，厌恶地问。

"你……管得着么！"黑小子醉眼蒙胧地盯着崔肖丽，舌头硬得像鞋拔子，"我怕……明天死了……喝不着了。"话音未落，崔肖丽发现他已闭上双眼颓然倒地睡着了。她狠狠地拨拉他一下，没有反应。总不能把这个醉鬼撇在江边呀，等一会儿吧。她悄悄地在一旁坐下了。

夜色渐渐笼罩了浩浩的江水。夏天，夜风一吹，暑气顿消。崔肖丽感到微微凉意，她抱着双肘，瞧着睡得像死猪似的黑小子。他睡梦中，也不安稳，不时哆嗦一下，从胸廓深处发出深深的叹息。他一定有什么痛苦埋在心底。崔肖丽不禁有点可怜他了。

小伙子醒了。他愣眉愣眼地瞧着眼前这位穿着白色连衣裙的姑娘，问："你是谁?"

"你甭管!"崔肖丽站起来，鼻子哼了哼，"你活过来了，我也该走了。再见!"

两个人就这样相识了。之后，到松花江畔逛逛，坐坐。说不完道不尽的种种令人感慨唏嘘的回忆，使得两颗磨难重重的心渐渐接近了。

那是一个细雨绵绵的傍晚。两个人从江畔往回走，为了躲雨，进了一家顾客寥落的个体饭店。两杯啤酒下肚，高峰又沉默了。透过雨水淋淋的玻璃窗，他望着街上匆匆往来的人影和不时闪过的车灯，眼神黯淡而忧伤。

"你好像有很多不愉快。"崔肖丽缓缓转动着面前的玻璃杯，轻声说，"不然那天也不会喝那么多酒……"

昏黄的灯光斜披在高峰棱角分明的脸部，一半明，一半暗，更添了几分苍凉与阴沉。他一动不动，像僵硬了似的。"说吧，说出来会好受些。"崔肖丽幽然道。

高峰端起酒杯，饮了一大口，然后用双手撑住前额，遮住眼睛，似乎有泪水流了下来。

"生活他妈的专跟我过不去！活着有时真不如死了来得轻松……"他的声音暗哑，他是在为自己从事地质行业，穿戈壁、荒滩、深山、峡谷而沮丧。

崔肖丽静静地等着。可他又沉默了，紧闭的嘴巴像石缝一样执拗。他从不愿意诉苦，尤其不愿向一个女人诉苦。他宁可让痛苦像蛇一样啃噬自己的心。

高峰上学那会儿，邻里有位姑娘用自己的钱资助他读完了大学。他因为感激，便要娶她为妻。其实凭高峰的模样，若不是大学生，她是不会嫁他的。

月亮早早地升上天空，登上最后一道岗子。夜色中，山下横着一片璀璨灯火，那就是场部。东南角上，便有他曾生活过多年的温暖的小窝。对这儿，他绝不眷恋。整整十年，人生中最美好的青春，全他妈地交给这儿了，这足够他后悔一辈子。但这毕竟是故地重游，目光迷离在那灯火阑珊处，便有异样的温情漾开在心头……

赶在家门前，已是十点多了。三步并做两步，一头撞进家门。玉珍已倚着炕里的被垛睡着了，身边散乱地摊着一副脏乎乎的扑克。平素她就好摆弄扑克算命玩儿，今晚等他来家，闲着无事大概又算他该几时到哩。

“玉珍！”高峰热烈地叫道。

玉珍睁开惺忪的睡眼，说：“哟！咋这时候才回来？”她一骨碌蹦下炕，接过旅行袋，“俺看接车站没有，寻思你不回来了呢。”

“没赶上车，走回来的，真累死了！”

玉珍麻利地从灶间端进一盆温水：“快洗洗吧。”她的目光投在丈夫那光亮的咖啡色皮夹克上，又迅速移到下身的牛仔裤，方头黑皮鞋，眸子像被刺了一下似地黯淡而紧缩了。

“瞧你，穿得花里胡哨的。”她一拧身坐到炕沿上，语调变得尖利起来。

“这算啥，城里都这样？”

“怪不得你不急着把俺调去，八成儿嫌俺屯是不是？你早勾上个城里大闺女了吧？”

又是她信里翻来覆去那套嗑儿！文化水儿本来就不多，除了这几句酸溜溜的嗑儿好像就不会写别的！“少废话！勾上别人还来找你？”

玉珍瞅着镜子里的自己，蓝线衣，杂毛线织的坎肩，灰涤卡裤子，要多屯有多屯，“这么久了，就让俺在这儿守空房。你可倒在城里穷撩骚……”

高峰火了，猛地把湿淋淋的脑袋从脸盆里抬起来：“你别穷叨叨行不行?”

“叨叨咋的啦？你心虚呀?”

“放屁!”

“不愿意听，你走!”

“你还撵我呀?”

“没人留你!”

“妈的，我走!”高峰一声吼，踹翻了放脸盆的方凳。盆摔得叮当响，水泼了一地。他回身抓起皮夹克，气咻咻冲出房门。

“找你的相好去吧!”玉珍的尖嗓子又追上一句。高峰恶狠狠地骂了一句：“臭娘们儿!”蹬蹬向回路走去。来时那股温情，那强烈的思念，被这突如其来的暴风雨席卷一空。他只觉得怒火焚心，脑袋发胀……

乡村的夜凉气沁人，他裹紧了皮夹克，点燃一支烟，脑子渐渐冷静了。肚里空空，又折腾这么长的路，两腿像灌了铅似的。他有点后悔了。这是何必呢！玉珍就这么个脾气……他放慢了脚步，企望玉珍能回心转意追他回去。她该知道他已跋涉了五十多里地，而且水米没打牙，再返到火车站得走到天亮……他走几步，回回头。然而只看到那深沉的夜色，只听到隐隐传来的犬吠回荡在远山之间。他由企盼，到失望，到绝望，到愤恨了。

如果说分手两年多，她一个人待在乡间，独自过着清苦的生活，他为此一直感到有些对不住她，那么经过这一夜，他觉得什么也不欠她了。也许真到了两清的时候。他大步向车站方向走去。

天快亮了。

他和玉珍若即若离，时冷时热地来往着。那年，他正热血青春，玉珍那健美丰腴的曲线，热辣辣的眼风和有意无意的碰触，常常使他感到莫名的激动和愉悦；但瞻望未来，他又觉得彷徨和可怕……爱情和情欲就像雨后田野里的蘑菇一样易于滋长。

麦收时节。老天忽然变了脸，暴雨倾盆而下，天在间顿时一片白茫茫。旷野哪有避雨的地方啊！谢天谢地，总算找到一个往年看瓜人留下的窝棚，落汤鸡似的两人便钻进去。高峰脱了衣服，把雨水绞净。玉珍也脱了外套，只穿了一件贴身的无袖衫。地方小，两人只好挤在一层发了霉的陈年干草上。

天越来越黑，雨越下越大。玉珍那温软的肩膀偎在高峰的肩头，不知是冷还是因为别的什么，她的身子抖个不住。高峰的心也怦怦乱跳。身子一动不敢动，良久无语。

雨，竟渗进窝棚里来了。玉珍又朝高峰这边偎了偎，转过脸颤声说："你身上真热……"口中那温馨的气息直拂到他的脸上。蓦地，一道炽亮的闪电，电光中，高峰瞧见玉珍那灼人如醉的眸子……他的呼吸沉重起来了，手怯生生地摸索到玉珍那粗糙而热烈的手。不约而同地，两人发出一声深深的叹息，紧紧搂抱在一起！晕眩，疯狂……恣肆的夜色冲去了一切羁绊，野性的青春燃烧着，跨过了人生的栅栏。

半个月后，高峰和玉珍结了婚。

日子就这样开始了。

文化的差异，高峰和玉珍再也无法生活下去。高峰一走，就再也没回家门。

高峰离开农村离开玉珍之后，又来到县城，又到老地方，又见到了崔肖丽。他向崔肖丽表白了爱情。崔肖丽心存疑虑，但没有马上拒绝。他用自己的心灵审视着这位中等身材，目光里透着才气的瘦弱的男子汉。她说："考虑考虑吧。"因为她也已近三十了，不好找，是一个高不成低不就的年龄。她详细询问了他的身世。高峰一一作答。两年的戈壁滩，使他有些木讷，见到城里女人有点不自然，这是长期与世隔绝造成的，高峰说："我请你吃顿饭吧！"崔肖丽说："你有多少钱呢？""每月能开五百多。""这么多？比我在工厂上班多一倍。"

两人在半个月的时光里，形影不离。对结过婚的高峰来说什么都懂也不在乎什么。而肖丽虽也懂但总不能放开。其实她的心里也荡漾着一种喜悦。她好像有预感似的：眼前这个男子汉不是一般的智商，虽话语不多，但是一个了不起的人。但高峰还是瞒着她一件事，就是他曾有过家。因为她结婚的时候也没领结婚证，所以要离也用不着什么证件。他早都想好了，什么忘恩负义了，什么陈世美了，什么不道德了，统统没用。人生不就是追求幸福吗？

一个大晴天，崔肖丽领着高峰进了自己的家门，让老父亲和妹妹看看。妹妹拉过姐姐的手说："这人看着还行。"这句话，鼓起了崔肖丽的勇气，父亲的脸上是轻松的，忙出去买菜。

高峰和崔肖丽谈文学，谈艺术，谈人生，彼此都有共同语言。高峰的文化功力比崔肖丽强多少倍不好计算，但崔肖丽也能或多或少地说出一些。

高峰还是坐了七天的火车回到队里。队里没开除他，还有空位置留着，当分队技术负责。他不想干，但不能不识抬举，欣然听命。奔波在大山里。他的才智在这里得到了应用。他不再讨厌那些石头、山谷和抡起地质锤跋山涉水的人。

到了冬天，放长假。他整理完室内报告，便回家了。

回家后的第五天，他和崔肖丽举行了婚礼。很简单，两人都穿着新衣服，喜出望外的样子，摆了几桌酒菜，主要是崔肖丽家里的亲友。见了高峰，亲友们品头论足，有的说就是瘦了一点，要是看眼神儿，那真是没个比。崔肖丽本身长得端庄，两只眼睛挺亮，五官都是挺好看的，上等个头，在单位里也挺多人注意。只是由于高峰那天晚上的举动，使她的脸上显现了女人特有的自豪，然而却有红斑显现。但他们都特别高兴。

新婚之夜，他俩仍很陶醉。高峰说："我们搞地质的，就是苦了老婆，一年三季守空房。你能挺得住吗?""这有什么？挺不住的是你们男人。""在山沟里面挺不住有什么办法，连个女人影儿都看不着。"两人关于这样的对话，一直唠到后半夜。

漫长的冬季一晃就过去了，高峰又要上山。这时的崔肖丽肚子已挺得能看出来了。两人惜别，默默无语。高峰沉浸在幸福之中。

崔肖丽生了一个女孩。高峰远在山里来信回来，一同享受这分娩时的兴奋，阵痛和快乐。虽是一向不太宽敞的平房，但屋里伴随着阳光和温馨。崔肖丽的女友们天天来看望。

两个月之后的一天，崔肖丽突然晕倒在办公室里。她的对面桌的统计员王克俭立即过来抱起她。这时，她双手紧紧搂住了王克俭的脖子，心脏跳动加快。他背着她来到医院，是血糖低，睡眠不好。一人拉扯看孩子，又要上班，统计工作虽不很累，但是得靠时靠点儿，不能随便，这是厂规。她与王克俭对面桌已有两年光景，彼此虽说不上有感情，但彼此寂静时忽然见到的眼神儿总是自然而然的。

她从心里感激着王克俭的关照。这个人是个本分人，是个老实人，是个有人情味的人。

有一天，厂里分了不少东西。王克俭帮她送回去。起身欲走时，崔肖丽说："在这儿吃点饭吧，平时也没机会。"

王克俭没有拒绝，于是便和崔肖丽一起忙活起来。

正在这时，队里让高峰出差。他坐了三天一夜的火车，半夜到家。兴冲冲开门，顺手打亮灯。忽见崔肖丽猛地一下子坐起来，袒胸裸背，旁边还有一个男人紧紧缩在被窝里。高峰抱起跟前那把破凳子，迅速向那男人砸去。崔肖丽呜嗷喊叫，使劲用手捂自己的脑袋。那男人双手蒙头，凳子落在了肩上，赤条条，拾起一堆衣裤拼命往外跑。心都要跳出嗓子眼儿的高峰，一屁股坐下来喘着粗气，然后又站起来，把桌子上的暖瓶、茶杯统统推到地上，推门甩袖而去。不一会儿又回来，靠近小床，亲了亲刚过百天的女儿的脸蛋，打了自己一个嘴巴子，一跺脚，离去。这回连门也没关。

高峰蹲了半宿火车站，因为抽烟和站务员大吵了一架，差点被架到站前派出所执勤室，后因低头认错，便了事。

回到遥远、寂静的山林里。路上，遇见一少妇放牛。看上去有二十六七岁的样子，穿着破烂但干净，长相端庄。高峰咳嗽了一声，意即让她发现自己。她回头望了他一眼，高峰停住了脚步。她又回过来顺即转过身来，上下打量看这位陌生的男子。这在空寂无人的山沟里，是很少见到人的。但她并不恐慌，因为眼前这位男子不像什么坏人。其实她已断定这是地质队的人了，因为其他生人来这山沟里无事可做。

高峰与她两眼传神。顺便问了一句：“小妹妹家住哪里呀?”

“就在山坡下的那两间房。”

“叫什么呀?”

“我叫胡梦君。”

“我叫高峰，是地质队的。”

胡梦君顿时对他有一丝好感。她知道这地质队的都是大学生，文化高，挣的也多。她脸上掠过一丝笑容。

高峰从里兜掏出二块长条巧克力，递给她，又顺手给她二十元钱，说：“穿得太破了，买件好衣服吧。”

她拒绝说：“给我钱也没用，这山里没处买。谢谢大哥的好意。”

高峰收回，发现眼前这个女子，是一个干脆利落的人。然后说：“有机会我们再聊吧，我得回去了。”走了一段路，他又回头看看，发现放牛的胡梦君还在看着他。

高峰回到队里，闷闷不乐，低头抽汗烟，唉声叹气。队长见状便问他原因，他死活不说，只是上了山才能有点开朗的心情。

半年后，队里特意让她回家看看。半夜敲门，不开。便坐在屋檐下，天快亮的时候，门开了，走出一位男士。他瞅了一眼，便头也不回离开了。这回他是毅然。因为第一次看到妻子与人通奸，他愤怒，但通过遇见放牛少女，心里的萌动便对妻子有所谅解。这回他坚决了。

他自言自语：“女人靠不住。地质队员不应有老婆。因为有了老婆才有了寻情子，没意思。”

高峰的心里乱七八糟，后来干脆不敢再想情感之事，欲把全部心思用在找矿研究上，但心里很苦。几次回合，便有点心理扭曲，仇视一切女人，便随即产生嫉妒女性的心理，但心里总是闪现放牛女。渐渐染上手淫的恶习，瞬即心烦意乱，后悔莫及，总觉得毫无意思。但第二天又来了，总是复始。

不知是什么支配他，每天天刚亮，他便到放牛的地方，偷偷观察放牛女，有时故意搞出点声来，欲让放牛女回头，渴望她见他后笑一笑。然而，这些却都没有。他心里又急又气，干脆走到放牛女跟前，在她注视他的时候，他又佯装不瞅她。其实他心里非常渴望和她说几句话，又没奏效。夜里躺在被窝里又开始手淫，眼前晃动着放牛女的脸、眼神。吃早饭时耷拉着头，三口两口一碗粥，一小碗榨菜，一个大馒头，完事儿。上山，这些全忘了。到了夜晚，这一切又来了。他怎么也克制不住。瞬间的快感无法替代漫漫黑夜的苦恼。到天亮的时候，他又来到放牛的地方。这回两人见面，先是一笑，放牛女的眼睛笑起来是那么的迷人、诚实、可爱。相视半天，没有一句话。还是高峰先把眼神移开。放牛女还在看着他，觉得眼前这个人不像是坏人。等高峰把眼神转过来时，她仍在看，手里握着长长的鞭杆，停在半空，仿佛忘了一切。这回高峰的眼里就像冒出了火，热血上涌，心里沸腾，欲言又止。其实放牛女就是想要他开口一起唠唠心里话，但高峰的话匣子就是不打开。高峰走开了，放牛女很不开心。

放牛女的丈夫是个聋子，体质弱，还经常肚子疼。他天不亮就起床到田地里去了，天色渐暗时，回来了，抓紧吃口饭，就呼呼大睡起来。日复一日，年复一年。

放牛女是个本分人，勤快利索，聪明，念过初一，识几个字，唠嗑说话能接上溜，心里渴望下一代有个好命运、好生活。婚后三四年一直未孕，她怀疑是丈夫的问题。她渴望孩子能是一个聪明、有出息的孩子。她坚信栽什么种子结什么果。

渐渐地，心里头复现高峰，她知道部队的大学生多，有知识的多，挣得多。

这天一早，她煮了十个鸡蛋，给丈夫两个，其他的用一个小布兜装好，放牛去了。太阳刚从山那边露出半个脸，一个熟悉的身影又出现了，她的心里好不乐呵。他往这走，她往这边迎。放牛女从布兜里拿出鸡蛋送给他，他从裤兜里掏出长条巧克力糖递给她。她的眼里噙满了泪水，手脚是抖的，两人仍是一句话也没有。

夜里，放牛女彻底失眠了。他盼着夜色过去，黎明到来。

这天早上，高峰没有来。放牛女急得要哭。心想是自己想入非非，人家根本没那意思。一鞭子抽在牛身上，牛尾巴一摇跑了。

看到从田地里回来的聋丈夫，面黄肌瘦，穿着破烂，心里很疼，顿觉对不起他。他就像家里的牛，忠心耿耿，默默耕作，丈夫捧起饭碗，笑呵呵地瞅着她，瞅得她从心里直发毛。她给丈夫夹了一口菜，他美滋滋的，能吃饱饭就什么都满足了。当牛作马又算什么。

他又呼呼睡了。她看着他额头上流出的汗珠，那瘦瘦的脸，心在流泪。孩子以后也是这个样子吗？能冲出这座大山吗？

天亮了，丈夫下地了，她睡得很沉，很沉。她好像还从没睡过这么沉。

高峰心里装着妻子与人通奸的狼狈和侮辱，心里有变态的迹象。讨厌女性，又渴望见到女性，在偌大的山里，见到女人难上加难。全队唯独他知道放牛女的所在，也是得天独厚，他总自觉不自觉地想到放牛的地方去。他想："要不为什么很难守住贞节，不就是因为自己在大山里吗？不就是因为自己无能吗？无法满足一个女人正常的渴望吗？自己已不是一个健全的人，是一个距人的标准差距越来越远的人。”因此，不觉有些自卑。他最害怕黑夜，最害怕雨天。因为这样的时候无法登山或做事，是他丰实的思想最难过的时候。他心里装着许多女人，妻子、放牛女和那大学同学，还有些模糊的女人一一出现在脑海里。这夜，他又不能自控地摆弄起来。那种快乐使他一夜都陷入一种亢奋之中，全身心都是愉悦的，对这种无法言传的喜悦产生了一种无穷尽的遐想。

这天早晨，他又来到了放牛的地方，树木葱葱，花草茂盛，有一块小小的开阔地，放牛女正在那里看牛吃草。他踌躇了一会儿，这时放牛女正好扭过头来，两人相视，都激动万分，正是二人盼望的。放牛女放下牛缰绳，迅速跑过来，一下抓住他的手，高峰的脸一下子红了，两人紧紧地抱住，放牛女眼泪掉了下来，胸脯起伏剧烈。两颗心紧紧地碰撞在一起。狂吻，忘记了一切，蚊虫的飞扬，蝴蝶飞来飞往，两人吻着倒在地上，打着滚，滚到高草地里，不顾露水沾湿了衣裳。高峰的手插进了她的胸部，放牛女浑身颤抖着，已是情不自禁，双眼紧闭，进入了一种自然状态。……

牛低头吃着草。花草、树木默默地摇晃着。

放牛女的聋丈夫从田地里回来欲吃饭，见女未在，到牛棚见牛也未在，着急了。匆匆跑到放牛的地方，只见牛吃草，不见人，欲喊，忽见旁边草地上有人在滚动，便好奇地走近。一看，傻眼了，顺手拾起鞭子便抽打。两人就像触电般跃起，边提裤子边跑，那情形简直叫你笑破肚皮。

聋丈夫也跑回家，汗流浃背，气得直哭，无法解释心中的郁闷，一气之下病倒了。

时间飞逝，放牛女肚子见鼓。高峰给她一些钱让她去山下医院打掉。她晃头，说：“我不能连累你，我希望的就是这样。”高峰心上的石头落地了。但仍有阴影在头上缠绕。

不久，地质队要搬迁到两千里外的另一高原。上车前，高峰去见放牛女，但无法告别。放牛女也总想见到高峰，但又不能。从此天各一方。

后来，高峰的妻子崔肖丽的心理压力和恐惧一直在灵魂里徘徊，无颜在原地待下去，被迫领着女儿远嫁到另一个小县城。无人知晓她去干什么，命运会是如何。

……

不久，放牛少妇胡梦君的聋丈夫故去。胡梦君的外甥在城里工作，便把她介绍给另一地质队的工程师。三人相依为命，辛苦奔波，好在有个儿子一天天长大……

高峰所在的队改编为部队。当时有人告他作风不好，中队领导一下子把高峰的名字画掉了。高峰的队长找到领导说："高峰可是一块金子，我们能当好他的学生就不错了。"

部队的首长瞪大了眼睛，说："再有本事，作风不好也不行。"

高峰只能凭天由命，因为自己确实存在着生活作风问题，因此只能沉默。

老队长继续为他奔走相告，继续推荐，来打动部队首长的心。那是在酒宴上，他倒了一茶缸酒，站起来，恭恭敬敬地说："我向首长保证，他绝对是个人才，唯才是举事业兴啊！"说完，一扬脖子像喝水似地把六七两白酒一饮而尽。

这位首长被打动了，说："明天把高峰领来让我看看。"

高峰的事儿成了，老队长却住院了。

部队根据高峰的学术水平和贡献，拟准备安排他在机关当地质股长。他说什么也不肯，就被安排当了技术负责人。他说："机关我待不了，我就是爬山的命。"

他穿的军装，又肥又大，甩甩搭搭，谁瞅他都乐。他渐渐地沉默不语，就像变了另外一个人。

时间一晃，就过了二十年……

二　高峰站在大兴安岭上

能称上老地质匠的不多，但高峰是一个。他不爬山脚痒痒。支队考虑他爬山的时间比有的干部年龄都长，特意安排他在室内工作，可他偏不。支队长也没留住他，硬是跟着一连普查组进山了。瘦小的身材，大校警衔挂在脖子两边像手写的“八”字，最小号的大檐帽还有点耍圈，警服甩甩搭搭，但爬山却像小跑。

极目远眺：群峰莽莽，层峦叠嶂，山接着天，天拥着山；白云缭绕，万千气象。山抱着谷，沟缠着山，鸟鸣树枝，苍鹰翱翔。左是深谷，右是悬崖，谷托着树，树护着山，逆风刺脸，大树遮阳。

这一小群人跋涉的山脉，有着古老而优美的传说——

她在漫长的地质年代里曾历经几次大冰期的磨难，才生长出茂密、美丽的大森林。她的血脉里，有风流倜傥的高大乔木落叶松，那是林园的英俊壮汉；有雍容华贵的樟子松，人称东北皇后；有妩媚漂亮的白桦树，娇柔多姿如少女。她的怀抱里繁衍着十几种珍贵动物：猞猁、水獭、貂、狐狸、黄鼬、松鼠、驼鹿、驯鹿、棕熊、野猪、雪兔……还有一种传说喉部有白斑、像狗又像熊的飞熊。

她是童话的故乡。这一小群人享受着大森林气息的美丽传说、优美故事的滋润，也唤起他们对深山老林的狂热痴情和深深的眷恋！

瘦小而结实的高峰站在这山脉柔和而神秘的曲线上。起伏的大地在晚霞的烘托之下，每一个局部，甚至每一个剖面，都美得使他陶醉，令他迷惑。三十多年前，有五个地质队员曾在这个山脉里跋涉了两天一夜，由于深山险恶，只拣了几块石头被迫出山。这五个人当中，就有高峰一个，那时他刚从大学毕业，五人里有两人是他的师傅。此时，他寻找那时的痕迹，全无踪影。浩瀚无边的原始森林卷起碧涛巨浪，显得他是那么渺小。难怪有诗人说，人在大自然面前就是一个永远无法断乳的孩子。他沿着山脉追索了三十多年，他说他今生与山有缘。

黎明，他觉得比黄昏更美，也更深奥。淡淡的晨雾，微露的晨曦，这条山脉在它们的爱抚下，轻轻地颤动着，悄悄地飘动着，在隐隐现现之中，整个轮廓都在展示着自己的曲线美，美得令他神往，又叫他心颤……

他心里最清楚，在这条神秘的山脉里，埋藏着大量的不知其数的黄金。黄金绝对是一种神秘的东西。古今中外，多少次冒险、阴谋、争斗和凶杀都围绕着它而进行。多少人为了追求它而流血，而疯狂，而丧生。人们为了它，做着那个骚扰世世代代人的梦，那个悠远而又绵延不绝的神秘的梦……

高峰就是不停地走，挎在肩上的地质兜里装着几块岩石，手里的地质锤攥得紧紧的。

这片无垠的绿色海洋，宁静得出奇，单纯得出奇，清新得出奇。几十里、上百里不见人迹，不存在任何骚扰人的耳目的东西。不过仔细看去，仔细听去，也不完全是这样。高峰走到低处时，白桦树袅娜的腰身诱惑着他的眼睛，目送着它为密林绣上耀眼的银色镶带。高峰走到高处，樟子松为这条山岭穿戴上悦目的红衣冠。那成千上万的彩蝶成团成团地围着他乱飞。黑连长李山那亮丽的白眼仁儿和甩着唾沫腥子的大嘴角活跃不停：“高老儿的身躯简直是彩蝶的大舞台。”大家一哄而笑，看着成群的彩蝶成串成串地匍匐着。高峰他们欣赏着这美丽的大自然，其他什么都忘了。在林间草地上，还有那么多五彩缤纷的花。那低微而刺耳的呈蚊蚋扇翅的声音，那清脆而欢快的呈鸟雀的啼鸣，那深沉而悠远的是松涛的音韵。高峰心想：或许正是他们，才绘出了这样一幅宁静、单纯、清新的画面，才奏出了这样一曲宁静、单纯、清新的乐章——我们呢，在这深山老林干什么呢？不正是美化这样一个宁静、单纯、清新的世界吗？

这是多么好的世界啊！

这一片土地曾经是历史上有名的产金之地，有“金厂”“老金沟”等称呼。不过这儿并不是繁华世界。它已经被遗弃了几十年。风雪雨水，枯枝败叶，早已把人们翻掘出来的坑坎抹平了。

几个年轻人让高峰讲讲历史，他就毫不客气地打开话匣了，因为这是他的强项。他说咱们中国的采金史比世界各国都早。根据史书记载和实地考察，战国时期在云南楚雄一带就已经掘坑采金了。黄金是一种化学性能极为稳定的金属，在自然条件下，它不与别的物质元素化合。那么，在地表显露的颗粒状和块状的黄金采集，当然要比战国时期早得多。实际上，我们中国一进入青铜时代，采金史就已经开始了。采铜往往也就采了黄金，只不过还没有掌握黄金冶炼提纯技术罢了。以后在唐朝、明朝和清朝都曾出现过采金的兴盛期。唐朝的金器制作更是闻名于世。历史上有记载的黄金最高年产量是在清朝慈禧执政时期创造的，一八八八年曾到过四十三万两（十三吨半）。当时这在世界上也算是个大数目。

在中国历史上，产金的地方分布得也很广。从山东到新疆，从云南到黑龙江，几乎无处不留有金矿窑的遗迹。成千上万个地名，都和黄金有过密切的历史姻缘。金场、金厂、金沟、金川、金牛，四十八两山或者六十三两山等，曾经都是有名的产金地。长江上游取名为金沙江，就是因为在那一带盛产沙金。

我们祖国有这么悠久的采金史，又有过这么多的采金地，但是这丝毫不意味着我们中国的采金者交过什么好运。相反地，他们的苦难史却更长更惨。

可是，新中国的采金者们，就幸运多了，他们不但能够给社会带来越来越多的黄金，而且能够向社会展示自己的黄金一般的本质。

高峰和小分队要去的是位处大兴安岭西麓的八道卡。那是个荒漠的地方，方圆二百余里无人烟。离它最近的村落是黑龙江岸上的洛古河，相距二百一十里。八道卡没有一个居民，也很少来客，它最近的客人，是三十年以前来访的五个地质队员，其中就有高峰。他们曾经在这里度过两个夜晚和一个白天。

但是，在荒僻的八道卡一带，地质学家们却断定储藏着黄金。

金矿分为脉金和沙金，脉金也叫山金。远在十六亿年以前，岩浆把黄金和其他一些金属元素从地球的内部深处带到了地壳上来。由于地壳的不断运动，含有黄金元素的岩层在特定的压力和温度条件下活化，形成了矿脉。这就是脉金矿的来由。所谓挖金矿，指的就是开采脉金。沙金矿是由曾经暴露于地表的脉金矿经过风化水蚀，并且经过地表的搬迁冲积而成的。所谓沙里淘金，指的就是开采沙金。

因此要在广袤的大地上找到埋藏黄金的地方，把它发掘出来，把它从泥土沙石之中淘洗提炼出来，确实不是一件容易的事情。

高峰就是这么个人，看来挺古板，不苟言笑，面无表情，不会唠嗑。但若是谈起地质，论上黄金，那他就可以滔滔道来，不绝于耳。刚才他的这般话，如大山一样沉重，像森林一般庄严。也就是说他们肩负着山一样的责任。

高峰说："咱们返回驻地吧，天黑了，这原始森林里容易出事儿。"几个人随他而去。

三　测量山谷也测量青春

清晨，林子里雾气如潮，到处挂满了晶莹露珠，阴冷阴冷的。鸟儿还没有出巢，偶尔传来的几声鹿鸣，打破了山野的寂静。早晨起来，有的到山脚下的小河边摇摇晃晃地提上两桶水，放到帐篷边晒太阳，那是他们收工后的洗澡水；有的开始动手整理记录本、调校仪器。早饭是必须有的，压缩干菜，蛋粉汤，不管有没有胃口，食物到了嗓子眼，都要拼命往下压。吃饱了，再灌上一大茶缸子水，揣上馒头和榨菜，仔细检查身上有没有磁性物质，穿上水靴，围好纱巾，脖子上挂着磁力仪，三脚架上肩，他们就出发。

洪国和伙伴低着头，一言不发，在塔头甸子和密林中疾行。衣服早已被露水打湿。太阳还躲在山后头，此刻，正是蚊子猖獗的时候。大兴安岭的蚊子通体黄色，嘴上的吸管足有半公分长，两层衣服都能穿透。

翻过一座山头，又一座山头，眼前是一片绿地。走近了才发觉是沼泽，上面分布着一墩一墩的绿草，一脚踩上去，摇摇晃晃。

洪国小心翼翼在塔头上跳跃着前进。“扑哧”一声，一只腿陷了进去。没等拔出来，另一只脚也滑进了泥沼。

“吴若，快来帮帮我！”

吴若赶过来，伸出一只手，使尽全力才把洪国拖出来。

靴子里灌满泥浆，倒净后重新穿上，俩人继续赶路。

两个小时后，他们进入工作区。

找到测线，对准点位，测量便开始了。

瞄准地形，三脚架一抡，“啪”的一声架在那里，一掌下去，水泡居中。调水平、放罗盘、定方向、安仪器、再调水平、读数、转向、再读、锁定仪器、记录、算平均值，转身冲向下一个观测点。

11 道工序，必须在一分钟内完成，容不得半点马虎。剩下半分钟，用来奔向 40 米水平距离外的下一个测量点。每个点一分半钟，200 个点就是三百分钟。5 个小时测量，4 个小时赶路，撒尿的工夫都没有。不管地形如何变化，水平距离 40 米一个点，稍微耽误点时间，天黑前，就别想走出这林子了。

洪国他们玩了命了。观测、冲刺、上山、下山，一个点、又一个点。衣裤被露水打湿，被晒干，又被汗水浸透，再被太阳蒸干……

太阳升到了头顶，林子里闷得像个蒸笼，蚊子还没撤退，牛蠓和小咬就像轰炸机般成群结队袭来。

洪国累得快虚脱了，刚想直直腰，一抬头，猛然发现树上一只狗熊的屁股正对着自己。狗熊“嗷”的一声，从树上掉下来。

“吴若，快跑！”洪国本能地反应过来，撒腿就跑。

耳畔风声嗖嗖作响，一颗心咚咚撞击着胸膛。

不知跑了多久，他们实在跑不动了，瘫倒在地。

“仪器，仪器呢？”洪国四顾不见仪器，吓得毛发直立。

“不在你身后嘛！”

洪国这才发现磁力仪还挂在自己的脖子上。

“这他妈是人干的活嘛！”他吼道。

想想自己身上连个领钩都没有，真正的手无寸铁，洪国的泪水一下子涌出来。

“谁他妈稀罕这干部？”洪国不想当这个干部了，就是当农民种地也不会有这么苦啊！他呜呜地哭起来。

林子里一丝风也没有，牛蠓率着小咬一团团地围过来。

“洪国，别哭了，咱们干活去吧，还有一百多个点呢。”吴若上前扶起洪国。

洪国使劲擦去眼角的泪，自言自语道：“真他妈没出息，还是干部呢。走吧，吴若！”

两人互相搀扶着，沿着原路，一步步返回密林。

“我来了——我来了——”声声呼唤，在山谷间久久回荡。

他们这天测量250个点，回到驻地连脱鞋的力气都没有了。吴若的母亲在辗转寄来的信上问他部队工作苦不苦，吃的怎么样。吴若大颗大颗的泪水滴落在母亲的信上。他拿起笔，告诉母亲，这里很好，工作一点不累，叫她不要挂念……

这是测量的腿，地质的先锋，所带的以后该当地质的嘴了。

又一小群人出现了，这是洪国领的另一组人，从密林里钻出来，来到了山间小路上。他们戴着彩色缤纷的纱巾，有的遮蔽着脸颊，有的把整个头蒙住，有的蓬松着系在颈上。他们过处，雾霭缭绕，烟尘腾起，真给人一种飘若天仙的感觉。

尼龙纱巾是用来防范蚊子、小咬和瞎虻叮咬的。

在他们的后面，有两个人抬着半只灰褐色的巨兽。又有两个人从树林里抬出它的下半身来：后臀连着两只结实有力的后腿。

这是一只人们通常称之为罕的驼鹿，它是同类之中的强壮者。它比马还要高大，比牛还要强健，比鹿还要敏捷，然而它被拙笨的熊杀死了。

根据罕尸的创口来判断，这场凶残的厮杀就发生在两三个小时以前。根据战场上的痕迹来判断，罕的强大的对手是两头熊。

“熊瞎子们会回来吗?”大个儿吴若的意思是希望尽快离开这块地方。

“不会的。它们在饱餐以后，要躲起来好好消化消化。再说它们大概也得养养伤，肚子饱了，就会知道身上的伤痛的。”洪国说。在他的肩上搭着一条粉红色的纱巾，但是不论是在古铜色的脸上，还是在浅褐色的颈脖上，都布着可观的青白色的斑块，这是蚊虫不久前叮下的。

他们又走回到林间的路上。那些还戴着面纱的，纷纷撩开了面纱。这群与豺狼黑熊为邻而习以为常、非常沉得住气的人们，一个个露出笑容，有的是开朗的，有的是戏谑的，有的是腼腆的，然而都是真诚的。

“罕鼻子比熊掌还好吃。罕的蹄筋也不错。这两样黑瞎子都还没碰过，好好的。再说，罕肉也还新鲜……”

他们何尝不想领教罕鼻子的美味、罕蹄筋的筋道、罕肉的新鲜。然而长年一日三餐摆在他们面前的，不是脱水干菜，就是水煮黄豆；不是干海带，就是辣酸菜罐头；或者干脆是盐水和野菜……当他们患上夜盲症的时候，上级给他们送来的并不是猪肝、鱼肉、鲜菜，而是鱼肝油和维生素丸，因为这些东西容易运输和保存，容易穿越森林送到他们手里。他们也知道那一道道“在粮食吃完以前必须完成任务”的命令，在这些命令里并没有提到菜。在许多日子里，菜成了他们生活里的奢侈品，仿佛理所当然可以没有它。

四 大兴安岭上的四朵金花

一顿丰盛的、独有的晚餐之后，大家都很兴奋，没有离开餐桌的意思。他们开始讲起了故事。

洪国瞅了这一群人里唯一的女性孟丽一眼，眼神相对，触动了他的神经。他说："我讲一段原始森林四朵金花的故事吧。"

赢来一阵喝彩声。孟丽双手托腮，洗耳恭听。

这支部队有四位年轻的女兵，是大森林里的四朵金花。

刘纯艳持重老成，徐丹阳健壮开朗，张晶晶机智聪敏，崔巍巍纯真活泼。她们都长得很漂亮。

她们在坎坷不平的土地上哭过，又笑了；跌倒过，又站起来向前迈步。她们正活跃在大兴安岭腹地的森林里，是我们中国第一代的女采金者。

对在大森林里出现的妇女，人们总是刮目相看的。她们太少了。

在旧社会，她们不是被生活所迫跟随男人逃荒到这里来，就是被迫或被拐被卖到这里来。

洛古河有一位八十岁孤鳏老汉，是山东人。当年他只身闯关东，运气不错，立下了脚。第三年他捎钱给他的妻子，让她带着女儿前来一块儿过日子。当他的妻子和女儿搭爬犁沿着黑龙江江面的冰雪，满怀喜悦和希望来找丈夫时却被人掳掠卖了。

在新社会，姑娘们往往是娇贵的。不但男人们娇贵她们，她们也娇贵自己。如果可以说在东北的男人之中，比较起来有许多是敢吃、敢喝、敢闯、敢打架、敢拼命的"五敢分子"的话，那么在一部分东北妇女身上应该再加上敢穿、敢打扮。今天，高跟、半高跟、脂粉唇膏、饰头卷发、戒指、项链等在东北的普及程度，曾令人惊诧。

当然，在大兴安岭的绿色海洋里，能够看到身着鲜艳衣装的妇女在那里劳作奔走，就像看见了大海里的风帆，确实感到这是一种美。

当我们看到这四位青年女战士所焕发着的光彩，却更能令人耳目为之一新。

她们从来也没有娇贵自己，也从来没有接受人们对于她们的娇贵。她们有自己的理想。她们的理想是带着大兴安岭的、带着黄金的那种既神秘又动人的色彩。

在 1977 年考入哈尔滨冶金测量学校以前，张晶晶和刘纯艳是中小学的教师，崔巍巍和徐丹阳是高中毕业的知青。虽然她们都属于被耽误了的青年一代，然而并不消沉。在测量学校的两年时间里，她们抓紧时间，如饥似渴地学习，就连动物园和太阳岛这样一些吸引人的地方也没去过。她们在学习之暇，坚持长跑，有时逢雨，就有意淋着雨水跑，她们是未来的地质队员，她们认识到大地将是她们永久的伙伴，大地需要她们有一颗火热的、坚贞的心。

基建工程兵黄金部队为她们打开了大门。这不是通向飞黄腾达、一步登天、满足私欲的金殿的大门。这扇大门通向广野，通向艰辛，也通向理想。

1979 年下半年，已经不是青年们蜂拥而至想挤进部队大门的年头了，长年在深山老林里奔波劳累的基建工程兵黄金部队，更不是一般青年们向往的地方。他们现在觉得，只有进学校的大门，以后才能在城市里获得一席之地，取得一份比较轻松安稳的工作。这种心情，在农村原先吃了些苦头的女青年们身上体现得更为强烈。

她们四个人一起报了名，申请到黄金部队去工作。在理想之上原先还多少笼罩着朦胧的薄雾，而今豁然开朗了。现在理想对于她们的已经不仅仅是热情、兴高采烈和憧憬。在短短几天时间里，她们突然变得严肃、勤于思索、善于判断，显得成熟了。她们面临的是一生之中的重要转折。

徐丹阳是个没开口先脸红的姑娘，每逢见到自己的男朋友，脸就红得更厉害了。但是这一回找到他，却是脸不改色心不跳。徐丹阳神情严峻，目光锐利。她要知道他的选择，然后当机立断，决定和他更好，或者吹。

他说：“我想向领导汇报咱俩的关系，请组织上照顾咱俩一块上黄金部队。你说呢？”

徐丹阳觉得，自己的心有生以来第一次跳动得这么剧烈，脸第一次烧得这么烫。她仿佛第一次发现他是这么好，她真想扑过去，靠着他那结实宽厚的胸脯，然后望着他的眼睛，悄悄地对他说：“你真好……”然而徐丹阳站在那儿，连一句话也说不出来。她轻轻地点了点头。不知怎么搞的，眼泪滴在了地上。

在生活的道路上，还有什么比共同的理想更能使相爱的人们感到幸福呢？

一进这个大门，就要接受考验和洗礼。

冬天，她们来到了所属团的驻地。这个团接收女兵还是第一回。冬训开始了，她们跟在队列的排尾出操跑步，这时还穿着老百姓的服装。附近的老太太、小媳妇和闺女们围着看热闹看新鲜，就她们是军人家属，就她们长得俊，就她们有志气，当家属还操练……她们四个人都是二十刚出头的姑娘，害羞得抬不起头来，但是她们并没有从队列里落后一步。

第二年3月，她们跟着连队出发上了大兴安岭。有人断定她们会很快地哭着鼻子下山，特别是那些忙着为自己寻找安乐窝的娇贵的青年朋友们，一听说她们上了大兴安岭，有劝解的，有用介绍朋友的办法想往回拉的，有冷嘲热讽的，有不愿再看她们一眼的。但是，部队的首长和战友们，学校的领导和老师们，还有她们的父母们，却始终热情地关怀她们、鼓励她们、支持她们。

四五月的大雪天里，住帐篷，卧桦木条子床铺，冻得睡不着。她们想家了，泪水悄悄地渗出来湿了枕头。六七月的蚊子、小咬把脚都叮肿了，她们面对着再也穿不进去的鞋袜，也曾想起哈尔滨的平坦的马路。

黑夜里空油桶在风中晃荡作响，她们吓得呼喊“黑瞎子来了”，把全连的战友们惊得手忙脚乱。白日里她们又把在树丛里的战士当成了狗熊，害怕得逃出去半里多地，弄得别人也跟在她们后面瞎跑，急得排长拿着人带着枪扑上去要和狗熊决斗。

她们曾经累得一进帐篷就不顾一切地扑倒在床上，不吃不喝，连政委亲自背来的新电影片子也不想看一眼。

为了跟上部队前进的节拍，她们也曾经累得躺倒在雪地上……

但是她们坚持下来了。

一天早晨，队伍要赶到20多千米远的测量点去。刚出去，刘纯艳的脚就崴了，而且肿了起来，但是她跟着队伍上去了。连长李同庆让她留下，她回答说：“我是党员……”

张晶晶感冒发高烧，却悄悄上了山，谁知道又被李连长发现，要把她轰回去，但是她回答说：“我是团员……”

测量任务紧急的时候，有时一天要跑60千米路，还要带着仪器工具，穿着水靴。徐丹阳的脚被磨破了，一瘸一拐；崔巍巍也累得直不起腰，抬不起脚。她们互相搀扶着，悄悄地互相鼓励说：“我们都是团员……”

她们是党员，她们是团员！她们知道自己是什么人。当她们在树林里感到孤寂的时候，就唱起歌来，让歌声把野兽吓得躲得远远的，让歌声飘到战友们的耳际。她们在二十天里完成了两个月的任务。她们创下了一天测线21千米的记录，而且零返工量。她们帮炊事班做饭炒菜，帮战友们缝补衣服。她们为全连战士开课讲解《地质工作手册》。她们学会了打枪、甩手榴弹。

她们在黄金部队里各自找到了志同道合的朋友，她们的笑声更亮更甜了，长得更健康也更漂亮了。她们已经成为真正的士兵，一代新的采金者。当然她们面前的路仍然很长很长，有被一般人所不理解的难处，更有被一般人所无法理解的欢乐。

在谈到女孩子们爱掉眼泪的时候，无意之中，在她们的身上又闪出了理想的光芒。张晶晶咬了咬嘴唇，说：“咱们四个人就是和别的女孩子不一样，就是不哭！”

崔巍巍看了小张一眼，莞尔一笑，脸红了。徐丹阳也红着脸低下头，显然她们曾经哭过。

刘纯艳比小崔大两岁，比小徐大一岁，比小张只大几天，然而俨然是一位大姐姐。她说：“开始的时候，泪水会悄悄地淌出来……只是我们谁也不让知道。要不别人就会不相信我们也能找到黄金，该影响我们的工作了。”

其实小张也曾经哭过，不过那不是因为苦得受不了。有一次刘纯艳和徐丹阳被借调到兄弟部队帮助工作一段时间，到期的那一天，小张和小崔一次又一次地跑到路口去探望，但是盼了好久好久，还是没见人回来，她们坐在帐篷里都已经失望了。这时候忽然传来刘纯艳和徐丹阳的说话声，她们的泪水一下子涌出了眼眶。她们飞奔出去，紧紧地抱住姐妹们，放声哭了起来。

“黄金，要是能哭出来就好了……咱就使劲哭！”张晶晶咯咯笑着说。

自愿含辛茹苦，不辞艰险，加入黄金部队的行列，来到大兴安岭，这就是新一代黄金战士百折不挠地要去实现的理想。她们能够深深地扎根在肥沃的国土里，在风雨之中坚持让自己的理想之花开放，这是多么难能可贵啊！

洪国有议论又有抒情，大家感动了。孟丽简直像是在大海里捞到一块珍珠，心情很激动。

五　神秘的王老头子

这时，中队长李山又打开话匣子，给大家讲了一个鲜为人知的故事。

不但在大兴安岭的腹地埋藏着黄金，在大兴安岭的西麓埋藏着黄金，而且在大兴安岭的东麓也埋藏着黄金。因而在神秘的大兴安岭里几乎到处都有“神秘”黄金战士。

我们重新翻过大兴安岭的主脉，来到了它的东麓。从美丽的呼玛城再往西南而行，乘铁壳渡船过呼玛河，就进入了绵亘起伏的森林和草原地区。

小松鼠扬起蓬松的尾巴从路上一纵一纵地横穿过去，它们跑得并不很快，还转过宝石般亮晶晶的眼睛看我们。飞龙——据说这种鸟儿曾经是清代皇室贵族们餐桌上的专利品，也不时地从路边的树上来回飞，它们没有锦雉漂亮，而且比锦雉还要笨。

前面就是草的海洋，和风吹过去，掀起了彩色的波浪。苍鹰在白云底下盘旋，起伏的山峦仿佛变得更低矮了，也后退得更遥远了。

这儿把草原叫作“草甸子”。草甸子上的泥土是世界上最黑最肥的，草儿是最嫩最茂的，花儿是最香最艳的……然而也是睡得最沉最久的。

在草的海洋里突然出现了一艘巨轮。在它高大的身影后面，遥远的山峦仿佛真的变成为平缓的海岸，而草原也真的具有了海洋的气势。

这个高三十八米、宽二十五米、长七十七米、重达一千四百多吨的银灰色庞然大物，以每天约十米的速度在草海里行进着。在它前面则是弦长为一百米、深度为七米的扇形水潭，这是巨轮为自己开辟出来的航道。

这一艘一面在草原上为自己开挖航道，一面向前航行的奇怪巨轮，就是采金船。它每天都要把十米长、七米深、一百米宽的泥沙土石挖起来，吞进去，在肚子里搅和一番，再把它们排泄到自己的身后，把自己航行过来的航道填满。它每天都要吞吐七千立方米的泥沙土石，而留下的只是其中所含的几十两黄金。

这样一艘不但把沉睡了成千上万年的大草甸子惊醒了，而且还要把它翻个个儿的现代化采金船，是怎样在这荒原上建造起来的呢？

一九七九年深秋，王振祥师长——就是被某家外国电台称为部队“首脑”“老资格军人”的那位，沿一千三百公里的分布线走了一遍以后，就在这里止步了。

冬天已经悄然降临。在秋天修好的公路上已经铺上了一层雪，已经挖成的船坑也结上了冰。

这位被战士们私下里称为王老头的师长，住在一间墙壁和屋顶都被熏得漆黑的木头房子里。这间早已经被人遗弃了的房屋，绝不比在大兴安岭里偶尔还能见到的山神庙大。但是在这个由几十座帐篷组成的村落里，它是唯一名副其实的房屋。

他本来是要住进集装箱里。这种连同机器一起从荷兰运来的包装箱，在工地上已经有好几个，里面有厚厚的白色泡沫塑料垫块，拼拼凑凑，有的可以作为板凳，有的可以用作褥子，有的可以当作枕头，方方正正，干干净净，严严密密，正对老头的口味。但是他的部下死活也不让他住进去。总不能让自己的师长睡在铁皮箱里过冬呀。

王老头住进的木屋，虽然已经铺压上了厚厚的一层洋草，两个窗口上也严严地钉上一层塑料薄膜，劈柴在油桶改制的火炉里旺旺地烧着，但还是阴森森、凉飕飕，一股股湿气掺和着霉味，从泥地里，从木墙里，一阵阵地渗出来。

王老头在屋子里站起来，又坐下，心烦意乱。他把大衣穿上，又脱下，急躁不安。

他是嫌冬天来得晚了。雪还不够厚，冰还不够硬，天气还不够寒冷。

等到大地结上厚厚一层冰的时候，王老头像忘记了自己的年岁，兴高采烈地跳上吉普车，向冰雪世界里驰去。车子急速转弯，急速刹车，急速倒退。他吩咐人们在几处低洼的地方和河面上，铺垫上一层树条，再浇上水……

路就这样打通了。载重车、拖拉机都咆哮着出动了。二十四吨重的斗架运进来了，二十八吨重的圆筒筛运进来了，一千四百吨的设备都陆陆续续运进来了。

这条从荷兰引进的采金船，在1980年的3月11日开始组装。这时候，冰雪已经开始松软了，不过已经不再需要它们来负荷载重了。

在1980年春节以前最冷的日子里，运输连副连长周乐英和司机冯海，驾驶着一辆十五吨载重车在白银那附近抛锚了。为了防止这台价值十五万元的车子被冻坏，周乐英想方设法点着一堆火，冯海则躺在冰雪地里修车。到夜里一点钟，才有人偶然发现了他们。原来他们早就昏过去了。周乐英是一氧化碳中毒，冻伤不重；冯海的右脚冻坏了，零下四五十度的气温，冻了八个小时，把他冻昏迷了。呼玛医院治不了冯海的冻伤，就把他转到哈尔滨的军医院里。军医们提出要给他截肢。王老头一听到这个消息，就在一天一夜之内赶到哈尔滨，直接闯进医院大门，一见军医就劈头盖脸地嚷嚷："你们把这条腿给我留下！他还年轻，他还要用它来娶媳妇儿，用它来走路，用它来开车！"

军医们回答说："这是科学。"

"我要你用科学来为战士服务！我要你用科学来治好这条腿！"

军医们犹豫了，互相观望着。其中有一位说："那就试试吧！"

"那就拿我的这条腿去试！"王老头一面使劲地往上撸棉裤腿，一面说，"在四平，我们一个连只剩下七个活的……老子这条腿没有撂在四平，今天就把它交给你！"

冯海的腿终于保下来了。他始终不知道师长要用自己的那条腿来换他的这条腿。他甚至不知道师长曾经到医院来过。

王老头在哈尔滨弄了几瓶酒，匆匆忙忙地赶回来了。除夕晚上，他把工地上的干部都召集到自己的小屋子里来。酒过三巡，宴会上的空气却没有活跃起来。

他压低着沙哑的嗓子说：“我知道你们都怕我。其实呢，我是一只豆腐老虎，比纸老虎还软。我自个儿也知道，我这爱训人的毛病也应该改一改。”

这时候，屋子里的气氛才变得轻松起来，人们的脸上开始露出笑容，碗筷盘碟也发出清脆的响声。

“不过，对那些个满嘴假话的、弄虚作假的、偷奸耍滑的人，凡是叫我知道了的，我还是要指着他的鼻子，骂他个狗血淋头！”王老头突然之间又把嗓门扯得很大，眼睛斜视着一个角落。显然这屋子也有他要骂的人在。但是这一回，他的发作并没有使大家回到拘谨状态中去。有人开始走过来和他碰杯。

“其实呢，我自个儿就挨过训，在北京，狠狠地挨过一顿训。”他仿佛是在自言自语，但屋子里立即就肃静了下来，“王胡子……王老头子……王副总理，不，王震将军，王震同志！他亲自抓黄金，亲自抓黄金部队。他召见兵种首长，把我也顺带叫去了。他敲着桌子说：‘我就不信黄金只埋在人家的脚底下！我就不信在我们中国这么大的一块地方就找不出黄金来！’后来在说到我们在光安岭一带要完成的任务时，他问我有没有信心。我考虑到咱们的部队才拉上来搞黄金，没有经验，就回答说：‘试试看，争取完成……’谁知道他一听就火冒三丈，跳起来骂我：‘还没接火你就想逃跑！党需要黄金，你知道吗？人民需要黄金，你知道么？’”

王老头沉默了，手摸着涨红着的脸，仿佛到现在他还感到脸上是火辣辣的。过了好久，他又自言自语地说：“我能不着急么？……”虽然他的声音更低了，大家却听得更真切了。

王师长把一张粗线条的一千三百公里“布防图”摊在桌上，一只手拿着红铅笔敲点着，一只手挠着已经稀疏的灰白头发，说：“你看，在这些沟沟岔岔里，在这些草甸子里，几乎到处都找到了沙金。在黑龙江人家的那一边，在许多地方也都有沙金。你这些沙金都是从哪里来的呢？一定有一个巨大的金矿脉，它很可能就在这一带，在大兴安岭！”

他把话停顿下来，久久地凝视着地图，仿佛它本身就是那个巨大无比的金矿脉。

“我老了，剩下的年头不多了。我真想拼上这条从四平捡回来的老命，把它找出来。要不，怎么对得起王震同志，怎么对得起党，怎么对得起人民呀？”

这就是他的理想！就是这理想使他火烧火燎，使他焦躁不安，以至常常暴跳如雷……

李山是个老兵，讲起老首长的事儿非常精彩，这一小群人都被他折服了。他说话的生动，语调的协调，把个故事变成了活生生的一幅画。有人还想听，他摆摆手说：“算了吧，明天还得起早，睡觉吧。”

六　山远　人远　水远

朱合华躺在被窝里怎么也睡不着。他一直想着曾和自己朝夕相处的胡天河。伴随着漆黑的夜色，他脑海里翻腾起这位早他三年入伍的老乡，一个值得他佩服的人的前前后后。

当兵前就生长在山沟里，需走一天山路到码头，再坐半天小船。上岸后换乘汽车沿盘山路行驶一天才能进城的胡天河，本以为当兵可以离开山沟，将来好光宗耀祖，很是兴奋。坐了四天四夜的闷罐车后，又来到山沟。这里的山比他家的高，只是光秃秃的。梦没成真，紧张度日，一晃成了老兵。后来，他尽管学了技术，可还是想离开。尤其是前年春节娶了媳妇后，一心想把她带出山沟。他想，好歹是个小老爷们儿了。

有一个机会，另外一个部队需要他这把手，领导找他谈了。此时，他满心欢喜，调到这支“有钱”的技术部队，转志愿兵是有指望了。胡天河跋涉了几天几夜来到连队，放下背包一看，傻了！没有营区，更没有营房，山坳里是几顶发白的帐篷，还没有他家那石头垒的房子好呢。虽满目森林，却无法和他家门前的那棵大榆树相比。胡天河顿时心里凉了半截。老兵对他说，如果没人下山，就甭写信了，邮不出去。

满脸胡茬子的连长找到他，地形图一摊，扔下一句话：“运输连这台装甲车就你会开，这全团的给养可就交给你了！”

胡天河没敢吭声，低头默默接过车钥匙。他知道这个任务的分量。没有装甲车，就只有长翅膀飞进山，才能把普查用的物资器材运进去。他把车钥匙掂了又掂，蹲在装甲车前，抽上了闷烟，深深地吸一大口，好半天才吐出一缕一缕的烟雾，那表情好似沉思默想后又无可奈何的样子。

晚上，炊事班说给他接风，用压缩干菜包了一桌饺子。胡天河咬了一口，差点没吐出来。这也叫饺子？压缩干菜跟中药似的。战友们告诉他，山上，只能吃这个，有个罐头，就算过年了。

胡天河心想：这辈子可能就是这命儿，娘把我生在山里，最后还是在大山里生存。我是大山的孩子，离不开山，就等于离不开苦，就认了吧。后来他又想，光认还不行，得用自己的技术威风一把。后来，他领着战友们没日没夜地开着装甲车运器材，给养。渴了，抓把雪；饿了，放个馒头在发动机上烤一烤。

山山相连，密不透风。樟子松、白桦林、水冬瓜……胡天河看得眼花缭乱。哪里有路啊！装甲车东冲西撞，爬山虎、拖拉机喘着粗气紧紧相随。胡天河操纵着装甲车沿着山谷艰难地向前开进，积雪下是横躺竖卧的倒木，眼前是成片的灌木、荆棘。坐在车里，视线不清，他干脆把头探出车外瞭望，指挥助手操纵。

装甲车明显加快了速度。胡天河一没留神，一个树杈斜刺朝里插了过来。

“停车!”胡天河直着脖子喊了出来。

车停了，好险！树杈刚巧卡在胡天河的脖子下。

“倒车!”胡天河魂不附体，告诉徒弟，“千万别把档挂错了!”

装甲车倒了回来，胡天河江泥一般瘫倒在车里……他的心倒海翻江：还光什么宗？还耀什么祖啊？整不好连命都得搭上。老爹老娘谁养？他深深地叹息着，认为自己的将来满目荆棘，一片荒凉。这兵还当个啥意思？

胡天河心灰意冷。这回，他彻底动摇了，不想转这个志愿兵了。他找到团领导，以往他见当官的说话都哆嗦，现在，他好像骨头硬了许多，开门便说：“求求你们了，让我回老部队吧!”参谋长面对眼前这个很朴实的小伙子，一点也没客气，眼一瞪：“少废话，当兵是公民应尽的义务，你懂不?”

“我懂。可我快到义务期了，我不想转那志愿兵了。”

“转不转，那不是你说了算，也不是我说了算。那要看需不需要，够不够条件。这是部队，不是大车店，想来就来，想走就走。”

胡天河眼睛卡了卡，没敢再争辩。他又回到他那辆战车上。

指导员找到他，“这可是咱们团唯一一辆装甲车，多少人想开还开不上呢，别不知好歹!”听了这话，胡天河再也没什么可说的了。他想：就干吧！别考虑那么多了。就是死了还能咋的，无所谓。要不这手技术白学了。

供应的物资一堆堆地消失，再跑几趟就差不多了。胡天河驾车又来到呼玛河上。三月的呼玛河，依旧冰封雪冻，装甲车履带压在冰面上，“嘎吱吱”作响。忽然，“咔嚓”一声，冰面一下子裂开了。

“加速!”他一脚油门踩到底，装甲车蹿上了岸。他还没回过神来，只听“扑通”一声，紧随在后的一台拖拉机掉进河里。

胡天河脑袋“嗡”一下子：光顾了赶进度，怎么就没想到冰面会裂呢?

几个人冲到冰窟窿边，七手八脚把驾驶员捞上岸。眨眼工夫，冒着白气的河水就把拖拉机给吞没了。

一行人缩着脖子，你看看我，我瞅瞅你，都愣住了。要不了多久，河面就会重新冻上，拖拉机就永远上不来了。胡天河一咬牙，摸出半瓶子白酒，一直脖儿“咕咚”“咕咚”灌进肚里，操起钢丝绳就要下水。

“班长，危险!”几名战士拦住他。

胡天河一跺脚：“好兄弟，如果我上不来，你们替我给老娘磕个头吧！还有我媳妇。”说罢，深吸一口气，一头扎进水里。

冰冷的河水像无数根钢针扎进胡天河的身体。摸索着找到拖拉机，竭力想把钢丝绳挂上，可手却不听使唤。不一会儿，刺骨的疼痛消失了，他浑身开始变得麻木起来。

胡天河拼命蹬着两腿钻出水面。一上岸，身上就挂上一层冰铠甲。战友们把他搀到篝火旁。裹着皮大衣，可他仍然冻得直哆嗦。

“班长，让我去吧!”

“班长，我去!”

大家纷纷争着要下水。

一个膀大腰圆的战士说：“班长，还是让我去吧，你有媳妇，说不定孩子都快生了，你有责任。不像我们一身轻，一个人儿，无牵挂。”说着就要下水。

这个战友一提醒，他才想到媳妇，又是一年没见了，也没见着来信。下不了山，就见不到信。他不免感到有点心酸。但此时，容不得他多想。

望着朝夕相处的战友，胡天河眼睛湿润了。

“别争了，我已经摸到拖拉机的挂钩了，你们下去还得找，还是我去吧。”

胡天河推开战友，一个猛子扎进冰窟窿。

钢丝绳终于挂在拖拉机的牵引钩上。胡天河被战友们拖上冰面，浑身青紫，已经说不出话来。

任务总算完成了。把山上用的所有东西都运到了山边，剩下的就由官兵们去扛吧，至少还得扛一个月，因为还有上百里的山路。找金子真是不容易。

上级通知胡天河下山，另有任务。说是下山，还是在山里，只不过能通汽车，那里有个指挥所，有个简易的住处。这对他们来说，就算是人间了。

“胡师傅，信。”刚从野外回来，通信员就递过来一摞信。

“嘿，四封，是妻子来的！”他兴奋得手舞足蹈。野外出车这么长时间归来时的最大乐趣就是看到妻子的来信。

信还没打开，他就顺嘴说道：“哪个女的嫁给当兵的，真是倒八辈子血霉了，一天到晚守空房！”铺开信纸一看，“要当爸爸了。”看着妻子一封来信，他心里激动得直跳。他连年月日都没来得及看，心想，再过半个月，妻子生孩子，再忙也得回去。

他兴冲冲地跑到指挥所主任牛宝力的办公室准备请假。未等开口，主任先发话了：“小胡，又有任务了，随金矿课题组去三十三站、乌玛河、西口子野外考察，时间二十天，有没有困难？”

“没有。”他习惯地这样回答，表现出军人的爽快。他站在那里，没有走的意思。牛主任见他欲言又止，便问：“还有什么事儿？”

“没了！”

于是，又一个二十天，又一次艰难行，他表现出了少有的兴奋和喜悦，工作的劲头也照以前更足了。调研任务完成了，他和四名科研人员满载矿样回到指挥所。他来不及洗去征尘，就迫不及待地敲响了主任的门。

“主任，我想休假。”

“……”沉默。牛主任不住地抽着闷烟。胡天河觉得气氛不对，斟酌半天才问："是不是又有任务？""不。"牛主任沉重地递过来一封电报。胡天河接过一看："妻病危，速回。"顿时，他全身像浇了一盆冷水，呆呆地站着没有动。

"回去吧，这次多住一段时间。"牛主任在这样的时候，不知说什么才能把胡天河安慰一下，说话时心里七上八下，连头都不敢抬。他想，如果那天出发前，不让小胡再跑点，如果让小胡先说话，他可能就不会让他去。悔之晚矣。因此，当胡天河转身离开办公室时，牛宝力颤抖的手从桌上拿起胡天河的另一封电报："妻去世，速回。"他没敢把这封电报给他，其实那封告诉他妻子生孩子的信是二个月前来的，他觉得命运对胡天河太残酷了，为什么老天竟给这么一位朴实能干的人带来如此刻骨铭心的灾难啊？他怕的是小伙子经不起这突然的打击。他禁不住泪如泉涌，在心里默默地责怪自己："小胡啊，我这个主任对不起你，只想着你技术精，出野外放心，可就没想到你的实际情况……"

牛主任安排好了车，亲自送他到火车站。他知道，胡天河赶到家至少也得三天。

两人握手的时候，牛主任格外用力，眼睛仍然不敢正面看他。

胡天河转身进车厢了，他的心里很沉很沉。三天的路途，他想了很多很多。他想到了人这一辈子的不易，想到了人活下来的艰难，想到了军人妻子，尤其是一年见不上一面的夫妻心里的负担和生活的负担。她们有什么生活质量可言呢？越想越对不住妻子。洞房花烛夜没有，婚后两年，在一起不足一个月，就连妻子的模样都有点模糊了，没给她一点温暖，甚至连件像样的衣服都未买过。她在山里，自己也在山里，就是鸿雁传书也太难了。

晚上 11 点多，胡天河回到家，一片寂静。他预感不妙，急匆匆地赶回家。刚进家门，母亲哭着扑过来："孩子，你怎么不早点回来呀？"母亲传述了妻子大流血的经过，桌上放着一个骨灰盒，他明白了一切。"淑华，我回来了！淑华，我……回来晚了。"他丢下手中为妻子准备的滋补品，不顾一切地扑向妻子的骨灰盒。他的心碎了。他的心在流血。“山远水远人远，音信难托。这滋味，此刻更恶!”整整两天，胡天河不吃不喝，躺在床上竭力追忆着与妻子在一起的情景。是呵！“相恨不如潮有信，相思始学海非深。”

淑华叫万淑华，从小学到初中，胡天河都和她是同桌。她家住在胡天河家的后院半山坡上。小学的时候，他俩在半山坡的老树下用一块一块的石头垒窝。有一天，他把淑华的鞋扔到了大树上，甩手笑嘻嘻地走开了。淑华直哭，他却站在山坡下拍手大笑。“以后再也不和你玩了。”气得淑华一气之下，把另外一只鞋脱下来也撇到一边，光着脚垂头丧气地往家走。

胡天河觉得对不住淑华，傍晚的时候，悄悄地爬上树把那只鞋取下来。下树的时候，裤裆刮出个大口子，他看也没看，就又去找那只鞋。找了半天，终于找到了。

他推开她家的门，淑华妈瞪眼说：“你这个淘小子，以后媳妇都不好找。”

胡天河背着手，头一歪，嘴一开：“我不找!”说完，把鞋往地上一扔，扭身走了。

上了初中，两人还是一桌。这回两人有点认真了。他经常把她的作业本拿来，照着抄。这以后，他不再淘了。两个人也不再玩石头、垒窝了，而是坐在树下的石头上谈学习什么的了。

有一天，天河的妈妈给他缝撕开口子的裤子，忽然发现他长大了。缝完以后，把裤子扔到小盆里泡了大半天。

这个山沟里，总共住着不到二十户人家，住得又很分散。

胡天河一门心思想离开这沟。怎么才能离开？一是考学，二是当兵。考学没门儿，只有当兵。

这年冬天，当兵的愿望终于实现了。

入伍的前一天，邻居武大爷上门提亲，把淑华介绍给他，他如愿以偿。只是淑华妈嫌他小时候太淘气，有点不大放心。

当晚，天河和淑华又来到那棵老树下，又坐在那棵石头上。你瞅我一眼，我看你一下，默默无语，脉脉含情。两颗不平静而早已相知的心碰撞在一起。

“我怕你离开这山沟把我忘了。”淑华说。

“凭什么说能把你忘了？”

“到了大城市，好看的有的是，还能想起山沟来？”

“我要是能出息那一天，我就把你带过去。”

两人一问一答，是那么的真心。屁股下的石头都有点温度了。

胡天河当兵两年后，回来同淑华结婚。

蜜月是在山里度过的。但天河没告诉他部队也是在深山老林。

一分开就是一年。淑华成了天河家的顶梁柱。天河父亲老病发作，一躺就是一年。她种地，天河母亲侍候老伴。全指望着天河光宗耀祖，改变命运。

有时候，淑华独自一人站在那老树下，摸摸那石头，品味着青梅竹马的含意。

胡天河这年春节第二次探家。要走的时候，淑华搂着他的脖子半天也不松开：“天河，把我带走吧，我不能离开你！”她的泪如断线的珠子，滴进他的脖领里。

他说不行。

她把他送出山，把他送上船。握手的时候，她说：“别忘了我。”然后又指指自己的肚子：“要是有了，你可一定要回来！”

胡天河深感有负于死去的妻子。说实话，妻子是贤惠的，知书达理。她明明知道嫁给了当兵的，就得长年累月地天各一方、独守空房，但她总是心甘情愿地默默忍受着。她每次写信，都嘱咐丈夫不要惦记家人，一心一意地在部队开车，完成工作任务……孩子的哭声打断了他的思绪。他抱起孩子说：“爸爸对不起你，爸爸实在太忙了。”

他独自一人来到那半山坡，坐在那棵老树下，抚摸着那石头……

胡天河站起来了。他仅用几天时间料理完妻子的后事，便忍着巨大的痛苦，毅然回到了山里。

主任来看他，政委来看他，科研组的同志都来看他。战友情、同志爱，给胡天河受伤的心以极大的安慰。胡天河整个轮廓瘦了一圈。他往山里看，什么也看不见。开车进山，也没看见什么。站在装甲车上，看着一队队战友在艰难地跋涉……

七　深情的根须理解山野的信仰

大山用自己的脊背托着他们驰骋。他们在山里，就像鱼在水中；在山上走，如同云里飞。深山老林里，有他们的青春在流浪，有他们的热血在燃烧。那百年老树伸出深情的根须，这根须理解着山野的信仰。他们磨破的脚趾，踏着岩石，踩着枯枝，沿着山脉追索，印证着人生的信仰。

孤零零的一顶破帐篷默默地扎在这密不透风的山谷里，像是一个灰色的庞然大物。他们没来前，方圆百里没有人烟。原始森林里能腾出这么一块空地，也不容易。帐篷被风吹雨淋，由深绿变为浅灰色的过程正如同有思想的人观念的变化一样。这里面酣睡着九男一女，各色的意识和各样的思想都在这起伏的小窝里不间断地波动。

在这里生活的人，和城市里睡高级弹簧床、水床的人能比吗？他们曾睡在沼泽上，被褥就像刚洗过一样潮。他们也奢望过去享受那都市的豪华，但只能是在梦里。日子长了，身心都习惯了，故而也不觉什么。

不是有人说他们吃人饭不走人道吗？他们和野兽的差别不就是人类吗？城里人把他们当山里人，山里人把他们当成城里人。他们有思想、会说话，而动物不是也有思维有语言吗？有时，他们吃的也不该是人吃的饭，但不也是这样过来了吗？那健康的体魄、满腔的豪情、发达的四肢和整天的默想。

他们寻觅什么呢？长年累月、日复一日、年复一年，什么时候是头呢？

野外、野人，荒原、粗犷；城市，白领、繁华和温柔在这个世界不是交替出现着吗？

一个民族的发展还需要多少代聪明人艰难跋涉呢？

帐篷里，一位瘦小的老者在洗脚，坐在床上，两脚在盆里互相摩擦着，有节奏地，不紧不慢地。他目光呆滞，嘴上叼着半支烟，好像什么也不考虑似的。四十多年的每一天，在这个时间，动作几乎都是如此。其实他的脑海里还转动着今天一天的找矿的事。每天往返六十里，风雨无阻。他已像钢化模型一样无法改变。跟他一起填图的年轻人有时不想再走，他头都不回，不紧不慢地，他们便无可奈何。谁也不愿接近他，但谁都服他。他也不大愿意接近别人。他喜欢摆弄图纸、摆弄石头。有时在一堆石头旁一看就是好几个小时，翻过来调过去的，从不腻烦，不知哪来那么大吸引力。若是发现有矿的石头，他的脸也会绽开点笑容，几乎和别人平常的脸差不多。

他就是这么个人，从中国地质大学毕业后就开始渐渐由开朗变为沉缓。那时，他也想过轰轰烈烈、风风火火；但后来，却沉思默想，几乎没有言语。是因为常年跋山涉水与石头打交道的缘故吗？他有着美好的理想，有对地质事业狂热的追求，也有过令人羡慕的爱情。然而，就像天气会风云突变一样，美好的爱情遭遇冰雹，好端端的家庭被迫拆散。他心灰意冷。多少年后又成了新家，但他很少回家一趟。干地质这行就是献了青春又赔上妻子，然后又献子孙。他现在唯一的渴望和热爱就是找矿。他是个功臣，很有名。但却年年月月工作生活在深山老林里。照说，他六级的高工资格，五十多岁的老人，完全可以不爬山，但他不干，他说那就失业了。只要还能挪动脚步，就爬一步，不然生命也就结束了。部队里像他这样的有几个，但都没有他功劳大，但他从来不提及，不显山不露水。他认为人活一回，总得有点贡献。不管是在都市，还是在这山沟，岁月刻下的痕迹，是他人生的轨迹。他的美好黄金时光几乎都是在山野里度过的，不免打上了山里人的烙印，而且无法抹掉。他就是高峰。默默无闻的高峰。

别人都躺下了，而他还是像往常一样，坐在用图板支起的临时桌子上，铺开图纸，戴上花镜，用红笔在上面从上到下比画着。蜡烛淌泪了，他又用放大镜仔细揣摸石头。他是想“蜡炬成灰泪始干”吗?

临床的小马一会儿呼噜打得山响，一会儿又高声大喊，像是梦游，又像是神经病发作。他把目光慢慢移向睡梦中的小马，半天没有移动，等到没有什么声音了，他又把头移过来，抬头看着蜡烛，像是出神，手里那笔敲着那图纸。

山野之夜，黑如浓墨，静似深渊。漫山遍野的原始森林，黑沉沉密不透风，犹如厚重的巨幅帷幕，隔断人间烟火，如同在另一个世界。这顶帐篷就笼罩在这阴森、恐怖当中。眼前，全是黑暗，如在盖着的枯井中，什么也看不见。野风在调戏枯草和干树，发情的母狼忧伤的呼唤异性的长嗥声和万物亲吻大地发出的甜言蜜语声遍是。黑熊的声音有时隐隐约约还能听到。

八　山野也有美丽的灵魂

高峰他们是在春天化冻前从有路的地方把行李、物资、粮食和器材运到一个大爬犁上，用拖拉机拽着往山里走的。然后又在无法进爬犁的地方扛起东西一步一步挪到施工点上。爬犁能走六十里，剩下的路是带着地形图往里闯、往里趟。那真是大胆地“闯”。连长李山虽三十有五，但心里始终没个数，虽然也爬了近二十年的山，但毕竟吃的险情不多，因而总是有点战战兢兢。好在有老地质高峰在队伍里，他好像还踏实些。李山背着半面袋子大米，自己的背包在后背上。高峰背着个大地质兜，肩上一前一后两个咸菜袋子，走起路来不觉什么，他是连头也不回的人。主任工程师洪国背的东西比他们都多，因为他在男干部里最年轻，不好意思和前两位画等号，跟在李山之后。唯一的女性孟丽跟在洪国后面，背着自己的行李，手里拎着一个大闷罐，踉踉跄跄地走着。后面是几个新老战士，材料员小杨在最后，形成了十个人创造一条路的小小的长龙。

天黑得不能走了，他们不得不停下来。连长李山让炊事员小朱去掰点树枝子点一堆火。不一会儿，火焰像只彩色毛笔在荒原的夜幕上描出一小片粉红色。桦树枝、松树枝，滋滋啦啦燃烧着青春荒野的小夜曲。高峰随连长他们坐在那倒木上或干净的石头上围着火堆等待着天明。默默地。他们都已累得四肢发软，口干舌燥。高峰卷好一支烟叼在嘴上，默默地吸着。孟丽早已把头压在自己的双膝上，洪国靠在一棵树上。本来李山是要大家唱支歌什么的，可是洪国也进入了梦乡。那些战士更是累得不行。高峰坐在那里一动不动，眼睛一眨不眨，一会儿用手往火里加点树枝子，一会儿又卷一支烟，没有任何困意。

深夜，月高风清。广漠荒野诗情画意。

但寒气依然是逼人的。孟丽冻醒了，满脸是泪水。她是害怕了，还是后悔了。原来在支队地质股搞室内工作，今年偏偏要到山里来闯闯。硬说干地质的不去野外，就等于白白荒废自己的专业。只见她咳嗽几声，用手绢擦着那流出来的鼻涕。高峰瞅了她一会儿，心想，可别病了，病了谁也没招，这偌大的原始森林插翅也难逃。他示意她往火堆旁再靠近些。然后又到一边拣回了一抱树枝子，不停地往火堆里填。这堆火越烧越旺。在高峰的眼前是一片金子般的阳光，在孟丽的眼前是荆棘丛生的艰难。

炊事员小朱趁着月光跑到小河沟旁，淘好了米，用两块石头架起闷罐开始煮粥，从塑料口袋里掏出几把咸菜，打开一盒红烧肉罐头在一个小盆里用筷子搅拌了一会儿，又闻一闻。在这样的时候，只有喝粥，没别的办法。饭无法蒸，因为锅无法运上来，大量的粮食等到了施工点再返回来背，一点一点背。这十人的普查组四个干部六个兵就得这样周而复始。穿着棉衣裤趟山路可想而知，脚上的大头鞋像个铁疙瘩。他们想，苏联都可以做到用卫星找矿、电视找矿，我们仍然是这种原始的笨重的找矿方法、找矿工具和找矿手段。苏联可以用直升机接送，而我们还只是走啊走啊、爬啊爬啊。搞地质，在苏联是第一职业，是人人敬重向往的职业，而我们是没人愿干的职业。一句话，落后；还有一句话，苦大。吃的苦最多，奉献最大；很少有人尝到的苦，也很少有人知道他们贡献大。

李　山

连长李山也醒了，睁开眼睛，“唰”一下站起来，仿佛想起了什么，挨个查看着。他突然想到了孟丽，因为是唯一的女性，再加上他对她挺有好感，不光是眉清目秀的吸引，也不是那匀称的身材，好像还有一种内在的东西。

风凉得刺骨。李山一米八的个头，又高又胖，用虎背熊腰来形容一点不夸张，眼睛不算大，脸挺黑，洗过后和别人没洗时一个样，一口洁白整齐的牙齿，有时说话爱把舌头伸出来舔一舔嘴唇。穿着特型的警服，标准一个军人。他十八岁入伍，入伍的时候是个初中生，家在农村，一口破锅架在用土坯垒的锅灶上。老父亲一年三百六十五天，脸朝黄土背朝天，老母亲在家里给老头做饭，养活他们弟兄四个。李山是老三。家里的破房就跟电影里旧社会的差不多。老头老太太唯一的愿望是攒钱盖个大瓦房，给他们娶媳妇。李山的两个哥哥个头不如他高，也没他闯荡，弟弟长得也挺健壮、俊秀，有几分男子汉样子。那年李山很容易地就当上了兵，第三年提了干部。第四年在家里娶了媳妇叫方元秀，能干、利索，长得也挺好看。后来给他生了两个儿子，在家的地位越来越高，勤劳、孝顺，和老头老太太挺合得来。方元秀去年刚随军。可是随军不随军一个样，他们一年也只有二十几天在一块儿，她仍是独守着空房，好在有两个儿子做伴，加上在支队的化工厂干点事儿，寂寞的时光一天也好打发。李山长年累月在野外，但是生活在一堆文化人堆里，不免要被熏陶。他由原来的粗暴、简单变得有修养和有规律，领导的水平也渐渐提高了，会带人、会指挥。找金部队的连和正规部队的连不一样，是根据任务来划分的。可能有六十人的连，也有三十人，二十人的连，有时一个连分成几个小组，连长带一个，指导员带一个，一年也见不上一面。哪儿任务重，就把业务强的人员往哪配。李山本来就是一个不甘示弱、血性冲天的汉子。他近几年有了思想，有了观念，有了不干一番大事业不罢休的抱负。他带的这个组是支队里最过硬的组，因为有高峰这个顶梁柱。孟丽的到来，渐渐地给这个小组增添了不少色彩。有女人的地方，男人干活干得起劲。李山可起劲了。他总想和孟丽搭几句话，又怕自己文化不行，叫她笑话；但又一想，我是她的领导，说话水平低点，她也得搭话。有几次，他总想在她面前要权威，可是她不卑不亢的样，又叫他内心里恐慌。他很矛盾，连里就这么个女工程师，又年轻又漂亮又是大学学历，风韵、色彩着实令人想多看一眼，自己身为连长能当着这么多有血有肉有性格的部下而向她表现点什么吗？就是没有什么，也不成体统啊？何况自己有家有室有妻有儿，更主要的这是部队，部队不许有什么男女的事出现，更何况自己是一连之长，你就是再有心也不能表露啊，不然这个队伍怎么带。

在这大森林里，在这十人当中，在这一小堆火面前，我李山靠什么呢？他站起来，先是给材料员小杨正了正身子，然后又看看刚把粥放在闷罐里的小朱，又把报务员国有财的报话机从身上解下来，把自己的背包打开，盖在了高峰的身上。高峰没睡，示意他不用。不用，他也给他盖上，他是国宝、队宝、连宝，没有他，上哪儿能找到金子。那三个新兵紧挨着，一个靠一个睡得正酣，尽管冷气还在。

他又往这边挪了几步，感觉孟丽像是冷得打抖，李山马上把一块包行李的水龙布扯过来披在她身上。

孟丽抬起头来，小声说："连长，你也坐这儿，咱俩披吧，要不你能受得了吗?"

李山没有吱声，半天也无任何反应。他想，有这么多人在一块儿，我为啥不和别人坐在一块儿，偏偏和你这么个女的坐在一块，他们会怎么想呢？他们还能瞧得起我这个连长吗？你想的倒简单，能是这么回事儿吗?

孟丽见连长没有态度，也就不再吱声。

不一会儿，李山离开了她，又回到自己原来的地方。

孟　丽

孟丽感到冷、困，但无可奈何。她不得不把头又埋在膝上。她是北方人，家住在一个中等城市，父母亲都是机关干部，从小教养有方，既开朗活泼，又稳重大方，但不张狂。她从中国地质大学地质专业毕业，一门心思想到黄金部队来。分到部队快五年了，对部队的神秘一点也未减退。大学时谈了一个对象，是另外一个班的高才生，毕业后各奔一方，男的耐不住寂寞就提出分手了。她一连三天没吃饭，自己躲在宿舍里闷闷不乐，就像害了一场大病，好说好笑变成沉默寡言，就像变成了另外一个人。当时，机关里吃早饭很少有人按时去，尤其是冬天，可是她到部队后，机关的单身汉们都非常按时或提前去排队打饭，排队的过程和吃饭的过程，正好是欣赏孟丽的过程，大家那目光不自觉地注视着她，欣赏她如同欣赏一幅画。有的还佯作不瞅她，其实心里最愿意瞅她。看到别人瞅她的时候，心里还老一阵子不痛快。当看到孟丽向目视她的人露出笑容的时候，有的还有醋意。后来才发觉，孟丽并未在乎大家对她的注意，她的表情依然是平静如常。只觉得部队真好，什么事儿都按时，连吃饭都步调一致，个个表情又都那么热情和温和。她对部队充满了由衷的热爱，认为这个门进对了。

有一个参谋有事没事都去接近她，没话凑话，她很干脆地把他拒出门外。这参谋便在私下宣扬他和她如何如何。有的也就信如何如何。领导听说这事儿，那还得了，把她叫到办公室。面对那严肃的面孔，孟丽好像觉出什么，便像新兵一样站在那，听候训斥。

只听那严肃面孔说： “你是军官，不是大学生，要注意自己的作风!”

“首长，我作风怎么了?”

“都有人看见了，要注意影响!”

“看见什么了，注意什么影响?”

“别装糊涂了，都干了啥见不得人的事儿，你心里最清楚!”

孟丽越听越觉气氛不对，感到很委屈，非常气愤，也顾不得眼前是首长还是什么：“你把话说清楚，我来这里还不到三个月，做了什么错事，你当首长的说话要负责任!”

那严肃的面孔说：“我当然要负责，你和马参谋是怎么回事?”

“哪个马参谋？没怎么回事啊?”

“你们俩没什么吗?”

孟丽向前逼近一步：“你们真是无耻至极。”

“要注意上下有别，你别以为长得漂亮，就可以胡作非为。你看，因为你的到来，机关乱成什么样子!”

孟丽的泪珠在眼圈里打转：“长得漂亮也是罪过吗？我没觉得我漂亮，你们说漂亮与我无关。如果你们再这样诽谤人，我就去告你们!”

说完，回身一甩门便一溜风似的跑了，跑回宿舍，一头扎在床上呜呜大哭。

这是个什么环境呢？是愚昧？是无知？还是什么？

这是一帮什么人呢？是蠢人？是怪人？还是什么？

她百思不得其解。

心灵上笼过来很大一片阴影。

后来，她发现，部队也是人间，不食人间烟火那是假的。

部队是男性的世界。太需要女性了。但部队又是一个纯洁的世界，这块净土是唯一的净土吗?

此后，她便沉思默想。她走在前面，总觉有人在指她的脊梁骨。她走到哪儿，都有人注视她。后来，她干脆趴在图板上，不再看别人，认认真真地绘图、描图。同一办公室的另外几位先她早来几年的女警官们在她面前，自愧不如，有时不免有点女性通病，诋毁、诽谤时还添油加醋，跟着起哄，仿佛这样一来，她便会变丑，她们自己漂亮起来。

孟丽处在一个孤独的高峰上。徘徊、苦闷、心里沉重。

没有人来安抚她，因为都怕接近她给自己蒙上不正经的阴影。

这个环境颠倒黑白到这个地步。有鲁莽的男人，但在这里知识的成分也不是少数啊?

孟丽也不知道自己背了多少年黑锅。今年年初乌云已散，她要求下连队，没有敢要的。唯独李山向支队请求，他们连要孟丽。孟丽的心如释重负。所以，她才从内心里感谢李山。她第一次见到李山，就感到这是一个男子汉，初有好感。又由于他这么不同其他人来对待她，敬佩、谢意油然而生。

李山找到她，说："我们连可是苦，路无边无沿，苦无尽无休，你可要拿定主意，后悔可来不及。"

孟丽心头一热："保证不后悔。"

"不后悔就好。路靠人走，事靠人为。不要总看别人的脸色来确定个人的心情。"李山的话好像还有点品位。

孟丽摸不清李山这位黑色大连长究竟是什么素质，反正刚才他的话让她挺感动。

李山因为同意孟丽到自己连队而遭到其他老乡的非议，"这个小妖精还不把你吃了。”

“她不把你拉下水啊！”

“你可别让她把你的堡垒攻破啊！”

“这回你那连可热闹了。”

李山有点犹豫，又不全信。心想，都是人，能怎么的？她就真得像大伙儿说得这么坏吗？什么证据？捕风捉影，凭空捏造。

有一天，他找到马参谋，问后，上去打了这小子一大巴掌，愤怒地说：“你他妈的害得孟丽好苦啊！你到底想干啥？你是想要她还是想占人家便宜，占不到就他妈的乱编一气。你他妈的撒泡尿照照。明天，你必须找孟丽好好赔罪，然后找领导说清楚。别看你是机关的，我他妈李山不怕你，大不了是个转业！”

那马参谋跑了，捂着脸。

……

李山和孟丽

春寒料峭、乍暖还寒的山野之夜，谁能了解孟丽的心啊！唯独李山吗？李山想的是什么？把这么漂亮、有文化、有水平、有思想，既能吃苦又能干的一个女子要到自己连队来而且是在众多诽谤下要来的，这该有多大的承受能力呢？真要是在她和我之间传出点什么新鲜东西来，别说脸上无光，对不住媳妇，就是在部队待下去压力不也像泰山压顶吗？人间的事唯独搞不清的就是男女的事。你说你清白，那不好使。谁能来证明，老天可以证明，但老天会说话吗？

孟丽很了解李山的心，她早已把这前前后后的新的、旧的、传统的和现实的联系结合在一起。这样一个粗犷又狭隘的环境里，你孟丽还能说什么、干什么？只要有人造你的谣，假的也是真的，黑的也是白的，简单的也是复杂的。你到这个连里来，无形中会给李山，会给这周围的人带来什么麻烦呢？真是想都不敢想。简直是不可思议。李山睡不着，他怕大伙冻坏了。这十来个人的命脉都捏在他的手心里。一连之长，那十个人都是他的手心手背，谁有个好歹，都是在割他的肉。他不仅受处分，良心也过不去，自己的前程也会受到影响。自己在这里没日没夜地干，为的是什么呢？话说得光彩一点，是为了部队，为了祖国；再靠近一点说，还不是为了自己，为了自己全家吗？从一个贫穷农家的不懂事、没多少文化的青年成为一个连长，这个过程本身不就是奋斗的过程、幸福的过程、吃苦的过程和拼命的过程吗？他想起自己，当兵三年，当排长五年，副连长五年，连长当了快两年，那是靠拼死拼活干上来的。西口子那个地方困难吧，那叫三天三夜没吃饭，硬是把五十人的连队拉到那“死亡谷”，也没怎么地，不是好端端地活着吗？谁也没说过什么，讲过价钱，平时有点摩擦的到了山里头也都净化了。半个月过去后，连烟屁股也拣不着了，来烟瘾的时候，就把树叶子晾干撮碎，抽起来也津津有味。他想起这些，意思是眼前这点困难不算什么。这还叫什么苦，就是冷点，冷点算个啥。到部队来，你就别想幸福。当兵不吃苦，还叫什么兵。当连长这个官，就得是个铁人，别人可以生病，你就不可以；别人可以睡觉，你就不可以。他又到一边拣了不少干树枝子，抱回来，添到火上，又去抱回一抱。蹲下来，用一根树枝扒拉出一小块火往孟丽的身边靠，然后又架上树枝子，不一会儿，又一堆火燃烧起来。

孟丽的心感到热热乎乎的。

李山心想，就这么个女同志，得照顾好点，男女必然有别，更何况是个漂亮得谁都多想看一眼的女子，主动要求上山吃苦、通情达理、明白人间烟火的女子呢？他蹲在火堆旁正好和孟丽对面，他透过火苗抬抬头看了孟丽一眼，恰好孟丽也在抬头看他。他又把目光移向火堆，手里的那根树枝子在不停地挑着火。其实，这火加上树枝子不断溜儿就行，根本用不着怎么管，可他偏偏要在那里蹲着挨时间。心里想的是什么，他自己也说不清楚。他借火光抬腕看看表，才后半夜两点。他皱起了眉头，明天还得走一天到大半夜。这该死的金子怎么偏偏埋在这里面，交通好点的地方为什么就不生金子。就这么个命儿，一当兵就在山沟里转，转来转去二十来年了，还是没转出这个大山，反倒越转越深入了。他愁的是，到了施工点怎么住，帐篷怎么运上来？用木杆支个简易房，反正没帐篷不行。

这里没有人烟，也就没有路。他们从有路的尽头往这里走了一趟，也就有了一条小路。这小路，就是这十个人的人生之路，生命之路和理想与痛苦、欢乐与幸福之路。

李山正在想着，对面的孟丽哽咽几声便呜呜哭起来，火光照出滚滚的泪珠。

李山慌了，忘了她是女性，像爱抚小战士一样靠近她，给她擦泪。她情不自禁地搂住了他的胳膊。他用另一只手抚摸她的头。她哆嗦地抖着抱住他的肩头，头靠在他的脖子上，不哭了。他没想到她有那么大劲，搂得绳勒一样紧，使他透不过气来。于是他也不由自主地搂紧她，像两盘搅绳往一块勒着。这时，李山猛地一松，才感到孟丽是个女人。他想，不能，绝对不能。和妻子两地生活了十来年，从来没敢这样过，尽管有时想过。眼前这个自己心里认为漂亮的女人正在自己的身边，只要愿意，只要有动作就可以有行为。不，不行，她还没找对象；不行，我妻子对我那么好，这无论如何使不得。如果这样，连队的人会怎么看我，机关的人会怎么看我，被我打得脸肿得像馒头的马参谋会怎么看我，我还怎么做人。他猛一下子站起来，但原地没动。

孟丽剧烈地一抖，细声呼叫着李山的名字。见李山没有反应，她只好又低下头，心想，无论如何我不能这样做，这样，不仅自己脸上无光，也害了连长，更无法洗清自己的污点。本来没污点，这回要自己给自己添污点，不仅有伤大雅，而且无法在部队这样的大环境和十人普查组的小环境待下去。自己痛苦，就由自己承担下来吧。

这时，咔嗒一声，李山体内束缚着灵魂的那根绳索也断了，雪崩一样轰然震颤作响，仿佛地上的干草和干树也有了生命。刹那，李山觉得灵魂和体内都溶化了，心里呼唤着孟丽的名字。两人的灵魂都被对方呼唤了去。所有共同发出的呼唤刺破了朦胧的夜雾，上帝都能听见。

李山慢慢推开孟丽，马上离开了，回到两步远的自己的倒木上，仰靠在树上，呼呼地睡去。

孟丽起身又把盖在自己身上的水龙布慢慢地盖到李山的身上。

……

风，大雪，风雪交加。雪片清薄而冰冷，刀片似的飞旋。雪又变得绵软沉重，一朵一朵落在身上，似热似凉，又说不准是热是凉。树上、山坡上，他们十人围成的小圈也都盖满了雪，那些睡着的人被雪盖的严严实实的，整个荒野成为一个雪原。

那堆火还在燃着。

每个人都睡得很香，甜甜的，实实的。

九　原野有魂唤不回

他们的心就像这山野一样，晶莹剔透，纯洁无瑕。

炊事员小朱猛然醒来，睁眼一看，吓了一跳，怎么这个世界会是白的了。战友们一个个都不见了。他猛一下子站起来，刚要喊，突然想到自己煮的粥，“坏了，还不得干锅！”他赶紧跑过去，打开锅一看，粥香扑鼻，沸腾不止。他心里乐开了花。他端起那盆拌好的榨菜，心里踏踏实实。“这回，大伙有粥喝了，我没有失职！”

天渐渐亮了。第一个起来的是高峰。他呼到了第一口新鲜空气。站起来，伸了伸腰，然后离开睡觉的地方，又把大烟口袋（是用白花旗做的样袋）掏出来，卷上一支，深深地吸了一大口，又缓慢地吐出来，让那长长的烟雾飘向空中。

李山醒了，孟丽、洪国、小杨他们都醒了，马上打扫战场。

吃完饭。连长一声令下，带好所有的东西，继续跋涉。

高峰老头还是走在最前面。这回李山走在最后面。他们这是真正的爬山钻林，就是啥也不背，这么远的路途一般人也受不了。往后的路还有一百多里。高峰说还有三个几十米宽的大河，十个几米宽的小河加上三十多个陡坡。小吴一听吓坏了，“扑哧”一下子坐下来，说什么也不走了。李山用脚轻轻踢了他一下子，他喊起来：“打死我，我也不走了。”李山怒目圆睁：“不走了，就得喂黑瞎子，别的没招。”“没招就没招，我不怕，总比累死强。”

说话间，李山和小吴已被前面八个人拉出几十米远。

李山从小吴身上扒下背包，又从手里夺过那把砍刀，啥也没说，气冲冲地往前走。在老部队是这个传统，管用。可眼下在这支部队，在这个小组，在这座山里于小吴没用。他连看都不看，仍然坐在那里。

李山已距他几十米。还是听不见后边的动静，便不放心地往后回回头，脚步一刻没停。他已超负荷，尽管凉气袭人，可他脸上的汗还是流个不停。他不得不停下来，把手捂成喇叭状，大声喊：“吴若！吴若！快跟上来。”

整个森林里，呼喊声都在回荡。距他几十米远走在前面的人听到喊声，都停住了脚步。主任工程师洪国解下背包往李山这边跑。

吴若听到喊声，站起来往相反的方向跑去，越跑越远。

李山仿佛觉出了小吴已往山下跑，马上和洪国用最快的速度沿着脚印往回跑，追小吴。李山边跑边喊：“吴若，你他妈的想咋地，有话回来说！”在部队现在不允许骂人，可是一到关键时候骂人好像有点魄力。这魄力放在小吴身上还是不管用。李山这么大的块儿，跑起来气喘吁吁，心脏剧烈跳动，不免有些异常，加上他血压本来就高，脸上黑红黑红的。但他心里就是一个念头，追回小吴，不然容易出人命。洪国这时说话了：“连长，你别跑了，我去追！”

“你能追上他？你是个学生官。”李山有点不相信洪国的能力和体力。

洪国说：“你放心，这几年风吹雨打，也练差不多了，没多少学生气了。”

这时，李山觉得一阵眩晕，不得不停下来，背靠大树，上气不接下气，“不用管我，快去追小吴。”

洪国来不及考虑连长，加快了速度。

李山不得不坐下来，眼冒金花，心仿佛要跳出来一样，无神的眼睛又呆又暗，他从上衣口袋里摸出速效救心丸，用那颤抖的手送到嘴里含上。闭上眼睛，喘着粗气。洪国跑着跑着，被倒木绊了一下，腿重重地撞在一块石头上。他不管不顾，连跑带喊：“小吴，快停下，连长心脏病犯了。”

在前面离洪国有二十来米远的地方，吴若已跑得满头大汗，还是跑，就像没听着一样。

“吴若，连长生命有危险，你快停下！”

洪国这一声好使，吴若立即往回返。跑到洪国跟前，洪国上去就是一撇子，几乎用尽了最大的气力。洪国什么话都说不出来了。

小吴那细高个子显得有点弱不禁风的样子，长长的脖子，小长方脸，两只大眼睛好像在冒火，汗珠子一颗接一颗往下滚。洪国一把拽住他的右手，啥也不说，就往山上走。

李山浑身乏力，见他俩走过来，强撑着身子站起来，往肚里咽了一口吐沫，挪着那沉重的步子，去追赶前面那些人。

“连长不是好好的吗？为什么骗我说他病了，有生命危险！”吴若脱口说出这句话。

李山再也不憋不住了，猛一回头一转身，差点滑倒，“我他妈处分你！”

“你当官的骂人，我告你！哼！处分我，你就是枪毙我，我也不怕。

反正，我不想遭这份罪了。这人不人、兽不兽的生活，我受够了。”吴若自从上山后，精神和思想都有点反常。这茬二十三四岁的小伙子和十年前那茬的二十三四岁的小伙子思想观念大相不同。他从中原地带的一个县城来当兵，目的是想考学提干有光彩。可去年夏季一试，学习成绩不错，但考场上打了人，使他败下阵来，从此一蹶不振，以为自己的人生没了。这茬人好像是有新观念，但从思想行为看仍然是传统的。好像自己的所作所为就是为了给别人看，就像自己的形象是为别人塑造的一样。这样的小伙子你能说他没思想吗？什么都不在乎，是这茬人的普遍特点。“你能把我咋地”就是一个典型的语言或思想行为。是啊，谁能把他咋地。但是部队就不同，必须是上边怎么说，下边怎么办，可眼下吴若不想这样办。当兵前，他读过几本书，受过影响，思想也是比较复杂的。到部队已三年了，你说他受的教育熏陶还少吗？不少了，但他就没撸出来，想我行我素，想异想天开。李山是个带兵老手，加上这块头，显现的形象是一个标准的军人，可他在吴若的言行面前，也有点没办法。

这时，洪国说话了：“小吴，你这样一来，耽误的不是你自己，是咱们这十个人。本来半夜能到我们要去的地方，你这样一来，明天也到不了啊。别光考虑自己，在这大山里，有一人掉队，那我们就是全盘皆输。带上的粮食还能吃三顿，你再耽误，我们返不到刚来的地方，那就得饿肚皮。”

“我是不管你们怎么样，反正我不干了，我现在就想退伍。我没有吃苦奉献的境界，我也不想让别人说我们有多光荣。吃苦能换来啥？奉献能换来啥？你念一回大学来到这部队不也得钻密林爬山沟什么的吗？能得到啥，当多大官有什么用，是个钻山的官，是个与野兽、石头打交道的官？有什么了不起！”吴若的话越来越火药味十足。

李山受不了啦：“还他妈有完没完！你现在想干也得干，不想干也得干，你现在不只是自己，你自己影响我们这十个人。要是个男子汉，要是长点心的话，你暂时就先给我走。你想，我们就想吃苦吗？谁不知道坐在办公室里、睡在楼房里、坐在汽车里和躺在酒店里舒服啊、气派啊。但眼前，我们不能。因为我们在一个集体里，在部队里，你想怎么样就怎么样，那可能吗？”

“别扯那个，你们还不是想捞个一官半职的。”

洪国接上说：“你说我们，这话可以。可是你看看，高峰大校图的是什么呢？他已到了正师级待遇了，家又在上海，他图什么呢？”

这句话，使吴若无言以对。只好乖乖地跟在李山之后洪国之前追赶前面的人。

他们追上了前面的人。

高峰一眼看到李山的脸色不对，马上走过来，两人目视好半天谁也没说一句话。

顺着脸颊淌汗的李山说：“咱们还是赶路吧。”

高峰说：“我看我们应在这里停下，留下一两个人或不留人下山去背那些东西，特别是粮油，没有这些，我们在这前不着村、后不着店的地方，那还不得饿死。所以，我们把东西全放在这儿，下山去背另外一批，主要是粮食。这样算来，我们至少还得往返二十趟才能全部到位。眼下最主要的是谁也不能得病。小病的话，卫生员小马还能行，大病谁也没招儿。”

李山说：“好吧，咱们坐下来一边休息一会儿，一边开个会，动员一下。”

大家解下身上的背包，整齐地放好，围坐在一起。

李山虽然身体有点不舒服，但是在大家面前，他仍然像以往一样，不能让大家看出不一样来，一连之长很重要。

李山说话的声调还是那么高昂：“我们已经跋涉了一天一夜了。大家都很顽强。我们就是与苦打交道的。这么多年，我们什么苦没吃过？眼下这苦，我们能不能闯过来？过去说一人为大家，大家为一人，现在我仍要说我们十个谁也不要掉队。考虑自己，照顾好自己，也要考虑别人。我们不管在哪儿，首要的是做人，做一个基本的人和健全的人。既然我们已经坐上了这条必须要吃苦的船，那我们就得一起扬帆，一起划桨，谁也不能胡来!”

大家一阵掌声。

吴若没鼓掌，但已把头埋下。他想什么，大家都清楚。

“等一会儿，大家把东西都放下。小杨和小吴每人扛十五斤大米，小朱背着闷罐，咱们下山!”

高峰仍是在最前面。这个干瘦精干的小老头儿，真是让人服气。大家跟在后面，洪国守尾，比上山还快。

整个过程就和昨天一样。

以后的一个月，除了天气渐渐变暖之外，他们仍然是日复一日地往返跋涉。

有一天夜里，他们正在山下。而山上积聚他们运上来的物资的地方却有一头黑熊在寻找着食物。在这天地间，它就是法律，想干什么就干什么。它还不知道这面粉是这 10 个武警的食物，不知道他们有枪，不知道人也怕它。它叼走了半面袋面粉，满头都是白色，然后仍然是不紧不慢地往自己的窝走去。看样子，它的老窝离这里并不远，险情随时可能发生。如果李山这支 10 人普查组撞上它怎么办，他们手里有两支冲锋枪。据说这黑熊怕人，只要有人的味和声音，它若是饿急眼了，轻易是不会跑出来的。像这场面，对高峰、李山他们已不算啥，但对孟丽和那几个小战士来说是很惊险的。在山里遇到这样的事也不多，但总是提心吊胆的。现在遇到猛虎很难了，别的野兽就没什么可怕了。

十　心像山一样沉重

洪国沉重的心在跋涉。

从他背东西那一甩的劲头，在一堆东西里毫无选择地拎起一样就走的劲头，李山和高峰都看出了问题。李山几次想和他谈谈，总是欲言又止，难于启齿。那天，高峰追上洪国，说：“省点烟卷，抽口旱烟吧，特过瘾!”这才让洪国停住脚步，还是停在一个小河边。冰雪半化不化的样子，穿着棉衣显热，不穿棉衣还冷。一走几十里，又是背着东西，身上的汗冒出来，停住脚步，顿时身上的汗毛孔发凉。

高峰说：“小洪，再有半个月，咱们就得普查了。你要把测区划出来，详细标在图上，我领几个人随你测量的跑面。五百多平方公里，反正够咱们干的。在这山里头，一是精神，二是身体，有了这二点，科学的东西才有用武之地，才能发挥效能。”

洪国说：“按理这点任务不算啥。我这儿没问题。我能完成我主任工程师的任务。何况有您老在这儿，有李山连长，我没事儿。”说着，洪国拣起一块小石头，又重重地向河里的冰猛猛砸去。

基础

洪国长得很标致，1 米 75 的个头，肩膀平平的，身材匀称，警服在身，精神抖擞。两只眼睛天然有点凹陷在深深的眼窝里，眉毛挺重，额头突出，长得有点特点。十年前从中国地质大学地质系毕业。他是学生会的主席，学习成绩是一流的。本来毕业时，老师劝他考研究生，正在这个时候，部队到学校招第一批学员入伍，正好中了他的心愿，部队一看有这么高素质的人才，第一个便选中了他。学习好，学生会主席，中共党员，长得标准，选学员的部队同志自觉完成了一件很像样的任务，喜出望外，如鱼得水，一见钟情，格外偏爱和器重他。洪国有很多得天独厚的地方，组织能力，老师与同学间、同学与同学间的协调能力，在众人面前的讲话能力、表达能力，都使好多师生赞不绝口，可望而不可即。故而，羡慕的、追求的女同学，本届的、往届的和下届的女同学变换着方式向他靠近。特别是他主持演讲会、报告会，礼堂里都是满满的，多数女同学不是来听什么报告、演讲的，而是来领略他的风采的。那气质、那形象真是令许多同学倾倒。有的给他写信，十几封十几封地写，有的还在信里放上照片，有的干脆一早晨就在饭堂门口等他，有的还在他宿舍楼口等他，可他对这些女孩子总是不屑一顾。

一个夏日的早晨，和洪国在一个学生会的学习部长李艳辉，是一个多才多艺的女孩子，低洪国一届。她了解洪国的习惯，早晨五点准时在礼堂旁边背诵什么，而且人比较少。她已经向洪国写过不下二十几封求爱信，但洪国从没把这些信放在心上。此时，她与洪国见面，便鼓足了勇气，很果断地说："洪国，你就要毕业了，你能向我说几句心里话吗？"

洪国没有回头，没有声响。李艳辉的心里很忐忑。

洪国仰望朝霞，霞光万道，天空湛蓝，空气新鲜，心致很好。他回过头来，很郑重地说："李艳辉同学，我要深深地谢谢你，我也很佩服你，你很有毅力，也很有思想。老实说我心里还没有爱过谁，还没有谁在我心里有爱情的位置，也包括你。尽管我们多年在一起参加和组织各种活动，甚至我俩在一起跳舞的次数、谈话的时机和共事的机会比其他人都多，但我还是那句话，爱情还没在我心里萌芽。"

李艳辉并没有把目光从洪国的脸上移开，她说："说句实在话，我做梦都想和你成为朋友、伴侣甚至结婚。没想到，你是如此没把我放在心上。你是有心理障碍，还是心比天高，与正常人不同？"

洪国背着手，那洗褪了色的蓝色T恤衫在他身上也放出光彩，整齐的寸头，越发使他显得风华正茂，朝气蓬勃。

“艳辉同学，你并不了解我。我不是看不起谁，更不能说看不起你。认识我的同学多一点，我不能把它当作骄傲、高傲的资本。我是想对自己负责，对他人负责。我们学的专业是地质专业，地质专业就是野外，离开野外，就等于离开了专业生存的环境，大学就白念了，作为也就无从谈起。我肯定是要奔赴大山，不管别人怎么看我，人各有志。”洪国对李艳辉说出了心里话。

李艳辉说：“如果你愿意的话，我可以让我爸爸帮你分到部机关，部机关有困难，你至少可以留校。你如果真是要到大山里，你还能有什么前途，你会是大材小用的，对你对国家都是损失。像你这样的人才不是很多，你要珍惜。”

洪国没再回答，也没说啥，便扭身向另外一个方向走去。

入伍

后来，他入伍了。新兵训练三个月，立正、稍息、向左右转、齐步、正步、跑步、踏步走了三个月；背诵条令、条例，把被叠成方块，脸盆、牙具一条线三个月；吃带沙子的米饭和单调的菜、5 点起床 9 点熄灯、饭前站队、背手唱歌三个月；学习、开会、讨论、发言、受表扬、挨批评、见首长、打立正、进连部喊报告、不许进饭店、不许谈情说爱三个月；大学生受初中生训斥还要在这样的环境里工作、生活的三个月……洪国由不适应到适应了。新训结束后，分到了山区的七支队，第二天随连队进山、跋涉。他思想早有准备，吃饱吃不饱，睡觉不睡觉，累还是不累，他都有点无所谓。蚊子、小咬、瞎蠓、蛇、狼、黑熊，他都领教过。当年他就独自带一个组进行地质填图、挖槽探、搞素描，独立完成任务。他是在同期到部队里的同学进步最快、反映最好、能力最强的一个。第三年便被提升为副主任工程师。他的心里的火仍在燃烧，几乎和在大学里一样出了名。他的生存环境几乎是一年三百六十天，有三百天在野外度过，山山水水、花草树木、原始森林、新鲜空气、岩石矿物、地质锤、放大镜、登山鞋、野草、咸水粥和抽的干树叶子都与他建立了深厚的感情；那潮湿的帐篷，闯出的野路、纯净和清净的泉水、潺潺流出的小溪把他的灵魂天天在净化。

日复一日，年复一年，天天循环往复，寻找矿物，寻找黄金，寻找未来，也在寻找消失。

他在事业上可以说是一条坎坷、崎岖、布满荆棘的路。他在爱情上可谓是杂草丛生，不尽如人意无缘无故的路。

酒绿灯红

别人为他介绍了几个对象，因各种各样的条件，与他无缘。那时，他并没有苦恼过。他自信自有艳如玉光顾，像在大学后期时一样。

前年洪国回去过春节，他的中学同学孔大为已是县里的一位局长，他没念本科，是专科毕业。那时在县里中专就够用，大专就更是吃香，本科更不用提了。但学历归学历，能力归能力。他中等的身材，已有富贵人或有地位人的肚皮，走路来像一阵风，说出话来口气挺大也挺仗义，一双会说话的眼睛，上身着一件半截德式皮夹克，下身穿一条黑色的纯毛料加肥的裤子，脚蹬一双老人头棕色的靴筒皮鞋和穿着橄榄绿马裤泥，戴上尉肩章、头戴马裤泥帽带着国徽的洪国并肩走在一起，有说有笑。不一会儿，他俩来到一个酒店。刚一迈进酒店的门，迎宾小姐便笑容可掬、鞠躬欢迎，一个甜甜的声音："孔局长来了，里面请！"

只见孔大为大摇大摆地领着洪国走进去。就像这饭店是自家的一样，路过吧台，一位秀丽的窈窕身材的小姐声音洪亮："哟，这不是孔大局长吗，今儿个这么赏光啊！"

"我同学从部队回来，还有单间吗？"

"真不巧，您也不早点来个电话。'夜巴黎'王副县长招待客人，

‘华盛顿’物资局郝局长举办家宴，‘曼哈顿’张镇长招待客人。你们两位坐卡台吧，大厅里也有空调，8点钟还有乐队，你俩老同学可以边喝边舞。新来的几个服务小姐都很亮。”窈窕小姐显然是领班。

“好吧，有个地方就行。”孔大为尽管有点不悦，但那单间里也都是头头，而且都比自己资深权重，他也只好将就了。

洪国一句话也没说，跟着孔大为往正厅里走去。

这厅里两面并排着二十个卡台，宽敞的舞池在霓虹灯光映照下，熠熠生辉，地面是肉红色大理石，锃亮照人，卡台的餐具，别致洁净，餐巾布发出银白色的光，正对着是乐台，两个丹麦进口的高级大音箱挂在乐台的两侧，声音厚重、逼真。这一切，对洪国是这样的熟悉又这样陌生。他从心里感到家乡的变化如此之大。这是表面的繁荣，还是实实在在的发展。洪国心里一阵喜悦一阵忧愁。他是思想深邃的人，很容易触景生情，浮想联翩。

孔大为和洪国相对而坐。服务小姐端上一壶茶，摆上一盒扁“三五”，这“三五”与方盒“三五”没什么两样，但却比方“三五”有色彩，一看便提高了档次，价位也就高出几块，招待客人是很体面的。

孔大为与洪国已经快三年没见面了，因为洪国已三年没回家了。

孔大为给洪国递上一支烟，服务小姐分别为他们点着，服务满是周到、热情。

“你这么多年也不回家一趟，老同学都快忘了吧？”孔大为说。

“哪能忘啊，走到哪也忘不了啊，从小的同学那是最亲密无间的了。”洪国回答说。

“我真佩服你的毅力，你这身标志还是很打人，上尉先生，一定混得不错吧！”

“自我感觉良好吧。不瞒老同学说，我是钻山沟的，要不是这身军装，正如有人形容说，‘远看像逃难的，近看像要饭的，走到跟前才知道是地质勘探的。’不怕你笑话，近几年，连工资都不能按时开。但我挺习惯。”说到这儿，洪国便深深地吸了一口烟，一下子吸燃了大半截，然后长长地吐了一口又深深地吸回来，看那神情气派得很。然后，喝了一口茶，那端杯的姿势，令服务生好笑，茶杯上的盖他用另一只手拿着，底座他却用拿盖的手托着，显得有点笨拙。但有什么办法，这么多年，他还是借同学的光才有机会进这饭店，不然连想也不敢想啊。在山里，收音机都没用，电视更不敢想，报纸更是难以插翅飞来，外面的世界多精彩，他根本不知道。

孔大为听后，点点头，然后说：“搞地质太苦，这苦，不是说爬山钻林、蹚河苦，而是家怎么办，人家不是说‘地质郎地质郎，一年三季守空房’；‘勘探勘探，妻离子散’，对家就负不起责任来。更何况，当兵的搞地质，在军队本身就苦，穿军装搞地质肯定是老百姓干不了，才成立军队。打仗流血牺牲是部队，抗洪抢险是部队，你就在这样的环境里，什么时候是头呢？再说，在地质行业里想干出点名堂，比登天还难。几十年了，不就听说过一个李四光吗？你就是翻山越岭几十年，能找出个什么名堂呢？有成就了，更得爬山，因为你被别人举得高高的，上不去也得上，但就是不能下来，你下来，还怎么树你。十年是它，二十年三十年还是它。”

洪国对孔大为的话并不反感。他认为，世间一切事物，各有各的看法，各有各的追求。不能说人家说的不对，也不能因此而否定自已所选择所走的路。

两人目视，一阵沉默。这沉默是思想深处的沉默吗？

这时，服务小姐端上来一道菜，一个酒精炉，上面架着一个铜色的小圆锅，然后说：“这是酒精一品锅，里面的材料是枸杞、人参、乌鸡、鹿肉还有大枣，请先生慢用。”然后，启开一瓶“酒鬼”，一一斟上。

“来，老同学，这么多年没见面了，我敬你一杯。”

两人一饮而尽。

服务小姐又倒上一杯。

这时，另一道菜：生拌海霸棒上来。

“这是什么菜，我从未见过。”

孔大为说：“这是从加拿大进口的海霸棒，空运来的，绝对新鲜。”他已经对吃很在行了。

“这要多贵啊？”

“没事儿，只管吃，钱多少无所谓。”

这时，洪国端起杯来，说：“对老同学我就不说谢了，来，我敬你一杯！”

又是很畅快地喝进去。那是七钱的杯，加之酒鬼酒是烈性酒，气氛很快热烈起来。

孔大为用铝勺舀出汤，慢慢地呷了一口，说：“这汤味道不错。”点着一支烟，又递给洪国一支，然后问：“成家没有？”

“还没找对象。”

“那你准备什么时候找啊？”

“我也说不清楚。”

“得找了，快三十了吧，你比我小一岁，属龙的吧。你看你又落后了，我儿子都能给我买酒买烟了，明年该上学了。说，找什么样的，事业型的还是贤妻良母，我给你介绍一个。”

“我也不知找啥样的，没有模式。”

“在大学里也没混一个，部队上有没有相当的？”

洪国摇头。他想起了孟丽他们。又摇头，意即不行。他举起杯，两人一碰，又是一杯。洪国没让服务小姐拿酒瓶，自己拿过来，恭恭敬敬地给孔大为满一杯，两人喝得真痛快。

时间过得如此快，不知不觉两个小时过去了。酒店里卡台上已座无虚席。有四人面对的，亦有两人对坐的，基本是一男一女，亦有三男一女的，亦有两个男性的，两个都是女性的基本没有。

隔一会儿，拿着酒瓶端着酒杯来向孔大为敬酒的就有一个。一个小子拎着一瓶小烧儿，刚要倒酒，一看桌上摆的是“酒鬼”，说：“孔局长，我敬你一杯，我尝尝你的‘酒鬼’”，尚未经允许，老家伙已经自斟上了，就剩最后这一杯了，他晃了晃，连最后一滴也倒进杯里，最后还舔了舔酒瓶嘴儿，然后说：“这瓶给我吧？”说完与孔局长、洪国碰杯，一饮而尽。

这主儿刚走，又过来一位看样子三十刚出头的女性，说话的声音洪亮，眼珠子瞪着，说：“在酒店大厅遇到孔局长真是万幸，敬局长大人一杯。”

孔大为不好推辞，只好喝进去。他认识的人儿多了，这样你一杯我一杯，谁能受得了。

洪国说：“大为，你这地头蛇当得很不错啊，你是怎么干的？”

“我也说不出个子午卯酉，好像也没怎么干。地方这官儿，一天到晚就得稀里糊涂。太明白了，不行！小河清则无鱼，就是这么个道理。官越大，离老百姓越远，话说得含含糊糊就是水平，一天泡在酒杯里，推杯换盏，歌舞升平就是工作的一部分，要不然还觉没事儿干。”

洪国搞不清楚孔大为是对自己说的现象不满还是赞赏，不好妄加评论。他沉默着，这绝不是练深沉和装深沉。他是在想和自己一起穿林海、跨雪原、踏沼泽、钻密林、爬深山、趟大河的战友们。一年又一年，野外生涯，与世隔绝，连女人都看不到。找的是金子，是最宝贵的财富，可他们不是最贫穷吗？天天坐在汽车里，坐在办公室里，坐在酒店里，还嫌累，那我们这些黄金武警呢？都是血肉之躯，都有七情六欲，为什么人间差距这样大。有的因酒宴太多而觉得累，有的因文件太多而觉得烦，有的因喝不上酒喊没事干太轻闲。我们呢？天天在流汗，在跋涉，我们嫌什么呢？现在的人抱憾太多。

这时，孔大为示意小姐再上一瓶“酒鬼”，洪国阻拦。但孔大为执意要上。服务小姐迅速拿来，边走边开盖，生怕到酒桌上不要了，两瓶“酒鬼”就造了孔大为一千二。

“这么多年才见一面，你都是上尉了，我都没见过你当少尉时什么样。这酒能不喝吗?”孔大为显得有点喝多了，但心里明白，思维清楚。在县里当个局长要是不能喝酒，就少了一项能力。他是少壮的人，很能喝，他说还有比他能喝的。刚才那瓶，他俩你一杯我一杯，两个人差不多有半斤酒，再加上外来敬酒，差不多有八九两酒。酒兴正浓，兴致正高，洪国不好意思再推托，只好看着孔大为再把酒倒进杯里。

孔大为把酒杯端起来，手有点颤，酒杯里的酒洒了一点，但他已无从察觉。此时的酒店里，酒味烟雾四起，喧哗声很大，两个人想静静地、心平气和地唠点什么已不可能。孔大为不得不把话加重，说：“洪国，还是转业吧。回到咱这地方来，你是个人才，我帮你找人，帮你引荐，包你找个好位置。你苦也吃了，功也立了，对得起部队了。说实在的，你的境界比我高，但你总得考虑以后吧，你若再干，不是把美好的前程全献给大山了吗？我这点本事你知道，和你没法比，你又写论文，又编书什么的，我写那‘八股文’容易得很。你回来，对家乡的贡献会更大。但到地方就一条儿，能力是一码事，干好干不好是一码事儿，但必须把关系整明白，整不明白还是啥也不是。”

洪国往后背一靠，表情是麻木的，心里也是麻木的。他和孔大为是光着屁股玩泥球、一起读小学、一起读中学、一起走进高考考场、一天坐火车奔赴所录取的大学。他到了省财政专科，他到了中国地质大学。他念三年回到了县财政局，他念四年分到黄金部队。他开始当科员，没几年就当了股长，又过两年当了副局长，不到三年又升为人人都注目的有权有势的财政局局长，他踌躇满志，抱负远大，对党对人民感恩戴德。他开始当新兵，当技术员，后来当助工，没过三年就被提升为副主任工程师，现在为主任工程师，用孔大为的话说他有境界、有本事、有素质、有前途。

孔大为年轻有为，很有造诣。他比较稳重，不贪、不色、不狂，能伸则伸，能屈则屈。给县长拿方案从全局考虑，不是顺风倒的人，不是唱高调的人，不是虚伪的人，不是没本事硬装的人，又是一个很有正事儿、讲义气、不背叛朋友的人。

洪国对他最了解。两个人都是想在这个社会有所造就的人。

洪国点着一支烟，深深地吸着。他的脸色渐渐变红，眼珠儿也有点显红，但他并没有过量。因为长期的野外生活，有时就要举起酒瓶喝两口，不然那潮湿受不了。

“大为，我不想转业，在部队搞地质，苦是苦一点，可我觉得挺有意思，一年有三个月不爬山，享受也就够了。我是真想在黄金地质领域干出点名堂。”洪国的回答仍然是肯定的。

孔大为点点头，同他碰了一下酒，刚要喝又停下来，说：“洪国，那你不准备成家吗?”

“我要找个对象。昨天，我姥说粮食局有个老张要给我介绍一个，说是挺爱好写作，人也挺好。我还没见过面。等明天看看再定。我的心并不高，过得去就行，还不知道能不能耐得住两地生活独守空房的辛苦。”洪国向孔大为老同学掏出了心里话。

“我祝你成功，老同学!”孔大为又一次举起杯，站起来，洪国也站起来，两个人喜形于色，一扬脖，痛快得很，酒香涌满全身，热血奔涌，心潮澎湃，两颗渴望幸福、平安和充实的心紧紧地贴在了一起。

他俩喝了快有二斤了。站在旁边彬彬有礼的小姐一直注视着他们。恰到好处时，这小姐面带笑容，走上前来，很有礼貌地向孔大为发出邀请，“局长，我请您跳舞好吗?”

孔大为一笑，说：“先请我的老同学跳。”

小姐伸手示意。

洪国说：“不，大为，你先跳，我穿军装不方便。”

“那你脱掉外罩，穿衬衣吧。”

洪国不好意再推托，站起，脱外罩放在椅子上，随小姐而去。

这时，舞池里已涌满了跳舞的男女。有老有少，有正规舞姿的，轻松活泼，动作优美；有抱得紧紧的，不管什么曲子，都是慢慢地挪动。此时，乐队正在奏《祝你平安》的曲子，那萨克斯的美音，使洪国再度忆起在大学时的乐感。尽管十多年没再有机会跳舞，但他在这位漂亮端庄、身材匀称的小姐带动下，舞步是那样的自然、和谐。洪国的心随着舞曲在动，那大脑勾回间不由得想起了登山的脚步的沉重。他想忘却，但难以忘却。他也想随小姐全身心地投入，可难以投入。这回他的心里真是有障碍。他不敢正面看小姐一眼，其实，他的心里也想看。他是最会鉴赏女性美丑的，但始终埋在心里。他从和自己勾腰搭背的小姐的气味、舞步和感觉里，不由自主地升发起一种快感。他俩的舞招来许多人的注意。不只是舞姿好，而且是那么和谐、对称和匹配。

这时，小姐说："你的舞跳得真好，是不是总跳舞啊，我这么多年还第一次遇到像您这样舞姿优美，酒后不走样的。你们部队是常跳舞吗？"

洪国这回才正眼看了一眼小姐，不禁心旷神怡，回答说："我们一天到晚在大山里，哪有跳舞的机会啊，这还是十年前在大学里学的，都快忘了。"

不知乐队是专为洪国他俩专门演奏还是曲子就规定这么放，接下来是《牵手》的曲子，其他舞伴回到座位，舞池里还剩下三对，包括洪国和这位小姐。

洪国有了兴致，边舞边问："小姐贵姓啊？"

"姓魏。"回答完恢复原状的时候圆圆的脸上两只大眼睛又黑又亮，两腮上那深深的酒窝更使她娇媚可人，两根奔拉到腰间的粗辫子显示了少女的气息和活力。

"你是什么文化程度啊？"

"初中。"

"为什么不读高中啊？"

"没考上。"

“那怎么不去干别的呢？非得当酒店服务小姐呢？这是你脚下的唯一一条路吗？”

“我觉得当酒店小姐能锻炼人，虽然有人觉得我们搞服务、陪跳舞有点下贱，可我觉得这里是个小社会，能见世面，干几年，当我有了经济实力，我也可以学着当老板、经理什么的。”

“你挺有抱负的，有志气。酒店给你开多少钱啊？”

“酒店开三百，有时每天还能有几十元钱小费，全凭赏。”

“有没有对你无理的？”

“有，有时有，但自己把握住自己，受不到什么损失。但很难碰到像你这样又能喝酒、又文明、又会跳舞的顾客。”

“没有风雨躲得过，没有坎坷不必走；所以牵了手的手，来生还要一走……”当乐曲奏到第三遍的时候，一个歌手满怀深情地唱起来，这首歌唱出了人生的真谛吗？洪国用心在跳，也用心在思考。

乐曲结束，洪国回到座位上，孔大为为他鼓掌：“洪国，舞姿真好，一会儿再唱一首吧。”

“不行，不唱，唱不好。”

“看了你跳舞，真看不出你是在大山里生活了十多年的人啊。你的思想深处是现代的，大脑是健康的。山野和都市是两幅画，哪块儿都需要锦上添花。”孔大为说话有点变调，是酒的力量，还是思想的力量。

魏小姐把歌单拿来，递给洪国，洪国说“不看歌单了，就唱一首《我为祖国献石油》吧。”

不一会儿，报幕小姐用甜美的声音说：“下面，让我们一起欣赏2号桌洪国先生给大家演唱一曲《我为祖国献石油》，掌声有请！”

洪国走上歌台，稳重大方，说话的声音底气很足，“各位，我唱的虽是一支老歌，但我觉得能代表我的心，献给大家！”

乐曲响起。“锦绣河山美如画，祖国建设跨骏马，我当上石油工人多荣耀，为革命走天涯！”声音像原唱，连乐队都鼓掌，魏小姐和孔大为及全体在座的人为之一惊。

他下不了台，一致欢呼再来一个。但他还是走下台来，他不想占用别人更多的时间，他心里有多少歌要唱啊！他在森林里每天只能听到松涛呼号，野兽怪叫。他高兴的时候，站在山坡上唱几句，发出的呼号是山野的呼唤，心灵的呼唤，灵与肉的呼唤。

《梁祝》响起，这回，洪国主动邀请魏小姐起舞，同时示意站在一旁的另一小姐请孔大为跳。大为笑脸相迎，一起步入舞池。

这时，舞池里各种姿势在旋转的霓虹灯闪烁下，已看不清谁的面目。洪国心想：这里的生活进行得何等热烈，不像大山里寂寞、清冷，地质锤伴着孤独的月夜。他正在想着，整个大厅里灯光全无，漆黑一片，乐曲仍在奏着。洪国向魏小姐问怎么回事。魏小姐说：“每天这时候都有这个节目，叫‘温馨一刻’。”

洪国仍然按标准舞姿跳着，没有任何差样，好像还分外小心别有伤魏小姐。

魏小姐有意将他的手用力捏了一下，可他仍无感觉，是没感觉吗？

光天化日，黑暗之中，人前背后，洪国就是这样。

“洪先生，你每天都能来吗？”

“不能！”

“我想请你来。你不知道，跟你跳一曲，不知胜过和别人跳多少曲。”

“那不可能，我的身份、我的条件都不允许。”

说话的时候，灯渐渐亮了起来，有人还陶醉在那温馨的一刻里。

洪国回到座位上，这时突然觉得有点醉意。手都不太听使唤。他说：“怎么样，大为，天不早了，咱俩该回去了吧！”

“不知你尽兴了没有？”

“尽兴，绝对尽兴！”

“好吧，没有不散的宴席，那我们走吧！”

孔大为走路有点晃了，但签字的笔还很清楚，在吧台的账单上写上“二千七百八十元孔大为”几个字，小姐们簇拥着走出酒店的大门。魏小姐端庄地站在门口，企盼着洪国能回头，但他却没有……

两人一人一斤多酒，一见风，酒的后劲上来了，谁都忘了先送谁，都踉踉跄跄地往家赶，午夜时分，路上的车辆、行人稀少，他俩就左晃右晃地在马路中间畅行无阻。洪国甚至忘了系扣。

酒醒后的思索

洪国走过了心的沙漠，正踏着爱的荒原。他不论醉到何等程度，醉在哪里，心里总能找到家。夜里是怎么过来的，他什么都回忆不起来了。天亮的时候，他发现自己躺在床上，仿佛没有记忆一样，七十多岁的姥姥用慈祥的目光瞅着他笑，越笑他越觉姥姥亲切。他心情很好，坐起来，头不觉疼，也不觉晕。他对白发姥姥说这是好酒。姥姥抿嘴一笑。

耳闻目睹，洪国的心不能不被打动。这城市的生活和山野的日子是两个天、两个地。在潮湿的帐篷里沉思默想，同坐在酒店里高谈阔论能相提并论吗？他自己该怎么办？就这样把一生交给大山吗？在茫茫荒野里耗尽青春乃至生命吗？既然是男子汉，既然是有抱负，既然是要与众不同，那么，就应该去干别人不愿干、不想干甚或也干不了的事，这才是英雄，这才是好汉。没有趟不过去的大河，没有攀不上去的珠穆朗玛峰。但是，在你心情烦躁、矛盾、焦急甚至对一切都失去信仰的时候，你能做到在你面前没什么遮拦，那你便成熟了。

洪国他们兄妹三人，对姥姥有特殊的感情。自他来到人间百天起，就在姥姥的怀抱里，他们的父母都是搞地质的，南征北战，无所定居，吃尽了人间千般的苦。父亲洪奇山给他们留下的唯一财产是贫穷和纯粹。洪国对此经历了由愤懑、不平、怨恨到理解、尊重、自豪和骄傲。

他一边帮姥姥干活，洗衣服、淘米，一边和姥姥唠嗑，唠部队里的事，唠大山里的事，对大山里的事，姥姥已经听得耳朵磨起了老茧子，但对部队里的事感兴趣，她耳朵不背，眼神也够用，思维也很灵敏，不像上了年纪的人。姥姥大半辈子就是这样操持，没烦过，没累过，也没后悔过，脸上没看出过忧愁。

同姥姥唠了一阵子，姥姥最后还是说："年纪不小了，有相当的就找一个吧！"

洪国点点头。

姥姥拿着一个破旧的半导体到外面去了。

洪国坐在一个破沙发上，那弹簧咯屁股。他点着一支烟，忽然看见对面墙上挂着的全家照片，不由地又站了起来，心潮立即被引进了回忆的洪流之中……

在洪国报高考志愿的时候，爸爸洪奇山的一席话像雕刻一样记在心上，那绝不是高调，绝不是病狂，那是执着、痴迷和一个民族的骄子，那是大山之子对后辈人的呼唤和昭示。

十一　洪国的父母——那代人的辛酸

"只要人类还生活在颗星球上，就会有地质科学；只要人类还需要矿物和水，就得有地质找矿（找水）……"

最能讲清楚父亲的是妈妈焦桂芬，最能把父亲的一生高度概括的就是洪国。此时，父亲的形象历历在目。

他五十岁，工作、结婚已二十七八年了，但和妻子仍租住在一间老乡的小屋里。那高高的，没有一点热气儿的土炕上，放着两床叠好的被。与炕对面，摞着两个皮箱，那是唯一的家产。

他叫洪奇山，地质二队的工程师，黄白杂乱的头发，差不多和演员赵尔康那满是褶子的脸媲美，眼睛里的血丝很是分明。中等个头，穿着那身洗褪色了的亚麻布蓝色工作服，一年四季脚穿登山鞋。这个形象和二十八年前大学毕业时比简直是“两家的孩子”。

妻子焦桂芬是个绘图员，老实巴交的，从来不多说一句话。中等的个头，靠额头下梳的头发里夹杂着白发，眼角的皱纹那不是鱼尾纹，而是不用放大镜就能看到的褶子；那双带着忧伤的眼睛很引人注目。穿着一身工作服，显得利索和干净。她给他生了三个孩子。但他们心里全是大山，只好将孩子留给上了年纪的外祖母抚养。孩子们心中有伤，这伤很难愈合。他们老两口很难团聚。

这年盛夏，阴雨替代了艳阳，叫人心里发闷，洪奇山由于长年的野外生活，积劳成疾，全身的关节都肿了，手上的关节肿得像熟透的桃子。他视书如命，以石头为朋友，这是他一生唯一的兴趣。此时他还捧着一本厚厚的书，贴得近近的，吃力地看着。手不能翻书，他就用舌头和嘴唇翻页，屋里很静，低矮的屋梁加上沉闷的空气乃至和屋里无人清洗的霉味混在一起，从外面进去的人马上就会窒息。

妻子在野外。三个孩子的心里几乎没有父亲、母亲的概念。没人知道他躺在炕上熬着生命。他四五天没吃饭了，自己爬着，用脑袋顶开紧靠炕的后窗户，用那几乎没有漆的只保留形状的大茶缸接着雨水，然后用嘴叼着喝一口，再喝一口，每做完这一套“工序”都需要一个来小时。但他的脸上看不出什么痛苦的表情，只有麻木和呆滞。那天他撒尿，站不起身，便把自己当作“滚筒”滚。他在炕沿边放一个半高凳，凳边放上雨衣，就势一滚，显然凳子是一个“缓冲”，使他滚地不至于摔伤。凳边的雨衣是防潮的。然而，当他完成了撒尿任务之后，他想再滚到炕上去，结果，没有任何肢体再听他使唤，那情景同登珠穆朗玛峰一样，那脸上滚动着像豆粒一样大的汗珠。他滚回凳上又摔下来，这样反复了不知多少次，最后那次，他就在地上不动了，几乎像一摊泥，唯有那双眼睛还在冒着热气。

这天下午，雨仍在下。队里一个同志刚从野外回来，就忙着来看他，推门进来，大惊失色：他已形销骨立。他先是退了一步，然后扑过去，大声喊：“洪奇山，老洪！”泪水滴答滴答地滴在洪奇山的脸上，洪奇山睁开了眼睛，断断续续地说：“我没……事的。”

他把洪奇山抱上了炕。妻子焦桂芬回来了。一进门，就跪在炕沿儿大哭：“老洪，老洪，我回来了。”她一边哭喊，一边用拳头敲着炕沿儿：“你病成这个样儿，怎不给我拍封电报啊？”整个小屋沉浸在一片极度痛苦之中。

洪奇山对妻子说话，那声音是微弱的，眼睛大得出奇，头不能动，脖子不能动，全身不能动，几乎僵硬的身子横躺在那属于他们老两口的土炕上。“这辈子，你跟我一点福也没享着，让咱们的三个孩子都回来一趟，我想他们，这辈子，我还没听他们喊我一声爸爸，我咽气前，他们要是能喊上我一声爸爸，我就能闭上眼睛了；我要咽气了，别忘了给我穿上那双爬山的登山鞋……”

妻子的泪像断了线的珠子，将自己的脸紧紧贴住洪奇山那满是荆刺和坎坷的脸，泣不成声。

这低矮的小屋，包容着什么呢？这低矮、潮湿的小屋，就是洪奇山的归宿吗？

妻子跑到邮局，给读书的儿子拨通了电话：“洪国，我是妈妈，你和弟弟、妹妹今晚坐车赶快回来，你爸爸快不行了。”

“我们没有爸爸，我们不回来，他属于大山，不属于我们兄妹。”

“洪国，妈求你了，你爸这辈子多不容易啊，他心里总惦记着你们。你们要是不回来，他死也不能合眼。洪国，回来吧，你爸的时间不多了。”

“行！”

“你弟弟正在准备考高中，也让他回来吧！”

她的电话，是祈求而不是指示。这也难怪：他们老两口南北转战，涉水爬山，住草棚，租民房，远离城市，三十年来就未回过老家，和孩子团聚的次数少得可怜。

三个孩子都是由外婆带大的。

夜，深沉沉的夜，雨，还是下个不停。低矮的草房上的房草已经抵挡不住雨水的长期袭击，外面下，屋里也在下。

三个孩子守在父亲洪奇山的身边，默默无语。

这时，洪奇山要翻身，妻子急忙伸手帮助。当他看到三个孩子时，眼睛里已注满了泪水，一滴一滴溢出来。这是心里流出的泪吗？眼睛死死地盯住这三个亲骨肉。

“老大，今年高考志愿还是报地质吧。苦是苦点，能有成就。”

老大点头。

老二摇头。

小华含着泪。

妻子呆呆地站在那儿，已成了泪人儿。

这时，推门进来三个人，打头的身材胖胖的。洪奇山的妻子立即向前挪一步：“黄书记来了，李科长、朱科长你们都来了。”

黄书记点着头，挪近洪奇山，一见那脱了相的老洪，心里不禁一阵酸楚。从兜里掏出一个红绸套封、烫着金字、装帧极为精美的大六十四开小本，上面写着“国家科学技术进步奖获奖证书。”

黄书记眼圈红了，手在颤抖，说道：“老洪，我来晚了。我把证书念给你听吧：为表彰在促进科学技术进步工作中做出重大贡献，特颁发此证书，以资鼓励。获奖日期，1982 年；获奖项目，朱家式新类型金矿的发现及突出的找矿效果；获奖者，洪奇山；奖励等级，特等。老洪，你值得我们学习。”

洪奇山微微张开嘴，眼睛渐渐合上，手脚渐渐凉下来。天下能有多少人能获得国家大奖的特等奖啊！

洪奇山的妻子抓起他的手，喊着：“老洪，老洪，老洪啊！”声音已划破这个小屋。

三个孩子跪下，大声哭喊着："爸爸，爸爸。"这本来是洪奇山咽气前，他们应该喊的。

他是带着满足和遗憾走的吗？他是共和国大厦的脊梁。但是，他却住在一个还不属于自己的破旧的小屋里。

小屋在哭泣。

她给丈夫穿上了登山鞋，这双凝聚着他的辛劳和成果的登山鞋，这双伴随他踏遍千山和万水的登山鞋，能和洪奇山的灵魂同在吗？

大儿子洪国从黄书记手里接过证书，揣进他爸爸的上衣口袋里，那表情是恭敬的、认真的而且是带着一种个性的。

黄书记见此，说话了："老洪受过太多的苦，受过太多的不公正。在工作上，他拼命干，在工资、荣誉上，他往后退。他现在才是一个普通的中级工程师。在地质勘探上，在地学理论上他有很深的功底、很深的造诣。"

听完他的话，洪国说："人死了，说这些都没用了。关键是活着的人还有像我爸爸一样的。我庆幸自己有这样忘我的爸爸。我会从爸爸的一生中汲取营养，吸取教训。爸爸是一面镜子。我爸爸咽气儿前还让我报考地质，我现在很犹豫。但是，我不能辜负爸爸临终前的唯一嘱托啊！我有个想法，为了摆脱像我爸爸一样在艰难的自然环境里和让人难以理解的困难的社会环境里不利的状态，我有责任去考地质、干地质。"

妈妈赶忙来拉洪国的衣角。

老二洪军一动不动，守着爸爸的尸体。黄书记和李科长、朱科长面面相觑，无语做答。

安排完后事，黄书记说："有什么困难，就提出来吧，组织帮助解决。"

洪奇山的妻子摇摇头说："没有，没有，组织上够关心的啦。"

现在的人是进化了呢，还是退化啦？

黄书记一行离开了这个小屋。

洪奇山的灵魂也能离开这个小屋吗?

洪奇山的妻子依然要继续住在这个小屋……

洪奇山留下的是贫穷的财富还是苦难的贫穷?于社会、家庭、儿女是贡献还是负担?

洪国躺在妈妈的大腿上。妈妈在抚摸着儿子的头发。

洪国问:“妈妈,再过一个星期我就要考大学了,我报地质吗?”

妈妈略微考虑了一下,说:“洪国,你在妈妈肚子里的时候就跟妈妈一起爬山了。这个主意你来拿吧,你也长大了。”话语的口气和那表情上带着一种说不出的滋味。

“妈妈,您不要发愁,我一定考名牌大学,干出个名堂来,把您接出这小屋,我养您老。”

妈妈哭笑不得。虽然露出了笑脸,但洪国还是看出了苦中之苦,那眼角里淌下的泪带着淡淡的苦涩,滴在洪国的嘴角。洪国闭上眼睛,在想:爸爸、妈妈在大山里奔波了三十来年,把自己最宝贵的青春乃至生命都贡献给了大山,他们自己得到了什么?得到的是老婆、孩子难得团圆;得到的是骨瘦如柴,病入膏肓;得到的是贡献出心血和生命无人问津;得到的是低矮的草房、原始的生活和痛苦的人生;得到的是一个能揣进兜里的证书……假如自己报考地质专业,这无疑意味着要走父亲的老路,那布满荆刺、坎坷、痛苦、残忍和不是人该走的艰难伴随青春、禁欲、伴随人性的一条路。洪国躺在母亲的大腿上,那尚未成熟乃至需要继续磨炼的眼睛里断断续续的泪水浸湿了妈妈的裤腿儿。那泪水似有一点温度,使妈妈顿悟:洪国有了思想。这孩子的脑袋聪明地像他爸爸,他爸爸当年是高才生,后来到地质队后,不下十几个 20 吨左右的地质报告出自他的手,而且,每次论证一项找矿课题,他总是用理论和实际的富有说服力的观点征服他们。可惜,他命太不好了。没白没夜地干了一辈子,谁能说他怎么样啊。想到这里,妈妈说:“洪国,一定要考上大学,不管什么专业,只要出类拔萃就行。”

洪国一下子坐了起来，用右手擦了擦妈妈眼角的泪水，说："妈妈，您放心吧，我一定考上。您要多保重，精神千万不能垮。"

"你放心走吧，妈妈什么时候垮过啊，只要你们好，妈妈就放心了。"然后，又加重语气说："你爸爸去世的消息暂时不要告诉姥姥，她上年纪了，不能打击太大。"

洪国就要离开妈妈，开始一次人生转折的冲刺。不知家父去世对他的精神是否有影响。他穿好衣服，扣上衣扣子的时候，一碰兜，鼓囊囊的，还挺硬，他掏出来一看，那是钱。这是妈妈给他揣进兜里的钱。洪国从里面拿出了二十元，其余趁妈妈不注意，放到妈妈的枕头底下……

十二　命　运

命运安排洪国走进了地质大学。

四年过去了。

洪国沿着命运的安排走出大学校门来到举世无双的黄金部队。当来部队报到并正规军训三个月穿上橄榄绿警服的时候，不知他是否想起了父亲的死，是否想起了全家老少不能团圆，是否想起了他的将来和他报考前的心绪……主动要求到这支部队并有所作为的信心没有动摇。从湖北襄樊到北京换乘列车直接到连队报到，他头也不回地行进在通往连队的山路上。

他被分到三连。三连在大山里，下午两点有火车，他一看表还有一小时，到门口小食杂店买了个面包，快步赶到三等小站。

火车风驰电掣般驶向山里，他透过车窗望去：那大自然的景致，那自由自在飞来飞去的小鸟，那星罗棋布的村庄，那高大的落叶松和那成堆的羊群，尽收眼底。然而，他此时想到的是到了黄金部队意味着什么。的的确确在地质领域里从事地质工作的人们无论是穿军装的还是地质队员，特别是艰苦地区作业的地质工作者的苦与乐、生与死、奉献与待遇、生存与发展、现状与前景、人生与人性、情感与性、物质生活与文化生活诸多的课题上，都需要在这些鲜为人知的、无法理解和无法让人信服的行为中得到解答。

洪国下了火车，又马上乘汽车直接向山沟驶去。

下了车，他碰见一个老大爷，问："大爷，有个黄金部队在哪儿?"

老大爷上下打量着背着个行李带，细高个、方脸儿、黄眼珠的小伙子，说："你也是黄金部队的?"

"对!"

"他们离这儿还挺远呢。"说着，回转过身，向着离他们至少也有五六里路的山坳里指去。然后说："沿着这条小路，不远有条小河，上几天有个小木桥，不知冲走没有。要是冲走了，你就找根棍子，挽起裤腿儿过去，一定得小心，有的地方还能没了人。"

好心的老大爷说得再明白不过了。洪国向老大爷鞠躬致谢："老大爷，谢谢您了，再见啦!"

"好，小伙子，进了山，就等于进了天堂，一天到晚看不见一个生人儿。走好!"

这个老头在这里就是皇帝，就是法律。他在这儿独居快 30 年了，一间破旧的用木头堆起的小屋子。

洪国沿着这条小径向山坳里走去。

过了一条小河，洪国回头望了望，心想：这小河的水也许流向黄河；黄河，那是中华民族之源。她源源不尽，尽管黄河在上游吃过很多苦，但她到了下游不也是给大地带来一半是忧，一半是乐吗？尽管眼前这条小河哗哗流淌，然而，她也有着坎坷，有着障碍、有着险峰、也有流不过去的地段。人，就像这条小河，欢乐的时候，流；忧伤的时候，流；幸福，人存在；痛苦，人也存在；存在，是幸福，存在也是痛苦；奋斗，是痛苦，奋斗也是幸福；幸福是痛苦，痛苦也是幸福……洪国路过这条小河，无边无沿，说不清、道不明甚至与此时没有任何相关的联想，能说他的心中充满阳光吗？他动了一下身上的背包，望望天，天下起了雨。他没穿雨衣，没有雨伞，快步向帐篷林立的方向跑去。

进了帐篷，见几个武警正在交谈，谈得很热烈。一个大个的武警从他身上接下背包和提包，另一个年龄和洪国差不多的小伙子给他拿来用热水冲过的拧干了的毛巾。还没有擦完脸，那大个上尉就给他端来一大茶缸刚沏好的茶水："你叫洪国吧，支队干部股昨天电报通知我们，说你这几天到。快歇会儿，我姓韩，是指导员，咱们这个连年轻人比较多。总的形势挺好，但就是苦哇，不能按时开支，把钱都用在施工上了。这都是暂时的。要能忍耐住这个苦，就什么都不怕了。"

洪国脸上带着笑容，喝了一大口水，说："苦，有时候挺怕，有时候又不怕。原来，我是不想干地质的，有什么办法，偏偏被黄金学院录取了，学了四年，觉得挺有意思，说报到就报到了。"

他们谈着，一直谈到月亮爬上梢头，一直谈到蜡烛淌下泪珠儿。

后来，洪国知道，这是一个知识密集、知识分子成堆的连队。

第一次享受这帐篷之夜，静得出奇，也嘈杂得出奇；凉得出奇，也热得出奇。

第二天一早，他跟着几个人上路了。上了路，那密集的林木，成了"拦路虎"。洪国发现他跟着的这些人脸上、手上处处可见那"虎"的齿痕。他们衣着的破烂和肉皮的破烂与林子密集成正比。沿着勘探线，查找小测旗，手里的地质锤敲下了一块石头，用放大镜看一看，再用笔记到专门勘查用的硬皮长方形本上，把石头放在肩背的地质兜里，接着往前，循环往复。

这时，洪国坐在一棵倒木上，擦着额头的汗，望着那望不到边的山、那木和那沟，心里想起了这样的两句话："他们开步动辄就是几千里，他们说话动辄就是几亿年。"多么富有哲理和深刻的含意。

夕阳染红了两边的树林。林子里静悄悄的。剩下的余热还留在山里。他们和分散了一天的其他工作小组向一辆卡车集中。大约在一个半小时以后，天空降大雨。洪国望着一位位背着地质包、扛着现代化仪器的身着施工服雨中奔来的战友们，心里突然涌动起豪情。可是当他看到最后跑来的几位五十岁开外的技术大校凭自身之力怎么也爬不上汽车，在小伙子们的吼吼声中被“人拉肩扛”上得车来的情景时，心里禁不住阵阵发酸，又忽然想起了什么……

雨中，卡车开动了。人们挤挤挨挨，任大雨淋泼，时不时地会听到有位小伙子扯起嗓门的尖叫，诅咒老天。靠着洪国站着的那位小伙向洪国解释说：“我们光骂老天不骂大地，大地骂不得，我们靠它吃饭!”

这时候，一个老地质给大家讲着一个故事：那年也是雨天，我的上届同学，他现在是找油专家，那天早晨，他被雷鸣般的井喷声惊醒后，从床上一跃而起，连衣服也忘了穿，就穿着个裤衩，打着赤脚，冲出家门，向雷鸣方向跑去。事后有人说，他就像地下的石油一般，是从五千米深的地方喷出来的，那时的油层高达五百多个大气压，哪容他穿什么衣穿什么鞋罗。他一奔就是二十多里，他的脚被荒原上的刺草扎得鲜血直流，他竟一无所知，他知道的是，那雷鸣是井喷，他知道的是那雷鸣标示着一个巨大的油田就要诞生了。他是个盲人，他找了快一辈子油了，都把眼睛找瞎了。他循声奔去，跌跌撞撞，边跑边哭，大哭，眼前这个黑暗的世界豁然复亮了。老地质越讲越激动：“你们年轻人得向他学啊，咱们国家最高兴这样的人越来越多……”

车越开越快，雨仿佛越来越小。洪国的眼里不知道是泪水还是雨水，站在晃动的车上不吱声。他的心里很沉重，几乎能让人看得出来。他怀着一种十分复杂的心理，浑身紧缩，开始一时冲动的思索：无聊的浪漫主义和可耻的矫揉造作乃至仿佛带有思想、带有对大自然的前思后想和对社会的、活生生的人的深刻思索能证明什么？就是证明了，你又能怎么样。就在人以最刻毒的咒语自我诅咒时，车一下子停下了。他被这突如其来的停车和人的撞击所惊醒，河上的小桥塌了。没有惊慌，没有埋怨，大伙下车，几乎把车抬起来了。车出来了，而被称为大力士的贾宝却陷进泥里半截身子，大伙又去拽他，那情景，就像从泥土里往出拔大萝卜。洪国把自己的上衣脱下来，披在贾大力士的身上，自己留件背心。大力士拍拍洪国的肩膀，笑笑说：“洪国，这才刚刚开始，以后，要走上更深的峡谷，走向更大的艰辛，而且默默无闻。”

洪国觉得大力士话说得有哲理，有水平，点点头上车了……

当晚，洪国伏在床上，打开日记本，没加思索地写道：“我和美丽的梦分手了。她回到喧闹的城市，发号施令的办公室、风景优雅的公园、舒适平静的卧室，而我将陷入寂静的山林。假如这梦是人，我已跟她挥手作别了。我想，她能否抱住我，反正我会抱住她痛哭的，直到她也潸然泪下。梦啊，请不要来折磨我了，现在，山在驮着我，我也是山；那山就是信念，就是我……”

他似乎不耐烦地点着删节号，然后，猛一下子放下笔，“啪”的一声合上了写了快一本的厚厚的日记，猛一下子推开帐篷门，来到那属于地质队员安静的天地。此时已是繁星满天，凉风习习。他双手叉腰，听松涛呼号，山谷震荡。大约有这么五分钟左右，他又回到帐篷里，从床底下掏出一瓶酒，喝了两口，然后，脱衣躺下，很快进入了梦乡。

洪国在大学时那活跃的思维没变，干啥就干好的性格能不能复现还不好下结论。但是，他那种执着的追求精神却在延宽和继续……

“今天跑得路远，可能当晚回不来，大家带上‘卷席筒’。”刚吃完早饭，连长就站在用帐篷圈成的院里嚷嚷。这个院平整有序，是一座特殊的军营。

“卷席筒”不是戏剧。它的功能在于：早晨起来，被盖一卷，上路；晚上干到哪里，就在哪里被盖一摊。没有行军床，风雨无阻，山谷无碍。

话说他们干了一天，傍晚他们点起了一堆一堆的火。火光点点，他们用一个个饭盒，煮起了野菜野草，吃着烤糊了的馒头。

野餐完毕，他们把原始记录本和采到的样品保存起来，钻进“卷席筒”露宿在荒原里，天上的星星看着他们，高高的松林保护着他们，静静的夜色安慰着他们。劳累了一天，浑身的每个关节都有点累了。立即进入了只有地质队员才享有的这神圣的与自然融为一体的梦乡……

话说洪国，到了山里后，他下身瘙痒得厉害，有时龇牙咧嘴，收缩着鼻子，闭着眼睛。特别是到了夜晚，痒得直打滚，不得不用手抓挠，这样，有时能解决问题，有时起了本能的反映，更难进入梦乡，使得他的那一种情感强烈地呼之欲出，似乎忘掉了一切。更使他难受的是，抓挠完之后，那地方星星点点破了皮，第二天走路一瘸一瘸的，又怕人看出来，所以，尽量掩饰那瘙痒带来的疼痛。这样，久而久之，破皮处儿块连成一片，就像冻梨化后剥去皮一样。这天夜间，他疼得怎么也受不了了，打亮手电以后，他方看出，那短裤上满是血水。于是，他钻出“卷席筒”，一丝不挂地站在原地，让夜色的风烘干那不便说出但又确实存在的伤处。他站在夜风里，躯干仿佛显得更直，而且一动不动，真实地体现着夜间具有思想的人的本来面目。这一夜，他就是这么过来的。

第二天一早，连长对他说：“这病没别的招儿，只有站在朝阳处晒。今天看来天气挺好，你上不了山了，就在这儿边看堆儿，晒一天。谁也看不着，你就尽情地晒吧！”说着，他笑了。然后，他又低下头来说：“咱们搞地质的，天天潮湿，都或多或少地烂过，没招儿，就是晒，等时间长了，就好了。”

说完，站起来，招呼大伙儿：“带好东西，上山了。”这连长，也是正儿八经的军官，是基层的指挥员，是人世间付出代价最高，享受最少的官。他给洪国的第一个印象就是那衣着、那动作和那所负的责任大相径庭，却像个食堂管理员，这个印象就是留给洪国心目中黄金部队的第二印象。但这次和洪国谈吐之后，只有几分钟，洪国就被他这种激荡的热情、不凡的谈吐、机敏的目光、活跃的思维紧紧攫住。这个人个儿不高，却充满男性的魅力。他所从事的这个行当，形象地说就是担千斤的担，操千人的心，吃千般的苦，拿一人的工资。洪国通过别人了解连长风风雨雨二十多年，什么样的苦都吃过，什么样的罪都遭过。有时从精神到肉体都进入紧张状态，有险情时操心，无险情时亦操心。一次，大风刮来，几个人钻进了一辆仪器车，两百米之外的风从速度判断，那辆仪器车被刮倒的可能性有 50%，如若刮倒，伤人的可能性比贴地避风受伤的可能性高出 80%，于是他不顾一切，匍匐前进，沙子、石头随风砸来，把他砸得鼻青脸肿，他硬是在大风里爬了两百米，爬进仪器车，把人通通哄了下来。他三十五岁，性格刚毅。本来有一个好端端的家，结果妻子忍耐不住两地生活的煎熬，干了不该干的事情，连长一气之下离婚。离婚那天，他的眼睛也是湿的，一半是负疚，一半是对妻子的可怜……

连长同洪国谈完话，引起洪国对连长的这段思索。

大家上山了。

十三　原始的、纯朴的、魅力永存的牧歌

此时，空寂的山里，孤零零地留下洪国一个人。

太阳爬上了山头，正照耀着属于洪国所处的那狭小而又独立的天地。他先是脱掉了裤子，然后又脱掉了短裤，使自然的洪国和精神的洪国裸露在阳光之下。后来他干脆连上衣也全部脱掉，一丝不挂地站在阳光里。他的上身往后微微仰着，一手叉腰，另一手拽着那东西，以便使阳光尽可能全部晒进这属于自然之光或自然之风或自然之药或自然之力才能解决的自然之病。没有遮挡，虽看不出他的胸大肌，但他坚实有力的胳膊和坚实有力的大腿、小腿，却正饱满着青春的活力。他右手拽起的那东西，诉说着一种原始的美和纯朴的欢乐要求，像一支从远古流传至今的魅力永存的牧歌。阳光的射线愈来愈强烈地照射着并散发着无数的给予自然万物和人间万物的养分。此时的洪国享受着人类自然的、原

始的、本能的、情感的人性之美和独有的自然欢乐。不知不觉的，手拽的那东西在膨胀，在变化，神经的绷紧使之全身血液涌动速度加快，脑海放起了各色的电影，他不得不停下来，坐在倒木上，心中诉说着他的情感：应该找个对象，找一个像电影演员那样的对象，从里到外，从容貌到心灵，从精神到肉体都具有我认为充满女性魅力的女性。青春短暂，何不该享受一下人生最美之处。如果此时有一个美的或不美的、年轻的或不年轻的，我们躺在草坪上，在这自然的草坪上拥抱、打滚，该有多么好……随着他的联想，他心脏跳动的波浪起伏更大更快，眼前形象的、具体的、模糊的和朦胧的情景一幕接一幕的出现。只见他从倒木上将身子转过去，仿佛身体抽搐了一下，各个骨骼都在鸣响。动作很快地，伸手抓起短裤又非常麻利地穿上，工夫不长，只见短裤的前部浸出一块湿……他又转过身，抬头看看阳光，深深地叹了一口气，仿佛是干了一天累活才得到喘息一下。不一会儿，他又埋下头去，眼珠停滞在一点，又开始了他的思绪：不，不能找对象，自己本身已经很苦了，决不能再拖累一个女子，绝对不能拖累一个情感丰富且外表美丽同时心地善良的女子。地质人员只属于大自然，只属于大山，而不属于任何女人，女人只属于那具有男性魅力而且常常给予她最神圣而且又最真诚、最专一的男子，不属于一年四季跋涉在大山，几乎与自然、与大山、与野兽、与矿物融为一体的地质人员。地质人员不能对任何一个女子有任何一种企图，而任何一个女子都不该不计后果的“一日夫妻百日恩”。我去牵手任何女人，都将是不负责的、有罪过的且又是对任何女子一生都带来痛苦又无法解脱的乃至于儿女和亲属都无幸福可言的行为。这是人性的灾难，大自然应不容，人性应不容。人类之苦，除心之外，还有什么能与之相比。我应该像这大自然一样，赤裸而又自我，真诚而又坦率……

他的思绪不能说已乱七八糟，反正能看出他心烦意乱。穿背心穿反了，自己也不察觉，稀里糊涂地留下一张字条压在一块石头下，径直沿着一条小路向山下走去……

他晚上回到他们的大本营，站在连长面前，总觉得心里有事，便对连长说出了自己这一天突然在情感方面的一些想法。连长一听，瞪起了眼睛，说：“你小伙子念了几天书，竟瞎扯，按你那逻辑，地质人员都打光棍？不知道你还记不记得有两句诗：‘两情若是久长时，又岂在朝朝暮暮’。即使不在一起，若是有书信往来，也是一种满足，一种欣慰啊！至少是有个家的概念啊！人不是树木，不找对象不行，不成家不行。在家庭方面，干地质的人是顾不上，可是如果没有地质人员的付出，那油、那金、那铜从哪儿来？总得有人吃苦，你不吃苦，别人就得吃苦；总得有人牺牲，你牺牲了这一点，他牺牲了那一点。痛苦有什么用？刚爬了两天半山，就痛苦了，情感就呼之欲出了，对象就不想找了？这是什么逻辑吗？”

洪国又重复说：“我是说，有苦一个人承担就够了，不要再牵扯另外的人了。”

“你小子倒是挺对别人负责，心眼挺好。我们的奉献和艰辛，局外人难以想象，但是这奉献的快乐局外人更难测量，你慢慢体会吧。也许这一辈子也体会不出个子午卯酉。还是在事业上搞点建树吧，你在找矿上能有功的话，我就为你请功。不要胡思乱想了，还是专注于地质吧。考虑别的，不现实。”

“连长，恕我直率，立了功有什么用，那还不是小孩子干点活，给块糖吃，以鼓励下次再干点。还不是照样吃苦，在城市里生活的人，一天到晚花天酒地，舒服得难受。而我们一天到晚累得难受，寂寞得难受，同是人，我们为什么偏偏要吃苦，我们为什么偏偏要牺牲，我们为什么偏偏要付出。说得好听，我们是吃人饭，不走人道儿。谁能看得起？不想找对象！你说实话，你是咋看的？”

“够了吧。你小子歪理儿还不少。干地质的人怎么了，活得实在，活得真诚，也活得明白，至少是体魄健全，精神崇高，从繁衍的观点看，称得上有强健种子。我们目光开阔，胸怀博大。我干了十几年了，还有的干了一辈子了，都未打过退堂鼓，你小子刚来就想当逃兵！”

“我没想逃。我只不过是把心里话说给你听。论搞地质，我是地质队员的后代，我在我妈肚子里的时候就开始爬山了。”

连长感到惊奇，欲言又止。从兜里掏出一支烟，叼在嘴上，点着，吸一口又吐出一口，说：“什么都别说了，事业上干出点名堂来，比什么都强。”

洪国想：眼前这个连长真是在正经思想熏陶下成长起来的好干部。可是，这样的人，目前还有多少，是越来越多，还是越来越少。我不是讨厌地质，我非常敬佩像我父亲一样为了别人幸福甘愿自己辛苦的人。我只是搞不明白为什么有的人总是吃苦而得不到报偿，而有些人从未吃苦或很少吃苦而越来越舒适，是老天爷不开眼，还是命运的安排。为什么有的人本着正直不自欺的道路行事而得不到本来应该得到的荣誉、地位，而有些人总是投机取巧，阳奉阴违还步步高升。当吃过苦，或吃苦甚多的人而且事业上有所成就始终默默无闻的人由于吃苦太多而毫无所得，向领导反映这种局面不合理时，那一句“要正确对待”就答复得你无言以对。忠诚而善良同时又谨小慎微的人有时又无法打开情面为自己说三道四，所以一丢再丢而无法弥补，只有盖棺定论时说几句这人太好了，这人苦吃得最多，这人最有水平了等高帽，有什么用啊。这对这样的人来说是多么可悲。悲剧不能总是在我们一代一代人身上出现。吃些苦，是应该的，有建树更是应该的，然而得到理解和尊重，得到爱护和支持是多么至关重要。可能我洪国不能像我爸那样最终累得浑身是病，住着那连杜甫时代的破草屋都不如的小屋……洪国长了个联想的脑袋。

连长见洪国在想事儿，便说：“好了，今晚到这儿吧，明天再唠。记住，一定要在事业上有建树，别的都白扯！”

洪国没有吭声。

……

这天早晨，洪国被派到附近一个镇上买菜、买粮。他高兴地跳上车和司机一同出发了。他好像很快活的样子。在敞篷车上东瞅瞅、西望望。打从进山以后，他就没出过山。其实那小镇也是山，只不过有人群罢了。

车开到镇上，各种摊床摆成沿路两排，尽管沙土飞扬，物品沾满灰尘，卖货人脸上、鼻子上全是灰，但他们依然用当地口音叫卖着，不知道他们那东西一天能卖几分钱。

洪国下了车，按连长吩咐和众人之托开始采购。当他走近一个摆着各种磁带、画册和化妆品的摊床时，放慢了脚步。那穿着红色裙子、梳着发髻的年轻女子笑呵呵地迎过来："大哥，你要点什么？"洪国的眼睛慢慢地看着那轻风一吹翻起来的裙子，又禁不住联想起了什么……他低下头去，马上离开这里，那女子看着他离去的身影在琢磨：这人有点怪……

太阳悬挂在天空的时候，他们购完了东西。拿出小本查看是否有漏下的，他办事还是很认真的。然后，如释重负地跳上车去。

大约三个来小时的样子，山里的天气骤变。大雨降下，顷刻间，山涧路上水汪汪一片。司机不得不把车速减下来。洪国奋力用苫布盖着车上的东西，此时他早已是一个水人儿了，那水从头发上流下来，使本来分得很有样的头发一律下垂，那衣服就像水袋，多处漏水而无法补上。他一下子钻进苫布里，但太闷，实在喘不过气来，他又不得不钻出脑袋，那大雨尽情地浇他。司机停下车，让他进驾驶室，他摇头喊着："没绳子绑东西，掉下来就完了。"司机无奈，只好顶雨开车。当车行驶在一条峡谷时，那山洪就像猛兽一样突发下来。容不得想，汽车被淹没了。山洪来得太快了，像水坝决口了一般，只见车上的东西有上浮的架势。洪国用自己的身体在奋力压着。车已熄火，打横，四周是咆哮的洪水，洪国似乎刚明白是发生了什么事，就被洪水和那些用纸盒装的东西一起卷走了。司机打不开车门被闷在驾驶室里，看不到外面发生的一切，所幸的是洪国被冲出一百多米后，沿峡谷转了个弯，被洪水推到沙岸。他休克了，躺在那陡壁之下。天渐渐暗了下来，山洪也渐渐退去。司机慌忙跳下车来，寻找洪国。此时，他已吓得喊不出声来。他就沿着那峡谷顺流而去。当他在陡壁下发现洪国躺在那里时，三步并作两步，急忙抱起来，他的人中穴被掐破了。他醒了，但说不出话来，司机背起他就走，上了车。等到驻地时已经夜里八点多了，家里的人心中一块石头落了地。

洪国尝到了滋味，仿佛经这么一次成熟了许多。别人问他什么，他也不吱声。他只是说："给别人捎的东西全冲走了，由我来赔。"

大家说："怎么能由你赔呢？你为了保护这些东西，差点连命都搭上。"

养病的那两天，他已不再胡思乱想了。捧起翻译过来的厚到近三寸的《矿物学》啃了起来，躺着时看书，坐起来时就记着笔记。他那日记本最后二十来页成了学习笔记的开端。

十四　爱伴随困苦、孤寂和荒凉一起攀登

到了第三天，他到二十里外的老乡家要来一条半大的黄狗，那模样，挺可爱的。洪国从心里乐坏了。按理，连队不许养狗。但在这山里，特殊的队伍，连队就没说啥。回来以后，给它洗澡，喂它馒头剩菜，和狗很快建立起了感情。所以，他走那儿，狗就跟着他去哪儿。狗，成了他的好伙伴。

到了第三天，洪国要求上山。他向连长说："我实在待不住了，我得上山。大伙能干得，我也能干得。"

连长听了他的话，那是从心里头高兴，拍着他的肩膀，脸上绽开的笑容简直是一朵盛开的花，说："洪国，你是好样的。我们都知道你爸

爸妈妈的名字，那真是叫人心服口服的两口子，真是没法比的人才啊。他们在事业上的建树，那不是一般的，而是了不起的，我们都应该向他们学习。你说呢，洪国?”

洪国点点头，然后，略转头看着盯在后边的那条狗。

洪国带着这条狗上山了。它给大家增添了乐趣。一会儿，他逗逗它，一会儿，他又摸摸它身上的毛儿，简直成了宝贝。仿佛洪国的身价由于狗提高了不少。他美滋滋的样子，好像从未有过。

到了工作区。洪国跳下车来，那狗也紧随其后，跟着他开始编录，洪国在哪停，它就停在哪儿，有时停下来晃荡尾巴，眼睛瞅着他，如同懂得人间温暖一样。

要下山，狗在前面带路，跑在最前面。因此，人下山的速度便比任何时候都快。

这条狗，跟洪国生活了近三个月了。

有一天，这条狗被一辆过路的汽车轧成重伤，那狗眼睁睁做着最后的挣扎，那撕心裂肺的叫声，那拼命伸腿的抽搐，真是惨不忍睹。这条狗，是洪国他们的好朋友，矢志不移地一直跟随他们，多少次爬山，多少次危险，都始终冲在前面。眼下，它快死了，却咽不下那口气。它在挣扎，它呜呜叫着，它想活，想继续与他们同行，去经历更多的艰难，去寻找更多的地下宝藏。有人看不下去了，“快、快，拿枪来，快点结束吧。”枪拿来了，但谁也下不了那个手，可又实在不忍心它再痛苦下去了。他们真想抓阄啊，这遍及全国的好办法。最后有人去了，枪响了。只见他立即放下枪，抱起那狗的脑袋贴在自己脸上。这人是洪国，他与狗的感情最深。说句不好听的话，他的爸爸去世时他都没有如此悲痛。全队的人抱住了头，好一阵没有声响。他们挖了个坑，把狗埋了。

这也是人类之爱，这爱伴随他们一起攀登。

洪国那沉重的身子，和那活跃的思绪几乎要分离。他还年轻，的确还年轻。如同他们每天攀登的这五号南山一样年轻。然而，这山的年轻早已成熟，这山的寂寞和孤独是成熟的寂寞和孤独。而洪国的年轻与联想、活跃与沉重、寂寞与孤独、奋发与成功、理想与现实，那是带有思想的、本能的和人间的。他就像这大山一样，通向美丽、严峻、博大、和谐、科学和艺术的圣殿，通向勇敢充实的人生。他有了一个梦想，一个无比灿烂的梦想，他同时把这个梦想给了自己的心灵：在这个世界上，只要靠毅力和创造，靠知识和才干，靠诚实，抱着一种责任感，没有过不去的大山大河。在这个世界上，作为一个人应该创造伟绩，在这个创造力最为顽强的时代，干出一番堂堂的业绩。像他爸爸妈妈那样，或像连长那样、像那大山一样的人们……

在地球上，他们是最年轻的一群，却又是最为孤独的一群。洪国沉默了不知多少时日，也不知沉思默想了多少时日。他在日记里清晰地写着："当我栖身于大山，在孤寂与困苦与荒凉包围之中的时候，难道仅仅为了让我呼吸困苦一回，心跳头痛一回吗？"

洪国跟随着老地质在山里爬上爬下，他在仔细看着老地质那严细的操作方法。拣起一块岩石，那粗糙的手如同岩石一般，从那满是褶子的眼角，便可看出岁月风寒袭击他们的暴虐。看完以后，将岩石的形态、成分一一描述在本上，然后将石头放进地质兜里。

快下山时，天又下起了雨和冰雹，大约有一二个小时。他们只好躲在大树下避一避。

雨后、雹后的山路，变得更为险峻，又是下坡，真叫人心惊肉跳，却也有惊无险。天近黄昏，大山苍茫。当一道阳光突然从一个山口射出，挂在对面的一座山头时，洪国突然被那景致弄了个目瞪口呆。那片阳光恰似装在了一个巨大的玻璃匣子里，而那匣子里却正放在一间巨大的展览大厅里，把这道"黄昏"永久地保存了。"这是真正的黄昏！"洪国从心里喊道。你洪国不是早晨八九点钟的太阳吗？为什么竟然喜欢那落日。朝阳，带着一种气势，一种生气，一种希望；而黄昏呢，黄，黄金的那种黄，金灿灿的；昏，半透明，半流质被点点暮色浸染调理过了。有黄有昏，黄昏交融。明晰的边界使它完完全全凸现裸露，一如一位全裸的少女躺卧在床，正殷切地等待着一位大师的画笔……然而正当洪国陶醉于此时，那美妙的时刻，那片阳光已经消失。大自然的迷人景观稍纵即逝。永存，只是人类的一个幻想或梦想吧……

洪国马上意识到：人类在寻找消失。消失了的，人类才冠以珍贵，如同自己的爸爸一样，他过世后才有人知道他。大量存在着的，即使其价值珍贵，人类也难得说一声珍贵。人类的感觉需要敏锐才好。敏锐有利于认识，有利于创造和想象。在我们的想象力达不到的地方，有多少人在默默无闻地奉献青春、健康乃至生命……

洪国边走边想，一路上无话，直到回到帐篷里。

饭后，他点着蜡灯，开始整理资料。然后，他又捧起那本厚厚的《矿物学》。边读边记笔记，在有关地层、地质构造的发现和理论思考的只言片语中，可以看出洪国正站在一个追求的起点上……

这时，指导员和连长都来了，发现洪国正在给远方的孤独的与大山融为一体的善良而坚强的妈妈写信。他放下笔，乐呵呵地同他们唠嗑，指导员说："洪国，你现在和刚来时判若两人。"

连长说："这地质行业的振兴就全靠你们这一代了。"

洪国点着头，没有言语，听着二位领导的教诲。

洪国把他们送出帐篷时，一股清爽的晚风吹来。

这天夜里，洪国做了一个梦：他一手托着太阳，一手托着月亮……

洪国的这段经历，几支烟的功夫在脑海里翻腾个遍。他自己也觉好笑：人啊，为什么变化这么大，思想行为的变化为什么和大自然一样，上午天气晴朗，下午就可能乌云密布。我算怎样一个人呢？

十五　两情若是久长时

他在回忆中寻找自己的影子、思想经历、变化过程和又好笑又不能叫人乐观的那段看似苍白实则复杂的对人生的根本看法，有幼稚的，也有深刻的，有粗浅的，也有细腻的。一个人可能大抵都是如此。

他想了许多，同时又觉得一些想法是不现实的，是想入非非的。他站起来，双手叉腰，在屋里徘徊。

这时，一位高中同学来了，两人寒暄之后，便约定晚 5 点在李老大酒店见面，说要介绍一位对象。他心里好一阵欢喜。姥姥看出了门道，走到洪国面前，偷偷地笑，从老人家笑眯眯的眼神里，洪国看到了老人的欢乐……

相约而至。他们三位坐在一个小单间里，环境优雅，干净整洁，又很肃静。洪国非常感谢老同学为他们提供了这样一个合适的环境。

坐在洪国对面的小姐是老同学介绍的对象。

这时老同学说："先认识一下吧，这是我同事的妹妹叫黄丽娜，在合力尿素厂给厂长当秘书，26 岁。"

只见黄丽娜站起来，那上等的个头、平平的肩膀和平平的两胸隆起的身材，以及那五官看来很端正的容貌显现出一种见过世面的老成，"你好！"

"这是我的老同学，叫洪国，是黄金部队的主任工程师，上尉，很有才干。"

洪国站起来示意点头，借此机会，认真地看了黄丽娜一眼。

"你们俩第一次见面，什么目的都很清楚。如果初次印象没有别样，我看你们二位就坦率真诚地谈。成了，算有缘；没成，交个朋友。你们俩说呢？"

洪国和黄丽娜对视一笑，然后看了看那老同学。老同学叫齐桂平，念高中时都叫她大姐，现在在妇联工作，曾对洪国有过好感。洪国上大学了，她没考上，也便放弃了。

“剩下的事儿，就由你们来运作，我得回去找人办我儿子上幼儿园的事了。”

他俩都说咱仨一块边吃边谈，但她很有个眼力见儿。

他俩送她出门去，然后回来。好一阵沉默。谁都不知说啥好。

还是黄丽娜先开了口：“怎么样，我们俩可以一谈吗？”

洪国回答得很干脆：“当然可以。”他点上一支烟，说：“看看黄小姐爱吃点什么菜？”

“请随便，少而精。”

“那好吧，你点一个，我点一个，怎么样？”

“很合我意。”

两人初识，相同点具备。

菜上齐，脆皮鲜奶，水煮肉片，一甜一麻。啤酒一人一大杯。

合力尿素厂离洪国家东吴仅二百里，很出名，但洪国对此却不知。

“我在尿素厂干了五年了，中专毕业就分去了，开始在车间，后来选到厂部的，一天到晚忙个不停。”

“我大学毕业就分到黄金部队了，一年有三季在山里，不像在城市里，有苦有甜。”

他俩碰了一下酒杯，每人抿了一口。

黄丽娜说：“直截了当吧，我年龄不算大也不算小了，按理应该找个归宿。平时忙起来也顾不得这么多，可总不能为了工作不找对象吧。你的情况齐桂平大姐给我介绍了不少了，今天一见如故，说实话，我对你的印象不错，你如果认为我还可以的话，那我们可以处一处，你看怎么样？”

洪国很欣赏坐在对面的黄小姐的坦诚，他说：“我对你的印象也不错。不然，我会客套几句转身就走的。但是，我必须向你说清楚，我是当兵的，又是搞地质的，就是成了家，两地生活到什么时候不好说，也可能五年，也可能十年、二十年甚至一辈子，这样的苦你能不能受得了？”

“不是可以随军吗？”

“对于我们这个职业，随军不随军都是一样，你能随我到大山里去吗？你的工作怎么办？以后孩子上学怎么办？再说山里的日子，女同志怎么受得了哇！”

“每年不还可以探家吗？”

“一年三十天，才这么几个三十天你能受得了吗？”

“别人受得了，我怎么就受不了。”

谈话中，大有两个人都已相中了对方的意思。

黄丽娜自己把酒喝了一大口。她在想，如果眼前的洪国在地方多好，如果他能把自己带到另一个城市换换环境多好。她左手托腮，心里复杂，两地生活说好说，真正熬起来很难。对于一个天天出入酒色场合的厂长秘书，做一个两地生活的军人妻子不是更难吗？

洪国仿佛从她的表情里看出了点淡淡的忧伤，但他无法了解黄丽娜所处的复杂环境和内心深处的苦衷。他的确对黄丽娜有了好感，如同昨晚在孔大为那里跳舞时对魏小姐的好感一样。但他心里想的是酒店小姐长得多么出色，素质多么高，却不能娶来当媳妇，交个朋友可以，但作为军人，同这样的交朋友，无论如何是使不得的，潜在的风险很大。

他俩都挺能喝酒，两大杯啤酒干了，又让服务员上了两杯。

洪国没有惊讶对面的黄小姐能喝酒，对她是厂长秘书的身份也没有想得更多，他只觉得她有素质，称得上是个有思想的人。毫不隐瞒地说，他的确相中了她。因而两个人越谈兴致越浓，越谈共同点寻找的位置越准。

洪国说：“你们厂效益怎么样？”

“这几年一直挺好，厂长挺有办法，去年交税三千六百万，今年全厂的人都可以分到房子住。”黄丽娜很自豪地说，然后又问：“你在黄金部队干得很出色，那里一定很富有吧？”

洪国淡淡一笑，说：“你们对黄金部队的了解还不够，其实很苦，也很穷，不算泄露秘密，不能按时开支的现象已经出现挺长时间了。”

“部队还能不开支？”

“我们穿着警服，从事的是黄金地质勘探和开采，最苦的地方我们去，但国家有国家的困难，不能有更多的钱给我们。有时有施工费用，就没有开支的钱，加之某些地方管理再有漏洞，所以钱显得非常紧张。”

“那你为什么还这样执着？我看你的追求还很远，你对那里充满信心。”

“对，不管怎样，我对部队有感情，困难是暂时的，我对大山、地质有感情，我认为我的用武之地在野外。我属于苦，属于累，不属于城镇，也不属于享受。我父母就是如此。”

黄丽娜听完洪国的话，没有作答，而是举起杯来，同洪国碰了一下，喝进一大口，说：“那我属于啥呢？属于潇洒？属于富有？”

“其实，我们吃苦也是一种潇洒，也是一种享受！”洪国始终对苦与乐都不在乎，他自己有自己的理解。

两人沉默了一会儿。

黄丽娜说：“我们都不用含蓄了。我就是我，你就是你。我把真实的我告诉你，你把真实的你告诉我，需要时间。我决定同意处朋友，你有什么意见？”

洪国说：“我没意见。”

两人一拍即合。走出饭店，并肩行走在人行道上，无论从前面看，还是从后面看，都很般配。两人唠得很投机。

两人分手在夜色里，彼此仿佛都有点依依不舍的样子。洪国回家，黄丽娜回到洪国同学齐桂平的住处，约定明天下午三点再见面。

洪国感到很甜蜜。不到五天的时间，他们彼此都有了吸引力。领到姥姥家，姥姥左看右看，合不拢嘴，说外孙子有眼力。这更坚定了他的信心。洪国被黄丽娜领到黄家，黄家老人皆喜，一看就相中了这位英俊刚毅的上尉。黄丽娜也沉浸在喜悦之中。

洪国度过了十几个假日，没有一个假日比今年的假休得更有意义、有收获。他很珍惜。黄丽娜曾给他暗送秋波，洪国也激动过，但感情的潮水没有冲破理智的大堤，他始终带着一种责任，这种责任压抑了他的激情。他陶醉在人生的这种无比欢乐之中。

离家到车站。孔大为来送洪国，见一旁站着一位漂亮的小姐，便问。洪国马上介绍。孔大为同黄丽娜握手问候。然后，大为又瞅了她一眼，好像在哪见过，“如果我没记错，你是合力尿素厂厂长的秘书黄丽娜!”

黄丽娜表情庄重，没有异样。然后走开，去买水果。

“好哇，你洪国处对象也不领给我看看。”

“怎么样?”洪国高兴地问。

孔大为表情严肃，没有回答，而是说：“如果要转业，早点来个信儿。”

这时检票开始了，黄丽娜递上一兜水果。

大为深情地同洪国握手；

黄丽娜说：“到地方写封信来。”

洪国招招手，上车了。车开后，他坐在那里想着大为为何不作答……

十六　寻觅消失

深山里，高峰领着三个人在寻觅。就像远古的祖先在雷电下寻觅火种，又像在寻觅太空的新星、谷类的新种、物质的新元素、思维的新结晶。

高峰在寻觅的时候，眼球凝聚着心灵的光——希望、困惑、疑虑、冷与热、惊讶与狂喜。

谁能常常寻觅到这样的目光？跟着他的人。谁能常常看到这样的眼睛？也是跟着他的人。谁跟着他，谁挨累。吴若不想跟他，高峰偏偏要他。吴若跟谁都可以顶，唯独不顶高峰，就像念中学时最崇拜的是小岳叔叔一样。他崇尚知识，但吃不了的苦，也使他退缩过。他自幼家境很苦，但后来遇到小岳指点，家里突然富了起来。他也读了初中，读高中，虽高考落榜，但进了工厂，经历也不少，知识面宽，有了思想，有时与众不同。

高峰就看出了吴若的心理，愿意带他，想改造他。

昨天下午，洪国和吴若辩论了好长时间，谁也不服输。

吴若说："就凭咱们这一个地质锤，一个放大镜，两条腿就能找到金子？"

洪国说："几十年就是这么过来的，多少大金矿就是这样找着的，这是最基础的一步，没别的办法。"

反正，不管洪国怎么解释，吴若就是不信，有时还信一点，但也是半信半疑。今天跟着高峰老头，他也半信半疑。但他在高峰面前无话可说。特别是高峰爬起山来话也不说头也不回的架势，就使他有点害怕。爬到一个半山坡，高峰敲打一块岩石，然后用放大镜细看，那上面有黄铁矿化物，他说："吴若，你能把这块石头描述下来吗？"

吴若摇头。

"那还有什么不服的。"高峰边说，边往那硬皮本上记，然后根据测旗标志，把它记在地形图上。这些动作一完，他就把那块岩石装进自己的地质兜子里，继续向前走。这一段路是平地，但不长，又是一个陡坡，高峰问吴若："你能看出这山坡的走向吗？是西北，还是南北走向？"

吴若摇头。这一摇头不要紧，那两个兵都看着他，因为他早他们一年入伍，他不由自主地脸红了。

“地质，学问大了。我光书就啃了快半汽车了，你才啃多少，我光山路就爬了有十几万里，你才爬多少。好好琢磨琢磨为啥考试成绩合格了，没录取你，还不是因为你的脾气，你为什么非得打人一拳？”

“别提了，我后悔死了。但您老不知道，我最大的愿望就是考上学啊？按理，我无故打人已经错了，我到什么时候都认，可是，这机会这么难得，就让我白白地荒废了，给个机会都不成？”

“说得轻巧，这是部队，不是自由市场，自由市场你打人也不行啊！快收收心好好想吧，等明年干出点成绩来再考一次吧！”高峰对他也感到遗憾。

他们边走边唠，已经离驻地快二十里地了，高峰还是不停地走，意思得把这条勘探线跑完。登陡坡的时候，高峰一手抓住那树枝子，脚下蹬着石头坡，艰难地往上攀登。吴若想上去扶一把，可他还不如老头有劲。那两个兵也拉开了距离。高峰边登边回头，意思是别把石头蹬秃了滑下去，滑下去就得滚到不知多远，挺危险。他擦了一把脸上的汗，刚要迈脚的时候，他拽秃了树枝子，差点掉下来，幸亏又抓住了一根须子，这样一步一步登上了这一陡坡。这个时候，他们四个谁想帮谁一把都难。三个年轻人见老头爬上去了，鼓足了劲，也都上来了，累得上气不接下气儿。他们都得服高峰。这一爬，思想上好像有了许多转变。爬山，不只是体力的较量，更是一种意志的较量。

吴若说：“高老，那下山怎么下？”

“自有办法，能上得来，就能下得去。怎么，害怕了，这算啥？记得有一年我们在半山坡停了一天，上不去，下不来，那才吓人哪！”高峰对眼前的这点事根本没放在眼里。

他到过青藏高原，那时候他年轻，在那干了五六年，内蒙古、河南、山东都干过，是一个经历大山的人。他已把大山读得滚瓜烂熟。

再往里走，山坡是缓的，是往下缓，因此走起来轻松自在。高峰又掏出那烟口袋，边走边卷，叼在嘴上，吸得那样过瘾。吴若他们赶紧跑过来，围住他要烟抽，因为在这之前一个月是禁烟期，可把他们馋坏了。

光腚过河

在他们为抽一支烟而感到兴奋的时候，前面有一条河，有十四米的样子，水流湍急，不是清水，是浑水，上游一定是刚下过雨。他们都看着高峰，高峰二话没说，就要脱衣裤。这时，吴若拦住他，说："高老儿，我个大，我下去探个究竟。"说完，脱掉衣裤，一丝不挂地从边上慢慢地走进河里，刚迈几步就是一米多深，再往前到了脖子，水又浑又凉，他的腿几乎抽筋，但他很快就到了对岸。

于是高峰决定，带好地质锤、放大镜、地形图和地质兜，所有的衣服、水壶、饭包都放在岸边，赤身裸体把河岸那边五公里的地质图填完。

另一个战士挺有心眼，过河的时候，他把那半斤装的二锅头带上了。

几个人光腚蹚河，地质包举过顶，一个接一个，好不壮观。吴若站在对岸在等他们，他们个个如同赤身裸体站在冰天雪地一样。山里的水可真凉。

上岸后，高峰他们抖个不停，这时，那小战士把二锅头拿过来，高峰笑了，上去拍了一下他的屁股，说："你真行，挺大个傻小子还有点心眼。有了它，凉一点就不怕了，来，一人喝一口！"说着，他先喝了一口，又递给吴若，吴若喝完又递下去。

他们开始前进，一丝不挂，有的是黑皮肤，又粗糙，有的挺白，肌肉发达，有的就是没有肌肉疙瘩。高峰瘦得连肋条都能看出来。但腿上的肌肉结实得很。他们都光着脚，也不怕地上的草根树杈子和石头扎脚，一往无前。这支赤身裸体的队伍真是太难捕捉到了。吴若跟在最后，他想，这要是有相机拍下来肯定获奖。

他看着前面的仨人，个个滚圆的屁股，随着腿部移动的起伏，和那立体分明的身材骨架，真是一种原始的美，原始的快乐。他加快几步，追到前面的马国友跟前，伸手去摸肚脐下那东西，他就像触电一样迅速地往旁边躲。关大胜回过头来，高峰也回过头来，看着这场景好笑啊！关大胜还成了帮凶，上去凑趣，拽住了马国友的胳膊，让吴若去摸那东西。马国友也憋不住笑，吴若终于摸到了，还往上提了提，大喊："看啊，这'家伙'要发火了！"

高峰也停住脚步看，心里想：这些小伙子真能闹腾。

快乐一会儿之后，他们见高峰不言语地向前走了，他们也就放弃了闹，跟着往前走。在几个有标志的地方，高峰把岩石描述完，将标本装在兜里。又往前走，高峰回过头来往回走了几步，步伐均匀，他是在步量，然后说："这里布槽子！"槽子，就是槽探，挖到岩石部分，取样，化验，也是一种原始的笨办法。

"大伙别急，还有100米，两个测旗，我们就往回返。"高峰说。

他们一鼓作气，一点也不觉累。让烈日尽情地射透他们的肌肤。

描完了最后一块岩石，他们坐下来，那石头直烫屁股，吴若刚一着石头就蹦起来，一手拍拍屁股，坐在了倒树上。

蛇咬睾丸

高峰刚要说什么，一条蛇串出来。马国友来不及躲闪，睾丸被蛇咬了一口。他"哎哟"一声，用手拽起一看，一小块血印，高峰说："别动。"他趴下来，用嘴对着那地方，用力吸吮，吸一口，吐一口，一连气儿吸了好几口，尽管这样，马国友那地方还是很快肿起来了。蛇毒太大了。高峰掏出烟袋，卷上烟，然后狠劲吸了几口，将烟灰上到马国友的伤处。他给一个定心丸："没事儿，毒水都吸出来了，死不了人。"马国友的脸上吓得都是汗。吴若说："不是高老的烟可以防蛇吗，明天咱们改抽旱烟。"

高峰站起身，说："我们往回撤吧，背好地质兜，别丢东西，60多里的路，回到驻地也得黑天了。"

他们几乎是在跑。

山里的天气说变就变，刚才天空还是晴朗的，现在却下起雨来了。那雨淋湿了他们的头发和那一丝不挂的身体，天然淋浴，好不快活。只是马国友心里有负担，跑起来有点碍事儿。

又到了那条河，眼见河水往上涨，他们顾不得什么，蹚进河里，强渡。

如果再晚一会儿回来，所有的衣服都得被冲走。

老天爷给他们洗了澡，洗了衣服，他们还是穿上了。因为往回去不是往里走，驻地那边有女性。

帐篷里早就有人用大油桶一劈两半儿做的火炉给他们烧好了热水。

晚上9点多，他们才赶回来。孟丽听说马国友被蛇咬了，立即送来消毒水。李山刚要喊："你是怎么搞的？"一看那样子又咽了回去。高峰说："要批先批我，我有责任，是我带头没穿衣裤的。"李山啥话也没有了，蹲下来，说："我看看。"

好像消了肿。回头看高峰。高峰说没事儿。

地质兜防水，地形图没湿，高峰放心了。

李山说："高老儿，吃饭吧，吃完了早点休息。洪国他们今天更惨，小杨还摔伤了，好像骨头没事儿。"说完，他到帐篷外面去了。

孟丽也在这间帐篷里，只不过是间隔一层水龙布。

洪国他们已睡过去了。

雨夜，帐篷里的气氛也像这天气一样，潮湿、暗淡、沉静，想活跃也活跃不起来。这一天他们是太累了。吃完饭，洗罢，躺下就进入了梦乡。

原野里的梦

李山站在帐篷外，始终注意着孟丽那小屋处的灯光，他企盼她能出来一下，可是她却闷在被窝里看书，根本不知外边咋回事儿。李山的感情不形于色。他心里的矛盾如同这山里的雨声，杂乱到了相当的程度。他想老婆，不只是心里想，那感官也在想。可他的身份、地位与环境使他必须禁欲才行。堂堂正正，是连长的根本形象。假如这个组里没有女的，假如这个组里的女的不是漂亮的孟丽而是一个不想多看一眼的女人，你李山还能想入非非吗？难道洪国、吴若、小杨他们不想吗？高峰老头几十年了，都是这样过来的，也没见他变态、变怪啊！这里有个意识问题，有个思想道德问题。如果照你李山那样的想法，那么，全军将士里有多少两地生活的人，常年见不到女人的人会是个什么状态啊？职业，就确定了要禁欲，身份就决定了你不许胡来。

雨，一滴接一滴地滴在李山的脸上、头发上，那帐篷被雨滴声砸得更响，扑啦扑啦地，像是紧锣密鼓。李山又开始想以后几天的任务，十人的军饷，他们的身体，一切都想了个遍。他掀开帐篷帘脱衣上床，帐篷里的酣睡声一起一伏。这十人的帐篷，这十名武警黄金官兵的小窝，包容着多少灿烂的思想和多少灿烂的梦。

高峰若是绅士

大约半夜两点多钟的样子，高峰的困意和疲劳全已消除。他睁开眼睛，一片漆黑。他不声不响地挪挪身子，从枕头下掏出那烟口袋，卷上一支。这声响，帐篷里的人都不会听见，他们睡得正香甜。他们太累了，太苦了，太不容易了。这奉献的艰辛，外人确实难以想象，这奉献的快乐，外人更难以测量。高峰在寻找消失，消失了的，他才冠以珍贵。他的感觉也需要敏锐。他和他的战友们，在人们想象力达不到的地方，默默无闻地奉献青春、健康、生命乃至家庭。高峰很少回首往事，今夜他不知怎么搞的，心情像波涛，久久平静不下来，往事就像放电影似的一一再现：

列车在展平的戈壁沙原上行进着。铁路两旁的荒野，一望无际，假若没有视线尽头那依稀可见的山影，你简直想象不出沙原究竟伸展到什么地方。正是初冬季节，一层薄薄的白雪，像巨大轻软的羊毛毯子，覆盖在这广漠的荒原上，闪耀着寒冷的银光……

高峰婚后三年，第一次回家，心情格外高兴。他连出生两年的女儿的面都没见着过。而立之年完婚，三十多岁当了父亲，他还没从心里体会一下这做父亲的滋味。妻子的模样在他脑海里还是结婚时的模样。三年信来信往，寒暑春秋，思念断肠。此时，他坐在火车上，细细地回忆着和妻在一起的情景，可是有些细节怎么也记不起来了。大山的广阔，使他的心也广阔起来，粗野的大山使他的性格也变得更加豪放，但没过多时，他又渐渐走向沉默。“是那山谷的风吹动着我们的红旗，是那狂暴的雨洗刷了我们的帐篷，我们有火焰的热情……”那时候真就那样。

夜里十点，高峰拎着木耳和一包山货走出上海站，兴冲冲地直奔家去。家里是两间平房，和三年前没什么两样。他先是轻轻地敲了两下门，想给妻子和女儿一个惊喜。可是等了一阵，没声响。他又加重了力度，连续敲了几下，还是没有声音。他只好坐下来。大约有一刻钟的样子，门轻轻地被推开了。高峰立即站起来，立即抱住妻子，“张杰，我回来了！”

妻子披头散发，一阵慌乱，好像顾不得与久别的丈夫亲热，而是急急忙忙地说：“高峰，你千万不要，不要……”

“不要什么？”

高峰挪着她往里间屋子走，张杰欲阻拦而不能。

“高峰，我求你，求你……”

高峰说：“怎么不打着灯？”伸手拉灯。灯亮了，高峰愣住了。

床上坐着一个男士。

高峰明白了。

那男士欲走。

高峰拦住他，瞪起了眼睛。

张杰欲哭无声，万分尴尬，把头扭过去。

高峰什么也没说。走进另一小床边，亲亲熟睡中的女儿，转身离去……

他离开的时候，没有甩门，也没有踢的动作。沉重的打击击在眼里，击在心上，像雷、像电；但他没有发狂，他这种理智的举动，使屋里的一男一女愕然。他走后的屋里没有任何动静，但双方眼神在告知对方，后果是什么。她心里矛盾得很：我也是人，我也有血、有肉、有情感，我不能天天“守活寡”啊！这样的日子难熬到什么程度，他能理解吗？出现这样的事情，他无论如何是不能原谅她的。他俩是经人介绍后恋爱一段时间才结婚的，彼此间的文化和层次大致相同，越谈越亲密，越谈越亲近。那时，她在一家医院当会计，长得算中等人吧，不算俊，但也不招人烦，看起来挺文静的，也是大学毕业，挺上进的，里里外外评价都好。高峰和她恋爱的时候就同她讲过要忍受两地生活的煎熬，她说这你放心，这算得了什么。但随着岁月的流逝，“年年岁岁花相似，岁岁年年人不同”，她还是没能经受住外人的诱惑和纠缠，加之自己实在是无聊无趣，白天上班，照管孩子，孤单、寂寞，电视剧的刺激画面，和大街上的触景生情，使她在婚后接近两年的时候就开始和那男士上床厮混了。但她给高峰的信里仍然是情绵绵，思切切，对高峰都是一种安慰和寄托。她已无法再控制自己了，但外界并没有任何人发觉他们这样的行为。单位的人和邻居还夸高峰的媳妇真行，从不迟到早退，从不懒散，从没看她和别的人有什么，老实、厚道、能干，真对得起高峰。

高峰搭一辆三轮车来到了火车站，回来时拿的啥，这时手里还拎着啥，他一看表，还有三个小时才能有回去的车。他坐在候车室的大木椅子上，候车室里有灯，但灯光暗淡，烟气迷漫，空气混浊，几乎和他的心情一模一样。他微闭着双眼，身子稍往下缩，头靠在靠背上：三年后第一次登家门，便碰上这样的事，真是倒霉了。哪怕她是那样人，做那事别让我碰上，我也不会嫌弃她呀。搞地质的，有多少家庭不都是这样的命运吗？我高峰有什么了不起。可是这绿帽子竟然明晃晃地往我头上戴，我能接受吗？我可以理解她，但我绝不能再和她是这种名誉夫妻，我绝不再进这个家门，我宁愿打一辈子光棍。

他越想越气愤。人，怎么能是这个样子呢，怎么能愿意和谁上床就和谁上床呢？我算什么呢，我什么也不想算。一刀两断，她嫁给我，吃了不少苦，也是够倒霉的，我理解她，但我绝不能宽恕她。那么，孩子怎么办？待我认定，的确是我的血脉后，我会默默祈祷她健康成长，到了成年，我会助她一臂之力的。总之，我不能让孩子没有父亲。将来，她可能不认我，或像她妈告诉的一样，你爸早就死了，那我也不会有怨言。因为我毕竟没尽到作为父亲的责任。

整整二十三年，高峰与前妻及子女音信皆无……

高峰又悄悄地卷上一支烟，深深地吸了一口，前妻现在是什么样子，女儿是上大学了？参加工作？还是在社会上游荡？

大约过了五六年的样子，高峰老母又给他介绍了邻居家的大女儿，已三十有一，那时高峰已三十有六。女孩长得挺好看，勤奋、温和，在一家工厂上班，当统计员。两人早就听说过，见了几次面，双方没意见，一拍即合，春节结婚，简朴、顺利，都挺高兴。

媳妇现在和十七岁的儿子及婆婆三代人挤在市郊的一间 12 平方米的屋子里。高峰对家依然是没有任何责任，但老婆很好，老婆婆夸个没完，从内心里。

两个孩子怎么办？儿子能不能考上大学？这么多年苦了老婆，苦了孩子，苦了全家。

高峰全认了。

他又将自己的历史翻到了新的一页：

在一间不算小的会议室里，高峰在几十人面前，正在和一位权威人士汇报、解释和说明他对所在矿区的认识。

十七　高峰和科技进步一等奖

长条圆桌座无虚席，会议室的四周也摆了8个长条桌，无空席。

高峰面对的都是地质战线上的高手，大校、少将以上的就有二十多人。他感到了肩上的担子，但他信心十足，因为每一个点，每一个面他都到过，详细了解过。他站在圆桌的顶端，没有看出紧张的架势。他说："这一带，经过多次构造运动，岩浆活动剧烈，形成褶皱，金矿脉主要受近东西向的太要和老虎沟两条深大断裂的次级扭性断裂控制。"这时，他把挂在前面的大幅地质图上的布拉开，用一根楠木棒向前指点。"前人根据多年的找矿实践经验和对构造与成矿关系的认识，将小秦岭金矿田化为三个成矿带：即北部矿带，受五里村—安家窑背斜控制；中部矿带，受老鸦岔脑—娘娘山背斜控制；南部矿带，受仓珠峪—十间房背斜控制。也就是说背斜部位有利于成矿，向斜部位不利于成矿，且小秦岭金矿田所探明的金矿床，均集体在背斜构造的近轴部位。20世纪60年代到80年代进入该区找矿的地质队伍，一直沿袭并运用这一理论指导找矿。我们也曾根据背斜成矿理论，先后找到了仓珠峪、五里村、樊岔三处详查基地，并探获黄金储量5.011吨。"

以上高峰说的，与会者并不觉稀奇，是老生常谈，因此并没引起大家什么兴趣。有的不再看高峰指的图纸，有的干脆想溜号，看点别的。

这时，只见他喝了一口水，然后说："我向大家汇报的是：正好与背斜理论找矿相反的论点——向斜部位是否有矿？”

会议室顿时静了下来，坐在高峰跟前的权威人士也停住笔，仔细地听，甚至又戴上了眼镜。向斜理论在地矿领域里不说罕见，也谓不多见。

高峰说：“向斜部位是否有矿，众说不一，没有人敢于涉足，成为小秦岭找矿的一个‘禁区’。敢不敢踏进这个禁区，我经过反复思考，认为作为一名科技工作者，不能光吃前人的老本，不能怕担风险，要敢于站在前人的肩头上，冲破禁区，向科学要效益。于是，我和我的战友们一道，对小秦岭地区的地质资料进行了详细的分析、研究，花费了近三年的时间，终于敢于摆脱传统观念的束缚，提出向斜构造的近轴部位也是成矿有利部位，我们首次将小秦岭金矿带划分为四个成矿带。用这一理论指导，在西阴—雷家超向斜构造的西部地段，发现了出岔—乱石沟金矿区。该区矿脉成群出现，品位高，属于小而富的金矿床。又经过几年的工作，成为中型矿床已成定局，有望成为大型金矿床。目前，在构造向斜部位已发现中型矿床两处，小型矿床一处，有望矿点多处，充分证明了这一理论的正确性。”

那位权威人士带头鼓掌，望着高峰的脸由衷高兴的样子。他站起来说：“诸位，小秦岭金矿田，从发现到现在已有三十多年，那些自然条件较好、易于勘探的浅部矿体绝大部分已被发现。特别是近些年，这里找矿竞争十分激烈，找矿难度比以往任何时候都大，你们所面临的找矿局面也更加严峻。老高作为老地质，三十多年一直默默无闻。深感肩上的担子越来越重，压力也愈来愈大。如何在竞争中取胜呢？他感到首要问题就是彻底摸清小秦岭地区的成矿规律，尤其注重了对老矿区深部和外围成矿规律的研究。他坚信，只有掌握了成矿规律，用科学规律指导找矿，才能提高地质找矿的命中率，才能使我们这支队伍立于不败之地。老高的精神值得我们每个人学习。”

发自内心的掌声又响起。这掌声不正是由汗水、艰辛和拼搏才换来的吗？

高峰在一次列席党委会时，向支队长、政委非常郑重地提出："依我观点，抽调部分技术骨干，积极与兄弟单位'联姻'，开展成矿规律研究。"

他的建议很快得到了党委和首长的认可。他带领几个人从基础工作做起，在小秦岭进行大量地质调查，对所有矿床进行详细研究，搜集了大量的第一手翔实资料，以大量的数据和同类矿带上相同的矿床矿体特征进行比较、鉴别、总结，找到了小秦岭地区的成矿规律：一是成矿等高性，即矿体按一定的标高赋存；二是成矿等距性，即强矿化带与弱矿化带以一定间距交替出现；三是每个矿区都有一条主干脉，其脉体规模大，储量占全区60%以上。依照这一规律，支队在豫01队工作过的东闯矿区，选择507、520、504、501号脉进行勘探，探获黄金储量近30吨，提交了一个大型地质勘探报告和一个小型地质勘探报告。仅507号脉就探获黄金储量20多吨，使该区储量在原有基础上翻了三番多。同时，运用矿体等距性的规律，在老鸦岔与东闯矿区之间，发现了东墁—西长安岔金矿区，远景储量可达30吨，从而使支队在小秦岭的找矿工作取得了突破性进展。高峰他们与河南省地矿局共同完成的《小秦岭地质勘探科学技术研究的重大突破与发展》科研项目，获国家科学技术进步一等奖。

高峰那枚金质奖章一直戴在衬衣上。

这是大奖，他说大奖也不能吹牛。就这么个人儿。

东闯矿区是原豫01队早在20世纪60年代勘探过的老矿区，工作程度较高，已提交过储量8.519吨，后因进展不大放弃了该区。高峰他们进驻该区后，也开展了大量的工作，但也没有进展。

一位领导说："在这里继续工作远景不大，不仅要浪费人力、物力、财力，而且要花掉大量的时间。再说，原豫01队技术力量雄厚，若有前景，人家不会拱手相让。"

高峰一声不吱，怎么办？是退还是干？退，就意味着在小秦岭将无立足之地；干，若没有矿如何向上级交代？他想了许多，如何为上级决策提供有价值的东西，以至下决心上；上了之后，没矿怎么办，那可不是小小的浪费，几百万甚至上千万，还有那大量的人力，这可不敢开玩笑。几百名官兵的心和眼睛都在盯着他，盯着他就是担心他，他要是上，谁手里都捏着一把汗。

高峰没有急于下结论，而是以科学的态度，依据野外工作二三十年取得的经验、体会和技术人员一道查阅了大量的资料，对疑点、难点进行分析、比较、研究，最后，他在一次论辩会上几乎跳了起来："东闯矿区的远景是可观的。"他在分析了几年来之所以在东闯矿区没有取得成果的原因后，说："思想还没有解放，技术上还没有突破，工作程度和工作水平仍停留在六七十年代。"

一语惊人。老实巴交的高峰不鸣则已。

他给自己套上了枷锁，给自己前进的路设上了坎坎坷坷的障碍，高山大河，等待他跋涉。

高峰提出了东闯矿区的总体设想。上级拍板：重新投入力量。

领导说："如何加快探矿步伐，突破深部找矿，就看你高峰的了。"

高峰既没说首长放心吧，坚决完成任务，也没说试试看吧，就是个不吱声。

野外，景色宜人，但高峰的心里却旷不起来也怡不起来。他冒着胆子提出，就在预想部位的6—14勘探线间，用僮距深部施工钻来确定远景。

往山上运钻机，五台。

首长全力以赴，二百人齐上阵，站在山坡上组成长长的接力线，一个部件一个部件往上动。三昼夜搬迁，20里长的大山坡，有的地方又很陡，硬是身背肩扛，场面不亚于战争年代往高地运军火。

按高峰设定，布孔、打钻。十天后，孔孔见矿。高峰就是笑不出来，一个劲儿地抽烟，瞅瞅你又瞅瞅他，那就是高兴。

化验报告出来，品位都挺多。

高峰所在的部队站稳了脚跟。按高峰设计，他又随人马到老鸦岔金矿区施工 812 坑道。

大钻机高高矗立在另一座山头上。钻机不停，人员三班倒，开钻那几天，高峰每个班都待一会儿，吃、睡在钻机上，衣服脏得不用形容。东闯矿 ZK83 孔施工到 507 米，已到设计深度，见到一细小矿体。有人对高峰说："应停钻，不然劳民伤财。"

高峰很沉住气。俯在图板上认真地细研、分析，又是两个通宵。眼眶很明显凹陷。一天半夜 12 点，副支队长拿来一盒五香鱼罐头，几个鸡腿儿和半瓶酒，高峰拿起一个鸡腿就啃了起来，那情景如同多少年没吃到肉一样，很解馋，对着瓶嘴儿喝了一大口，边擦嘴边说："根据成矿规律推测，现在打的矿脉不是主矿脉，而是一个分支，主矿体应在下面。"

"那钻机已经搬到老鸦岔了"

"那也要马上搬回来继续往深层钻。"

这时膀大腰圆的机长说："算了，高工，钻机已经搬迁，花费够大了，哪像搬块石头呢，说搬走就搬走，说搬回就搬回。要是搬回来还不见矿，不但支队受损失，你也要承担责任，还要得罪不少人。"

高峰毫不犹豫，非常肯定地说："出了问题我负责。这是科学，这不是拿官兵们的辛苦开玩笑，这地方成矿条件十分好，一定能钻出个金娃娃。"

首长当即决定，搬回钻机，继续钻进。

一个月过去了。支队首长闷闷不乐，高峰的心也很沉重。打钻的战士汗流浃背。

这一钻，关系到部队储量任务的完成；这一钻，关系到对该区矿床远景的正确评价；这一钻也关系到高峰的判断是否正确。

钻机轰鸣，钻到517米处，见到了6.87米厚的金矿体，高峰如释重负，心中的石头也落地了。

他又用那老姿势抽起了烟。

后来，在那区施工80多个孔，见矿率达90%以上，是小秦岭地区见矿率最高的矿体。

高峰把别人折服了。

他自己还像没事儿一样……

高峰的回忆，划破了夜空，一点困意也没有了。他穿好衣服起床，用水桶打回水，放在那半截油桶做的大炉子上。

他很兴奋的样子。

“空山新雨后”。小朱忙着做饭。李山连长组织另外8人出操，围着帐篷跑了8圈。

然后，孟丽洗衣服。

洪国趴在桌头写信。

吴若也在写信。

国有才在另一间用木杆支起的简易房里值班。

高峰看到这些同居一个帐篷的战友，心里不停地闪现李山、孟丽、洪国、孟丽……

饭后，他们又开始一天的跋涉。

十八　精彩的世界很无奈

晚上回来，抗美援朝时用的无线电通知高峰去参加世界地质大会。全连兴高采烈，喝酒庆贺。他一夜没睡，别人问他在想什么，他说什么也没想。大家让他带信送到邮局。

连长李山让炊事员给高峰蒸了十个馒头，一包榨菜，想让新战士小朱和材料员小杨送高峰上路。高峰说什么也不肯。李山说：“这二百来里山路，万一碰到黑瞎子怎么整？”高峰说：“几十年了，什么没见过，我没事儿，再说：我这一去，本来人就少，工作谁干？他俩年轻，能出得山，进山遇到险情就没法办了，不像我这瘦老头，啥也不怕。”

连长无奈只好应高峰意志来，心想也没什么事儿。

他走了两天一夜，踉踉跄跄。那望不到边际的起伏的大山，象大磨盘一样粗的松树，还有那必须要蹚的大河、小河，谁在这样的环境里，心都得抖抖颤颤的。走累了，就在那倒木上坐一会儿，夜里怕迷路，就找个有石头又有乱树的地方仰躺着似睡不睡。他连滚带爬地走出了山林，拦住一辆拖拉机坐到有公共汽车站的地方等了近两个小时才有车来，好不容易才挤进去。里面的旅客全是山里人的打扮，山野的气息充满空间。

军装在上路前就早已整齐地叠好用牛皮纸包着放在水龙布地质包里。他穿着一身老式的军装，领钩系着，黑白杂乱的头发，黑瘦黑瘦的长瓜子脸上胡茬子像小毛刷，那眼边的鱼尾纹记载着他常年野外山林生活的风吹雨打和太阳晒的痕迹，脚上着一双军用胶鞋。8 月的天气，他这一身打扮，着实叫人看了觉得有点怪。

颠簸的山路，前呼后拥，里边的空气几乎让人窒息。但旅客们谁能知道，他是武警的大校呢？他眼睛不太大，但并不呆，转来转去的，唯独这闪光点能看出他生命的活力来。

下了汽车，走进火车站，又是一夜的火车，第二天下午才赶到环城。面对林立的高楼大厦，他眼神不够用似地左看右看，有时仰望那二十几层大厦，一会儿又盯住行人那潇洒的时装。几十年的职业习惯，爬山钻林，总是留神。如今回到城市，如同野人来到新的世界，眼花缭乱，心绪不宁。他喜怒不形于色，故而看不出是高兴还是不高兴。

擦肩接踵的人络绎不绝。

高峰本来个头就小，肩上挎着那个鼓鼓囊囊的大地质包，衣服甩甩搭搭的，显得极为邋遢。他倚在铁栅栏上，想休息一会儿，从裤兜里摸出一个白色的样品袋，卷上旱烟，深深地吸了一大口，看样子很过瘾。

在他好像是沉思默想的时候，两位巡警背着手站在他的面前，严肃的面孔使他好生纳闷，于是他左右看了看，并没有什么，然后他又上下打量这两位警察。这时，已围过来十五六个人了，那些人的眼神仿佛在看一个猴子抓虱子似的，探头探脑的。高峰立刻把烟头扔在地上，又狠狠地踩了一脚，欲离开。

这时，两个巡警上去一人拧一只胳膊欲架走。高峰说话了："我怎么了，你们凭啥抓我呢?"

小个儿警察上去就是一撇子："你他妈的东张西望的，像个贼似的。"

高峰的嘴角已经出了血。他长年出没深山的缘故，一天到晚话语很少，本来声调就不高，他一边挣脱一边用力喊道："你为什么平白无故打人，我找你们领导!"

大个警察照着高峰的小肚子就是一脚，高峰顿时疼得直冒冷汗，浑身哆嗦着，怒目圆睁，气得他眼泪都止不住了。他瘫了下来，几乎坐在了地上，但警察还拧着他的胳膊。

这时，那大大的地质包掉在了地上，一警察去拎时，一个锤子和一个小黑皮本掉了下来。另一警察用脚把锤子踢到一边儿，又用另一只脚把黑皮本划过来，翻开，然后又把目光移到高峰脸上，又看看小本，手松开了，傻了，马上把嘴贴到另一警察耳朵边，又把本递到他眼前："不好，他是武警大校。"他俩想，这大校怎么能是这个样子，像个小偷，又像个要饭的。他俩忙把他扶起来，拍拍身上的灰土，然后把锤子和小本装进他的地质包。装包时，那警察看到了武警大沿帽。一警察忙从人堆里挤开，拦了一辆桑塔纳，想扶他上车，意思上哪儿都送去。高峰睁开眼睛，摸摸包儿还在，然后瞅瞅两个警察，气愤地说："走吧，找你们局长去。"

两个警察很下不来台，一再道歉，"首长，我们误会了，请首长原谅。”

“这一撇子一脚，原谅二字就过去了？我要告你们。警察无故抓人打人？警察不是保护人民群众的吗？我犯了哪一条了，你们抓我打我，我是武装警察部队的一员，我要捍卫我的尊严，捍卫人民的尊严。说抓就抓，说打就打，还有没有王法，老百姓你们也不应该打啊！”

高峰的义正词严，使围着看热闹的人很有同感似的，一阵寂静，不由得对这位干瘦的小老头肃然起敬。

这时，高个儿警察说：“好吧，首长，请上车吧，先到我们局里再说。”

高峰坐进了桑塔纳车里，车启动了。

高峰对他们两个说：“不要动不动就骂人打人，我儿子都比你们大了，就说我没穿军装，凭我这把年纪你们也不应该打呀。我们穿着这身衣裳，头上顶着国徽，就得对得起这荣誉啊，不然，我们不是连国民党、黑狗子都不如了吗？”

两个警察面红耳赤，小个儿说：“我们这儿常有些小偷什么的，对他们客气不行。哪知道您老人家是大校啊，还没见过您这样的大校，怎么也没个车来接您啊！”

高峰紧闭了一下嘴，无可奈何的样子，说：“小伙子，可不要以貌取人啊，我是刚从山里连走带坐车走了三天两夜才到这儿，换车去北京开世界地质大会，你们要是打伤了我不要紧，耽误了开会怎么办？”

大个儿说：“实在对不起，首长，你对我们提出什么条件都不过分。我们年轻，的确是素质太差。我们先领您到医院拍个片子，身体要紧。”

高峰的心怕软不怕硬，说：“不用去了，有这句话就足矣。”说着，一只手又紧捂着肚子。然后，他又说：“我想，我也不用去找你们局长了，你们还年轻，以后的路还很长，要是告你们，轻则是个处分，重则就得调离岗位，至少不让你们再穿这身衣裳。都是为了生存，打我事儿小，可别再打别人了。就是你们再有背景，父母或亲属官儿再大，有再一再二，那再三再四还能行吗？话又说回来，就是找到你们局长，我也不知道你们啥关系，当着我的面把你们训得狗血淋头，是我也解恨，可等我一走，再拍拍你俩的肩膀，别说是打他这样的大校啊，再大一点又有什么了不起！我哪有那时间跟你们打官司。”

“你老头还挺行的啊。”高峰的话说到他俩心里去了，“你老是个明白人，我佩服。”大个儿说。

“佩服我干什么，我常年钻山沟，认不得几个人，只认得石头。好了，靠边停下吧，我下车找个地方住下，明早坐火车上北京呐！”高峰心胸就是这样。

车停在了路边，高峰下车，两巡警也下了车，握手寒暄，大个儿说：“首长从北京回来到车站找我们，我姐也是武警。”说完上车关门。

车刚一开，高峰才醒悟过来，刚要问“你姐在哪儿，叫什么名字”，车一溜烟似的开走了。

高峰站在路边一动不动。他眉头紧蹙，感触颇深。在野外的山里，空气是新鲜的，连树木、石头、河流好像都带上了人的滋味，纯朴、真诚，没有吵闹，没有争夺，甚至没有碰撞，自由自在，你干好你的工作就行了，没人管你的衣衫是否破烂不整。那林立的大厦有高有低，不正和起伏的山脉成正比吗？楼房里带着活跃的思想，语言的交流，感情的碰撞和心与情、灵与肉的交换；大山里不是藏着沉寂的宝藏，默想的人群、孤独的冷月和麻木的神经、执着的追求和企盼吗？

高峰深深地叹了一口气，仍然东张西望地瞅着，走着。

走近华侨大厦，站在大门柱子前，雨棚下，端详着那肉红色的柱子和黑色的大理石地面，他研究石头一辈子了，见到建筑物上的东西，都揣摸一会儿。想改变他的习惯，就得换了他的神经。

他站在自动玻璃门前，欲用手去拉，然后又推，门无反映。他抬头一看，“衣履不整，严禁入内”映入眼帘。他往左挪了两步，后面的人只在门前稍等，门缓缓启动。他明白了，这里不接纳像他这样的山里人。

高峰把地质包从左肩换到右肩，往背街里走去。背街的环境和正街相比如同两个世界，从垃圾箱里飞出的脏纸和脏物随着风向飘摇着，有时落到你的头上和身上。高峰心里想：这城市哪比得了大山，大山里多干净。

往前走了不远，路的拐角处有一旅店，门口坐着一个胖胖的女人，头发像绵羊毛卷，圆脸上镶嵌的两只眼睛由于胖的原因一笑便眯成一条缝，手里拿着个荷花扇子，穿着个带有红色大圆圈的连衣裙，膝盖以下全裸露着。她的周围倒的全是水，地面是湿的，好像还有饭粒、菜叶什么的，旁边的板帐一块白一块黄的，如同常年泡在碱水里一样，毫无疑问，肯定是旅客撒尿的地方，臭味不时扑来。门的不远处，好像还有粪便，苍蝇飞来飞去。

在这一瞬间，这些景象映在高峰的眼里，他想：这里一定很便宜。他往门口走近几步，往里面打量着。

那胖女人并未注意他。

高峰欲问胖女人，只听里面传出一男一女的吵声："还差二百元钱，掏钱，你想占便宜白占啊！"

"开始不是说好了的一张？"男人的声音。

"你把我当成什么样的人了，现在哪还有这价儿。"

男人无奈的口气："那么再加一张行了吗！"

"不行，不然我就告你！"

……

高峰没等听完，便小跑似地离开。他的心怦怦跳，庆幸自己没进去。山里人的情感虽然带着麻木，但毕竟带着原始的本质，不说一触即发，也差不多点火就着。高峰这辈子只啃书本、研究石头了，麻木的神经里还有没有哪一根能清醒着、灵敏着呢？

他小跑了大约有一里多路，没喘也没汗。他眼睛有点发直，不比在山里听到黑瞎子跑声和吼声心颤差多少。爬山遇险，他咬咬牙就上去了，河水使他的四肢抽筋，百米宽的河也能趟过去，一天一夜不吃饭，也能从百里外的施工点返回驻地。假如遇到这条河呢？这可是带色的河啊，对于常年出没于原始森林的人，对于常年嗅不到女人肉香的人，在这像强磁场一样诱惑力和吸引力四射的环境里，能不能也像爬山、趟大河、斗野兽、耐饥饿一样挺过去呢？假如遇到这座山，这可是五颜六色的山啊，对于生活在缺氧的世界里的人，对于体魄健壮、器官无缺憾的人，在这新鲜空气的世界里，丰富多彩的世界里，在他即将被污浊的空气室息前突然有一泓甘泉出现，他能不狂饮吗？能不扑进这温暖软绵的大山里酣睡吗？

高峰的心里很沉重。他低着头，走得特别慢，仿佛有生以来步履从未这样慢过，心的沉重落在脚上更加沉重，怎么比爬山还慢。

走着走着，路边的一家小餐馆香味奔来，而且有音乐响起，高峰听来是那样新鲜：

“花瓣泪，藏在蕊中空把花期都错过，你的心忘了季节从不轻易让人懂”，

“春去春会来，花谢花会再开，

让梦划向你的心海……”

一曲接一曲，高峰无心欣赏，心想，现在的歌也变味了。

他无意吃饭，急需找个地方睡一会儿，虽然有两个小姑娘来拽他，但他坚决拒绝。

这世界变化太大了；

这世界变化太快了；

山里人能跟上这样的节奏吗？

不远处，有一门楣上挂一牌匾“便民旅店”，门外洁净，有一红牌白字“区卫生先进单位”，也确实窗户挺干净。他不假思索便走了进去。开票的是一个小姑娘，笑得甜甜的，让人看了挺顺眼，她上下打量

着高峰，然后说：“住宿吗。有两人间的，一床30，有四人间的一床15，也有8人间的一床10元。您看，住哪屋？”

高峰的级别可以住宾馆，他早已是6级高级（教授级）工程师了，如果编制允许，他可以晋到5级了，5级就相当于副军了，副军就跟副省级差不多了。

高峰想，反正是睡觉，有个地方就行，说：“住十元一宿的吧。”

“叫什么名，住几天？”姑娘问。

“叫高峰，明早就走。”

“交十五元，那五元钱是钥匙押金。”

“你们也不看证件？”

“小旅店，不用看那玩意儿。就是坏人还能坏到哪去。”

说着，姑娘拿着一大串钥匙领着高峰往里走，一段走廊又往左拐走了几米，打开一间门，对高峰说：“这屋你是第一个客人，选个好一点的床吧。”

高峰点点头，说：“谢谢，就住靠窗户这床吧。”

姑娘走后，高峰拿出牙具和茶缸，老式的墨绿色军用茶缸，一点漆都没掉，像新的一样，已伴随他十七八年了。他还想把军装和大檐帽拿出来挂在墙上，可是连个钉子都没有，心想，睡醒觉再说吧，又放到了兜里。

他来到洗脸的小屋，刷了牙，洗了脸，刮了胡子，顿时好像年轻了好几岁，也精神了许多，又洗了脚，这是多年在野外养的习惯。回到房间，往床上一坐，掏出那“样袋”卷了一支烟，有滋有味地吸开了，眼神随着那烟雾缭绕。一支不够又卷一支。然后喝了一口水，脱掉那上衣，就躺下了。他觉来得快，无声无响，没有一点别的动静，很快睡着了……

约莫有两个小时的样子，门轻轻地被推开，随后悄悄地走进来一个30岁左右的女子，披肩发、红唇、黑眼圈，长得不赖，个头不矮，高跟无带凉鞋，紧身粉色T恤，黑裙超短。走到高峰床前，先是蹑手蹑脚探视他是否真睡。高峰的确睡得很死，又很平静。她屏住呼吸，然后坐在高峰的对面床边。她脸不变色心不慌。过了一会儿，还不见高峰醒来，她急不可耐，便一把搂住高峰的脖子，在脸上狂吻。睡梦中的高峰被惊醒，下意识地一把推开这女人，惊呼："你干什么？你是什么人？"差点把她推倒在地。他坐了起来，脸上留下了好几个红圈。

"没什么，交个朋友嘛，你一个人不寂寞吗？"女人娇声怪气地对高峰说。

高峰立即穿鞋下床，怒目圆睁，"你是什么玩意儿，给我滚！"

那女人马上装出可怜的样子，眼泪来得也快："请大哥可怜可怜我吧，给不给钱都行，我们做一次吧。"

"你再说，我把你打出去，要不我就报告公安局。你年纪轻轻的，怎么干这见不得人的事儿，你爹妈就让你这样干？我没看错的话，你也是丈夫的妻子孩子的妈妈了吧，你为了那几个臭钱，干这伤天害理的事儿，怎么有脸见人！"高峰既可怜这样的人，又痛恨她。

这时，只见那女人说："我管那个，现在是笑贫不笑娼，只要有钱，黑的可以变成白的。你不是人啊，少跟我装正经。你拿钱，拿二百元钱，不然我就说你强奸了我。"

"你敢血口喷人，我把你抓起来送进去！"

"你送我，我先送你吧，你看你的脸上，你想抵赖也赖不掉。在这方面，你还嫩！"女人步步紧逼。

高峰哑巴吃黄连，心想：今天，我是遇到鬼了，怎么这么倒霉。谁能告诉我这是为什么？他感叹这世间事多变迁。

"你走吧，不然我不客气了。你不知道我是干什么的？"

"不行，拿钱，不拿钱，你休想安宁。"

"好吧，我给你钱，要多少？"

"二百！"

高峰拿过地质包，打开，把大檐帽拿出来，然后，又把牛皮纸包打开，铺开军衣，此时，他的眼里已噙满了一汪泪水了，他的心像被拳打了一样，痛得厉害，心在流泪。

当他拿出钱来回头看的时候，那女人早已跑开了。

其实，当他把大檐帽摆出来的时候，她就跑了。她们这样的女子怕国徽、怕有骨头的人啊！

高峰想，这个女人怎么挺面熟，能在哪儿见过呢？不可能，因为除了照片就没见过更多的女人。

他又卷上一支烟，一口吸进去半截。

他开始了沉思默想，真正的沉思默想。他目光呆滞，心里很酸。他后悔自己没把大檐帽摆在床上，军装放在外边。

于是他决定，明天上火车时一定把军装穿上。

去北京的列车和去山里的列车是两个模样。

北京真大，那是一流的天，一流的地，文明程度让高峰陶醉。

坐在大会堂，那穹顶的灯光，洁净的桌面和地面，那丰硕的科技成果。他灰色的心又亮了起来。“自己苦不怕，就怕更多的人苦。”他心里这么想着。小组讨论的时候，他心里还装着最高层首长的接见。他又重提那科技进步一等奖没什么，是大家的智慧。

高峰在北京开会，在房间里抽老旱烟，在走廊里都能闻到味。服务小姐好生奇怪：这是什么味？打扫房间才发现是有人抽旱烟。这么高级的宾馆，高峰做梦也没看见过，就像农村的老百姓到了美国，超前了一个世纪。但他住不惯，那席梦思床垫不如他在山里几根小圆木一拼凑，上面铺上毛毡再加个褥子；那卫生间，不如在野外一边用树枝子打蚊子一边方便；那盆浴和淋浴不如用半块大油桶做的炉子烧得通红通红把水烧热，赤身裸体用毛巾擦……

高峰最大的收获是开了眼界，知道了世界其他先进国家地质科学的发展与进步。他总想回来，可会期和内容不许他回来，总共没几个穿军装的。他心里惦记着山里的工作……

十九　吴若的心跳历程

高峰去了北京，山里缺了一个大主力。李山不得不调整阵容：洪国到这个组代替高峰，领着吴若、马国友和关大胜；这个组由孟丽牵头代替洪国领着杨立三，除电台小周外，炊事员朱合华也得上，好在有李山参加这个组，工作上就不怕艰险了。上冻前，得把任务拿下来或者说粮食吃完之前得把任务拿下来。

洪国在业务上提高很快，虽不能跟高峰比，但这把手也是成手。这三个小兄弟也挺服他，一看他精干、利索、有两下子，体力也比他们好，他们都很佩服；他对他们也关心照顾，工作不到一上午，就亲亲密密了。吃饭的时候，他们一会儿让洪国喝自己带的水，一会儿洪国又让他们吃自己带的饼，战友战友亲如兄弟。

歇气儿的时候，唠起个人的身世，他都能说出个一二三。吴若最愿意和洪国唠嗑，洪国也愿意跟他唠。当他得知洪国是东吴的，自己是北山的，两家相距不到五百里时，攀上了老乡。

洪国问："吴若，有对象吗？"

吴若毫不隐瞒地说："还不能说是对象，就算好朋友吧，她对我挺好的。现在承包我们县的炉具厂，当兵前我还在那里上过班。"

"一定很漂亮吧？"

"还行吧。"吴若回答得挺实在，然后他又问："洪工，您有对象吗？"

洪国沉默了一会儿，说："就算有了吧，谈了不到半个月，彼此印象不错，在合力尿素厂当厂长秘书。"

"那一定是出类拔萃的了。哦，合力尿素厂，那是很有名的厂子，我对象和他们那里有联系，她爸妈和那厂长是老同学，她曾去求他办过事呢？说不定还见过呢？”

他们说一会儿，走一会儿，既没影响工作，又不觉得累。

洪国向吴若讲了自己的经历；

吴若也毫不顾忌地敞开了心中的门窗，使洪国尽情地了解自己的出身、成长过程和理想。他说：“去年我打了人，考试第一也没取上。今年不让考，明年还有一次机会，我一定争取到。因为我做梦都想上学。不然我对不起我父母，对不起我的朋友，也对不起自己。不争（蒸）馒头，也要争（蒸）一口气。”

洪国从心理佩服吴若的志气，虽然年龄比自己小，学历比自己低，但总是充满热情，愿意听他讲下去。晚上回到驻地，他俩向李山请了假，到一个小河边坐在那石头上，也不顾蚊子、瞎蠓叮咬，唠得热热乎乎……

在浩渺宇宙中有一粒尘埃——太阳系。尘埃中还有更小的尘埃——地球。微不足道的生命所占的一方土则是尘埃的尘埃了。

人类在自己力所能及的空间内创造着自己的生活氛围，日复一日，年复一年，延伸着。尘埃中有一方土地，全是平原。淌油的黑土地上长满了树。树圃里，并排着破旧的草房，草房里住着并不觉得破旧、简陋的人。

吃晚饭的时候，吴老二把大儿子吴若掉在饭桌上的大米饭粒用筷子划拉到自己的碗里，心疼地说：“粒粒皆辛苦啊。”说完，把盘子里仅剩的大头菜汤倒进碗里，两口咽了下去。吴老二并非有多高的觉悟，祖祖辈辈就这么要求的，就像老天爷不允许糟蹋大自然一样。

吴若已经十八岁了。他对爸爸的举动已能理解，说：“咱啥时候咱们也能天天吃肉菜？”

这应该说是祖祖辈辈的理想，但可望而不可即。到了这个时代，乡下青年冒出这么一点自然的渴望是可以理解的。“那可不容易，”胖圆脸上布满憨厚的妈妈说：“饭能填饱肚子就烧高香了。”

这两间破草房里的五口之家，看来清清楚楚，没什么讲究。黑土地创造并养育了他们。他们是组成大地的几粒微尘，任何一个器官，都能散发出泥土的芬芳。

吴老二脸挺黑，褶子挺多；头发散乱像草堆在那里一样；眼睛不大，透着血丝，有点红；上身穿了件褪了色的破涤卡，下身着一条破军裤，也没穿袜子，看不出是吃商品粮的林场工人。他的大名叫吴里章，在家排行老二。吴老二已代替了他的大名，四方上下没人再叫他吴里章，也很少有人知道。他当了六年兵，修铁路挖土方，吃了不少苦，退伍回来分到林场，一个月 32 元。大自然赐给这微不足道的生命以风以雨同时亦有光；黑土地赏给吴里章以根本以贫穷同时亦有愚昧。难道像吴里章这样的人就看不到太阳的微笑和乌云的怒容吗？就听不到星星的絮语和弯月的啜泣吗？就嗅不到霞光的芬芳和余晖的温馨吗？吴老二十二三岁时就在野地里放猪，同时挖回一些野菜，撒上点盐，就着一个大饼子吃得特别香甜。跟大人们坐马车遇到大雨，路上泥坑遍是，车陷下去，他抬车的时候，用的力抵上一个壮劳力。和名叫臭孩的伙伴打架，爹来打他的时候，木棍子都打折了，他站在那一动不动。回到家老头和老太太训斥他："真傻，打你就跑，不就打不着了吗?""不怪我，往哪儿跑?"嘴自小就这么硬。在部队上，天不亮就起床了，打水、扫厕所天天如是，默默无闻，谁也看不到。等连长弄明白的时候他退伍踏上火车了。正因为他对什么都视而不见，听而不闻，所以，不惑之年的他毫无叹息。

他有一个姐，一个哥，三个弟弟。老父亲常年有病，一到冬天就上不来气儿。母亲显得干练，在家里主政，心里很有数，腰板挺直，往后梳理的黑白混杂的头发，有时戴个破花镜缝缝洗洗，走起路来很麻利。五个儿子，一个女儿在她面前，毕恭毕敬。因她言传身教，儿女很服气，其中老二最孝顺。

八口之家，能填饱肚子，挺难的。吴老二就上过两年学，连自己的名都写不齐。别看他文化不高，但心里挺有数，恰好和贾宝玉的“纵然生得好皮囊，原来腹内草莽”相反，他却表面像草，腹里藏金。你要说他素质特别高，那得看他以后的造化，因为文化层次太低，就势必影响他的眼界和前程。

收拾完碗筷和桌子，吴老二让儿子吴若到草甸子上打柴禾。吴老二叫吴若把镰刀、耙子放在手推车上，用气酒瓶子装满了凉水，自己拉起车子，让吴若坐上，就快速地往离家近十里地的大草甸子上赶去。

“小若，再打上几天柴禾，今年冬天就能过去了。我们林场还能分点木柈子。”

“爸，冬天征兵的时候，我去当兵吧。一天到晚跟垄沟打交道的日子我看只有当兵才被不住能换了。”吴若央求爸爸，那时当兵就是他的理想。

“当兵也不是很容易的事。我没文化，你们哥几个学习也不行，我看就对付干活算了。”吴老二的悲观和满足，显然是对儿子的一种泄劲。

“还想有出息，你看，我拉你走了好几里地了，你就不知道说换换爸爸，让我坐车，你拉车，真没长心。”吴老二说了一通，儿子吴若马上下车，接过车把，让爸爸坐车，跑了起来。路不好走，下雨后那泥土路轧出深深的辙，一下子误住了，使劲拉也不走。吴老二只好下车帮着推，最后简直是抬起来了。没走多远，吴老二发现左胎没气儿了，上面扎进去一个大钉子，“真倒霉，快回去取胶水和气管子。”老二急眼了。

吴若说：“火儿有什么用？您先往草甸子上去，把车子先放这儿，我取回气管子和胶水整完了，再追你呗。”

“说得容易，你笨手笨脚的，会整个啥。”老二打心眼里看不起这个儿子，但还是照着做了：“快点跑，别磨磨蹭蹭的，我去打点儿。记住先用水把胎洗净，再粘。”

“知道了。”说完便一路小跑地往回赶。

老二拎着老镰刀，嘴上叼着烟，肩上搭件破布衫，穿在身上的破背心又脏又有大口子，一双沾满了泥的破黄胶鞋，连跑带颠地来到草甸子，找了一块很好的长得很高很密的地盘，往手心里吐了一口唾沫，提着镰刀打起草来。半个来小时，埋头苦干，看来想要把这里的草一口气打完。

天，有点发暗了，日头早已落山，唯有一点余晖抹在天边。约莫有一个钟头，儿子吴若拉着车子过来了，看见爸爸打好的柴禾已有三四十米，心里一阵欢喜，便弯下腰开始打捆。他捆柴禾的速度很快，不一会儿，追上了他爸爸。吴老二那脸上的汗珠儿像水泼上去似的，滴滴往下淌。他顾不得擦一擦，回头一看，吴若来了，才喘口气，用胳膊抹了抹脸上的汗，顺口问一句："怎么才过来？"

吴若没说什么，从爸爸手里接过镰刀，麻利地打着草。吴里章一看和他年轻的时候动作一样，才勉强地笑了笑，拎着酒瓶子就把半瓶子凉水灌进肚里，到车子上拉起耙子在已捆好的柴捆旁边拽来拽去。

天，有点黑了，爷俩开始装车，不一会儿，车上就成了一个长方形的小柴垛。用绳子勒好，吴若在前面拉，吴里章在后面推，这十多里路怎么也得走一会儿。约莫走了四五里路，吴若喊爸爸："歇会儿吧。"

"都是蚊子，还不喂蚊子啊！"说完，上前把吴若让到后边，"你推，我拉，慢点走就是了。"

吴若想：从爷爷那辈子就这样一天到晚干啊干，吃啊吃，睡啊睡，爸爸还是这样，我呢？我十八了，我这辈还得这样吗？什么时候能熬出个头儿？让两个妹妹也得这样吗？怎么就不能吃得好一点，穿得好一点，住得好一点呢？他边想边用力推着车子，脸有点发烧。这样的想法若是让吴里章和他妈赵贤琴知道，那还了得！一个老农民、老工人家的孩子，岂能有这样的奢望？真是太懒太不知趣，大逆不道，异想天开，简直是想吃天鹅肉的癞蛤蟆！

吴老二不管不顾地拉车向前走，突然被横在路上的一块木头撞了一下，绊倒了，膝盖触地，又往前滑了一二米，等吴若过来把他扶起来的时候，拽起裤子用手一摸，黏黏糊糊，“出血了，爸。”“没事儿。”可是抬也抬不起来，还真有点疼。一瘸一拐往前吃力地走了几步，不得不停下，“不行，疼得要命。”

吴若说：“那你慢点往家磨蹭，我把柴禾拉回去卸了再来接你吧。”

“你先走吧。”

吴若拉起车子快步往家赶。

吴里章往前挪了几步，不得不蹲下来，脱下破背心把膝盖扎上，血沾满了裤腿。“真他妈倒霉，怎么那破木头非得拌到我的腿上不可？”连累带疼，他头上的汗又往下滴。若是一般的疼吴老二是不在乎的，眼下，用“疼得要命”来说疼，一点也不过分。他干脆坐下来，一动不动了，从裤兜里摸出一根烟，点着抽着。“快到秋了，这腿要真他妈的不能走了，可就麻烦了，那点苞米、那些木柈子谁来往家收？看来就是受穷的命。”

这时，迎面过来一辆马车，走近一看，是邻居冯三和崽子。崽子下车一看，喊起来，“老二，你在这儿干啥？”

“腿碰坏了。”

冯三下车：“快，我看看。”

老二腿有点肿了：“走不了，钻心疼。”

“快，抱上车。”冯三说完和崽子把他弄上车。

车拐回来，往家走。

“老二，你要是趴下了，你这个家可就够呛了。”冯三不无担心地说。

“可不是，不知道骨头折没折。”老二说。

“我家有红伤药，吃上没几天就能好。”崽子说。

“没事儿，老二，我帮你拉几天木柈子，就没啥累活了。”冯三说。

“哪好意思再麻烦你啊，你家也那老多的活儿。”

“咱谁跟谁？”冯三又说：“明天你上不了班，场子里的事儿我包了，你养两天再说吧。”

吴若拉着他妈快速地跑来了，一看吴老二在马车上，正和他们说着，心里一块石头落了地。

“二大娘，快上车吧。”崽子说。

老伴上了车，看了看吴老二的膝盖，“敢动不？”

“动不了，疼得够呛。”

“被不住伤着骨头了。”

“那可就麻烦了。”

吴若坐在马车后边，用手拽着车把，头也不回。他心里挺沉的。他有他的小九九儿：爸爸腿要是不行了，他当兵的事就泡汤了。他真是从心眼里不想再在家里待下去了。念书不行，农活不行，体力也不行，不算废物也差不多。更主要的是他不想干，不想这样活。他要换一种活法。只可惜，脑袋里该装东西的时候没装该装的，却装进了一些糟粕。念了六七年书，连一本完整的书还读不下来，写封信错字连篇。但是，他却有了思想，有了一种超乎寻常的思想：摆脱穷苦，摆脱农田，摆脱家园……至于能不能摆脱愚昧，那就看他的基本素质了。

马车上的人你一句我一句地唠着，冯三爱逗笑话，对老二的老婆打开了话匣子：“二嫂，二哥这么能干，你给他做啥好吃的了？”

“哼，能填饱肚子就不错了，还有啥好吃的。”二嫂不是哭穷。其实，他这个家就是如此，不喝西北风就算不错了。

“那可得心疼二哥呀，要不，他可没劲了。”

“你看你俩，你二哥疼得难受，还有工夫逗笑话。”二嫂心里不耐烦。

这时，吴老二突然喊：“你们看，前面那块有火苗子！”

他们惊讶地向前看去。

“不好，二伯，那是你家的房子。”崽子非常肯定地说。

吴老二猛地一下站起来，那膝盖的疼只有这时他才不觉：“贤琴，你来的那会儿，灶坑里的火灭了吗？”

“哎呀，我煮着苞米渣子，二妮儿和她妹妹在灶坑里烧苞米。坏了，坏了，屋里有一堆麦余子。”二嫂六神无主慌张地想起来了。

冯三用鞭子狠狠地抽着马，马车快速前进。

吴若扔下手推车，像跑百米似地往家跑。跑到村里一看，正是他家房子。一大帮人正往上浇水，左边那间已经落架了。吴若正要往屋里闯，一下子被人抓住：“你不要命了？”“我妹妹出来没有？”“早把她俩抱到老李家去了。”“烧着了吗？”“头发全烧没了，别的地方没事儿。”

吴若把旁边的一桶水举起来从头到脚浇了个透，然后，还要往屋里钻。这会，他妈赶到了：“小若，要塌，要落架，不能再进去了。”

吴老二呆了，呆若木鸡，一动不动。

赵贤琴遇事不慌，对冯三说：“把你二哥先拉到你家去吧。这房子是完了。”

崽子扶着老二上了马车。

右边这间房子也落架了。

火是灭了，但冒着烟，全屯的人几乎都来了。

“真够老二呛，越咸越加盐。这一家真够倒霉的。”

“老二老婆省吃俭用的，这下也全完了。”

大伙你一言我一语地议论。

吴若已经看不出来脸上是水还是泪，痴呆呆地站在那，一动不动。

赵贤琴被大伙围着，有的劝她，安慰她，让她到自己家里住。二嫂真是能沉住气，一声不吭，泪水从眼角里沁出来，鼻子酸酸的，口紧闭着。“没连累着别人家吧？”她问。

“没有，就你家惨。”有人告诉她。

“快走吧，二嫂。”她的四弟媳来喊她：“咱妈让我来接你。大哥、大嫂、三哥、三嫂、五弟都来了。快回去吧，要不咱爸妈该上火了。”

这时二妮子和妹妹哭喊着跑过来抱住了妈妈腰。赵贤琴此时怎么也止不住了，“哇哇”地大哭，心想：太惨了，太惨了。

别人又劝：“她二嫂，就认倒霉吧，没烧着人就算祖上积德了，那水火可不留情。”

左边搀，右边扶，后边推，几上子把赵贤琴和孩子哄回到老太太家。

吴若蹲到被烧毁的房前，沉思默想：家完了，人也得完吗？爸爸妈妈起早贪黑地操劳这个家，妈妈给全家做饭、缝补、洗衣服，有空就收拾承包田；爸爸在林场没早没晚地出力流汗，多苦啊。家里穷一点，但活得挺有劲。这下子，多年积累的全部家底，一把火给烧了。别人家的孩子从十五六岁就能帮助老人了。我呢，比他们大好几岁，还不能为老人出点力，减轻点负担，不叫人笑话吗？可是，眼下，要文化没文化，要本事没本事，能干点什么呢？爸妈都四十多岁了，我还有两个妹妹，都是白吃闲饭的。妈妈的负担不是压在心上吗？大伯家也不容易，三个孩子，还没有一个成家的。三个儿子结婚，那钱、那房、那彩礼，不是要他的命吗？好在大娘还挺懂事儿的，没说的，知道理解人、同情人，更知道疼大伯，爷奶说句话，她能当回事。三叔、四叔家和五叔还得靠爷奶来帮助，自己独立起来还有困难。我爸、我妈最孝心了，把攒的鸡蛋、好吃的什么一有空就送到老人面前，有时候宁肯饿肚子。这几个孙子、孙女儿，他们老人家最疼的就是我了，可我又能怎么样呢？

吴若一连串的思索，激起了自己心灵的涟漪。他叹息自己没有文化：“我痛苦啊，我没有文化。”他坐下来，双手放下，脑袋趴在膝盖上，又累又困又难受，不知不觉睡着了。如果信念、科学和勇气这三大支柱在金光熠熠的时候他都看不见，那么，他走向青春又有何用呢？因为没有文化才不懂科学；因为不懂科学才贫穷；因为贫穷才没有勇气。说一千道一万，在贫穷的环境里怎么让他去学习？就像吴老二说的：“饭都吃不上，谈啥学呀？”恶性循环。吴若刚刚萌动的一点新思维被家里人斥之为异想天开。这时候，如果有圣人指点并给他帮助，他一米八十多的身躯也不是白给，说不一定有一天，他也会变得热情、开朗、像四月的阳光，想象的花朵在微风中怒放。由山间崎岖的路想到人生坎坷的路，吴若现在是初春的原野……

不一会儿，下起了急雨，豆粒大的雨点打在他的头上、身上，一声闷雷把他惊醒。他不禁长叹：怎么刚着火的时候不下雨，老天爷啊，你怎么不开眼啊。

雨夜，凄冷。吴若心里结了一块冰。灵魂受冲击，肉体受冲击。他无法再想下去，仰天长叹，敲打脑袋，但还是坐在那儿，他彻底失望了。

吴老二被老四接回家，老头老太太有点心疼。老四媳妇用一块半新不旧的毛巾沾盐水往碰破的伤口上不停地擦，擦一下，老二的眼睛狠狠地闭一下，腿像触电似的动一下；老太太的牙也跟着紧紧地咬一下。赵贤琴眼睛睑得溜圆。老二的汗珠子往下滚，但一声不吭。他知道，此时就是略微有点动静，都会牵动老人和全家的心。

屋里的空气很沉闷，也很紧张。

停电了，四媳妇点上半根蜡烛。

崽子风风火火地进来了："二伯，吃点红伤药吧，可当事了。"

四媳妇端来了开水，送到老二的手里。

老三媳妇送来半小筐鸡蛋；

老五整了一袋白糖；

老大嫂端来一碗有葱花儿和姜的热汤。

但老二睡过去了，喘着粗气。

冯三请来了赤脚医生。他简单查看了老二的伤口，用消毒水整了几下，就用纱布包扎上了。

天放亮了，老吴家的人还没有睡意，只是烧光了头发的二妮和妹妹睡得香香的。

老太太倚在墙上，一腿从坑上弯起，一腿着地，闭上眼睛，但眼皮始终在跳。谁最操心啊？谁心里最有数啊？还不是你老太太吗？这个大家，这个破大家，这个穷大家，这个对付着活的大家啊，看的不是你这个老太太吗？可我这个老太婆有什么招啊？老伴有近十年啥也不能干了，勉强地活着，那是活一天算一天了，但他能活着，躺在坑上喘气儿，那是个家啊。就是一天不唠嗑儿，默默地也有沟通。假如他真的去了，我这个孤老太太就是儿孙满堂，找谁能安慰自己的心呢？这六个孩子，最能行的就是老二，可老二腿又伤了，真的瘸了，老吴家靠谁啊？

饱经风霜的老吴太太啊，细心又温顺的老吴太太啊，刚强贤惠的老吴太太啊，你这辈还指望什么啊？

“明天先给老二家借个房子，几个哥儿们、姐姐凑一凑吧，能拿被的拿被，能给碗的给碗，能拿粮的拿点粮吧。”老头从炕上睁开眼睛，吃力地说了这么几句大家愁的事儿。

“被的事儿，我包了。”老大媳妇说。

“我拿苞米，有大半袋子。”老三说。

“我家的破闷罐和两个半新不旧的瓷盆子能拿来。”老四说。

“我把二妮姐俩接到家待两个月。”大姐说。

老太太心里有点敞亮了，一声没吱。她心里明白着：不必孩子多，就怕熊，若是能有一个行的，可以把他们带起来。哪个儿子能成器啊？都是窝囊废，可咋整啊？你老太太就是再有能力，又能怎么样呢？

老太太这时慢慢睁开了眼，惊奇地问：“贤琴，小若呢？”

一句话，才让大伙想了吴若。

“哎呀，真的，小若呢？”赵贤琴突然急了起来。

“我去看看。”老五往屋外冲，他径直跑到二哥家，左瞅右望，发现吴若躺在他家的柴垛里，浑身上下湿透了，还呼呼地睡着。他拨拉了吴若几下，吴若醒过来，眼睛肿得像小盅。

“快到你四叔家，爷爷、奶奶为你着急了。”

他猛地一下子坐起来，又站起来，清清楚楚地看到成了废墟的家，心里太不好受了。他舍不得走，仿佛自己的魂留在那里，“搬走吗？不能搬。”好像有了从哪跌倒从哪站起来的念头。那紧闭的双唇，那双小而有神的眼睛，那一副郑重的面孔和那一米八的个头，仿佛叫天叫地都信服他——他不是懦夫，他是男子汉！

林场工人的家庭，其实就是庄稼院。庄稼人就是出力气。有别的想法和举动，那是“二溜子”，不务正业。家规如此，天下如此，历来如此。能不能破规矩，谁来破规矩，凭吴若这点本事恐怕连梦都做不出来，他是个真正的泥腿子吗？

吴若无精打采地随五叔来到四叔家，屋里有二三十人，炕上、地下坐的坐，站的站，你瞅我，我瞅你，没谁说什么。他挺大的个子有点鹤立鸡群，瞅瞅爷爷，看看奶奶，目光落在躺在那的爸爸身上，落在那张痛苦的、又黑又瘦的脸上、落在那纱布包扎的膝盖上。吴若心酸了，还不知道爸爸的腿能不能好。他站着发呆、发愣。还是奶奶先跟他打招呼：“小若，快上炕躺一会儿吧。”

又进来不少人，有的拎来半袋面，有的拿来二十几个鸡蛋，还有人送来半瓶豆油，没有多少话，递到赵贤琴手里，看看人多，转身就走了。

屋里只剩下自家人。

老太太把二儿媳妇叫到跟前，小声说：“都记住谁送的东西，人的好处可别忘了。”

赵贤琴点着头，她心里最有数。

老四和媳妇在做饭，满满一大锅苞米碴子，盛到一个大盆里，又炖了一锅土豆，大头菜。放上一个小方桌，摆上了大酱、咸菜，把已煮好的鸡蛋扒了皮，让到老头、老太太跟前。老太太轻轻把吴老二拨拉醒，说：“吃点吧，不吃东西那还行了。”说着，递过一个鸡蛋，又给小若一个。吴若说：“奶奶，您吃吧，我吃点苞米碴子就行了。”

老太太示意大媳妇、四媳妇来吃饭，老四把菜炖好，端上来。大伙默不作声，吃得挺香。

老太太说：“再疼，就上医院吧，要不孬发了就不好治了。”

“说得轻巧，哪来的钱治病？”老二说。

“咱全家凑凑，等你好了，再挣钱还。”老太太说。

“他爷，我看还是去医院吧，真要是骨头折了，那还不好治呢！钱，我去借点，这个不用愁。”赵贤琴劝说老二。

“再说，咱这个地方，谁有钱？都没钱，你上哪去借？”老二还是为钱发愁。他明知道一把火烧得一无所有，是真正的穷光蛋了。

老太太擦擦嘴，说：“别的啥也不怕，你要是能让腿好了，那怎么穷都不算啥，出力呗，去挣呗，自己身体完了，脑袋里再没啥支撑，那就白搭了。”老太太在鼓劲儿。

“妈，没啥愁的。我懂您的意思，大不了饿几天，冻几天。我腿好了，用不了两年，被不住比过去强呢！”吴老二满有底气，对难处大有毫不在乎的意思。

这时，冯三赶着马车来了：“二哥，送你上医院吧，钱不够的话，我把马卖了。”

吴老二一听，感动得说不出话来，那眼泪哗哗的，也是“大珠小珠落玉盘”，一滴接一滴地往下淌。关键时候还是朋友啊。天底下最珍贵的还有什么呢？不就是真诚，不就是感情吗？不就是把心捧出来，使你感到一种火热、一种温暖吗？

吴若背起爸爸，赵贤琴在后面扶着，走出屋来坐上马车到县医院去。吴若交了押金五百块钱，住院检查，拍了片子，骨折，血肿，必须手术。医生说术后能走，能不能吃劲，还不好说。吴老二的心一半沉，一半轻，脸一半情，一半阴。赵贤琴说：“按大夫说的办吧。”

第二天上午手术。术后，大夫说：“挺成功。”

赵贤琴掏出二十张大团结往大夫上衣下口袋里揣，强揣进去。

护士用车子把吴老二推到病房，开始点滴消炎，又吃了止疼药，让吴老二慢慢地睡一觉。

老头、老太太来了。

哥几个都来看望。

崽子和邻居都来看看。

老二挺有人缘的。

最后，留下赵贤琴和儿子照顾。

病房一共住了三个病号，有城里的，也有乡下的。吴老二没两天就跟他们混熟了，把大伙送的瓜分给他们尝尝。老二这两天已经从病痛中慢慢恢复过来，脸上也有点笑模样了，同病房的人听说他一家生活很难，都有点同情。

在亚麻厂当采购员的小岳，做痔疮手术。他对老二说："我帮你出个主意吧，明年春天你包几垧地种亚麻吧，听说明年亚麻能涨价。"

老二说："包地，谁让咱包，能包得起吗？"

"那你可落后了，中央提出可以承包，你们屯子人真是啥也不知道。大官让咱这么干了。你家那个样子，靠一个月 32 元钱咋活啊。你按我说的试试，我能帮助你。"

老二惊喜，能有这事儿，那可把我救了，我有的是力气。

赵贤琴说："遇到贵人了，你说说咋个干法？"

"我不是啥贵人，你们家好好琢磨琢磨，先试试，反正要是赔了，那损失也不小。我出个主意吧，干不干由你们。"看得出来，对这事，小岳也没多大把握。

吴若听出点门道，心里一阵狂喜，欲言又止，心里琢磨，要是能发财，盖个房子，把爸的腿治好，吴家不就行了吗？他给小岳拿过去一个苹果。

过了七天，吴老二拆线。医生说没感染，全家喜悦。老二能下地慢慢走了。医生说："保养三个月能恢复正常。"

老二的眉头舒展开了，心想：谢谢老天爷，谢谢马大夫。我吴老二有能行那天，一定报答啊。

赵贤琴眼睛里噙满了泪水，有点控制不住的意思，马上给马大夫二十元钱。

马大夫不好意思：“你这是扯的什么事儿，要是让医院知道了，还不收拾我。”

吴老二马上抢过话：“我看谁敢收拾你，谁收拾你，我揍死他。”这种朴素感情里流露出的愚昧，啥时候能改变呢？

亚麻厂的小岳说：“救人一命，就等于救了全家，马大夫，你收下吧，病人的一点心意，就是院长知道了，也不会说你受贿。”

“不行，不行。”马大夫就是不肯，把钱扔到吴老二的病床上，就走出病房。

吴老二一把抓起那二十元钱，狠劲撕成几块扔到地上。

赵贤琴马上弯腰一块一块拾起来，让吴若找来胶水一块一块又对上，“你看你，这怎么行。兴许人家有规矩不兴这个，咱也得替人家考虑考虑。”

“考虑个屁。我吴老二不治了！”说着，用右手拔掉左胳膊上的针头，要下地，可是还是不能吃劲，不得不又停下。太憨了，憨得连点道理都不懂，简直不如猪狗，难怪这么穷，这么没有福分，啥也不是。

小岳看在眼里，心想：“这人怎么这样，上来那股劲，什么都不顾。我若给他出的种亚麻的主意挣不来钱，那他还不得要我的命？”于是，小岳说：“二哥，你要是这个脾气，昨天我说的话，就算没说，别干砸了，你埋怨我。”

吴老二只是瞪眼，然后说：“你把我看成什么人了？我吴老二不是白吃闲饭长大的。我要是能他妈的行了，我还会忘了你小岳哥们儿吗？”此时的吴老二左胳膊针眼处往外渗血，用手按了按，还是渗。护士进来，瞪了他一眼：“谁让你拔下来的？出了事儿算谁的，真不守规矩。来，我看看。”她用镊子夹了一块棉药球往上面擦了擦，说：“按着。”

撕来一块胶布缠上，又拿起针头在左胳膊另外一个地方选了血管处扎了进去，“这回别乱动了。”

吴若靠床边坐在一个小木凳上，啥也没说，一切都看到了，也都听到了。他在沉思：城里人、有文化的人，做事和乡下人、林场里的人怎么这么不一样？你看人家说出话来头头是道儿，琢磨起事来都挺上路。我们怎么就想不出来这些事儿，干不出来这些事儿。就是吃饭、干活、睡觉，不说像猪、牛、马、狗，也像木头、石头。念几天书，念不起了，不想念了；有点文化，农活不想干了，干不了了；想点事儿，事就多了，别人就烦了。吴若在他爸爸住院的这段时间里，可以说长了不少见识，开了不少眼界，丰富了不少思想。

这时，小岳把吴若招呼过来，让他坐在自己的床上，问：“小爷儿们，读高中了吗？”

“连初中都没读完，我爸就让我下地帮他干点活，说念那玩意儿没用。”吴若怨气十足地说。

“真可惜了。咱政府马上就兴考大学了。要凭自己的本事，没人，有文化也能念大学了。”小岳见多识广，向吴若透露国家恢复高考的消息。“要出息，上大学是一条好路。以后，不管干啥，没文化不行了。你才十七八岁，这么好的年龄不念书，太可惜了。你想不想考大学？想不想念书？”

吴若听得直眨巴眼睛，心想：这和老师说得差不多。我这么笨，是念书的料吗？ “小岳叔，我也想，又不敢想，都这么大了，还来得及吗？”

“来得及呀。你要是能钻心学习，二三年保证能有提高。”小岳说：“我能帮你，也能帮你找老师。”

听了这话，赵贤琴心里有点开窍了，说：“他岳叔，你说的当真？”

“信不信，试试看吧，反正不能白学。”小岳说。

半天没话的吴老二说：“想得倒好，咱家连个窝都没有，还有啥心思念书？”

“吴哥，这你就错了。你眼下没窝住，不是想有窝吗？那你就得吃辛苦舍得培养孩子，要不然，那就一代一代受穷。你已经受穷了，就不想让你儿女过点好日子吗？念书是慢功夫，但解决的是根本问题。你要是开通的话，就让你儿子再去念书，你看他这么大的个儿，长得又挺精神，能总让他待在农村吗？你念了不到两年书，到部队锻炼了三四年，为啥没提军官？还不是没有文化？转业回来，分到林场，组织上有心让你当个头，你说干不了，没文化不是一个主要原因吗？人家马大夫对你那么好，治好了你的腿，你想报答人家，人家就只值你那二十块钱吗？你要是有文化，撕钱的那种事和乱发脾气的事儿就不能发生。吴若这么好的年龄你不让他学点本事，啥时候再学？他们要是没有文化，还不得像你们一样，沿垄沟找豆包都不成了？”小岳发了一通感慨。

吴老二心想：他小岳认识我没几天，怎么对我了解得这么多？他说：“跟你说实在的，我不想让他念书，我想让他学木匠。”

“我不想学，笨手笨脚的，没人教我。”吴若说。

赵贤琴读小学的时候学习挺好，快上中学了，突然得了脑膜炎，辍学了，后来就再也没念。她一心想让自己的儿子有点文化，离开垄沟，住到城市，也像城里人一样一天八小时上班，坐办公室。后来家境总也不好，喝粥吃咸菜的日子一直延续，这个梦就一天天破灭了，没想到眼下在医院遇到了小岳这么个贵人指点迷津，又说到心里去了。她心想：大人苦点就苦点，得想办法把儿子供出来，这样的大人才有正事儿。大人苦一点、累一点算个啥，生小若那时候，三天就下地做饭、推磨什么的，不也过来了吗？一天睡两个小时觉看林子、劈柈子、割黄豆，腰都直不起来，不也没咋的吗？念，一定让小若念书，把他供出来，再让他两个妹妹念。想到这里，她对小岳说：“他小岳叔，那你就得引个路了。我们啥也不懂，你看着办吧。”

吴若说：“小岳叔，我跟你学吧，我一定用功。”

小岳下床站起来，也是个大个儿，接近一米八的样子，方圆脸，大眼睛，穿了一身草绿色军装，梳着个分头，有点气质。他是老高三，从小没父亲，是养母拉扯大的，在亚麻厂当干事，能干，能说，县里有啥活动都参加，一般的人儿都认识他，大名叫岳喜斌。他愿意帮助人做事，心眼好，头脑灵活，办事认真。这时，他往后梳理了几下分头，扑拉几下衣服，说："要真愿意学，等我割完痔疮出院，咱俩一块学。"

吴若全身的血有点奔涌的意思，想要表达又无从表达，刹那间，他好像又长大了许多。

吴老二一声不吱，其实他啥也说不出来。凭着他的阅历，他不是不希望孩子念书。他怕孩子随根，不是念书坐办公室的料。经小岳这么一开导，好像小岳就是神，说得都对。别看他表情上看不出服小岳的意思，亦没有报小岳的言语，心里就像从来没遇到过这样的人。他当兵的时候，见到最能行的是他的连长；到了林场，他最服的是冯三；家里头他最服的是他家老太太，剩下不是没见过就是看不起的了。尽管困难、贫穷，可他"老大思想"挺厉害，有时还目中无人呢。好像是他吴老二在农田里、在林场上没有干不了的活，办不了的事，收拾不了的人。有的服他，有的怕他。服他，是因为谁有难处他就像冯三似地帮助谁；怕他，是因为他怪脾气一来，不管三七二十一上去就是一拳或是破口一通大骂，是惹不起的主儿。他想：能因祸得福吗？不住院哪认识小岳去？不认识小岳，上哪能知道政府快让农民搞承包种地了？在我吴老二快喝西北风的时候，知道这个消息，能不如获至宝吗？小岳要是不说，啥时候能打听到农民、工人的孩子也能凭本事考大学的事儿啊？再说，不住院和小岳认识了，上哪能知道国家这么大的事儿啊？人家那么有学问，有派头，还能瞧得起我一个破林场工人，还和我交朋友，这样人上哪去找啊？"遇到贵人了，遇到贵人了！"吴老二脑海里翻腾着这么几个字。

吴老二在病床上躺了一个多月，由躺不住变得也能躺住了。脸色比以前白多了，恐怕活到这么大还从未这样白过。他多吃了不少鸡蛋，有时再吃点面条、苹果什么的，比平时营养好。按说他是拿工资的人，尽管三十二元，再有点农田，应该比别的人家强，可为什么困难到这个程度？他吴老二心里是最有数的。退伍回来将近 15 年，他还从来没有静静地躺下来思考一下发生或经历的往事。快往五十上奔的人了，再像年轻时候那样不管东西南北是不可能了。当了四五年兵，光听指导员讲政治课，再就是凿山洞，搬石头，出门是山，回头是山，学到了“一不怕苦，二不怕死”，就是调皮，活得干，饭得吃，硬硬的、黑黑的高粱米几口就得一碗，大头菜泡酱油，谁也没咋呼过。吃得挺香，挺来劲。手里头每个月都能剩几块津贴钱，退伍回来的时候，从兜里还掏出过五百多张“大团结”，两个新裤头，一双新胶鞋，一套新军装，还有一顶羊剪绒棉帽子。回到林场，挺神气的，别人不知道咋回事，那时候当兵的吃香得很。没多长时间，民政就通知去公社的林场上班。公社的林场就是县里的林场，算国营工人，第一年每月 26 元，过一年以后拿 32 元。按理 32 元是足够他家四五口人花的，社员干一年领回口粮才剩不到一二百元，他一月就能挣 32 元，那还了得?！有一天刚发了工资，几个哥说晚上打打扑克吧。一二三角的。几个小时下来赢得最多的才十元钱，那十来元钱可值钱，是一个人儿两个月的伙食费。吴老二手气挺好，赢了五元钱。一晃到后半夜了，有的张罗说：抓只鸡炖上，喝点酒吧。这是个好主意，一个小子跑到隔壁家的鸡架上一把卡住一只鸡，回来用菜刀照脖子割了个口，那猩红色的血溅了满墙。另一个小子劈了几块柈子往灶坑里一放，洒了点汽油就开始炖鸡。炖了一大锅，还加了不少土豆，几个小子每人一大碗苞米酒，喝得脸上直淌汗。吴老二喝了两大碗，还要喝，可是那手直抖，怎么也端不起碗了，靠到墙上，脑袋一耷拉，醉过去了。其他人还没喝到两碗就地放倒。天放亮了，一年轻妇女敲门进来找人，一看杯盘狼藉，挨个拨拉，一下子把吴老二拨拉醒了。老二半醉半醒，搂住这妇女的脖子又睡过去了。那妇女破喉咙大喊：

“你吴老二不是人，你想干啥？”吵嚷声吵醒了妇女的丈夫，他睁开睡眼，上去就给吴老二一拳。老二的眼珠子冒火了，拿起桌上的碗照着这小子的脑袋狠狠地砸去，碗碎了，那小子的脑袋也淌血了。后来，老二被抓进牢里去了，一蹲就是两年，赔医疗费三千，那小子落了脑震荡后遗症。三千元！不吃不喝也得挣十年。砸锅卖铁，卖房子。苦了媳妇，苦了孩子，不值得的一点儿小事。放出来的老二老实多了，滴酒不沾，扑克也不摸了。白天在林场上班，晚上回来收拾园子和田地，很少说话，很少到邻居家。但别人家盖房子，他主动去帮工，谁有病有灾，他都去看一看，有时候拿十几个鸡蛋或一斤白糖、几两木耳什么的，还帮人家收庄稼，人缘混得相当好。这回他有病，村里的人差不多都来看他了。这凭的是啥，还不是交情吗？他吴老二苦是苦点，挺知足了。

老二的脑袋不空，当时要是有点文化，能在部队站住，按他妈的话说至少也能当个连长。他挺懂道理，能看出别人啥意思。脑袋能转弯，但舌头却不转弯，直来直去，又显得太简单一点。他常常对吴若说：“得学呀，不能祖祖辈辈都是睁眼瞎子。受穷的命是老天安排的，可自己要行的话，也许能改变改变。”因此，在医院里碰上小岳，又要帮吴若学习，简直是天降下的福，也是吴老二做梦都想不到的事。就这，他能不高兴吗？眼瞅着小岳给他家出致富的主意，心里头连半点怀疑都没有。

傍晚，赵贤琴从副食店买了几块猪头肉，又用大豆菜泡上酱油，拣了两块豆腐，花一块钱打了一瓶酒，拿到病房来。吴老二叫小岳过来，说：“咱哥们儿有缘，我明天就出院了，喝两盅，我得好好谢谢你呀，老弟，你可比我强太多了，我得好好向你学一学。”

“哪里，哪里，吴二哥，咱们认识一场，就交个朋友吧。吴若的事儿交给我，明年春播的时候，我给你掏弄点钱，买下麻籽，你把地承包好，咱们试一试。”小岳抓住了老二的实在心里，保准儿地说。

吴若亦想吃，可是不敢，挺馋的，但家规就这样，老人吃喝，孩子不能参与，老婆更不能上桌。他心里挺高兴的，虽还看不出目标究竟什么样，但心里却觉得好好学，好好干，有点本事，肯定行。农村的18岁，生理长到了18岁，但大脑、智商很难说也到了18岁。但看吴若挺行的，脑袋也不空，大大的个子，并不是四肢发达、头脑简单那种人。若他的脑海里再装进些知识，智商定能有所提高。谁来灌输呢？碰到了小岳。小岳很厉害，有正事儿。他要是看不上吴若的话，能主动提出帮吴若吗？小岳根本不是管闲事儿，他一是可怜吴老二，穷得房无一间，还挺刚强；二是心疼吴若这么个大个子，再不学，这辈子不就完了吗？

赵贤琴在一旁站着，看着吴老二和小岳的亲热劲儿，唠得她心里都热乎乎的。赵贤琴看得出来，老二多长时间没这么乐呵了，今天他眉开眼笑的，真是不容易。她从来没对老二发过脾气生过气，仿佛这是天经地义的，老二怎么做都不过分，让她跟他怎么遭罪，她都不在乎。老婆婆从心里满意她，说她真像她的名。平时从不多言多语，脸上看不出有什么愁事儿。都说老二有福，老二也乐颠颠的。反正他对媳妇真是没个挑。

老二一口喝了有大半碗，快五年没喝酒了，一是家穷，二是喝酒栽过跟头，他下决心不喝了，人有脸，树有皮。这会儿就不一样了。他碰到了小岳，如同见到了曙光，心口上压的一块石头仿佛被搬开了。小岳喝了一大口，心里热乎乎的，心想：老二这么朴实，这么好，不帮他富起来是不对劲的。两个人又喝了一大口，一会儿，一瓶酒没了。老二拿起瓶子晃了晃，刚要转头儿看赵贤琴，赵贤琴已经把另一瓶酒打回来了。老二一见乐了。

老二说："岳老弟，你家都什么人儿？"

"老母亲，快六十了，媳妇叫小娟，孩子刚一岁。虽说不上丰衣足食，生活还过得去。"

"多好，多好。我看你行。"老二说。

小岳说："我准备今年考大学，不深造就没啥出息。但能不能考上，还很难说，试试吧，一年不行，就两年，反正我要考上。”

“你真有志气。”老二拍了拍他的肩膀。

两人又碰了一杯，老二又是一大口，咽进去，觉得是那么舒心。

窗外，谷子弯了腰，玉米枯了叶。

老二租住了生产队的一间仓库，四处漏雨。屋里只有三床破被加一领炕席，连个凳子也没有，只有两个破盖帘。半袋子苞米、一捆葱、一筐土豆堆在那儿。吃饭、睡觉都在这个小屋。

赵贤琴与吴老二在炕上对坐着。

两个女儿在地上跪着、蹲着玩嘎拉哈。

吴若往破书包里装掉了皮的初中语文、几何课本。他明天一早就去找小岳。小岳成了神。他顶礼膜拜，五体投地。从别人那里要了一支破钢笔，甩一甩，下点水。

赵贤琴觉得有点冷。深秋了，再加上外面有雨，冷上加冷。她看看两个无忧无虑的女儿，心想，该加点衣服了。可是，用什么加呢？老二有五个月没开工资了，那药费，这房租费。昨天老二刚和吴若到街上把两车木柴卖了，家里烧的，就得节省。吃的更不用说。晚上全家吃苞米碴子粥，咸菜疙瘩。但吃得挺香。

一个月以后，小岳领着吴老二到种子公司买了三千块钱的麻籽；又花了五千块钱承包了五十垧地。这些钱，全是小岳给整来的钱。小岳事后对吴老二说：“今年挣了，今年底还我；没挣，啥时候有啥时候还。”

吴老二还以为是梦，挠了挠脑袋，一句话也没有。但小岳分明看见了他眼里噙满了泪水。

后来，小岳又把吴若安排到城里二中上初中二年，住校。吃、住、学费全由小岳掏。对小岳的无私奉献，老二全家都难为情，小岳便说：“吴若出息以后再报答我就行了。”

老吴家的日子终于开始上道儿了。

是老天有眼，还是小岳之恩？

有心眼这么好的小岳，吴老二还说什么呢？

从吴老二的父母到吴老二的兄弟姐妹，都说老二遇到了贵人。

转眼，到了芒种。

老二带上兄弟几人借了一台东方红拖拉机，把五十垧地翻了个遍，把三千块钱的亚麻籽连同庄稼人热切的希望都播撒到大地里。

小岳领着吴老二来拜见亚麻厂厂长。谈得挺好，挺托底。最后老二说："我老二要是把你们忘了，你们可以宰了我。"

厂长笑了笑，说："你吴老二净说胡话。"

时间不长，小岳被北京大学录取了。全县的人都羡慕至极。惊动了厂长、县长。

小岳临走前，找到吴若，又找到了吴若的班主任，语重心长地说："马老师，我是您的学生，我没有给您丢脸，我谢谢您。吴若这小孩靠您栽培了。"转脸又对吴若说："不管条件怎么苦，一定要安心下功夫学三年，考上大学。"

吴若说："岳兄，放心吧。"

第二天一早，送小岳上车的人有好几十个，吴老二全家都来了。关车门前，小岳对吴老二说："今年保准能有好收成。二哥，你就等着发财吧！"

吴老二握住小岳的手，一句话也说不出来。

命运正在使吴老二发生转折。

这年风调雨顺。老二种的亚麻丰收。

卖给县亚麻厂，拉了二十多天。最后，用面袋子装满了钱。

在他们租住的那间漏雨潮湿的库房里，赵贤琴和吴老二数着一捆又一捆的钱。100多捆——这老两口，一辈子也没见过这么多钱啊！赵贤琴的手有点抖，吴老二心里发毛："这么多钱，不成地主了吗？这还不得把咱们抓起来啊？"

赵贤琴说："写信问问小岳，这钱挣得对不对？"

老二说："报纸上说，让咱致富，不违法就行。"

赵贤琴说："那明天先存上去吧，这么多钱放在家，别惹事儿。"

对于一个长期在贫困下生活的农民突然手里有了这么多钱，心里不安是可以理解的。渐渐地、慢慢地适应吧。目前，就是这么个文化程度，就是这么个承受能力，就是这么个心理素质。贫穷氛围里的农民啊，长期在寒冷里苦熬冬夏的农民啊，坐在井一样的环境里观天的农民啊，什么时候才能改变面貌，才能发展，才能把大脑和四肢都换成与时代、与世界、与幸福同步的血液。

发家致富。

不富裕，很难有发展；不富裕，很难提高农民素质，摆脱贫穷，才能摆脱愚昧和落后。

吴老二在有文化的小岳引导下，开始走上了富裕的路。

全家老少换上了新衣服，又做了新被。

老二盖起了二间砖瓦房。

全村人对老二更刮目相看。

吴里章的名字被赫然印到了信用社的存款单上。他从破面袋子里一捆一捆往营业员的手递的时候，里面的人都感到惊讶。她们都看着这个胡子拉碴的满脸褶子半大老头儿。三里五村，这还是第一份儿以个人名义存这么多钱的人。而且这个老头破涤卡上衣袖子已挂花，肩膀上有星星点点的窟窿，那破军裤，怎么也看不出是个二十万元户。

营业员小姐接过钱来，欲去找营业部主任，主任却来了。一看，便说："你是吴老二吧？"

"对，对。"老二点头。

主任又说："给他存了吧，亚麻厂厂长说了，今年有靠亚麻发财的，还点了吴老二的名。"然后又对里面的人说："现在的政策真好，发家致富也行了。"

吴老二把存折揣到裤衩里缝的兜里，非常激动地走出储蓄所。

他心里琢磨：谁说梦不能成真，这不成了吗？这钱挣得也不难呢！个人有这么多钱能行吗？林场领导能让吗？村里头能让吗？国家真能让我有这么多钱吗？他的心里总是犯嘀咕。他边走边想：这得问谁呢？问小岳，找个人给小岳写封信，告诉他发财了，钱可以还上了。

他走了三个小时才回到家。刚一开门，就看见村长在这儿坐着。“啊，村长，什么风把你吹来了？”

“恭贺你吴老二由穷光蛋变成富翁了。”村长客套着。

老二说：“这还不是靠国家政策好，还不是靠你村长帮忙。”

“这个事儿你真说着了，当时我要不承包给你地，你哪会有今天？”村长要个情。

这时赵贤琴递给村长一根迎春烟，又端来一碗红茶水，说：“村长喝点水吧。”

老二用发黑的毛巾擦了把脸，脱了鞋，往墙上一靠，坐在炕上，仿佛很累的样子。刚点着烟，就听开门声响，进来的是林场的场长，脸上乐滋滋的，说：“老二，你真有发财的命，老天开眼，老天开眼。”吴才老二光是乐，不知怎么回答好。

一会儿，崽子和大四儿、臭孩都来了，崽子吵吵嚷嚷，嗓门最高：“二哥儿，今天你无论有啥事儿，都得请客，买个猪杀了，我们喝个痛快。”

“对，对，该请客，这么有福的人，再不请客可说不过去。”村长附和着。

场长说：“我也馋酒了，我也算一份。”

这时，听到门外汽车停车的声音，往窗外一看，是亚麻厂张厂长来了。老二光着脚下地马上开门迎进屋。

只见张厂长皱了皱眉头，开口道：“没想到你吴老二原来这么贫寒啊！”一边坐，一边说：“二十万元户啦，盖个楼吧，把这两间房子送给谁。”

吴老二说：“看你厂长说的，咱能盖起楼吗？”

“拿出十万、八万的盖一幢小楼不成问题，我帮助你。”张厂长很有气派。

“我看行，我们村里支持你。”

“我也支持，老二，你干吧！”场长也说。

吴老二半天没吱声，低头抽闷烟。大伙儿都瞅着他，只见他抬起头来，说：“不知我做得对不对，我想拿出六万块钱送给咱村里小学，我不是有多高觉悟，我想啊，孩子们有文化了咱们村子才能富。我的两个小孩都上学了，我有点钱就行了，能把学校办好，我吴老二心里更高兴。”停了一会儿，老二又说：“我也没跟媳妇商量，这二十万元我想这么花，还给小岳一万块钱，再给他八千块钱，没有他，也就没有我今天。他读大学，在北京，物价高需要钱，我不能忘他。拿出十万块钱承包地买种子，我再种亚麻、黄豆。再拿出三万块买个拖拉机。剩下的钱一些给小若念书的，一些治理治理这个家。你们看，行吗？”

屋里没有一个人吱声。

这时，又听到小汽车声响。张厂长说：“冯县长来了，还有李秘书。”大伙儿一齐往屋外迎接。

“嗬，张厂长你怎么来了？”县长先对亚麻厂厂长开口。

“我和老二有缘，他种麻，我收麻。”

冯县长握着吴老二的手，深情地说：“谢谢你，给咱县农民致富开了个好头儿。”

然后又同林场李场长、村长握手问候。

吴老二问县长，说：“县长，别怪我不会说话。我想问国家能让我们农民个人有这么多钱？”

“允许啊，现在党和国家的方针政策，就是在遵纪守法的前提下，鼓励农民致富。”县长把脸转向村长、场长，然后郑重地说：“吴里章同志这一步为我们做出了榜样。他的情况我很清楚，他能达到这一步，很不简单，值得我们每个人好好学习。”

县长的话，说得吴老二喜出望外，脸上火辣辣的，什么也说不出来。他长长地出了一口气，心里总算有了定心丸。

早晨的太阳是最灿烂的吗？未必。但若是昨晚直到亮天前，一场大雨过后，那出来的太阳才是辉煌的。

吴若到县里从初中三年级开始学到现在已有三年多了。再有不到三个月时间就要高考。高考是人生的扳道岔，考上考下，说不定扳到那个路轨上并通往什么方向。对有的人而言，考上是福。但考不上就是祸吗？小岳叔叔从北京大学每月都给他写信来，成了他的外驱力。老实说，吴若的学习比起城里的孩子来是有相当差距的。但是他挺肯学，有时专心，有时尚存有一种农村人憨实中夹带着的虚伪，从娘胎里带来的东西很难丢掉，即使是刻意追求，但有时超越自然和时尚，又离现实太远，便显得有些做作。他二十岁了，再加上这三年来知识的熏陶，使他变得风华正茂，朝气蓬勃，思想丰富，想象奇特了。一米八五的大个，既挺直又壮实，两条腿修长且又笔直，肩膀平平的，外形没有再比他标准的了，穿着刚时兴的湛蓝色西服，站在初夏的早晨里，显得格外精神。偏分的头发一看便知修饰了的，两只大眼睛很像他的妈妈，只是比妈妈的睫毛要长一些，双眼皮，被人注意的时候，就是不笑，也仿佛在笑。有人说他是笑眼，肯定是个善良的人。鼻梁挺高，在脸上的位置又恰到好处。嘴唇不薄也不算厚，有人说这是福相的嘴，嘴唇上有个不太明显的黑痣，有人说这是不缺吃的口福和能说善辩的标志。他口齿越来越伶俐、干净、脆落。开始到班里，老师让他当堂朗诵一段课文。他刚念了两句，课堂便笑声一片。他顿时红了脸，以为自己念错了，瞪眼看着老师。老师说：“念下去。”他接着往下念。原来，同学笑他不是因为朗诵不流利，而是有“山东”味。老师反而表扬了他，说很流利，以后注意标准话。从此，他发奋朗读，早早起床，第一个任务就是朗读。他不仅提高了朗诵水平，而且练了口才。以后，朗读能力、写作能力长进非常大，在班里出了名。但是他由于基础的原因，理科成绩始终上不来。他也曾下过功夫，但就是钻不进去，有时他说：“上数学课的时候，我内心里也想一定要注意听下去，可是我的脑子仿佛同时想着两件事，不知怎么搞的，钻不进。一写数学作业就头疼，每次测验、考试都不理想。”他自己也犯愁。数学不好，理化再差，考大学不是零吗？他形象思维挺好，但逻辑思维不强。由于口才好，别人不敢跟他辩论，后来被选为班长，搞运动会、文艺会演、组织个劳动等，他比谁心里都有数。到高三的时候，他被选为学生会主席，和他最好的同学王山尔当了学习部长。他俩天天形影不离。运动会上、全校大会上、每周的评比总结会上，他从不照本宣科，站在麦克风前出口成章，赢来了师生的赞誉。他面对那羡慕的目光，也感到很自豪。然而，一位教学上很有造诣的老师却说：“吴若，你图了表面的聪明，丢掉了实在的根基。你能如实地说出自己学习怎么样吗？你如果在浮夸当中和虚伪的赞扬声中自得其乐，那么，毁掉的是你自己！”

吴若的脸红到了脖子上，头上的青筋迸跳，出口道：“我这不也是一种能力吗？二千多人的学校里还能找出一个像我这样的人吗？”

“能！你这点本事，只要练上一练，只要他大脑健全，又肯下功夫，可以立竿见影。而你丢掉的这基础知识是需要日积月累才能学成的。”

吴若瞠目，心里倒海翻江：难道我这几年又白学了？不是有的老师也天天赞扬我、鼓励我，说我真行、真有能力吗？可是到考大学那天，我什么都答不上，不是白搭吗？老师是爱我还是害我呢？眼前这位严厉的老师是害我吗？在虚伪的心理环境下学习、生活，早晚会看出弊端。他想：眼前，老师的话值得深思啊！吴若的这项长处在可以预料的将来，必将为人生奠定基础。是的，他有思考，明白道理，就是刚愎自用。

他仍是早早起床，来到学校一片绿油油的树林里，捧着书欲聚精会神地学进去。然而，也不知从哪一天起，他对一位女同学产生了兴趣，在他的脑海里，那女孩子的倩影由朦朦胧胧到活灵活现！总想在每时每刻都能见到她，即使是在算题时，脑海里也翻腾她的影子。有时她到哪活动，他就故意凑到那个环境，仿佛陷到这个河里不能上岸。其实，她心里只有学习，一点感觉也没有。他老早起来，捧书本是假，看看她是真。有时中午吃罢饭，他见她一人在教室，便非常镇静地一本正经地叫她到学生会办公室去，外表什么也看不出来别的意思，严肃认真。有时开口便问：

“你有什么理想啊？”中学生的心理和激情。

“我没有什么太高的奢望，只要考上一个学校有工作能养活自己就行。”她很实在。

吴若把两手放在桌子上，与对面的她谈得很有兴致，因为他在学校里是出了名的能说会道又有组织能力，没有认为他学习不好或这么早就涉足男女的事。他在人的心目中是一个非常完美的形象，受人尊敬，令人羡慕，好像能跟他在一起谈谈话，都有种说不出的高兴。

“听说你知识基础比较扎实，平时又很少言语，处处显得实在，很难能可贵。”难能可贵其实就够意思了，又加一个“很”，足以看出吴若是在热烈地夸奖一个女同学。

她简单地笑了笑，说：“我这算不了啥，比起你来差远了。你一天校里活动那样多，学习又好，谁不羡慕你呀！”

听他这么一说，他的心里很是高兴。他最大的特点是喜欢听表扬的话，也正是这喜好，使他今后在某个环节遇到了坎坷。他愿意接触女同学，表面上又装作很正经和若无其事，同时又很难被老师和同学发现，这一天然优势，别人不好学。

“像你这么稳重的人，应该有大志，干大事儿，不应只满足于有个学校。”吴若继续鼓励，那时的鼓励就是没话凑话甚至骗上对方转入话题，自己不提个人什么目的，让对方主动从心里服他，然后再步入他的轨道。

“我比不了你，你是个全才，将来能干大事儿。我对自己有自知之明。”她说。

他心里想要她干什么，其实他自己也不知道，但觉得很愉快。这样的时间用在温习功课上不是个有正事儿的青年吗？

他拿出一个黄皮的笔记本，递到她的手里，然后说：“这是我平时写的东西，你给指导指导。”

她接过来说：“哪敢指导，我好好学习学习。”说着起身告辞。

他想，我给你一个本，你看完就得还吧。还，就可以再见面，就可以再谈，就可以再接近一步。他又想，我这是怎么了，马上就要高考了，我这不是浪费光阴吗？还能考上吗？这是犯了什么病了？

从宿舍到食堂，从食堂到教室，一天24小时全体同学正在像百米冲刺那样用尽全力奔跑。而吴若也在用足全力奔跑，但好像有好几个目标，哪个目标才是对自己前途起决定作用的目标呢？

人类是在大自然中诞生又从大自然中走来的，像吴若处于中学阶段或说不该想有些事情的时候，他却有所思有所想并欲有所为，这是一种什么现象呢？不是所有人的心田上都能茂盛着绿油油的意念，不是所有的种子都能找到生根的土壤，更不是所有的现在都能孕育着美好的未来。

又一天早晨，朝霞升起，微风扑面，绿意更浓。吴若站在操场上低头沉思。他已意识到自己在中学这样的结局，他很爱面子，怕别人戳他的脊梁骨；他又很虚伪，怕别人超过他。于是，他很痛苦，痛苦得几乎神经衰弱。老师早已注意到了他，并有所准备，渐渐地让他从中摆脱出来。

光阴如梭，岁月如流。高考榜前，吴若名落孙山。同学对他大失所望。他表面尚看不出什么痛苦。有同学对他说：“你家那样富有，上不上大学有何用？”他上去给这个同学一巴掌，自己的手都觉得生疼，对方的半边脸也可想而知了。

吴若回到家，吴老二火冒三丈：“你他妈的怎么给我念的，滚出去，这个家不要你！”老吴家对吴若的期望值太高了。“家里有钱也不养你，你自己找工作去，挺大个子，也不怕别人笑话，竟敢给我考不上！”

吴若低头不语。对此，他早有准备。

吴老二火气未消，“给我他妈站起来！”上去就是一脚。

吴若纹丝未动，仿佛这一脚踢得对。

全家人都不太高兴，因为指望吴若给老吴家争口气，不光是能挣钱，孩子也有出息。然而，吴若没能做到。

已成事实，谁也没招。

老吴头和吴老太太来了，说：“考不上不要紧，可以干别的，七十二行，行行出状元。凭你这体格，干什么干不来，学好就行。”

暑假。小岳放假从京回来。

晚风吹拂着吴若和小岳。

小岳在北大见多识广，思想、观念都和别的地方不同，接受的新知识、新思维、新观念和新思想都是吴若闻所未闻的。

“吴若，你必须努力克制自己，不能克制自己的人，随心所欲的人，想达到一个目的那等于空下决心。如果你能精力集中，不去思考那些不该在你所处的环境考虑的事或丢掉这表面的东西，我就不信你学习成绩能上不去？”

吴若略有所思。

“干一件事必须专心致志去干，比如说你爸，能有今天，不就是他勤奋和有顽强的毅力吗？他能有今天，不就因为他在不停地朝一个目标奋斗而且不达目的不罢休吗？”

吴若停住脚步，认真地听着这深刻的道理。

月亮升起，空气清新。吴若在听他最佩服的人讲话，从心里喜欢并认为是真理。

“不过，你的长处也不能否认，你锻炼了口才，尝试了自己的组织能力，这些也都是很难学到的。你现在必须老老实实打基础，就是不考大学，干什么知识都有用啊！”小岳再次肯定知识的重要。

吴若对自己心里很有数。他学会了思考，学会了判断，懂得了很多道理。按小岳的话说，他和三年前比判若两人。

吴若说：“岳叔，我想找份工作，边工作边学习，我就不信我会一事无成。”

“我同意你的想法。”

第二天，太阳升起，小岳在吴若的陪同下，来到了吴若的老家，准备写篇调查报告。他是坐拖拉机去的，回来的时候，是吴里章开北京213接的。小岳顿觉希望所在……

吴里章哥几个为扩大事业而忙碌。

吴若不想因自己家富有而高枕无忧。这在人们心目中已竖起大拇指了。他找了一份工作——司炉工。他和他爸的性格多少有点相似，非争口气不可，不信自己没用。

他想起自己高中时，除自己学习外，还组织大家学习，搞活动。他经常找同学开会，四五个，都是学生会成员和班长什么的，有男有女。开起会来，他眉飞色舞、口若悬河，讲得头头是道，仿佛什么都懂，知识面很宽似的。其实，他心里空虚，会讲并非懂，似懂非懂，好像讲得流利，就什么都懂了。如果他在讲的过程中已觉得知识掌握不准或不深时，会后马上看一看资料，这无疑是一件知错必纠、认真学习的态度。那时，只不过是背下几个词儿，讲话时堆砌辞藻罢了，没有什么可佩服的。有一件事至今困扰他的心头，有时还很惶恐，感到太低级下流，很后悔、很愧疚又很觉得见不得人。几次开会，他见到她，他的血就向上涌，心跳加速，有东西迅速膨胀，他不得不把手迅速伸进裤兜里压着。这简单的动作从没被人发现过，但他的脸上已涨红，额头的细毛孔里隐隐约约能看到刚刚冒出的汗珠，但是他仍照旧振振有词儿地讲，别人什么也看不出来。那么这也是一种才能。倘若是“金玉其外，而败絮其中”，那么即使在所处的环境被有的人认为是才，那也很危险。这样，他有了文化也不如他爸。他爸外表像草，可草里藏金。

送同学到车站的时候，他看着往日和自己同窗数载的同学个个喜形于色，他心情很沉重，也很复杂。但是，他却像亲弟弟妹妹上大学那样高兴，帮这个同学托运，又给那个同学拎包，一一握手，表面上根本看不出他有什么压力。当他和有好感两三年的她握手时，只是用力握了一下，表情依然是严肃的。

往回走的路上，他的心尤其不能平静：如果我到城里来读书能像小岳叔叔教导的那样专心致志，精力不外移，我的脑袋也不是白给的；如果老师们都能对我像那位老师那样实事求是，尖锐批评，即便是当面想不通，对我上大学的益处不日益明显吗？如果我家出身很贫寒，从小接受父母的熏陶，思想不保守，首先不是小农意识，那么，也不至于像井中之蛙见到什么都好奇。如果我的思想素质很扎实，不至于朗读课文后老师表扬几句，就沾沾自喜，甚至觉得高别人一筹。如果没有虚伪的心理，写作文由自己动笔，交上去后给打了个良好，因为没有打“优”而想不通，拿回来找一位高年级写作好的同学来写，被老师说写得很好，自己反而陶醉也以为好，那么，不耻下问，刻苦钻研会到什么程度？如果老师不让我当学生会主席，今天检查卫生，明天检查纪律；今天开运动会，明天开演讲会，耗费那么多精力，也不至于连因式分解都做不对。如果不当学生干部，找这个谈心找那个唠嗑的话，精力何至于外移？如果自己不是 1 米 85 的大个，不对女性产生吸引力也不至于一天到晚神魂颠倒，坐卧不安，甚至对心目中的女性想入非非……

这段经历哪是哪非啊？难道未考上大学就什么都完了吗？吴若能行就行在这儿？他的思想已经到了一个层次。按理说，他家已经很有钱了，他可以什么都不干，也有吃有穿了。然而，老吴家和吴若自己都不同意这样下去。眼下吴若需要解决的是和同代人一样弄懂弄清如何做人。做人首要的是如何提高道德素质。关于道德，他只在政治课本里学过，首先的最高表现是善，而善必须处处体现。考不上大学，证明了考试不过关，很难说清楚是不是文化课基础不扎实；即使是文化课基础不扎实，但也很难说以后做人就缺少起码的东西作基柱。吴若从和小岳叔叔认识那天起就开始有了追求，至少是想做一个和小岳叔叔一样的人，因此总把小岳当作神灵，字字句句记在心上，有时言谈举止都仿效，而且很像。他追求知识，追求理想，也追求着真善美。但不能不说吴若在追求的过程中，在某一细节里有虚假，他自己不知道虚假；有伪善，他自己不知道伪善，还以为这就是真，这就是美，这就是善，而且沿着这条轨道使自己的思想走得很远很远。现在，他考试不成，失去了过去时代的耀武扬威，神采飞扬或说不可一世，也失去了许多同龄人甚或同龄人父母的青睐及老师的赞扬；甚至连家人都对他大失所望，因他而失去了吴家这个全县有名的大家的面子。农民现在称他家是“土财主”。这个“土财主”是很要面子的，这个面子是传统的甚至是小农意识的。

然而，吴若已或明或暗地体会到自己失去了考大学的时机，全然否定了他在中学里得到了多少同学得不到的东西，这就是组织能力和口才，以及他自身这种不耻下问和不懈追求的劲头。这个劲头令许多他的崇拜者害怕，因为可望而不可即。

吴若一个人躺在厂里一个破旧的、四处都挂满了黑乎乎油灰的、堆满了破箱子和废铁的一个夹空里。这是一张破长条桌子，晃晃悠悠的，坐上去就容易散架子似的，不得不在底下塞进一些砖头瓦块和破箱子。屋里黑乎乎的，窗户上是用一条一条割玻璃时剩的边角废料凑起来镶到窗户上的，挂满了灰和油污。在这屋里待一会儿，好像有窒息的感觉。

晚上 9 点多钟的时候，吴若还躺在被窝里看《红与黑》，全是繁体字。床边近处摆放着一本《忏悔录》。他一边看，一边用圆珠笔画曲线。他画曲线的目的，一方面是自己佩服书中于连的心计，佩服他的“自强不息”，所以，他要记住这些词和细节；一方面放在床上，别人来看的时候，一翻书，便让别人知道他还知道看书。尽管这里面也有过去虚假的影子，但是，总能促使他学习。坏习惯无法克制。尽管他知道“克己复礼”的道理，只要知错必改，能注意克制影响自己对人生的理解和以前的不正常的性格和恶习，成功可能就会到来。

按理说，像吴若这样祖祖辈辈农民出身的青年能出落得有思想而且已在向深度迈进，已属难能可贵。尽管他总以为有人看着他，然而处在这样一种状态的人总会将优点显露于外，久而久之，优点总能掩饰缺点甚至战胜缺点。可是，什么是优缺点呢？诚然，在这个环境里在你身上是优点，而换了一个环境换了一个人可能就变成缺点了；而换了环境后缺点可能就变成优点了。那么吴若的优缺点在哪儿呢？他能有这个自知之明吗？

快 12 点的时候，吴若觉得肚子有点饿，可是这破烂屋里什么吃的都没有。他从水桶里舀了一碗凉水，咕嘟咕嘟喝了下去，仍旧看书，书中于连的性格把他吸引，德·瑞那夫人的性格反倒使他同情。他边看边想，反正无论如何，他决成不了德·瑞那夫人，但不能成为于连吗？他专心看书。

看书的确成了他的一大爱好。而且这种爱好正在丰富和武装着他的头脑。

他在第二天用铁勺端水的时候，迸起的火花溅到他头上，满脸是汗，但他一道一道操作自如。月薪是 96 元，亏这时候他不会喝酒，也很少抽烟。他一声不哼，让干多少，干多少；有时候还帮别人搬搬废铁块，从来不想让人家领情，也不想让人家感谢，因为感谢了以后不好再干。那时他的思想有点类似二十年代初的一些小知识分子。这些人中，有的后来成了思想家。他穿的工作服和一双农田鞋，都已被铁水烫出了一个一个黑点，但他好像从劳动中得到了解脱，渐渐变得沉默稳重。车间主任老李是个半大老头，今年四十六七岁，满脸胡茬子，中等身材，是全厂公认的老实能干的人。对吴若进厂一个月的举止言谈早有注意，觉得眼前这个大个子小伙不是一般的人。他想找他唠两句，但吴若好像有点不大爱唠嗑。他突然由好谈变得沉默寡言，心里一定有什么梦。又隔了两天，车间主任老李还是没找着他谈心，他总是不歇一歇地端铁水的大黑勺，再不就是去搬废铁，捣铁砂，又去挑水，然后拿起扫帚扫院子。厂里好久没有这样的人了。大个子吴若这种令人盼望归来，同时又很少有人亲自行动的榜样又出现了。

同一车间里有一女工，一米六左右的个头，短发齐耳，瓜子脸，像玉一样洁白的牙齿，月牙形的眉毛下，两只眼睛仿佛会说话，那翘起的鼻子，镶嵌在脸上很有立体感。她说话干脆，性格很开朗，今年刚好二十出头。工作服在她那平平的肩膀、匀称的身材和两条笔直的腿的形体上显得比华贵的衣服还合身得体。这天下午，吴若和她相遇，两人对视，谁也不出声，转过身来，先是吴若开口："您贵姓?""姓冯。你是刚来的小吴吧。早听说来了一个帅小伙儿，果真如此，名不虚传。"

两人唠嗑的时候，有些人抬头看见。

吴若还想和小冯往下唠，车间李主任喊道："吴若，吴若，过来，把这铁碴子清一清"。

吴若与小冯告辞，迅即跑到炉旁，用铁锹清理着。他用力的样子，能看出他心里的不平静。

吴若所在的小炼铁厂，其实叫铸造厂，生产炉具和中小工厂用的零部件。全厂二百来人，埋头苦干、老实本分的人居多。因此，吴若在这样的环境里，练性格、练深沉，都可以。

吴若被炉火烤着，再加上不停地挥锹，已是满脸汗水，但他仿佛不知道累，好像总有人在看着他，不好好干天理不容。

这天下午，歇息的时候，吴若倚墙根而坐，闭目皱眉想着什么，脑海里闪出了"齐眉短发"和"会说话的眼睛"同他谈理想、谈人生，甚至谈爱情，很亲热、很凝神，也很投入。他觉得很有意思，有一种说不出的喜悦、甜蜜在心中激荡翻腾。他好像在哪儿见过她，对她印象特别好。总之，在中学时期对一个同学好时突然又发现还有比较好的，也许是梦幻，也许是感觉，但总是不满足。这里握着这一个，心里想着另一个，眼里看着另一个，总是有新感觉，总是有追求不完的完美，总是这样不固定，不专一；不是不想专一，不是不想固定，而是环境不固定，环境左右大脑。

他正在遐想、憧憬、梦幻，那瓜子脸小冯出现了。她拍拍他的肩膀，说："帅大个儿，想什么呢？想女朋友了？女朋友什么样？我想一定是很漂亮的，是不是？"

面对"说话的眼睛"，吴若站起身来，扑扑屁股上的灰，说："你说什么呢？"

"怎么样，引起你的兴趣了不是？请你坦白地讲，你有没有恋爱？女朋友什么样？"小冯穷追不舍，都是问话。

吴若摆摆手说："哪有心思考虑这些事？还不到时候，年纪还轻啊！先事业，后爱情吧。"话是这么说，可是吴若脑子里渗透进去的东西，像说的这样就好了。看他的神色，什么也看不出来，一本正经，专心致志。他做事的时候，旁人唠嗑，他都把内容一一记下，甚至比自己做的事记得都全。他自己不知道这是什么原因。他想克服，但越克服越严重，又因此增加了一层苦恼。因此，他耗费的精力比别人要多出二到三倍。他用更多的精力来考虑女性，殚精竭虑。他无法克制。按照老师的话讲："吴若是个人精"，可就是不能将精力集中起来做成一件事，心想做好，但习惯难改，结果事与愿违。他总想干一番大事业，正在寻找大显身手、出人头地的机会，他对自己目前所处的环境考虑再三，想改变它但有勇气而无办法。社会就这个样子吗？人生就这个样子吗？改造客观世界的同时改造主观世界。客观世界改变得了吗？

吴若在书上记下了这么一句话："人，这个大千世界的造物主，可为什么竟像个奴仆？"他怎么也想不明白。

傍晚，他约小冯一同看电影。在路上并肩行走，挺般配的，有说有笑，时不时两人靠得还挺近，喜形于色，就像知音终于觅到一样。

他俩坐在离电影院不远的小公园里，谈得很投入。

小冯说："像你这样的人，不该到工厂来，应该去上大学。你这样待下去，真是浪费。"

吴若说："我何尝不想上大学，但学习基础太差了。我曾不止几次地反复琢磨过自己，为什么同样在课堂里瞪着眼睛听课，课后也认真复习，别人能懂，我就不懂？有时候精力外移到什么地方去，我自己也搞不清楚。""我也有同感。"小冯接着说："我也是不得不离开学校。我总觉得有人瞅我，低头写作业，抬起头时，总好像左边、右边、前边、后边有人注意我，谈论我，好像要跟我说什么，使我心神不宁，学不进去。我妈是工业局的副科长，就让我到工厂来了。我脑袋也不笨，可就是学不进去，你说这是不是毛病？"

"我看是毛病，这毛病可危害太深。"吴若仿佛是个心理学家。

"吴若，恕我直言，你可能就是由于受弗洛伊德老先生的影响严重，要么就是像郁达夫《沉沦》里的零余者。你敢不敢承认？你若承认，那么你就是一个大胆率真的人物；如果不承认，那么你的骨子里装的东西是真，而你嘴上和脸上献给别人的是假。"小冯非常严肃地说。

吴若愣了。什么弗洛伊德？什么郁达夫？他还未听说过，脸上顿时红了起来。他眼珠转了又转，说："你说的是什么意思？我怎么听不懂。"

小冯果断地说："很简单，你就是用这种思想和模式来行事的，不然你怎么会看起来精明，却又学习跟不上，精力又不能完全集中呢？别人看起来很简单，没什么实在内容，可是就考上了。不这样解释，又作何解释呢？"

吴若眨眨眼，反问说："那你说说看，对这种怪现象自己受了什么影响呢？"

小冯略加思索，说："我也说不清楚。我对自己有点糊涂。我是一个对自己负不起责任的人。"

“什么意思?”

“没什么意思。”小冯说，“反正已经到了这个地步，有些观念已经形成，想改也改不了。有些习惯是从娘胎里带来的，想改也很难了。”

“那你对别人的观察咋这么准确呢?”

“我也是胡乱判断，还谈不上准确。不过，有一条我很坚信，什么样的人在想什么基本逃不过我的眼神。”

“你就这么自信?”

“对，我就这么自信。”小冯说话时，齐整的白玉般的牙齿、粉白的脸庞和那薄薄的嘴唇及会说话的眼睛，一时间全都印在吴若的眼神里、心灵间。他想：她比中学时的那位要有气质和风度，而且非常坦诚，也无伪装，知识面既宽又扎实，很叫人信服。她这么年轻，为什么思维如此清楚，对人对己分寸得当？好像她读了许多书，刚才提到的弗洛伊德、郁达夫，我吴若还从来未听说。于是吴若对小冯说：“你能不能把弗洛伊德的著作和郁达夫的《沉沦》借给我看看。”

“你连这些东西都没看过?”小冯感到惊奇。

吴若对这一惊奇又感到一阵脸红。

于是，小冯话锋一转：“好吧，我明天给你带去。你有什么好书，也借给我。”说着，起身告辞。“天不早了，我得回家了，不然我妈会说我的。”

“我送送你吧!”吴若有点依依不舍。

“不用了。”说罢，小冯头也不回地径直朝家走去。其实，她心里还真希望吴若能送她一程。

吴若望着她的背影消失在黑夜里，不觉低下了头，想着什么。是的，他好像收获到了什么；又如同在黑夜里丢掉了心爱的东西，没费周折又拾到一样；又仿佛拾到了东西还未来得及细琢磨就放进了保险箱里一样，非常坦然地快步回到宿舍里去。吴若宽敞明亮的心把宿舍这狭窄的环境照亮。他简单擦了把脸，拿起镜子照了照自己，使了个鬼脸，便躺在床上摸起一本书细细地读了起来。读了大约有一刻钟的时候，《忏悔录》里的形象仿佛和自己挂起钩来。于是他把书放在胸脯上，心想：小冯懂得弗洛伊德，知道郁达夫的《沉沦》。我不是知道《十日谈》《红与黑》和《萌芽》吗？不能不承认，小冯的思想比我有深度，但我的思想里闪光的东西她未必有，这是一个有层次的女性，是一个谈得来的女性，值得交往并可以交往下去。“近朱者赤”，近冯者什么呢？是智慧？是思想？是阳光？是微笑？吴若也琢磨不出来。他为什么不知不觉地愿意接近她？从自然感官到思想反应都有一种很大的吸引力。这种吸引力时时处处都体现出一种超凡脱俗的魅力。于连能从很低的位置一跃而成为一个时代的典型人物，能说个人奋斗与人无关吗？他和德·瑞那夫人的关系不只是两人的关系，那是不同阶层、不同内容的灵与肉、思想与自然的关系，是人类社会的一种必然关系。不管还有谁对其如何理解，本该如此。你小冯所说的《沉论》里不知名的人物，充其量不过是社会的零余者，都是一些小人物。那是一些变态了的怪人，但社会中的确存在这么一种人。我吴若算什么人呢？自然有自知之明，或明或暗，似知非知，马马虎虎。有思想但无本领，有才华但无真功，欲有为但功不够，有潜能但基准点不实。有心而无胆，有想法但真付诸实施挺难。

吴若想着想着进入了梦乡，梦的世界对谁也可能好，也可能不好，都是虚无，都是幻觉，但思考幻觉的过程本身就是一种创造。这种创造天南地北、海阔天空。对于一个从黑土地的沟里爬出来的青年人来说，能经过几年城里中学的教育，应该说本身就是地位、思想和观念的升华。

车间主任有意让他和小冯频繁接触。这个五十来岁的老头是个有正事儿的人，从未胡来过。别人有什么事儿，他总是考虑在前，自己从来不去麻烦别人。仔细一观察，这样的人在人间比比皆是。

他和吴若没说过几次话，但对吴若挺了解。这么有钱家的孩子能在这里与炼钢炉、钢砂、铁疙瘩打交道，住在仓库里，还挺能干，不挑三拣四什么的，这不是一个好小伙吗？他对小冯的印象和对吴若的印象差不多，只是觉得小冯有些外露，有点尖刻，有点叫人接受不了。这个时代的青年人，如果女性都能像小冯这样富有思想的同时又很有正事儿，长得也端庄，那么，世界可能就增加了美丽光彩；如果男性也像吴若这般有志气，愿意学习，那么世界的发展就会加快步伐。车间主任的想法很清楚。但他就是个实实在在的老实人，看问题好一成不变。什么时候老实人都有用。现在把老实人演化了。有一位领导提及一个自己看不上的人，总是这人不错，然后又说这人挺“实在”，意思是没啥水平。而车间李主任的确像个实在人，说水平有多高，没啥水平，但从不坏事儿，不像有些老实人有时坏事儿、误事儿，有时候还误人。像这样类似美国从前的原始小工厂能维持多久？在解放思想、开动脑筋的年代开启起进入市场的观念或到市场门口看一看的观念，尽管什么都看不清，但就得慢慢摸索。如果靠车间李主任这样老实厚道的老头儿来进入市场，显然要把脑袋里固有的东西全都换掉再加上有用的本事才行。靠吴若这样初出茅庐的人也不行，靠小冯这样富有激情并尖刻得彻底的小青年也不行，那么就需要两者间既能过度又能改革的人，但改革往往都是不易的事儿。老李主任有一点，他的观念有所更新，既对小冯、吴若这样的人还能看下去，不一概否定，亦不一概肯定，这就不一般。

吴老二有点想儿子，借没事儿的时候从西门里来到东门，坐的是桑塔纳。从穿着看，西服挺款式，板板正正；脚上的皮鞋也是真皮的，在当地少见；头发从中间向两边分，像吹过风似的；脸上还有点黑，褶子挺多，但气色已是黑里透红，挺健康的，还有亮的意思。他下车顺手一关门，先是站在厂房前看了看，然后才走进车间。车间里，人们正忙忙碌碌地干活。吴若见爸爸来了，放下手里端铁水的大勺子，向前走过几步，然后奇怪地问：“爸爸，你怎么来了？”

“来看看你。”吴老二看到儿子满工作服的黑灰和油垢，加上手上的看不见一点白模样的手套，心里倒有点感觉，但很快说：“能干就好，能干就好。”说着，吴若和爸爸走到车间外面，正好碰上小冯，小冯开朗地说：“吴若干什么去？你领的这是谁呀？”

“我爸。”

“啊，吴叔叔，还别说，长得有点像。”

吴老二也问：“小姑娘，你叫什么？”

“我叫冯娟，名字怎么样？”

“好听，好听。”吴老二点头称是。

“那你吴若认为好不好听啊？”冯娟第一次向吴若提出挑战。

吴若也毫不客气，说：“我看一般，如果要我给你起名，那么我就叫你‘冯欢’，你看行不行？”

“为什么？”冯娟反问。

“很简单，名字就是一个代号，叫什么就叫什么，不存在好听不好听的问题。”吴若解释得很坦白。

“好一个吴若！”小冯说完转身要走，然后回身说：“吴叔再见。”

吴老二点头回话，然后到吴若宿舍。开门进屋，映入眼帘的是乱七八糟的工具箱子，一张床架在中间。吴里章问：“就住这？”然后又走到床上摸摸被子，看看潮不潮，里摸外摸，点点头。“还行啊，比以前还不好多了。但比不了咱家现在的条件了。昨天，我买回了一架钢琴，花了八千多元，29 寸的彩电，还有 F55 录像机。又花了不到一万元，买了一套豪华音响，你抽时间回去看看，可和从前不一样了。”

吴若半是惊喜半是疑问：“我离家才不到三里地，半年没回家，家里就变化这么大？爸，买钢琴咱家谁会弹呢？”

“没谁会弹，摆在家里好看。要是能行的话，让你妹妹学学。”吴老二很自豪地说。

吴若没有吱声。

吴里章看出儿子在思考什么，便说：“厂子要是不行，就跟爸爸干吧，搞建筑、种地都行，你要锻炼锻炼。但这要看你的想法。”

吴若说“我还是想学习，还是要自己闯一闯，别人干得来，我也干得来，我不信自己不行。”

吴里章抽出一根三五烟点着，吐出一口烟雾，然后说：“你有志气，我赞成。不过咱得寻思自己是不是这块料。”

后半句触动了吴若的神经，闹个半红脸，说：“爸，您发财致富到今天，您知道你是这块料？那时候爸穷得不也是愁眉不展吗？爸能行，我就不行？何况我今天还学了点文化，看啥事儿还是有点眼力，至少能分出个好坏。”

“有文化能当饭吃？那么多大学生，他们文化高，可是他们能挣来钱吗？我没文化，但我肯吃苦，谁吃不了的苦我都能吃。我挣了钱，给国家交了税，你说是有文化的贡献大，还是我贡献大？你说他们有本事，还是我有本事？有了文化的人，有时光耍嘴皮子，还表面上装人，实际上最肮脏，有时净扯事儿。我靠自己能干挣钱，守法，不犯毛病。”吴里章掏出了自己的心里话。

吴若听后，没有马上说什么，沉思片刻，便说：“爸，我不能否认您说的是现实。人，得分阶段说话。以前，咱家苦得不成样子的时候，您说没文化不行；现在富有了，又说文化值几个钱。你这种变化能说是根本的变化吗？我佩服你，你能吃苦、能干、守规矩，但我不同意你后面的观点。是有不少有知识的人在瞎扯，但我认为他们是没有真正的知识。如果真有知识，那素质也不会这么差。有一条您说得对，就是那么多有文化的也没你贡献大，因你是当地盈利大户，交税多，贡献就大。但不能不承认国家在某些政策方面还有漏洞。比如说搞原子弹的不如卖茶蛋的，大科学家挣不过土财主。但我认为，就我而言，我是井中之蛙见方天，但我还是见到点儿天。我有我的理解、我的认识、我的观点。我们这茬人以后是素质的较量，没有文化不行，没智慧也不行，没有能力不行，没有一个健康的思想更不行。所以，爸爸，我还是要自己干。

您挣的是您挣的，我没有可以出力，可以通过学习获得。诚然，没考上大学对我是个不小的打击，但打击当中有一股压力，这压力会变成动力。如果一个人没有一股压力和动力，将一事无成。”

吴里章瞪着那小眼睛听着，然后说：“你讲得好听，比以前能说多了，爸讲不过你了。可是光讲能行吗？好多厂子开不出支，不就光讲不干吗？现在想干，晚了。我听不懂你的话，但我能听出你是有出息了。有一条你记住，干啥都得来真的，来假的唬人不行。你要是想自己干出点儿名堂，那你就得来真的。人活一世，干点事儿，有点出息。咱家现在钱不愁了，你要干什么事情，爸会全力支持你，意思就是你要比我还强。”说着，从小皮包里顺手掏出一些钱，数也没数，“给，花完了再找爸要。你妈也想你了，你回去看看。回去看看就没出息了？就没志气了？就说自己不行了？对不对？”

吴若给吴里章倒了一杯水来，递到爸爸跟前，然后说：“爸，我是想干出点名堂来给您看一看，您的脸上不是也有光吗？高考完了回家，您给我的那个耳光和那一脚，不能让你白打，疼我的肉体，但我的灵魂也应有感觉。咱家是有钱了，可也得好好想想，那钱别说是百万，就是一千万说没也是一瞬间。”

吴里章正要说什么，这时候冯娟推门进来了，爽朗的声调先于人进屋：“爷俩唠得很投入啊，没完没了的，想必是有很多心里话要说。”

吴里章笑呵呵地说：“小姑娘挺愿意说话，进来一块唠吧！”

“打扰你们爷俩真不好意思，我和你们唠嗑算什么呢？我是充当受教育者呢，还是教育者呢？是当听客还是当说客？”

“真没看出来，挺俊气的小姑娘竟然挺厉害。”吴里章对冯娟的初步印象还不错。

冯娟往里走了两步，挪下一个工具箱便坐下，那快穿白了的工作服穿在她身上如同定做的一样，合体、匀称，特别顺眼。两只会说话的眼睛忽闪忽闪，很有气质和魅力，气度不凡，连吴里章也觉得这小姑娘不一般。

吴若坐得有些拘谨，欲言又止，大脑沟回间的荧光屏上有两件以上的事闪现，是什么，自己既清楚又不清楚，很难为他装着这么多的事。但是，唠嗑的中心他未忘记。在稍肃静的空当，他说："现在很多事不好说，究竟什么是人生最高价值，怎样做才是一个合格的人，都不好下定义。"

"怎么不好下定义？挣钱、做事、不坑害人，就是有用的人；光说不做，不是块好钢，说得好听，干得差劲不是好人。我是这么看的。"吴里章先说了自己的观点。

这个小屋不一会儿就烟雾成片，但屋里气氛很浓。与其说是父子对话，不如说是人生观讨论，加之小冯的参与，讨论的气氛浓烈起来。

"我看人生做事是为了生存，无论做什么事都得先生存，这样看，才是辩证的。付出劳动，挣得了钱，是为了吃饭、穿衣，有人说这只能是活着，而我认为付出劳动对人对己都是贡献，首先保存自己，然后再去为人类服务，这符合规律。穿衣吃饭是为活着，活着是为了推动社会向前发展，总不能像动物一样，吃了睡，睡了吃。我们是有思想的人，是健全的人，因此，在工作中求得与人格平等的权利，默默劳作，有所作为，这样才能对得起每月的200元钱。靠了这200元钱，才有了生活的保障。"冯娟说着，面向吴若，然后问道："你看对不对？"

吴若无语。

吴里章脸上绽开笑意，然后说："别看小冯姑娘年龄小，看啥事儿挺讲究，说话有板有眼的，还真行。"

"吴叔您过奖了，我就是实实在在地说，心里怎么看，嘴上便怎么说。"冯娟这样表白自己。

这时吴若开口了："恕我直言，照你这样说，脸朝土地背朝天的人那样活着还有什么意思？"

"那是因环境而言。我们要是农民，天天种地，是为了有饭吃，因为不知道外面的世界多精彩，所以才不知苦恼。如果我们从城里走向农村，吃不像吃，穿不像穿，一天到晚又特别累，那么，我们就不会愉快，就会加重烦恼。如果我们从农村走向城市，生活水平由低到高，由种地到做工，由做工到坐办公室，那么就会由不满足到满足，又会从满足到不满足，这是人世的基本规律，没什么值得怀疑的。就拿你吴若来说，你由非常贫寒到比较富有，由农村到城镇，念书、拼搏，始终有一个目标，即使再艰难，你也不怕，也不松劲，道理在哪？就在于你有追求。追求为什么？是为了求生存、求发展。怎样才能生存得好？就得有钱。挣钱就要付出，付出才能挣钱。我有 10 块钱可以买条小鱼吃；我有 20 元可以买条大鱼吃。我钱多，可以为丰富生活而变着招子花。我钱少，可以对付。但有了钱就可以多见世面，没有钱就少见世面，有钱才能促使人发展和进步。有了知识可以使人进步，但它和有钱又有知识而使人进步是两码事儿。就目前而言，有才不如有财；就以后发展趋势看，近十年，有知识的人不一定比那些看来挺有钱的人潇洒。这是现实。然而，若要稳定、充实又愉快，那么还是需要既有财又有才。”冯娟说得头头是道，吴里章和吴若听得入神。

吴若不甘示弱，强硬地说：“我对你的观点不敢苟同，但一条，我认为这是因人而异。就我而言，我愿意有才，靠自己的才智去挣财。”

“我问你，吴叔有才吗？不是咱县的首富吗？吴若，你说有没有道理?”

“我看没道理。我爸爸没有文化，但不能否认他没有智慧。他有惊人的毅力和不怕苦的精神，以及干事不成功不罢休的信念。我认为这也是智慧的表现。”吴若在讲这些话时心里想着自己讲的话是否有道理，但他在犹犹豫豫的同时仍然坚定自己从实际出发讲的是真话。

“别提了，我有什么智慧，还吹你爸爸。过去我是穷光蛋的时候，怎么没人说我有智慧。其实我啥也不懂，就懂得干点活，吃点饭，还懂得啥好事不能独吞，也不能违法。所以，我不胡来。我心里没有愧疚的就是从不胡扯，从不做坏事。”吴里章的这番话说明了他有自知之明。

此时，这简陋的库房兼宿舍成了讨论正事的场所。屋里三个人的层次得到了升华，越谈兴致越浓。

冯娟说：“现实就是现实，存在就是存在，该出现的必然出现，这就是客观世界。吴叔，你说你没有文化，那是指你没有文化程度，但并不是你没有素质。你虽是农民出身，看问题不如有文化的人那么深刻，但不是说你对世界上的事没有认识，只不过总结时肤浅罢了。你吴若，总相信自己能行，可是你能行的本事在哪？你想干番事业，只凭想象，我看你是受了周作人《论躺在床上》的影响。周老学者的观点是人的发明创造是靠躺在床上想出来的，只有想出来才能做出来。这和弗洛伊德老先生关于人的一切发明创造都是性的变位和升华同出一辙。就我自己而言，我虽涉世不深，年龄不大，对人情世故知之甚少，但我有自己的看法。我虽工作在这样的环境里，但我想有一天我会有用武之地。人活着，干什么是次要的，关键看你干的事情你喜不喜欢。做什么都感到充实，我认为是人生的愉快。就拿吴叔来说，过去穷，但很本分；后来，有好政策，有人指点迷津，又风调雨顺，可谓是天时、地利、人和，这本身就是一个人的命运，才有了三层独楼，才有了高级音箱，才有了连县长尚不能坐的小轿车。可是，吴叔的难题难在哪，你能说清吗？你家富了，自己没文化，想让自己的后代有文化，可是在运行当中，由于你本身对文化的认识还不全面，一半是让人看，你们看看，我吴老二不光能挣钱，三个孩子也都行；另一方面，你又认为文化值几个钱，没有文化照样挣钱，可能还比有文化的人挣得多，生活得好，正像电视剧里的迷迷糊糊上山，稀里糊涂过河，但真就灵验。我说吴叔，你本身还有虚伪的表现，吴若也有，不服，你们就自己想想，有没有，什么时候悟出来，什么时候才能干点大事儿。吴叔若能守业，最关键的一条是富贵不能淫”。

“你说什么，富贵不能人。什么意思，富贵了，连人都不是了，那成什么话。”吴里章插话道，他实在是不懂什么叫“淫。”

吴若赶快接上：“爸，不能淫就是有钱了不能乱来，尤其不能和女的乱七八糟。”

“噢，是这个意思，明白了，明白了。我吴老二宁可把钱捐给学校，献给国家或扩大再生产，也不去接触这些乌七八糟的东西。我已向学校捐过几次钱了。我想把钱用在正事儿上，去年光按政策交税就交了五六十万。我在省里还戴上了花儿，我认为我活得挺实在。”吴里章谈起这样的事话匣子就打开了。

按规律，冯娟这样小的年纪就能对世界有如此的观点，不能不被怀疑为纸上谈兵，可真就是条条是道。吴若心里琢磨，要在理论上战胜她很难，心理战胜她也是件很难的事。只好向她学一学，按着这种推理法，我的书读得要比她少得可怜，她能自如运用，而我却一知半解。她透过书能解释世界，能剖析问题，而且能点到人的灵魂深处，这很不简单，不能不佩服。我能与她交往下去吗？如此尖刻，如此泼辣，简直是个女哲人，谁敢对她轻举妄动？但是，我发现她心里很高傲，一般的人不在她话下。我若是经常和她接近，我这两下子就会暴露给她，孤陋寡闻，一知半解，她会瞧不起我，甚至会视我啥也不是。到那时，我会失去一个从心里佩服的朋友。我还是装深沉点好，默不作声，不说懂，亦不说不懂，叫她琢磨不定。这样的话，我成了什么人了呢？还不是自欺欺人？到头来，以不懂装懂，心里恐慌，表面镇静呈露人的面前，那时候，想有所为亦难了。为能这样，愿把她视为自己的赶超目标，为了博得她的好感，并且能让她瞧得起，我还有潜在能力在以后渐渐释放，我必须再下苦功夫学习……

吴若想这些问题的时候，心跳速度加快了，可以说，他自从和冯娟相识后，激情有加、热血奔涌，仿佛世界又多了一根神经给他，使他神不守舍、颠倒神魂。

冯娟这时也在想，是不是自己作为一个女性不需太显露自己？是不是有点出风头在卖弄自己的知识？尤其吴叔在场，会对她留下什么印象？世界本身就复杂，尤其是人的思想，一个人一个样，有人说要统一思想。我认为服装可以统一，发型可以统一，物体可以统一，唯有人的思想不能统一。说出什么并不意味着看准什么；看准什么，并不一定非说出什么。这是一种辩证的关系。能说吴若心里想什么就说什么，尤其是对我的看法？本能告诉人，能直接揭露别人缺点的人不说没有，非常少，因为尚未到那个层次，自己不是也很喜欢别人表扬几句，赞叹几句吗？尽管有些话离谱儿，不是也很愿意听吗？那么别人就能愿意听刺痛他心的话吗？你认为自己认识问题深刻，可能在他眼里视为肤浅呢？你认为有些事档次、层次比较低下，可能在他眼里视为比较高雅和纯正呢？你认为金子是石头里运动而来的，他可能以为金子是乱石废土呢？关键是怎么认为。有苦恼是自己造成的，心情愉快亦是自己造成的，关键是自己如何认为。看问题深刻与肤浅、净化与浑浊、高雅与低俗，不都照样生活在同一个地球上吗？在美国，你的包丢了，即使再高贵，人拾到后会就近挂在路边的栅栏上。我们这儿能做到吗？在俄罗斯碰到红灯，即使横向无车行驶，行人也要等绿灯出现再通行；在澳大利亚的市场上三个人买菜也要排队。我们这儿能行吗？物质文明、精神文明不是强制的，人的素质达到才行。什么时候能达到？你吴叔有了几个钱就以为行了，你吴若以为读了高中能进城工作就行了，这都不对。可是我自己呢？光说别人，自己不也是在这里进行原始劳动而求生存的吗？自己的言行就对吗？老百姓讲，心比天高；文化人讲，超前意识。当然是在这同样的环境里的超前意识。算了，不要锐气，亦不要尖刻，一天到晚乐乐呵呵，知足常乐吧……

她自己想着，自己乐起来了。

吴若顺便问："你乐什么，有什么事值得你这么开怀？"

她还是笑，笑得莫名其妙。

吴里章也奇怪起来。

这时，门开了，走进两个人，一个是车间李主任，另一个是吴若的师傅大张，见屋里的人兴高采烈的，也笑嘻嘻地说：“好热闹啊！”

吴若一一介绍。

李主任大惊大喜：“呀，你就是有名的吴老二啊！真看不出来，原来和我们的外形差不多。”

“你们以为我是神呢，其实我这人就是个纯老庄，没啥了不起的。”吴里章很谦虚。

大张也说：“吴若这小伙子行，有正事儿，可能干了，没事就看书。可是我闹不明白，他为什么不愿意回家？”

吴若拉了拉师傅的衣角，使了个眼色。

这时，吴里章说：“快下班了，我请你们吃饭，李主任看看还请谁好？”

“吃啥饭？饭店的东西挺贵的，省点吧！”李主任说道。

“这不算什么，你安排人吧！”

“那我就不客气了，让咱屋里几个，加上闫厂长和何书记，还有马会计，怎么样？”

“行！”

这时，冯娟要走。

吴里章把她喊住：“缺你就不热闹了，你非得去不可。”

冯娟看了看吴若。

吴若惊喜的样子。

两人对视，眼里都闪着异样的光辉。

屋里的人仿佛看出点意思，但又都像木然的样子。

吴里章的这一举动，显然给这几个人尤其是冯娟带来了欢欣。

他们来到当地最豪华的一家饭店，叫卡地亚酒店。酒店装饰一新，引人注目的是那山水壁画，大厅里，八张大圆桌错落有致，洁净的餐具，叫你一看便有食欲。当地比较好看的小姑娘朴素干净大方，笑脸相迎："吴老板来了！"

"对，有几位客人，你们可得好好招待啊！"显然，吴老二是常客，与这里的人相当熟悉。

"请吴老板放心，别说您带来的客人，就是不认识的也要像家人一样对待。"一位长得面容端庄的小姐说道。她好像是领班。

闫厂长、何书记、马会计、李主任和大张站在圆桌前，冯娟和吴若在欣赏鱼缸里活蹦乱跳的鱼，边看边议论，喜笑颜开。

"厂长、书记，我看咱们还是进单间吧！"吴里章说。

"还是在外面的大厅吧，敞亮。"闫厂长说。

"那好吧，咱们坐吧。请闫厂长、何书记坐主席，依次坐吧。来，齐小姐，点菜。"。

齐小姐恭恭敬敬地把菜谱递上，吴里章接过菜谱，翻了一页又一页，然后面向客人："各位爱吃什么？一人点一个。"

"你吴老板安排吧，客随主便。"何书记说道。

"那好吧！"吴里章又翻了一页，然后放下菜谱，说："上面的字，我一个也不认识。不用菜谱了。"说着坐下发给每人一支红塔山烟，自己点上，抽一口说："小姐，你记。鱼香肉丝、滑溜里脊、大拉皮、葱油鲤鱼、青椒肉段、香酥鸡、拔丝香蕉、肘子。先来八个，不够再点，喝丰丰白酒，先来两瓶。"吴里章非常流利地一下子点出这么多酒菜。

酒桌上的人莫不为此而佩服吴老二。他们对这个能人早就有所耳闻，今天见面，虽相貌平平，但内在有东西，就连"文革"前从科大毕业的老闫也对吴里章的造化毫不怀疑，在县委机关当过干事的老何也不得不折服。眼前这个只念过两年书的吴老二竟有惊天动地的本事。他当过兵，看来没白当。人不可貌相，海水不可斗量。人能干什么，不全是文化决定的。他们为什么也这么想？在一位靠劳动致富的低文化人面前，他们为什么感到这样自卑？是因为吴里章今天安排这么个场面才使他们少见多怪吗？是因为他们被这桌酒菜所吸引所震动吗？闫厂长尽管也经常出入酒店，但那是三等小店，八个拼盘和几个小咸菜，自己掏钱，偶尔也去中档以上的酒店，但毕竟是请人家吃饭。何书记更是如此了。在这位农民出身的老板身上，他们嗅到了什么呢？大家落座，厂长居中，吴里章这么多年来，可谓见过世面。他在省城及其他城市开过眼，不仅自己耳濡目染，而且能将其创造性地发挥出来。时间不长，几道菜已摆在桌上，小姐斟满酒。吴老二笑呵呵地说：“书记、厂长，咱们开始吧！”

“好！”

“今天，和咱们几位相聚，机会难得。我儿子吴若在各位栽培下，进步挺大，备薄酒素菜，不成敬意。来，干杯！”说着站起来，挨个碰杯。

大家一饮而尽，很痛快。

冯娟在嘴上沾了一下，放下杯。这动作被吴里章发现了：“唉，女同志也得干杯，第一杯干了。”

“不行，我，不会喝酒。”

“小冯，干了，我厂长发话还不行吗？”

“在厂里，你让我干工作，你怎么说我怎么办；喝酒我就难遵命了，恕我不礼貌。”冯娟说得很有分寸。

“这小姑娘，啥时候能把你的嘴封住？真是没办法。”何书记直言道。

“好，说话敞亮，我跟你喝一杯。”大张向她挑战。

吴若不吱声，眼神在说话。

马会计夹了一口菜，放在嘴里，笑嘻嘻地说：“让你来你还不来。这回你来了，热闹极了。”

“就是就是，活跃气氛。来，再干一杯！”

又是一饮而尽。

这杯酒，吴若没干。

冯娟看了吴若一眼。

这个动作，吴里章看在眼里，半喜半忧。

车间李主任不干了，站起来，说："吴若，你还想赖一杯，拿出干工作的劲头，干了。这点勇气都没有，还叫什么男子汉！"老实巴交的人也能冒出这样赶劲的话来，真不简单。

吴若也爱激动，禁不住几句刺激，端起杯来一饮而尽。

冯娟又看了他一眼，他也正视了她一眼。

"喝酒可以交流感情，可以激发思想。"闫厂长对吴里章说："老吴，眼下我们厂不大景气，生产的东西卖不出去，有倒闭的可能。这二百来号人的吃喝成了我最头疼的事。当然，这是大气候影响的，可是我们不能去喝西北风吧。"显然，闫厂长有苦难言。

"那是怎么搞的呢？"吴里章关切地问。

何书记刚要端杯，又马上放下，瞅瞅闫厂长，说："形势摆在这儿，据我在哈尔滨的一个同学说，现在企业都面临危机。几个兵工厂更是有苦难言，森工企业一蹶不振。咱们这个小厂的生产设备和市场需要都是个问题，倒闭是必然的。恕我说句不好听的，这种原始机器、原始劳动创造出来的东西很难使工厂有所发展。"

"转产行不行？"冯娟瞪着亮晶晶的眼睛说。

"转产？"闫厂长为难地说："说得轻巧，哪来的钱？把咱们工厂的老本都搭上去，也不够个零头。先进的机器设备，买一台就上百万，我可没那本事。"

吴若一字不漏地听着，略有所思。

吴里章说："看来你们比我种地难多了，这么伤脑筋，我有一千垧地，有四台播种机，种黄豆、种小麦，只要老天有眼，我就保收。我还有建筑能力，我家有桑塔纳一台，解放汽车一台，还有一台南平小面包。每年交税百十来万。我有朋友，也有事儿干，一天到晚挺好。"

在座的人听了吴里章的话，都有点肃然起敬，"这不是地主吗？"

大家都在沉默的时候，吴里章又举起杯提议，说："不要忧愁。你们当官的要是愁，那工人还有好哇？不能泄劲。我当年那么穷，那么寒酸，我也没说什么呀。忍耐啊，挺啊，这不挺过来了吗？多想点招，肯定憋不死人。来，喝一杯！"又是一饮而尽。

闫厂长、何书记、马会计几个人互相瞅了瞅，然后一扬脖。李主任、大张也喝了进去。吴若和冯娟坐在那像是看热闹的局外人。

闫厂长有点多了，眼睛有点红，对着吴里章说："老吴，人比人就得死啊。我念了那么多年书，我那些大学同学出国的出国、当官的当官，当年我都比他们强。可我才当个小厂长，跟你比，我这辈子就算白活了。"那表情很伤心。

吴里章心想，请你们来是要你们乐和乐和，结果却惹得伤心，多不好。

这时，冯娟又说话了："厂长，恕我冒昧，说一句不敢说的话。你领导的厂子黄了，那怪谁，还不是怪你当厂长的无能吗？这就像居家过日子，家长不行，家业肯定不行。你总提你念过多少书，眼下你是发挥知识和能力的时候。不能像阿Q，总是'先前，我比你阔多了。'这种想法不行。是要看过去，也要看现在，更要看潜力。依我看，咱们厂子要是能用点能人，还有希望。炉壁子、炉盖子、锅、菜刀，这些东西农村还都大量需要，我们在质量上讲究点，肯定能行。您可能要说，农民哪有钱买呀？他们有的连饭都吃不上啊。是啊，这种现实不能不承认。"她像连珠炮一样一说就是一大堆。

何书记说："你有这个本事吗？"

"我不敢说有。"冯娟说，"但只要再给我几个月时间，我说肯定能行。"她好像很有把握。就这么一个小姑娘，能有多大本事，他们能没有顾虑吗？

马会计更是疑虑重重，不自觉地流露出一种老成和保守，一本正经地问："你有牛犊的勇气，但这可不是说说就拉倒的。以后吹牛也是要上税的。哈哈……”

“马会计。”冯娟丝毫未感到话中带刺儿，也非常严肃地说：“作为我这么个年纪，又是个女性，说这么大的话，你们不怀疑才是奇怪的。你们肯定要问，你凭啥能使厂子有条出路？我说，凭科学！你们可能又要问，你才高中毕业，懂什么科学！我是没考上大学，但我毕竟还有文化，毕竟还知道看书，毕竟见过世面。若是能相信我的话，半年后我准备承包咱们厂子。困难大我是知道的，若是不成，我拿性命担保。”

一阵寂静。谁都不再动筷，也不喝酒。大眼瞪小眼，都在想，我们这个小地方还有这么一个胸有大志、信念坚定的姑娘！她的勇气从何而来？

吴若被折服了。

吴里章皱着眉，微张着嘴，听得出了神。

冯娟一看这场面，马上说：“好吧，我敬咱们厂里各位领导和吴叔，还有吴若一杯酒，这是借花献佛。你们各喝一杯，我喝三杯，行不行？给个面子。”说着，将酒倒在茶杯里；又满一杯，又倒进茶杯里；又是一杯，然后和各位领导分别碰杯，一扬脖像喝水似地非常痛快地喝了进去。

最先感到惊奇的是吴若：“她怎么有这么大的酒量？”

几个人都有点惊奇。

吴里章说：“人家冯娟都喝了，我们还能不喝吗？”说着，和另外几个一口气喝进去。

闫厂长的眼睛有点睁不开了。

何书记已脸红脖子粗。

唯独马会计还算清醒，说：“冯娟，这个地方不错，我看，你结婚时就在这儿办吧！”

冯娟说：“结婚？我什么时候才能结婚？笑话！我要是举行婚礼啊，就在厕所举行，那才叫独居一处呢。”

“什么？厕所？”马会计说，“你别胡扯了。”

“真的，人家澳大利亚一对新人结婚，就在厕所。人家那厕所干净程度胜过宫殿。那是高度文明的象征。”冯娟解释说。

吴若眼睛一亮。他扶爸爸上车。然后又回来搀闫厂长、何书记他们。

吴若和冯娟两人漫步在柏油路上，有说有笑……

冯娟和吴若这两个年轻人正在做着并努力实现着前人从未做过的梦，要真正描绘出有立体感的新意识、新观念、新行动的美丽的风景线。但吴若是沉默的，沉默的原因是由于出身、性格、知识、见识决定的。虽说和冯娟的年龄差不多，但知识和见识的差异已很明显。在这位颇受人青睐的女性面前，这位相貌堂堂的男子汉似乎显得有些渺小，和自己的身材不成正比。倘若他还能自知，那么，是聪明的，有发展的，有锻造的价值；倘若又能知人，并将别人的长处拿来渐渐放在自己身上并能有所染化，那么，他的智慧就会有的是显身手的场合和时机。如果故步自封、不懂装懂、自以为是、刚愎自用，那么，金玉其外、败絮其中、碌碌无为，一事无成就是归宿。显然，吴若不想做这种人，从他这几年的努力与奋斗的言行中，从冯娟愿意和他接近的客观行动上，很难看出吴若是想成为思想家、道德家还是什么实干家、企业家或是个小政治家。全才不可能，但看他有没有这样的造化。

第二天早晨一上班，厂里就像炸了营，都在厂院子里观看，嘈杂声一片，听不出个数。有的鼓起了大脖筋，激动地说着，说得津津有味；有的瞪着大眼珠子目空一切地神侃；有这么几个青年工人围着闫厂长、马会计说啥也不让走，只听“再不发给我工资，明天我就到你厂长家一日三餐”，“我就领着妻儿老小到你家去住”。

闫厂长无可奈何，只好洗耳恭听，不敢有一点反驳。这厂长当到这份上，也真够劲了。

吴若有点撑不住了，上前用双手扒拉开另外几个围攻的人，说：

"别胡扯，有本事自己干，围攻厂长干什么?"说着，把厂长推到办公室里。

几个人围着他嚷开了："刚他妈到厂里，显什么大眼，你有什么资格教训我们。"其中一个胖墩墩的小伙有打架的意思。

吴若攥紧了拳头，眼睛一瞪，照他的脸部就是狠狠一拳，这小子差点被打倒。他不顾捂自己的眼睛和鼻子，抄起一把铁锹，猛烈地向吴若劈来，吴若一闪身，然后迅猛地向前抱住他。他叫陶铁安，28岁了，个子不算大，但很结实，没人敢惹他，好打仗，一般人不在话下，这回挨了吴若这么一拳，心里很不是滋味，心想，我陶铁安怕过谁，今天不是鱼死就是网破。两个人搂抱在一起，开始势均力敌，但打惯仗了的陶铁安看摔不倒吴若，就狠狠地咬住了吴若的肩膀，吴若疼痛难忍，猛一使劲将陶铁安按倒在地，一腿压在陶铁安的肚子上，一手拧胳膊一个劲按住，用右手照他的脸上就是两个大大的嘴巴，这回嘴角也出血了。全厂的人都停止争论，围到这边看着热闹。吴若松开手站起来，才发现自己的肩膀上有一圈紫青紫青的牙印，从地上抓了一把黑土往上一扣，欲走。冷不防，陶铁安像血人似的猛扑过来，照吴若的后脑勺子就是一拳，吴若由于没有任何防备，一下子被击倒了，眼睛紧闭。陶铁安背着手，显出得意的样子。那么多的人，没有一个去扶一下吴若。这时，冯娟来了，马上跑到吴若身边，说："快来，帮帮忙，把他送到医院去。"正在说话的时候，吴若睁开了眼睛，醒过来了，见冯娟在场，见这么多人都木呆呆地看着他，他猛一下站起来，朝着陶铁安就是一脚，这一脚踢到了陶铁安致命的地方，惨叫一声，倒下去了。

在一旁的闫厂长害怕了，慌忙招呼到："快，把小陶送到医院去。"还是没人管。

只见吴若、冯娟、李主任、马会计来抬小陶。冯娟摸他的胸膛，心脏在跳，摸脉搏，在动，瞅瞅吴若，意思是没什么危险。吴若背起陶安铁，堵了一辆车送到医院去了。

检查结束，踢坏了下体，肿得老高，但无后果。

吴若赔钱 8 000 元，被开除公职。

陶铁安亦被开除。

二百多人四个月没开一分钱的闫厂长领导的小厂沸腾了……

吴若没回家。当天下午，直接来到粉厂，找到管事儿的，说给点活儿干。没别的活儿，就是“扛大个儿”。反正有的是力气，扛就扛，还挣得多点，扛一袋儿八角钱，一天下来百十袋儿。他答应了……

马会计托人调到亚麻厂去了；

何书记托人又回到了县委宣传部；

没几天，厂里宣布放假，车间李主任和老伴卖冰棍去了……

在谁也没有办法的情况下，闫厂长找当官的同学到淄博一个大厂当工程师去了。

群龙无首，厂子已不再像厂子，有用的东西被人拿得差不多了，只有笨重的炼铁炉和沉重的车床摆在那儿，一片萧条的景象。

冯娟来到工业局，主动地提出将小厂承包并搞起副业专卖尿素，没有人敢让她包，她父母也不敢让，而她却信心坚定，提出的条件是一年向工业局交十万，这二百人由她养活。但需要贷款 150 万，半年还本息。

她哪来那么大的勇气，她哪来那么大能量？

她没谈。

她打听到吴若的下落后，马上来到面粉厂找吴若。只见一个高高的个子满身上下都是面粉，小跑一般地肩上扛着三个面袋，毫无阻挡地向前面的大库里行进，冯娟一眼便看出他就是吴若。她站在大库门口等待吴若出来。吴若争分夺秒般地走出大库，到门口一看，惊讶地喊出：“冯娟，你来干什么？”

冯娟说：“来看看你，顺便同你商量一件事。”

“什么事？”

两人边走边谈，扛“大个儿”的壮青年都目视着他们。

冯娟说：“我想包下咱们的炉具厂，你看行吗？”

“真的！你有什么高招？”

“我想用一部分人继续做炉具，一部分人出去修路，另一部分人搞尿素买卖。但困难很大，我的决心也大，我想让我妈到银行贷款 80 万，一年半后还本付息。”冯娟很有把握地说。

“那你从哪搞尿素呢？”

“我爸的一个好同学在尿素厂，让我爸出面，我看要多少就能整多少。”

“销路呢？”

“你家种一千多垧地，那你需要多少尿素，请你跟你爸说一说，我看准行，还有民乐、群力、团结、新发这些公社，几千吨一卖就没。”

“你敢保证他们能按时给你钱吗？现在没钱人买东西赊账，欠款可神气了，三角债能把一个企业搞黄了。”

“没问题，搞好关系，用好回扣，哪个当官儿的不给你钱。”冯娟每一步策划得都挺好。

吴若没有再问什么。他抬眼一看，众伙计们又扛着“大个儿”奔向大库，他有点等不及了。

冯娟说：“我想请你和我一块儿干。”

吴若犹豫。

“你再考虑考虑。”

“我想在粉厂干一阵子，也许经过努力能找到好工种。”吴若开始转变脑筋，用新的意识与冯娟对话。

两人深情的目光对视，此时无声胜有声。

冯娟走出粉厂大门，觉得心里像坠了一块铅，沉重得很。她想：吴若是一个有思想、有才干的人，现在却处于这种境地，天下需要“扛大个儿”的，可是吴若用在这上，无疑是个浪费，他应成为一个坐办公室搞研究或智囊团里当参谋的人，或者是哪个大老板的副手。他在这里能混到什么程度呢？于是，她说：“回去咱俩一块儿干吧！”

吴若摇摇头，然后说：“再有一个月，我要是能当上兵，我坚决去当兵！”

“当兵？”

“对！只有当兵，才能实现我的理想。苦、累什么的，我都不在乎！”

“当兵是一条好出路，可是也得费点事啊！”

“不要紧，我爸可以找熟人。”

冯娟刚要说你这一当兵就是好几年，咱俩的事儿怎么办？欲言又止。她不能只顾感情而忘了他的前程啊！

冯娟一边往回走，一边思索着一些问题：承包炉具厂，在当地还是第一个，这个二百多人的在当地不算小的厂子能不能救活还是未知数，虽然在电视里看过经理治理企业，厂长治理工厂的手段、战略和方法，但毕竟那是电视剧，不过有一条，有些东西现实中就可以接受并施用。贷款的事儿能解决，就成功了一半，这里关键是尿素销路。进，完全努力之后能办到，这个厂子里的人用谁呢？用刘姐？她为人厚道，管工会这么多年，踏踏实实，有人缘儿，有威信，让她看个家什么的，不会后院起火；用李小堂当会计？当了三四年出纳，没听说犯过什么毛病，念过高中，学过财会；用李锋当出纳？农村来的受过教育，挺可靠；用老李管炉具，一切大权交给他；用马云海管车，用张小华管仓库；用陆占安管六十人修路……

在炉具厂仅有四五年的光景，就能对这里能行的、不能行的人有所了解，能说不是一种本事吗？

她从心里希望吴若在身边。可他的性格告诉她：认准的路说什么也要走到底。当兵去，对她来说，既愿意又舍不得。两三年见不上一面，我俩的关系会发展到什么程度呢？就是说等他，他也等我，这两三年的光景会有哪些变化呢？我会不会变，他会不会变，现在都不好下结论。社会环境可以改变一个人，许多事情都不会以个人意志为转移……算了，先把眼前的事业干成吧！

想着想着，她加快了脚步，看得出那脚步是轻松的、愉快的。

然而，轻松里有没有沉重？愉快里有没有伤痛？从冯娟的资历来看，她有这样大的设想、愿望甚或雄心，是令人不解和难以接受的。但是，她在毕业后的几年中，没少读中外的书，也没少看电视、听广播、看报纸，加上爸妈回来天天议论什么什么地方谁谁制厂有方，挣大钱了，又哪个个体户没什么文化，成了利税大户等，经济这个概念开始在她尚未开垦的处女地上萌芽。她总想做个女强人，而且她天生的性格就是干事就干到底，认准了的就干，但她有理论根据，不干就拉倒，不啰嗦。

晚上回到家，冯娟和爸爸妈妈坐在炕上滔滔不绝地谈着自己的理想。

她爸叫冯喜山，四十八九岁的样子，中等个头，梳着个偏分头，夹缝间已有不少白发。他是县委政研科的一名普通干部，办事谨慎，说话周到，总是留有余地，尤其跟外人讲话，不说滴水不漏，也从不过杠。人缘挺好，既不吃什么亏，但从来不占什么便宜，根本就没有要当官的想法，也不出风头，争名夺利的事在他身上没有过。这会儿，听女儿一侃，他瞪圆了眼睛，说："你有那两下子？现在这年头办点事多难啊！你说说，你有什么理论根据和实践依据完成你的理想和设想。能说服我，我就服你！"

"爸，您是个老理论工作者，但也别瞧不起你的女儿，我也有一肚子文字，只不过未向你们坦露过。我想，现在国家都面临改革机遇，就炉具厂来说，再执迷不悟地生产制作炉具，一条道走到黑，自己就夭折了。应该广开门路，多种经营，生产照搞。经营也照搞，搞生产是保证厂里的牌子，可以不用重新办理执照是国家的合法手续，按政策交税。

我搞多种经营，一是抽出80多人去承包从县里到兴华这十八里地的县道，其中有八里地可以包下来，资金要到位，可以挣50万元。二是抽出20人专门搞尿素推销，咱这儿有20多个公社，能有10个公社买，就可以卖五千吨，钱可以分期付，这一项挣差价就可以有300万，交税，去成本，还能剩150多万。但也有一条，我得靠妈的关系到银行贷款80万，一年后还本付息，靠爸的关系到合利尿素厂找你的老同学厂长让他开绿灯，听说他早是大款了。”冯娟滔滔不绝地向爸妈说了一大套，几乎是眉飞色舞。

“你从哪掏弄到这么多信息的？”在县工业局任副局长的妈妈问。

“还用掏弄吗？从你们来往的关系里，平时唠嗑谈话里，我都一幕一幕记在心里。”冯娟的聪明，爸妈早就知道。

妈妈叫胡顺华，齐耳短发、方脸、大眼睛、薄薄的嘴唇、笑模样。冯娟外在的聪明劲特别像她。她很健谈，也很愿意动脑筋，不怕困难，能接受新事物，今年四十五岁，始终在机关工作，开始在工会，后又到妇联，然后到了制板厂当了两年书记，又调任工业局任股长，当了七八年股长，去年底被任命为副局长，是个挺有经验的女干部，办事儿有板有眼，一步一个脚印，对冯娟的影响挺大。她和冯喜山可谓说是珠联璧合，一个稳稳当当，处事谨慎，一个干脆利落，胸有成竹。而冯娟恰是两人精华部分的结晶。她妈妈的文化已达到了大专程度。

胡顺华从炕沿上站起来，一手叉腰，问：“你就能保证我到银行毛行长那里好使？”

“保证好使。你们是从小在一个屯里长大的，以后又到城里当干部，老面子还能不给，再说，咱也是为国家做贡献，不是为了个人私利。”冯娟说。

“现在这人可不好说，说不定就把面子卷了。”

“先试试。事再难，只要去办就有成功的可能。事儿再容易，不去办，能成也得泡汤。”冯娟见妈妈站起来，她也站起来，给妈妈讲道理。

冯喜山说："我和合利尿素厂的厂长虽是同学，但好多年未见了，还不知唐业这小子怎么样，办不办事儿。我可以先同他联系一下，这事才能定。"

胡顺华又说："刚刚开始筹划，尚未运作。明天，你得先和王局长签合同，妈妈不能参与，不能好说不好听。"

冯娟接受这一观点。

父母为女儿有这么深刻和现实的理想而喜忧参半。这对有着相当阅历的夫妇，二三十年始终如一地恪守信条：沿着规律的轨道前行最多是有惊无险，而超越时尚的创造至少是坎坷踏平。他们心里清楚，要求一个民族都阔，这是一个不可能实现的梦想或说是一个政治梦想。

然而，他们担心最多的是女儿在创业途中的风雨、坎坷，甚至最怕发生的事情出现在生活当中。商场的复杂，人心的叵测，女儿有没有这种战胜力、抵御力和免疫力……都是个未知数。

在这半个多钟头的时间里，冯喜山这间20平方米的小平房里，气氛是异常的。几分钟的冷言热语，又是二十多分钟的沉默，但是，他们自己心里都未沉默。冯娟的这一破天荒的设想和不达目的不罢休的信念，使父母也难以答对，心中激起的波浪一浪高过一浪。

冯娟走到书柜前，顺手拿下《新加坡的经济发展》，站在那聚精会神。

冯喜山打开18寸彩电看新闻，胡顺华系上围裙做饭去了……

一个月后，吴若穿上了军装，踏上了军列。同冯娟握手的时候，冯娟说："我一定会等你的。你在部队干出名堂，我在地方也要争个脸。"吴若没说什么，只是用力握着冯娟的手好一阵才松开……

吴若深情地回忆，使洪国产生了敬意。他俩坐在小河边，听流水声响，观月光皎洁，心灵上掠过了柔和的晚风。洪国说："半夜了，明天还得起早，快回去睡吧！"两人回到帐篷里。

洪国、吴若在深山里跋涉着、拼搏着。他们除了寻觅黄金宝藏，也在寻觅人生的真谛。

他们的心上人都在干什么呢？也像他们那样在思念着他们吗？

冯娟作为二十三岁的女性，说纯洁，无可非议；说单调，就有异议，因为在她思想或灵魂深处激荡着与同龄人大相径庭的东西。但是，他所处的炉具厂，那里体现的是单调的生活。但就在这纯洁而单调的生活中必有一个美妙的时间，阳光会流入她的心中，花会对她说话，心的跳动会把热烈的生机传给头脑，把意念融为一种现实的欲望，哀而不怨，乐而忘返。

第二天上午 8 点刚过，她骑着自行车来到炉具厂——这个自己生活了四年的使自己思想发生转折和突变的地方。

冯娟的心里好一阵凄凉。

她推着自行车，脚步非常沉重。其实更沉重的是她的内心。此时，她的脸上已布满了阴云，才一个星期不到厂里来，就破败不堪到这个程度，作为厂里的一员，谁心里能好受呢？接管这个厂子要付出多少辛苦才能起死回生呢？冯娟支上自行车，又趴窗挨屋看，就连厂长办和工会桌子都已铺满了灰尘，唯独会计室那间屋多少还有点样，门是封上的，冯娟徘徊在厂院里，那炼铁的小炉、端铁水的大勺、堆得像小山一样的铁砂和那加工厂不能成品的铁瘩疙……这都是宝物啊。她变沉思为活跃，变默想为奇发，变凄凉为热烈，蹬开车梯径直驶向县工业局。

她是想试一试，看看自己究竟有多大功力；

她是想闯一闯，看看自己头脑是不是发热。

到了王局长办公室，一阵寒暄过后，冯娟说："王伯伯，我决定了，我承包炉具厂。"

王局长那布满血丝的大眼睛像会说话一样，笑呵呵地问："小娟，你爸妈同意吗？"

"他们由我自己拿主意！"冯娟回答。

王局长点着一支烟，心想，有人为我背包袱，我包袱少一点，压力就一点，究竟能否成功那是另外一码事。于是，他打电话找牛股长进来，拿出一份合同书，递给冯娟，说：“小娟，你看看，然后认为合适就签字，签了就生效，自主经营，自负盈亏，管五年。”

冯娟看了看，然后在承包人栏上签上了“冯娟”两个字。一式三份，她自己揣起了一份。然后说：“王伯伯，以后你要多关照，可别看我笑话！”说着伸出来同局长握手，同牛股长握手，然后告辞。那时候，自己想干点别人想不到的事不用花钱，也不用请客，就是那么个形势。谁知道，后来变得就不大一样了。

跑出办公室，她没有到妈妈那里，虽然只隔一堵墙，出来蹬上自己车跑银行去了。

如果说王局长答应得痛痛快快是为甩包袱，那么，毛行长如果贷给她八十万无疑是给自己肩上压上一个不算太沉可也不算轻的担子，他能同意吗？即便同意，也是胆胆怯怯的。

冯娟倒没考虑这么多的事情，蹬车蹬得满头是汗，见着熟人也不打招呼，心里多少有点紧张，一手往后梳理头发，一边敲门。“进来！”

“毛叔！还认得我吗？”

“你？”

“我是冯喜山的姑娘！”冯娟自我介绍。

“小娟！”毛行长高高的个子站起来，长方形脸上的两只小眼睛笑眯眯地眨个不停，“噢，你都长这么大了，快二十了吧！”说着，同冯娟握手，让她坐在对面沙发上。

冯娟坐在沙发上，说：“毛叔，你都把我忘了，我都二十三了。”

“都二十三了，真快，你说我和你爸你妈他们能不老吗？他们都好吧？”

“都好！”

寒暄过后，冯娟站起来，非常正经地说：“毛叔，我想请你支持我一下，尽管这个设想您可能还有点不太放心，但我想，您能从集体、从个人这方面考虑，能尽力的。”

“什么事，说给我听听。”

“我承包了炉具厂，已同工业局签订了承包合同，五年。我的设想是用二三十人负责炉具生产，七八十人负责修路，我包了二十多里路面，一部分人销售尿素，都有路子。”冯娟简明扼要地介绍完。

毛行长不解地问：“你哪来的这么大勇气，不是异想天开吗？这些事像我们这个年龄的人都做不来，你行吗？”

“行！肯定行。”

“那么你找我干什么呢？”

“贷款！”

“贷多少？”

“八十万！”

“多少？”

“八十万！”

毛行长大惊：“我贷给亚麻厂那么大企业才不过一百万，你贷这么多，用什么担保？”

“用我自己的生命和我父母的一切。”

“可别闹笑话了，你要贷款个三万五万的，毛叔还可以答应，这么多不成。”

冯娟二话没说，同毛行长握手，转身告辞，那个倔强劲令毛行长惊讶。

毛行长是胡顺华的同乡同学，年轻的时候有过那么一段议论，后来各自成家以后，议论也就没有了。但是两人的关系一直挺密切的，都是本分人，关系再好，过杠的事都不去办。

冯娟来到火车站，买了去合力尿素厂的火车票，决定今晚动身，想先不交款，先把尿素整来，卖了钱再交。这一想法不坏。可是生活中，想法归想法，付诸实践那麻烦就多了。冯娟自知这一道理，然而，她偏知难而进。

火车里又脏又乱。

过了绥化的下一站，上来一个城里模样的人，将书包往行李架上一扔，一屁股坐在冯娟的身旁，闭眼欲睡，从嘴里喷出的气味，很难形容，大蒜味？酒精味？很难说清楚。冯娟瞥了他一眼，他反倒又往里靠了靠，几乎要挤到冯娟的身上，冯娟有点怒色，双手猛推他，他又佯装不醒，什么都不知的样子。冯娟大怒："你想干什么？"对方无声，若无其事的样子。这种人多半是做买卖、采购员之类的，社会油子。

社会就这个样，这个角落就这个样。国民素质，谁有什么办法。冯娟任其自然，随遇而安。这一路旅行，冯娟的心里更加雪上加霜……

有思想有什么用？不是自寻烦恼吗？有些事想不到，不也就过去了。世界之大，无奇不有。眼不见心不烦嘛。

早晨五点，冯娟在合力站下了火车，到候车室洗脸间洗把脸，刷了牙，然后来到用简易房建成的小吃部，买了个烧饼，一碗豆腐脑儿，便吃起来。这时候，过来一位抱小孩的少妇，脸好像有半个月没洗的样子，眼圈发黑，站在那一动不动，见冯娟抬头看她，她便伸出手来，"大姐，你看这孩子病的，好几天没吃东西了，可怜可怜吧！"冯娟二话没说，顺手掏出一张，一看是五元的，没有什么犹豫，递了过去，那少妇说声谢谢，马上离开。

冯娟接着吃饭，又进来一个七八岁的小女孩，头发上沾满了灰尘，八月盛夏，穿着个看不出本色的破棉袄，双手一伸，脑袋低垂："阿姨，我妈病得快死了。没钱治，救救我们吧！"

冯娟诧异。见对面顾客低头不语，她也装作没看见。原来这是乞丐群，有组织，有领导。

冯娟赶紧离开这里。

她打听到合力尿素厂的位置，虽离此还有五六里路，但她还是决定举步前往。她想用这步伐打发这沉闷的时间，一边走，一边想：不知道这位唐叔叔怎么样，是个什么的人，很开面？很小气？很浮滑？还是很老成？又道貌岸然？不知道是不是个敞亮人。爸妈说他年轻时是不可一世的人物。

带着疑问，她来到了尿素厂大门口。新修的大理石贴面的大门桩，银灰色的两扇大门，大门框上醒目地挂着“合力尿素厂”的大竖牌子。对着大门的五十米路，全是用水泥修成，路的两旁是平平的、绿绿的小榆树，宣传画廊边是绿色的草坪。这一切尽收眼底之后，冯娟心旷神怡。心想，这样的厂子，谁能不愿意在这儿干呢？

不一会儿，铃响了，刚好八点，大门口没有了行人。她跟门卫说明情况后，验了身份证便进去。先到秘书科，然后由一位端庄的小姐去引见唐业厂长。

冯娟走进去，这是一个套间，外面会客，里面办公。沙发都是真皮的，据说是意大利进口皮子；茶几上摆放着糖，各种水果；地板块光彩照人，吸顶灯是当前各大宾馆最流行的。里间屋，与此屋同样，一张大大的老板台，高高的靠背椅，三个电话，还有子母机摆在桌的正中。两个单人沙发和一个多人沙发摆在老板桌的对面。冯娟抬头看到了这一切。

秘书小姐笑容可掬，说：“请您先在接待室等候，唐厂长一会儿就从车间回来。”

冯娟说：“谢谢小姐。请问您贵姓？”

“免贵姓黄，黄丽娜，有什么事请跟我联系。”

“好吧！我叫冯娟，是里望县炉具厂的，专程来办事儿。”

时间不长，黄小姐被人叫走，出门的时候，两人的目光都是热情、和善的。

冯娟坐在沙发上，她在想：同样都是在小县城，同样都是企业，为什么合力尿素厂能有这么辉煌和气派？黄小姐的气质和修养能说比她差吗？和大城市的秘书比毫不逊色。冯娟觉得自己开阔了眼界，不走出来，总待在自己的小天地，那就会闭塞到连自己都不相识。冯娟越想越觉得可能奇迹的发生有赖于合力尿素厂。尚未和唐业见面，她便对这位唐叔叔肃然起敬。

这时候，推门进来一位大个子、大肚子、大脸盘、大手的人，头发向后梳理，油黑锃亮，由于戴着宽边的变色镜，无法看到眼睛什么样，鼻梁高高的，嘴唇挺厚，但不难看，脸上黑得有点亮光，上身穿件真丝粉色T恤衫，裤子是浅灰色的，裤腿肥肥的，宽宽的鄂鱼皮裤带系在大肚子底下，脚上着一双黑色的真皮凉鞋，手上戴个镶宝石的大戒指。黄小姐走上前来介绍："冯娟小姐，这是我们唐老板。"

冯娟已经看出来他是谁，伸出手来："唐叔，我是冯喜山的女儿，一是来看看您，二是来麻烦您。"

"你是冯喜山的女儿？你爸你妈好吧，我们都二十多年未见了，最后一次见面，是参加他们的婚礼，那天，我喝得酩酊大醉，怎么上的火车都不知道。一晃，你都这么大了，二十几了？"

"二十三了。"

这一问一答，非常亲热。冯娟的心里热乎乎的。

"还别说，长得真挺像你爸，特别像你大姑，你大姑年轻的时候就挺漂亮。"唐业的几句话，已把冯娟紧张的心理说轻松了。唐业是个很随和的人。

唐业又问："你现在是读书还是在上班呢？"

"参加工作都几年了。不过单位不景气，几乎到黄摊的地步，厂长、会计、书记都调走了，二百多人有的卖冰棍，有的蹬三轮，只留下几栋厂房，也已破烂不堪。我已经同县工业局签了合同，承包这个厂五年，一小部分人搞炉具，一部分人修路，一部分人搞第三产业。今天就是向唐叔叔求援，拉侄女一把。"冯娟简明扼要地向唐业介绍了这个情况。

听了冯娟的话，唐业很感兴趣，顺手摘下眼镜来，说："你才二十三，就有这么大的志向，我很欣赏。现在，像你这样年轻的人可不多，你说吧，需要什么，我们商量商量。”

冯娟说：“唐叔，我刚到厂门口，就有心旷神怡的感觉。你把一个县级市里的企业抓得这么好，我是从心里佩服您。无形中对我自己承包县里的炉具厂充满了信心。我想我自己并不是异想天开，五分钟热血。听我父母说您在年轻的时候就很厉害，表现出了非凡的组织号召能力。这次来，他们让我向您问好。我来的主要目的，是把这里的尿素廉价买回去，再合理推销出去。不知唐叔能不能帮上这个忙。”

冯娟讲这些话的时候，黄丽娜早已悄悄地退出了门，并毫无声响地把门关上。当秘书的主要素质，在于看出门道。她在唐业这里已经干了四五年了，是一个既能干又灵活、既深沉又开朗、既稳重又潇洒的女性，今年29岁，高中没念完就下乡去接触中国原始的手工业，种地、铲地、割地样样都干过。父亲是老工人，是出了名的瓦匠，一天到晚汗流如雨，三百多元钱的工资养活一家三代；母亲是家庭妇女，把自己家收拾得特别干净，老伴回来，酒菜摆在桌上，把公公婆婆先让到炕上，然后看着老瓦匠喝酒，看得香甜，一天到晚说话不多，笑模笑样，挺贤惠的，家里平和，没啥说道儿。黄丽娜是家里老大，念初中的时候没现在漂亮，比自己小两岁的妹妹和她长得一样出众，现在看来个头、腰条、脸盘有超过姐姐的意思，两个弟弟都在念书，一个读初中，一个在小学四年级。

她返城回来，被分到尿素厂，那时候，只有几间破旧的厂房，尚未形成规模。唐业还只是个车间小主任，就如同这个厂子不被人重视一样，唐业虽相貌堂堂，但在这样的环境里也就那么回事儿。而唯独黄丽娜那线条和柔和的美在人们的脑海里根深蒂固。她那种天然的笑眼，仿佛谁瞅她一眼，她就对谁有意思一样，其实她还不知咋回事儿。故而，自作多情者比比皆是，总以为黄丽娜对自己有那么点意思。然而时间一长，有人看出她不只是对自己笑，对别人的表情亦是如此，便觉得被她耍弄了一样。于是诋毁她的语言像河水一样源源不断。有的甚至当面出她的丑，有的还在下班后盯着她，看她往哪走去。她哪也不去，就是回到自己家，久而久之，烟消云散，河水退去。

后来，春风吹来，唐业得志，首选黄丽娜进厂部。于是语言又起，风波再现。唐业的妻子大闹厂部，令人哭笑不得。唐业一言不发，黄丽娜滴水不进，漂亮成了罪恶，真是不可思议。后来，黄丽娜显得毫不在乎，执着地追求着自己的事业。唐业胸怀大志，不到半年，将三百人的厂子发展到五六百人，工资奖金合二为一，平均年收入三千二百元。众人皆服。然而不久，谗言又起，男女关系，贪污腐化，大吃大喝，一系列时髦的言辞跃然纸上，搞得上面神魂颠倒，下面不知所措。

在这样的时候，黄丽娜打扮得更加漂亮，跟唐业跟得更紧了，可以说是形影不离。当年秋天，厂子里矗立起一幢五层高大楼，老职工搬进了新的楼房，有一百多家。厂院绿化，厂部显得非常有派头。年产尿素二亿五千吨，上缴税款三千八百万，纯盈利七千九百多万元。

一面是告，一面是奖；一面是查，一面是保。那天晚上，唐业打开一瓶茅台和黄丽娜在接待室相对而坐，默默无语，有的只是目光相对。两人一杯又一杯地喝酒，唐业喝了八两，黄丽娜喝了二两。然后，唐业仰躺在沙发上，呼呼大睡。黄丽娜平时能喝四两，较上劲能喝六七两，而今天二两就有点醉了。那时，两人是“一片冰心在玉壶”。

如果说黄丽娜因为天生丽质招惹来了世俗的非议，那么，这个世俗会伴随黄丽娜走到多久呢？能说她漂亮，就不正经吗？这个环境，这个环境上的人，真是无法评估。这样素质的世界，能让文雅人好好生存下去吗？

如果说唐业是因为要干一番事业而显出惊人的魄力、胆识和高超的能力的话，那么，改革者什么时候才能摆脱那种种非议的羁绊而一马平川地去创业建设呢？

两个人醒酒后，半夜才离开接待室，一起走出厂部大楼，一起走出厂部大院，然后唐业又叫上自己的车把黄丽娜送回家。

第二天，全厂爆炸性新闻。厂部、车间、门卫等地方议论开了。像这种“桃色”新闻有人爱讲，更有人愿意听。讲得人如神如画，听得人如醉如痴。

唐业的爱人又大闹厂部，挠破了黄丽娜的脸。众目睽睽，唐夫人破口大骂，像疯了一样，说出的话放在一个尚未找对象的大姑娘身上，真是有点受不了。一会儿哭，一会喊，一会儿蹦高，一会儿又在地上打滚儿，真是集丑性于一身的再现。然而，黄丽娜既未还手，也未回话，在那里纹丝未动。围观的人在揣摩着什么。这时，唐业从办公室跑出来，愤怒地朝自己的老婆就是两脚，然后又拽着脖领子拖起来，狠狠地打了两个大嘴巴子，哭吵声没了，唐业的眼珠子在冒火。他背着手，喘着粗气，人群散开了。

这天晚上，唐业没有回家。

黄丽娜也未回家。

两个人在唐业的办公室里相对而坐。唐业坐在高靠背椅上，黄丽娜坐在对面的单人沙发上。四十七八岁的唐业若无其事的样子，二十六七的黄丽娜显得沉静、平和，仿佛什么也未发生一样。

唐业大口大口地抽烟，吐出一口烟又吸进去，然后又直视一下黄丽娜。黄丽娜目不转睛地盯着唐业的一举一动。

唐业说：“你从二十三岁就跟我干，背了不少黑锅。我已快到半百的人了，什么声名都无所谓，你还很年轻，不应在我的事上背黑锅。”

“是吗?”黄丽娜说：“唐厂长，老实说，我并没有觉得背什么黑锅，反倒觉得自己的人生在尿素厂里找到了位置。但有一点我不明白，人为什么总是在琢磨男女在一起如何如何，男女在一起工作经常接触是不正经吗?”

黄丽娜刚喘息一下，唐业就接上话：“不管怎样，我决定和老婆离婚。因为她已对我的事业、我的人生起了绊脚石的作用。我只想干下去，绝不能把自己已经干起来地轰轰烈烈的事业耽搁下来。我唐业的理想是想在全省成为利税大户，眼前，这几千万不行。我的愿望才刚刚起步。”!

黄丽娜说：“不隐瞒地说，我想跟你干下去，我佩服你，因为我佩服的人屈指可数。我想，我也要把自己的目标定得高一点。”

唐业说：“你如果认为跟我干可以的话，我想用你这样的助手。不过，风言风语可畏啊!”

“我不怕。我坦率地说，你要是离婚，我就肯嫁给你!”

“这可不行！假如变成了真的，我那女儿也不会答应。”

“你还挺落后。面对这种种非议，我毫不在乎。”黄丽娜说着，一起身迅猛地跑到唐业跟前，搂住脖子，一阵狂吻，突如其来，简直是疯了。唐业第一次和黄丽娜接触得这么近，神经麻木了……

以后，两个人便冲破了大栅栏，另一种感情在逐步加深。

唐业有点诚惶诚恐。

而黄丽娜仿佛找到了港湾，把什么风都避开了。

唐业经受着事业与感情的折磨和欢乐过后的煎熬。他心里是矛盾的，同时又是统一的。

黄丽娜几年前，就有嫁给唐业的意思，那时她想，哪怕是和他搞婚外恋都行。她这样执着是为什么？情感无解。

然而，他俩仍然是在地下活动，尽管黄丽娜如此开放，但是，这不能摆到桌面上。

话又说回来，唐业是一个精力非常充沛的人。黄丽娜那灼人的热情点燃了他内心总在骚动而的干柴，越燃越旺，大有一发而不可收的意思。在办公室的沙发上留下他们感情发泄的痕迹。

黄丽娜说：“耗尽你的精华，看你这个厂长还怎么当?”

唐业说：“无尽无休的吸血鬼，我早就领教你的能耐了。”唐业心里很清楚：若是这样长期纵欲无度，不仅毁了身体，而且荒废事业。

黄丽娜深知自己在给唐业注入新的血液和激情的同时，也给他带来了感情上的麻烦和事业上的纠缠。她爱唐业，唐业亦爱她；唐业爱厂，黄丽娜亦视事业如生命。然而两个人莫名其妙地行进在爱情、事业、冲动和欲望的深沟里。下步该怎么走，都无法预料。

有一天，唐业对黄丽娜说："我们这样就很好了，不要在结婚这个问题上纠结。你如果有一天找对象嫁人，我同意，而且我可以给你一笔钱。我们俩虽观念相同，但年龄尤其是生理年龄差异太大，所以，我们可以随便，但不能成为一家人。尽管道德、纪律不容许，但实际上，我们都逃脱不了这种白天一套、黑天一套的行为。"

黄丽娜说："我接受你的观点，但我想，以后你可能不会是太安分守已，这一点你应估计到。这个尿素厂红旗能打多久，还得看你有没有正事儿，还得看政策以后宽不宽松。不能不承认，市里、厂里算计你的人不少啊！你坐奔驰，别人坐的是啥，市长才坐桑塔纳，不招风吗？"

唐业无感，反倒稳如泰山。他说："我想进口一批美国机器，大约要在千万人民币，如果银行能给我贷五百万，我就有这个能力，明年一年突破二亿元大关！"

"不要头脑发热。你即使能生产出这么多尿素，可是，卖给谁，就是卖出去了，这样的经济形势，能收回来钱吗？欠你的钱越多，你的大老爷就越多，你哭都没地儿去哭。"

"你的思想是稳坐钓鱼船，稳步前进，别再招惹风险？"

"对！"

唐业陷入沉思。

黄丽娜冷静得出奇。

……

冯娟和唐叔越唠越近乎，如同亲人久别重逢一样。但冯娟没有忘记自己的使命，话又渐渐地转到买尿素上来。"唐叔，您就帮我一把，批给我五千吨，明年夏天，钱就可以还上来。"

唐业不语。

冯娟仍坚持不放。

一而再，再而三。

唐业说："听叔叔一句话，你干不成。不是怀疑你没能力，而是干点事太难。你这么年轻就难上加难。"

"唐叔，你看不起我。"

"不，我非常喜欢你，我想让你放弃你的打算，到我这儿来，跟我干，给我当个助手，我这里需要你这样的人。"唐业看好了冯娟。

冯娟有些严肃，郑重地说："唐叔，你是要我傍你这个大款？那我们厂二百多人谁来管？我与工业局签的合同还算不算数？"

唐业往沙发上一靠，又往前一坐，说："你小丫头还有集体主义观念呢？还懂得什么是傍，我还头一回听说，你讲给我听听，怎么个傍法？"

"讲就讲，不怕您笑话，反正我就是这么看的。一个是傍大款，有的妙龄漂亮小姐不想凭本事自立，一有机遇就抛出香喷喷的钓饵，一旦傍上大款，大把大把的票子就可尽情挥洒，一本万利是不是？有的去傍名人，即使素昧平生，也要千方百计往上贴，或急名人之所急，或投名人之所好，自己羚羊挂角，到处宣扬，从中捞取稻草是不是？有的傍权势，这是最高等的一个傍，运用好了，不但己身平步青云，而且鸡犬升天，可谓是无师自通，福至心灵。我理解的红尘上这样的'傍'学专家，无处不有，无时不在，看起来潇洒得很。但唐叔，我没别的意思，我压根就没想做这种人。"

唐业听得入了神，沉思片刻，说："我需要的正是你这样的人。你是人才啊！"

说这几句话的时候，黄丽娜已经站在门外，欲敲门，当她推门进来的时候，正好听到"你是人才啊！"这么几个字，顿时，心中倒海翻江：冯娟要替代我，我怎么办？

唐业发现她倒茶的时候，平时小心翼翼的手，突然变得慌慌张张，而且把茶倒冒了出来，唐业狠狠地瞪了她一眼，然后又回过头来，与冯娟唠嗑：“好吧，今天先不谈给不给你尿素，中午先请你喝酒，我从你的言谈中受到了启发，后生可畏，今天又一次证实了。”

“不，唐叔，我下午要赶回去，不然，我父母不知道我干啥去了。”冯娟推辞。

“小姑娘，你还敢说谎？刚才你来时，父母向我代好，这儿你又说爸妈不知道？那好办，一会儿，我给你爸打个电话，他们知道你在我这儿，就放心了。”

“不行，那厂子里的事不抓不行了。”

“我给你尿素，厂子里那点儿人好办。你还真有为大家服务的精神，佩服，佩服。”

“真的给我尿素了？”冯娟乐得从沙发上一下子蹦了起来，眼泪差点掉出来，欣喜若狂的样子并未显示出年轻人的幼稚，反而体现了充满朝气和活力的面貌。

黄丽娜站在墙边，沉默、平和、静气，眼睛注视着窗前，仿佛什么都不知道一样。

冯娟和唐业也似乎忘了黄丽娜在场，两个人越唠越近乎。

黄丽娜仍然没有退去。

唐业又点上一支烟，说：“我说小娟，我的意思你还是留下，在我这儿和黄丽娜一同作为我平时的左膀右臂，给你月薪二千，还不行吗？”

冯娟笑嘻嘻的脸变得严肃起来，说：“唐叔，这优厚的待遇是够诱惑的，可是，我不能接受。我觉得自己不是像你想象的那个样子。我和黄丽娜大姐无法比，无论是气质还是素质以及其他条件，我都是望尘莫及。”

“嗬，你还挺谦虚。”唐业赞叹道。

这时，黄丽娜过来，坐在唐业身旁。

唐业一愣：“你在这儿？”

冯娟也惊："黄姐，快来，正好一块唠嗑。"

黄丽娜也笑容可掬，说："不礼貌了，刚才你们的对话我都听见了。谢谢冯娟小姐的夸奖，也嫉妒唐厂长对你的美誉。我的意思，冯小姐，如果唐厂长让你留下，我看还是留下，一是对你的前途有好处，你可以在这里发挥你的才干；二是唐厂长也的确需要你这样的人才；三是我们两个可以互相弥补各自的短处。"

"黄秘书说得对！"唐业称赞地附和。

"谢谢你们的好意。实在对不起，我不能留下来，我那里有我的事业，有我的追求。我这次来，一是来求援，二是来取经。经过唐厂长和黄小姐的介绍，从你们身上，我开阔了眼界，解放了思想。我想回去后，肯定对我承包的厂子有利。"

一段沉默。

这时，唐业站起来，说："先给你爸打个电话，然后，我领你到车间库房转转。"

拨通了电话，两位二十多年前的老同学惊喜叙旧，最后又告诉他冯娟在这里，对方的电话声音惊喜，因为他们已找她找得着急了。女孩子出家在外，也不打招呼，实在令人担心。冯娟接过电话，告知家里放心，搞到尿素才能回去。此行不能白费。

放下电话。唐厂长领着冯娟和黄丽娜到车间去了。他走在前，两位相貌出众的女士跟在后，车间里的工人瞪起眼睛注视着膀大腰圆的厂长身后两位秀气美丽的女性。

唐业是挺着胸背着手的，威风、气派。

冯娟、黄丽娜气质非凡，很有风度。

转了一圈，黄丽娜小姐打电话叫奔驰车到厂长办公室前，然后三人驱车来到合利市有名的大酒店——富豪大酒店的二楼一个包间里。

包房宽敞，明亮豪华，布局合理，珍珠式大吊灯玲珑剔透，银光闪闪，壁毯茸茸，色彩纷呈。

冯娟第一次进这样层次的包房，不禁感到心旷神怡。在以往的日子里，她只是在电视上或小说里见过高贵典雅的宴会场景。

三个人落座。

唐业说：“冯娟小姐，你爱吃什么！”

“唐叔，不客气，什么都行！”

“那，来个什么都行！”

三人同乐。

“这位老板真有意思。”服务小姐笑意满面。

“黄小姐，那你点一个吧！”

“随意，随意！”

“来个随意！”

又是一个幽默，一片笑声。

还是唐业开口：“我来点吧。我看先来个清炖甲鱼吧，不是有句话说：当一天的乌龟，驮一天的石碑，咱们是喝三瓢雪水，放万朵花蕾，千年的王八，万年的龟，谁不想活完百岁，干完百岁，来一个有意义。”

服务小姐被眼前这位黑色的胖胖的巨人感动了，敬意顿起：“这位老板真是才华横溢呀！”虽然这种夸奖在各地都有，可是用在老唐身上确是一种恰当。服务小姐的热情大增，往唐业跟前凑了凑，接着问：“先生，请再点。”

“那好吧，再来个枸杞炖乌鸡。冯娟一路很辛苦，喝点鸡汤补一补。”

“唐叔，不必客气了，我就是吃粗茶淡饭长大的，今天还是第一次开眼界，记得我16岁那年，我爸到大连出差回来，用小水桶拎回一只甲鱼，里面有好多蛋。爸爸开玩笑说：‘今天你可以吃王八蛋了。’我以为是开玩笑，果然是真的，几十个，金黄金黄的小圆球，开始我不敢吃，闭着眼睛吃了一个，好吃，我吃了三个。”冯娟说。

黄丽娜很认真地说：“我看来个凉拌海参吧，他这儿这道菜挺好。”

“对对，再来个油焖大虾。”

冯娟说：“唐叔，我看行了吧，三个人能吃几道菜啊？”

“嗬，还挺会过日子，想必将来是个好当家。”唐业说：“那就按小娟小姐说的办，反正是招待你，招待不好别说唐叔舍不得花钱就行。”

“这说哪去了。您就是让我吃咸菜喝开水，能把尿素卖给我点，我比什么都满意。”冯娟话里有话，不管怎么讲，都不离自己来的宗旨。她想，说一千道一万，能把尿素整来，就是胜利，其他均无用。

唐业说：“小丫头比谁都鬼，干净利落，我看你啊先不要着急，这酒要喝好了，什么事儿都好办。你唐叔不只是个实干厂长，也是个喝酒专家啊。”

“这话一点不假。在他的熏陶下，我的酒量也比从前提高了。”黄丽娜自豪地说。

冯娟顿觉自己在这两位面前黯然失色。她想，人要想干点事，重要的问题是适应各种环境，总是少见多怪的样子，别人就会反感，不能以为自己什么都正派，别人什么都不正经，自己以为洁身自好，反认别人解放过头儿，这都是一种伪装。社会如此，人也如此，看不惯的渐渐看惯，不适应的渐渐适应，只有这样，才能干点事儿。

冯娟正想着，唐业开口了：“喝点什么酒呢？”

“是来白的，还是来啤的？”黄丽娜说。

冯娟又推托：“什么都行，什么都行。”

唐业又抓到话把了，问服务小姐：“这酒店有什么都行白酒吗？”

“我看，干脆喝两瓶‘北大仓’吧，纯粮酒，味正，不上头，还有度数。喝其他的，没意思。小姐，先上两瓶。”

“唐叔，那可是酒，不是白水啊？”冯娟惊奇。

“对，酒就是粮食啊，越喝越年轻。这点酒算什么，要是叫上号，我一个人儿都不够。”

“我们唐厂长是海量，不仅胸怀宽广，而且酒量无边。”

“就算这么说吧。喝酒出效益，我喝酒是花了不少的钱，一年至少也得四五十万，可是我的效益确是连年递增，前年是销出去二亿五，去年是二亿八，今年按这样算我可以销出三亿。一个县级的企业，我自己认为是可以了，我没什么招儿，一是用好人；二是让人怕，让人服；三是把客户拉住，信誉啊；四是不管喝多少酒，别耽误事儿，我在厂不在厂机器照样转，尿素天天往外运，钱天天往回收。没这个把握，就别干。我不是说我唐业有多大招儿，反正，我还算是个干事儿的人。”

谈话间，油焖大虾端上，金黄金黄的，个头儿也挺大，鲜香味扑鼻。

唐业看了一眼，表示满意的样子。

服务小姐斟上酒。

凉拌海参又端上。

唐业端起酒杯，“怎么样，宴会开始吧。我提议，干一杯!”说着一饮而尽。这是七钱的杯。

黄丽娜看着冯娟：“干了吧，能认识就是有缘。”

冯娟看着左手端起的酒杯，欲言又止，一饮而尽。没有抿嘴，也没有那种痛苦的表情。

黄丽娜随后干进去。

这时小姐又按顺序斟满了酒。

枸杞炖乌鸡端上来，山味很浓，飘洒满屋。

唐业说：“小娟，这杯酒是我敬你爸妈的，我们老同学的情谊可是深厚的，我很高兴他们有你这样漂亮、有发展的女儿。”

两人碰杯，高兴地干杯。

冯娟喝了两杯酒，只是咽酒时有点辣热，其他均很好，壮了胆，准备同唐叔和黄姐继续喝下去。

他们吃了一会儿菜。

这时，冯娟站起来说：“我提两杯酒吧，谢谢唐叔叔和黄大姐对我这么盛情，我大有受宠若惊的感觉。借花献佛，先喝杯感谢酒。”三人同时喝进去。

服务小姐在一旁不动声色，心想：“这三位都是海量。”

冯娟从服务小姐手里接过酒瓶，很恭敬地给唐业和黄丽娜满上酒，又举起杯说：“这第二杯酒是求救酒，请唐叔和黄大姐开恩，让我和厂子里二百多老少爷们儿喝上粥。”说完，自己先干，将杯口扣下，表情大方。

唐业犹豫了一下，痛快喝下。

黄丽娜心想，比我厉害，干杯。

小姐端上清炖甲鱼，又打开第二瓶“北大仓”斟上。这间包房里气氛正浓。小姐端起一杯酒，面带笑意，大大方方地说：“唐老板，二位女士，我敬你们一杯酒，以表达我对你们的敬意，请接受。”

“你先敬我们老板吧，现在做事不是讲分开层次吗？”

黄丽娜小姐插了一句。

“对不起，这位女士，我实在酒量有限。不过我可以敬两杯，那就按您的提议，先敬老板，好吧？”说完，先饮为敬。又自斟，然后说：“两位女士，我真佩服你们，又漂亮又有才干，我要好好向你们学习。你们的到来给这里锦上添彩。”说完又是先饮为敬。“谢谢，有服务不周的地方，请您提出来，我尽量做好。三位慢用。”说完要开门。

这时，唐业叫住她：“小姐，请慢。”掏出一张大票，是新的，笔挺笔挺，说：“这是赏给你的，请收下。”

小姐恭恭敬敬，说：“先生，心意领了，这钱我不能收，谢谢了。”

“不收怎么行啊，一点小意思了。”说着将钱递给黄丽娜。

“这是我们老板的意思，收下吧。不然，他会生气的。”黄丽娜将钱塞到小姐的手里。

小姐高兴地离开这里。

“吃点菜，吃点菜，这会儿光顾喝酒了，先吃点，”唐业带头挨个吃点，津津有味。

黄丽娜刚才就要说话，现在轮上了，说：“唐厂长，我敬你一杯，祝你神志清醒，你和厂子兴旺发达。”

说话时，两人眼神相对。

冯娟看出了诧异。

黄丽娜又举起杯，说：“冯小姐，你比我小许多，我要敬你一杯，我很佩服你，你的气质、你的修养和你的魅力，我都自愧不如。来!”两人干杯。

冯娟抢先拿过酒瓶，给黄丽娜满上，然后举杯，说：“黄姐，你过奖，看到你的言谈举止，我从心里服气，我从不虚伪，服自然是服，不服就是不服。以后希望大姐多关照。”

两人喝完酒，又紧紧握手。

这三个人的宴会，在唐业眼里别开生面。他一天的会非常频繁。好像唯独今天他才感到特别开心。在多数场合里，每说出一句话，每摆放一杯酒，有多少真话真意在里边，他都说不清楚。而今天这亲切、平和、高雅和痛快是很少有的。说话轻松愉快，可以不介意，可以不思考。人还要什么呢？总绷着神经，总要字斟句酌，总看别人脸色，那活得累不累呢？谁愿意一天忙碌、算计、争斗而不轻轻松松过一生呢？

唐业说：“你们说，这酒为何就和水不一样呢？这如同一个人，来到世界上学了文化，有了内涵，穿上衣服，有了外包装一样。水加上酒精，有了浓度，人穿上衣有了素质。事物总是这样。也就是说，点缀什么不能太过分。比如这酒喝过量，就过了度，就容易失态。现在这酒歌有的是，如果愿意听，我可以学学你们听听：一天二三场，一顿四五两，酒场如战场，把胃献给党。你喝醉，我喝醉，医院里面来相会，不必担心不必悔，都是为了本单位，看病也是花公费。上午像包公，中午像关公，晚上像济公。酒盅一端，政策放宽，筷子一横，办啥都行。”

黄丽娜也不示弱，敢和唐业对话：“花高价，买名酒，名酒送礼赶火候。喝了咱的酒，不想点头也点头，不愿举手也举手；喝了咱的酒，党纪国法一边丢。一四七，三六九，九九归一跟我走，好酒，好酒。'

冯娟笑中有思考，说："这些顺口溜真是符合现实，这是群众集体感受的真实总结。"

冯娟借着酒兴，也兴致勃勃，便敞开了理想的门窗。

"三年前，我也开始出入酒店，但那是小酒店。不过喝进去的东西效果基本一样，从那时候起，我对喝酒的快乐便深有体会。醉能使真实的生活蒙上一层纱，能够使你感觉不到痛苦和烦恼，使你能放下思考的重担。于是，我深深明白，伟大的天才为何嗜酒，老百姓又为何乐此不疲了。但酒不仅不能使脑筋灵活，反而会使之迟钝。酒不但不能刺激胃的反应，将之导向大脑，增强脑的力量，反而在一瓶进肚后，使身体麻木，管道肿胀，失去味道，喝酒的人没法分辨所喝液体之甘醇。酒精喝下去，部分进入血液。因此，嗜酒者的血质，最后发生变化，失去或改变了成分，导致机体紊乱。所以嗜酒者大都失去生殖能力，或者生殖机能衰退，生下来的孩子都易患脑积水病。嗜酒者喝完酒第二天，常常是在畅饮之后，便口渴难熬。这种渴显然是胃液使用过多和唾液分泌过度集中的结果。"冯娟说完之后，自己先是举起杯，"现实生活中的人一端起酒杯，便忘了前因后果。来，喝一杯。"

唐业和黄丽娜毫不犹豫地喝了一杯。

这杯酒进去，三人都显得有点异常了。

服务小姐将三个白酒瓶挨排摆放在一起，意思是你们三人喝得够多了。她故意将酒瓶碰了一下，再次警示他们。

而他们已经察觉不到这个举动。

唐业的眼神已迷离了，说出话来有点玄乎，"小娟，不就是要点尿素吗，这好说，要多少你说。"

"真的？唐叔。"冯娟兴奋劲来了，搂住了唐业的脖子，上去就是一口。"那我就不客气了，五千吨，明年秋天付钱。"

“好说，好说。”唐业的嘴角已淌出了口水，两眼似睁非睁。

黄丽娜已将头趴在了唐业的大腿上，大口大口喘着酒气。

唯独冯娟还算清醒，将小姐叫来，放上卡拉 OK，自己边唱边等。

她唱起了《牵手》：“没有风雨躲得过，没有坎坷不必走，所以放心牵你的手，没有岁月可回头。”她又唱起了《真心真意过一生》：“看世间，忙忙碌碌，何苦走这不归路，熙熙攘攘为名利，何不开开心心交朋友，一天到晚忙计，谁知算来算去算自己。爱情也许会老，真心永远年轻，聚散离合本是人生难免，恩恩怨怨不必放在心头，真心真意过一生。”

唱着唱着，她也坐在沙发上睡着了。

满屋酒气熏天。

醉酒的人心里很安宁。

服务小姐在屋里端详了一会儿，见唐老板的小皮兜子压在了他的大腿下面，左思又想，欲动而不敢动，退了出去，等待二女一男醒酒后结账。

时钟步入深夜。

服务小姐叫醒冯娟：“大姐，您看，天很晚了，看看能不能叫起他们，对不起！”小姐话语分寸得当。

冯娟醒来，看看唐业和黄丽娜的姿势，又看看自己，面对服务小姐，很不好意思的样子，站起来，拽了拽衣服，往后理理头发，说：“对不起，小姐，请原谅，我们都喝多了。我马上叫醒他们。”说着，晃黄小姐，没有任何反映，她又用力晃，使黄丽娜醒来。冯娟说：“黄大姐，都快 12 点了，赶快叫起唐厂长，我们快回去吧。”

黄丽娜一看表，确认已是半夜，但毫不惊奇，说：“还不算晚，但也该回去了。”说完去捏唐厂长的鼻子，捏了几次，虽然憋了半天，但还是不醒。真是醉得够呛。黄丽娜干脆把他抱起来，让他仰躺在沙发上，真就像猪一样睡不醒。黄丽娜用力敲他的大腿，这下醒了，开口便说："这是到哪儿了。"然后睁开睡眼，才恍然大悟，自己喝多了。

冯娟说："唐叔，天太晚了，我婶回去还不说你呀！"

唐业不以为然，没有回答。

黄丽娜眨了眨眼睛。

这时，小姐又开口："唐老板，对不起，我们是 11 点 30 分下班，若没尽兴，请您明日再来。"说着递过一张纸条，"先生，一共是 986 元。"

唐业拉开皮兜，从里面掏出一叠钱，简单数了数递到黄丽娜手里，黄丽娜认真数了数，递给小姐，说："不用找钱，开个发票。"

小姐点头。冯娟惊讶。

唐业说："今天没喝好，没喝好哇，明天再喝吧！"说完，穿衣服，推门出去，走起路来有点晃，黄丽娜、冯娟神志已清醒过来，跟着出去，微风扑面，有点凉意。

唐业说："走，先送冯娟到兴旺宾馆，我们再回厂里。"

唐业在兴旺宾馆的三楼为冯娟安排了一个高级房间，是套间，一张双人大铁床，富丽堂皇。

冯娟有点不敢住，盯着唐业。

黄丽娜说："祝冯小姐今夜做个好梦！"

说完，扯着唐业的手推门而去。

像这样的环境和设置，冯娟只是在电影里和电视里见过，虽不觉陌生，但自己真涉入这里，真是有点望而却步的感觉。屋里只剩下她一个人，她坐一会儿，又站起。然后，再去看看房间的门锁没锁。这才放心地脱掉外衣，来到卫生间，打开淋浴，痛痛快快地洗了起来。也是有生以来第一次，当她侧身看见对面墙壁的大镜子上呈现自己赤裸的身躯时，不免感到有点不好意思，她第一次真真实实地看到了自己的躯体，丰腴的曲线，使她心跳加快，但看着看着，便渐渐平静下来，心想，人也没什么，不都是赤条条来到这个世界上吗？若是没有外包装，人基本是一样的。装饰过后，才把原始的美和原始的欢乐带到世界。她梳理完，披上浴巾，坐在沙发上，泡上一袋茶，打开电视，边欣赏边品茶。

生活上凡是能使人心旷神怡的东西都能给人带来欢乐，也易于接受，比接受的科学尖端的东西不知要容易多少倍。即使是再境界高尚的人，也可能如此。

一杯茶喝罢，电视也看累了。冯娟钻进毛毯下，欲睡。可是，她闭了几次眼睛都未能入睡。仰躺在枕头上，时而睁开眼睛，时而又闭上，她在想来到合力一天来的收获；她在琢磨唐业究竟是个什么样的人，和黄丽娜究竟是怎样的来龙去脉；像唐业这么有气派、有实力的大款、企业家，这样下去行不行？她已隐隐约约地察觉到，唐业年轻时和自己大姑的微妙关系。同时感到，唐业是个可信赖的人，也可能是个不能不防的人。不然，此人不会轻易答应他人什么要求，肯定要对方付出代价的。她的确不愿意往下想，但是，不想就不出现吗？

正在此时，她突然听到轻轻的敲门声，以为是错觉，又继续听到两下敲门声。于是，她披上外衣，打亮壁灯，问：“是谁？”

“我是唐业”

“唐叔，有什么事儿吗？”

“开门进屋里说。”

冯娟犹豫了一下，然后还是开了门。

唐业进门便把冯娟抱住。

这突如其来的举动，冯娟便毫不客气地挣脱，唐业便松开手。冯娟就像什么也未发生一样，自然而然地将茶叶放进杯里倒上水，然后笑容可掬地说：“唐叔，你喝水，什么事儿这样急，还劳您往这儿跑，打电话我明天早早过去不就行了。”冯娟的成熟与老练就在于此。

唐业加速跳动的心渐渐平静下来，喝口水，然后点上烟，说：“小娟儿，你真是像你大姑年轻的时候一样美。我和你大姑的事儿，我有责任，但大部分责任在她，这你爸知道。不然不会离开里望而到合力来。

你爸很理解我，他最了解我。这么多年，我一直是结婚的这一个，心里想的是另一个。”

冯娟反问：“唐叔，你和我大姑过去的事儿，我好像真是第一次听说。我不想寻根追底地问什么，但我只是想知道你们如何开始，又如何结束的？”

“长话短说吧。念中学的时候，我和你爸最合得来，总上你家去玩儿，这样便可经常见到你大姑。说心里话，第一次见她，我就觉得美，那叫一见钟情，久而久之，我便和她搭话，以后每次来我便找你姑唠嗑。最后便发展到想要你姑的意思，那时你大姑在县书店上班，长得出众，上她那儿买书的人自然就多起来，惹得同柜台的女同志直嫉妒。我先向她提出来，她说她比我大一岁，不成。我说没问题。后来就处上了。结婚半年后，我离家在外，一年后回家那天晚上，我看到了不敢相信的一幕。她想跳窗跑，我拉住了她。那男的要和我拼，我一脚踢坏了那人的要害部位。后来，她说离婚吧，不然无法解释。我说离就离吧。我又说我是一个感情很丰富的人，在外面什么样的女人没有，我都未冒犯大忌，而你看着很正统却犯了，离就离吧，尽管找不到像你这样的女人。于是我便离开了里望到合力来闯。”

冯娟说：“这些事情是过去的事了，忘是忘不了，但唐叔你家大业大，可不能有丝毫懈怠和放松，特别是不能放松自己。你是合力有名的大款，你的名字在多人眼里如雷贯耳啊。现在一提到大款，人们的心态比较复杂，羡慕的、鄙夷的，都有。羡慕当然是羡慕人家的富有，腰缠万贯，一掷千金，出入于豪华酒店、舞厅，少不了三陪、几陪的，这个口服液，那个滋补精不离嘴，为拉平脸上的几道皱纹，可以耗资上万；钱还能通神、通权，有了这玩意儿就能心想事成，岂不令人羡慕！于是，一个新生事物又带出另一个新鲜事物，就是我上午说的傍大款。我不再说这个题目。我是说对大款们也有看不惯，看不上的。看上看不上，看惯看不惯，必须有一条原则，就是看人家的钱是怎么来的？诚实劳动守法经营所得，什么说的没有，像你这样的，这叫能挣会花，应该的，光荣；至于钻经济转型期的空子，靠偷漏税暴富，靠钱权交易换来的优势，这就是在一种特殊历史条件下的产物，谈不上光荣，到有点耻辱。总之，不可同日而语，一概夸奖，一概咒骂，都不可取。”

唐业不得不聚精会神地听下去，他说：“冯娟，我真愿意听你讲，好久未听到这样的话了。”

“讲得不好，叫您见笑了。”冯娟仍然滔滔不绝，显示了她的见识。“什么样的大款才叫人敬佩，也就是说这个大款富起来以后会怎么样？人们认识的够款级的人物中，大致朝三个方面发展：一个是有些文化修养，有眼光，有底气的，沿着正道走下去，挣到的钱扩大积累，发展事业，开拓市场，又常有资助公益事业的壮举。再一种是钻到钱眼里去，钱越多越贪婪，有一个想十个，有十个想百个，完全变成了一种经济动物。第三种就很糟了，有了钱开始玩邪的，他们的精神寄托就是两个字：享受。大吃、大喝、大赌，寻求感官刺激。”

唐业打断冯娟的话，问：“那么，你看我是这三种人中的哪一种呢？”

冯娟笑而不答。

“真没看出来，你理解事情比我还深刻。”

唐业深深吸了一口气，站起来，双手插在西服间，领带显得又宽又大，对他这样的大体格正好是个陪衬。他不知是受到了强烈的刺激，还是冯娟的话给他带来了阵痛，他好久没有言语。他在地毯上绕了一圈，又坐在沙发上，点着烟，到现在烟缸里的烟头已有十几个了。他吐口烟，说：“不瞒你说，我的厂子是有钱，我也从中享受了不少，可我自己手里归自己掌管一辈子都属于自己的钱也比你多不了多少。我奢靡过，潇洒过，甚至也花过不光彩的钱。你可能还小，没有这方面体验，我虽是彪形大汉，可我也有爱美之心啊。我爱事业，也爱美人，只要天底下敢证实这一事实，我认为人是一个进步。”冯娟接上话茬：“唐叔，我有不同意见，如果按你说的，那就是你愿意爱谁就爱谁，没有父辈、子辈之分了。我认为人类的进步用心体现不完全。”

“小冯娟，不用你跟我装，到一定时候你可能比我还厉害。”唐业很自信自己的经验。

冯娟站起来，又坐在床上，说：“唐叔，关于这个话题留给心理学家和生理专家去谈，我是想化肥何时能运到我的手里，需要办什么样的手续?”

唐业说：“我相信你，可以给你，但只能三千吨，明年秋付款。必须写个手续，明天上午你找黄丽娜然后再找我鉴字。这个办好后，需要找车皮，要是报计划，待两个月后，找关系，很快。”

“唐叔，我人生地不熟，铁路的关系还要靠你!”

“你是个很合格的公关人才，只要一出马，准行。”

“那你领我去!”

“可以”

冯娟看了看表，已是凌晨三点。

唐业说：“我回去了，你还可以睡一会儿。”

冯娟送走唐业，躺在床上很快睡着了。

二十　原始的灿烂的美

孟丽算错了时间，没想到今天能“来事儿”。她想，或者早点儿，或者晚点儿，偏偏在这离驻地三十多里地的时候来，而且“来势”凶猛，比以往任何一次都多。她很着急，那些“专用品”一点也没带。她发现不好，立刻向李山请假，“连长，我去去就来。”迅即没入密林里。她该怎么处理？这女同志就是“事儿”多，她什么都没带，还能怎么处理。兴亏地质兜里还有这么几张手纸，不然，她的下身都得湿。就这，她的后边也浸出了一片。好在橄榄绿颜色深，看不大明显。

她回到这几个人中间，像没事儿似的。李山看出了问题，忙说：“往回赶，今天不干了。”就这走到驻地也得黑天。

孟丽没反驳，知道李山什么意思。小杨和小朱都响应着。

李山走到孟丽旁边，边走边说：“今天真不该让你上山。”

孟丽说：“不上山，这活儿谁干？”

的确是，这个组她不来，别人就干不了，她也是主力。

李山刚要说一个女同志学地质干啥，考不上就别念，在酒店端盘弄碗也比这强，话到嘴边又咽了回去。

走到一个下坡的时候，李山说歇一会儿吧。几个人坐在一起，有说有笑的。李山说：“唱支歌吧！”说着起头唱“黄金战士之歌”，词和旋律都挺动听，给寂静的山林里带来了一阵喧闹。唱完这首，孟丽还想唱，李山没让。李山说：“这回高工开会回来顺便到支队，看看支队能不能解决点肉上来。咱们快四个月没吃到一块肉了。还有两个来月，咱们的任务也就快了。咬咬牙，挺过去。苦是苦一点儿，小杨在家没吃过这样的苦吧，小朱也没吃过，是不是？孟丽想到过这地方这么苦吗？”

这几个人都摇头。

“我一当兵的时候是凿山掏洞，一天24小时三班倒，又险又苦，心里不想干，可谁嘴上也不说什么，一天挥汗如雨，都挺过来了。有一次好险，点着导火索，到了时间没炸，这哑炮是最危险的，不排除就是等，这一等，任务还有个完，各个班都在抢进度，怎么办呢？我跟连长说：‘我进去看看！’说完就想往里跑，连长一把拽住我：‘你不要命了！’我只好缩了回来。大约过了一个多小时，我又钻进洞里，看见导火索离炸药还有三米多远就灭了，于是我出来报告又换了根导火索，点燃引爆。怕是怕一点，但还是铤而走险了。”

小朱说：“连长，你们那时候比这还苦吗？”

“苦。但是吃得比现在好，每天都有肉吃，一星期连里还能杀个猪什么的，那时候不光是苦，还有危险，你知道啥时候塌方？现在光苦，不险，这就很幸运。”

小杨笑嘻嘻地接上说：“连长，你们那时候，连里有女的吗？”

“没有，也是连穿裙子的也见不着。那时候竟笑话。有一天连里点名，少了一个。问谁也不知道去哪儿了，点名完了，派人去找，我和班长跑到山上，找了好几个来回都没影儿。找着找着，发现一个大树杈上老牛屁股上坐着一个人，好像还把牛尾巴拽起来。我们走近一看，正是他。你说他在干什么？”

他说这事儿的时候，好像忘记了孟丽在身边。

小朱说：“干什么？”

小杨说：“猜不着。”

李山也笑嘻嘻地说：“干什么？在干那事儿。”

孟丽不好意思地躲开了。

李山才觉不该讲这样的事儿。

李山他们仨人紧随孟丽之后，还是边走边讲：“那是一种病态的反映。后来连里处分他了，他不好意思再见大家，就跑了，后来除了名。”

“除名，那不就完了吗？”小朱惊讶地说。

“那还不完，名声不好听！”小杨接上说。

李山解释说：“关键看以后他能不能改掉这坏毛病。他还年轻，以后的路还很长。”

后面这仨人边走边唠，唠得很热烈。

孟丽走在前面，虽然走得挺快，但她显得很费劲儿。着急，怕再更多地流下来。这么多年她还未遇到过这样的事儿。在这个连里，确切地说是在这个组里，她心里亮堂多了，从心里真切地感受到了部队集体的温暖和顽强的战斗作风。

漂亮的女人总是和美联系在一起。有时在人的观念里也和所谓丑联系在一起。孟丽来到部队后，在男人的世界里，由于漂亮所带来的诽谤不绝于耳，加之她本身和某些传统的旧观念相抵抗，故而“黑锅”一直背在身上。谁都想接近她，谁都在表面上装作不愿接近她，怕接近她引来烧身之祸。但在人群里议论男女的时候，有人大放厥词，一会儿说她的眼睛如何如何好，一会儿又说她的身材怎么样，更有人说她的两个乳房和臀部。总之，她成了话题。天下为什么竟然有这样的怪事，喜欢她，为什么又要诋毁她，真是不可思议。

孟丽被李山要来主要是从事业考虑，李山认为：本科生少，是宝贝，多一个大学生，就多一份财富，这是一个原因，第二个原因，她长得顺眼，谈吐有品位，至于别人说她如何如何，那是“三人成虎”，根本就不能信。不能把好端端一个人毁掉，这是李山的根本目的，别看他官不大，但心挺好。

李山加快步伐追上孟丽，问：“你能行吧，要是不行，用树杆子捆个单架抬着你算了。”

“哪有那么严重，你连长挺会关心人的。这就很不好意思了，为了我，咱们又提前收工，不然至少还能干五个点。”孟丽很理解连长的心意。

“你看，就你这么一个女性，要是有个闪失，我当连长的还不有罪过？这是我的责任，对手下的任何一个人都应该好好照顾。”李山说。

孟丽来到这个组以后，渐渐恢复了刚到部队时的朝气。她这是沉默了三年之后，刚刚开始有个好心绪。这心绪是李山给她带来的，是组里这些人带来的。这不是说李山他们具有政治家的开明，而是说他们具有一个基本人的纯朴、厚诚和宽容。他们好像从没有图什么的意思，一切言行都是一种自然的反映。一天到晚，谁也没因为谁干得多干得少而发生过争吵，都是默默无闻的，有时还有说有笑的。在这森林密布的山谷里，在这远离城市和人群的施工区，他们的心就像泉水一样清澈、透明，大有“一片冰心在玉壶”的意思。

小杨和小朱非常自觉地快步超出李山和孟丽，他们觉得两个干部谈话，战士不能在后边偷听，其他从没考虑过，一点杂念都没有。

李山和孟丽明白了小杨、小朱的意思，互相看了看，然后继续唠着他们的话题。

“连长，像你这样干，应该提拔了，我看大家都挺佩服你的。”

“提什么提，我能当个连长就是祖坟上冒青烟了，没有那个野心。”

“你是真有两下子，别看才是初中文化程度，可我觉得你认识、分析、判断和解决问题的能力不亚于大学文化的，文化程度是一方面，你的智慧远远超出文化高的人。”

“我经不住你的吹捧，我自己啥样我知道。”

他们说着说着，开始过河，河水虽然只没膝盖，但有二十多米宽。

李山说：“孟丽，我背你过去！”

孟丽也没迟疑，双手搂住李山的双肩，其实是搂住了脖子。李山稳稳当当，一步一步，怕把孟丽摔倒。唯独李山能知道她这期间怕着凉做病，那是一辈子的事儿。

小杨和小朱想过来助一臂之力，可是怎么来助呢？用手托后边，还是扶连长，都不好办，故而也就没管。

孟丽趴在李山的背后，很心安理得吗？

李山背着孟丽，心里没想什么吗？当年妻子在老家发高烧，李山曾背着她小跑似地来到乡卫生所，打完针抓好药又背回来，乡里人见了都说这军官够格，当官了没忘媳妇。可是，这长年累月的在野外，对妻子能有多少温情呢？把想给妻子的温情献给手下的干部、战士们吧，这也算对妻子的一点贡献。他这思想如同散文大家朱自清当年“因为我有妻子，所以我爱天下的女人”不是差不多吗？不是不想妻子，也不是不想儿子，可这思念之情上哪儿去表达呢？能说背起孟丽就忘了老婆吗？她毕竟为自己生了两个儿子啊，毕竟是把全部依靠寄托在自己身上的女人啊，她毕竟是以自己的丈夫是连长而感到荣耀的啊！你李山背着孟丽过河就不怕传出去当桃色新闻吗？你说这是爱护手下，那你为什么不去背小杨、小朱他们，偏偏背这么漂亮的孟丽？你可以说他们要是像女同志

“来事儿”那样，我也会去背。

孟丽的心也不平静，自己过去传闻种种，尽管是捏造，但已形成了影响。这会儿又趴在连长的后背上不更是话题吗？

然而，小朱、小杨绝没有这样的花花肠子，他们不会用那种眼光去看连长背孟丽的事儿。

不知不觉，到了对岸，李山没觉得累，倒把孟丽累得够呛，她思想上的累连累了体力的累。

“连长，歇会儿吧！”

“不歇了，赶紧往回走。”

这条他们用双脚踏出的小路，显得很平坦了，由绿而变黄的小草都已躺倒了，仿佛再也起不来的样子。在这高高的、密密的森林里，有他们的青春在流浪。如果让他们回头看望，如果再让他们走一趟，那么，都会留下深深的思索。

李山的裤腿仍然卷在膝盖上，小腿上的汗毛又长又密。当往脚上蹬那双“登山鞋”的时候，水珠一滴接一滴地往下滴，系好鞋带，双手撸了撸小腿，抬身便走。孟丽仍在他身旁，小杨、小朱走在前面。

李山问孟丽：“明年还想上山吗？”

孟丽不假思索：“想！”

“还想到这个组来吗？”

“想！”回答得更干净。

“都二十五六岁了，也该找个对象了。”

孟丽抬头看看李山，眼神里好像有话要说，但摇了摇头。

“想找什么样的，有过想法没有？”

“想法还能没有，可是，我自己有点冷了，不想再考虑这样的事。”孟丽把热情往冷水里扔。

李山接着问：“你看咱们内部有没有行的？”

孟丽摇头。

“那洪国怎么样?”

“人家早已有对象了。不然我也不会同他谈，因为他思想太深邃，我的思想也复杂，搅在一起，还不乱套。”孟丽说哈都不拐弯。

李山一笑，说:“那你要嫁什么样的呢?”

“我也说不好。”

李山说:“不要太挑剔，不要错过时机，不然会贻误自己一辈子的。工作不能不干，家不能没有，不然这辈子是枯燥无味的，那样的人生也是苍白无力的。”

“我爸妈也早就着急我的事，不过有我的老印象在，他们也很放心。我从来没把我爬山找矿的事告诉过他们。他们早就想让我到我叔叔那里去。我到部队前，他们还说:‘先在部队干，要是不行，就到你叔叔那里去。’”

“你叔叔在哪儿?干什么的?”

“在美国，在一家银行当职员。他去了有二十来年了，曾几次说要把我接过去，说那是真正的人间，真正的天堂。”

“你怎么打算的?”

“我不想去。”

“为什么?”

“不为什么。”

他们默默地前行了好一阵子，谁也不说什么，只听见林子里的鸟声四起。他们的心也像这林子一样，平静的时候也出现杂音。能说他们不说话就无话可说吗?

李山打破了沉寂，说:“孟丽，明年你还是回到机关去，山里有我们男人吃苦就够了，还要女人干什么?”

“就是转业，我也不回机关，那里人浮于事，是非混杂，不像山里纯朴干净。”

“你有这么一年的锻炼就够了，回到地质股，那里有你的事业。”

“不。”孟丽非常坚决，然后又说：“要是你的连不要我，我也要申请到别的连，反正我不回机关。”

“我不是这个意思。我是说，你在我连表现得特别好，不像有人说的那么乱套，你不仅表现得比正常人好，而且非常突出，是个人才。人才不能埋没，你回到机关，一定要让其他人另眼相待，让他们从里到外全部改变印象。”

孟丽用一种异样的眼光瞅瞅李山，李山也同样回报了一样的眼光。

这一对视，孟丽平静的心中又掀波澜。她有意无意往李山的胳膊上碰了一下，等待李山的反应。

李山没有反应，不知是真无反应，还是有反应而不表达，镇静如常。

孟丽又向他的胳膊上靠了一下，用眼睛的余光观察他的动向。

李山也是用余光观察着她。

他们不仅没有放慢赶路的速度，反倒走得快了起来，双方的心绪都不平静。

李山不作反应的意思，孟丽猜不出来。很明显，他是怕小朱、小杨有察觉，他这个带兵的人还真不好办，所以，他不能反应。

待到孟丽趁人不备，用右手捅李山后背一下的时候，李山终于反应了，回过头来，向她挤眉弄眼，意即我什么都明白，别让小杨、小朱看见。

孟丽终于明白了。

他们风风火火地赶路。在密林里，他们已非常习惯了，与苍苍茫茫的原始森林和那千古不朽的山脉同呼吸共命运。这一小群人在这里面显得这样渺小，但又非常高大。“上下五千年，纵横八万里”，随时随地不都有人跋涉和献身吗？这支献了青春献终身的队伍不是高大无比吗？本来沉默而又干实事，就是一种境界了，沉默到干了惊天动地的实事，甚至人们还不知道他们是怎么一回事，这不是一种高境界吗？提交的黄金地质储量居全国同行业之首，所用成本最低，可供矿山利用率最高，能不说他们是地质行业的伟丈夫吗？照实说，他们就是穿着军装的地质队，工作性质和特点都是相同的。不同的是地方地质队进不去或干不了的地方，他们必须去，必须干。这就是部队不同于地方的地方。他们和苦、累、牺牲、奉献、吃亏联系在了一起。这支总共有一万多人的队伍，钱就是这么多钱，任务就是这么多任务，够不够不能讲条件，就是个干在前，在前方找矿的一万多人，话说回来，算起来，基本是三口之家，那就是跟着做奉献的还有二万多人。深山戈壁都有他们的身影和血汗。

高峰原来在地方地质队，后改编到部队，地方二十年，部队近二十年，风风雨雨，很不容易，但总是那么乐观。

李山一当兵就在部队，是个军营硬汉。

孟丽、洪国是大学毕业分到部队来的。

吴若他们是应征入伍来的。

各有各的特点。

李山他们 4 人天近黄昏时回到驻地，小朱忙着生火做饭。打开干菜盒，只够今晚一顿的，明天就只好吃咸菜，咸菜所剩也不多了，还有十来斤咸鱼头，小朱说，亏了没扔掉，这要是扔了，白瞎了。小杨和孟丽忙着生炉子烧水，李山帮小朱淘米。深山里的小小军营忙得很热闹。

吃饭的时候，大家都不作声，只能听到嚼咸菜咯吱咯吱的声响。孟丽吃一口咸鱼头，又咸又苦，扭头吐了出来，又夹一口干白菜，勉强咽了进去。这么多日子，他们就是这么过来的，都显得营养严重不足。但还都挺有精神，这精神从何而来呢？

两个小组的人吃完饭，又各自在蜡灯下做各自的事情。

洪国在自己的小屋子里描图，专心致志的样子。

孟丽在自己的小屋子里描图，也是非常聚精会神。她一天到晚最怕没事儿干，那难耐的寂寞，在山林里谁也受不了。事情越多，她越感到充实。9 个男士因为有她存在，干什么都显得非常认真、非常起劲，小组的凝聚力又特别强，很重要的方面是靠孟丽这块磁铁。一根蜡烛已燃尽一大半儿，孟丽看看表，已到了十点多钟，她收起图纸，又拿出厚厚的一本《乱世佳人》，她由于被封面男女主人公那激烈的感情场景和棱角分明的面部表情所吸引，因此很难翻开第一页，她在这上面共花了整整有半小时的时间，似乎看出了神，又如同读出了他们的性格和欲望。她在想：人都是一样的吗？进化、退化的标志很明显吗？他们为什么是先进的？他们因何而美丽呢？他们的生活为什么那样丰富多彩呢？女主人公那种刚毅、坚韧又温柔的性格是国度的原因吗？他们是人，我们也是人，白种人和黄种人因何而不同呢？生活在美国的人，生活在都市的人和生活在深山老林里的人为什么这么不同？是因为思想不同吗？是因为所食不同吗？是因为人种不同吗？孟丽想得远了点儿，然而，这茬人的想法几乎接近了现实。孟丽曾对别人说过：在人生的漫漫征途上，能有在深山老林里的岁月，不是很难得吗？显然，她是热爱深山；显然，她不想扎根深山，“有一段岁月”就是个明证。是啊，有哪个人愿意扎根深山呢？可是话又说回来，高峰算不算扎根深山呢？李山算不算。不管算不算，反正他们已经把自己最美好的时光献给了深山。对于生活在深山老林里的男人来说，这人间的概念究竟是什么呢？女人?！那么对于生活在同样环境的女人来说，这人间的概念是什么呢？男人?！他们不是都在伸出颤抖而温柔的手，插进地球生殖力最强的部分吗？于是他们得出了一个最强有力的结论：天空和大地在这里交媾，孕育了一个生殖力最强的民族吗。高峰、李山、洪国、孟丽、吴若他们是不是这强大民族的优秀分子呢？

孟丽终于翻到了第一页，其实这本书的故事梗概她早已熟知，因此看了封面，就不想再翻，仿佛由封面可以窥见一斑。看着看着，她的心绪突然乱了起来，又看那淌泪的蜡烛，心上便掠过一丝淡淡的忧伤：你孟丽图个啥呢？治一口什么气呢？想通过这深山老林正什么名吗？有理想，非得在这大山里才能实现吗？在这里实现的又是什么理想呢？有抱负、有才华非得在这深山里才能施展吗？在城市、在叔叔所在的美国就不能施展吗？非得在部队里吗？非得在这应该是用科学武装实则还是靠硬干和拼命的环境里才能算有出息吗？你孟丽算是有出息吗？天下这么大，有谁知道你孟丽是谁吗？要说苦，比在青藏高原生活的人还强；要说不苦，一天到晚风餐露宿，连口菜都吃不到。比老百姓特殊在哪里呢？实则就是不来不行，不干不行。你孟丽不是完全可以不来吗？你不是在机关待不下去才来的吗？你要是硬不来，也没有人赶你来呀？

孟丽的帐篷里灯还亮着。她的帐篷被称为特别卧室。洪国说那是神圣的别墅。孟丽就像这原始森林里一枝独秀的奇花异葩。

夜深的时刻，深山老林里没有比滴水之声更幽深、更触动听觉的了。那使人心绪不宁的回音，搅乱了你的睡眠；也可能是恍然入梦的一场小雨，淅淅沥沥敲打着陈旧的帐篷……嘀嗒，嘀嗒，连续不断的水滴，通过空气滑动的声音多么奇妙，仿佛旋转的风铃。流水声响延续，绵绵细雨敲打，孟丽披衣起床走出帐篷，深山多么清新啊，那些水珠般悬挂的星斗，似乎随时都可能滴落下来，像雨水那样，落在她的头上、手上和眼里，而它们安静的样子，却像在喃喃自语，在树梢和帐篷之上，在缥缈的银河两岸，是一群不安分的，而又相互遥望的鸟儿的眼睛，闪闪眨动。

滴水之声，让她倾听，如同置身于一眼深井之中，心河浊浪滔滔，思绪复杂种种，情感波峰浪涌，周身热血沸腾。但同时，她被一汪泉涌的心境湮没，被沉思和回忆的细沙无声地覆盖，又被汩汩的水流冲散，远处的暗淡，近处的光线，以及视觉之内的各种事物，都局限在相同的方向。她是大森林里的娇女，具有现代意识和品位、层次的美丽的天使，见过许许多多美好的事物，领略过各种心态的同龄人及忘年朋友的心思。她感到自己是在经受大自然的洗礼、净化和陶冶。她眼神有些呆滞，但思维的起伏仍在敲打她的心。本来完全可以不费什么劲就可以在市政府机关找个好工作。但那时她的朋友讲，如果到机关，你肯定不是你自己了。她当时还不明白什么意思，后来她揣摩透了，就是怕进机关以后，有权势的对她的美貌垂涎三尺，搞不好就身败名裂。因为机关天天动脑，又无所事事，男欢女爱便自然产生。对于一个想有所为的人来说，没有一块足以落脚的净土。她想来想去，觉得挺可怕。后来又听人家说各种桃色新闻，她就动摇了进机关的决心。

她寻找净土，她说部队就是块净土。她来了，她进山了。山里很干净，从里到外，从灵魂到肉体都很干净。相对于白昼里的浮光掠影的景象，寂静犹如镜中的水银，它是生活的秘密，深藏于事物的内部。一个人在深夜里独自深思，说明它与这个世界建立了不同一般的联系。她又想起梭罗的一句话："当你窥望井底的时候，你发现大陆并不是连绵的大陆，而是隔绝的孤岛。"

帐篷周围的原始树木再也遮掩不住自己浓重的阴影，它的躯干，它的落叶、它的根系密布在她的周围。在它的身边，她听到簌簌颤动的风声和环流全身的水声，她在喘息中畅饮风中的凉意。"为了接近一种寂静，我不得不把钟也给停住（福斯特）"，其实她的脚已经放得很慢，甚至不轻易挪动，她的脉动也是这样放慢了速度，几乎每一下跳动，都让她感到强烈、清晰，声音比平常也扩大几倍，比她听见的滴水之声还要清脆、响亮，仿佛内心深处，安装了传播声音的放大器，让她听见自己的心跳和大地的脉搏相互回应。

部队有这么多男士，为什么偏偏把这么一个女子安插到这里来？回答很干脆：她是学这个的，这是她用武之地。

过去地质队有过女性，虽不多但也成群。有她们在，男士就有精神，就有说不上来的那股劲。

孟丽这位迷人的女性，在这群男子汉中间所起的作用那就可想而知了。他们在欣赏着大自然那美丽的风光时，领略着一种存在的美。

孟丽想着想着叹了一口气，刚要吹蜡烛，听到一个很熟悉的声音在悄悄喊她："孟丽，孟丽，你能出来一下吗？"

夜深人静，其他人早已非常疲倦地进入梦乡。

孟丽能听见喊声，其他人能听不见吗？李山不是没这个考虑。

孟丽迅速地披上军装，掀开帐篷的门帘，走出来，意即不能让李山进到屋里来，如果那样，便好说不好听了。

"咱俩唠一会儿啊？反正也睡不着。"

孟丽没有答话，便跟着李山往帐篷后边的山沟里走去。

两人默默无语。其实心里早已沟通过，都知道对方想要干什么。

李山没有说话，拉过孟丽的手，孟丽没有感到突然，然后她问："你能离婚吗？"

"不能！"语音虽低，但透出了坚决。

两双手攥得更紧了，心里升起了阵阵暖流。

李山问："你能嫁给我吗？"

"不能！"语音很低但很坚决。

两人的呼吸都有些急促，李山的眼珠子好像在喷火，但孟丽看不到，孟丽心跳的速度李山却能感觉到。这时，李山由不得自己的控制，双手紧紧搂住孟丽的腰，刚要把唇递过去，眼看感情的潮水就要冲破理智的大堤，可是，李山突然又松开了手，使孟丽顿感诧异。

李山自言自语："不，不行！"

孟丽说："你知道这意味着什么吗？千万不能开这个口，有第一次，就会有第二次、第三次。"

李山涨红的脸上已经告知自己，刚才太冲动了。

孟丽说："我们这样不挺好吗？为什么要那样？"

"我也说不出来，心里总感到压抑。我要不是为你着想，只想满足自己我会不管不顾的，我要不是考虑老婆孩子、要对他们负责、良心不受谴，我会毫不在乎一切。"李山好像对天发誓。

孟丽说："你的身份不允许你这样做，只能有想法而不能胡来或说有行为。”

八月的森林之夜，静得出奇，凉得出奇，稍有风吹草动便能听见，穿着一件羊毛衫和军装外套还觉得有点冷。孟丽有往回走的意思。李山还想说什么，又咽了回去。走着走着，李山说：“我好荒唐，真不是人。”

孟丽瞅他，不作声。

二十一 山野之梦

这时，帐篷前有一人影晃动，听见他俩的声音便停住了脚步。李山和孟丽没有东躲西藏，而是自然而然地走着。走近一看是炊事员小朱，小朱慌了神，刚要躲进灶房，李山喊他：“小朱，你要干什么?”

小朱半天才回答：“我想去采点蘑菇、猴头什么的，要不明天没菜吃了。”

“天这么黑，你上哪儿采去，再说迷了路，怎么办。回去睡觉，不能单独行动。”李山命令他回去。

小朱乖乖地回到帐篷里，没脱衣服蒙上被便呼呼大睡。

都睡下了。整个小小的营区再没有别的声音，只有帐篷里打呼噜的声音。

这小小的帐篷里的人就能找出金子？对，这金子就是他们找到的。不管他们心里有多么不乐意，但他们天天登山，一锤一锤，一步一步，谁也没耽误过，谁也不说什么。没有菜就没有菜，没有营养就没营养，不算什么。

天快亮的时候，小朱还是起来了，拎着个小铁桶到山那边采蘑菇去了，没有跟任何人打个招呼，也没留个条儿。他是看着大家一天天消瘦下来而心疼，又苦、又累，又没菜吃，铁人也受不了啊。他作为唯一的炊事员，不能不想办法。他什么都不想，就是一门心思想弄到蘑菇和猴头、木耳什么的。他离帐篷所在地大约有一里多地的时候，天下起了雨，他根本没有想返回去的意思，抬头看看天，天阴沉沉的。他还想，下雨了，大家也不能上山，晚一点开饭更好，给他采蘑菇带来了充足的时间。他四处看，树根旁、倒木边，发现一块，就能找到一片。前几天刚下过雨，之后晴了几天，蘑菇就又就着今早这雨冒出来、大起来。他采蘑菇很在行，知道蘑菇的各种品种，什么蘑有毒、什么蘑好吃，他都懂。小时候自己跑到柳条丛里去采蘑菇，回到家不但没受到妈妈的表扬，反倒挨了一顿训：“这么小，胆子就这么大，也不怕在柳条丛里走不出来迷路喂狼。”小家伙儿不服，反倒说：“我迷不了路。”

现在在原始森林里，不比在柳条丛里。小朱似乎对迷路的事从没想过。他惊喜地发现一棵车轮胎粗的大树根旁有一个大油蘑，弯下腰去，后来又蹲下来连根都拔出来。

雨越下越大，他离帐篷越来越远，蘑菇对他的吸引力越来越大。他的整个身上像水湿的一样。小平头被雨浇得也趴下来，顺脸淌水就像洗淋浴一样。一个小时过去了，他的桶已有十几块蘑菇了。原始森林里蘑菇有是有，但分散。他脚步不停，一会儿，桶里的水就被雨灌满了，他又用手扣住蘑菇往外倒水，然后拎起来继续往前。此时，他有点辨不清方向了，已经离驻地七八里远了。他直起腰，四处瞅着、望着，瞅哪都很熟悉，又都很陌生，好像是从那边过来的，又好像是从这边过来的。脚印被雨盖住了，无从去查，甚至根本就无脚印。他没想更多，就是找蘑菇，脚步又开始动起来……

李山睁眼一看，天已大亮，但雨不小。他穿上衣服，掀开帐帘，一看天，便断定，这雨又是一天。他看看表，已是早晨6点半了。他刚要招呼大家起床，又一寻思，反正他们上不了山了，再让这几个懒鬼睡一会儿吧，睡到7点就行了。于是，他俯下身子去点燃屋里的大炉子，好不容易让火苗升起来，往上面坐了一桶水，然后把帐篷上的四个窗户掀开，亮光全都射进屋来，但雨敲打帐篷的声音密密麻麻。他挨个看看蚊帐里的人，然后喊：“小朱，起床了，你该做饭了！”说着要往灶房走，又一回头，还不见小朱答应，就三步拼作两步来到小朱的床前，一边用力掀蚊帐，一边大声喊，“叫你起床，听没……”发现小朱不在。李山以为小朱早起来到灶房去了，随即便出门跑到斜对面的灶房前，一看门没开。“这小子跑到哪去了？”

洪国、孟丽他们都起床了，认真地整理着内务。

半小时过后，李山还不见小朱的身影，有点着急了，问：“洪国，知道小朱干什么去了吗？”

“不知道！”

“你们几个知不知道他干什么去了？”

“都困得不行了，谁知道干什么去了。”吴若回答。

李山双手叉在腰间，歪着个脖子，愣着眼神，心想：莫非是看见我和孟丽了，怕我收拾他，跑了……想着想着，话锋一转，说：“不对，早晨之前，他说采蘑菇，是不是采蘑菇去了？”

“有可能！”洪国说。

“再等二十分钟，要是不回来，我们立即朝天空放枪。”李山说。

“还等二十分钟干啥，现在就得放，好让他知道方向，不然不知怎么回来。”吴若机灵地说。

“对！小杨，快把冲锋枪拿来！”李山下令。

小杨迅即把枪拿来递给李山。

李山拉枪上膛，朝天空就是一连十发。寂静的山林回荡着这罕见的声响……

小朱此时在一片密林里，其实，他早已迷路了，心里有点慌，身上也很冷，厚厚的嘴唇已呈紫色，全身哆哆嗦嗦。

雨，照旧下着，没有停的意思。其实他停在辨不清方向的地方不动就好了，可是他采蘑菇心切，早把这些忘了。他已离驻地四五十里地了，往哪边走搞不清了，此时他正朝相反方向走。刚才的枪声，他根本就听不着了。他只好待在大树下，但雨仍旧浇着他。他想，这阴雨天，要是天黑了，可就要麻烦。因为早听说过迷路的事。

又冷、又饿、又怕，三者集中在同时，很是危险。他害怕的同时，还在想着，今早饭还没做，大家吃啥？出来也没请假，连长批评是次要的，他得多着急啊。

李山下令："周友才和孟丽看家，其他人跟我走，吴若带把砍刀，小杨再带两梭子子弹。"

说完就走。

这时，孟丽说："让我也去吧。"

"不行，你身体不行，我们有时要跑要颠儿的，你留下来烧水做饭。小周注意支队电报。"

孟丽只好留下来。

李山他们小跑似地冲入阴雨笼罩的森林，他嘱咐每一个人："不要分散，都要跟着我。吴若跑一段，砍个记号，不然我们也得迷路。"

他们边喊边跑："小朱，朱合华！小朱，朱合华！"这声音和风声、雨声混合在一起，回荡在山谷中。

大约跑了有三四里地之后，洪国说："再放一枪吧。"

"小杨，拿枪来！"又是十发。李山眼珠子在冒火。他粗声粗气地说："我们一定要找到小朱，一定要找到他！"又开始跋涉，比普查填图的速度不知快了多少。李山心想：小朱真是出了意外，我李山怎么对得住他父母啊？他想起了他们进山之前，小朱父母来队探望小朱，见李山时说的那些话和那种期望的目光："孩子交给你了，你就是他们的父母或兄长。"这是泰山般沉重的责任。这个念头刚闪过，又一个问号又紧扣心弦：这要是矿没找到，反倒丢了一个人，你李山还算个什么连长，啥也不是！丢人现眼。他越想心里越急，越急脚步越快，声音越粗。

雨还在猛烈地下着，七个人根本就不知道饿和冷。“战友战友亲如兄弟”在这里体现得最明显。他们平时谁也没客套过，也没伤害过谁，和和睦睦的，就像一家人。他们绕山的谷底寻找，趟过没膝深的山谷里的水，有人提议要跑到山上去喊。李山说：“吴若、洪国，你两个爬上山头，喊一会儿，然后下来。”

洪国他俩迅即往山上爬，这山呈 45°，真够浑身湿透人的呛。他俩就是爬，不是登。雨天上山，又滑又险，全靠登是不可能的，有时爬一步，滑下两步，就得抓着树枝子和石头棱。

山谷里的李山急得直骂：“朱合华，你他妈在哪儿？朱合华，小朱！”

大家很理解他，他骂两句就骂吧。

朱合华呆呆地站在那棵大树下，好像彻底失望了的样子，他泪水涌出和雨水混在一起，心里恐惧得很。他想起了父母，本来是想当兵出息成人，让父母享福的，这下完了。不是饿死，就是冻死，或者被野兽咬死吃掉。他跪了下来，默默无语。20 多岁的小青年能承受住这样的恐惧吗？他高中念了一年就当兵来了，还有二年就可以退伍回家，就是种地也能有个名堂。

他越想越感到有个不好的兆头。他好像已呆滞，又好像觉得还没做什么就这样离开世界又太可惜。

无边无际的深山老林，像浩大海洋，令人惊骇。

他拖着疲惫的身子，深一脚浅一脚地在沼泽里走着。就像茫茫大海里找不到航线的一叶扁舟。西边的天空，透过云层，依稀可见太阳昏暗的余晖，在召唤着这位独行者，艰难地向前跋涉着。

漫无边际的沼泽以吞噬一切的气势向他扑来，使他越来越恐惧。这里到处是一片死气，无声无息、冷漠无情。他觉得自己是唯一的活点，在大山里作着垂死的蠕动。

他望着昏暗的太阳慢慢消失在西北天际，透过森林的空隙，光线仍有力地射在他身上，又重新鼓起了勇气。他知道，明天太阳还有重新升起的时候。现在他才真正理解了土地辽阔的真实含意。

他已经在这荒无人烟的深山里走了一天，采的一桶蘑菇，他已吞进了一半，那是原始森林里真正的山珍，纯正的绿色食品。

他不时弯下身子，在乱石间寻找那些刚刚长出来的达子香、黄花菜。拔起这些草芽，塞进嘴里嚼，把又苦又涩的草腥味，强咽进肚子。

天已快黑了，他的脚指撞在一块石头上，一个趄趔栽倒在地，好一阵头晕眼花。他趴在那儿一动不动，半晌才用双手吃力地撑起上半身，坐起来。他咬紧牙关，从贴胸的口袋里掏出珍藏的火柴，点着柴禾。雨水浸湿的干木，无法绽开一星火花。他顿时感到生命将尽。因为死寂中冒不出一点生机，就连小小的火焰也不敢向无边的黑暗发出挑战。

他趴下来，吸吮着沼泽里的水，好清凉好清凉。情急之下他的胃一阵欢快的痉挛，脑子似乎一下清醒了。

他似乎没有觉察到天空突然变得黑沉沉的了。不知在远处什么地方，又好像在头顶的漆黑天空中，响起了一阵隆隆的雷声。紧接着便是狂风大作，一道电光划破暗空，森林顿时颤抖起来。山谷里充满了恐怖的喧嚣声，像狼嗥，像虎啸，像山崩，像地震。雷声更近更响，闪电更亮更低，风暴更猛更狂，悬崖边滚石哗哗，树林里折枝断干。这骤变，使他惊呆了。

他摔倒了，再也爬不起来。只觉得大山在崩塌，山谷在沉陷，森林在毁灭，他像一团滚石，不知向何处坠落。

他躺在一棵高大的松树下。暴雨已经变成冰雹，松树的枝被冰雹打得纷纷扬扬。满谷的树木、刺丛、野草在哀号，在倒毙。他听到那棵松树在嘎嚓响，像是要折断倒伏。

他在这条崎岖的山谷里走着，撞着，闯着。怪石嶙峋的乱石沟向他张牙舞爪，咬得他身上青一块紫一块。密密麻麻的刺丛向他扑过来，抓破了他的脸，撕烂了他的衣衫。黑森森的老林拥挤在陡坡上包围着他，遮天蔽日，无路可寻。他只能攀着那些纵横交错暴露在外的树根，气喘吁吁地往上爬，爬不动了，便坐下来歇息，其实早就力竭了。他很快昏睡过去，但神经在动，血脉在动，思维还在继续。这不比战场，战场炮声隆隆，惊天动地，随时准备战死。这里是有生命的人和自然的较量。命大的话，一般不会有死神光顾，但是，目前所处方位，不好说。他不知道生还的希望还有多大。也不知道大自然能否拯救这么一位好兵。他是怕大家饿坏了，才跑出来找野菜的，结果，自己被困。

但这人就这么怪，在这死一样寂寞、恐怖和寒冷包围着的时刻，在这都要吓破了胆、吓丢了魂儿的大森林里，就在像死一样下昏睡的瞬间，他竟然作着森林里的美梦——

晨光，正为无边无际的林海雪原抹上耀眼的银辉。他吟咏着唐代诗人岑参的“忽如一夜春风来，千树万树梨花开”的名句，背着猎枪同小秦一道，踏着羊脂玉般的积雪，向林海深处走去。

这时，一棵足有四五搂粗的红松引起了他的好奇，仔细看去，树半腰还有一个洞。就在他围着树洞徘徊时，小秦赶到了，他朝树洞看了看，低声对他说：“做好准备，这里面有狗熊。”说毕，顺手砍倒一棵木杆塞入洞穴使劲捅了起来。“咣——当”，“咣——当”，……震得树上银花飘舞，碎玉乱飞。奇怪的是，五六分钟过去了，洞里没有一点动静。

“恐怕狗熊不在吧？”他忍不住地问。

小秦摆了摆手，示意不让他说话，又使劲捅起来。又过了几分钟，突然从洞里传出来震人的“嗷嗷”声，随着一只黑乎乎、肉滚滚的大狗熊刚刚爬出洞穴，小秦对准它的前叉下的一块白点（心脏的标志）连发射击，这只足有三百多斤重的“庞然大物”往前一窜，就倒在地上了。小秦麻利地取出猎刀，像一名熟练的外科医生“唰唰唰”几下子就剖开了狗熊的肚子，掏出一个热腾腾、鼓溜溜的大熊胆来。

残阳如血。他们凯旋归营。路上，小秦才告诉他为什么捅熊。原来“霜降”过后，狗熊钻进石洞或树穴冬眠，这时它的胆囊又小又瘪。为了使它的胆囊急剧膨胀，以获得充沛的胆汁，必须有意挑逗狗熊生气。

晨雾悄悄散去。

黄金普查小分队向祖国的北极村——漠河插去。漠河，我国这个最北部的小城，素有“林戴帽，水镶边，黄金铺地米粮川”之称。在它的历史上，曾经以淘金圣地著称，吸引过山东、河北不少穷苦人到这里谋生，所以有“金城”的美名。它又是我国唯一的不夜城，尤其是盛夏的夜，最短时不足看一场电影。据说在漠河看日出，比在泰山看日出壮观得多。

一路上，他们穿林海，跨“塔头”，涉溪涧，越沼泽，恨不得插翅飞到漠河。由于一路的奔波，来到距漠河还有十多里的一片桦树林，他们浑身上下汗津津，渴得嗓子眼直冒火，带的水早已喝完，沼泽地里的脏水又不能饮用，正在着急时，小分队的一位“老边防”看到了：“走！快跟我来。”他说着来到一颗白桦树前，取出小刀在树皮上轻轻地划出一个倒“人”字，在那刀口汇合的尖端上，立时渗出透明的珍珠似的液体。他立即从茅草丛里掐了根空心草管递给小陈：“快喝这个吧，化验过，没有毒。”

这玩意能解渴？他似信非信地接过草管，对着桦树皮刀口上渗出的液汁“吱吱”地吸起来，果然清凉爽口，真跟喝汽水差不多。一路走，一路跟“老边防”谈论这件事，学到了不少知识，原来在东北林区，大约有十一二种桦树，其中常见的有两种：一种是叶片基部为截形的白桦；另一种是叶片为楔形的东北白桦。这两种白桦，树皮里都含有较丰富的白桦脂醇和多种高级脂肪酸及一些鞣质，还含有酚性物、原性物质，以及皂甙、蛋白质、二萜类化合物等。《本草汇言》说：“桦木皮，苦寒善降，能散郁热风寒。”这桦树汗是清洁无菌、饮之不尽的天然水源。“老边防”告诉他，最近有关部门还对桦树汗进行了化验，认为它是难得的天然药物，可以止咳化痰，治疗坏血病、肾结石、痛风等病症。

“那我们今后再到森林执行任务，就可以不带水了。”他高兴地说。

“老边防”马上纠正我的看法：“同志，那可不行，适量地吮吸桦树汁对树木影响不大，过多地砍伤就会影响桦树生长，严重会使树木死亡，我们要注意爱护森林啊！”

绵绵细雨淅淅沥沥地下个不停。绢丝一般的小雨裹着广漠的荒野。四连一排驻地的呼玛河急剧暴涨，汹涌澎湃的山洪从上游直泻而来，发出令人心惊胆战的吼声。横跨河面的大木桥被冲垮了，通往呼玛城的道路中断了。车辆不通，连队买不到菜，眼看就要断顿了。他有些着急：“总不能让大家吃饭时没菜干咽吧！”

这天一大早，雨停了。东南角淡灰色的天幕上影影绰绰印出了那斑烂、艳丽的七彩虹绦——人们说，那是王母娘娘在晾她的花手巾。

吃罢早饭，他拎条麻袋买菜去了。

“上哪了买呀？”有人好奇地问。

“离这里不远有的是菜园，那里还是风景区哩！”

听他这么一说，大家心里更纳闷了。这里上无村庄，下无集镇，人烟罕迹，那里有什么菜园？莫非是因伙食问题搅得他烦恼了？

雨后的兴安岭实在是美得迷人：狼牙交错的林冠，搭成了天然的荫棚，阳光透过枝叶织成的筛眼，斑斑点点地投落在林地上，走在里面幽静、凉爽。在林木稀疏的地方，簇生着有经济价值、药用价值的榛子、连翘、忍冬、山玫瑰、五味子等，正盛开着一嘟噜一嘟噜的玉白色、粉红色、酱紫色的花朵，招蜂引蝶，散发着沁人心脾的芳香。迎风摇曳的百合、芍药、桃金娘、飞燕草、达子香，鲜花争妍，在阳光下闪烁如火，把森林点缀得春意盎然。独具风味的可制成畅销国际市场的奇异香精的天女木兰，放出阵阵熏人欲醉的甜馨。他贪婪地深深吸了几口香气，顿觉头脑清醒，畅快极了！

“到了！这就是菜园。”嗬！只见山坡上一片片，一簇簇，长满了又嫩又肥的蕨菜。这可是国家出口的名菜啊！他们只用了两个小时，就采了一麻袋。

他说：“活人不能让尿憋死。常言道：靠山吃山，靠湖吃水。兴安岭赐给采金战士得天独厚的条件，我们为什么不利用呢？”

当天，同志们一起出动，共采了两千多斤蕨菜，不仅解了断菜之围，还让大家尝了鲜。

森壑深处，有一个水银似的椭圆形的天然湖，像个剖开的葫芦，镶嵌在一片仪态万千的山林、石柱中间。这是森林里常见的湖泊，号称龙湾。每当太阳升起来的时候，满湖的碧波荡金溢彩，像一匹永远抖落不尽的绸缎，飘飘卷卷……

他从器材员那里要了几根铁丝，用钳子做起铁夹子来。待十多个铁夹子做好后，他到湖边，用夹子擒水獭。

水獭在兴安岭多得很，它的皮毛非常珍贵，出水登岸，皮毛都不挂一滴水珠。水獭皮帽、皮领子和皮袖头，都是国际市场的畅销货。可猎水獭不能开枪打，子弹会损伤皮毛，要抓活的。原来，水獭白昼在河流、湖泊里啄鱼，黑夜返回灌木林栖息。它清晨在哪里下水，黄昏仍在哪里上岸，翌日再变换路线。所以当天只要在它的爪痕上埋设铁夹，午夜猎取水獭从不落空。

第二天早上，我就看见洪参谋在剥水獭皮，不由地问道：“洪参谋，想不到你这个秀才还有这两下子，你这本事是从哪里学来的？”

他这是从鄂伦春人那里学来的。

中午休息时，张连长胸前挂个哨，提着枪，对他说：“怎样？换换脑子跟我打飞龙去吧！”

飞龙，每只半斤许，是大兴安岭的一种珍品。飞龙在六七百年前，就作为一种贡品送进宫廷。据说西太后最喜欢喝飞龙汤，国家也用这种珍品招待外宾。可他带了支枪，为何胸前还挂个哨？

他跟着张连长来到一片耸入云霄的桦树林里。“注意！到了。”张连长悄声唤了他一句。

抬眼朝四周看了看，除了树上有几只芦莺、赤胸鸟和一些叫不出名的奇形怪状、五颜六色的鸟儿在枝头上跳跃欢噪外，哪有飞龙的影子？正纳闷时，只见张连长隐蔽在一棵大树后，拿起哨吹了起来：“吱噜！吱噜！”十分悦耳。稍倾，一只飞龙不知从哪里飞来，在半空中盘旋了一会儿，就落在五米远处的草丛上。张连长再次吹起哨：“吱噜！吱噜！”接着将枪举起，正当飞龙竖脖张望时，他扣动了扳机：“砰！”那只飞龙应声倒下。张连长跑过去将飞龙捡起，指着他胸前的桦哨说：“这桦哨你可不要小看它，它可是鄂伦春人诱捕飞龙的猎具。因为这哨音同飞龙鸣声完全一样。不信，你吹吹。”

他接过桦哨，吹了几下，果然又有一只飞龙出现。不用问，也成了我们的战利品。

“这采金生活倒是很有趣的。”他情不自禁地说。“对，是很有趣的，诱捕飞龙，巧套玉兔。可惜现在不是时候，若是五六月间，乘坐桦皮船夜猎更有情趣。”张连长将话题一转，“可是有的人却嫌采金生活艰苦、单调、没意思，你看这采金生活多么富有诗意！”

清晨，绚丽的朝阳，悬挂在树梢，映得汪洋碧绿的林海，艳光夺目。白纱似的雾霭从梦中醒来，袅袅飘散。无数只雀鸟的鸣啭、啁啾声响成一片。漫无涯际的林海，到处披红挂绿，无论是枝杈参天的乔木，还是郁郁苍苍的丛莽，或是依附攀缠的藤蔓，都披着碧绿青葱的翡翠艳装。他沿着林间小径，唱着二十世纪五十年代就曾风靡一时的《勘探队员之歌》，兴致勃勃地去往二连驻地“胭脂沟”，原来曾叫“老金沟”。十九世纪中叶，这里的黄金年产量居全国首位。据《漠河史志》载：光绪年间，“老金沟”有一天被淘了九十斤黄金，慈禧太后听了大喜，令人把这些黄金给她买胭脂，因而取名“胭脂沟”。走了一程漫岗，便进入林海腹地。呀！眼前的景象令人陶醉，叫人称奇：云杉、冷杉，婀娜多姿；白桦、赤桦，亭亭玉立；红松、樟子松，俊美挺拔。灌木丛生，苍翠荫翳；藤萝交错，蔽日遮天。地上，苔藓如毯，香菌似毡；狍子、马鹿、犴达犴、扭角羚羊时隐时现。真是一个不加任何修饰的天然动物园。忽儿一阵风吹，林涛呼啸，峡谷震荡。徜徉在古老的原始森林里，我们周围仿佛响着贝多芬的田园交响诗般的乐章。

突然，不远的松林里响起“呜呜呜”的声音，沉默而又粗犷。他正要启齿发问，同行的刘工程师右手一挥：“快隐蔽！这是战士们吹号角在诱鹿。”说着，隐在密林里边观察，边津津有味地介绍诱鹿猎趣来，从他的叙述中，知道这号角是鹿角尖加工成的，是鄂伦春人祖传的诱鹿猎具之一。鹿角发出的声音，极像雌性马鹿的鸣叫。就在这时，只听附近树木里一阵作响，寻声望去，嘿！真是雷厉风行，五六只牛犊大小的雄马鹿闻声窜来。说时迟，那时快，隐蔽在树丛里的数十名战士抡起套鹿杆包抄过来。尽管马鹿知道上当了，可已经晚了，它们一一成了俘虏。

猴头、燕窝、鲨鱼翅可是三种名贵的佳肴。

别看小郭来这当兵只有一年，已是个名副其实的“山里通”了。一上路他给大家讲了找猴头的知识，说猴头一般有拳头大小，最大的足有饭碗那么大。由于它的样子很像猴脑袋，故得名“猴头”。它只生在死了三四年的柞树上，常常是两个猴头在两棵树上对生。

说话间，他们拐过山头，一条清澈如镜的林间小溪挡住了去路，它宛如一条银带，环山飘绕，一群艳丽的野鸭，在水面徜徉。大家正为眼前的景色所陶醉时，小郭孩子似的叫起来：“大猴头！一个大猴头！”

原来他已涉过小溪进入柞树林里了。几个人大惊大喜，挽起裤腿到水草丛生的小溪里向对岸涉去。他刚涉数步，脚趾像被什么搔着似的痒痒，低头一看，原来是一条三四斤重的大马哈鱼在啃他的脚。呵，他蓦然想起了这大马哈鱼的传说。清朝时期，有一部分官兵在兴安岭的一条主要河流——呼玛河附近被困住了。断了炊烟，饥饿难忍。突然，林呼玛河里跳出无数条又大又肥的鱼来，不仅使人吃饱了，连马也吃得欢，解了一场危难。从此，人们就把马喜欢吃的这种鱼叫作大马哈鱼。

涉过小溪，一上岸，他就直奔小郭而去。很快，他又在对面不远的地方找到了一个猴头。小郭将两个猴头用树枝串起来递给他仔细看看，果真像猴子的脑袋，毛茸茸、水灵灵的，真惹人爱。太阳留恋着山林，不愿西沉。他们提着五十多对猴头回到了营房。第二天在中秋节晚宴的酒席上，增加了“肉炖猴头”这道富有特殊风味的菜……

这一连做了七个梦，真是生命的奇迹。这般乐观，这般壮情，又这般悲壮和雄壮。这是个汉子，这是个战士……

然而，大自然不会因为他是个战士就不去吞掉他。大自然没长眼睛。

时间过得真快，好像是一会儿工夫，天色已近黄昏，加之大森林被阴雨覆盖比每天黑得早。小朱抓起那蘑菇，大口大口吞下。然后，又去把倒木上的圆树枝子拉来，搭了个小梯子，爬到五米高的大树夹叉上，等着死亡的来临。他这样做，防不了雨，但可以防野兽。他骑在树杈中间，爬在前面的树枝上，任凭老天爷发落。

吴若他俩在山头上喊了半个点，嗓子都哑了。这时听到下边的枪声，他俩又迅即下山。雨天的山登难，下更难，他俩干脆往下滑，遇到障碍再清，深一脚浅一脚地走了下来。这时的天已看不清人的基本形状了。

李山失望，站在那一声不吱。他有点饿了，也有点累了，因为他昨晚基本没睡觉。他想无论如何要挺住，我挺不住，别人还能挺住吗？大家都饥肠辘辘，可谁也不说。这时，李山开口了：“大家要是饿，就找点蘑菇吃吧！”

这一提蘑菇，大家就有点眼晕，谁也不动，谁也不说话。

李山问："我们离驻地有多远？"

"至少也得有四十里地了！"洪国回答。

李山毫不犹豫地说："大家有个准备，今晚上我们就这样过了，一定要挺住。我们如果回去，走到营区也要七八个小时，没找到小朱，我们等于白费力气了。只要我还是连长，我绝不让我的属下掉队。"

大家也是这么想的。

李山的手电电量也不足了。

洪国兜里的打火机被雨水浸湿也不管用了。

他们时刻都有危险。二十多个小时没进任何食物，同小朱一样。这个时候，他们又不能乱走，只好站在这风雨之夜，任凭风雨的袭击。他们都凉得浑身发抖，又湿、又潮、又冷。李山说："谁要是实在挺不住，就互相靠在一起，天一放亮，我们继续找。"

朱合华早已昏睡过去，想挺也挺不住。他不只是被冷饿所围困，还有恐惧。

天亮了。

李山领着大家仍然是边喊边望，声音已是有气无力，迈腿的动作已显示无法再大步流星。李山担心的事又增加了一件，找不到朱合华怎么办？大家累得回不去怎么办？如果再出事，你这个连长不是失职吗？

雨渐渐停了下来，天边露出了一抹彩霞，他们的心情也仿佛敞亮多了。

又走了大约有十来里路，洪国说："连长，咱们坐这儿歇一会儿吧，身上要散架子了。"说着，马上坐了下来，差点没躺倒。

吴若来到一棵大树下解手，刚解开裤带，惊奇地喊："连长，快来看，咱们的小铁桶，里面还有蘑菇！"

刚要坐下的李连长迅猛起身跑过来，大声喊："什么，人呢？"

"没见人！"吴若回答。

几个人立即跑过来，洪国还差点儿摔个跟头。

“小朱，朱合华！”“小朱！朱合华。”

小杨看见一根树杆支起的简易梯子，顺树往上看，大喊：“连长，你看，小朱在树杈上！”

大家一起抬头往树上看，只见他双手紧攥着树枝，睡得很死！

吴若顺着那梯子要上去，可是又滑了下来，实在是没劲了。后来，李山说：“来，踩着我的肩膀上去。”两个一米八的大个接在一起，吴若的手抓着了树杈，用尽全身力气把自己拔了上去，就像玩单杠引体向上一样，但比那省劲。

小朱的块儿也很大，吴若站在他的身后边，用力掰开他的手，死死抓住，然后用力往上提。

李山说：“小杨，踩着我的肩膀站上，接！洪国你们在下接。”

吴若从树杈上往下翻小朱，死沉死沉的，但终于翻动了，顺势滚下来落在小杨的肩上、手上，李山接一下，然后洪国他们接住。小朱被接住了，可吴若是从五米高的树上摔下来的，好半天才起来。大家顾不得他。好在他也没摔坏。

李山把朱合华接在怀里，一看他那铁青的脸，紧闭的眼睛和紫色的嘴唇，顿时眼泪像断了线的珠子，一颗接一颗往下滚落。

大家也都在流泪。

李山摸朱合华的脉搏，几乎没有，好像也没有呼吸。于是，他擦了一把自己的嘴，对着小朱的嘴用力呼吸，还是无济于事。

大家的心揪在了一起。

李山声音低沉了，说：“大家看，是回驻地，还是往山下抬？”

洪国说：“回驻地只有五十多里，而且路上有记号，不至迷路，若下山，要一百多里，路还不熟，加上大伙儿肚子前胸贴后背了。”

“那我们轮流往回背他吧！他要是不死，就是命大。”李山说着背起朱合华往营区赶。他们又开始了长途跋涉。每迈出一步都很沉重。沉重的心和沉重的小朱压在李山的身上。

背了一百多米，吴若从李山身上接过小朱，继续背着走。没走几步，就踉踉跄跄的样子。走到一个小沟旁，差点摔倒，洪国上前扶住了他，然后说："你歇会儿，我背他走。"

就这样，走个一、二百米，就换人背一背。如果小朱能知道他的战友们为了他都在忘我地拼命，那么，他的心里会是怎样的一种滋味呢？

背他往驻地走的情景可想而知。山路、森林、饥饿、困顿、沉重的小朱……

孟丽和周友才早已烧好了水盼望他们归来。当他们听见枪声离自己很近的时候，孟丽回到帐篷里打开提包拿出上山前带来的铁盒鱼罐头。他们蒸好的馒头早已放在大锅上的笼屉里，另一个小锅烧着榨菜汤。

傍晚，李山他们回来了。当把小朱放在床上以后，他们都瘫坐在地上，谁也说不出话来了。

孟丽和小周马上把热水袋铺在小朱的肚子边上，又用热毛巾敷在他的脑门儿上。孟丽起身到炉子上拿来正在滚沸的茶缸，里面是姜汤。此时帐篷里的炉子已经烧红到炉筒子上，这个温暖的小屋把冷得心里都凉透的人们苏暖过来。

李山用热毛巾捂了一下自己的脸，顿觉解乏、解困。其他人完成了这些动作之后，一个个拿着馒头，大口大口吞着，饥饿的人扑在馒头上是什么情景。

他们围过来，企盼小朱苏醒过来。

周友才问吴若："小朱能死吗？"

吴若说："不好说，能活过来也是奇迹。"

朱合华的脸仍然铁青，嘴唇是紫色，躺在那里一动不动。

李山在帐篷里来回踱步，心里极度不安。他突然说："洪国，给我一支烟。"

洪国摸摸兜，无可奈何地说："半盒烟全湿了。"

"谁有烟？"

大伙看得出连长急了，他戒烟都三四年了。

吴若说："我有!"说着掏出一盒"三五"递过去。

李山抽出一支，大口大口地吸起来，三口五口，大半截烟灰，又接上一支，来回踱步，又接上一支。

孟丽突然说："小朱脉搏跳了。"

李山扔掉那烟，迅即抓起胳膊，脸上顿时晴朗。他让孟丽让开，然后又嘴对嘴呼吸，小朱四肢有动作了，他用手掐他的鼻子一下，这一掐，把小朱掐坐起来了!

"朱合华，小朱!"大家喊起来了!

小朱愣了愣，开口道："蘑菇呢?"眼珠子越瞪越大，"我这是怎么了?"

孟丽递上姜汤。

小朱一连气喝了好几口，不一会儿，额头浸出了汗珠。

李山大声说："洪国，把你带的酒拿出来!"说完，抱起朱合华在地上抱来抱去，然后几个人又一起把他抬起来，激动地喊叫起来。顿时，小小的帐篷沸腾了，小小的军营沸腾了!

然后，李山捂住鼻子，怎么也掩饰不住自己的激动，哭声很大。

大伙儿围在桌子上，那上面摆着一大盆榨菜汤，孟丽拿的鱼罐头，再就是一大盘咸菜，一大盆馒头。

一人倒了半小碗酒。

李山把碗举起来："啥也不说了，全在酒里!"一扬脖，一口喝进去。

小朱也是一口，喝得那个兴奋。

几个人也一口喝进去!

孟丽最后一个喝，也是一口。

李山说："再倒上!"

洪国拎起酒瓶说："没了!"

这时，小朱说："我那儿还有一塑料桶！"

"都拿来！"

每人满上一碗。

小朱站起来，然后又跪下："连长，我不会说什么，我谢谢你和这些战友救了我的命！"说话时，他已泪流满面。然后就像喝水一样把那碗酒咕噜咕噜喝了下去。他有生以来第一次喝这么多酒，又喝得这么急，这是五十多度的粮食酒。

李山、洪国、吴若都是一样的喝法。

孟丽没再喝，她想到她要照顾他们并清扫战场。

酒桌上除孟丽外，几个人都有点晕乎了，说话声音很大，但很明显地表现出舌头长或舌头短。

他们都拉下脑袋，都要睡过去。孟丽一个个扶起来，给他们脱掉那湿透了的外衣裤，盖好被。

当她去扶李山的时候，李山已睡过去，她怎么能搬动这么大的块头？但她还是把他搬起来了，扶到床上，也是先脱上衣，然后去脱外裤，可是怎么也拽不下来，只好作罢。给他盖好被，然后去清理桌子上的东西。忙活了半天，她才进到自己的小天地里……

二十二　幽幽启开爱的帷幕

高峰出山的第一件大事，就是把山里战友托办的信非常细心地贴上邮票递进邮筒里。他的这个任务很重。因为有的已经十来个月没同家里联系了，一个在大山里，一个在家，音信皆无，怎能不惦记。特别像洪国、吴若这种正在热恋中的人，还不知这么长时间，情感会发生怎样的变化。

一天下午，黄丽娜刚送走两位客户回到办公室，还没坐稳，唐业便背着手笑嘻嘻地进来，站在黄丽娜面前，镜片后面的眼睛笑得眯成一条缝儿，黄丽娜觉得奇怪，便站起来问："有什么事儿，看你笑成这个样儿？"

"喜事儿，请客吧！"

"请什么客儿？"

"请我！"

"为什么？"

"不为什么。"唐业边说，边在那间小办公室里挪动脚步。

这时，黄丽娜看到唐业的手里拿着一个信封儿，便明白了三分。

唐业转过脸来，一半是忧，一半是喜的样子，问："处了一个部队的朋友，怎么连我也不告诉一声啊？"

"八字还没一撇，告诉你干什么？"

"这回，我可要注意了，你可是军婚啊，那是不能随便动的，要动，就是犯罪了。"唐业感到了问题的严重。停了一会儿，便问："他是干什么的？"

"一个连队的主任工程师，是个上尉，大学毕业，见了几次面，人挺不错的，挺有志气。但就是长年在深山老林里。"黄丽娜向唐业介绍洪国的情况。

"那你又是一年四季守空房了，那日子很苦啊！女人没有男人的日子和男人离开女人的日子同样都是不好熬的。"唐业说。

黄丽娜没吱声。

唐业又说："好哇，你总算找到一个归宿了，我也总算了却了一桩心事。"

黄丽娜眼光异样，说："什么意思？"

唐业顺手掏出一支烟叼上，点燃，深吸，然后把那信递到黄丽娜的面前桌子上，说："你好好看信吧！"说着，走出这间办公室。

黄丽娜静静地坐了下来，反复地端详着那信封的字迹，有力、大方，仿佛就是洪国的性格。这封出自于深山老林里的信，是带着花岗岩的刚毅和性格穿越山山水水飞来的。如果说冬天的时候与洪国几次相约相聚乃至相互吸引是他俩人生转折点的开端，那么，现在这封信恰好可以成为他俩的感情画卷上的一簇锦绣。黄丽娜的心情可想而知，犹如饥渴遇甘霖，怎能不激起一朵浪花来？她打开了信封，可以看出，她开信封的手的动作是缓缓地，又是非常细腻地，怕把信封里的信损坏，因为多少年来，她基本没接到过谁给她写来的信。她曾经深爱过，曾经无奈过，曾经拥有过，曾经失去过，曾经冲动过，到现在她还能说什么呢？她铺开信纸，非常认真地看着：

亲爱的丽娜：

您好！

恕我冒昧，不知现在用“亲爱的”是不是早了点。但我还是从心里这样认为的。虽然我们远隔山山水水，在两个世界里，但我还是始终带着我们在冬日里那相约相聚的体温，这种沁人心脾的情感热流，始终使我热血奔涌，激励我在大山里加快脚步，瞪大寻觅的眼睛寻金探宝。我现所处的环境与热闹的世界隔绝，但我的心里一点也不觉孤单。我很早的时候曾经有过思想上的情感经历，但那时我并没有抓住那属于我的时机，因此，并没有珍惜往日那种属于我的冲动和机遇。细细品味一下曾经走过的历程，也许是命运的驱使，使我这样既想干番大事业，又想在情欲上有一个满足的场所的人来到了与人间毫不相干的山野。我觉得花草树木也有情，岩石河谷也有欲，我和他们同在。但话又说回来，把一个有思想的人或欲望很高的人放在那空寂无人的山谷里，能说是对人性的扼杀吗？自然所为吗？不是职业所定吗？我们这样的人不是与女性无缘吗？白天爬山填图的时候还好一点，与战友们有说有笑，不觉寂寞，但当下山归来，饭后睡在帐篷里，那种本能的需求和孤独的煎熬，实在是叫人受不了。特别是到雨天，更是叫人难受。好在我有工作打发时光，可以占领那空寂的时空。

我们俩接触的时间虽然短暂，但是我感觉，你是个了不起的女子。我理想中的伴侣是你这样的，不论是外貌还是气质。但又是我担心的女性，一个经常在男人堆里出出进进的女性。我不怕你生气，因为我们已经有了这种特殊的关系，是什么感觉和印象坦率地说出来才是真君子。你的思想不是一般人的思想，你的经历也不是一般人的经历，你的处境也不是一般人的处境。你有你伪装的一面，也有真实的一面，大致每个有思想的人都如此吧。我想真实的一面为什么又要伪装出来呢？世上有这么一种女人，男人见了都很喜欢，愿意接近，有时甚至想方设法去接近，可是真轮到实质问题时，比如成为好朋友或成为夫妻时，心里都有了某种障碍。这是什么现象？恕我冒昧地问一句，你属于这种人吗？你是一个很有智慧且有才干的女人。几次面谈，我看出了你的欢笑，同时也能读出你眉宇间的沮丧。是什么给你带来了这些无人知晓的忧伤？谁能为你抚去心灵的痛苦？我能像捧着雪花一样纯洁的心叶，像捧着一片绿荫，幽幽启开你心中爱的帷幕吗？

在我们普查组里，有一位快到60岁的老工程师，他已经是六级高级工程师。从23岁起就开始跋山涉水，同大山、森林、河谷、岩石同呼吸共命运。他是一个对人类有贡献的人，数十年的探索，他已为国家找到了二个特大型金矿，为国家创造的价值我看是难以计数的，特别是他的品质财富。他一点也看不出忧愁，平时爬山也和你讲笑话，但回到驻地，俯在蜡灯下，一描一写就是大半夜。他从没说过他有什么贡献，国家科技进步特等奖和一等奖的事儿他从不沾沾自喜，总以为没什么可炫耀的。其实，那是谁也做不来的。这是一个人毅力和学识的较量。他家里的事儿，他从来也不谈，我们也不便多问。他在山里，看不出他的孤单，也看不出他的寂寞。从他那直直的腰杆、那不知疲倦的眼睛和走路如风的精神中，我确实看到了生命的力量、民族的力量和脊梁的力量。他不懂人性吗？他没有妻室儿女吗？其实，他比我们还要丰富得多。然而，他却以惊人和别人不可理解的忍耐与刚毅去正确对待这些，他几十年的山野生涯，献给大山的是青春，献给人类的是财富，牺牲的是家庭，赢得的不是人类吗？他曾离异过，甚至至今女儿的下落他都全然不能知晓，是因为自己的职业所致导致妻子和别人上床叫丈夫不能容忍吗？现在的家，儿子就要高考了，只能和母亲相依为命，他一点责任都尽不到，他的心里能没有内疚吗？他图什么呢？

我们普查组里还有一位唯一的女性，由于她的存在，山野里才显得充满生机和活力。她是一位很美丽的姑娘，是一个很上进的姑娘，天天和我们一样爬山，从来没叫过苦，很叫人佩服。大学毕业分到部队，由于美赢来了目光，招来了嫉妒，同时也挣来了苦恼与欢乐的融合。我们天天在一起，吃在一起，爬山在一起，有说有笑，也没什么。就是心里边有这样或那样的想法，但都被这种严肃的原始的环境所抵消。你干你的，我干我的，体现着一种集体的力量。但孟丽也有孟丽的苦恼。我以为她就不应该属于这原始的大山，而应属于美丽的庄园。而她恰恰要使自己属于大山。在她看来，这深山老林是人世间最美最美的图画，质朴、干净，能使人整个灵魂得到升华。

由此我想到了我自己。我自己怎么办？如果要事业，那么就不能要爱情？如果只是我自己在大山里拼搏、奋斗，那么，苦背在一人肩上，成就也在这苦中出现；如果找到一位恋人，而且是出色的恋人，那么，把我的苦强加在她身上和心里，那我还算作什么人？我的确是真心地爱上了你，也能感到你对我的感觉。你仿佛是一个在爱情上过于清醒的女性，按常理讲，这样往往很难得到真正的爱情。我俩的事怎么办，由你来决定。还有三个多月，我就能下山，集中整训一个月和室内长坐，我便可以回家。你我都是老大不小的人了，若认为已经成熟，便可以完婚，若是不行，我们俩作为精神上的一对好朋友，永远永远地交流下去……

高峰老人就要下山去了，匆匆几笔，请谅解。

黄丽娜静静地坐在那里，一动不动，陷入了深深的思考，她心里的最大障碍是年龄的差异，她自己清楚，她至少比洪国大六岁。但洪国全然不知。他的确爱上了她，已不能自拔。黄丽娜想：洪国是一个非常出众的人才，品质和才华都可以说是上等的。我算什么人呢？我还能算是一个有正事儿的女子吗？这么多年，混迹于钱的周围、酒色之徒的左右，微笑却伴着那泪水流。

她把信装进信封放在抽屉里，站起来，撩了撩头发，心想，我就要跟洪国结婚，改变自己人生的轨迹。也就是说洪国的爱，使她重新看到了人生的希望……

唐业望着在自己左右陪伴了几年并使自己身心、精神都得到愉悦的漂亮的黄丽娜，心里也很复杂：自己所爱的人就要随人而去，有了心上人，我怎么能舍得；在这样的环境下，她能找到一个主儿，也是对我的一种解脱……想着想着，唐业开口道："丽娜，我同意你的婚事，我不再干涉你，我们毕竟在一起这么多年。人是要讲良心的。需要什么，有什么困难，尽管说，我唐业不遗余力。"

听着听着，黄丽娜捂着脸，转身走出门去。

二十三　李山之死

高峰有生以来第一次参加这样规模盛大的会。这也是黄金部队有史以来第一次有人参加这样的会。他的心里还能不激动？可他，从脸上根本看不出来。他见了世面，长了知识，了解了世界地质领域突飞猛进发展的局面，知道了原始找矿的方法已远远不能适应发展的需要。但他也无可奈何。他在世界地质成果展厅里，一看就是一天，第二天还想来，但不允许了，急得他很上火，他想把那些先进资料一口吞进肚里，但无法变为现实。从事找矿工作 30 多年了，有的领域甚至还一点不知道。他越发感到了自己的不足。他想，回去后，一定要把这次大会的收获向各位战友好好宣传宣传，以增长新的知识，唤起对新科技的向往和重视。吃这碗饭的人跟不上科技的发展就等于沉沦。

出山之前，李山曾特地告诉他散会回上海看看，因为已经和老婆孩子十来个月没见面了，儿子明年要高考，一点义务都尽不上。老婆在商店里上班，忙完工作忙家里，一天也很辛苦。他在家庭上，与老婆孩子都对不住。本来三十五六岁才结婚，本来就对不起第一个老婆，至今尚不知道老婆和女儿怎么样，一直无音信。他在深山里把这些事儿埋在心里，一直感到很内疚。说实在的，他找的这两个老婆都挺不错的，都很有耐性和毅力，从没叫过什么苦。第一个要是不和男人上床又被他撞见，其实她也不错。到现在谁也不知道第一个老婆的下落。是和上床的男人结婚了，还是嫁给了另外的谁或还是孤身一人带着女儿相依为命。若是没记错的话，女儿也该二十六七岁了，在何方干什么，他全然不知晓。

想来想去，还是任务重要。山里的战友们吃不像吃、住不像住，自己回家享清福像话吗？于是，坐当晚火车一天一夜旅行回到了支队。

他找到支队长，简单地把开会情况说了一下，然后详细向支队长说出了山里的困难。支队长当即拍板，派三个人同你一起进山，带上些午餐肉罐头，然后再到离你们最近的村庄买两头肥猪赶进去。只有这么办，不然，背肉不仅背不多少，反而不等到地方就得臭了。再带些药，千万不能病，这一病出山太难了。

高峰很感动，眼里闪着泪花，对支队长的果断和关心大为敬佩，从心里感到队伍有希望。临走时，支队长拍着高峰的肩膀说：“您上年纪了，换个人儿去吧！”

高峰脸热了，说：“支队长，您有这句话就行了。我爬了一辈子山，找一了辈子矿，还不知道什么是苦。山上的战友在等我，我不好意思不上去，再说，那里的情况我挺熟悉。”

再三挽留，都留不住高峰。

支队长的心里也很热乎。

当晚，高峰和后勤的李助理、马助理和邱助理上了火车。

下车后，他们又换上汽车，奔波一天来到大山里的一个小村庄，在村东头买了两头肥猪，又用长绳系在脖子上，牵着猪进山了。

机关的三位同志，都是第一次进山，这新鲜劲还没退去，然而，这艰难的跋涉不得不使他们望路望山兴叹。沼泽地，深一脚浅一脚，膝盖以下全是湿的，李助理边用手擦汗边说：“这可真够苦的。”马助理和邱助理有同感。这使他们真正从内心里体验到一线的战友们是何等辛苦。两个天地，两种生活，但都是一个目标。

高峰稳稳健健地向前走着，看样子很轻松，脸上一点汗丝都没有，背着地质兜，他赶着一头猪。只见那猪耷拉着耳朵，气喘吁吁的样子。赶猪人可想而知。到了河边，高峰说：“咱们歇一会儿吧，挖点野菜，喂喂猪。我们也该填肚子了。”

话音刚落，李助理就一屁股摊下来了。马助理说：“什么是苦，只有在这里才能体会到。”

他们吃面包和香肠。高峰拿出军用水壶，打开盖，喝了两口，然后又传给李助理，说：“都喝一口，不然一会蹚河受凉。”

不一会儿，都吃完了。高峰说：“走，过河。”说着，挽起裤腿儿就赶着往里走。一下水，那猪来精神了，很听话，顺顺溜溜地过了河。

天黑了，高峰的意思是连夜走，因为他已熟悉了这条小路，迷路的危险已经没有了。机关的三个同志确实有点累，但不好意思说。说有什么用，夜里休息也只能露宿在倒木上，其他毫无办法。高峰说：“你们体验一下进山的全过程，那金子那么容易找到呢？你们不知道，春天进山时的艰难，那才壮观呢，苦是苦点，可都进来了。黄金部队的指战员都是铁脚。”

对高峰的这种乐观，三位很敬佩。边登山边听高峰讲，渐渐地就把累忘了。可是那猪不行了，趴在那不动了，怎么打就是不起来。高峰说：“借猪的光，我们也休息一下吧。”

森林之夜，空气香甜，回归大自然，都来不及品尝这最美好的东西。大家把猪拴好，都把脸埋在膝盖上睡开了。就是神经衰弱的话，也能睡着，十来个小时就这么一步一步走，就是机器也受不了，该加点油降降温了。

高峰眯了一个多小时，睁开眼，抬起头，卷上一支烟，津津有味地抽开了。他想，再有一个多月，这普查任务就能完了，这又整点猪肉来，大伙儿的体力就加强一点，顺顺利利地下山就是胜利。离开这山有十来天的光景，真有点想。离开这里，如同离开了自然，很不习惯。进到山里，精神就来了，一切都那么亲切，那么熟悉。什么苦恼、烦躁等等一切都忘得一干二净。

他把烟头狠狠地吸一了口，扔下，踩灭，站起来拍拍那猪屁股那猪睡得呼呼的。他边拍边说：“你可是宝贝，可别死在这儿。”然后，又看这仨上尉，睡得那个香甜。马助理那呼噜声和那猪的呼噜声交替出现着，共同合奏着山野里的小夜曲。高峰想笑，真是有意思，还能有这样的场面，有生以来第一次见到，夜间在大山里和猪同睡。人真难想象能遇见什么。

天放亮的时候，那两头猪也睡醒了，用嘴拱着那泥土的草和野菜。看样子是歇过来了，有精神了。高峰解开拴猪的绳，在放猪。他小时候看过别人放猪，此时他当了一把猪倌儿，从心里往外高兴。

这清新、宁静的深山，

这荒芜、坎坷的老林，

这脊梁、支柱般的战士……

这山、这树、这石、这金，不正构成了美好的人间吗？

那三位机关的上尉一觉醒来，见高峰在放猪，不禁肃然起敬。

李助理说："不比不知道啊。我们在城市里坐机关，有时还到酒店喝点小酒，房子小了，工作累了，天天计较，那山里的同志和我们能比吗？"

马助理说："的确有个觉悟和素质问题。"

高峰把猪又赶回来，笑呵呵地说："怎么样，我们走啊？"

他们又继续赶路，爬陡坡，趟小河，一步一步……

支队已发来了慰问电，并告之近日高峰带三人将把猪赶进山。李山、洪国、吴若、孟丽他们特别高兴。他们已严重缺乏营养，九个人里七人得了夜盲症，几乎到了啥也看不到的程度。

前天李山领着三个人从山上回到驻地，肚子一阵一阵地疼，当晚便一连便了七八次，有时刚便完，还没等系好裤带，又马上蹲下来，但没有。他全身乏力，打不起精神。

第一个发现李山有病的是孟丽，她从药箱里拿来黄连素，送给他，并说："连长，看样子你很虚弱，拉肚子可要重视，大意不得。你要是病倒了，群龙无首可不行。"

"没事儿，明天咱们照常上山，还有二十多天的活儿，抓紧点时间就行了。要是真能找着个矿，那苦咱也没算白吃。"李山说话的时候是强挺着的，额头上的虚汗不停地往外冒。

这时候，洪国他们也过来了，看着连长憔悴的眼神和略显蜡黄的脸，半开玩笑地说："真是好汉抵不住三泡稀屎。"一看连长那样子，玩笑开不得。

这时，李山身不由己地躺在床上，有气无力地说："你们都去吧，我有点难受。"说着，便紧锁眉头，很痛苦的样子，好像是哪里疼。

他们几个离开李山的床。

洪国说："李连长从来没有过病，他好像病得不轻。山里没人懂医，搞不清楚他是什么病，只知道拉肚子。消瘦，全身乏力与拉肚子有关，那难受胸闷是什么病搞不清楚。"李山觉得自己心脏有疼、闷的感觉，就从枕头底下摸出速效救心丸，往嘴里倒了几粒儿。平常没人注意他还带速效救心丸，三十六七岁的年纪，谁能想到他有那病。

吴若放心不下，走过来掀开蚊帐，想问问连长怎么样，连长连摇头的劲都没有了。他想坐起来，可身子已不能听他使唤。

吴若说："连长，看样子你得了大病，不能再硬挺了，我们把你送下山吧！"

李山眼眶明显塌陷，蜡黄的脸又显铁青色。他把自己的手放在吴若的手上，说："我可能要够呛了，这么远的路怎么能走出去。"

这时，全连的人都围过来了，心里特别着急。孟丽的心在剧烈的跳动，她担心死亡会降临到连长的头上。他们个个手里都捏着一把汗。

李山瞪大眼睛，示意大家离开，可是，点燃蜡烛的帐篷里，大家已很难领会。这时只听那拉肚子的声音响起。孟丽看清了，他是拉在了床上，他是实在起不来了。李山就是连用手捂肚子的力量都没有了。

洪国说："吴若，快，把简易担架准备好，抬连长下山，我们不能没有连长。"说话的时候，泪都要涌出来。

李山用微弱的声音劝阻，说："千万不要这样，要是很危险，就是往下抬也没用。我谢谢大家的关心。这山路，又这么远……"他话没说完，那疼痛状又在眉宇间显现。他让洪国过来，让孟丽也过来，其实这些战友谁也没有离开。他说："我们在一起工作多好，你们对我的支持很大，我没有照顾好你们，吃了不少的苦头。你们多原谅。"这时，他泪水夺眶而出，他平时从不流泪，是个堂堂正正标准的男子汉。他停了好半天，才说："我觉得好像不行了。要真是万一不行了，你们下山到支队到我家看看，我对不住媳妇和孩子。他们娘仨随军随队快两年了，我们依然是人在两地，家里的事儿什么都没尽到义务。谁叫咱是当兵的了。我想他们也会理解。他们以后的日子就难熬了。"

孟丽一把抓住李山的手，说："连长，你乱说些什么？"

大家的心和李山的心揪在了一起。什么是战友啊？苦难的时候，互相心疼不就是战友吗？

吴若说：“担架整好了，走吧！”

洪国和孟丽还有两个小战士扶起李山，给他抠好了屁股和裤兜里的粪便，这才发现那粪便带血丝，紫红又发青，还有黑。不用说，就是痢疾。

洪国发话了：“国有才，关大胜留下，其余的跟我走！”说着，洪国和吴若抬起单架就出发。

他们一路小跑，恨不能马上飞出山去到医院来抢救他们可爱的连长。可现实是不允许的。

山正高路正长。生死相搏，艰苦卓绝。

这时，他们的心中会是怎样的滋味。而他们什么也没想，也许可以叫作集体无意识吧！然而正是这种集体无意识显示出了巨大的意识力量，这意识规定了他们的行为和道德，规定了他们的苦乐观和生死观。就其个人来说，他们都自认为极为平凡。在荒原里，每一座山、每一棵树似乎都很平凡。只有那些看到它的相对高度又能看到它的绝对高度的人，才会有不平凡的认定。

夜里的山路，洪国他们走得很熟。神经绷得紧紧的，动作机械似的，根本没有累的感觉。这七个人包括孟丽在内，轮换着抬担架。他们默默祈祷：连长，你一定要挺住。我们的汗多一点，离医院就近一点。

走着走着，吴若被石头绊了一下，突然趴在地上，后面的朱合华差点没摔趴在连长身上。这时，洪国、孟丽马上跑过来。吴若很是担心，担心摔坏了连长。他们慢慢站起身。洪国给李山掖了掖被子，顺便摸摸李山的手，开始还没在意，越摸越凉。他紧张了，又去摸脚，都是凉的。洪国害怕了，马上说：“快停下，放下。”说着，打亮手电，扒开李山紧闭的眼皮，那瞳孔都大了。洪国大声喊着：“李连长，李连长，你再挺一挺，离医院越来越近了。”其实，路途还很遥远。

可是，李山的身躯已快凉透了。

孟丽、吴若他们摇着李山的身体，哭喊着："连长，连长，你醒醒啊，就要到医院了！"

声音再大，李山也听不着了。

他们都不知道李山是何时咽气的。

吴若说："连长啊，你什么都没说呀，怎么就这样走了！"然后。他从小马手里夺过冲锋枪，朝天空射击，划破了山谷，惊醒了森林，但夜空里更加黯淡了。

这几个人不知所措，就是个哭。

洪国把被往上拽了拽，蒙上了李山的头部。几个人跪下来，哭喊着李山。

死得太突然了，死得也太简单了。人的生命也太脆弱了。一个虎背熊腰的男子汉，说死就死了。

正在这时候，高峰他们四人赶着猪正和他们相遇。他们听着枪声的时候就觉得出事儿了，越走越近时，又听到哭声，高峰断定，出了大事儿，他们加快了脚步。

高峰忙问："洪国，怎么回事儿？"

他们见到高峰，更止不住眼泪和哭声。

洪国说："李连长不行了！"

"什么！"高峰快步扑来，抱起李山的尸体，泪如雨下。他们已有好几年的交道，感情很深，很深。

高峰说："得的什么病，这么壮的人怎么说完就完了呢？"

吴若说："拉痢疾，又听他说难受。这病能死人吗？不知道是什么病。"

"要不是在这山里，这病死不了人。"洪国解释说。

机关的三位助理深知李连长其人，都感到非常悲痛。

洪国问："高老，怎么办？"

高峰说："还能怎么办，把连长抬下山，往支队打个电话报告一下。”

吴若说：“这样吧，高老，您和机关的同志到点上去，这里离点还有六十多里地，明天一早电报联络，马上报告支队。我们几个抬连长下山后，找冰块把连长围起来，再坐车到镇上给支队打电话，看在哪火化，让不让家属来见一面。”

洪国说：“我看只有这样了。”

高峰说：“就这么定吧。不过，你们一定要注意身体，可不能再有人趴下了。来，把我们带的罐头拿去，还有几个面包。”说着，高峰蹲下来，轻轻地把脸贴过去，同李山最后一吻。然后站起来，顺手拿来一根树枝，掰折，一半放在单架上，一半用几块小石头挤上，说：“就简单地为连长竖块木碑吧，他死得无声无息，但在这深山老林里，为了祖国的事业而死也是很悲壮的。李连长，你安息吧！”说完又跪了下来。五十多岁的人悲悼三十几岁的人，这场景令人起敬。大家也都跪了下来。

沉默了好一阵，洪国说：“我们分头行动吧。”说着，抬起担架就走……

洪国他们到山下已是第二天黄昏了，在常年结冻的山坡里，取出冰块，围在李山的周围，他们想让自己的连长在这个世界多待一会儿。

洪国让吴若下山打电话向支队汇报，吴若连夜起程，第二天早晨到了一个小镇。支队震惊，都很悲痛。决定派政治处龙主任和占股长前来处理后事，并带来李山的老婆。

等了两天，支队龙主任、占股长和李山的爱人来到这里。同洪国他们见了面。孟丽看到哭成泪人儿的李山爱人，心里很不是滋味。这是一位多么好的人啊，只听说：“老李，你说走就走了，你就是天天不在俺身边，俺也挺自豪的，可你这一死，我们娘仨可咋办呢？”

整个又沉浸在悲痛之中。

龙主任问清了情况，说：“先火化吧，然后回支队开追悼会。李山可是一位好连长。”然后，面向他妻子，说：“老李走了，你要节哀，还有部队，还有战友。”

李山的妻子啥也没说，没提任何条件。

高峰他们回到施工点。没有杀猪，要等山下的人回来。把猪赶进山，本来可以给这些战友带来欢乐。然而却没有。高峰有板有眼地讲起他们春季进山、跋山涉水、克服重重困难的感人场景，讲起了李山连长的无私忘我和那种不完成任务不罢休的事迹，以及洪国、吴若、孟丽他们动人的精神，使三位机关来的同志有种说不出的感觉。李助理说：“比起他们来，我们还有什么可说的呢？同样是人，同样是军官，我们机关的同志说才干并不一定比他们强，可精神境界要比他们不知逊色多少倍。我是真受感动了。我们的部队之所以还能在共和国的大地上奉献着自己，存在着自己，关键是有这样无私无畏、富于牺牲精神的同志在用自己钢铁般的脊梁支撑着黄金部队的大厦。”

马助理说：“我有同感。在深山老林里，我觉得自己长大了许多。不说自己开始升华了，也可以说胸怀顿时宽广了。高老，我服你，你跋山涉水三十多年，从没停歇过，你的贡献在全国黄金地质领域都是数得着的，可你从不炫耀，无论多苦，从没条件。你才是真正的人，真正的宝贝。”

“话不能这样说，上级给我的奖励已经够多了，政府特殊津贴、爱岗敬业标兵、科技进步一等奖，这还不够吗？其实，我没啥水平，也没做多少贡献。我就是这么个人，我总想，人活着就是要做事，他的价值有多大，关键看他做的事有多大价值。人生就是这么几十年的时间，转瞬即逝。你们说人活着的意义是什么？你们在机关，我们在野外，各有各的欢乐，各有各的烦恼，各有各的困难。关键是怎么对待。我觉得我们山里这十个人都是可以的，可以直来直去。你比如说，有一次吴若找洪国说：‘请您介绍我入党吧！’洪国先是一愣，然后，笑一声说：‘你也不拿镜子照照自己，你够党员吗？告诉你，我不同意。你要够格，别说你来找我当介绍人，我就会主动去介绍你入党。’吴若脸通红，啥也没说，其实小吴语言是很丰富的，反驳洪国两句是不成问题的，可他偏没有。从此，吴若开始向他挑战，向全连挑战，后来干得很出色，洪国服了，主动向连党支部推荐他入党。在这山里，谁也没有虚假。苦，苦在一起，有时没烟了，就捡扔掉的烟头，谁从家带的好吃的，都拿出来共同分享。李山不愧是个好连长，走得太早了，他没有一句豪言壮语，从不拐弯抹角，大家都服他，什么累苦，他和我们一样。人生，真不知道是什么样子。反正我快退休了，我要用我的余年多为部队、为国家做点事。”

三位助理员都感到比在机关上十天课收获还大。

马助理说：“这次上山，对我是一次净化。”

李助理说：“明天你带我们去干一天工作吧，我们好体会一下这工作的意义。”

“那好吧。”高峰说着，回到自己的工作台，俯看图纸，然后在上面画圈圈。

画着，画着，他停了下来，好像忽然想起了什么。他想了李山，想起了在挖槽、爆破中点燃导火索脑袋被砸漏的张杰生，想起了牺牲在工作台上的老工程师张瑞国，想起了进“死亡谷”冻死的胡革革，在采金船上被电打死的小窦……那一幕一幕仿佛就在他的眼前，他眼睛湿润了，他知道他们都是为公而献身。没有鲜花，只有野草；没有人群，只有树木；没有哭声，只有林涛呼号，小溪流水……

高峰离开座位，点着烟，一手叉腰，自言自语道：“怀念李连长最好的行动就是尽快完成任务，安全下山。”

洪国他们把李山的遗体送到殡仪馆火化后，心里十分沉重地回到了山里。他们的脚步也十分沉重。他们默默无语。孟丽走在洪国的后面吴若的前面，他们心里都想些什么，谁也不知道。

回到山上，他们杀了一头猪，吃上久违的猪肉，谁也没有高兴的意思。虽然李连长的死对他们来说是一个严重的打击和巨大的损失。但他们在李连长身上不是引发了深深的思索吗？他们会思索什么呢？思索生存？思索人生？还是思索死亡甚或死亡之后的事？也许他们更有思想了？更有信念了？或者更有毅力，更无所畏惧了？

洪国简单地把火化的经过和支队龙主任及李山妻子说的情况向高峰和三位机关的同志做了汇报，最后十分沉重地说："我们不光佩服李连长，这回见到了他妻子的面，叫人敬佩的情感更油然而生。支队龙主任问她有什么困难，需要解决什么事，还有什么要求，她只说了两句话：'老李是俺的老李，我把两个孩子带好，才能对得起他。'你们说这是一种什么境界？"洪国说着，又有点激动，差点哭出声来。

高峰说："大家喝点酒吧。"说着，拿过一个碗，"先给李连长倒一碗，他活着的时候就用这个碗吃饭、喝酒。"把碗举过头，然后跪下来，将酒洒在他的四周，最后剩一点，他一抬脖喝下，半天才睁开眼睛。

大家学着高峰的样子，含泪喝下。然后默默无语，谁也抬不起头来。这是一杯苦涩的酒……

连夜，洪国和高峰开始研究明天的工作。按着他们的计划，中秋可以下山，还有半个月左右。

他们的基础工作做得很好，明年上砂钻详查。

在高峰的带领下，大家奋力地跋涉着……

二十四　天若有情也能知

支队首长在了解了洪国的情况后，准他提前回家休假。

十一月初，洪国满怀喜悦的心情下了火车，在站口迎接他的黄丽娜身穿皮毛一体的大衣，打扮得格外漂亮，在众多人群里，确实出类拔萃。她也非常高兴，见洪国神采奕奕，又威风凛凛，爱意似乎又添了三分。两人紧紧握手，那亲切的程度无法形容。

黄丽娜是坐唐业的奔驰车来接他的。她打开车门，先把洪国让进车，然后自己坐在洪国的旁边，挨得很近，洪国也很自然地接受了，两人心里都在思念着对方。你瞅瞅我，我瞅瞅你，都带着十分亲切、十分满意的笑容。

黄丽娜没有带洪国回家，而是到了当地最好的酒店，她的父母和姐妹们都在一个大包房里等候他这个未来的女婿。

当洪国出现在他们面前的时候，黄丽娜家里人都特别高兴。

洪国顿时热血沸腾，向二老问候，向黄丽娜的妹妹问候，问候的时候声音都有点发抖。这个常年出没在深山老林的人简直有点受宠若惊。他被让坐在黄丽娜父亲的左边，右边是老太太，黄丽娜挨坐在洪国一旁。

黄丽娜的大妹妹和妹夫及小妹妹、妹夫都特别高兴。洪国的容貌、形象及表情确实能叫刚见面的人都喜欢。

洪国扫视了一下桌上摆的菜肴，多数都叫不上名来。

这时，当过副科长的黄丽娜父亲说："洪国快一年没回来了，我们今天聚在一起，是件非常快乐的事，家人都在一起。来，干了这一杯，为洪国接风洗尘。"

洪国说了声："谢谢！"一饮而尽。接着，他拿过酒瓶，给二老满上，然后站起来双手端杯，说："我敬二老一杯！"然后，又给未来的两位连襟斟上酒，说："我再敬你们一杯，我祝你们都幸福吧！"大家都很高兴地把酒喝下。吃过一口菜，洪国又给坐在身旁的黄丽娜斟上酒，说："我应该敬你一杯！"两人非常高兴地碰杯，一饮而尽。

老太太满脸慈善，笑呵呵地说："慢点喝，多吃点菜吧！"说着，往洪国碗里夹菜，又往那两个姑爷碗里夹。

整个酒桌的气氛非常亲切、热烈。

话说到兴头上，老头说："我敬你们三个一杯，话都在酒里，我不说什么了。"

三个男士恭恭敬敬地站起来，与老人碰杯。

二姑爷站起来，说："洪上尉，我未来的姐夫，我敬你一杯吧！"

洪国痛快喝下。

三姑爷也趁势把酒斟上，"大姐夫，我敬你一杯。"三妹妹说："叫早了！"

"不管早晚，反正是了。"

洪国听后更是高兴，又是一杯。

凭洪国的酒量，还能喝点，可现在已经脸红了，只知道笑，很少言语了。

这时黄丽娜的两个妹妹站起来说话了："洪哥，我们敬你这个大军官一杯。"

洪国刚要端杯，转脸看看黄丽娜，从黄丽娜自豪的表情上，洪国觉得喝下去不会见笑，便举杯喝下去。

老太太用眼神示意黄丽娜让洪国少喝点。黄丽娜用眼神回答老太太没事。

今天这个酒桌上，黄丽娜默默无语，虽默默无语，但显得最激动、最高兴。她在家人面前十分规矩，这方面的涵养也有口皆碑。给厂长当秘书这么多年，见过世面，尝过酸甜苦辣，已什么都很平常了。虽然比较麻木，但今天却焕发了她的青春和热情。

不知不觉，两个小时过去了。

老头说："你们年轻人再玩一会儿吧，我和你妈先回去。"然后单独对洪国说："明天早晨到家吃饭，在这儿多住几天。"

洪国他们几个把老人送到门外车上，然后回来继续边饮边唠。

妹妹、妹夫们想让他讲讲山里的事情，他欣然接受。他叹了一口气，然后说："山里的生活和我们这儿是两个世界，要真讲起来三天三夜都讲不完。"说着，他陷入了沉思，显然他想起了山里的日夜，想起了他们吃的饭、走的路、干的事，想起了战友们，更想起了李山……他竭力控制住自己的感情，说：“我们在山里是够苦的，很难想象。算了，没啥好说的，我们喝酒吧！”

黄丽娜看出了洪国的心情，把话题一转，说：“有当兵的历史也是件很幸运的事，我从小就想当兵，后来这个梦总也没变成现实。”

这时，妹妹、妹夫们互相使了个眼色，大妹妹说：“洪哥我们得回去了，孩子在家不放心。”说完，四位就要走，洪国欲留，但一看黄丽娜没有留的意思，便顺其自然了。

这个世界都给他俩了。

黄丽娜给洪国倒了一杯酒，然后喝下，洪国也喝下。黄丽娜坦率地说：“我在你的心目中能像信里写得那么有位置吗？”

“我从不恭维，我从不虚情假意。”洪国说，“说实在的，我春天离开你上山后，在情感方面的确想了许多。不久前，我们连长病死在山里后，我对这方面想得更多了。我的心里真是很沉重。就我个人来说，情感是非常丰富的，我也有过无形的情感经历。我的出身家庭和你不同，我从小远父母，亲外祖母，是外祖母把我养大。我父亲早就去世了，父亲在弟弟那里，也是地质队搞绘图的，据说开支也有困难。而我又想在大山里、在地质领域干出点名堂，同时又舍不下你。我爱上一个人很不容易。虽然我对你了解得不多，但我也毫无顾虑，既然我已爱，你有天大的毛病都不会影响我们。”

“真的吗？”黄丽娜反问一句。

“我是个男人，也是个山里人，没有那么多拐弯抹角！”洪国非常坚定地说。

“好家伙！”黄丽娜认真地说：“你还想处处练练男子汉啊！我也没说你虚伪，也没说你拐弯抹角啊，你发什么火！”

“我发火了吗？”

“啊！你们这些当兵的没发火都这样，那要是发火还不得把人吃了是不是？”

“瞧你说的，我哪能那么狠。”洪国突然觉得自己说话声音太大了，对女朋友不该如此，因而半天没再说话。他端了端酒杯，不好意思地说：“好像有点喝多了。”

黄丽娜禁不住一笑，说：“你别装了，你还能喝多？没关系的，就是喝多点，话多点，也没事儿的，我什么都不在乎。”

洪国一愣，说：“那你到底是个什么性格的人？”

“原来没有，但是可以磨呀！随着环境的变化，人都是可以变的，懦弱的可以变成坚强，坚强的可变成懦弱；不正派的可以被改造，而正派的可以变坏，这是不以人的意志为转移的。这社会，不像你们在大山里，纯洁、清净、人也清清楚楚；这社会时而干净，时而污浊，你想‘一片冰心在玉壶’那是不可能的。”

洪国拍拍她的胳膊，说：“我打断你一下，你为何变得这么悲观？你好像是个女哲人。我可害怕女哲人。”

黄丽娜说：“别给我戴高帽了，我没你说的那么高明。我还在担心，我们接触三至五天，我可能对你有吸引力，十天二十天，可能吸引力越来越弱了，而你对我的吸引力却越来越强，你说是不是？”

洪国刚要喝一口酒，又马上放下，心想：这正是我要说给她的话，怎么她反倒说出来了呢？“算了，我们还是喝酒吧，来，我敬你一杯！男子汉总是要尊敬女同胞的。”

这时，服务小组敲门进屋，看他俩谈兴正浓，欲言又止。停了一会儿，说：“二位，打扰一下，我们酒店明天有酒席，今晚九点后停止营业，实在对不起。您若有事的话，我可以告诉老板一下，让他宽限点时间，您看好吗？”

黄丽娜笑了笑，“小姐，你很会说话。不麻烦了，我们马上就走，买单吧！”

“买单？什么买单？”洪国惊异买单。

“买单就是算账，你看你在山里呆的，真是的。”

洪国他们在这些方面的确落伍了。

他俩肩并肩走出酒店，因为洪国穿着警服，所以他们没有手拉手。

来到大厅的时候，有几桌人还在吃饭，只听有人窃窃私语："那人不是黄丽娜吗？那个当兵的是干什么的？"

"她的对象。"

"那唐业呢？整了半天，和唐业没结婚呢？"

"听说同居了一阵子，就拉倒了。"

他们说话的时候，洪国他俩已走出了酒店的门，什么也没听到。

走在马路上，黄丽娜将自己的手拉住洪国的手。那路灯拉长的身影，连接着他俩的梦，洪国沉浸在甜蜜之中。因为他是一个热血汉子，爱冲动，所以，马上用手搂住了黄丽娜的腰。离路灯较远的暗处，在一根电线杆子下，他俩紧紧地拥抱在一起，一阵强烈的狂吻，双方都像要将对方的灵魂占有。

黄丽娜是多么渴求有一位自己看上的人吻一下、吻一生啊！

洪国这位一直在搞精神恋爱的人是多么渴求同自己从心里认为可以爱的人吻一下、吻一生啊！

黄丽娜把洪国带到一个新楼房的三楼，两人很快就进入了甜美的梦乡。……

第二天一早，洪国醒来，碰了一下身旁的黄丽娜。当她看到她睁开睡眼的一刻，真想把她搂过来紧紧抱在怀里。刚要有动作，又放弃了。他心里有了障碍。

这时，黄丽娜坐了起来，呼吸有点急促，说："洪国，我们结婚吧。我们的年龄都不小了，早该当父亲和母亲了。"

洪国毫不犹豫，说："你定时间吧！"

"元旦行不行？"

"还有一个多月的时间，来得及吗？"

"怎么来不及，房子现成的，不用买什么东西。"

“房子？在哪？”

“我们睡的这套不行吗？”

“这是你的房子？什么时候分的？”

“分了半年了，你满意吗？”

“太满意了，我爸妈他们奋斗了一辈子连个草房都没混上，别说这楼房了。你们单位真行。”

说话间，黄丽娜心里纠结了，她深知，这楼是唐业给她的，她深知，自己比洪国大六岁。现在我青春美貌还在，若到人老珠黄时，他还会爱我吗？再说自己是和朋友有过性行为的人，他知道后，能原谅我并理解我吗？我隐瞒他，良心允许吗？

洪国见黄丽娜不说话，便用异样的眼光看了她一眼。

洪国说：“丽娜，你怎么了，刚才还是晴空万里，转眼怎么就多云了呢？”

黄丽娜抬起头来，说：“洪国，我想问你，你真的爱我吗？”

“真的！”

“我人老珠黄的时候，你还爱我吗？”

“你人老珠黄时，我不也老了吗？彼此彼此吗？”

黄丽娜沉默，她想，无论如何，自己的隐私是不能告诉他的，世界上任何一个男人都不会允许他所钟爱的人是别人床上的猎物。无论如何不能说，谁说谁就是傻瓜。不说觉得对不起，说了就对得起了吗？所以，绝对不能说。

这时，洪国说话了：“丽娜，我看就元旦吧，我好通知我那些战友。婚礼在我家那举行，反正离你这儿也就百十里地，新房就用这个楼房，我那些战友看到后一定得羡慕死。司仪让我的战友吴若来当，到时他领她的对象来——你看行不行？”

“我看行。用不着那么复杂，不买更多的东西。找个好酒店，大家喝点酒，唱唱歌，跳跳舞，我们好好高兴高兴。”

“一言为定，你通知你的战友，我通知我的朋友。”

两个人简单吃了点，洪国就坐黄丽娜找的小车赶回了自己的家，其实是姥姥家。

洪国打电话通知了吴若、高峰、孟丽和关大胜，然后又去找孔大兴。孔大兴帮助他去联系酒店，又订了几台车。洪国的姥姥乐坏了，七十多岁的人赶上大外孙子的喜事儿，还能不乐？她让洪国赶紧通知妈妈和弟弟赶快赶来。

黄丽娜来到唐业的办公室，非常郑重地说：“唐业，我问你一个问题，你能答应吗？”

“什么问题？”

“你得保证答应我！”

“什么问题我都不知道，怎么答应你？”

“你能保证我婚后，你不再打扰我吗？”

“能，一定能！你什么时候结婚？”

“元旦！”

“有什么需要我帮忙吗？用钱？用车？允不允许我参加？”

“用，什么都用！”

“用多少？”

“你看着办吧！我请你参加婚礼！”

唐业很冷静，说：“我们毕竟是有感情的人，我知道你找的这个对象不错，我绝不会再纠缠你。但有一条，你年龄可比他大不少，过几年后，他若是变了心，你还可以再回到我的身旁来。”

黄丽娜沉默不语……

元旦的前一天，吴若领着对象冯娟来了，冯娟比以前更漂亮了，穿着一件裘皮大衣，亭亭玉立。洪国一见面便说：“吴若，你真有眼力。”

冯娟说：“嫂夫人一定很出众吧，是干什么的？”

“先不告诉你，明天你就知道了。”

高峰、孟丽、小朱都赶来了，帮洪国的母亲、姥姥忙碌着，等着明日喜庆的到来。

第二天上午十一点，洪国家乡最好的酒店，就是孔大兴请洪国喝酒的那个酒店充满了喜庆气氛，二十多张桌摆满了菜肴和酒水，张灯结彩，乐队奏起了欢乐的乐曲。

酒店外面，轿车、面包车和大客车排成长龙，好不热闹。新郎新娘坐的是凯迪拉克。此车后是奔驰，里面坐的是唐业。后面的车里是娘家人。婆家人已先在酒店等候。

酒店大厅陆续坐满。

这天，风和日丽，雪花飘飘。成群结队的人，簇拥着披红挂绿的洪国和黄丽娜相来到大厅。

这时，吴若一米八五的大个站在众人面前，容光焕发，神采飞扬。

吴若坐在下面心里乐开了花，自己的心上人如此出众、大方。

“尊敬的……”他显然想用这三个字来代替“大家不要说话了。”全场静下来。“尊敬的各位来宾，女士们、先生们：今天是元月一日，是个大喜的日子。我们欢聚在一起，为一对有缘的男女青年恭贺新婚，那就是祝愿他们青春常在，爱情长久，笑口常开！”

全场掌声，个个露出笑容，新郎新娘更是喜出望外。

“在这里，我怀着万分喜悦的心情，高兴地宣布：洪国、黄丽娜结婚典礼现在开始！”

六人组成的乐队开始奏乐，架子鼓手的动作，弹电子琴小姐美发的甩动，把大家的心凝聚到那欢快又紧张的旋律之中。门口外面一千响的鞭炮响彻百里。众人鼓起掌来，有的还在起哄，意在捧场。

“仪式进行第一项，新郎新娘入席！”

大家随着婚礼进行曲，转身迎接新郎新娘。

洪国和黄丽娜此时不知怎样迈步，恰好伴娘伴郎还不慌，保护着他们入席。

这时，冯娟愣住了："黄丽娜，是她，怎么能是她？"

"大家看，左边是花，右边是爱，后面是历史，前面是未来。刚才，我们的新郎洪国乘坐凯迪拉克，在奔驰、皇冠、奥迪和桑塔纳及各种车辆陪同下，沿着和平路拐向中山路。这都是可以理解的。三十多岁的人了，连做梦都想把媳妇娶回家。他小心翼翼地来到屋里。在众多漂亮的小姐的提醒下，从枕头边摸出一双前尖后高的欧式红鞋，心里灵机一动，俯下身去，十分虔诚地用中指照着她的小脚心这么一挠，新娘就像触电一般，脸上顿时现出笑容。新郎立即趁机把这珍贵的鞋穿上，然后连续三鞠躬，拉起新娘的手拉下床，四平八稳地与家人告别，怀着喜悦上了车。"

吴若大侃了这么一段，把婚礼的气氛推向高潮。

冯娟看看新娘黄丽娜，又在四处寻望唐业。她想，唐业肯定能来。果然，她发现坐在第二床中间那位便是，正默默地看着前面的情景，同众人一样。

高峰只顾抽烟，左右张望，如同在山里找矿一样。

这时一位小姐过来，笑容满面，说："老大爷，您有什么事？"

高峰一愣，"没什么事儿。"他仔细看了她一眼，这不是洪国兜里照片上那个人吗？本人比照片还漂亮。

这便是魏小姐。

一老一少互相看了看，魏小姐便离开了。她对洪国是一见钟情，不知道她现在是啥滋味。

"大家看，新娘那面孔上动人的笑意，她眼里的光辉，她动作的优雅与灵活，她声音的圆润，她回答朋友的姿态，这一切都特别令人神魂颠倒。"

说着，吴若又把面孔对向新郎洪国："是不是这青春的花朵，这至诚至善的眼波，以无穷的魅力勾住了你？见到她，你甜蜜的眼光就灌给她柔和的欢喜，她的心完全在你身旁，一呼一吸都是为了你。她的心情是多么振奋，她的血管里好像着了火，她的心房里烈焰腾飞！”

高峰和孟丽坐在下面议论：“这吴若肚子里的词儿真多。”

孟丽说：“洪国找的女人可真不一般。”

高峰眼睛半天没眨一下，沉默。

他们又和大家一样，认真地听、看。

“被人爱，多么幸福！

而有所爱又多么幸福！

你常常弯下身来，她也弯了几千次；

把她紧贴住胸怀，又不知千次万次！”

说到这儿，吴若向周围看了看，然后又把目光对向冯娟，对向高峰、孟丽他们，看着他们喜悦的表情，就又顺口说出：

“人间添美眷，天后爱团圆；

席上同心侣，枕边并心莲。”

吴若在滔滔不绝地侃着。新娘在用目光扫视着前面餐桌的人群，她仿佛觉得许多人都对她在品头论足，好像有许多目光对她异样。顿时，她禁不住阵阵心痛。这时，她把目光扫向了坐在那像平常人似的唐业和唐业身旁的人，好像从他们那里获得了安慰。怕什么呢，人生不过如此吧。正想着，洪国碰了一下她的手，她的思绪又回到了婚礼现场。

“仪式进行第二项，请证婚人宣读结婚证书。”吴若把麦克风递给一个中年人，只见那人十分认真地翻开红色结婚证，一字一句地宣读，连括号里的字都念得一清二楚。他读完后，吴若和众人一起鼓掌，又从那人手里接过证书，接过麦克风说：“红色证书象征着一种责任，体现出一种幸福，表达了你们的心愿和追求。

在纯洁的心灵上，你们播种希望，

理想的种子在这里萌发，

生活的豪情在胸中激荡；

知识的种子在这里生根，

智慧的阳光把心儿照亮。

新郎的情啊，春风一般往这儿吹，

新娘的爱啊，河流一般往这儿汇。

爱情是太阳，你俩是向日葵，

爱情是花园，你俩是花中的蕊，

花香啊，沁满众人的肺！

太阳晨起西落，草木春华秋实；

大雁时南时北，长江由西向东。

它们都在沿着自然的规律运动着、选择着。”

吴若越讲越来劲，大家也越听越爱听。

当新郎、新娘对拜时，吴若发现黄丽娜异样的表情和眼里噙着的泪水。她是为自己找到了幸福和归宿而流泪呢，还是吴若说到了她的心里呢？

吴若打破僵局，说：“想昨天，百炼千锤，看明朝，千娇百媚。你们的爱情啊，千秋万岁！由衷祝愿洪国、黄丽娜在今后生活的道路上，互相尊重、白头到老、幸福永存！现在，我宣布：洪国、黄丽娜结婚典礼仪式结束！请大家边喝边舞！”

全场一片欢呼声。

这时，只见魏小姐走上前去，同洪国握手，洪国一眼就认出了是一年前在此酒店陪自己跳舞的小魏，“你怎么来了？”

“我一直在这酒店啊。谢谢你，洪哥，你还能记得我。”说着，又面向黄丽娜：“我衷心地祝福你们。”

说话的时候，高峰、孟丽、关大胜也都上前来。高峰趴在洪国耳边，问：“洪国，这位小姑娘和你怎么回事？”

“没怎么回事儿啊？”

“那你兜里为何有她的照片呢？”

“是吗，我为啥不知道？”

"我看这小姑娘挺好的，多么纯情啊，长相也是上等人啊！"

这时候，吴若领着冯娟走上前来，黄丽娜愣住了，"冯娟妹妹，你怎么来了？"

洪国说："她是吴若的好朋友啊！吴若我们都是一个连的。丽娜，这是我常说起的高老、孟丽和大胜、小朱。"

黄丽娜挨个握手。当和孟丽相握时，两人对视了一下，女人与女人的心是相通的，有没有秘密都心领神会。当她和冯娟握手时，半天没松开："你长得更漂亮了。生意怎么样？"

"不怎么样，亏损。"然后又说："丽娜大姐，我真祝福你找到了一个好伴侣啊！"后来是两个人用眼睛说话，冯娟坚毅的目光告诉她：绝不会向任何人暴露你的隐私。

黄丽娜说："什么时候喝你的喜酒啊？我要深深地谢谢吴若小弟，你真是口若悬河，我们都听得入迷了。你和冯娟真是郎才女貌。"

这时，乐曲响起，有人在喝酒，有人在唱歌，有人要跳舞。

唐业走过来，面对黄丽娜和洪国，深情地说："我作为丽娜的领导和老同事祝福你们白头到老！"

洪国说："谢谢！"

所有的人都陶醉在这欢乐幸福之中……

新婚之夜，他俩送走了闹洞房的人，忘记了一天的忙碌造成的疲倦，难以入睡。洪国的心是激动的，他挑不出黄丽娜的任何毛病，觉得她表里如一。

黄丽娜非常佩服洪国的气质、风度、胸怀和才干。但她越喜欢他，心里越矛盾：自己以前的所作所为向不向洪国说？不说，良心过不去；说了，他会怎么样？

洪国把地灯拧暗了一点，给黄丽娜倒了一杯茶。

黄丽娜喝了一口，然后说："洪国，我敢说，从此，你会改变我的一切。"

洪国笑了笑，说："嫁鸡随鸡，嫁狗随狗。不过，我可没那么大本事。反正一条，我能做到始终如一。"

洪国后面这句话，又紧紧揪住了黄丽娜的心。她低头沉默。

洪国说："近几天你好像变得多愁善感了呢？你怎么了？嫁给我后悔了？"

"看你说的。"

他们两个人的洞房夜话，谈了许多许多。杂乱的梦变成了甜蜜的梦。睁开睡眼时，太阳的光辉已洒在他俩的脸上……

二十五 奉献者的豪情

吴若归队后，被提升为第一砂钻班班长。四月上旬，他们和第二砂钻班一起向施工点进发。吴若充满了一腔豪情，他熟悉施工点的情况，他觉得太平常。

凌晨五点，吴若带领队伍，从额尔古纳河出发，沿着黑龙江西上，不得不从江上走，然后向南直插恩和哈达河。

这次进点的有二十多人，所携带的物资装备不少。两台拖拉机拉着爬犁，载着两台砂钻，还有八千斤粮食，总载重十来吨。这些东西必须在开冻以前运到施工点上去。开冻以后，泥泞与沼泽将分布在密林之中，即使进去一个人也很困难。

太阳升起。他们所到之处，冻层不时发出巨响，江水立即从缝隙里涌到冰面上，积雪变成了稀粥一样的东西。江上的冰层虽厚，但还是承受不了这么大的压力。毕竟是四月的天气了。

吴若有经验，一再提醒大家一定要拉开距离，把脚步放得平稳一些。但是绝对不能停止前进。他们走过的河面，是已经开裂的冰层和齐膝深的冰水，再下面就是深深的河床。岸上是陡坡，层层密林，冰雪覆盖着河滩，阴森、恐怖，初来这里的人禁不住感到透心儿凉和胆突突的。

有人害怕了。吴若说：“不要怕，没什么可怕的，我们有这么多人。要坚持住!”这声音虽然不是喊出来的，可是却比冰层开裂声更为震撼人心。

他们只能前进。时而步入刺骨的冰水，时而踏上开裂的冰缝。拖拉机三番五次地陷入冰雪里，他们不得不拖着它前进。

吴若他们在冰层上前进了四十多里，到了三十三站，决定不再沿江前进了，改为逆阿凌河南上。因为阿凌河河面虽宽，但河床较浅，就是冰层完全破裂，物资装备掉入河底，也还可以下水把它们捞上来。

这一天，他们在冰水中行进了一百多里。十五六个小时没吃一口东西，平均每人抬扛了上千斤货物。在吴若的带领下，没有一人躺倒，没有一人偷懒，没有一人退缩，没有一人说过一句怨言。

这支队伍是冒着生命危险在冰雪中前进的。晚上十点，他们到了恩和哈达河，终于把物资装备全部扛到了岸上。

这一天夜间零下二十多度。他们二十多个人不得不挤在去年他们搭的一间不足十平方米的简易房里，靠体温互相取暖，烘干已经冻得硬硬的衣裤。

他们酣睡了一夜。有的人在梦中呼喊，有的人在梦中呻吟，有的人在梦中微笑，唯有吴若和二班长没有入睡。有的战士还没有来得及脱下湿鞋袜就睡着了，他们就轻手轻脚地去把它们脱下来，放到篝火旁去烘烤；他们挨个地摸了战士们的额头，检查是不是发烧生病了。这次吸取了去年的教训，支队派来了一名年轻的军医，把老一点的派到另外更艰苦更险要的地方去了。就这，吴若也壮了胆，因为有个医生毕竟比没有强。他俩在篝火的亮光下，在地形图上一次又一次核对所走的路线。他俩悄悄地交谈。二班长说：“那你今年考学怎么办?”

吴若说：“支队已经派任务了，个人的事总是次要的。”

“那你错过机会不可惜了吗？你今年是最后一次机会了，不像我们明年还可以考。”

“顾不了那么多了。”

此时此刻，方圆几百里的风雪森林里，唯有这一小堆篝火烧得最旺了吧？唯有这一对战友在清醒地思虑着吧？那篝火的颜色，就是纯金的颜色。那两颗战友的心就是纯金。

二班长问：“想对象了吗？听说你对象是个很出众的女子。”

吴若说：“哎呀，整个身心都被这风雪、大山给吞没了，哪还有情绪想这个呀！”

“我不信。你不怕她变心跟别人跑了哇！”

“我不怕。她好像不能，我俩挺铁的。可话又说回来，她就是跟别人跑了，我也没招啊。这全凭自觉，怕有什么用？”

“真有你的。”

天刚放亮，他们踩灭了篝火，列队站在被火烤热了的土地上，唱了一支歌，然后向施工点布孔位置进发。他们背着部分物资，清扫去年设在这里的帐篷，然后返到河边。

几天之后，两台砂钻均开动。吊锤的撞击声在恩和哈达河的上空回荡。这一片土地，除了夏日的雷霆，还没有听到过这么巨大的声响。树木、冰雪、山岭都抖动起来了。

首钻打了五米，从套管中取出的泥沙里，肉眼可以直接看到十粒黄金。

看见黄金，多数人都要哭了，找金真是不容易啊！理想的热流，溶化了冻土；理想的火焰，提炼出黄金。

吴若让砂钻停下，大家围拢过来。吴若说：“我们开个联欢会吧！”

二班长说：“让一班长吴若来一个好不好？”

“好！”

吴若正了正衣兜，往中间挪了两步，然后说：“我不会唱歌，我朗诵一首自己写的诗吧，大家别见笑。”

“好！”热烈的掌声响起。

“标题是《顽强的黄金兵》
在茫茫林海的深处，
在山河隽秀的兴安岭，
西口子，恐怖而又险远，
‘寻金者的墓陵’是她的代称。
冬天，她是冰与雪的天地，
夏季，她是蚊与虻的舞厅，
巡回的野兽是她的护卫，
叠嶂的山峦是她的长城，
纵横的窄谷构成梦幻的迷宫。
有言道：
闯西口子难，
寻金难，
胜于蜀道，
难于上青天。

困难虽然在我们面前，
我们面前却没有困难。
听！
向西口子进发的车轮已经启动，
铁甲轰鸣，
辗碎了多少黄金梦。
向雪野延伸，
向森林拓展，
向险峰挺进，

向峡谷开通。

曾记否？
黑龙江上的长途旅行，
倒封江上的千里冰峰，
冰峰挡路、铁甲喘息，
万马受阻、大军难行。
狂风从冰谷里传来奸笑，
大雪也赶来把我们嘲弄。
夜幕中，
月也躲避着风寒，
星也逃遁了身影。
人困、马乏，
饥饿、寒冷。
躺一会吧，不行！
躺下去魂魄都会冻醒；
吃点东西吧，可惜，
所有的干粮都已分干净。
是停，是进？
进，意味着牺牲和流汗；
停，我们将成为退却的逃兵。
人的身躯，
虽然是血肉合成，
生命不息，战斗不止，
却是黄金兵的作风。
瞧，
千万把锹镐，

重现着愚公的威力，
千万双火眼，
让冰峰雪岭消融。
冰雪发出了绝望的哀嚎，
轰隆隆吐出连连的骂声。
‘我多少个冬眠没人惊动，
今天是哪来的一群穷兵。’
两岸松涛也一唱一和，
仿佛陷入了绝望的困境。
‘我们祖辈在这里横行，
你们难道也想逞雄。’
是的，要拼搏只有我们常胜，
有黄金战士，谁能逞雄。
看！
铁甲冲进了峡谷，
物资冲进了山中。
一栋栋帐篷傲然立起，
一排排井架昂头挺胸。

进得来，
还要站得住；
站得住，
又要打得胜。

看！又是一场较量，
一场人类与自然的抗争。
在这里，

亲人，我们难得团聚，
明月传递着无限的深情。
现代的娱乐与我们无缘，
奏起锅碗瓢盆交响曲，
我们快乐无穷。
沼泽，
阻绝了进山的粮秣，
野菜盐水养育了顽强的生命。
河流，
隔断了搬迁的车辆，
身体的桥梁却永远畅通。

我们没有过多的奢望，
只求对得住江东父老，
全国的百姓。

红色电波啊！
请送去我们胜利的消息吧！
西口子正在痛苦地颤抖。

让我们纵情高唱吧，
军营的男子汉，
人民的黄金兵。”

这充满战斗豪情的诗，把大家的心震颤了……

这时候，山外的人正在紧张地考试，在这决定自己命运的时刻，每个考生都在用尽全力拼搏、冲刺。有一个考号是空位，他正在千里之外的深山老林里……

老林里……

二十六 科学加奉献等于高峰

高峰在大兴安岭里扑腾了三年，心想：这回可以回上海了。儿子上了大学，可以和老伴一起共享晚年幸福和迟来的天伦之乐。

结果，这个老地质就是没这个命。通情达理的老伴说："去吧，闭上眼睛想，能在一块就行。这是身不由已的事。"有一天被召到北京，他还感到突然。他被安排在大会议室的一个圆桌上就座。这回他才明白，原来，大本营的决策者们在兴安岭找金找矿取得重大突破的同时，始终没有忘记岩金。那种产在岩石里的岩金矿床，才是中国黄金工业的希望!

这时，从他的脑海里翻卷起一幅版图，中国中部由西至东，横亘着一条巨龙，阻断了南来的亚热带暖湿气流，成为中国两大水系的分水岭和南北气候的分界线。这条龙尾，豫陕交界处，有一片高几百米、方圆几十公里绵延起伏的群山，这便是今天赫赫有名的老沟汉金矿田，中国第二大产金基地。

三十年前的今天，小秦岭是贫穷、荒凉的代名词。

1886 年 3 月 15 日，澳大利亚人乔治·哈里逊在南非约翰内斯堡附近意外地发现了金矿脉。百年间，约翰内斯堡从无名小镇到锦绣大都，是黄金改写了整个南非的历史。

二十世纪九十年代，中国小秦岭需要来一个人，决策者们选择了高峰。

但高峰远没有哈里逊那般幸运。他见了领导、熟人，甚至都不知道打个招呼。爱认死理的老毛病使他又一次远离城市。离开连队，离开大山，他就觉得无法施展自己，故又主动来到山里的连队。

这是一个专门负责为大规模开展金矿普查提供靶区的预察连队。在这里，他当了一名侦察兵。

过去几年，支队在大沟汊地区陆续取得了一些成果，但仍然只见星星，不见月亮。他感到了压力。

此时，师机关的立项审查会在即。

老实巴交的高峰被团领导叫到办公室，“老高，师里有个会，抽不出人来，你去参加一下吧。”高峰就这样被临时推上阵。

会场烟雾缭绕，目标找不到，谁也不敢去冒这个风险。坐在会场一角的高峰低着头，像是睡着了。

“老高，你怎么不说话？”参加会议的一位瘦脸少将问道。老高“嘿嘿”一笑：“没啥说的。”“没啥说的？过了这个村儿可就没这个店了。”

少将一句话正中要害。爬了这么多年的山不就是为了揭开那里的谜底吗？难道就这么窝囊一辈子？其实他已经很光彩了。

高峰鼓起勇气，站起来放开了炮：“要我说，西门金矿才揪住了牛尾巴，大矿还在底下。”

举座愕然！这岂不是说别人捡了芝麻丢了西瓜。

老地质侃侃而谈：“从成矿构造上看，大沟叉地区具有得天独厚的条件。我认为，以前之所以没有发现大矿，是因为找矿理论出了偏差，没有找到主矿脉。”

“老高，说说看，我们的突破口应该选在哪儿？”少将关切地问。

“上西门。”高峰口气坚决。

上西门？会场鸦雀无声。

谁都知道，西门金矿是一座被探明多年的金铅矿山，在老矿山上重新投入无异于在别人犁过的地里找红薯。风险明摆着，一旦失败，你老高在黄金部队就该“结束战斗”了。

“好，就按你的意见试试看。”少将一锤定音。他可是个行家，知名度很高。但他佩服高峰。在地质行业，高峰的功德无量！散会后，他单独找高峰谈话。两位学者的心是相通的。高峰知道单靠大兴安岭的沙金是远远满足不了国家需要的，必须要有岩金。少将知道并了解他的过去，这回他老将出马，必将是一个大仗。

队伍迅速开了上去。高峰何尝不担心，自己“结束战斗”不要紧，这一钻下去就是几十万，出了差错，损失谁担得起。接连几天，他伏在办公桌前，面对着翻了不知多少遍的图纸，手中的笔有千斤重。没错，就是这里，高峰用铅笔重重地画了一个圈，“给我往下打，三百二十米见矿。”

老沟汊主峰小鸦脑山，海拔两千四百多米。此刻，它的北坡，与营地高差七百六十米，高高矗立的钻机，直插云端。

这一钻将关系到整个项目的成败。

一个清冷的早晨。

陷入了进退维谷的境地，由他设计的钻孔打到三百二十米没见矿！

岩芯取上来，高峰眼睛直了，一点儿见矿的迹象都没有。惊诧、失望、不满，无数目光投向他。

山风吹拂着高峰稀疏的头发。他蹲在山坡上，眉头皱得更紧，腰也弯得更深，烟屁股几次烧到手，竟浑然不觉。末了，高峰一拳砸在石头上：“给我继续打五十米，见不着矿我负责！”

吊锤声又在山谷里响起，那声音震得人发颤，像砸在人们的心尖上。

十米，没见矿；二十米，还没有矿！三十米，仍没有影子。

莫非是自己错了？高峰把自己关到帐蓬里，又一次拿起图纸。多年的经验和心血告诉他：不会错。可地底下的事，谁敢打保票呢？他脑子里乱糟糟的，拄着一根棍子，爬到山脊上，一把撕开上衣，任凉风直吹自己燥热的胸膛。

“三百七十米，见矿了！”随着喊声，他两腿一软，瘫倒在地上。

工地一片沸腾。两天两夜，人们悬着的一颗心终于放进了肚里。

这一钻，他们打到了六米八厚的高品位矿体。

继续钻进，结果不出高峰所料，这是一条未被发现的主矿脉。仅这条矿脉就使西门金矿金的储量翻了两番多。

老沟汉又出名了。从二十世纪六十年代中期发现金矿开始，找矿三十多年，老沟又有了第一个特大型金矿床。

中国第二大产金基地由此诞生！

胜利的喜悦并没有使高感到轻松。

下一个目标在哪儿？

老西沟下还有多少矿？

一个又一个难题摆在高峰面前。

他把自己深深陷在办公室里，多年收集的有关老西沟地区的地质资料全被他搬了出来，墙上、桌上、地上挂满图纸、堆满资料。之后，他带着几个同事翻过一座又一座山关，下矿井，钻坑道……小秦岭山高坡陡，峭壁林立，气候变化无常。高峰晴天一身汗，雨天一身泥，腿跑细了，人跑黑了，多年解不开的谜团逐渐变得清晰起来：老西沟金矿主要受背斜构造控制。按照这一理论，进入老西沟的数支地勘队伍对几乎所有的成矿有利部位进行了“地毯式轰炸”。要想打破目前的找矿僵局，关键在于能否突破背斜成矿理论。

经过反复思索，高峰果断提出向斜褶皱部位富含金矿的“向斜含矿”理论。

“向斜含矿？”这在老西沟地区还没有先例。

“按老高的思路，上。”支队党委迅速调整布局。

一天，二连地质组长齐铁峰兴冲冲地跑来向高峰报告，有新的发现。

“立即缩小靶区，加密工程控制。”高峰吩咐道。

几条探槽布设下去，情况不理想。老高急匆匆赶往施工点，经过仔细观察，他发现，是采样的深度不够。

他重新进行了布置。样品结果出来了，全部达到工业指标。

又一处金矿远景区被发现。

胜利的捷报一个接着一个：五鸦岔、老里村、支岔……一个个金矿床相继被发现。这一年，高峰与地矿局的同志一道完成了《老西沟金矿地质勘探科学研究的重大突破与发展》科研项目。专家们一致认定，项目对发展我国黄金工业具有重大指导意义。当年，这一项目荣获国家科技进步一等奖。

找了大半辈子金矿的高峰第一次拿到了属于自己的金饰——一枚沉甸甸的金质奖章。

就在高峰在西沟叉抱上大金娃娃之际，在巍巍秦岭中部南坡，一场大规模的找金会战也同时拉开了序幕。

二十世纪六十年代，美国地质调查所的罗杰·罗伯茨经过系统分析和综合研究，断定在内华达州中北部将富存有规模巨大的金矿床。1961年，大量的化学样品源源不断送到化验室里，紧跟着的钻探验证使美国人眉飞色舞，第三钻便打到了80英尺厚，品位达34克/吨的厚大矿体。卡林型——一种金的颗粒小至几微米，浸染在碳酸类岩石中，具有较大远景的新类型金矿床诞生了。

世界金矿勘查从此翻开了崭新的一页，美国迅速跻身世界产金大国行列。

几乎在罗伯茨发现卡林型金矿的同时，他们找到了位于秦岭深处镇安县东南的丁家山—马家沟汞锑矿带。由于信息传递不够便捷的原因，那时，他们并不知道大洋彼岸已经发现了一种叫作卡林型的新型金矿床。

老地质和小地质们很清楚，汞锑矿与金的有着密切的联系。许多年过去了，他们两眼始终注视着丁－马汞锑矿带。直觉告诉他们，那里应该蕴藏有金矿床。

于是他们开始进行求证。

派出的小分队进行矿点普查，发现了金的矿化存在。他们眼里露出了不易察觉的亮光。

几十公里长的成矿带，他们攀上爬下，采集的岩矿样品足足装了一卡车。

样品分析结果出来了，金的最高品位达 27 克/吨，是工业品位的 9 倍。

但是现场掘地三尺，他们失望了：只发现了几条二三公分宽的细矿脉，无论怎样努力，也圈不出可供工业利用的矿体。

一行人无功而返。

他们不服：应该有矿，怎么就发现不了呢?

“不行，非要弄个水落石出!”他们下定了决心。

他们下了更大的赌注：布下一张“大网”，用取水系沉积物进行化验分析。

金龙山、腰俭、丘岭、铁铜沟，四个形态完整的金的化学异常被发现。

他们端详着四个异常，百感交集。老地质们工作的时间不多了，这一次说什么也要解开这个谜团，抱出个大金娃娃，给这一生画上个圆满的句号。

又一支异常检查队伍被派上去了。

还是没有矿。

机遇再次与他们擦肩而过。

他们又一次从希望的浪尖被摔到谷底。

地质学本身就是一门探索性极强的学科，他们几上矿区，仍旧一无所获。苦思冥想，不得其解。恰在此时，北京召开了一个学术研讨会，参加会议的人意外地从一位领导那里得到了一块美国卡林型金矿的矿石标本。

这块小小的标本引燃了他们思想的火焰。

会不会是卡林型金矿？

决定多种方法并用，在异常中心部位横切一刀，实施高密度的“地毯式”轰炸，进行综合解析。

化学探矿、物理探矿、地质采样，几支队伍一同被派了上去。

不久，化验室传来令人振奋的消息：发现了大规模工业矿体！在三个异常上如法炮制。结果，全部见矿！

国内外金矿专家纷纷涌向这里。专家鉴定，这是一种国内尚未报告的产于泥质碳岩中的具有较大远景的全新类型金矿床，与美国的卡林型金矿床同属一类型。

大规模的勘探战役随即打响。

烂山和猫鼻梁地段。

按照常规，要搞清矿体的情况，首先要摸清整个矿区的地质构造。

最简便的方法是利用矿区历史上废弃的采金坑道进行地质调查。这样既可以加快勘探进度，又可以节省大笔资金。

烂山烂山，整个山体岩石松散，泉水四溢。在这样的山体里走进废弃了几十年甚至几百年的旧坑道，无疑相当于走近死亡。

他们别无选择。高峰的助手陆仁将技术人员分成三个组，开始了地质调查。

这天，陆仁带着两名战士，又一次来到烂山。

他吩咐战士守在硐口，自己一猫腰钻了进去。

硐中泉水叮咚，寒气袭人。

不知不觉，陆仁进入了坑道深处。观察、记录、采样。陆仁正专心致志进行勘测，只听“轰隆隆”一声巨响，坑道发生了塌方。

陆仁回头一看，惊出了一身冷汗：来路已被堵得严严实实。

硐中一片死寂。他明白，自己陷入了绝境。

借着手电筒的亮光辨了辨方向，陆仁定了定神，多年的经验告诉他，只要顺着有新鲜空气的方向走，就有可能走出这条死亡的坑道。

陆仁背起样品，摸索着向前走去。手电筒的光开始暗下来，陆仁不敢使用电筒了，黑暗中凭着感觉挪动着双脚。

拐过一个弯，又一个弯，眼前是一个岔口。他瞧准一个稍宽点的硐子，钻了过去。又走了一段路，他仔细一看，坑道到了尽头。

坑道像迷宫一般，弯弯曲曲，时宽时窄。摸索着转了几条硐，还是没有找到出口，陆仁感到一阵头晕目眩，饥饿和恐惧再一次袭来。他趴在地上，大口大口喝着积水。喘息了一会儿，陆仁艰难地站起来，一手扶着硐壁，一手提着地质锤，一步一步，向前挪去。

坑道尽头终于现出了一丝亮光，陆仁奋力向硐口爬去。

阳光重又照在陆仁苍白的脸上。

……记不清钻了多少旧坑道，采了多少样品，陆仁和同事们发现，矿体周围的岩石中放射状分布着微量金。

陆仁敏锐地认识到，关键是要进行好金属量与矿石量关系的测算。

帐篷里，陆仁彻夜不眠。大量的数据摆在案头。几天后，施工方案被重新修订，陆仁又投入到紧张的野外工作中。

一连几天，陆仁感到胸部发闷。每天收工回来，都要坐在帐篷前喘上一会儿。同事们见了都劝他：“老陆，是不是身体不舒服？快回去检查一下吧。”陆仁总是笑笑：“没事，坑道里氧气不足，休息一会儿就会好的。”

勘探设计审查会议如期举行。

陆仁无心欣赏城市的美景，更顾不上去医院，他一头扎进招待所核对储量计算结果。

次日，会议正式开始。

陆仁发完言，头一歪，像是睡着了。任凭呼唤，不再醒来。

脑溢血无情地夺走了他45岁的生命。

台灯下还摆放着他未完成的论文。

江水如泣如诉，陆仁就这样走了……

战斗仍在紧张进行。

矿区距县城三十公里，除了十三公里简易路段，剩下的十七公里只能靠人拉肩扛。八台钻机，三个掘进连队的设备，加起来就有上百吨。

要不要先把路修一下，有人提议。团长袖子一撸："哪来时间修路？跟我上。"七名常委带着机关三十多号人直奔工地。

二百多号人将设备分解，来了个蚂蚁啃骨头，最重的发动机、空压机交给了善打恶仗的掘进连。

班长李文亮是掘进连里的"金刚钻"，参加工作十一年，坑道打了无数，什么样的场面都见过。二话没说，最艰巨的任务被他抢到班里。他和战友们抬着几百公斤重的空压机来到山脚下。李文亮眉头一皱，计从心来。他带着战士们在山坡上架起绞盘机，将设备套上钢丝绳，垫上枕木，十几个人撬杠上肩，一声"起"，设备徐徐上升。王文斌高兴得直拍大腿，"好小子，有种！"

几天工夫，上百吨设备安然运抵指定位置。

八台钻机直插云霄，三个掘进连队整装待命。

勘探战役正式打响。

李文亮带领他的掘进班一个冲锋，就拿下了矿区第一个坑口。化验结果显示，他们打到了厚度达三十六米的特大矿体。

高兴劲儿还没过去，李文亮就在"猫鼻梁"翻了船。一连十几天，涌水、塌方。

"猫鼻梁，猫鼻梁，鬼走也打晃，人见愁断肠。"

1981 年 3 月 16 日。

天刚蒙蒙亮，李文亮带着全班开进坑道。

打眼，出碴，李文亮和战士黄朝晖抱着风钻干得正欢。忽然，头顶噼噼啪啪开始掉碴。

"加强支护！"李文亮一声吼，继续掘进。

破碎的岩石掉下来，瞬间，风钻失去了阻力，泥石流铺天盖地而来。李文亮一脚蹬开黄朝晖。黄朝晖被泥砂裹挟着冲出洞口。

全班战士从泥石流中爬起，独独不见了李文亮。

“班长，班长？”黄朝晖不顾一切地朝洞口冲去。

泥石流早已把坑道灌满。

战士们围在洞口拼命呼喊：“班长，班长！”

刚刚过完29岁生日的李文亮走了。

为了给共和国宏伟的经济大厦添上一抹金色的霞光，李文亮把自己永远熔入了哀牢山。

这是一场人与自然的较量。哀牢山壁立千仞，矿区海拔两千多米，山体相对高差几百米，山上云蒸雾绕，气候变化无常，光重大塌方就发生了八次，小塌方不计其数。为了早日提交勘探报告，他们付出了重大的牺牲，战士魏文富、马世海、徐荣祥、蔡永洲等在坑道施工中相继献出了年轻的生命。

二十七　向灵魂的栖息地攀登

洪国把新婚妻子调到省会，分了房子，两人陶醉在幸福之中。

一纸命令传到：洪国担任进藏指挥所总工程师。

黄丽娜傻眼了：进藏意味着两地又重新开始，那可是缺氧的地方，生命时刻受到威胁。两人有生离死别的意思。

但洪国没说什么。

喜马拉雅和昆仑山脉像两只巨大的臂膀托起了“世界第三极”——雪域高原。雪山、草原、喇嘛庙，这是一片颇有几分神秘色彩的土地。

拉萨贡嘎机场碧空如洗，一架波音757客机缓缓地停靠在停机坪前。舱门打开，六位警官在一位将军的带领下，精神抖擞步下舷梯。

紧接着，由指挥车、生产车、货运车编成的特殊车队载着近二百名官兵悄然驶出成都，沿青藏线直奔拉萨。

士官胡天河请求任务。任务下来了。这是一次十分艰巨的任务：送三名科研人员去藏北地区进行黄金地质考察，完成国家当年指定的科研项目。

胡天河驾车载着三名科研人员和各种仪器、资料，翻山越岭，向西藏进发。

五月的世界屋脊上仍是一片冰雪，一个白色的世界。山路越盘绕越高，空气也越来越稀薄。胡天河和三名科研人员和先后感到胸闷、心疼、恶心，一个个在车内昏昏欲睡。

“嘎——”汽车在唐古拉山下的沱沱河兵站大门口停下了。科研人员下车后，见胡天河无精打采地靠着方向盘不动，便小心翼翼地把他搀扶下来，送进兵站医院。诊断结果：“高山反应引起肺水肿。”

输氧气，挂吊针，胡天河迷迷糊糊地躺在病床上。洪国感到，胡天河为找金子付出太多了，不能再让他有什么闪失，立即决定换人。司机奇缺，换人谈何容易。离预定的 5 月 15 日还剩三天了。15 日以后唐古拉山区将是雨季，车将无法通过进藏的唯一通道——五千多米高的唐古拉山口。假如课题组不能按时到达，西藏金矿成矿地质长途调研这个国家指定的科研项目当年就无法完成。三天，时间紧迫，刻不容缓。三位科研人员看着病床上的胡天河焦急万分。重派司机？时间不允许。驻地请司机？找不到。怎么办？

经过十一个小时输液，胡天河终于从沉睡状态中醒过来了。看到科研人员焦急地等在他身旁，他一骨碌爬起来：“我们启程吧！”

车到了唐古拉山顶峰，天色已晚，正是“山石荦确行径微，黄昏到寺蝙蝠飞”。这时，胡天河感到从未有过的头痛、恶心。人又想吐了，握着方向盘的双手在微微颤抖，苍白的脸上渗出豆大的汗珠。但他知道，这时候，他无论如何也不能倒下！还有两天时间了，一定得坚持住，一定得闯过这道关！他握紧方向盘，加大油门，咬着牙，两眼紧紧盯着公路前方……

车轮碾碎了千难万险，终于翻过了唐古拉山口，按时到达拉萨。队伍刚到拉萨就放倒了八个弟兄，呕吐、眩晕，严重的高山反应折磨着第一次登上雪域的指挥所官兵。战友们辗转阿里、那曲、山南等十三个地区，奋战五个月，施工钻孔 336 个，钻进 4 754 米，却没有找到金矿。"站得稳、干得好"是达到了，但没能实现"打得响"的目标，此时的洪国深感肩头担子的沉重。

在拉萨适应性训练刚一结束，洪国就带着他的三台钻孔机直驱拉萨一千四百多公里、海拔四千八百多米的藏北尼玛县。

初春的藏北风沙肆虐。狂风卷着砂石打得汽车和帐篷啪啪作响，没等大家反应过来，汽车挡风玻璃被砸烂了两块。钻机竖起来，发动机却没了声息。在成都调试得好好的柴油机此时就是不工作。官兵们拆了装，装了拆，倒腾了一整天也没找出啥毛病。

"莫非这玩意也缺氧？"不知谁的一句玩笑话提醒了大家。洪国找来氧气袋，对准点火阀门一阵猛灌，柴油机终于发出声来。

洪国带着战士们轮番作业，从早上八点到晚上九点，三天时间，完成了四个钻孔。

淘洗完样品，大家失望了，连一粒毛毛金都没有。

"搬家。"洪国一声令下，七台车载着官兵缓缓驶向下一个施工点。

钻管打下去，砂样提上来，淘金簸摇啊摇啊……眼睛都看花了，还是没有金子。打不到矿就得搬家，总是搬家，进尺就成了问题。洪国急得嘴边起了一串泡，他恨不能一拳把这个藏北高原砸个窟窿。

全队来到了聂朵藏布水系的那朗沟。搭帐篷，竖井架，沿着干枯的河道，一排排钻下去。

没矿！

调整位置，上支沟，接着干。

机长李元金拔出三米多长的套管，取出砂样。助理工程师伊大提着几十斤重的砂样来到河边。淘金簸在河水中轻轻摇着，一粒粒金黄色的小精灵跳动着身影闪了出来。一旁的李元金眼睛都直了。

“洪总，见金了！”

“多少？”

“数不清！”

洪国奔了过去。

淘金簸金光四溢，密密麻麻的金粒在清清的河水中映着云霞。

见金了，找到矿了！

从四季如春的昆明、鱼米之乡的长沙、天府之国的成都来到这氧气都吃不饱的雪域高原，几多艰辛，几多磨难！泪水，在官兵们黝黑粗糙的脸上尽情流淌。

洪国一鼓作气，带领三台机组加密勘探线，一个中型砂金矿被揭开了迷人的面纱，又一个小型砂金矿在奄木弄巴被发现了。

完成施工任务的大队官兵正准备撤回拉萨，一场突如其来的大雨，使他们陷入了困境。帐篷里的粮食只剩下五十多斤，腊肉和干菜已经吃完。施工点距最近的尼玛县城也有四十多公里。

“不能在这儿坐以待毙。”洪国带着队里唯一的一辆三菱吉普冲进了雨幕。

车好不容易赶到了尼玛县城。四处一问，都没有粮食。没办法，洪国只好挨家挨户求援。最后，在一家小饭馆里，才勉强凑够了一袋大米。赶回住地，洪国不敢让大家吃干饭，他一面发电报向拉萨紧急求救，一面让炊事员煮稀饭。吃不上蔬菜，天天盐巴煮稀饭，官兵们一个个皮肤脱落，嘴唇干裂、口腔溃烂。大家不敢漱口，也不敢洗脸。

新战士高飞病倒了，拉肚子脱肛，大肠头掉下来足有拳头大，推都推不回去。高飞哭了：“洪总工，我还有救吗？”洪国两眼噙着泪水说：“小高，不要怕，有大家在，你就没事。”卫生员把所有的办法都用上了，消炎药、输液、盐水洗……

高飞发烧烧得昏迷不醒。

十二天后，指挥所的给养车终于来到了大队驻地，高飞被送往拉萨急救。

补充了给养的大队官兵又接到了新的命令：转战新区，为明年施工做调查。

洪国带领队伍又向新的施工点进发了。

一大队官兵终于踏上了返回拉萨的里程。行到班戈错，一片湿地挡住了他们的归路。洪国跳上卡车，指挥车队加大马力猛冲，吉普冲过去了，后面跟进的卡车却陷进了泥潭。

“拖车！”洪国大吼一声。卡车被挂上钢丝绳，车轮飞转，就是没有挪窝。一会儿工夫，前面的没拖出来，后面的又陷了进去，整部车都浸泡在烂泥里，只剩下大厢浮在上面。

“卸车！”大家顾不得喘息，开始是一人一件，接着两人抬，抬不动就三人搬。物资卸下来，再装上去。千斤顶一点一点把车厢顶起，再把枕木铺下去顶车轮。床板和钻机用的枕木全部垫下去，再从泥水里拔起，不断地向前铺进……

车队又缓缓地开动了。一道道灯光划破夜空，雨雪中，战士们支撑着疲惫的身躯，蜷缩成一团，默默地嚼着方便面。

“不能再走了，洪总工。”伊大几乎是哭着请求道。

“不行！”洪国十分清楚，这里前不着村后不着店，待下去非困死不可。他止住剧烈的咳嗽，摆了摆手说：“继续走。”

车队又向前开进。雨夜里，官兵们一个个满身泥浆，东倒西歪。从尼玛到那曲，不到五百公里，他们整整走了四天四夜。

回到了成都基地，胸部隐隐作痛的洪国在首长的命令下住进了医院。肺结核，医生检查后大吃一惊。他们怎么也不能相信，眼前这个又黑又瘦的军人不久前还在藏北高原打砂钻！

在洪国的队伍里，有一位年轻的工程师叫叶永安。他奉命考察完康定金矿来到凉山州康定城时，已是腊月初五。叶永安给妻李小君打了个电话，告诉她过两天就返回成都，并商定春节带女儿一块回云南老家探望父母。

切诺基在大渡河上游一级支流康定河畔疾驶。连续几天的奔波，大家都十分疲乏。叶永安合上眼，刚想打个盹，就听耳畔“轰隆”一声，头被重重地撞了一下。

睁眼一看，切诺基已从十几米高的岸上翻落康定河中，河水正从破碎的玻璃窗涌入。五人顾不得伤痛，连忙爬出车外。到处是翻卷的浪花，白茫茫一片。几个人站在车顶上，切诺基在河水的冲击下摇摆不定。一个浪头打来，车翻了，五人被汹涌的河水席卷而去。

眨眼间，叶永安就被激流冲出二百多米。叶永安在水中挣扎，求生的本能使他忘记了河水的寒冷，借着回旋的水流，他紧紧抱住河中的一块巨石。岸边赶来救援的人们找来绳子，奋力甩过来。此时，叶永安的手指已经冻僵。他吃力地张开嘴巴，探过头去，想咬住绳索。河水激起的浪花在石头上结成一层冰，叶永安身子一歪，瞬间便被激流吞没了……

在下游三公里的地方，当地村民冒着生命危险将叶永安和司机马建力的遗体打捞上来。人们目不忍睹，两位军人的肩章、纽扣已经脱落，遗体已分辨不出容颜。

那个周末，李小君做好饭菜，左等右等，不见丈夫回来。一打听，与丈夫一同出差的同事都没有回来，她一颗悬着的心提到了嗓子眼。

第二天，正在单位工作的李小君被叫回家。

总队政治部主任带着一群人走来，她的心像遭了电击。“不！你们什么也不要说，我不要听，不要听！”眼前一黑，李小君昏死过去。

叶永安走了。一年中，他在野外奔波八个多月。家，成了他的加油站。

老政委感慨地说："勤勤恳恳用在别人身上是溢美之词，用在苏学云身上，一点都不差。"

从大渡河死里逃生的工程师林光浩泪流满面："叶永安知道我腿上有伤，是他在落水前猛推了我一把，才使我没被激流卷走。"

叶永安的老父亲赶来了。看见儿子办公室里一摞摞资料，一本本工作笔记，老人再也抑制不住悲声："孩子，你走吧，你太苦、太累了！"

转眼到了春节，女儿叶予拉着李小君的手："妈妈，我们回老家吧？"

李小君摇摇头："我们哪儿也不去，我们去了，爸爸就一个人在家了！"

二十八 沉甸甸、金灿灿

北京，军事博物馆。建军七十周年成果展。

几位将军兴致勃勃地聚在一个展柜前，观赏着两块金光闪闪的自然金标本。

这是两块黄金部队采集到的金矿标本。一块是冰川飘砾，一块形如中国版图。

二十年，人类历史长河中极为短暂的一瞬，但在这二十年里，黄金部队创造了无数个历史的辉煌：

累计向国家提交新增黄金储量729吨，潜在价值近600亿元。探明大型以上金矿床18座，建成采金船15条，生产黄金20余万两。

抓获偷矿分子2万多人次，查获大量违禁物品，沉重打击了破坏矿山生产秩序的非法活动。

五级高工高峰提出的"地球脉动学说"迄今才为美国学者解读，出版的《地质体运动理论及其应用》在地学界独树一帜，在国内首次提出并建立"地质勘查效益理论"。

二十年间，部队共获国家科技进步一等奖 1 项、二等奖 1 项，部委级科技进步奖 17 项。高峰、洪国获中国地学界最高奖——李四光野外地质工作奖。

在这二十年里，中国黄金业以每年两位数的速度增长，黄金产量从区区十几吨一跃进入世界第五产金大国。

二十九　豪迈的人

吴若退伍了。

支队几次打报告说人才难得，但无回声。规定面前无可奈何。

吴若说："在部队虽然失去了考学的机会，但我收获了许多，我的人生在这里得到了升华。"

他与冯娟相处着，追求着。

一年后，他当了糖厂三产业主任，养鱼、种稻创利百万元。

洪国被提升为支队副主任工程师，把黄丽娜带到了省会城市支队所在地，这正是黄丽娜梦寐以求的。

孟丽还是出国了，后来给洪国他们来过一封信。她观念变了。

部队奖励高峰一套三屋一厨的房子，他嫌大，换了一个两屋一厨的。

没有任何人能知道，他自己也不会知道，那天在酒店见面的魏小姐竟是自己的亲生女儿。离婚后，她便被其母送给了支边的战友。只有她母亲知道，可她母亲在何处。这对高峰永远是个追寻的谜……

一位高干说：在艰难条件下，这支部队敢打硬拼，为国家的贡献是巨大的。可在市场条件下，穿着警服进市场，可是个巨大的考验……

一串长长的问号，紧扣他们的心弦。

"兴安岭，山高林深，

山中林中闪耀着我的青春。

一支歌，高亢、雄浑，
我是军人，为祖国寻找黄金。
山谷下，裸露着荒凉和贫困，
荒凉和贫困下，
我采出耀眼的沙金。
当我把沙金捧在手上，
我断定，泥土也有美丽的灵魂。”

山野无垠，人生豪迈。高峰的徒弟们在深山老林里寻觅着。

1997 年 10 月—1998 年 1 月 10 日于哈尔滨

后记

后记

上有千仞山，下有万丈冰

我常想，人假如没有文化的包围、渗透、统率，会是什么样？文化，不只是识字、撰文、说话，更是思想，是言行，是形象。公务员更是如此，从官到干部，再到公务员，称呼的转变本身就是文化的发展、文化的延伸和文化的更替。依我看，公务员文化主要应是德正其身、才胜其任、心灵宁静、善始善终的总和。公务员若是离开了文化，则是无源之水、无本之木。在人生的大舞台上，无论扮演什么角色，都可能不知所缺、不知所失、不知所向，对道德操守、理想取向更难知一二。如此循环，误己，误人，误国。可见，公务员文化对每个公务员来说都是不可或缺的。

细品起来，这么多年，我是干啥写啥，离不开生活的圈子，尽力用“吾手写吾口”。表述虽然一直很拙劣，但还是坚持不懈。小学的时候，我写了一篇抒情文，起名叫《茁壮成长》，并在万人大会上演讲。从那时开始我便对写作和朗诵有了兴趣，班主任张春青走到哪儿便把我说到哪儿。初中时写下长篇日记《中学时代》，满满一个日记本，带我写作的同学杨民看过后说没啥意思，用红墨水写了两页批语，这批语成了我模仿的句式。1975 年，县里召开评《水浒》座谈会，我当时是中学生代表，与工人代表和朱善璐等 5 人围坐一圈讲给上百人听。寒暑假到乡下爷爷家先后完成了短篇小说《沸腾的村庄》和《不会来事儿》，还写了不少诗歌。下乡当知青时，写了散文《铁青年》和《铲穷》。这个“铁青年”就是知青战友宋克义，他和李瑞文、许向军同学在做人做事等方面，都是我的榜样。我还经常躺在垄沟里大段大段背诵诗歌、散文。1977 年复习备考，老师把我写的《每当我唱起东方红》和《我的老师》当成范文推荐，当时，就连现任南京市委书记的朱善璐、齐齐哈尔师范专科学校党委书记杨民和文化部社会团体司副司长马文辉在一起听完后也问我此文，精心辅导我的张耀桓老师更是从心里高兴。我在北京黄金指挥部工作期间曾两次去北京大学拜望当时任北大团委书记的朱善璐，说历史，谈人生，话未来，热情、轻松、愉快，还谈起入伍后的事情。每天我都是早晨四点钟起床看书、写作、背诵，没误过一天。每个周末更是我最充实的日子，埋头写作，经常忘记吃饭。记得在湖北新兵连，那是在一个住了 200 人的高架房子里，早餐后，我趴在床头，一气呵成，写出了短篇小说《地主的女儿》和长诗《向地下“银行”进军》。有一次理论学习结束后，分班讨论，当我发言的时候，也许是声调高昂，也许是朗朗上口，其他班的讨论几乎都停下来，好多人都平心静气地把目光对向我。1980 年冬天，现任黑龙江省公安厅副厅长的王晓曦和我住在潮湿的帐篷里采访写作，共同发表稿件。这么多年，他一直关注我，战友情深。1983 年春天，在黑龙江大学哲学系参加了 3 分钟演讲《人活着》，当时，曾任省委宣传部长的衣俊卿老师坐在前排，是评委之一，我获得了一等奖。奖给我的笔记本至今留存，上面有“一等奖”并盖章的清晰印记。1984 年春天，在《新青年》杂志学习的时候，有一天谢文利老师半夜 12 点敲门，说：“睡得太早，不会有啥出息，得看书或写作。你可以想一想，别人睡觉你也睡觉，别人玩牌你也玩牌，那么，你出作品、出成绩的时间都在哪里？”文利、旭辰、惠民、方元老师对文字要求特别苛刻，对我影响很深。在北京黄金指挥部工作三年，我在组织处工作，处长胡相和把起草领导讲话的工作交给我，我便起早贪黑查找资料，专心写作，反复修改。那时是打铅字，有时来不及便让战友易耘兄帮助誊写，他的书法在全军获过奖，文字也好，人无杂念。我俩在一个宿舍共住三年，晚上，他铺开毡子写书法，我则看书，经常到后半夜。有一年开会，不会有人相信，当时冶金部部长戚元靖、副部长徐大铨和武警总部司令员李连秀的讲话都出自我一个 26 岁的士兵之手。我写的一篇《百万元户家庭士兵黄金梦》调研报告，军委、总部和指挥部领导均有批示，引起重视。我还有机会跑遍 100 个连队，仅搜集素材就有 15 本，约有 10 万字。回来后，在机关演讲，后来又在国家机关工委、冶金部机关和三个总队演讲，让军师团三级首长热泪盈眶，我获得了一等奖，团体二等奖。指挥部主任黄玉珩少将（他当时是中国黄金总公司总经理）特意批钱加菜款待我们，指挥部政治部主任高炎少将非常高兴地与我们共进午餐，同我握手时笑容里对我寄予厚望并当场说："我们在干部任用上可大胆地迈出一步，拿继祥做个试验。小步快跑，重点培养。"尽管在正团之后踏步前行，没有成行，我还是很骄傲。在亦官亦文的道路上越走越远。后来，创作出版了报告文学集《黄金般的史诗》《黄金魂》《黄金部队的赞歌》，《解放军报》编辑陈生庚、哈尔滨《新晚报》副刊编辑圆小玲分别刊发消息称："'刘继祥——从黄金里淘文学'，成为武警黄金部队家喻户晓的黄金题材开山之作。"高炎批示："发行到班，可作教材。"后来的《山野人生》《叩问灵魂》《守望灵魂》《叩问爱情》《山远人远》《橄榄绿防线》《忠诚铸丰碑》《大写的忠诚》等书在武警部队书库里均有席位。当干部处长为总队党委在干部管理、考核、任免等方面思考周全，参谋得当，拿出的第一方案和建议，两任党委都点头称是。在医院当政委，能把大家的心凝聚起来，队伍作风、医德医风等方面都顺理成章，是指挥部首长来哈尔滨视察必到必听的汇报单位。总部首长、指挥部首长来部队视察和总队首长下基层视察总是选我作为随从陪同。我从士兵到正团，跟随王成福少将和李永奇大校时间较长，他们对我要求严格，关心体贴，十分信任。侯立成政委和张万田总队长非常赏识我的为人和才干，曾对我的同期战友说："继祥的才能，你们可能学不来，可学学继祥的为人吧！"后来，我调任指挥学校跟随杨树清、龚洪琛大校工作，任学校副政委。五年间每年开学式和演讲等活动都由我发表讲话，学生说："听刘副政委讲话是一种享受。"所以带领他们抗洪、处突得心应手。官兵们说："刘继祥政委往前一站就是命令。"总队举办各支队主官学习班，总队全体首长、各支队主官专门听我演讲。转业后，我到哈尔滨市委办公厅综合一处、三处，克非秘书长，光辉、继泽、继权处长，对我影响很大，使我对写"同志们"、调研报告等类文体和在首脑机关工作特点有了更深的认识和提高。后来，到哈尔滨市松北区任群团部长、宣传部长和文化旅游局长这几个角色。松北新区的创新、务实、高效和拼搏，使我感受极深。镜铭书记和沿民区长等领导的人格魅力、领导魄力、创新能力和发展决心以及对宣传、文化、旅游的重视使我信心倍增。于是，我开始从提炼松北精神上下功夫。除了策划新区精神文明建设规划、理论教育、工青妇、科协、机关工委的日常工作，还在文化规划、旅游规划、构建文化长廊上下功夫，形成了松北文化旅游现象，打出了自己的独有品牌。同贾岩、吴颖湜一起策划、撰稿制作的三部电视片《松北·天堂》《松北魂》《松北的雪》和三部文化旅游作品均获全国文化旅游博览会一等奖和二等奖。除了写报告、讲话和正常工作外，还创作了长篇文学报告《大气松北·盛于久远》《来自太阳岛的报告》《冰雪魂》，长篇小说《太阳岛传》《穷人》，文集《行于心田》《上善若水》《厚德载物》《发于点滴》以及长篇文学报告《金泣》和《水泣》总计约有500多万字。1997年至2007年召开了两次我的作品研讨会，不少名流参加，规格不低，评价实在。第一次是由时任黑龙江人民出版社社长冯东海主持并讲话，彭放、叶柏泉、张一、谢文利等知名专家学者或褒或贬，评论非常热烈。黄金一总队首长孙景山、许佐民、李永奇、马自遴、王长顺大校及新闻媒体记者参会约有50余人；第二次由贵才书记主持，艳红区长作总结讲话，春清区长和各委办局的领导及相关人士共

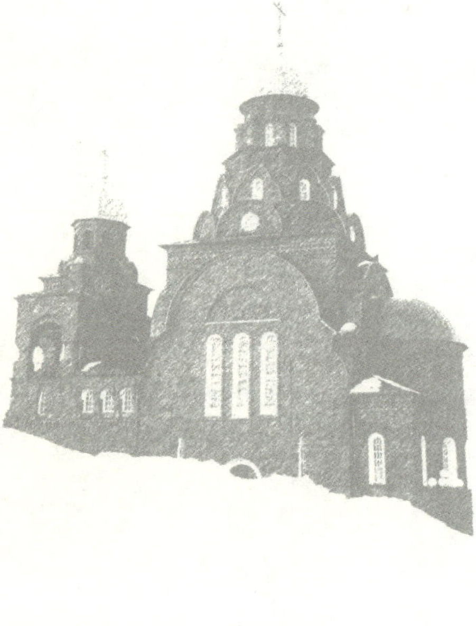

计70余人出席。主持、讲话富有品位和水准，研讨热烈，每位的发言都是一篇上乘之作。时任省作协主席冯健福和陈凤翚、靳国君、刘邦厚、王洪滨、冯毓云、王惠民、吕中山、李方元、丛坤、俞权中、杨成志、张永德、王远贺、董光辉、刘金祥等知名作家纷纷发言，对我和作品予以评价。读书、写作和工作使我一天到晚感到很充实。总部、军、师、团四级机关和连队的军队工作经历，市委办公厅及区宣传文化旅游部局主要领导经历，人民大会堂受到当时常委乔石的接见，多次在千人面前脱稿演讲，10余次参加全国全军大型笔会与当代大作家、大文豪接触，当面聆听其传授等，使我见识了许多，构成了我人生历程的一段美好画卷。在部队5年，我专门读书，10年内提升了7个职级，从普通一兵到一名正团职上校指挥员，再到地方一名正处级领导干部，我深感恩宠俱渥，愧蒙错爱，感恩有加。当指导员时，领导的连队荣立集体三等功，我个人二等功；当政委时，领导的支队列在指挥部（军部）的先进单位行列有通令奖状；当部长和局长时，在地方宣传文化旅游战线被列为突出贡献奖和先进单位，并被总结为创造了文化旅游工作“10个第一”。我试图做到为官有建树，为文有著述。著名作家陈凤翚在我的作品研讨会上评价：“继祥把为官为文的结合点找得很准，结合运用得都很好。”全国第一家冰雪文化研究会、全国第一次冰雪文化论坛、全国第一家农民工创作组、全国第一本《冰雪文化》杂志均是我的领导和我的同事一起努力并由我牵头策划和组织，这是很荣幸、很难得、很沉重的事情。著名作家冯健福、黄秋实、王洪斌说：“继祥除了自己勤奋写作外，每组织一项大的活动都富有品位、有声有色、产生影响，的确是一个有心人。”哈尔滨师范大学教授冯毓云老师在给学生讲课时曾拿我为例：“在很少有人读书的时代里，居然有一名中层领导干部还在埋头写作，好几百万字的作品有思想、有深度、有影响，真是令人称道。”

话说回来，我并非与众不同，只是每做一件事情都注重细节，多想对策，恐怕出错。无数次主持、汇报、演讲都精心准备。有一次，著名作家阿成来访，听我介绍，他很惊讶，说：“十分钟就能把所做工作和思路说得一清二楚，且文化味很浓，我听了很高兴。”这不禁使我想起当年让阿成看我写的东西，草草翻看两页，便说太空就甩袖而去的一幕。一次评议结束后，一位领导说：“继祥述职报告只用五分钟便让听者一目了然。”几位同事也在一起议论：“后来，只要听到由刘继祥发言，台下就静下来，形成了一种现象。”向常委会、政府、人大、政协汇报，清晰、实在、可行，使文化和旅游的结合点达到了高层次，组织的活动有品位。评价是：“创造了奇迹，让人震撼和鼓舞。”在市委党校优秀中青年干部学习班军训结业和学习结业式上，我代表男学员发言，郑喆副校长评价说有气势、有特点、有品位，在学员中有反响。无论是在部队带领几百人抗洪、处突，还是在地方岗位完成本职工作、组织大型活动，都是方案详达、镇定自若、有条不紊、无一漏洞。我力求把全局人员的积极性、主动性发挥到极致，以人为本，与人为善，做到小才大用，人尽其才，能写的便安排起草文章，写不来的便安排搜集资料或安排场地，到基层调研，人人都谈体会，大家都忙起来，在实践中锻炼。由五千余人参加的丰富多彩的松北首届文化旅游美食节阵容强、气势大、安全圆满、带来效益；首届“松北·太阳岛”冰雪文化论坛品位高、影响大、效果好，省内外专家、文化学者和与会同志一致称赞。每部作品、每部片子、每项活动，都组织全局人员一起讨论，集中大家智慧，也使大家从中受益和提高。这种方式凝聚了大家，感染了大家，让大家都感到充实和愉快。我的体会是，每天都读一点、写一点，是快乐的事情。我觉得作为公务员，读、写、说、办是必备的。读写可以清晰思路，可以提升境界，可以净化灵魂，更可以找到分析、判断、处理问题的准确坐标，可以不误入歧途。

沉默而又干实事，是一种境界，是一种执着，是一种追求，更是一种向上的力量。之所以提及以上经历和思考，主要是考虑我的文化根源的形成及其影响和实践。《深浅本末——公务员文化笔记》的起名，缘于我也是公务员。为什么都冠以“文化”字样？这是因为我考虑的和我认识的文化就是天地，就是大海，就是空气，就是灵魂。对公务员而言，文化决定方向，文化砥砺人生，文化忠告本末。公务员应该干什么，不干什么，怎么干，等等，在这里或许就有答案，那就是真善美……在真善美这个天平上千万不能失衡，千万不能把言行不一当水平，千万不能把盛气凌人当魄力，千万不能把弄虚作假当本事，千万不能把道貌岸然当形象。做好自己该做的事，想想深浅，看看本末。做人不易，做官更难。不同职别、不同岗位的官责任不同、压力各异、处境不一，处理问题的方式千变万化。总之，当官的与不当官的总要有差别，关键是平衡。

对有些事物的认识本身就很肤浅，所以恳请老师、朋友不留情面地批评。之所以把目录称为“将目录一阅到底”，我主要考虑在有限的篇幅里让这种文字得以升华。不管是什么题材的作品，标题本身就有意义，不能只是一行符号，可有可无；不能只是一篇文章的眉目，更应该有灵魂。标题是读下去的诱饵和磁石，其意味、韵味关键在于体味。这本书引用的诗句做标题有的是望文生义，有的是原创原意，更有的是一种联想联系，总之是一种渴望、一种深浅、一种本末。有的可能很牵强，可能文不对题，也可能相背相离，但细品一下，也可能文韵相通，字意相近，若即若离，殊途同归，也算实现初衷。怕就怕玷污这些诗句，故一字一句查译，便也松了一口气，权当再读了一遍经典诗吧。

刘继祥创作、演讲年表

刘继祥创作、演讲年表

1970年5月（小学三年级），语文课上朗读课文受到老师表扬后便爱上了朗读，每天早上未起床便大声朗诵，坚持至今；同时，每当黄昏饭后便领着二十几个与自己年龄相仿（也有年龄偏大）的男女小孩在众人聚集地搞京剧表演；在小学四年级后，每月有一次在全校师生面前朗诵的机会。

1972年05月（读小学5年时任红小兵团（后改为少先队）团长），以“茁壮成长”为题，代表全县青少年在万人大会上讲话。

1973年09月（读初中时），与一邻班生辩论，被一老师驻足看后拍肩膀说口才很好，从此便练口才，试写长篇小说《学生时代》，拿给高两年级的同学看后说只能算长篇日记《学生时代》。

1974年06月（读初中时），创作诗歌《赞运动员》。

1975年06月（读初中时），文章《学批联干是真经》在县里座谈会发言。

1976年05月（读高中时），散文《走向青春》发表在《嫩江日报》副刊。

1976年8月，担任拜泉一中学生会主席后，每周一次在全校师生面前讲评，脱稿发言从此开始。

1976年10月（读高中时），文章《坚决拥护心里亮》在两千名师生大会上宣读。

1977年06月（读高中时），创作诗歌《新绿向着太阳笑》小说

《沸腾的村庄》《不会来事儿》等。

1977年，《到广阔天地去大有作为》在1977年全县下乡知识青年动员大会上宣读并在县广播站播放讲话录音；以“父老乡亲，我们来了”为题代表新下乡青年在欢迎仪式上脱稿讲话。

1977年8月（下乡插队时），散文《铁青年》《铲穷》《躺在垄沟里想象》分别发表在《黑龙江日报》《嫩江日报》副刊上。

1977年11月，创作《我的老师》《站在毛主席遗像前》《当我填写报考志愿的时候》和《每当我唱起东方红》，被老师当作范文向学生讲解。

1979年2月（在湖北当新兵时），《向地下“银行”进军》《地主的女儿》在《基建工兵报》发表。

1980年3月（当兵时），散文《载富根》，通讯《一龙一虎四朵花》《一个新兵的脚印》、消息《黄金部队在阿木尔发现一金矿》发表在《黑龙江日报》头版和副刊上。

1981年9月（当兵时），散文《大兴安岭所蕴育的》、消息《去年受处分今年荣立三等功》发表在《解放军报》头版和副刊上。

1982年元旦，以“笑迎一轮红日”为题撰稿并主持支队文艺晚会。

1982年（读大学时），散文《兴安岭趣闻》《深山铁脚》，散文诗《毅力》，报告文学《铁脚踏破万重难》《勘探祖国的富强》《走过高高的兴安岭》《八道卡上的一块黄金》，小说《深山赶猪》分别发表在《黑龙江青年》和《解放军报》上。

1983年5月（在黑龙江大学读书时），以“时代的双手在拉着我们向前走”为题在新年联欢会上演讲；以“要艺术还是要思想”为主题在文学评论会上发言；以“人活着”为主题在黑龙江大学哲学系组织的演讲会上演讲；以“谈陆琴芳的形象”为题在文学评论会上发言。

1984年11月，在总队演讲大会上以“义务、责任和黄金”为题发表演讲。

1986年7月，在北京黄金指挥部、冶金部、国家机关工委以“大兴安岭之行”为题发表演讲。

1986年（任干事时），报告文学《他和黄金》发表在《人民武警报》上。

1988年（任指导员时），短篇小说《灵魂的哈哈镜》《太阳绝不是月亮》发表在《新青年》上。

1990年8月，以“一块纯金”为题在总队发表演讲。

1991年7月，以“信念之根”为题在总队演讲。

1991年12月（任教导员时），报告文学《黄金般的史诗》由吉林人民出版社出版。

1992年8月（任干部处长时），报告文学集《黄金部队的赞歌》由金盾出版社出版。

1993年10月（任干部处长时），散文集《托着灿烂的梦》由春风文艺出版社出版。

1994年2月至10月（任干部处长时），创作350篇随笔，结集印刷《敢问大写的人》和报告文学集《黄金部队》。

1997年6月（任总队医院政委、党委书记时），报告文学《黄金魂》由黑龙江人民出版社出版。

同月，黑龙江人民出版社、哈市作协、武警黄金总队政治部举办《黄金魂》研讨会，评价很高。

1998年3月（任武警指挥学校副政委时），长篇小说《山野人生》、长篇随笔《实话实说——关于婚恋、家庭的随想》由黑龙江人民出版社出版。

1998年5月4日，以“让信念的双手托起希望的太阳”为题在武警哈尔滨指挥学校全校师生大会上发表演讲。

1998年6月，在学员队以“想象与诗”为题作文学讲座。

1998年11月（任武警指挥学校副政委时），报告文学《橄榄绿防线》由解放军文艺出版社出版发行。

1999 年 8 月（任武警指挥学校副政委时），报告文学集《忠诚铸丰碑》由哈尔滨出版社出版；为歌曲《太阳·国旗·哨位》作词并播出。

2000 年 11 月（任武警指挥学校副政委时），长篇小说《守望灵魂》由中国青年出版社出版；撰写《警官的摇篮》《更有新厦护摇篮》电视专题片解说词；担任“红肩章的汇报”文艺晚会总撰稿；为《学员之歌》作词。

2000 年 12 月（任武警指挥学校副政委时），随笔《著书的苦乐》发表在《解放军报》上。

2001 年 3 月（任武警指挥学校副政委时），长篇随笔《叩问灵魂》由黑龙江人民出版社出版。

2001 年 7 月，为武警黑龙江省总队千人唱党文艺演出撰稿。

2001 年 9 月，在总队团以上干部培训班上以“做学者型同时又能统班子的儒将——在学海涵育中培基远行”为题进行大会发言。

2001 年 11 月（任武警指挥学校副政委时），长篇小说《山远人远》由中国文联出版社出版。

2001 年 12 月（任武警指挥学校副政委时），论文《浅论新诗的诗美流向》《“自省、慎独”三题》、散文《把太阳迎进祖国》《选择》《想象与诗》《大海》分别发表在《北方论丛》《知识文库》《学理论》《人民武警报》上。

2002 年 11 月（任武警指挥学校副政委时），长篇纪实文学《有血的山》《阳光下，与时俱进的爱》《大写的忠诚》，长篇随笔《叩问诗人》《叩问爱情》，长篇小说《小屋》分别由黑龙江人民出版社出版和人民武警出版社出版。

1999 年至 2002 年，连续四次参加武警部队 10 名作家联席会，接触全国、全军名家；王树增看每人作品半天，交谈半天，他当时正在创作《1901》。

2003 年 10 月（在市委办公厅任综合三处正处级副处长时），随笔《闲窗碎语》《业余的内涵》《追求的格调》《有为才能有位》《论机关干部的道德建设》等分别发表在《哈尔滨日报》和《学理论》杂志上。

2004 年 12 月至 2005 年 1 月（在松北区任宣传部长时），任电视专题片《走进松北》总撰稿。

2005 年 1 月（在松北区任宣传部长时），《走进松北，难忘松北》在《哈尔滨日报》发表。

2005 年 5 月（在松北区任宣传部长时），为《塑造大松北》专题片撰稿。

2005 年 1 月至 5 月（在松北区任宣传部长时），演讲稿《我骄傲，我是松北人》《松北魂》，分别在两次大会上演讲。

2005 年 5 月（在松北区任宣传部长时），报告文学《大气熔铸松北魂》分别发表在《黑龙江日报》《哈尔滨日报》《学理论》杂志和香港《文汇报》《大公报》上。

2005 年 6 月（在松北区任宣传部长时），创作出版作品选《上善若水》，由解放军文艺出版社出版发行。

2006 年 1 月（在松北区任宣传部长时），报告文学《松北：一江居中，两地繁荣的世纪之作》分别发表在《黑龙江日报》《哈尔滨日报》上。

2006 年 5 月（在松北区任宣传部长时），报告文学《大气塑造新松北》分别发表在《黑龙江日报》《哈尔滨日报》上。

2006 年 6 月（在松北区任宣传部长时），长篇探索报告《盛于久远》、作品选《行于心田》分别由中国社会科学出版社、解放军文艺出版社出版。

2007 年 6 月黑龙江省作家协会、哈尔滨市作家协会、松北区政府为其举行《盛于久远》——刘继祥作品研讨会，省内名流出席并发言给予真实评价，“刘继祥文化现象”由此得名。

2007 年至 2013 年 1 月（任松北区首任文化旅游体育局局长时），

创作出版了文学报告《太阳岛传》《“北跃”730天》《冰雪魂》、文化随笔六部《深浅本末》《远近高低》《大小贵贱》《虚实厚薄》《是非曲直》《上下左右》、散文诗《为美而生》《真善美的家园》《静静的湿地》、报告文学《水泣》《金泣》、长篇小说《穷人》《雪火》《心泣》《梦泣》。

2013年7月，长篇小说《心泣》由中国青年出版社出版，并被中国现代文学馆收藏。

2014年，创作文学报告《松北好看——一个城管局长的思与行》。

2015年3月，《刘继祥长篇小说选》由北方文艺出版社出版。

2007年至2015年，在大学、中学、机关、企业讲座或演讲，一次比一次厚实和生动。

其中《大兴安岭所蕴育的》获《解放军报》优秀散文一等奖；《黄金魂》《穷人》获哈尔滨天鹅文艺奖二等奖、优秀图书奖；《黄金部队的赞歌》列为部队传统教育教材；《山野人生》获第三届“武警文艺奖”二等奖，哈尔滨市作家协会优秀作品一等奖；《守望灵魂》、歌曲《太阳·国旗·哨位》《学员之歌》（以上两首由刘继祥作词、仲军作曲）获第四届“武警文艺奖”二等奖；《叩问灵魂》《叩问爱情》获第五届“武警文艺奖”一等奖；《“自省、慎独”三题》《在明志与修养中升华素质》分获“中国人文理论”作品一等奖；《人活着》获黑龙江大学演讲比赛一等奖；《大兴安岭之行》获国家机关工委演讲比赛一等奖。